비틀거리는 천재의
가슴아픈 이야기

이 도서의 국립중앙도서관 출판시도서목록(CIP)은
e-CIP 홈페이지(http://www.nl.go.kr/cip.php)에서 이용하실 수 있습니다.
(CIP제어번호: CIP2010001155)

A
비틀거리는 천재의
HEARTBREAKING
WORK OF
STAGGERING
GENIUS
가슴 아픈 이야기

데이브 에거스 지음 윤정숙 옮김

문학동네

이것은 예기치 못한 것이다

무엇보다

나는 피곤하다.
정말로!

또한

당신도 피곤하다.
정말로!

이 책을 즐기기 위한 제안과 규칙

1. 서문을 읽어야 할 절대적인 이유는 없다. 정말로. 대개 서문이라는 것은 작가나 책을 다 읽은 후 더이상 읽을 것이 없는 독자들을 위한 페이지니까. 이미 서문을 읽고 후회하는 독자가 있다면 사과한다. 좀더 빨리 알려주었어야 하는 건데.

2. 감사의 말을 읽어야 할 불가피한 이유 역시 없다. 먼저 이 책을 읽은 독자들은(48페이지를 보라) 감사의 말을 줄이거나 삭제하라고 충고했지만 난 무시해버렸다. 서문과 마찬가지로 감사의 말은 이 책의 플롯과는 별 상관이 없다. 이미 감사의 말을 읽고 후회하는 독자가 있다면 다시 한번 사과한다. 슬쩍 말해주었어야 하는 건데.

3. 시간이 없다면 차례는 생략해도 된다.

4. 어쩌면 많은 독자가 이 책의 중간 부분, 그러니까 361~511페이지를 건너뛰고 싶을지 모른다. 그 부분은 여러 사람의 20대

초반을 다루고 있고 그 나이대의 삶이란 대개 흥미진진하지 않은 법이다. 당사자들에게는 흥미로울지 모르지만.

5. 3장 또는 4장까지만 흥미를 느끼는 사람도 있을 것이다. 208 페이지쯤이다. 중편소설 정도의 적당한 분량이다. 4장까지는 다루기 쉬운, 하나의 일반적인 주제를 펼쳐 보인다. 이 책의 나머지 부분에서 이야기할 수 있는 것 이상으로.

6. 나머지 부분은 딱히 뭐라고 말하기 어렵다.

서문

 작가의 허세에도 이 책은 완전한 논픽션은 아니다. 이 책의 많은 부분은 다양한 이유 때문에 다양한 수준으로 각색되었다.

 대화: 당연히 대부분의 대화는 재구성되었다. 대화는 본질적으로는 사실—사람들이 자신들의 내러티브 시공간을 벗어나 책 자체에 대해 신물 나게 이야기하는 경우 등 분명히 사실이 아닌 것을 제외하면—이지만 회상에 의지했기 때문에 작가의 기억력과 상상력에 영향받았다. 개개의 단어와 문장은 컨베이어로 운반되어 이렇게 생산되었다. 1) 단어와 문장을 기억한다. 2) 글로 쓴다. 3) 좀더 정확하게 다시 쓴다. 4) 이야기 속에서 적당히 편집한다(본질적인 진실은 간직한 채). 5) 작가와 등장인물의 말이 모호하게 들리지 않도록 단어와 문장을 다시 한번 쓴다. 그들의 말은 "친구, 그녀가 죽었어" 하는 식으로 대개 "친구"라는 단어로 시작한다. 그

럼에도 라틴계 10대들과 제나와의 대화처럼 이 책에 나오는 대부분의 초현실적인 대화야말로 진실에 가장 가깝다는 사실을 기억해야 한다.

등장인물들과 그들의 성격: 작가는 원하지 않았지만 몇몇은 이름을 바꾸어야 했고 더 나아가 누구의 이름을 바꿨는지도 숨겨야했다. 대표적인 예로 존(그의 진짜 이름은 존이 아니다)이라는 인물을 들 수 있다. 존의 모델이 되어준 사람은 자기 삶의 어두운 부분이 드러나는 것을 원하지 않았다. 비록 그는 원고를 읽어본 뒤 다른 인물들이 말하는 자신의 행동과 말이 사실과 다르다고는 하지 않았지만. 특히 등장인물이 현실의 인물을 직접 모사한 것이라기보다는 사실과 허구를 혼합한 것이라면 더욱 그렇다. 사실 존도 그렇다. 존을 실제 인물과는 다르게 바꿈으로써 일종의 도미노 현상처럼 몇몇 허구적인 요소가 추가되었다(그래야 존이 제 역할을 다할 수 있고 다루기 쉬운 내러티브를 만들어낼 수 있다). 거기에는 다음과 같은 것들이 포함된다. 현실에서 실존 인물인 메러디스 와이스는 존을 그렇게 잘 알지 못한다. 현실에서 중재자 역할을 하는 사람은 메러디스가 아니다. 그러나 다른 사람이 등장하면 연결성이 무너지기 때문에 어쩔 수 없었다. 그래서 작가는 메러디스에게 전화했다.

"저기."

"응."

"저, 네가 하지도 않은 (이런저런) 행동이나 (이런저런) 말을 했다고 해도 될까?"

"그럼, 물론이지."

그래서 그렇게 됐다. 그러나 5장의 메러디스가 등장하는 주요 장면은 전혀 각색되지 않은 것이다. 그녀에게 물어봐도 된다. 그녀는 지금 남부 캘리포니아에 살고 있다.

그렇지 않았다면 이 책 속에서 이름을 바꾸었다고 이야기했을 것이다. 그럼 이야기를 계속하자.

장소와 시간: 우선 장소가 바뀌는 경우가 몇 차례 있다. 특히 5장에는 두 번 있다. 제나와의 대화(이 대화에서 화자는 토프가 학교에서 총을 쏘고 사라졌다는 이야기를 들려준다)는 그날 밤 그 장소에서 나눈 것이 아니라, 1996년의 마지막 날 이 파티에서 저 파티로 이동하던 자동차 뒷자리에서 이루어진 것이다. 5장 뒷부분에서 화자는 조금 전 언급한 메러디스와 함께 샌프란시스코 해변에서 몇몇 젊은이와 마주치는데, 이 에피소드는 로스앤젤레스에서 벌어졌다는 점만 빼고는 모두 사실이다. 또한 몇몇 장에서 그렇듯 5장에서도 시간의 압축이 있다. 대개 책 속에서 이야기하겠지만 미리 말하자면 후반부 3분의 1은 짧은 시간 안에 많은 일이 벌어진다. 대부분의 사건은 사실 아주 짧은 시간 안에 벌어지지만 몇몇 사건은 그렇지 않다. 그러나 1장, 2장, 4장, 7장에는 시간 압축이 없음을 밝혀둔다.

컬럼바인에 대한 주석: 컬럼바인 고등학교나 다른 곳에서 끔찍한 사건들이 일어나기 여러 해 전에 이미 이 책은 쓰였고 책 속의 대화도 이루어졌다. 고의든 아니든 어떤 객기도 덧붙이지 않았다.

13

생략: 이제는 누군가와 결혼했거나 연인이 있는 사람들의 요청으로 정말 화끈한 일부 섹스 신은 생략했다. 또한 이 책의 주요 등장인물과 고래가 등장하는 환상적인 장면들은 100퍼센트 진실이지만 생략했다. 더 나아가 이번 판은 상당한 분량의 문장, 문단, 구절 등이 생략되었다.

그중 몇 대목을 소개한다.

p. 101

우리가 침대에 누워 있는 동안, 베스가 잠들고 토프가 잠들고 엄마가 잠든, 몇 시간밖에 없다. 나는 그 시간의 대부분을 깨어 있다. 자정부터 4시 30분까지, 그 어두운 밤이 좋다. 공허한, 천장의 윤곽이 뚜렷해지고 더 멀어지는 그 시간이. 그제야 나는 숨을 쉴 수 있고, 다른 사람들이 잠을 자는 동안 생각을 할 수 있고, 시간을 멈출 수 있고, 그 시간을 가질 수 있다. 그건 항상 내 꿈이었다. 그래서 다른 사람들이 얼어붙어 있는 동안 분주히 그들 주위를 서성이며 내 할 일을 한다. 아이들이 꿈을 꾸는 동안 신발을 만드는 꼬마 요정처럼.

호박색 방에 누워 있는 동안 나는 아침에 선잠을 잘 수 있을지 생각해본다. 아마도 그럴 수 있으리라 생각한다. 아마 5시부터 10시까지 간호사들이 들어와서 정리하고 닦기 전까지는 잘 수 있을 것이라 믿고 마음 편히 밤을 지새운다. 그러나 소파 겸용 침대가 나를 괴롭힌다. 얇은 매트리스 때문에 침대의 뼈대가 내 등을 찌르더니 내 등뼈를 둘로 가르며 파고든다. 토프가 몸을 돌리며 발을 차댄다. 그리고 반대편에서는 그녀의 고르지 않은 숨소리.

p. 213

당신이라면 이 문제를 어떻게 처리하겠는가? 빌이 우리를 방문 중이다. 그와 토프와 나는 베이브리지 위를 달리면서 주식 중개에 대해 이야기하고 있다. 빌과 빌의 룸메이트인 두 주식 중개인과 맨해튼비치에서 주말을 보낸 후 토프가 주식 중개인이 되고 싶어한다는 이야기였다. 빌은 너무 흥분해서 토프에게 멜빵, 초보자용 티커를 사주고 싶어한다.

"토프는 숫자에 재능이 있어서 그 일이 딱일 거야."

나는 하마터면 다리 너머로 차를 몰 뻔했다.

p. 308

공사장의 비계가 왜요?

음, 나는 그 비계가 좋아요. 그 건물만큼이나 좋아요. 특히 그 비계가 나름 아름답다면.

p. 320

알코올중독과 죽음은 사람을 잡식성으로 만들어요. 무모한 동시에 겁 많고, 도덕적이지도 비도덕적이지도 않고, 자포자기한 상태로요.

정말 그렇게 생각해요?

때로는. 물론. 아뇨. 그래요.

하지만 음, 고등학교 때 가족을 그림으로 그렸어요. 처음에는 내가 찍은 사진 속의 토프를요. 숙제라서 정확하게 그리려고 사진에 가로세로로 줄을 그었죠. 그렇게 템페라로 그린 그림은 매우 흡사했어요. 정말 토프 같았죠. 나머지 가족의 그림은 그렇게 하지 않았어요. 그러니까 사진에 줄 따위는 긋지 않았다는 소리죠. 내가 그린 빌의 얼굴은 너무 완고하고 눈은 너무 진하고 머리카락은 헝클어져서 꼭 카이사르 같았어요. 정말 사람 같지 않았죠. 베스는 졸업 파티를 위해 옷을 차려입은 사진을 보고 그렸어요. 역시 영 아니었죠. 핑크색의 태피터를 휘감은 핏빛의 살덩이. 나는 당장 그 그림을 포기했어요. 오래된 슬라이드에서 찾아낸 부모님의 사진은 어느 흐린 날 보트를 탄 두 분의 모습을 담고 있었죠. 엄마가 카메라와 마주한 채 프레임을 가득 채우고 있었고 아버지는 엄마의 어깨 위쪽에서 사진이 찍히는 줄도 모르고, 아니면 모르는 척하며 옆을 바라보고 있었어요. 나는 그 그림 역시 망쳤죠. 비슷하게도 그릴 수 없었어요. 가족들은 그 그림들을 볼 때마다 싫어했죠. 빌은 자신의 그림이 공공 도서관에 걸렸을 때 몹시 화를 냈어요. "그거 합법적인 거예요?" 그는 변호사인 아버지에게 물었죠. "그럴 수 있는 거예요? 난 괴물 같단 말이에요!" 그가 옳았어요. 그는 괴물 같았죠. 그래서 3학년 때 리키 스토가 자신의 아버지를 그려달라고 했을 때 난 망설였어요. 내 한계에, 누군가를 조잡하고 무섭게 왜곡시키지 않고는 표현하지 못하는 무능함에 계속해서 좌절했기 때문이에요. 그러나 나는 리키에게 그리겠다고 대답했어요. 경의를 표하면서요. 자신의 아버지를 기리는 초상화를 그릴 영예를 내게 준 것에 전율하면서요. 리키는 딱딱한 포즈로 찍은 흑백사진을 주었고, 난 몇 주일 동안 작은 붓들로 작업을 했죠. 작업이 끝났을 때 분명 초상화는 사진과 비슷해 보였어요. 나는 리키에게 그림이 준비되었으니 미술실로 오라고 했죠. 어느 날 그는 일찍 점심을 먹고 미술실로 내려왔어요. 난 자랑스럽게 과장된 몸짓으로 그림을 돌렸죠. 우리 둘 다 그림에 감동할 마음의 준비를 한 채로요.

침묵. 그리고 그가 말했어요.

"아. 아. 내가 생각했던 거랑 다르네. 내가 생각했던 거랑······ 달라."

그는 미술실을 나가버렸어요. 나와 그림을 남겨둔 채로요.

p. 334

우리는 차로 묘지를 지나칠 때마다 믿을 수 없어 혀를 차며 경이로워했어요. 특히 큰 묘지들, 붐비는 묘지, 신물 나는 장소들, 몇 그루 되지 않는 나무들, 거대한 재떨이처럼 온통 잿빛인 곳을 지나칠 때요. 우리가 그런 곳을 지나칠 때마다 토프는 알 수 없었겠지만 나는 알 수 있었죠. 그리고 나 자신과의 약속을 다시 확인할 수 있었어요. 내가 결코 그런 곳에 가는 일은 없으리라는 것을, 누군가를 그런 곳에 묻지는 않으리라는 것을—이 무덤들은 누구를 위한 걸까? 그 무덤들은 누구를 쉬게 할까?—나 자신도 그런 곳에 묻히지는 않으리라는 것을, 그리고 완전히 사라지리라는 것을요.

내 죽음에 대해 몇 가지를 그리고 있었죠. 내게 시간이 얼마나 남았는지 알게 되었을 때—예를 들면 내가 에이즈에 걸렸을지 모른다는 믿음이 현실화된다면, 누군가 에이즈에 걸린다면 그건 나일 거예요. 내가 아닐 이유는 없으니까요. 시간이 되면 난 그냥 떠날 거예요. 작별 인사를 하고요. 그러고는 화산에 몸을 던지는 거죠.

시체마다 비석이 세워진, 이런 시립묘지들 또는 고속도로 옆이나 도심의 묘지들을 제외하고는 시체를 묻을 적당한 장소가 없는 것 같아서예요. 아, 너무 원초적이고 저속하지 않아요? 구덩이와 관과 잔디 위의 비석은? 그리고 우리는 이 과정을 매력적으로 각색하고는 적절하고 극적이라고, 엄숙할 정도로 아름답다고 느끼며 관이 내려지는 동안 구덩이 옆에 서 있어요. 믿을 수 없는 일이에요. 야만적이고 비열해요.

한번은 적당해 보이는 장소를 걷고 있었어요. 걷는 것 외에 다른 뭔가를 하고 있었다면 '하이킹'이라고 말했겠지만 우리는 그저 걷고 있었기 때문에 그 단어를 쓰지 않을 거예요. 사람들은 밖에만 나가면 '하이킹'이라는 단어를 써야 한다는 강박감에 시달리지만 말이에요. 약간 경사가 져 있었어요. 아마존의 지류인 카라파 위쪽의 숲이었어요. 나는 카메라를 둘러멘 몇몇 저널리스트들―〈렙타일〉지의 기자 두 명―과 한 무리의 파충류 학자와 한 떼의 뚱뚱한 미국인 뱀 전문가와 여행 중이었죠. 우리는 보아와 도마뱀을 찾으며 위로 이어지는 구불구불한 길을 따라 숲을 지났어요. 그늘진 어두운 숲에서 45분쯤 헤맸더니 갑자기 앞이 탁 트이면서 정상이 나타났죠. 아래로 강이 보였어요. 과장하지 않고 그곳에 서면 100마일 밖까지 내다볼 수 있었죠. 해가 지면서 거대한 아마존 하늘에 손가락으로 칠한 그림처럼 대충 섞인 푸른색과 오렌지색의 물결이, 거센 격류가 소용돌이쳤어요. 캐러멜 빛깔의 강이 그 아래에서 천천히 움직이고, 그 너머로 눈이 미치는 모든 곳에 숲, 아니 정글이 초록빛 브로콜리 같은 혼돈을 그려내고 있었죠. 그리고 바로 우리 앞에는 아무 표시도 없는 스무 개쯤의 소박한 십자가가 서 있었어요. 마을 주민들의 묘지였죠.

문득 내가 거기 머물 수도 있겠다는 생각이, 내가 묻혀야 한다면, 내 썩어가는 시체 위에 흙을 쌓아올려야 한다면 거기서만은 견뎌낼 수 있겠다는 생각이 들었어요. 그 모든 풍경과 함께요.

타이밍이 절묘했어요. 그날 일찍 피라냐 탓에 내가 이 세상을 뜰 거라고 거의 확신했거든요.

우리는 작은 강기슭에 보트, 그러니까 3층짜리 강배를 정박시켰고 가이드들은 막대와 줄과 닭고기 미끼만으로 피라냐를 낚기 시작했어요.

피라냐들은 미끼를 냉큼 물었죠. 식은 죽 먹기였어요. 배 위로 뛰어올라온 녀석들은 작고 사나운 얼굴로 퍼덕거렸죠.

그때 배의 반대쪽에서는 수염을 기른 우리의 미국인 가이드 빌이 수영을 하고 있었어요. 홍차 같은 물이 수면 아래에 잠긴 그의 사지를 붉게 물들이면서 그가 피라냐 떼 사이에서 수영하고 있다는 사실이 더욱 생생하게 느껴졌죠.

"들어오세요!" 그가 말했어요.

맙소사 안 돼.

그때 다른 사람들이 모두 강으로 들어갔어요. 파충류 학자들도 강으로 들어가 자신들의 사지를 핏빛 홍차에 담갔죠. 피라냐의 공격이 아주 드물다는(그렇다고 전혀 그런 소문이 들려오지 않는 것은 아니지만) 이야기, 걱정할 것이 전혀 없다는 이야기를 이미 들었기 때문에 나는 곧장 보트에서 뛰어내려 수영을 했어요. 무자비한 공격이 있더라도 나 혼자 물속에 있는 것보다는 안전하리라는 생각에 조금 마음이 편했죠. 피라냐 떼가 다른 누군가를 게걸스럽게 뜯어먹는 동안 안전한 곳으로 헤엄쳐 나올 시간이 있을 테니까요. 실제로 계산도 해보았어요. 피라냐가 다른 네 사람을 뜯어먹는 데 걸리는 시간과 내가 강둑까지 가는 데 걸리는 시간을요. 1분 1분을 공포에 질려 보내던 나는 3, 4분쯤 후 발이 진흙 바닥에 닿지 않도록 기를 쓰고 피라냐의 관심을 끌지 않도록 움직임을 최소화하면서 밖으로 나왔죠.

나중에 나는 가이드들의 통나무배 한 척에 올라탔어요. 몇몇 파충류 학자는 통나무배를 물 위에 띄우는 데 실패했지만 아주 민첩한 나는 통나무배를 가라앉히지 않을 거라고 확신했죠. 나는 작은 통나무배에 올라타고는 균형을 잡으며 노를 저었어요. 그리고 한동안 통나무배는 물에 떠 있었죠. 나는 노련하고 우아하게 작은 노로 통나무배의 양옆을 번갈아 저어가며 보트에서 떨어져 나와 하류로 내려갔어요.

그러나 아래쪽으로 200야드쯤 내려갔을 때 통나무배가 가라앉기 시작했어요. 내가 너무 무거웠던 거예요. 통나무배로 물이 들어왔어요.

나는 보트 쪽을 쳐다봤어요. 페루인 가이드들이 흥분한 채 바라보고 있었죠. 나는 갈색 물속으로 가라앉고 있었고 물결에 휩쓸려 하류로 좀더 밀려갔어요. 그리고 그들은 허리를 꺾은 채 웃고 있었죠. 그들은 재미있어했어요.

그때 통나무배가 뒤집히면서 나는 더 깊고 더 짙은 갈색 강 한

가운데에 빠졌어요. 내 팔다리도 보이지 않았죠. 나는 뒤집힌 배로 기어 올라갔어요. 필사적으로요.

나는 끝장이라고 생각했어요. 그래, 저기 보트가 있는 쪽의 피라냐들은 우리를 건드리지 않았지만 여기 있는 녀석들이 손가락을 물어뜯지 않을 거라고 어떻게 확신할 수 있지? 녀석들은 종종 손가락과 발가락을 문다는데 그러면 피가 날 것이고 그러면……

이런 토프.

나는 거기 있었고 통나무배는 다시 가라앉고 있었어요. 통나무배는 뒤집힌 채 내 체중 때문에 가라앉고 있었죠. 곧 나는 피라냐들이 득실대는 강에 완전히 빠질 것이고 내가 물장구를 치면 녀석들이 내게 몰려들 것이고—나는 최대한 몸을 움직이지 않기 위해 발만 차면서 물에 떠 있었어요—나는 천천히 뜯어 먹히겠죠. 내 장딴지와 배에서 떨어져 나간 살점. 살이 찢겨 나가면 피가 퍼져 나갈 것이고 소란이 일면서 당장 피라냐가 백 마리쯤 몰려들겠죠. 내려다보면 무시무시한 이빨과 피로 뒤덮인 내 팔다리가 보일 것이고 금세 나는 뼈만 남긴 채 깨끗이 뜯어 먹히겠죠. 하지만 왜죠? 주위 사람들에게 페루인 가이드들이 할 수 있는 일은 무엇이든 나도 할 수 있음을 보여줘야 했으니까요.

그리고 300마일 떨어진 곳에 내 누이와 함께 있는 불쌍한 토프, 그 불쌍한 아이를 생각했어요.

내가 어떻게 그 아이를 남겨두고 떠날 수 있겠어요?

p. 335

엄마는 매일 밤 공포소설을 읽었어요. 도서관에 있는 공포소설은 모조리 읽었죠. 생일이나 크리스마스 때 엄마에게 새로운 공포 소설, 딘 R. 쿤츠든 스티븐 킹이든 최신작을 사줄 생각이었지만 뜻을 이루지 못했어요. 난 엄마를 부추기고 싶지 않았죠. 나는 아버지의 담배에 손을 댈 수 없었고 식료품 저장실의 폴몰 상자를 볼 수도 없었어요. 난 공포영화 광고조차 보지 못하는 아이였죠. 꼭두각시 인형이 사람들을 죽이는 〈매직〉의 광고를 보고 6개월 동안 악몽에 시달렸어요. 난 엄마의 책을 볼 수 없었죠. 그래서 책을 뒤집어 표지의 돌출된 글자와 얼룩진 핏자국이 보이지 않게 했어요. 특히 푸른빛에 싸인 채 꼼짝 않고 서 있는 무시무시한 아이들의 과장된 사진들이 있는 V. C. 앤드루스의 전 작품은요.

p. 594

빌과 베스와 토프와 나는 뉴스를 보고 있었다. 조지 부시의 할머니에 대한 단신이 나오고 있었다. 그녀의 생일이라고 했다.

우리는 60대 후반인 남자의 할머니가 몇 살이나 되었을지 논쟁을 벌였다. 그녀가 여전히 숨을 쉬고 있다는 것이 불가능하게 느껴졌다.

베스가 텔레비전 채널을 돌렸다.

"역겨워." 그녀가 말했다.

p. 612

그녀는 영원한 현재 속에 살고 있었다. 항상 그녀는 자신의 환경, 그러니까 그녀가 어떻게 여기 있는지, 그녀의 현재가 어디서 유래했고 변수가 무엇인지에 귀를 기울여야 했다. 매일 수십 번씩 그 모든 이야기를 다시 들어야만 했다. 무엇이 나를 이루고 있나? 나는 누구의 잘못인가? 내가 어떻게 여기에 있게 되었는가? 이 사람들은 누구인가? 사건이 다시 이야기되고 대강 그려지고 끊임없이 기억을 되살리지만 항상 잊혀지고.

잊은 것이 아니다. 이해할 능력이 없는 것이지.

하지만 누가 이해할까? 젠장, 그녀는 살아 있었고 그녀도 그걸 알았다. 그녀의 목소리는 평소처럼 노래하고 그녀의 눈은 가장 사소한 것, 아무것도 아닌 일, 내 헤어스타일에도 경이로워하며 커졌다. 그래, 그녀는 몇 년 동안 자신과 함께하던 것들을 여전히 알았고 여전히 가까이했다. 그녀의 일부 기억은 거기 있었다, 고스란히. 나는 책임져야 할 사람들을 응징하고 싶다고, 그리고 그런 응징이 즐거워서 결코 질리지 않을 거라고 생각했다. 그러나 그녀와 있으면서 그녀의 피부와 그 아래를 흐르는 피를 가까이에서 느끼는 동안 내 증오심은 사라졌다.

흥얼거리는 노래가 바뀌었다.

"와, 이 노래 마음에 들어." 그녀가 목을 좌우로 움직이며 말했다.

이번 판본은 이전에 들어 있던 제사(題詞)들―"심장의, 사그라지지 않는 갈증은 완전히 알려져 있고 모두 용서받았다"(H. 반 다이크) "(내 시들은) 죽은 자들을 아프게 할지 모르지만 죽은 자들은 내 사람들이다"(A. 색스턴) "늑대에게 던져진 모든 소년이 영웅이 되는 않는다"(J. 바스) "모든 것은 잊혀질 것이고 그 무엇도 바로잡히지 않을 것이다"(M. 쿤데라) "왜 그저 일어난 일을 쓰지 않을까?"(R. 로웰) "이봐, 날 봐, 난 데이브고, 책을 쓰고 있어! 내

23

모든 생각을 담아서! 라 라 라!"(크리스토퍼 에거스)—을 모두 없애야 한다는 작가의 요구를 받아들인 것이다. 그는 자신이 제사를 사용하는 사람이라고는 결코 생각하지 않는다.

1999년 8월

하지만 안 돼. 안 돼, 안 돼!—짐—일곱 살 연상이면 괜찮은가?—보통 남자—
쇠락 대 보존—와인색, 볼트

태프가 다문화출신인 게 좋지요-서류 작성-"악몽 같은 중산층 백인 남자의 유토피아"-선정적일 정도의 무성함-병 돌리기 게임-"몰라"-"고마워요, 예수님"-"난 죽어가고 있어, 샐리니"

감사의 말

작가는 무엇보다 이 책의 기술적인 면에 엄청난 지원과 헤아릴 수 없는 도움을 준 나사(NASA)와 미국 해병대에 있는 친구들에게 감사하고 싶다. 고마워, 친구들! 또한 이 책에 진짜 이름과 행동들을 싣게 해줌으로써 관대함이 무엇인지를 보여준 많은 사람들에게 감사한다. 작가의 형제자매들, 특히 많은 부분에서 생생한 기억력을 발휘해준 베스에게는 두 배로 감사하고, 뻔한 이유 때문에 토프(토는 길게 발음된다)에게는 세 배로 감사한다. 형인 빌은 공화당원이기 때문에 별로 감사하고 싶지 않다. 작가는 자신이 빨간색과 어울리지 않는다는 사실에 감사한다. 또는 핑크색, 오렌지색, 심지어 노란색도 어울리지 않는다는 사실에. 그는 봄 같은 사람은 아니다. 게다가 작년까지 그는 이블린 워는 여자로, 조지 엘리엇은 남자로 생각했다. 게다가 작가와 이 책의 집필을 도와준 사람들은, 그래, 이런 중대한 시점에 출판된 자서전 유의 책들이 정말 많을지도 모르는 데다 허구의 사건이나 사람 들이 아니라 실제 사람과 사건에 대해 쓴 책들은 본래 졸렬하고 부패하고 그릇되고 불쾌하고 형편없다는 것을 인정하지만 모두에게 우리가 독자로서, 그리고 작가로서 더 추락할 수도 있음을 알려주고 싶었다. 일화: 이……이…… 자서전을 집필 중일 때 서부풍의 레스토랑/바에서 한 접시 가득 나온 프랑스식 립과 포테이토를 먹던 작가에게 지인이 말을 걸었다. 말을 건 사람은 맞은편에 앉아 어떻게 지내느냐고, 잘 지내느냐고, 무슨 일을 하고 있느냐고 물었다. 작가는 음, 그러니까, 책 작업을 하고 있다고 중얼중얼 말했다. 멋지군, 어떤 책인데, 그 지인이 물었다. 그는 자주색의(하지만 원래는 밝은 자주색이었을지 모른다) 벨루어천 같은 걸로 만든 스포츠코트를 입고 있었다. 뭐에 대한 건데? (가만 그를, 그래, '오스왈드'라고 부르자.) 오스왈드가 물었다. 음, 어. 작가가 다시 유창하게 말했다. 설명하기가 조금 어려운데 일종의 자서전 같은…… 오, 안 돼! 오스왈드가 큰 소리로 말을 가로챘다. (혹시 당신이 궁금할지 모르지만 오스왈드의 머리는 봉두난발이었다.) 네가 그런 함정에 빠졌다는 말은 하지 마. (그 말이 그의 어깨를 요동시켰다, 던전 앤 드래곤 스타일로.) 자서전이라고! 이봐, 낡은 수작 좀 부리지 마! 그는 음, 작가의 기분이 나빠질 때까지 한참 동안 최신 유행어를 동원해 떠들어댔다. 어쩌면 자주색 벨루어 상의와 갈색 코듀로이 바지를 입은 오스왈드가 옳았을지도 모른다. 어쩌면 자서전은 안 좋을지 모른다. 어쩌면 1인칭으로 실제 사건에 대해 글을 쓰는 것은 안 좋을지 모른다, 아일랜드 출신이 아니라면 그리고 일흔을 넘긴 게 아니라면. 그의 말이 옳다. 화제를 바꾸고 싶어 작가는 대통령을 죽인 자와 이름이 같은 오스왈드에게 무슨 일을 하고 있는지 물었다. (오스왈드는 이를테면 전문 작가였다.) 물론 작가는 오스왈드의 프로젝트가 대단히 중요하고 방대할까봐 기대되는 동시에 두려웠다. 케인스 경제학의 폐기나 『그렌델』의 재해석(이번에는 근처 침엽수들의 관점으로) 같은 것일까봐. 하지만 봉두난발에 자주색 벨루어를 입은 그가 뭐라고 말했는지 알겠는가? 그는 시나리오라고 대답했다. 그는 힘주어 말하지 않았지만 여기서는 시나리오라고 강조해줄 작정이다. 무슨 시나리오? 시나리오에는 별 유감도 없고 영화—영화가 우리의 폭력적인 사회를 얼마나 제대로 반영하는지—를 무척이나 좋아하던 작가가 갑자기 기분이 좀 나아져서 물었다. 대답은 "윌리엄 S. 버로와 마약 문화에 대한" 시나리오였다. 음, 갑자기 구름이 갈라지더니 그 사이로 햇빛이 비쳤다. 다시 한번 작가는 이 사실을 깨달았다. 실제 이야기를 들려주려는 생각이 아무리 좋지 않은 아이디어라 해도, 가족의 죽음과 그 결과로 생긴 망상에 대해 쓰려는 생각이 작가의 고등학교 동창들이나 뉴멕시코의 몇몇 창의적인 글쓰기를 하는 학생들을 제외한 모두에게 매력이 없다 해도, 이보다 **훨씬훨씬 나쁜** 아이디어들이 있다는 것. 게다가 사실적인 이야기를 쓴다는 아이디어가 마음에 들지 않는다면 당신은 이 작가가 해야만 하는 대로, 그리고 시간이 시작된 이래로 다른 작가들과 독자들이 하는 대로 하면 된다. 다시 말해,

허구인 척하는 것.

사실 작가는 제안하고 싶었다. 오스왈드의 편에 선 당신에게 작가는 이런 제안을 한다. 당신이 하드커버든 페이퍼백이든 이 책을

보내준다면 10달러만 받고(D. 에거스에게 확인해보라) 3.5플로피 디스크를 보내줄 텐데. 그 디스크에는 이 작품의 완전한 디지털 원고가 들어 있을 것이다. 이름과 장소가 모두 바뀌어 있어 자신의 삶이 그 안에 녹아 있는 사람들만이 누가 누구인지를 알겠지만. 어떤가! 허구! 게다가 디지털 버전은, 우리가 다른 디지털 기기들에게 기대하는 것처럼 쌍방향일 것이다(이봐, 분자 크기의 새로운 마이크로칩에 대해 들어봤어? 시간이 시작된 이래로 모든 컴퓨터가 지닌 모든 기능처럼, 1초 안에 뭔가를 해낼 수 있는 소금 한 알 크기의 마이크로칩들? 믿을 수 있는가? 음, 그건 예전과 마찬가지로 지금도 진실이다. 기술이 우리 삶의 방식을 바꾸고 있다는 것 말이다). 디지털 버전이니 우선 당신은 주인공의 이름을 선택할 수 있다. 우리는 '작가' '저자' '저널리스트' 그리고 '폴 서로우'를 포함해 수십 가지의 이름을 제안할 것이다. 아니면 당신이 알아서 정할 수도 있다! 사실 당신의 컴퓨터에 있는 찾아 바꾸기 기능을 사용하면 주요 등장인물부터 가장 역할이 적은 카메오에 이르기까지 모든 이름을 바꿀 수 있다. (이 책이 당신에 관한 것이 될 수 있다! 당신과 당신 친구들에 관한 것이!) 이 책의 허구적인 버전에 관심이 있는 사람들은 자신의 책을 다음 주소로 보내야 한다. 10171 뉴욕 주, 뉴욕 시, 파크애비뉴 299, 빈티지 북스, 허구를 더 좋아하는 사람들을 위한 '비틀거리는 천재의 가슴 아픈 이야기'의 특별한 제안 담당자. 주의: 이 제안은 진짜다. 불행히도 보내온 책들은 돌려줄 수 없다. 대신 그 책들은 다른 책들과 함께 싸게 처분될 것이다. 이야기를 계속하면, 작가는 명왕성 바로 너머에 있는 행성의 존재를 인정하고 싶어하고 자신의 가벼운 연구와 신념에 따라 명왕성이 행성임을 거듭 주장하고 싶어한다. 왜 우리는 명왕성에게 그렇게 해주지 않지? 우리는 명왕성과 잘 지냈다. 작가는 이 책이 때로 웃기기 때문에 당신이 이 책을 깨끗이 잊어도 좋다고 인정하고 싶어한다. 작가는 당신이 제목을 받아들이지 못한다는 것도 인정하고 싶어한다. 그 또한 망설였다. 표지에 찍힌 제목은 1998년 12월 기나긴 주말 동안 애리조나 주 피닉스에서 열렸던 '제목 토너먼트'의 승자다. 다른 경쟁 제목들과 탈락 이유를 소개한다. '죽음과 당혹의 가슴 아픈 이야기'(사실이지만 호소력이 없다), '용기와 힘의 놀라운 이야기'(스티븐 앰브로스가 소송에 나설 만했다), '어느 가톨릭 소년의 기억'(어느 정도 긍정적인 반응을 얻었다), '미국에서 나이 드는 것과 흑인으로 사는 것'(어떤 사람들은 외설적이라고 말했다). 우리는 늙어가는 것과 미국 내의 타자성을 암시하는 마지막 제목이 마음에 들었지만 출판사 측은 그 제목을 즉시 거부하고 '비틀거리는 천재의 가슴 아픈 이야기'라는 제목을 정했다. 그래, 이 제목은 독자의 시선을 끌 것이다. 우선 당신은 이 제목을 액면 그대로 받아들였고 선택했다. "이건 내가 찾던 책이야!" 당신들 중 많은 수, 특히 감상적인 멜로드라마를 추구하는 사람들이 '가슴 아픈'이란 단어에 매력을 느꼈을 것이다. 다른 사람들은 '비틀거리는 천재'라는 대목이 상당히 추천할 만하다고 생각했을 것이다. 그러다 문득 이런 생각을 했을 것이다. 이런, 이 두 단어가 어울리는 거야? 또는 피넛버터와 초콜릿, 격자무늬와 페이즐리무늬처럼 결코 평화롭게 공존하지 못하는 거 아냐? 마치, 이 책이 정말 가슴 아프다면 왜 과대 선전으로 분위기를 망치는 거지? 아니면 정말 그 제목이 고심해서 만들어낸 농담이라면 왜 감상적인 부분을 끼워 넣는 거지? 제목 전체에 담긴 거짓(진짜냐고? 아니, 정말, 정말 아니다) 허풍은 말할 것도 없고. 결국 그 제목의 의도에 대한, 유일하게 논리적인 해석은 다음과 같다. a) 싸구려 농담 b) 설득력 없이 만들어진 명목상의 혁신(추측건대, 그저 남들을 놀라게 하려고 고안한 혁신이겠지) c) 물론 싸구려 농담이라는 측면에서 폄훼된 것 d) 제목이 책의 내용, 의도 그리고 질을 정확하게 설명하고 있다고 작가가 아주 진지하게 믿고 있다는 것을 발견했을 때의 오싹한 느낌 때문에 생겨난 혼란. 아 제기랄, 지금 그게 중요하기나 한가? 절대 아니다. 당신은 여기 있고, 당신은 안에 있고, 우리는 파티를 하고 있다! 작가는 자신이 1996년 대선에서 정말로 로스 페로를 찍었다는 것, 그리고 그 사실을 전혀 부끄러워하지 않는다는 걸 이야기하고 싶어한다. 그는 부유하고 제정신이 아닌 사람들의 열렬한 팬이기 때문이다. 특히 그들의 심장이 피를 흘릴 때는. 페로 씨의 심장은 피를 흘린다, 정말로. 다르게 말하면 작가는 회고록—아니 어느 책이든—의 성패는 화자가 얼마나 호소력이 있는가와 관계있다고 느낀다. 이를 위해 작가는 다음과 같이 제안한다.

a) 그는 당신과 같다.

b) 그는 당신처럼 술에 취하면 곧장 잠이 든다.

c) 그는 때로 콘돔 없이 섹스를 한다.

d) 그는 때로 술에 취해 콘돔 없이 섹스를 하고 잠이 든다.

e) 그는 부모의 장례를 결코 제대로 치르지 않았다.

f) 그는 결코 대학을 마치지 못했다.

g) 그는 요절하기를 기대한다.

h) 그의 아버지는 담배를 피우고 술을 마시다 죽었기 때문에 그는 음식을 무서워한다.

i) 그는 아기를 안고 있는 젊은 흑인 남자를 보면 미소 짓는다.

한 단어: 매력적이다.

그리고 그것은 단지 시작이다!

이제 작가는 이 책의 주요 주제들을 알리고 싶어한다.

그것들은 다음과 같다.

A) 부모의 실종이라는 말하지 않은 마법

모든 아이와 10대의 꿈이다. 때로 비통함에서 기인한다. 때로 자기연민에서 비롯한다. 때로 사람은 주목받고 싶어한다. 대개 세 가지 요인이 모두 작용한다. 요점은 어느 시점에서 모든 사람이 부모가 죽는 것에 대해, 〈애니〉나 〈말괄량이 삐삐〉, 좀더 최근에는 〈파티 오브 파이브〉의 아름답고 비극적인 순진무구한 아이들처럼 고아가 되는 공상을 한다. 사람들은 예기치 못하게 주어졌다 너무나도 자주 보류되어버리는 부모의 사랑, 음, 그 빈자리에, 사랑과 관심이 아낌없이 주어질 것이라고, 갑자기 주위 세상, 그러니까 마을 사람들, 친척들, 친구들, 그리고 교사들이 고아가 된 아이들에게 동정심과 매력을 느낄 것이라고, 자신의 삶이 비극—분명 최고의 비극일 것이다—에 의해 유명해짐으로써 비애가 뒤섞인 유명인의 삶이 될 것이라고 상상한다. 대부분이 그런 상상을 하고, 일부는 그렇게 살고, 〈말괄량이 삐삐〉처럼 이 책에서도 그런 일이 실제 삶 속에서 벌어짐을 암시한다. 따라서 비할 데 없는 상실은 지속적인 투쟁과 함께 마음을 무감각하게 하는, 어떤 보상을 준다. 설명할 수 없지만 여러 면에서 유용하고 절대적인 자유를 시작으로. 비록 32일 만에 양친을 잃는 것—『진지함의 중요성』에서 인용한 구절이 있다. "워싱 씨, 한쪽 부모를 잃었다는 것은 불행으로 여겨질지 모릅니다. 하지만 둘 다 잃었다는 것은 부주의하다는 인상을 주지요"—그것도 서로 다른 질병(암이다, 분명히. 하지만 장소, 기간, 유래 등을 살펴보면 분명히 다르다)으로 잃는 것은 말이 되지않는 일처럼 보일지 몰라도 그런 상실은 갑자기 바닥도, 천장도 없는 세상에서 자신을 발견하게 함으로써 떠도는 느낌, 무한한 가능성이 있다는 느낌을 가져온다. 거부할 수 없는, 그리고 당연히 죄책감을 불러오는 느낌들.

B) 형제애/기묘한 공생인자

이 요소는 구석구석에까지 스며 있고 사실 이 책의 마지막에 도달하게 될 놀라운 결론, 엄청난 결말, 즉 작가가 사랑을 찾고—그와 관련된 몇 가지 에피소드가 소개될 것이다—그의 동생이 그러니까, 아이들이 찾는 것(껌과 동전)이라면 뭐든 찾으며 함께 평범하고 행복한 삶을 좇는 동안 그들은, 자신들이 진실로 숭배하고 사랑하는, 완벽하고 유일한 사람이 서로밖에 없다면 실제로 어떤, 아니 모든 정도를 벗어난 관계에서 항상 성공하지 못한다는 사실을 보여줄 것이다.

C) 고통스럽고 끝없는 자의식이 드러나는 책

아마도 이 사실은 이미 충분히 드러났을 것이다. 요점은 작가가 이를 다른 뭔가로 속일 에너지, 더 나아가 기술이 없고, 충분히 순화된 내러티브 기법을 쓸 수 있을 만큼 훌륭한 거짓말쟁이가 못 된다는 점이다. 그는 이 작품이 자의식적인 자서전이라는 사실을 분명하고 솔직하게 드러낼 것이므로 아마도 당신은 이를 감사할 것이다. 이는 다음과 같은 주제로 나타난다.

C.2) 이 책의 자의식적인 면에 대해 아는 것

작가는 자기참조형임을 자각하는 한편 자의식적인 자기참조형에 대해서도 안다. 게다가 당신이 실제 무슨 일이 벌어지기 전에 무슨 일이 벌어질지 말해줄 수 있다면 여기서 다음과 같은 사실을 예언했을 것이다. 즉 그는 자신이 자기참조형임을 자각하고 있음을 분명하고 명백하게 인식하기로 마음먹었다. 게다가 그는 그 모두의 안에 내재된 장치를 알고 완전히 인정한다는 면에서 당신보다 한 발 앞서 있고, 그 장치가 그저 모든 이야기의 핵심에 자리한 어둡고 맹목적이고 광포한 분노와 슬픔을 가리는 장치, 방어물이라고 말함으로써 그 장치로 인한 이 책의 부족한 개연성에 대한 당신의 주장을 회피할 것이다. 이는 너무 어둡고 맹목적이라 볼 수 없지만—당신의…… 시선을…… 돌려라!—그럼에도 유용하다. 캐리커처든 요약이든 적어도 작가에게는. 그는 최대한 많은 사람에게 그것에 대해 말하는 것이 고통과 비통함을 희석시켜 그의 영혼에서 빼내는 데 도움이 된다고 생각하기 때문이다. 그 생각이 다음 주제들의 근거이다.

D) 고통의 세계에 대해 말함으로써 고통을 빼내거나 최소한 희

석시킨다.

　예를 들어 작가는 1994년 〈리얼월드〉에 출연하려는, 자신의 성공하지 못한―간발의 차이기는 하지만―시도에 대해 이야기하는 데 시간을 들인다. 당시 그 쇼의 세번째 시즌은 샌프란시스코에서 촬영 중이었다. 당시 작가는 관련된 두 가지 일을 하려고 했다. 1) 자신의 최근 삶을 세상에 떠들어댐으로써 과거를 씻어내는 것, 그렇게 그 쇼를 시청하는 수천, 수백만 명의 시청자들에게 자신의 고통, 가슴 아픈 이야기를 퍼뜨림으로써 엄청난 동정과 지원을 받고 다시는 외로워지지 않는 것. 2) 자신의 슬픔으로 유명해지는 것, 최소한 자신의 고통이 작가가 유명해지는 데 도움이 되게 하는 것, 동시에 자신의 고통을 그런 식으로 조작하여 이용하는 것. 최소한 그의 견해에 따르면 그런 동기들을 고백하는 것은 그런 조작의 의미와 결과에 대한 책임을 면제시켜주기 때문이다. 누군가의 동기를 알리거나 공개하는 것은 최소한 그 누군가가 거짓말을 하고 있지 않다는 의미이고, 유권자를 제외하고는 아무도 거짓말쟁이를 좋아하지 않기 때문이다. 우리 모두는 완전한 폭로를 좋아한다. 특히 그 속에 누군가의 1) 죽음, 2) 실패에 대한 고백이 포함되었다면. (언급되었지만 똑같지는 않다.)

　E) 죽음의 공포와 겹쳐진 경우 이 모두를 시간을 멈추는 도구로 여기는 것

　그리고 E)의 추론 결과 다음과 같은 사실이 명백해진다.

E.2) 이 모두를 시간을 멈추는 도구로 여길 뿐 아니라 옛 친구나 초등학교 친구들과의 성적인 만남을 시간을 무너뜨리고 자존심을 회복하는 도구로 여기는 것

F) 당신의 관점에 맞춰 자신의 부모를 이용하거나 찬양하는 부분

G) 정말 이상하거나 특별한, 또는 특별하게 이상한, 또는 이상하게 터무니없는 뭔가가 그들에게 일어난 후 다른사람들이 받는 명백한 느낌, 어느 면에서 그들이 선택되었다는 느낌

이는 물론 작가에게도 일어났다. 두 번의 죽음을 겪고 아이의 후견인이 된 후 그는 갑자기 관찰받는 느낌이었다. 그는 번개에 맞은 사람처럼 어느 정도 자신이 선택되었다고, 그리고 자신의 삶에 목적이 지워져 있다고, 자신의 시간을 낭비할 수 없다고, 자신의 운명에 따라 행동해야 한다고, 그가…… 인도하도록…… 선택받은 게 너무나 분명하다고 생각하지 않을 수 없었다.

H) (아마) 타고난 숙명론과 관련된 면

이 부분은, 생각할 수 없고 설명할 수 없는 일이 발생한 후에 누군가가 얻는 흔들림 없는 감정과 관련이 있다. 이 사람이 죽을 수 있고 저 사람이 죽을 수 있고 이 일이 발생할 수 있고 저 일이 발생할 수 있다면…… 음, 그러면 주위 사람들에게는 그 모든 일이 벌어지는데 무엇으로 그에게는 그 모든 일이 벌어지지 않게 막을 수 있겠는가 하는 느낌. 사람들이 죽는다면 왜 그라고 죽지 않겠는가? 사람들이 차에서 사람들을 총으로 쏜다면, 사람들이 고가도로

에서 바위를 아래로 굴린다면 틀림없이 그는 다음번 희생자가 될 것이다. 사람들이 에이즈에 걸린다면 그 역시 그럴 가능성이 높다. 집의 화재, 자동차 사고, 비행기 사고, 무분별한 칼질, 빗나간 총격, 동맥류, 거미, 저격수, 피라냐, 동물원의 동물들의 경우에도 마찬가지다. G)에서 이야기했던 자기중심성이, 불가능성과 타당성의 모든 법칙들이 폐기되었을 때 등장하는 어두운 전망과 합류하는 지점. 그리하여 사람들은 말 그대로 죽음이 모든 길모퉁이에 있다고 느끼기 시작한다. 좀더 특별하게는 모든 엘리베이터에. 좀더 사실적으로는 엘리베이터 문이 열리는 모든 순간 트렌치코트를 입고 총을 든 남자가 서 있을 것이다. 남자는 그에게로 곧장 총알을 한 발 발사해 그를 즉시 그리고 당연히 죽일 것이다. 수많은 분노의 대상이었던 그와 어울리게, 그리고 그가 저지른 수없이 많은 죄에 걸맞게, 가톨릭적으로나 업보상으로나. 어떤 경찰관—특히 TV에 등장하는 경찰들—은 죽음에 익숙하고 어느 순간에는 죽음—물론 자신의 죽음이 아니라 일반적인 죽음—을 예상하는 것처럼 작가도 그렇다. 작가는 자연스럽게 편집증적인 경향을 지녔고 그 경향은 환경적인 요소에 의해 악화되었다. 그런 환경적 요소들은 저 밖에 있을지도 모르는, 삶을 끝장내는 무엇인가가 그를 찾아 코를 쿵쿵대게 하고, 그의 운이 영구히, 영원히 다하게 하고, 그의 징병검사 번호를 앞자리로 당기고, 그의 손에 최신의 빙고 카드를 쥐여주고, 그의 가슴에는 과녁을, 등에는 표적을 그리고 다니는 게 가능할 뿐 아니라 확실하게 만들었다. 재미있다. 당신도 알게 될 것이다.

그리고 마지막으로

I) 자기를 파괴하는 행위로서의 자서전

이는 피부를 벗기는 행위가 될 수 있다. 아니 되어야만 한다. 사람은 피부를 벗겨야 한다. 이는 가끔 하는 얼굴 마사지나 결장 세척만큼 필요하고 상쾌한 일이다. 폭로는 그 자체만이 아니라 모든 것이다. 대부분의 자기폭로는 단지 쓰레기이기 때문이다. 윽! 그렇다. 그러나 우리는 쓰레기를 청소하고 밖으로 던져버리고 벙커에 쑤셔 넣고 태워야 한다. 그것은 연료이기 때문이다. 화석연료. 우리는 화석연료로 무엇을 하나? 이런, 벙커에 쑤셔 넣고 태운다, 물론. 아니, 우리가 실제로 그런다는 소리가 아니다. 당신은 내 말의 의미를 알 것이다. 그것은 끊임없이 새로워진다. 그래서 누군가의 창조력을 떨어뜨리지 않고도 더 많이 사용할 수 있다. 작가는 술에 취한 후 금방 잠이 든다. 작가는 콘돔 없이 섹스를 한다. 작가는 술에 취해 콘돔 없이 섹스를 하고 잠이 든다. 그래. 멋지군. 당신은 중요한 뭔가를 가지고 있다. 하지만 그게 뭐지?

I.2) 간편하지만 설득력 없는 허무주의적 허식. 어떤 사실과 사건을 드러내는 것이 유리하다는 걸 알면서도 많은 또는 대부분의 문제들에 대해 비밀을 지키려 할 때 작가는 고상한 겉모습 아래에 숨어 있는 누군가의 비밀과 고통을 완전하게 폭로하는 것에 대해 이런 태도를 취한다.

I.3) 아래 또는 그다음에 독선과 자기혐오는 어떤 일이 벌어지

기 훨씬 전에 스며들어온, 확실한 희망이라는 사실

또한 다음과 같이 다소 자명한 요소들도 들어 있다.

J) 강화된 자기중심주의의 증거로서 승화에 대한 모욕

K) 경제적, 역사적, 지정학적 특권의 결과로 나타날 수 있는 자기중심주의

L) 토프의 모순. 그는 회고록 집필에 영감을 주는 동시에 방해가 되기도 했다.

M) 토프의 모순 2. 그는 여자들과의 관계에 있어서 자석, 그리고 필요할 때는 쐐기 역할을 했다.

마찬가지로

N) 부모의 죽음이 지닌 모순. 동정심을 유발하는 상황들과 재빨리 탈출해야 하는 상황들에 적합한 요소라는 측면에서.

말할 것도 없이

O) 동생이 있는 상황에서 거의 항상 지속되는 비통함과 관련된 면

P) 예술의 형태로서 자기강화라는 면

Q) 예술의 형태로서 자기질책이라는 면

R) 심지어 더 고차원적인 예술의 형태로서 자기질책으로 위장한 자기강화라는 면

S) 가장 고차원적인 예술의 형태로서 자기질책으로 위장한 자기강화라는 면

T) 지원의 모색이라는 면. 주위를 둘러보고 다른 모든 사람들, 그러니까 나이 든 사람들이 죽거나 죽어야만 한다는 사실을 깨달은 누군가가 동료들, 또래들 속에서 지원이나 공동체의식을 모색한다는 면

U) T)가 G)와 상당히 멋지게 들어맞는다는 사실.

표로 그려보면(다음 페이지),

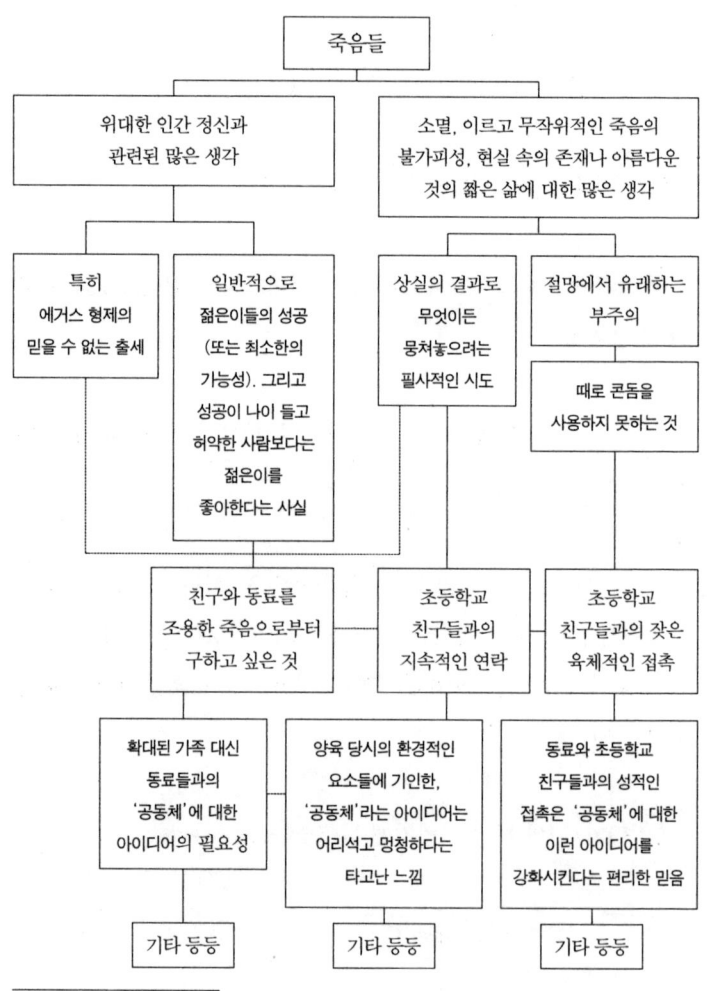

죽음들

위대한 인간 정신과 관련된 많은 생각

소멸, 이르고 무작위적인 죽음의 불가피성, 현실 속의 존재나 아름다운 것의 짧은 삶에 대한 많은 생각

특히 에거스 형제의 믿을 수 없는 출세

일반적으로 젊은이들의 성공 (또는 최소한의 가능성). 그리고 성공이 나이 들고 허약한 사람보다는 젊은이를 좋아한다는 사실

상실의 결과로 무엇이든 뭉쳐놓으려는 필사적인 시도

절망에서 유래하는 부주의

때로 콘돔을 사용하지 못하는 것

친구와 동료를 조용한 죽음으로부터 구하고 싶은 것

초등학교 친구들과의 지속적인 연락

초등학교 친구들과의 잦은 육체적인 접촉

확대된 가족 대신 동료들과의 '공동체'에 대한 아이디어의 필요성

양육 당시의 환경적인 요소들에 기인한, '공동체'라는 아이디어는 어리석고 멍청하다는 타고난 느낌

동료와 초등학교 친구들과의 성적인 접촉은 '공동체'에 대한 이런 아이디어를 강화시킨다는 편리한 믿음

기타 등등   기타 등등   기타 등등

(원주) 위의 표는 18″×24″(비록 비규격 축적이지만) 크기의 훨씬 더 큰 도표의 일부이다. 이는 대개 너무 작아서 읽을 수 없는 활자로 된 이 책 전체를 정밀하게 표시한다. 당신이 산 책에 들어 있었어야 하지만 출판사들이 어떤지 당신도 알 것이다. 대신 잠시 후에 소개할 주소에 우편으로 요청하면 받을 수 있다. 비용은 5달러이다. 당신은 실망하지 않을 것이다. 당신이 대개 실망하지 않는다면 이것이 또다른 실망거리가 될 것이다.

작가는 이 책의 비용도 알리고 싶어한다.

총 금액 ·· 10만 달러

공제액

에이전트 비용(15퍼센트) ····························· 만 5000달러

세금(에이전트 비용 공제 후) ························· 2만 3800달러

책의 집필과 관련된 비용

2년간의 임차료(매달 600~1500달러) ················· 약 만 2000달러

(조사를 위한) 시카고 여행 경비 ························ 850달러

(조사를 위한) 샌프란시스코 여행 경비 ················· 620달러

음식(글을 쓰는 척하면서 먹음) ······················· 5800달러

잡비 ··· 1200달러

레이저프린터 ··· 600달러

종이 ·· 242달러

우편요금(누나인 베스[북부 캘리포니아 어딘가]와 형인 빌[오스틴에서 텍사스 주 감사관의 고문으로 일함], 커스틴[기혼, 샌프란시스코], 샐리니[로스앤젤레스, 잘 살고 있음], 메러디스 와이스[샌디에이고에서 프리랜서 스타일리스트로 일함], 제이미 캐릭[로스앤젤레스에서 유명한 음악 가족인 핸슨의 매니지먼트팀에서 일함], '리키'[샌프란시스코, 투자은행가 ― 하이테크 기업 상장] 등등에게 허락을 받기 위해 원고를 보냄) ·················· 231달러

〈재너두〉의 오리지널 사운드트랙 복사 ················ 14달러 32센트

정보 복구 서비스(훼손된 외장 하드 드라이브에서 2년 치의 일지를 복구하려는 성공적이지 못한 시도) ···································· 75달러

순계 ·· 3만 9567달러

그러고 보니 그리 나쁘지는 않다. 애완동물을 기르지 않는 작가가 쓸 수 있는 것 이상의 액수다. 그 결과 작가는 당신에게, 적어도 당신 중 몇몇에게 그중 일부를 나눠줄 것을 약속한다. 이 책을 읽고 그 안의 교훈들을 받아들였다는 증거를 보여주는 200명의 독자에게 작가는 미국 은행, 아마도 체이스맨해튼이 발행한 5달러짜리 수표를 보낼 것이다. 체이스맨해튼은 좋은 은행이 아니다. 그 은행에 계좌를 개설하지 마라. 이제 당신이 이 책을 사서 읽었다는 것을 어떻게 증명해야 할까? 예를 들면 당신이 산 책을—영수증이나 영수증의 복사본을 동봉하라—읽거나, 아니면 이보다 더 잘 써먹는 모습을 누군가에게 사진으로 찍게 하라.* 가산점을 주는 경우는 a) 아기들이 좋은 건 다들 알듯, 아기(또는 아기들)의 사진이거나 b) 혀가 아주 긴 아이의 사진이거나 c) 이국적인 장소에서 찍은 사진들(기억하라, 책도 함께 찍혀 있어야 한다)이거나 d) 곰과 너구리를 합쳐놓은 것 같은 너구리판다—레서판다로도 알려져 있는데 중국 중부가 원산지이며 몸을 문질러 영역을 표시한다—라는 녀석이 책을 문지르는 모습의 사진들. 다음을 잊지 마라. 당신 자신이나 당신의 주제가 사진 중심에 오게 하라. 당신이 35밀리 렌즈의 자동초점카메라를 사용하고 있다면 당신이 생각하는 것 이상으로 가까이에서 찍어야 한다. 그 렌즈는 볼록하기 때문

---

* (원주) 만일 당신이 이 책을 도서관에서 빌리거나 페이퍼백으로 읽는다면 말할 필요도 없이 다른 사람들보다 한참이나 늦을 것이다. 그러고 보니 당신은 먼, 먼 미래에 이것을 읽을지도 모른다. 아마 모든 학교에서 이 책을 교재로 쓸지도 모르니까! 말해보라. 미래는 어떨까? 모두가 옷을 입을까? 자동차는 더 동글동글해질까, 아니면 덜 동글동글해질까? 여자 축구 리그가 여전히 있을까?

에 당신이 5~8피트쯤 뒤쪽에 있는 듯한 효과를 낸다. 그리고 제발 옷을 입어라. 특히 소식에 밝아 계간지를 입수해본 독자들은 이 공돈을 받을 수 있는 가장 빠른 주소를 이미 알 것이고(그 주소는 2000년 8월까지만 유효하겠지만), 그러므로 시간적으로 이점이 될 것이다. 그렇지 않으면 당신의 세련된 사진들을 이 주소로 보내 달라.

10171 뉴욕 주, 뉴욕 시, 파크애비뉴 299, 빈티지 북스,
비틀거리는 천재의 가슴 아픈 이야기 제안 담당자

작가가 당신의 편지를 받을 즈음에 이미 200장의 수표를 나누어주었다면 당신은 다른 행운을 얻을지 모른다. 당신의 사진이 재미있거나 당신의 이름이나 주소가 불운하게 들리는 데다 당신이 우표를 붙인 반송용 봉투를 넣어 보낸 경우 작가는 그 봉투 안에 뭔가(돈은 아니다)를 넣어 돌려보낼 것이다. 케이블 TV가 설치되어 있지 않아 그에겐 뭔가 오락거리가 필요하기 때문이다. 지금.*
작가는 당신이 이 플롯, 이 책의 주요 부분, 이 이야기로 시작하고 싶어하는 것에 감사한다. 그는 그렇게 D)에서 말한 것과는 반대로

---

* (원주) 흥미로운 이야기. 한번은 내 아버지가 당신과 당신의 친구 레스가 어떻게 미팅이나 조사(아버지와 레스는 변호사였다. 레스는 여전히 변호사로 활동하고 있다)에서 시간을 버는지 알려주었다. 그들은 "음……"이나 "어……"라는 말 대신 "지금……"이라고 말했다. '지금'이라는 단어는 두 가지 일을 가능하게 한다. 우선 "음……"이나 "어……"처럼 시간을 벌려는 목적에 도움이 되지만 바보 같은 소리를 내며 당황하는 대신 그게 무엇이 되었든 다음에 나올 것, 말하는 사람도 아직 알지 못하는 것에 대한 긴장감을 조성한다.

족히 130페이지가량에 걸쳐 우쭐대지 않는 산문을 실을 것이다. 그 글은 당신에게 기쁨을 주고 슬픔을 주고 때로 기운을 줄 것이다. 그는 그 이야기를 계속 해나갈 것이다. 그는 시기가 왔을 때, 그 시기가 적절할 때, 그렇게 해나가는 것이 좋을 때를 알아보기 때문이다. 그는 독자의 필요와 느낌에 감사한다. 그는 독자가 그렇게 많은 시간, 그렇게 참을성이 많다는 사실에 감사한다. 겉보기에는 끝없이 빈둥거리고, 끝없이 목을 가다듬는 것이 오만한 시간 끌기, 독자들을 기다리게 하는 시간 끌기로 보일 수 있고, 심지어 실제로 시간 끌기가 될 수도 있지만 아무도 그것을 원하지 않는다. (아니면 원하나?) 그래서 우리는 계속 나아갈 것이다. 당신처럼 작가도 계속 나아가고 싶어하기 때문이다. 중요한 부분으로. 지금 당장 이 이야기 속으로 뛰어들고 싶어하기 때문이다. 그것은 으레 그렇듯 죽음과 구원, 분노, 그리고 배신이 얽힌, 들어야 할 이야기이기 때문이다. 그래서 우리는 좀더 감사의 말을 전한 후 이야기 속으로 뛰어들 것이다. 작가는 미군에서 복무하는 용감한 남녀에게 감사하고 싶어한다. 그는 그들의 건강을 빌며 그들이 곧 귀향할 수 있기를 희망한다. 그들이 원한다면. 그들이 현재 주둔하는 곳을 마음에 들어한다면 작가는 그들이 그곳에 머물기를 바란다. 적어도 그들이 귀향을 바랄 때까지. 그때 그들은 다음 비행기를 타고 곧장 집으로 돌아가야 한다. 작가는 또한 만화책의 악당들과 슈퍼영웅들을 만들어낸 사람들에게 감사하고 싶어한다. 신의 이름으로 여러 차례 가장 불쾌한 비통함과 가장 기이한 바람—아주아주 이상하고 어리석은 짓을 하려는—에 의해 움직이는 변종과 더불어 정상적이고 온화한 사람들이 이상한 우연에 의해 변종으로 바뀐다는 개념을 만들어낸, 아니면 적어도 그런 개념을 대중화한 사람들. 만화책 제작자들은 거기서 좋은 성과를 올린 것 같았다. 이제, 구구절절한 글라스노스트의 정신으로 작가는 이 책에 등장하는 은유의 절반 이상에 대해 대략적으로 설명함으로써 당신의 고충을 덜어주고 싶어한다. (다음다음 페이지.) 작가는 또한 과장하는 경향을 인정하고 싶어한다. 그리고 어느 쪽이든 그의 목적에 도움이 된다면 자신이 더 낫거나 나빠 보이도록 악의 없는 거짓말을 하는 경향도. 아니, 그는 자신이 지금껏 부모를 잃은 유일한 사람이 아니라는 것, 그리고 그가 지금껏 부모를 잃고 어린 동생을 떠맡은 유일한 사람이 아니라는 것을 인정하고 싶어한다. 그러나 그는 현재로서는 그런 사람 중 책 계약을 한 사람은 자신이 유일하다는 사실을 짚고 넘어가고 싶어한다. 그는 매사추세츠 주의 저명한 상원의원에게 감사하고 싶어한다. 그리고 팔레스타인의 국가 자격을 인정하고 싶어한다. 그리고 재연 규칙의 맹목적인 논리도. 그리고 당신이 이 책의 약점과 단점을 뭐라고 생각하든 작가 역시 이를 잘 알고 있다는 사실과 당신이 이를 알아차렸다는 데 경의를 표한다는 사실도. 그러고 보니 그는 형인 빌에게도 감사하고 싶어한다. 그의 형인 빌은 아주 좋은 사람이다. 그리고 이 책의, 정중하고 의심할 줄 모르는 편집자 제프 클로스크, 이름의 모음 순서가 뒤죽박죽이긴 하지만 그것만 아니라면 아주 멋진 그의 조수 니콜 그라예프. 또한 공포를 달래준 C. 레이션, A. 퀸, J. 레덤, V. 비다. 말할 필요도 없이 에이드리엔 밀러, 존 워너, 마니 레쿼 그리고 세라 바월에게도. 그들은 이 책이 읽을 만한 것이 되기 전에 읽어주었다(생각해보니 작가는 워너에게 100달러를 던져주었기 때문에 그에게는 크게 감사할 필요가 없다). 그리고 다시 한번 이 이야기에 등장한 모든 사람, 특히 자신이 누구인지를 알고 있는 C. M. E.에게 감사한다. 마지막으로 작가는 미국 체신부에서 일하는 사람들에게 감사하고 싶어한다. 그들은 때로 감사받지 못하는 일을 대단히 침착하고 대단히 효율적으로 해낸다.

여기 스테이플러 그림이 있다.

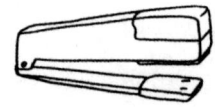

상징과 은유에 대한 불완전한 가이드

태양	=	엄마
달	=	아빠
거실	=	과거
코피	=	부식
종양	=	전조
하늘	=	해방
바다	=	죽음
다리	=	다리
지갑	=	안전, 아버지, 과거, 계층
격자	=	선험적인 동치
하얀 침대	=	자궁
가구, 깔개 등	=	과거
작은 곰 인형	=	엄마
토프	=	엄마
인형	=	엄마
미시간 호	=	엄마, 과거, 평화, 혼돈, 미지
엄마	=	죽음
엄마	=	사랑
엄마	=	분노
엄마	=	암
벳시	=	과거
존	=	아빠
샐리니	=	약속
스카이	=	약속
나	=	엄마

(원주) 저니의 노래 〈Any Way You Want It〉을 사용한 것에는 아무 상징성도 없다.

1

작고 긴 욕실 창문을 통해 보이는 12월의 마당은 회색인 데다 황량하고, 나뭇가지들은 마치 붓글씨로 휘갈긴 것 같다. 건조기에서 나온 연기가 집 위로 빠져나가더니 하얀 하늘로 꿈틀대며 흩어진다.

집은 공장이다.

나는 도로 바지를 입고 엄마에게로 갔다. 복도를 따라 걸어간 나는 세탁실을 지나 가족실로 들어갔다. 건조기에서 신발이 들들거리며 돌아가는 소리가 들리지 않도록 나는 등 뒤로 문을 닫는다.

"어디 있었니?" 엄마가 말한다.

"욕실에요." 내가 말한다.

"흠."

"왜요?"

"십오 분이나?"

"그렇게 오래 있지 않았어요."

"더 오래 있었어. 뭐가 망가졌니?"

"아뇨."

"쓰러졌었니?"

"아뇨."

"자위라도 했니?"

"머리를 깎았어요."

"명상이라도 했어?"

"그래요. 아무럼 어때요."

"치웠니?"

"네."

내가 치우지 않아 사방에 머리카락이 널려 있고 세면대에는 곱슬곱슬한 갈색 머리카락이 떨어져 있지만 엄마는 모를 것이다. 엄마는 일어나서 살펴볼 수 없었다.

엄마는 소파에 있다. 현재 그녀는 소파에서 움직일 수 없다. 몇 달 전까지만 해도 엄마의 병세가 호전되어 걷고 운전하고 돌아다녔던 때가 있었다. 그 후 엄마가 대부분의 시간을 소파 옆 의자에 앉아 때로 뭔가를 하거나 밖에 나가거나 그 비슷한 일들을 하면서 시간을 보내던 시기가 있었다. 마침내 엄마는 소파로 옮겨 갔지만 심지어 그때도, 적어도 한동안은 대부분의 시간을 소파에서 보내면서도, 매일 밤 11시쯤 맨발로, 11월인데도 여전히 갈색으로 그을린 맨발로, 느리고 조심스럽게 초록색 카펫을 밟고 위층에 있는 누이의 낡은 침실로 올라가곤 했다. 엄마는 여러 해 동안 거기서 잤다. 온통 핑크색인 그 방은 깨끗했고 침대에는 캐노피가 달려 있었다. 오래전 엄마는 기침을 해대는 아버지와는 더이상 함께 못 자겠다고 결심했다.

하지만 엄마가 위층에 올라갔다 온 지도 벌써 몇 주가 되었다. 이제 소파에서 꼼짝도 못하는 엄마는 나이트가운을 입은 채 새벽까지 TV를 켜놓고는 목부터 발끝까지 두꺼운 이불을 뒤집어쓰고 낮에는 누워 있고 밤에는 잤다. 사람들은 안다.

엄마는 밤낮으로 소파에 등을 기댄 채 머리를 돌려 TV를 보다가 다시 고개를 돌려 플라스틱 그릇에 초록색 액체를 토한다. 플라스틱 그릇은 새것이다. 몇 주 동안 엄마는 초록색 액체를 수건에 뱉었다. 같은 수건이 아니라 여러 수건에. 그 수건 중 하나를 엄마는 가슴에 올려놓았다. 그러나 얼마 뒤 누이 베스와 내가 알아차린 것처럼, 엄마의 가슴에 놓인 수건은 초록색 액체를 뱉기에는 그리 적당하지 않았다. 그 초록색 액체는 지독한 냄새, 사람들이 예상하는 것보다 훨씬 더 얼얼한 냄새를 풍겼기 때문이다. (사람들은 분명 이런 게 아닌 다른 냄새를 예상할 것이다.) 그리고 초록색 액체는 테리 천으로 만든 수건에서 부패하고 굳어갔다. (초록색 액체가 껍질처럼 굳어갔기 때문에 수건들은 깨끗할 수가 없었다. 그래서 초록색 액체가 묻은 수건은 한 번밖에 쓸 수 없었다. 수건을 구석구석, 접고 뒤집고, 뒤집고 접어가며 쓴다 해도 며칠밖에 쓸 수 없었다. 그래서 우리는 욕실, 벽장, 차고를 싹 훑어 수건을 찾아냈지만 여전히 수건은 부족했다.) 마침내 베스가 에어컨 부품처럼 날림으로 보이지만 초록색 액체를 많이 뱉어내는 사람들을 위해 디자인된, 작은 플라스틱 그릇을 병원에서 구했고 엄마는 초록색 액체를 거기 뱉었다. 그것은 반달 모양의 크림색 플라스틱 그릇으로 옆에 두고 액체를 뱉을 수 있었다. 누워 있는 사람의 입 주위, 그러니까 바로 턱 아래에 받쳐서 머리만 들면 그 안에 직접 초록색 액체를 뱉거나 그저 턱 아래로 액체를 똑똑 떨어뜨릴 수 있었다. 그 반달 모양의 플라스틱 그릇은 대단한 발견이었다.

"그거 편하죠?" 나는 엄마를 지나쳐 부엌으로 향하면서 묻는다.

"응, 아주 멋져." 그녀가 말한다.

난 냉장고에서 아이스케이크를 꺼내 거실로 돌아간다.

6개월 전 엄마의 위를 절제했다. 제거할 게 많지는 않았다. 이미 1년 전쯤에도 위를 떼어냈기 때문이다(내가 알기만 한다면 의학 용어를 썼을 텐데). 당시 의사들은 말썽이 되는 부분을 모두 제거 했기를 바라며 뭔가를 뭔가에 묶고는 화학치료 일정을 잡았다. 하지만 당연하게도 의사들은 말썽이 되는 부분을 모두 제거하지 못 했다. 의사들은 일부를 남겼고 그 일부가 다시 나타나 커지면서 퍼 지더니 뱃속을 가득 채우고 옆으로까지 비어져 나왔다. 엄마는 한 동안은 괜찮아 보였다. 그녀는 화학치료를 받았고, 가발을 썼다. 머리카락도 다시 자랐다. 더 빳빳하고 더 진하게. 하지만 6개월 후 엄마는 다시 통증을 느꼈다. 소화불량인가? 트림을 하고 통증을 느 끼고 저녁을 먹고 난 뒤 식탁에 엎드렸다. 물론 소화불량일 수도 있었다. 사람들은 소화불량에 걸린다. 사람들은 소화제를 먹는다. 엄마, 소화제 가져올까요? 엄마가 다시 입원했을 때 의사들이 엄마 의 "몸을 열고"—정말 그렇게 말했다—안을 들여다보았다. 그놈 은 바위 아래에서 꿈틀대는 천 마리의 벌레처럼 축축하고 미끈미 끈하게 무리를 지어 꿈틀대더니 의사들을 노려보았다. 큰일이군! 아니, 어쩌면 벌레가 아니라 작은 암세포 하나하나가 작은 도시—

환경에는 무관심한 시민을 거느린—를 이루며 지역 설정 규칙도 없이 막무가내로 볼품없이 퍼져 나간 100만 개의 작은 포듈처럼. 의사가 엄마의 몸을 열어 포듈의 세계에 갑자기 빛이 쏟아졌을 때 그놈들은 소란에 짜증을 내고 반항했다. 그 빌어먹을. 불. 꺼. 그놈들은 의사를 노려보았다. 각각의 포듈은 그 자체로 하나의 도시지만 한가운데 하나의 눈, 어둡고 사악한 눈을 가지고 있다. 그 하나의 눈이 최대한 오만하게 의사를 노려본다. 꺼. 져. 버. 려. 의사들은 자신들이 할 수 있는 일을 했다. 위를 모두 들어내고 남아 있는 것을, 그러니까 이 부분과 저 부분을 연결한 다음 엄마의 배를 다시 꿰맸다. 도시를 그냥 둔 채, 식민지 주민들을 그들의 영토확장론, 그들의 화석연료, 그들의 상업 지구, 그들의 팽창하는 외곽 지역과 함께 남겨둔 채. 위는 튜브와 휴대용 수액 백으로 대체됐다. 수액 백은 좀 귀여웠다. 엄마는 항상 회색 배낭에 수액 백을 가지고 다녔다. 우주여행용 액상 음식 파우치와 교차된 채 매달린 인조 아이스팩처럼 전위적인 모습이었다. 우리는 거기에 이름을 붙였다. 우리는 그걸 '가방'이라고 불렀다.

엄마와 나는 TV를 보고 있다. 마케팅과 엔지니어링 일을 하는 젊은 아마추어 운동선수가 남녀 보디빌더들과 함께 힘과 민첩성을 요하는 경기를 벌이며 경쟁하는 쇼다. 보디빌더들은 대개 금발이고 빈틈없이 태닝을 했다. 그들은 정말 멋졌다. 그들은 파이어스타나 머큐리나 제니스처럼 민첩하고 강인한 이름, 미국의 자동차나 전자제품 같은 이름을 가지고 있었다. 멋진 프로그램이다.

"뭐니?" 엄마가 TV 쪽으로 몸을 숙이며 묻는다. 한때 작고 날카롭고 위협적이던 그녀의 눈은 이제 초점이 없고, 겁먹고, 의기소침

하고, 굳어 있다. 초록색 액체를 계속 뱉어내다보니 갈수록 악화되는 것 같다.

"격투기 같은 거예요." 나는 말한다.

"흠." 그러고는 고개를 돌리더니 머리를 들어 액체를 뱉는다.

"아직 피가 나요?" 나는 아이스케이크를 빨면서 묻는다.

"응."

코피가 난다. 내가 욕실에 가 있는 동안 그녀가 코를 잡고 있었지만 세게 쥐지 못했다. 그래서 지금은 엄마 대신 내가 비어 있는 한쪽 손으로 엄마의 코를 잡는다. 엄마의 피부는 기름이 번들거리고 부드럽다.

"꽉 잡아." 엄마가 말한다.

"네." 나는 더 세게 잡는다. 엄마의 피부는 뜨겁다.

토프의 신발은 계속 덜그럭거린다.

한 달 전 베스는 일찍 잠이 깼다. 그녀는 그 이유를 기억하지 못한다. 그녀는 발소리가 나지 않게 살금살금 초록색 카펫을 지나 아래층, 현관의 검은 슬레이트 바닥으로 내려갔다. 현관문은 방충문만 닫힌 채 열려 있었다. 가을이고 쌀쌀했다. 베스는 두 손으로 커다란 나무 문을 닫고, 찰칵, 부엌 쪽으로 돌아섰다. 그녀는 복도를 지나 부엌으로 들어갔다. 유리 미닫이문 귀퉁이에 거미줄이 얽혀 있었고 뒤뜰의 벌거벗은 나무에는 서리가 내렸다. 그녀는 냉장고 문을 열고 안을 들여다보았다. 우유, 과일, 날짜가 적힌 수액 백. 그녀는 냉장고문을 닫았다. 그녀는 부엌에서 나와 거실로 들어갔다. 정면의 커다란 유리창을 가리고 있던 커튼은 열려 있었고 바깥의 불빛은 흰색이었다. 바깥의 불빛을 받은 창문은 밝은 은색 스크린이었다. 그녀는 빛에 적응할 때까지 눈을 가늘게 떴다. 그녀의 눈이 초점을 맞추는 동안 스크린 중앙에 아버지의 모습이 나타났다. 아버지는 집 앞 차도 끝에 무릎을 꿇고 있었다.

우리 가족이 아무 취향도 없어서가 아니라 취향이 변덕스러워서다. 아래층 욕실의 벽지는 원래 있던 것으로 이 집에서 가장 장식적이었다. 벽지에는 도배할 당시 유행하던 열다섯 개쯤의 표어와 표현이 그려져 있다. 옳소, 매우 좋은, 멋진! 이런 문구들이 교묘하게 뒤섞여 있다. 임신한과 해결책이 만나면서 임신한의 신이 신해결책이라는 단어를 만들어낸다. 단어들은 흰 바탕에 검정과 빨강으로 멋을 낸 블록체로 손으로 쓴 것 같다. 그보다 더 추할 수 없는 벽지였지만 우리 집을 찾는 사람들은 신기해했다. 벽지는 우리 가족이 장식에 아무런 관심도 없음을 보여주는 증거이자 행복한 시간, 원기왕성하고 기상천외한 벽지를 탄생시킨, 미국 역사의 원기왕성하고 기상천외한 시간의 증거였다.
거실은 사실 조금 고급스러웠다. 깨끗하고 깔끔한 데다 조상 대대로 내려오는 가재도구와 골동품이 가득하고, 동양풍 러그가 마룻바닥 한가운데를 덮고 있었다. 하지만 가족실은 우리 중 누구라도 한 번은 시간을 보낸 적이 있는 유일한 장소로 좋든 나쁘든 항상 우리의 진짜 취향을 반영하고 있었다. 뒤죽박죽으로 혼란스러운 가족실에는 가구들이 이를 앙다물고 팔꿈치를 뾰족하게 내민 채 가장 흉측한 물건이라는 타이틀을 놓고 경쟁한다. 12년 동안 거실을 주로 점령하고 있던 의자들은 붉은 오렌지빛이었다. 오렌지빛 의자들, 그리고 북실북실한 흰색 러그와 조화를 이루던, 어린 시절에 쓰던 소파는 격자무늬였다. 초록색, 갈색, 하얀색의. 가족실은 나무로 판을 대고 여섯 개의 묵직한 나무 기둥이 천장을 받치고 있어서, 아니 받치고 있는 걸로 보여서 항상 선실 같았다. 가족실은 어둡다. 가구나 벽의 일반적인 부식을 제외하면 우리가 사는 20년 동안 많이 바뀌지 않았다. 가구는 곰 가족의 가구처럼 갈색에 땅딸막했다. 우리가 가장 최근에 들인 소파는 아버지의 것으로 황갈색 벨루어 천 같은 것으로 덮여 있었고, 그 옆에 있는 의자는 엄마의 것으로 5년 전 붉은 오렌지빛 의자 대신 들인 갈색 격자무늬 소파체어다. 그 소파 앞에는 래커를 두껍게 칠한, 나무껍질째 원목을 가로로 잘라서 만든 커피테이블이 있다. 우리는 여러 해 전에 캘리포니아에서 그 테이블을 사들였고, 우리 집 가구가 대부분 그렇듯 그 테이블 또한 감정이입적인 장식 철학의 증거다. 우리는 곤란에 처한 전 세계의 아이들이나 난민들을 받아들인 가족들처럼 미적으로 권리를 박탈당한 가구들을 집 안에 들였다. 우리는 그 가구들에서 아름다움을 발견했고, 그걸 부인할 수는 없다.

거실의 한쪽 벽은 벽돌 벽난로가 차지했고 지금도 마찬가지다. 벽난로는 집 안에서 바비큐를 즐기기 위해 움푹하게 만들었다. 하지만 여기 이사 왔을 때 굴뚝 위 어딘가에 너구리가 산다는 이야기를 듣고는 한 번도 벽난로를 사용해본 적이 없다. 몇 년 동안이나 고무 거미와 뱀으로 소파 옆 램프를 장식하던 아버지가 4년 전쯤 똑같이 이상한 영감에 사로잡혀 벽난로 안에 어항을 설치할 때까지는. 눈대중으로 짜 맞춘 어항은 크기가 완벽하게 맞았다.

"이런, 이런!" 아버지는 어항을 제자리에 밀어 넣으면서 탄성을 질렀다. 어항 양옆으로 공간이 1센티미터밖에 남지 않았기 때문이다. "이런, 이런!"은 마드라스 바지를 입은 회색 머리의 변호사에게 나온 소리이다보니 우리 귀에는 너무 폰지*스럽게 들렸다. "이런, 이런!" 그는 눈대중이 정확하게 맞아떨어지는, 현기증 나는 기적이 벌어지면 그렇게 말하곤 했다. 새 어항이 딱 맞아떨어진 기적 외에, 예를 들면 바닥 전체에 깔린 카펫 아래로 닌텐도 전선을 깔아서 아기가 줄에 발이 걸려 넘어지는 일이 없게 하는 기적은 말할 것도 없고 진짜 스테레오 사운드를 내는 멋진 새 스테레오와 TV를 연결하는 기적이 벌어졌을 때도. (그는 닌텐도에 빠졌다.) 각각의 경이에 관심을 끌기 위해 그는 거실에 누구라도 있으면 그 앞에 서거나 활짝 웃으며 한쪽 어깨 위로, 그다음에는 또다른 어깨 위로 맞잡은 두 손을 의기양양하게 추켜올렸다. 파인우드 더비에서 우승한 컵스카우트처럼. 때로 그는 겸손한 척, 눈을 감고 머리를 갸우뚱한 채 그러곤 했다. 나도 그랬나?

"패배자." 우리는 말하곤 했다.

"아, 엿 먹어라." 그는 이렇게 말하고는 키가 아주 큰 블러드 메리**로 변하곤 했다.

거실의 한쪽 천장에는 노란색과 갈색 동심원으로 얼룩이 져 있었다. 지난봄에 내린 폭우를 기념하는 것이었다. 현관문은 세 개의

---

* 1970~80년대 시트콤인 〈해피 데이즈〉의 등장인물로 손가락으로 딱딱 소리를 내거나 엄지손가락을 추켜올리면서 "워" "아아아이!" "이이이!" 같은 감탄사를 내뱉은 것으로 유명했다.
** 헨리 8세의 첫번째 왕비가 낳은 딸로 영국의 여왕이 되어 수많은 살육을 저질렀다. 그래서 블러드 메리라는 별명이 붙었다.

경첩 중 하나에 매달려 있었다. 바닥 전체에 깔린 회백색 카펫은 속까지 닳아 있었고 여러 달 동안 진공청소기로 청소를 하지 않았다. 방충망은 여전히 올라가 있다. 아버지는 방충망을 내리려 했지만 올해는 그럴 수 없었다. 거실의 앞쪽 창문은 동쪽을 향해 있고 집은 여러 그루의 거대한 느릅나무 뒤에 자리 잡고 있어서 거의 햇빛이 들지 않는다. 거실의 밝기는 밤이나 낮이나 크게 다르지 않다. 거실은 대개 어둡다.

대학에 다니던 나는 크리스마스 방학을 맞아 집으로 돌아왔다. 형인 빌은 워싱턴 DC에서 방금 돌아왔다. 그는 헤리티지 재단에서 동유럽 경제, 민영화, 전환과 관련된 일을 한다. 누이는 1년 내내 집에 있다. 그녀는 집에 있으려고 로스쿨 입학을 연기했다, 순전히 재미로. 내가 집에 가면 베스는 밖에 나간다.

"어디 가?" 나는 대개 이렇게 묻는다.

"나가." 베스는 대개 이렇게 대답한다.

나는 코를 잡고 있다. 우리는 코피를 멈추려고 애쓰면서 TV를 본다. TV에서는 덴버 출신의 회계사가 벽을 기어 오르고 있다. 그는 스트라이커라는 이름의 보디빌더가 자신을 벽에서 떼어내기 전에 필사적으로 벽을 기어 오르려 한다. 프로그램은 긴장감이 넘친다. 장애물 코스가 있어서 경쟁자들은 서로 경쟁하는 동시에 기록과 경쟁하고, 끝에 스펀지가 달린 노로 서로를 치기도 한다. 아주 흥미롭다. 특히 경쟁자들이 막상막하의 실력으로 치열하게 경쟁할 때면. 벽을 기어 올라가는 대목은 정말 아슬아슬하다. 회계사가 벽을 기어 오르는 동안 추격당하리라는 생각은…… 아무도 벽을 기어 오르는 동안은 어떤 것에도, 어떤 사람에게도 추격당하고 싶어하지 않는다. 그들이 꼭대기의 벨에 팔을 뻗는 동안 그들의 발목을 잡아채는 손들. 스트라이커는 회계사를 잡아서 끌어내리려 하는데—그는 때때로 회계사의 다리를 잡으려고 위로 뛰어오른다—제대로 회계사의 다리를 잡은 다음 제대로 잡아당기기만 하면 된다. 만일 스트라이커가 그 일을 해낸다면…… 아마 그 대목이 프로그램에서 가장 무시무시할 것이다. 회계사는 한 발 한 발 재빨리 그리고 열심히 기어 올라간다. 잠깐 동안은 그가 승리할 것처럼 보인다. 게다가 스트라이커는 족히 두 사람의 키만큼 떨어진 아래쪽에 뒤처져 있다. 그런데 순간, 회계사가 멈춰 선다. 그는 어떻게 움직여야 할지 고민한다. 다음에 잡을 곳은 너무 멀어서 그가 있는 곳에서는 닿지 않는다. 그래서 다른 경로를 잡기 위해 조금 아래로 내려온다. 그가 한 발씩 아래로 내려올 때마다 견딜 수 없을 정도로 긴장감이 팽팽해진다. 회계사가 아래로 내려와 벽의 왼쪽으로 기어 오르기 시작하는데 갑자기 스트라이커가 나타난다. 정말 느닷없이. 심지어 그는 화면에도 비춰지지 않았다! 그리고 그는 회계사의 장딴지를 잡아당긴다. 모두 끝났다. 회계사는 벽에서 떨어져(물론 밧줄을 매고 있다) 천천히 바닥으로 내려간다. 무시무시했다. 난 다시는 이 프로그램을 보지 않을 것이다.

엄마는 세 명의 젊은 여자가 파스텔톤 의자에 앉아 한 남자와의 즐거웠거나 괴로웠던 블라인드 데이트에 대해 떠들어대는 프로그램을 더 좋아한다. 여러 달 동안 엄마와 베스는 매일 밤 그 프로그램을 봤다. 때로 출연자들은 서로 섹스를 하고는 재미있는 말로 그 경험을 묘사했다. 검은 곱슬머리에 코가 커다랗고 재미있는 남자가 진행자였다. 그는 프로그램을 재미있어하며 모든 것에 활기를 불어넣었다. 프로그램이 끝날 때 독신남은 세 명의 여자 중 다시 한번 데이트를 하고 싶은 여자를 한 명 고른다. 그러면 진행자는 정말 믿을 수 없는 제안을 한다. 그는 이미 이전에 이루어진 세 번의 데이트 비용을 지불했음에도, 그리고 더이상 얻을 게 없음에도 그 독신남과 독신녀에게 다음 데이트 비용을 주기로 한다.

엄마는 매일 밤 그 프로그램을 본다. 엄마가 잠들지 않고 볼 수 있는 유일한 프로그램이다. 낮에 엄마는 졸다 깨다를 반복하며 내리 잔다. 하지만 밤에는 자지 않는다.

"엄마는 당연히 밤에 자죠." 내가 말한다.

"아니." 엄마가 말한다.

"모두 밤에 자잖아요." 내가 말한다. 이것은 내게 논쟁거리다. "그런 것 같지 않아도 말이죠. 밤은 내내 깨어 있기에는 너무, 너무 길어요. 나도 밤을 샌 적이 있죠. 예를 들면 〈공포의 별장〉에 나오는 뱀파이어들, 그 영화 생각나세요, 데이비드 솔이랑 모두? 말뚝에 찔린 사람들도? 난 무서워서 밤을 새곤 했는데. 잠이 들까봐 떨면서 밤새 배 위에 올려둔 작은 휴대용 텔레비전을 봤죠. 난 그들이 그 순간, 내가 잠드는 순간을 기다렸다 내 방 창문으로 뛰어오르거나 복도로 다가와서 나를 물 거라고 믿었거든요. 아주 느리게 마치……"

엄마는 반달 모양의 그릇에 초록색 액체를 뱉더니 나를 보았다. "대체 무슨 소리를 하는 거니?"

벽난로 안에는 여전히 어항이 있지만 눈이 튀어나온 너덧 마리의 금붕어는 몇 주 전에 상피병에 걸려 죽었다. 여전히 어항 위쪽에는 자줏빛 어항 불이 켜져 있고, 어항 물은 곰팡이와 물고기 배설물로 회색이다. 잔뜩 흔들어둔 스노글러브*처럼 흐릿하다. 나는 뭔가 궁금하다. 물맛이 어떨지 궁금하다. 영양 셰이크 같을까? 개 숫물 같을까? 난 엄마에게 물어볼까 생각한다. 어떤 맛일 것 같아요? 하지만 엄마는 그 질문을 재미있게 여기지 않을 것이다. 엄마는 대답하지 않을 것이다.

"좀 봐줄래?" 엄마가 코를 가리킨다.

나는 엄마의 코를 놓았다. 아무것도 나오지 않았다.

나는 엄마의 코를 보았다. 여름에 탄 엄마의 피부는 여전히 황갈색이었다: 엄마의 피부는 부드럽고 갈색이다.

그때 피가 난다. 처음에는 작은 개울처럼 흐르다 곧 굵은 뱀장어가 느리지만 힘차게 따라 나온다. 나는 수건을 가져다 살살 눌러줬다.

"아직 나와요." 내가 말한다.

엄마의 백혈구 수치는 낮았다. 지난번 이런 일이 벌어졌을 때 의사가 말했다. 엄마의 피는 제대로 응고되지 않으니까 피가 나면 안 된다고. 피가 나면 끝일 수 있어요, 그가 말했다. 네, 우리가 말했다. 우리는 걱정하지 않았다. 소파에서 시간을 보내는 엄마에게 피가 날 일이 뭐가 있을까 싶었다. 주위의 **뾰족한** 물건들을 치울게요. 난 의사에게 농담을 했다. 의사는 킥킥대지 않았다. 내 말을 듣지

---

* 맑은 유리나 플라스틱 안에 인형이나 장식 등을 액체와 함께 채워 넣은 것으로 혼들면 그 안의 내용물이 움직이면서 눈 내리는 풍경 등을 연출한다.

못한 걸까? 나는 그 말을 한 번 더 해보려다 내 말이 재미있지 않았나보다고 생각했다. 하지만 아마도 그는 내 말을 듣지 못했을 것이다. 당시 난 그 농담에 허풍을 섞어 업그레이드시켜볼까 하는 생각도 했다. 그러니까 두번째 농담이 첫번째 농담에 다시 관심을 불러일으켜 일종의 원투펀치처럼 되는 것이다. 칼싸움은 더이상 없을 거예요, 그렇게 말했어야 했는데. 칼던지기는 더이상 없을 거예요, 이렇게 말했어야 했는데. 헤헤. 하지만 의사는 농담을 많이 하지 않았다. 어떤 간호사들은 농담도 잘하던데. 의사나 간호사와 농담하는 게 우리의 일이다. 의사의 말에 귀를 기울이는 게 우리의 일이다. 의사의 말을 들은 후 대개 베스가 구체적인 질문을 던지고—엄마가 저걸 얼마나 자주 먹어야 하죠? 저걸 주사액에 섞으면 안 되나요?—때로는 내가 질문하기도 한다. 질문 다음에 익살맞은 속삭임으로 약간의 경박함을 더해도 좋았을 텐데. 역경 앞에서는 농담을 해야 한다. 우리는 항상 유머가 있다는 말을 듣는다. 하지만 마지막 몇 주 동안 우리는 그리 유머 감각을 발휘하지 못했다. 우리는 재미있는 것을 찾으려 했지만 거의 찾을 수 없었다.

"게임을 할 수가 없어." 지하실에서 올라온 토프가 말한다. 크리스마스는 일주일 전에 지나갔다.

"뭐?"

"세가 게임이 작동하지 않아."

"켜기는 했어?"

"응."

"카트리지는 꽂았어?"

"응."

"껐다 켜봐."

"알았어." 토프는 다시 지하실로 내려간다.

　가족실 창문, 그 은백색 스크린 한가운데에 정장, 그러니까 회색 정장을 입은 아버지의 모습이 비쳤다. 출근 복장이었다. 베스는 거실 문과 부엌 사이 입구에 멈춰 서서 바라보고 있었다. 길 건너 마당에는 회색 줄기에 가지가 높이 뻗은, 커다란 나무들이 서 있었고, 군데군데 낙엽이 떨어진 잔디밭은 노랗게 변해 있었다. 아버지는 움직이지 않았다. 무릎을 꿇고 몸을 앞으로 숙이고 있는데도 아버지의 슈트는 어깨와 등 쪽이 헐렁했다. 그는 살이 많이 빠졌다. 차가 지나가면서 흐릿한 형체로만 남았다. 베스는 아버지가 일어서기를 기다렸다.

　당신도 우리 엄마의 위가 있었던 자리를 봤어야 하는데. 마치 호박처럼 자랐다. 둥글게 부은 채. 이상하다. 내 기억이 정확하다면 의사들이 위와 주위 조직을 제거했을 텐데, 그렇게 많이 제거하고도 그녀는 임신한 것 같다. 담요를 덮었는데도 배가 부풀어 올랐다는 걸 알 수 있다. 나는 암 덩어리일 거라고 추측하면서도 엄마나 베스에게는 묻지 않았다. 굶주린 아이의 부푼 배였나? 모르겠다. 나는 묻지 않는다. 내가 의사에게 질문한다고 한 말은 거짓이었다.

　이제 코피는 10분째 흐르고 있다. 2주 전쯤이었나, 엄마는 한쪽에서만 코피가 났는데 베스가 코피를 멈추지 못해 두 사람은 응급실로 갔다. 엄마는 이틀간 입원했다. 우리가 가끔은 좋아하고 가끔은 좋아하지 않았던 엄마의 주치의가 병상 옆에 서서 스테인리스 스틸로 된 차트를 보며 수다를 떨었다. 그는 몇 년 동안 엄마의 주치의였다. 병원에서는 엄마에게 새로운 혈액을 가져다주고는 엄마의 백혈구 수치를 계속 측정했다. 병원에서는 더 있어야 한다고 했지만 엄마는 집에 가겠다고 고집을 부렸다. 엄마는 병원에 있는 것을 두려워했고 결국 병원에서 나왔다. 그녀는 원하지 않았다⋯⋯

엄마는 패배감과 박탈감을 털어내고 이제는 집에서 편안해했고, 병원에 가고 싶어하지 않았다. 그녀는 나와 베스에게 자신을 병원에 보내지 않겠다는 약속을 하게 했다. 우리는 약속했다.

"알았어요." 우리가 말했다.

"난 진심이야." 그녀가 말했다.

"알았어요." 우리는 말했다.

나는 최대한 엄마의 이마를 밀었다. 소파 팔걸이는 부드럽고 푹신하다.

그녀는 초록색 액체를 뱉었다. 그녀는 초록색 액체를 뱉는 데 익숙했지만 여전히 듣기 거북한 토하는 소리를 조그맣게 낸다.

"아파요?" 내가 묻는다.

"뭐가?"

"뱉는 거요."

"아니, 기분 좋아, 멍청아."

"미안해요."

밖에는 한 가족이 지나간다. 부모, 솜바지와 파카를 입은 어린아이 그리고 유모차. 그들은 우리 집 창문을 들여다보지 않는다. 그들이 아는지는 모르겠다. 그들은 알지도 모르지만 예의가 바르다. 사람들은 안다.

엄마는 마당과 거리를 볼 수 있게 커튼을 젖혀두는 걸 좋아한다. 때로 낮에는 밖이 아주 밝다. 가족실 안에서도 그 밝은 빛을 볼 수 있다. 하지만 왜인지 그 빛이 가족실에는 제대로 들어오지 않는다. 그래서 가족실은 밝지 않다. 나는 커튼이 젖혀 있는 것이 마음에 들지 않는다.

어떤 사람들은 안다. 물론 그들은 안다.

사람들은 안다.

모든 사람이 안다. 모든 사람이 이야기를 한다. 기다린다.

나에겐 그들, 시끄러운 사람들, 호기심 많은 사람들, 동정하는 사람들을 상대할 비법이 있다. 나는 우리를 기괴하거나 측은하게 여기는 사람들, 우리의 상황을 가십거리로 여기는 사람들을 대상으로 상상을 한다. 나는 목을 조르고(쯧쯧, 들리네. 그녀가, 쿨럭!) 목을 부러뜨리고(무슨 일이 벌어질까 저 불쌍하고 작은, 우지끈!) 그들이 바닥에 몸을 웅크린 채 쓰러져 피를 뱉으며 자비를 구하는 동안—제기랄, 젠장, 잘못했어요, 잘못했어요!—몸뚱이를 걷어차는 장면을 상상한다. 난 그들을 내 머리 위로 들어 올렸다가 그대로 무릎 위로 내리꽂아 그들의 척추를 발사나무로 만든 장부촉처럼 부러뜨린다. 당신은 머릿속으로 그려볼 수 있는가? 나는 무례한 사람들을 산(酸)이 들어 있는 거대한 통에 밀어 넣고 그들이 산에 타면서 버둥거리며 소리를 지르다 해체되는 것을 지켜본다. 내 손은 그들에게로 다가가 그들의 피부를 찢는다. 나는 심장과 내장을 꺼내 던진다. 나는 머리를 으깨고 목을 베어 야구방망이로 친다. 누가 얼마나 무례하게 굴었느냐에 따라 벌의 종류와 강도가 달라진다. 우선 내가 좋아하지 않거나 우리 엄마가 좋아하지 않는 사람이 가장 심한 벌을 받는다. 대개 시간을 질질 끌며 질식시킨다. 빨간색, 그다음에는 자주색, 그다음에는 연자주색으로 얼굴색이 바뀌어간다. 좀 전에 그냥 지나가던 가족처럼 내가 잘 모르는 사람들에게는 최악의 벌을 면제해준다. 일대일로 벌을 주지는 않는다. 나는 그냥 그들을 차로 치어버릴 것이다.

우리 둘 다, 그러니까 엄마와 나는 냉정하게 코피를 걱정하면서도 우선은 코피가 멎을 거라고 가정한다. 내가 엄마의 코를 잡고 있는 동안 엄마는 반달 모양의 그릇을 가슴 위, 턱 아래에 받쳐 든다.

그때 내게 좋은 생각이 떠오른다. 사람들은 코를 잡혔을 때 코맹맹이 소리를 낸다. 나는 엄마에게 그런 웃긴 소리를 내보라고 사정한다.

"제발요." 내가 말한다.

"싫어." 엄마가 말한다.

"어서요."

"그만해."

"뭘요?"

엄마의 손은 힘줄이 많고 억세다. 엄마의 목에는 혈관이 있다. 엄마의 등에는 주근깨가 있다. 엄마는 속임수를 써서 엄지손가락이 잘린 것처럼 보이게 한다. 사실 엄마의 엄지손가락이 잘린 것은 아니다. 이 속임수를 아는가? 왼손 엄지손가락 끝을 접어서 보이지 않게 한 후 이 위에 오른손 엄지손가락 끝을 갖다대서 왼손 엄지손가락인 척한 다음 왼손 집게손가락 위아래로 움직이는 것이

다. 손가락을 붙였다 떨어뜨렸다 하는. 심란한 묘기였다. 그 묘기
를 부릴 때마다 엄마는 손을 약간 흔들었기 때문에 목 혈관이 팽팽
하게 튀어나왔고 얼굴은 정말로 손가락을 사라지게 하려는 듯 긴
장했다. 아이 때 우리는 기쁨과 공포 속에서 엄마의 묘기를 지켜보
았다. 묘기를 수십 번도 더 지켜보면서 진짜가 아니라는 사실을 알
았지만 그 위력은 결코 줄어들지 않았다. 괴상하게도 엄마가 그 자
리에 있는 것 자체가 위력을 지녔기 때문이다. 엄마의 몸은 군살이
없는 근육질이었다. 우리는 친구들에게도 엄마의 마술을 보여주
었다. 친구들 또한 충격을 받고 넋을 빼앗겼다. 하지만 아이들은
엄마를 사랑했다. 다들 학교에서부터 엄마를 알았다. 엄마는 초등
학교에서 연극을 가르쳤고, 부모의 이혼을 겪은 아이들을 맡았다.
엄마는 그 아이들 모두를 알고 사랑했다. 그리고 거리낌 없이 포옹
했다. 특히 부끄러움을 타는 아이들을. 엄마는 애쓰지 않고도 사람
들을 이해했고, 자신이 무엇을 하는지 전혀 의심하지 않고 그들을
편하게 해주었다. 그토록 냉정하고 불안정한 다른 엄마들과는 달
리. 물론 엄마가 어떤 아이를 좋아하지 않으면 그 아이도 그 사실
을 알았다. 거리에 서서 엄마의 차가 지나갈 때 이유 없이 손가락
을 치켜들던 굼뜨고 지저분한 금발의 딘 보리스처럼. "나쁜 녀석."
엄마는 그렇게 말하곤 했다. 그 말은 진심이었고—그녀의 내면에
는 어떤 일이 있어도 건드리고 싶지 않은 엄격함이 있었다—보리
스가 미안하다고 말하는 순간까지 엄마는 그를 자신의 리스트에
서 빼버렸다(불행히도 딘은 사과하지 않았다). 그가 사과만 했다
면 그 순간부터 엄마는 그를 다른 사람처럼 포옹해주었을 텐데. 엄
마의 강인한 육체적 힘은 대부분 그녀의 작고 파란 눈 속에 담겨

있었다. 그녀가 눈을 가늘게 뜰 때 그 눈에는 살벌함이 담겨 있었다. 그 살벌함은 그녀를 압박하는 사람에 대한 위협을 의미했다. 자신이 돌보는 것을 보호하기 위해 주저하지 않을 것이고, 곧장 당신에게 달려들 수도 있다는 위협. 하지만 그녀는 대개 자신의 힘을 아무렇게나 썼고 자신의 몸을 부주의하게 다뤘다. 그녀는 채소를 썰다 손, 대개 엄지손가락을 베고는 사방에 피를 묻혀놓았다. 토마토에, 도마에, 싱크대에. 우리는 엄마가 죽을까봐 겁에 질린 채 엄마의 허리께에서 지켜보았다. 하지만 엄마는 그냥 얼굴을 찡그린 채 엄지손가락을 수돗물에 씻은 다음 종이 타월로 감싸고는 칼질을 계속했다. 그러는 동안 피는 축축한 상처에서 새어 나와 종이 타월에 서서히 스며들었다.

TV 옆에는 우리가 어릴 때 찍은 사진이 여러 장 있다. 그중에는 나, 빌 그리고 베스가 모두 일곱 살이 되기 전에 공포에 질린 표정으로 오렌지색 고무보트에 타고 있는 사진이 있다. 사진에서 우리는 해안에서 몇 마일 떨어진 바다에 둘러싸인 것처럼 보인다. 우리 표정에서 분명히 드러난다. 하지만 당연히 우리는 해안에서 10피트 이상 나가지 않았을 것이다. 그리고 저쪽 어딘가에서 엄마가 하얀 프릴이 달린 갈색 원피스를 입고 발목 깊이의 물속에서 사진을 찍었을 것이다. 그 사진은 우리가 가장 잘 아는 사진, 우리가 매일 보던 사진이다. 사진 속의 색깔—미시간 호의 푸른색, 작은 배의 오렌지색, 우리의 그을린 황갈색 피부와 금발—은 우리가 어린 시절 하면 떠올리는 색이다. 사진 속에서 우리는 모두 배의 난간을 잡고 배가 가라앉거나 떠내려가기 전에 빠져나갈 수 있기를, 엄마가 우리를 밖으로 꺼내주기를 바라고 있다.

"학교는 어땠니?" 엄마가 묻는다.

"좋았어요."

몇 과목에서 낙제했지만 엄마에게는 말하지 않는다.

"커스틴은?"

"잘 있어요."

"난 그 애가 마음에 들어. 좋은 아이야. 활발하고."

나는 머리를 소파에 기댔을 때 그것이 오고 있는 걸, 우편물처럼, 우편으로 주문한 뭔가처럼 오고 있는 걸 알았다. 우리는 그것이 오고 있는 것은 알았지만 대체 언제, 몇 주, 몇 달 안에, 도착할지는 몰랐다. 그녀는 쉰한 살이다. 나는 스물한 살이다. 내 누이는 스물세 살이다. 형은 스물네 살이고 남동생은 일곱 살이다.

우리는 준비되었다. 우리는 준비되지 않았다. 사람들은 안다.

우리 집은 하수 구멍 위에 있다. 우리 집은 토네이도가 휩쓸고 간 집이다. 그 시커먼 깔때기 속에서 무기력하고 불쌍하게 떠다니는 작은 기차 세트의 모형 집. 우리는 약하고 작다. 우리는 그레나다다. 하늘에서 남자들이 낙하산을 타고 내려온다.

우리는 모든 것이 마침내 작동을 멈추기를 기다린다. 기관과 시스템이 하나씩 차례로 손을 들기를. 다 끝났다, 내분비샘이 말한다. 나는 최선을 다했어, 위가, 아니 남아 있는 위가 말한다. 다음번에는 우리가 이길 거야, 심장이 다정하게 어깨를 치면서 덧붙인다.

30분 후 나는 수건을 떼냈고 잠시 동안 피는 나지 않는다.

"됐어요." 내가 말한다.

"정말?" 엄마가 나를 올려다보며 말한다.

"아무것도 안 나와요." 내가 말한다.

나는 엄마의 땀구멍에 주목한다. 크다, 특히 코의 땀구멍이. 그녀의 피부는 여러 해 동안 가죽처럼 질기고, 변함없이 황갈색이다. 그녀가 아일랜드계라는 걸 생각하면 흥미로운 일이다. 그녀는 자라는 동안 상당히 하얀 피부였을 텐데.

다시 나온다. 검은 딱지의 잔해가 중간중간 섞인 피는 처음에는 걸쭉하고 느리게 흐르다 나중에는 더 묽고, 덜 빨갛게 흐른다. 나는 다시 코를 틀어쥔다.

"너무 꽉 쥐었어. 아파." 그녀가 말한다.

"미안해요." 내가 말한다.

"배고파." 목소리가 들린다. 토프다. 그는 내 뒤, 소파 옆에 서 있다.

"뭐?" 내가 묻는다.

"배고파."

"지금은 밥을 줄 수 없어. 냉장고에서 아무거나 꺼내 먹어."

"어떤 거?"

"상관없어, 아무거나."

"어떤 거?"

"몰라."

"뭐가 있는데?"

"가서 봐. 너는 일곱 살이야. 뭐가 있는지는 볼 수 있잖아."

"먹을 만한 게 없어."

"그럼 먹지 마."

"배고프다니까."

"그럼 뭐든 먹어."

"하지만 뭘?"

"젠장, 토프, 그냥 사과 먹어."

"사과 싫어."

"이리 와, 아가야." 엄마가 말한다.

"나중에 먹을 게 생길 거야." 내가 말한다.

"엄마한테 와."

"어떤 거?"

"아래층으로 가, 토프."

토프는 다시 아래층으로 간다.

"저 애는 나를 무서워해." 엄마가 말한다.

"저 애는 엄마를 무서워하지 않아요."

몇 분 후 나는 타월을 들어 올리고 엄마의 코를 본다. 코가 자주
색으로 변한다. 피는 걸쭉해지지 않는다. 여전히 묽고 빨갛다.

"피가 응고되지 않아요." 내가 말한다.

"알아."

"어떻게 할까요?"

"아무것도."

"아무것도라니 무슨 소리예요?"

"멈출 거야."

"멈추지 않잖아요."

"잠시만 기다려."

"기다렸잖아요."

"좀더 기다려."

"뭔가 해야 될 것 같아요."

"기다려."

"누나는 언제 온대요?"

"몰라."

"뭔가 해야 돼요."

"알았어. 간호사에게 전화해봐."

우리는 궁금한 게 있을 때마다 간호사에게 전화를 건다. 나는 간호사에게 전화한다. 주사액이 제대로 떨어지지 않거나 튜브에 거품이 생기거나 엄마의 등에 접시 크기의 멍들이 나타날 때 우리는 그녀에게 전화한다. 간호사는 코를 세게 쥐고 머리를 뒤로 젖히라고 한다. 나는 방금 그렇게 했지만 아직 효과가 없다고 말한다. 그녀는 얼음을 써보라고 한다. 나는 고맙다고 말하고는 전화를 끊고 부엌으로 가서 얼음 세 조각을 종이 타월에 싼다. 그러고는 얼음을 가지고 돌아와 엄마의 콧대에 올려놓는다.

"아!" 엄마가 말한다.

"죄송해요." 내가 말한다.

"차가워."

"얼음이에요."

"얼음인 줄 알아."

"음, 얼음은 차갑죠."

나는 엄마의 코를 눌러야 한다. 그래서 왼손은 코를 누르고 오른손에 든 얼음은 콧대에 댄다. 어색한 자세다. 소파 팔걸이에 앉아 TV를 보면서 이 두 가지 일을 할 수는 없다. 나는 소파 옆 바닥

에 무릎을 꿇는다. 그러고는 소파 팔걸이 너머로 팔을 뻗어 한 손
으로는 얼음을 대주고 다른 손으로는 코를 누른다. 효과는 좋지만
TV를 보려면 목을 90도로 돌려야 한다. 그 자세로 잠깐 있는데도
목이 아프다. 모든 게 엉망이다.

그때 좋은 생각이 났다. 나는 소파 위로, 그러니까 쿠션을 지나
소파 등받이 위로 올라간다. 그리고 몸을 뻗는다. 쿠션 덕분에 아
무 소리도 나지 않는다. 나는 머리와 팔을 같은 방향으로 둔다. 팔
은 엄마의 코를 향하고 머리는 편안하게 소파 등받이 위에 놓는다.
TV가 잘 보인다. 완벽하다. 엄마는 나를 올려다보며 눈을 굴린다.
나는 그녀에게 엄지손가락을 올려 보인다. 그때 엄마가 초록색 액
체를 반달 모양 그릇에 뱉는다.

아버지는 움직이지 않았다. 베스는 가족실 입구에 서서 기다렸
다. 그는 거리에서 10피트쯤 떨어진 곳에 있었다. 그는 무릎을 꿇
고 손은 바닥에 댄 채 강바닥의 나무뿌리처럼 손가락을 뻗었다. 그
는 기도하는 게 아니었다. 그는 잠깐 머리를 들어 하늘이 아닌 이
웃집 뒷마당의 나무들을 올려다보았다. 그는 여전히 무릎을 꿇고
있었다. 그는 신문을 가지러 나갔었다.

반달 모양의 그릇이 가득 찼다. 그릇에는 이제 세 가지 색깔이
가득했다. 초록색, 빨간색 그리고 검은색. 엄마의 코에서 나온 피
는 입으로도 나왔다. 나는 그릇을 살펴본다. 세 가지 액체가 섞이
지 않은 채 겉돌았다. 초록색 액체는 더 찐득했고, 피는, 피는 아주
묽어서 표면에서 찰랑댔다. 구석에는 검은색 액체가 약간 모여 있

었다. 아마도 담즙일 것이다.

"검은 건 뭐죠?" 엄마 위쪽에 웅크리고 있던 내가 검은색 액체를 가리키며 묻는다.

"담즙이겠지." 그녀가 말한다.

차가 집 앞 차도에 들어서더니 차고로 들어간다. 차고에서 세탁실로 연결된 문이 열렸다 닫히는 소리가 나더니 욕실 문이 열렸다 닫힌다. 베스가 돌아온 것이다.

베스는 밖에서 운동한다. 그녀는 내가 학교에서 돌아와 있는 몇 주 동안은 밖에서 운동할 수 있다며 좋아한다. 그녀는 운동이 필요하다고 말한다. 토프의 신발은 계속 덜거덕거린다. 베스가 거실로 들어온다. 그녀는 스웨트셔츠와 스판덱스 레깅스를 입고 있다. 대개 풀어헤쳐져 있던 그녀의 머리카락이 위로 올려져 있다.

"왔네." 내가 말한다.

"그래." 베스가 말한다.

"왔구나." 엄마가 말한다.

"소파에서 뭐 하는 거야?" 베스가 묻는다.

"이게 더 쉬워."

"뭐가?"

"코피가 나거든." 내가 말한다.

"젠장. 얼마나 됐어?"

"사십 분쯤."

"간호사한테 전화했어?"

"응, 얼음을 올려두래."

"지난번에는 소용이 없던데."

"얼음으로 해봤어?"

"물론이지."

"나한테 얘기 안 했잖아요, 엄마."

"엄마?"

"다시 입원하지 않으려고 그랬어."

몇 가지 시시한 기적을 일으키곤 했던 아버지가 정말 믿을 수 없는 일을 해냈다. 그가 한 일은 이렇다. 6개월 전쯤 그는 우리, 그러니까 나와 베스를 가족실에 앉혔다. 빌은 워싱턴 DC에 있었기 때문에, 그리고 토프는 분명한 이유들 때문에 그 자리에 빠졌다. 엄마 역시 어떤 이유 때문에 그 자리에 없었다. 정확히 엄마가 어디에 갔었는지 기억할 수 없다. 어쨌든 우리는 거기 모였다. 우리는 아버지와 아버지의 담배에서 뿜어져 나오는 연기 구름을 피하기 위해 되도록 떨어져 앉았다. 그런 일들에 정해진 절차를 따른다면 우선 준비 대화, 일반적인 대화, 그리고 지금부터 정말 하기 힘든 말을 할 것이라는 등의 이야기가 나와야 하지만 우리가 자리를 잡자마자 예상하지 못했던 이야기가 나왔다.

"엄마는 죽을 거다."

베스가 나 대신 얼음을 들고 코를 푼다. 내 기발한 생각을 무시하고 그녀는 소파 등받이 위가 아니라 팔걸이에 앉는다. 타월은 젖었다. 내 손바닥은 따뜻한 피로 축축하다. 나는 세탁실로 가서 수건을 세숫대야에 던진다. 수건은 털썩 소리를 낸다. 나는 쥐가 나는 두 손을 털어대다 건조기에서 수건과 토프의 신발을 꺼낸다. 나는 그 수건을 베스에게 건넨다.

나는 아래층으로 내려가 토프를 살핀다. 그러고는 지하실, 아니 가족실이 보이는 계단에 앉는다. 원래는 침실로 개조했다가 다시 가족실로 바꾼 곳이다.

"야." 내가 말한다.

"응." 토프가 말한다.

"어때?"

"좋아."

"아직도 배고파?"

"뭐?"

"아직도 배고프냐고?"

"뭐?"

"그 멍청한 게임 좀 잠깐 중단해봐."

"알았어."

"내 목소리 들려?"

"응."

"듣고 있어?"

"응."

"아직도 뭐가 먹고 싶어?"

"응."

"조금 있다 피자 먹을 거야."

"좋아."

"여기 신발."

"말랐어?"

"응."

나는 다시 위층으로 올라간다.

"이걸 비워야겠어." 베스가 반달 모양 그릇을 가리킨다.

"내가?"

"왜 안 돼?"

나는 천천히 반달 모양 그릇을 엄마 머리 위로 들어 올린 다음 부엌으로 걸어간다. 그릇은 넘칠 만큼 가득 차 있다. 액체가 앞뒤로 찰랑인다. 부엌으로 반쯤 들어가다 그릇을 내 다리에 쏟는다. 그릇에 들어 있던 담즙과 다른 내용물이 얼마나 산성일지 갑자기 궁금해진다. 이 액체가 내 바지를 태울까? 나는 가만히 서서 액체가 산처럼 타는지를 지켜보며 바지에서 연기가 나고 구멍이 커지기를 기다린다. 누군가가 에일리언의 피를 쏟았을 때 그런 것처럼.

하지만 타지 않는다. 어쨌든 나는 바지를 갈아입기로 한다.

베스는 한동안 엄마의 코를 잡고 있다. 그녀는 소파 팔걸이에 앉아 있다. 엄마의 머리 쪽이다. 부엌에서 나는 TV 소리를 키운다. 한 시간이 지났다.

여전히 코피가 나고 있는데 베스가 부엌으로 온다.

"어떡하지?" 베스가 속삭인다.

"병원에 가야겠지?"

"그럴 순 없어."

"왜?"

"약속했잖아."

"아, 제발."

"뭐?"

"그럴 수 없어."

"그럴 수 있어."

"그럴 수 있다는 건 알지만 그래서는 안 돼."

"엄마가 원해."

"아니, 원하지 않아."

"원할 거야."

"아니 원하지 않아."

"엄마가 그렇게 말했잖아."

"그런 뜻이 아니었어."

"그런 뜻이었을 거야."

"아냐. 말도 안 돼."

"엄마한테 들었어?"

"아니, 하지만 그래도 그렇지."

"어떻게 생각해?"

"엄마는 겁에 질려 있다고."

"그래."

"그리고 엄마는 아직 준비가 되지 않았어. 누나는 준비됐어?"

"아니, 물론 아니지. 너는?"

"아니. 아니. 아니."

베스는 거실로 돌아간다. 반달 모양 그릇을 씻는 동안 내 머리
는 부산하게 돌아간다. 그래. 좋아. 이런 속도로 천천히 그러나 꾸
준히 피가 난다면 시간이 얼마나 걸릴까? 하루? 아니, 아니, 더 적
게 걸릴 거야. 사실 피가 전부 빠져나오지 않아도, 피가 모두 빠져

나가기 전에…… 우리는 피가 모두 **빠져나갈** 때까지 기다리지는 않을 것이다. 아니, 잠시 후에 상황이 급속히 나빠질 것이다. **젠장, 피를 얼마나? 1갤런? 그보다 적게?** 알게 되겠지. 다시 간호사에게 전화해도 되고. 아니, 아니, 안 돼. 다시 전화하면 엄마를 병원에 데려오라고 할 거야. 엄마를 병원에 데려가야 하는데도 데려가지 않는다는 사실을 그들이 알면 우리는 살인자가 될 것이다. 우리는 응급실에 전화를 걸어 이렇게 물어볼 수 있다. "안녕하세요. 몸에서 피가 천천히 빠져나가면 어떻게 되는지 학교에 리포트를 내야 하거든요……" 젠장. 수건이 충분할까? 젠장. 안 되면 시트를 쓰지. 시트는 충분하니까. 몇 시간밖에 남지 않았을지도 몰라. 그 정도 시간이면 충분할까? 뭐가 충분하다는 거지? 우리는 이야기를 많이 나눌 것이다. 그래. 우리는 지금까지의 시간들을 죽 훑어볼 것이다. 우리는 진지할까, 침착할까, 익살맞을까? 우리는 몇 분 동안 진지할 것이다. 좋아 좋아 좋아 좋아. 젠장, 말할 게 떨어지면 어쩌지? 우리는 이미 정리할 건 모두 정리했다. 그래, 그래, 사소한 것까지 말할 필요는 없을 거야. 토프를 올라오게 해야지. 아니, 토프를 올라오게 해야 하나? 물론이지, 하지만…… 아, 그 애는 있으면 안 돼, 아닌가? 끝이 다가왔는데 누가 거기 있고 싶어할까? 아무도, 아무도. 하지만 엄마를 혼자 있게 하는 건…… 물론 그녀는 혼자가 아닐 것이다. 네가 있을 테니까, 베스가 있을 테니까, 멍청이. 젠장. 빌에게도 전화해야 한다. 그리고 또 누구? 어떤 친척에게? 조부모님은 없다. 엄마의 부모님은 오래전에 돌아가셨고 시부모님도 돌아가셨다. 루스 이모도 돌아가셨고 앤 이모는 죽지는 않았지만 숨어버려서 연락이 되지 않는다, 미친 히피 같으니라고. 젠장. 몇몇은 몇 년째 전화도 하지 않는다. 그러면 친구들은. 어떤 친구? 배구를 함께 하던 친구, 몬테소리 친구…… 빌어먹을, 분명 우리는 몇 사람을 빠뜨릴 것이다…… 제기랄, 우리가 몇 사람 빼먹어도 사람들은 이해할 것이다, 아니 이해해야만 한다. 젠장, 우리는 어쨌든 떠날 것이다, 우리는 이 모든 일이 끝나면 이사 갈 것이다, 젠장. 다자 통화는? 아냐, 아냐. 초라해. 초라하지만 실용적이지, 아주 실용적이고 재미있을지도 몰라. 여러 목소리가 수다를 떨고 우리는 소음과 산만함 속에서 위로받겠지. 조용하지 않아, 조용하지 않아, 조용한 건 좋지 않아. 소음이 필요해. 우리는 그들에게 미리 알려주고, 경고해주어야 한다. 하지만 젠장, 뭐라고 말하지? "너무 급작스러운 일이에요"라고. 애매하지만 충분히 분명하게, 조용하고 함축적으로, 부엌에 연결된 전화선으로 엿들을 수 없게, 엄마가 전화기 근처에 오기 전에 말한다. 잘될 것이다. 전화선에 연결된 사람들 모두에게 한 번에. 전화회사에 연락해서 그런 서비스를 개설해야 한다. 아니, 이미 그런 서비스에 가입해 있나? 통화 중 대기, 맞아. 하지만 다자 통화 서비스에는 아마 가입하지 않았겠지, 분명 안 되어 있을 거야, 젠장. 스피커폰이 필요해. 그거면 충분할 거야, 스피커폰이면. 스피커폰은 구할 수 있을 거야. K마트로 곧장 가야겠지, 엄마 차보다 빠른, 훨씬 빠른, 아버지 차를 타고. 그런데 아버지 차는 스틱인가? 아니, 아니 오토라서 나도 운전할 수 있어. 전에 운전해본 적은 없지만 운전할 수 있을 거야, 문제없어, 빠른 자동차로 고속도로 위를 달리는 거야. 하지만 젠장, 거기까지 갔다 오려면 20분은 걸리고, 거기에 쇼핑 시간까지 더해야 하는데. 게다가 거기에 제품이 없으면 어쩌지…… 우선 전화부터 해봐야지, 멍청이. 그리고 스피커폰이 있는지 물어봐야 지…… 여기 어떤 스피커폰이 맞는지 알아야지, 좋아, 소니, 그리 고…… 그런데 젠장, 왜 내가 가야 하지? 베스는 여기 1년 내내 살 면서 시간도 많았잖아. 베스가 가야지, 물론 베스, 베스가 갈 거야, 베스가 갈 거야. 하지만 그녀는 스피커폰이 필요 없다고 생각하고 는 잊어버리라고 하겠지. 젠장, 아마 우리는 그냥 고민해야 할 거 야. 고민하라. 고민하라. 고민하라. 스피커폰으로 일이 좀 쉬워질 까? 물론 아니다. 여전히 다자 통화 서비스가 필요할 것이다. 우리 는 빌, 제인 숙모, 사촌인 수지와 재니, 루스 이모의 딸들, 아마 사 촌 마크에게도 전화할 것이다. 그래. 전화 통화가 20분쯤 이어지 겠지. 그다음에는 토프를 잠시 위층으로 올라오게 하는 거야, 다시 잠깐 보는 거지, 아무렇지 않게, 가볍게, 재미있게, 한가하게, 한가 하게, 재미있게, 가볍게. 그렇게 토프를 20분쯤 위층에 있게 하자. 좋아, 좋아, 기다려. 우리가 모두 얼마 동안 이야기를 나눌까? 코 피는 얼마나 계속될까? 아마 두 시간, 어쩌면 그 이상, 분명히, 하 루가 될 수도 있어. 맙소사, 누가 알까? 좀 길게 예측하면 두 시간 쯤 걸릴 것이다. 기다려. 나는 코피를 멈출 수 있다. 나는 코피를 멈출 것이다. 그래. 방법을 찾을 거야. 얼음을 좀더. 엄마의 자세를 바꾸는 거야. 반대 방향으로. 그래, 중력을 이용하자. 이번에는 코 를 더 단단히, 더 단단히 잡아야. 지금까지는 내가 코를 제대로 잡지 못한 것이겠지. 젠장. 효과가 없으면 어떡하지? 효과가 없을 텐데. 마지막 시간들을 그렇게 허비해서는 안 돼. 안 돼, 우리는 알 게 될 거고 포기하겠지. TV는 당장 꺼. 하지만 정말 드라마틱한 장 면이 나오지 않을까? 젠장 여기서도 드라마틱할 수 있어. 여기서도. 음, 멍청아, 당연히 엄마에게 물어봐야지, TV를 끌지 켤지는 엄마에게 달려 있으니까. 이건 그녀의 쇼니까. '그녀의 쇼'라고 부르는 건 한심하다, 아주 아둔하다, 아주 무례하다, 너 빌어먹을 멍청이. 젠장. 좋아, 우리에게는 시간이 좀 남았고 저기 앉아서 기다릴 수 있을 거야, 꼼짝 않고, 멋지겠지. 제기랄, 사방에 혈흔이 낭자하지 않다면 멋지지 않을 거야. 피를 보면 견딜 수 없어지겠지. 아냐, 아마 그렇지 않을 거야, 피는 아주 느리니까. 아, 피가 흘러나오는 데는, 충분히 흘러나오는 데는 며칠, 며칠이 걸리겠지. 하지만 느리게 흘러나오는 것도 괜찮을 거야. 거머리가 피를 빨아내듯이 자연스럽게. 거머리가 피를 빨아내듯이가 아냐, 멍청아, 지겹고 진저리 나는 멍청아. 젠장 오라질 거머리가 피를 빨아내듯이가 아니라고. 어떻게 된 일인지 사람들에게 설명해야겠지? 아냐, 아냐. 이건 '집에서 죽는 것'이지. 멋진 말이야. 생각해보면 고등학교 졸업 후 권총 자살한 남자에게 사람들이 그 말을 썼지. 마티 펠드먼의 눈을 한 그 남자는 미술 수업을 받았어. 또한 골수암에 걸린 여자가 스스로 집에 갇힌 채 집을 전소시켰을 때도. 믿을 수 없었다. 용감했던 건가, 불안정했던 건가? 모든 것을 태우는 것으로 더 편해질까? 그래. 아냐. "집에서 죽었다." 우리는 그 말대로 할 것이다, 다른 말은 하지 마라. 사람들은 어쨌든 알 것이다. 아무도 말하지 않을 것이다. 좋아. 좋아. 좋아. 좋아.

난 그릇 안의 내용물을 음식물 분쇄기 안에 모인 음식물 위로 쏟아버린다. 그리고 수돗물을 튼 다음 분쇄기를 작동시킨다. 분쇄기는 모든 것을 갈아버린다. 거실에서 베스의 목소리가 들려온다.

"엄마, 병원에 가야 해요."

"싫어."

"심각해요."

"싫어."

"가야 해요."

"안 가."

"어떡하고 싶으세요?"

"집에 있을 거야."

"그럴 수 없어요. 피가 나잖아요."

"집에 있을 거라고 했잖아."

"하지만, 엄마. 제발요."

"약속했잖아."

"말도 안 돼요."

"약속했어."

"계속 피를 흘리면 큰일 나요."

"간호사에게 다시 전화해봐."

"이미 전화해봤어요. 간호사가 병원에 와야 된대요. 병원에서는
우리를 기다리고 있어요."

"다른 간호사에게 전화해봐."

"엄마, 제발."

"멍청해요."

"나한테 멍청하다고 하지 마."

"엄마더러 멍청하다고 한 거 아니에요."

"그럼 누가 멍청하다는 거야?"

"아무도. 난 그냥 멍청하다고 했어요."

"뭐가 멍청해?"

"코피로 죽는 거요."

"난 코피로 죽지 않아."

"간호사가 죽을 수도 있다고 했어요."

"의사도 죽을 수 있댔어요."

"병원에 갈 거면 나는 절대 움직이지 않을 거야."

"아뇨, 움직이게 될 거예요."

"아니."

"아 젠장."

"병원에 돌아가고 싶지 않아."

"울지 마세요, 엄마, 젠장."

"그렇게 말하지 마."

"죄송해요."

"우리는 엄마를 끌어낼 거예요."

"엄마?"

"뭐!"

"엄마는 나가게 될 거예요."

"넌 내가 병원에 들어가길 바라지."

"오, 맙소사."

"너희 둘을 봐, 트위들덤과 트위들디."

"뭐라고요?"

"오늘 밤에 나가서 놀고 싶지, 맞아."

"제길."

"오늘이 올해의 마지막 날이잖아. 너희 둘 다 계획이 있지!"

"좋아요, 계속 코피나 흘리세요. 가만히 앉아서 죽을 때까지 피나 흘리라고요."

"엄마, 제발요!"

"그냥 피나 흘려요. 하지만 우리 집에는 그 피를 모두 닦아낼 수건이 없어요. 수건이나 더 구해 오죠."

"엄마?"

"그리고 엄마는 소파도 버려놓을 거예요."

"토프는 어디 있니?" 엄마가 묻는다.

"아래층에요."

"뭘 하고 있어?"

"게임해요."

"그 애는 어떡할 거니?"

"같이 가야죠."

집 앞 차도 끝에서 아버지가 무릎을 꿇었다. 베스는 그 모습을 바라보았고, 아버지가 뿌연 겨울 창문 속에서 아주 잠깐 동안 무릎을 꿇고 있는 모습은 멋졌다. 문득 베스는 깨달았다. 아버지가 쓰러졌다는 것을. 그녀는 문을 연 다음 방충문을 열어젖히고는 그에게 달려갔다.

나는 스테이션왜건의 뒷자리를 치우고 담요를 내려놓은 다음 베개를 차 문에 기대어놓고 문을 잠갔다. 난 거실로 돌아갔다.

"어떻게 차에 타지?" 엄마가 묻는다.

"내가 안고 갈 거예요." 내가 말한다.

"네가?"

"네."

"하!"

우리는 엄마에게 겉옷을 입힌다. 그리고 담요를 한 장 더 챙긴다. 반달 모양 그릇도. 수액 백도. 나이트가운도 하나 더 챙긴다. 슬리퍼도. 토프에게 줄 과자도. 베스는 그 모두를 차에 싣는다.

나는 지하실 문을 연다.

"토프, 가자."

"어디?"

"병원에."

"왜?"

"검사하러."

"지금?"

"응."

"나도 가야 돼?"

"응."

"왜? 난 베스랑 같이 있어도 되잖아."

"베스도 갈 거야."

"나 혼자 있을 수 있어."

"안 돼, 넌 혼자 못 있어."

"왜?"

"있을 수 없으니까."

"그러니까 왜?"

"젠장, 토프, 일어나!"

"알았어."

나는 엄마를 옮길 자신이 없다. 엄마가 얼마나 무거울지 모르니까. 엄마는 45킬로그램 정도 나갈 수도 있고 67킬로그램 정도 나갈 수도 있다. 나는 차고 문을 열어놓고 거실로 돌아왔다. 그러고는 테이블을 소파에서 멀리 밀어낸다. 그리고 엄마 앞에 무릎을 꿇는다. 한 손을 엄마의 다리 아래에, 다른 손을 엄마의 등 아래에 밀어 넣는다. 엄마는 일어나 앉으려고 한다.

"무릎을 꿇으면 일어나지 못할 거야."

"알았어요."

나는 무릎을 굽히고는 몸을 웅크린다.

"팔로 내 목을 감으세요." 내가 말한다.

"조심해." 엄마가 말한다.

엄마의 팔이 내 목을 감는다. 엄마의 팔이 뜨겁다.

나는 다리에 힘을 준다. 내 손과 엄마의 다리 사이에는 엄마의 나이트가운이 하늘거린다. 그 부위의 엄마 피부는 어떨까? 나이트가운 아래에 뭐가 자리하고 있을지 두렵다. 멍, 반점, 구멍. 멍과 흐릿한 반점들…… 거기서 썩어가고 있을까? 내가 일어나는 동안 엄마는 다른 팔을 뻗어 내 목을 잡고 있던 팔을 잡는다. 엄마는 생각만큼 무겁지 않다. 내가 두려워한 만큼 뼈만 앙상하지도 않다. 나는 소파 옆의 의자를 돌아 나간다. 언젠가 나는 두 사람, 아버지와 엄마가 소파에 앉아 있는 것을 보았다. 나는 차고로 가기 위해 현관으로 향한다. 엄마의 눈은 노란색이다.

"내 머리, 조심해."

"알았어요."

"조심해."

"알았어요."

우리는 첫번째 출입구를 지난다. 나무틀이 삐걱댄다.

"아야!"

"죄송해요."

"아아아아악!"

"죄송해요, 죄송해요, 죄송해요. 괜찮아요?"

"으음."

"죄송해요."

차고 문은 열려 있다. 차고 공기는 냉랭하다. 엄마는 머리를 움츠리고 나는 차고 문을 통과한다. 난 신혼여행 풍습을 생각한다. 신랑이 신부를 안고 문지방을 통과하는 풍습. 그녀는 임신 중이다. 그녀는 임신한 신부다. 종양은 풍선이다. 종양은 열매다, 속이 빈 박이다. 엄마는 생각보다 가볍다. 난 종양 때문에 무게가 더 나갈 줄 알았다. 종양은 크고 둥글다. 엄마는 그 위에 바지를 입는다, 그 위에 바지를 입었다. 고무줄 바지이다. 지난번에 그녀는 나이트가운을 입기 전에 고무줄 바지를 입었다. 하지만 그녀는 가볍다. 종양은 가볍다, 비어 있다, 풍선이다. 종양은 가장자리가 칙칙하게 썩은 과일이다. 아니면 곤충들의 집, 양옆이 흐물흐물해진 채 살아서 썩어가는 검은색의 그 무엇. 눈이 달린 그 무엇. 거미. 타란툴라, 활짝 펼친 다리들, 전이되어가는. 먼지로 덮인 풍선. 색깔은 먼지 색깔이다. 아니면 더 검고, 더 빛난다. 캐비아. 색깔뿐만 아니라 전체 크기와 한 알 한 알의 크기도 캐비아 같다. 토프는 늦둥이였다. 토프를 가졌을 때 엄마는 마흔두 살이었다. 임신 중일 때 엄마는 매일 교회에서 기도했다. 엄마가 준비되었을 때 의사들이 배를 가르고 토프를 꺼냈고 아기는 괜찮았다, 완벽하게.

나는 차고로 내려가고 엄마는 초록색 액체를 뱉었다. 꿀럭거리는 소리가 들린다. 그녀에게는 수건도, 반달 모양 그릇도 없다. 초록색 액체가 턱 아래로 흘러내리더니 엄마의 나이트가운에 떨어진다. 두번째로 욕지기가 몰려왔지만 엄마는 입을 꾹 다문다. 엄마의 턱이 부풀어 오른다. 엄마의 얼굴에 초록색 액체가 묻었다.

차 문을 열고 먼저 엄마의 머리를 안으로 들인다. 엄마는 차 안에 더 쉽게 들어갈 수 있도록 어깨를 움츠려 몸을 작게 만든다. 나는 손을 바꾸어 잡고는 발을 질질 끌며 걷는다. 나는 천천히 움직인다. 거의 움직이지 않는 것처럼. 엄마는 도자기이고 인형이다. 거대한 도자기. 거대한 과일. 대회에서 상을 받을 만큼 거대한 채소. 나는 차 문으로 엄마의 몸을 통과시킨다. 나는 몸을 숙여 엄마를 자리에 내려놓는다. 엄마는 갑자기 소녀가 된 듯 부끄러워하며 나이트가운으로 다리를 덮는다. 엄마는 자동차 문과 등 뒤의 쿠션들을 정리하더니 그 위로 몸을 기댄다.

엄마는 자리를 잡고는 바닥의 수건을 집어 입에 대고는 입안의 액체를 뱉고 턱을 닦는다.

"고맙다." 엄마가 말한다.

나는 문을 닫고 조수석에서 기다린다. 베스가 토프와 나온다. 토프는 겨울 코트를 입고 벙어리장갑을 끼었다. 베스가 스테이션왜건의 뒷문을 열자 토프가 올라탄다.

"왔구나, 아가야." 엄마가 고개를 뒤로 한껏 돌리고는 토프를 올려다보았다.

"네." 토프가 말한다.

베스가 운전석에 타더니 주위를 둘러보며 박수를 쳤다.

"출발!"

ꁲꁲꁲ

다들 아버지의 장례식을 봤어야 하는데. 사람들이 왔다. 3학년 선생님들, 엄마의 친구들, 아버지의 동료들—아무도 그들을 몰랐다. 내 친구의 부모님들. 모두들 따뜻하게 몸을 감싸고 있었다. 그들은 집 안으로 몰려 들어오더니 추위로 멍한 표정을 지은 채 매트에 눈 묻은 신발을 닦았다. 11월 셋째 주인데 벌써부터 추웠다. 길은 얼음으로 덮였고 최근 몇 년 사이 가장 추웠다.

조문객들은 모두 비탄에 잠겨 있었다. 모두들 엄마가 아픈 것을 알고 있어서 엄마의 장례식을 예상했는데 아버지의 장례식이라니 충격을 받은 것 같았다. 다들 무슨 말을 해야 할지 몰라했다. 많은 사람이 아버지가 아니라—아버지는 그리 사교적이지 않아 이웃에는 고작 몇 명의 친구밖에 없었다—엄마를 알고 있었기 때문에 마치 유령의 남편 장례식에 와 있는 느낌을 받았을 것이다.

우리는 당황했다. 정말 허식적이고 섬뜩했다. 우리는 붕괴 한가운데에 있는 우리를 보라고 모두를 초대했다. 우리는 사람들과 미소를 지으며 악수했다. 아, 오셨어요! 나는 4학년 때 담임이었던 글래킹 선생님에게 인사했다. 나는 그녀를 족히 10년간은 만나지 못했다. 그녀는 좋아 보였고 예전과 똑같아 보였다. 우리는 현관에

다닥다닥 붙어 유쾌한 분위기를 만들려고 애썼다. 수줍어하고 미안해하면서. 꽃무늬 드레스(엄마의 수액 백을 가장 잘 감춰주는 옷이었다)를 입은 엄마는 일어서서 조문객들을 맞으려 했지만 금세 도로 앉아야 했다. 엄마는 사람들을 올려다보며 미소를 지은 채 말했다. 안녕하세요, 안녕하세요, 고마워요, 고마워요, 어떻게 지내요? 나는 한편으로는 토프를 위해, 그리고 다른 한편으로는 조문객들에게 비참한 장면을 보여주지 않기 위해 토프를 다른 방으로 보낼까 생각했지만 곧 그 애는 친구와 사라졌다.

검은색과 흰색으로 옷을 입은 뚱뚱한 신부님은 당황하고 있었다. 아버지는 무신론자였기 때문에 신부님은 우리가 아버지에 대해 한 시간 전에 들려준 것 외에는 잘 몰랐다. 그래서 신부님은 우리 아버지가 일을 얼마나 좋아했는지(그래? 우리가 전혀 모르는 사실이라서 궁금했다), 얼마나 골프를 좋아했는지(사실이었다. 우리는 이 사실은 잘 알고 있었다)에 대해 이야기했다. 그때 빌이 일어섰다. 그는 옷을 차려입고 있었다. 그는 옷을 어떻게 입어야 하는지 잘 알고 있었다. 그는 농담을 조금 했다. 밝게. 조금 어울리지 않게 밝은 것 같았다. 어울리지는 않지만 거기 모인 사람들의 기분을 풀어주기 위한 약간의 농담(그는 당시 사람들 앞에서 연설을 많이 하고 다녔다). 항상 그를 희생시켜 재미를 찾고 경건한 분위기를 조롱하던 베스와 내가 더 당황했다. 우리 둘은 몇 번이고 엄마를 그런 분위기에 동화시키려 했다. 그때 우리가 줄지어 걸어 나가자 모두가 엄마와 엄마의 느리고 조심스러운 발걸음을 지켜보았고 엄마는 모두에게 미소를 지었다. 그녀는 오랫동안 만나지 못했던 사람들을 모두 보게 되어 행복해했다. 우리는 현관 쪽을 잠깐 돌아다니면서 고맙게도 사람들이 가져온 음식이 아주 많아 집에서 작은 파티를 열 계획이니 원하는 사람은 누구든 와달라고 말했다.

추수감사절이라 고향에 돌아와 있던 엄마의 친구들, 형의 친구들, 누나의 친구들, 고등학교와 대학교에서 만난 내 친구들, 그리고 거기 있던 모든 사람을 포함해 많은 사람이 파티에 왔다. 밖은 어둡고 추워서 나는 음울한 사건을 유쾌하게 바꿔보려고 했다. 나는 누군가가—"누가 맥주를 한 상자 가져와야 하는데" 나는 대학 친구인 스티브에게 속삭였다—맥주를 가져와야 한다는 눈치를 주었지만 아무도 가져오지 않았다. 나는 취해야 한다고 생각했다. 우리가 불행 따위에서 빠져나오기 위해서가 아니라 단지 파티니까, 그렇지?

빌은 워싱턴 DC에서 우리 가족이 별로 좋아하지 않는 여자 친구를 데려왔다. 커스틴은 내 옛 여자 친구인 마니가 그 자리에 참석한 것을 보고 질투했다. 우리는 여전히 재킷과 넥타이를 착용한 채 가족실에 앉아 트리비얼 퍼슈드*를 했지만 재미는 별로 없었다. 맥주가 없어서 더 그랬다. 토프는 지하실에서 친구와 세가 게임을 했다. 엄마는 부엌에 앉아 있었고 함께 배구를 하던 옛 친구들이 엄마를 에워싼 채 와인을 마시며 요란하게 웃고 있었다.

레스가 들렀다. 그는 우리가 실제로 알고 있고, 한 번이라도 이야기를 들은 적이 있는 아버지의 유일한 친구였다. 몇 년 전 그들은 같은 법률회사에 있었고 회사를 옮긴 뒤에도 이따금 함께 시카

---

* 잡학 지식에 대한 질문에 답하는 보드 게임의 일종.

고로 출퇴근했다. 레스와 그의 부인이 집에 가려고 코트와 스카프를 챙길 때 베스와 내가 현관에서 감사 인사를 했다. 친절하고 재미있는 사람이었던 레스가 아버지의 운전 실력에 대해 두서없이 이야기를 꺼냈다.

"그는 내가 만나본 사람들 중 운전 솜씨가 최고였지." 레스가 칭찬했다. "진짜 부드럽고 절도가 있었어. 놀라운 사람이었지. 그는 한 번에 서너 가지의 움직임을 감지했고 손가락 몇 개로 핸들을 움직였지."

베스와 나는 이야기에 빠져들었다. 우리는 아버지에 대해서는 아무 이야기도 듣지 못했고 우리가 직접 본 것 외에는 아무것도 몰랐다. 우리는 레스에게 무엇이든 좀더 들려달라고 했다. 그는 아버지가 토프를 카부스*라고 불렀다는 이야기도 들려주었다.

"그래서 난 그 애의 이름을 한참 동안 몰랐단다." 레스가 코트 안에 어깨를 집어넣으며 말했다. "항상 카부스라고 불렀지."

레스는 대단하다, 정말 대단하다. 우리는 그 단어를 들어본 적이 없었다. 아버지는 그 단어를 집에서는 쓴 적이 없다, 단 한 번도. 나는 아버지가 그 말을 하는 모습을 그려보고 그가 와커 가에서 벗어난 식당에 레스와 함께 앉아 두 명의 폴란드인 낚시꾼인 스토시와 존에 대한 유머를 늘어놓는 장면을 그려보았다. 우리는 레스가 집에 좀더 있어주기를 바랐다. 나는 아버지가 나에 대해, 우리에 대해, 우리 나머지에 대해 어떻게 생각했는지, 아버지가 자신이 곤란에 처했음을 알았는지, 그가 포기했는지(왜 포기했을까?)

_____

* 기차의 승무원실.

를 듣고 싶었다. 레스, 아버지는 며칠 전에 해고당했다는데 왜 계속 출근했죠? 알아요, 레스? 아버지가 나흘 전에는 직장에 있었다는 건가요? 아버지와 마지막으로 대화를 나눈 게 언제죠, 레스? 아버지는 알고 있었어요? 아버지가 뭘 알고 있었죠? 아버지가 당신에게 이야기했나요? 그가 이 모든 일에 대해 뭐라고 했나요?

우리는 레스에게 언젠가 저녁식사를 하러 와줄 수 있느냐고 물었다. 그는 물론 그러겠다고 했다. 언제든 전화만 해.

지난번 아버지를 본 게 마지막이 될 줄은 몰랐다. 그는 중환자실에 있었다. 아버지를 보려고 집에 왔지만 진단 이후 모든 일이 너무 급작스럽게 이루어지는 바람에 대수롭지 않게 여겼다. 그가 검사와 치료를 받고 며칠 만에 멀쩡하게 집으로 돌아오리라 기대했다. 나는 엄마, 베스, 토프와 병원에 갔다. 아버지의 병실 문은 닫혀 있었다. 우리는 묵직한 문을 밀었고 안에서 그는 담배를 피우고 있었다. 중환자실에서. 창문이 닫혀 있어서 병실 안에는 연기가 자욱했고 냄새가 지독했다. 그 한가운데에 아버지가 있었다. 그는 우리를 보게 되어 행복한 것 같았다.

아무도 말을 많이 하지 않았다. 우리는 10분쯤 있다가 연기를 피해 병실 끝으로 몰려갔다. 토프는 내 뒤에 숨었다. 아버지 옆에 있는 기계장치에서 초록색 불빛 두 개가 교대로 깜빡였다. 켜졌다, 꺼졌다, 켜졌다, 꺼졌다. 빨간 불빛은 계속 켜져 있었다, 빨갛게.

아버지는 베개 두 개를 괴고는 침대에 몸을 눕혔다. 다리는 편하게 꼬고 두 손은 머리 뒤로 깍지를 끼었다. 그는 가장 큰 상을 받은 것처럼 미소를 지었다.

응급실에서 하룻밤, 그리고 중환자실에서 하루 낮을 보낸 후 엄마는 커다란 창문이 달린 크고 좋은 병실에 와 있다.

"여기는 곧 죽을 사람들을 위한 병실이야." 베스가 말한다. "봐, 이렇게 넓은 곳을 줬잖아. 친척들도 올 수 있고 잠도 잘 수 있게……"

병실에는 또다른 침대와 커다란 소파가 있었다. 우리 모두는 옷을 모두 입은 채 침대에 들어가 있었다. 난 집을 나오기 전에 바지 갈아입는 것을 잊어버렸고 엄마 때문에 내 옷에는 갈색 얼룩이 찍혀 있었다. 바짓단은 검은색이다. 늦었다. 엄마는 잠이 들었다. 토프도 잠이 들었다. 접이식 침대는 편하지 않다. 매트리스 아래의 금속 막대가 몸을 찔러댄다.

병상 위쪽에 켜져 있는 불빛이 엄마의 머리 주위에 아주 극적인 호박색 후광을 드리우고 있다. 병상 뒤의 기계는 아코디언 같았지만 연한 푸른색이었다. 세로로 길게 늘어났다 수축했다 하면서 뭔가를 빨아들이는 소리를 낸다. 그 소리와 엄마의 숨소리와 다른 기계에서 나오는 윙 소리와 히터에서 나오는 윙 소리와 토프의 숨소리가 난다. 가까이에서 끊임없이. 엄마의 숨소리는 필사적이고 불규칙하다.

"토프가 코를 골아." 베스가 말한다.

"알아." 내가 말한다.

"애들이 원래 코를 골아?"

"몰라."

"엄마 숨소리를 들어봐. 너무 불규칙해. 한 번 숨을 쉬는 데 시간이 너무 오래 걸려."

"걱정돼."

"그래. 가끔은 이십 초 정도 걸리는 것 같아."

"젠장."

"토프가 자면서 발길질을 하네."

"알아."

"쟤 좀 봐. 의식이 없어."

"알아."

"토프 머리 좀 깎아야겠어."

"그래."

"병실 좋네."

"그러게."

"TV는 없지만."

"응, 그게 이상해."

대부분의 조문객이 떠난 후 커스틴과 나는 부모님의 침실로 갔다. 침대는 끽끽 소리를 낼 것이고, 우리는 거기서 자고 싶지는 않았다. 방에서는 아버지에게서 나던 우중충한 담배 냄새가 났다. 베개와 벽에서도. 우리가 거기 간 이유는 아버지의 서랍장에서 동전을 훔치거나 그 방의 창문을 통해 지붕으로 가기 위해서였다. 지붕으로 올라가려면 그 방의 창문을 지나야만 했다. 집 안의 모든 사람이 아래층의 여러 침실에 잠들어 있었기 때문에 우리는 부모님의 드레스룸에 자리 잡았다. 우리는 담요와 베개를 들고 옷장과 샤워실 사이 카펫이 깔려 있는 곳으로 가서는 거울이 달린 벽장의 미닫이문 앞에 담요를 폈다.

"이상해." 커스틴이 말했다. 커스틴과 나는 대학에서 만나 여러 달째 데이트를 했지만 그 관계는 임시적인 것이었다. 우리는 서로를 아주 좋아했지만 난 정말 정상적이고 매혹적인 누군가가 금방 내 앞에 나타날 것이라고 생각했다. 그러다 어느 주말 함께 집으로 돌아온 그녀와 나는 호수에 갔고, 거기서 나는 어머니가 아프다고, 시한부 인생이라고 말했다. 그녀는 이상한 일이라며 자신의 어머니도 뇌종양에 걸렸다고 말했다. 그녀가 어릴 때 아버지가 사라졌다는 사실, 그녀가 열네 살이 될 때까지 1년 내내 아르바이트를 했다는 사실은 이미 알고 있었다. 그녀가 강하다는 것을 알고 있었지만 당시에는 그녀의 얼굴을 보면 새로운 단어들, 조금 어두운 단어들이 떠올랐다. 그때부터 우리는 좀더 진지한 관계로 발전했다.

"너무 이상해." 커스틴이 말했다.

"아냐. 이게 좋아." 나는 그녀의 옷을 벗기며 말했다.

사람들은 모두 잠들어 있었다. 엄마는 베스의 방에서, 내 친구 킴은 거실 소파에서, 내 친구 브룩은 가족실의 소파에서, 베스는 내 방에서, 빌은 지하실에서, 토프는 자기 방에서.

우리는 조용했다. 그 무엇도 남아 있는 것은 없었다.

한밤중에 베스가 헉 소리를 내더니 나보다 먼저 무언가를 기억해낸다. 우리는 희미하게 의식은 하면서도 지금, 새벽 3시 21분이 될 때까지 잊고 있었다. 내일, 아니 바로 오늘이 엄마의 생일이라는 것을.

"젠장."

"쉬."

"못 들을 거야. 쟤는 잠들었어."

"우리, 뭘 할까?"

"선물 가게가 있어."

엄마는 우리가 거의 잊고 있었다는 걸 모를 것이다.

"그래. 풍선."

"꽃들."

"빌이 보내는 걸로 해."

"그래."

"인형."

"맙소사, 너무 선물 가게스럽잖아."

"그럼 뭐 다른 거 있어?"

"아야!"

"뭐라고?"

"토프가 날 발로 찼어."

"자면서 몸을 뒤집었어. 백팔십 도로."

"들었어?"

"뭘?"

"들어봐!"

"뭘?"

"쉬! 엄마가 숨을 쉬지 않아."

"얼마나 됐어?"

"영원히 안 쉬는 거 같아."

"젠장."

"기다려. 숨쉰다."

102

"젠장, 이상해."

"끔찍해."

"생일이고 뭐고 집에 갈 때까지 기다려야 할걸."

"아냐, 뭔가 해야 돼."

"여기가 1층이라서 싫어."

"그래, 하지만 방은 좋잖아."

"전조등이 비쳐서 싫어."

"그건 그래."

"커튼을 칠까?"

"아니."

"아침에는?"

"아니. 왜?"

4시 20분 베스는 자고 있다. 나는 앉아서 엄마를 본다. 엄마의 머리카락이 다시 자라고 있었다. 아주 오랫동안 엄마는 머리카락이 없었다. 엄마에게는 가발이 적어도 다섯 개는 있다. 엄마가 병을 앓은 햇수보다 많은 수이다. 모든 가발이 그렇듯 엄마의 가발들은 슬프다. 하나는 너무 크다. 하나는 너무 진하다. 하나는 너무 곱슬거린다. 하나는 너무 허옇다. 그래도 대부분의 가발은 어느 정도 진짜 머리카락처럼 보인다. 이상하게도 새로 난 엄마의 머리카락은 원래 머리카락보다 훨씬 더 곱슬거리고 심지어 엄마의 가장 곱슬거리는 가발보다 곱슬거렸다. 게다가 더 진한 색이다. 엄마의 머리는 이제 가발보다 더 가발 같았다.

"엄마, 머리카락이 정말 웃겨요." 내가 말했다.

"뭐가 웃기니?"

"음, 전보다 진한 색이잖아요."

"아냐."

"맞아요. 전에는 거의 회색이었잖아요."

"아냐. 내가 희게 한 거지."

"그건 십 년 전 얘기잖아요."

"절대 회색은 아니었어."

"알았어요."

나는 드러눕는다. 베스의 호흡은 묵직하고 조용하다. 천장은 우
윳빛이다. 천장이 천천히 움직인다. 천장의 구석은 더 어둡다. 천
장은 크림 같다. 침대 매트리스를 지탱해주는 금속 막대가 내 등을
파고든다. 천장은 물처럼 흐른다.

아버지가 쓰러지고 하루 반 정도 중환자실에 있을 때 신부님이
어쩌면 마지막이 될 의식을 치르기 위해 왔다. 신부님을 만나 방문
목적을 확인한 아버지는 재빨리 그를 쫓아냈다. 의사가 나중에 이
이야기를 하자—그 층에서는 전설적인 이야기가 되었다—아버
지는 무신론자와 관련된 격언을 인용했다. "고난을 겪을 때는 무
신론자가 없다고 했습니다." 의사가 바닥을 보며 말했다. "하지
만…… 휴!" 아버지는 심지어 신부님이 의례적인 기도나 성모마
리아에게 드리는 기도도 하지 못하게 했다. 신부님은 아버지가 신
자가 아니라는 것, 어떤 종파에도 속해 있지 않다는 걸 알고 왔을
것이다. 하지만 그는 아버지에게 호의를 베푼다고 생각하고 참회
할 기회, 1000분의 1의 확률을 지닌 구원 응모권을 제공했다. 아

버지는 초인종을 눌러대는 모금자들에 대해서만큼 종교에 대해서
도 참을성이 많다. 초인종이 울리면 아버지는 문을 열고 바보스러
운 미소를 짓고는 재빨리 그리고 환하게 "됐습니다"라고 말한 후
쾅 하고 문을 닫아버리곤 했다. 아버지는 선의를 지닌, 불쌍한 신
부님에게도 그렇게 했다. 아버지는 병상에서 일어나서 문을 열 수
없었기 때문에 그저 환한 미소를 짓고는 "됐습니다"라고 말했다.

"하지만 에거스 씨……"

"됐습니다, 안녕히 가세요."

우리는 며칠 안에 엄마를 데리고 나갈 것이다. 베스와 나는 엄
마를 데리고 나가겠다고 맹세했고 엄마를 탈출시킬 생각이었다.
의사가 안 된다고 해도. 우리는 엄마를 병상 아래에 숨기고는 의사
처럼 변장한 다음 선글라스를 쓰고 재빨리 엄마를 차로 데려갈 것
이다. 그리고 내가 엄마를 안아 올리는 동안 토프가 사람들의 시선
을 끌 것이다. 뭐든, 춤을 조금 추든 뭐든. 그다음에 우리는 차에
올라타고 그대로 사라질 것이다. 엄마를 집으로 데려간다, 의기양
양하게. 해냈어! 해냈어! 그리고 우리는 병상을 구해 소파가 있는
거실에 들일 것이다. 우리는 하루 24시간 간호사를 둘 것이다. 사
실 침대와 간호사는 렌슬러 부인이라는 여자가 준비해줄 것이다.
그녀는 길 건너 집에 살았었다. 우리 아버지는 무릎을 꿇은 채 그
집 마당을 바라보았었다. 그녀는 오래전에 이 도시의 다른 지역으
로 이사를 갔다가 갑자기 다시 거기에 나타난다. 그녀는 그 병원의
호스피스 프로그램에 참가하고 있다. 그녀는 이것저것 준비해줄
것이고 우리를 안아줄 것이다. 우리는 전에는 그녀를 알지 못했지

만 이제는 그녀를 좋아하게 될 것이다. 간호사 중 한 명은 시카고 북부 출신으로 덩치가 커다란 중년의 흑인 여자일 것이다. 그녀는 남부 억양을 섞어서 말할 것이고 자신의 성경책을 가져올 것이고 때로 어깨를 떨며 울 것이다. 좀더 젊은 러시아 출신의 무뚝뚝한 여자도 있을 것이다. 그녀는 화가 난 얼굴로 나타나서 재빠르고 성급하게 자신의 임무를 수행할 것이고 우리가 보지 않을 때 낮잠을 잘 것이다. 다음 날에도 돌아가지 않는 간호사도 있을 것이다. 화장을 하고 모피 코트를 차려입고 왔다 가는 여자들, 아니 엄마의 친구들이 있을 것이다. 우리 가족의 오랜 친구인 디넌 부인이 이곳에 오고 싶어서, 한 번 더 엄마를 보고 싶어서 매사추세츠에서 일주일간 방문할 것이다. 그녀는 지하실에서 자면서 영성에 대해 들려줄 것이다. 엄청나게 눈이 올 것이다. 간호사들은 우리가 거실에 없거나 깨어 있지 않을 때 엄마를 목욕시킬 것이다. 우리는 낮이나 밤에 거실에 들어갈 것이고 엄마가 깨어 있지 않으면 그 자리에 얼어붙었다가 마음의 준비를 하고 다가가서는 엄마의 입 위에 손을 대 숨을 쉬는지 살펴볼 것이다. 어느 날 엄마는 우리에게 제인 이모를 불러달라고 할 것이고 우리는 이모에게 비행기표를 끊어줄 것이다. 간신히 시간에 맞춰서. 우리가 제인 이모를 공항에서 데려와 침대 밑에 세우면 엄마—그 시점에는 낮에 깨어 있지 못할 것이다—는 아이처럼 악몽에서 깨어나 환한 미소를 지으며 눈을 감은 채 이모를 잡을 것이다. 끊임없이 손님들이 찾아와 엄마의 침대 옆에 태평하게 앉아 최근 벌어진 일들에 대해 떠들어댈 것이다. 왜냐하면, 왜냐하면 죽어가는 사람은 죽음에 대해 말하고 싶어하지 않고 누가 이혼했는지, 누구의 아이가 갱생 시설에 들어갈지, 아니면 곧 들어갈지에 대해 말하는 것을 더 좋아하기 때문이다. 빵도 있을 것이다. 빨간 머리의 젊은 마이크 신부님도 올 것이다. 그는 누군가를 개종시키려는 시도는 하지 않은 채 엄마의 침대 맡에서 미사를 집전할 것이다. 엄마의 위를 생각해서 성체를 먹는 순서는 뺄 것이고 디넌 부인도 성찬식에 참석할 것이다. 나는 부엌에서 냉동 피자를 녹이면서 가끔 그 장면을 지켜볼 것이다. 위층 캐비닛에서 가져온 묵주도 있을 것이다. 엄마의 간이 기능을 멈춘 후 엄마의 땀구멍에서 스며 나오는 냄새를 없애기 위해 우리는 촛불을 켤 것이다. 우리는 엄마의 침대 옆에 앉아 엄마의 뜨거운 손을 잡을 것이다. 엄마는 한밤중에 갑자기 일어나 앉아 알아들을 수 없는 소리를 크게 떠들어댈 것이다. 각각의 단어는 엄마의 마지막 말로 여겨지겠지. 또다른 단어가 뒤따라 나오기 전까지는. 어느 날 커스틴이 거실에 들어갔을 때 엄마는 갑자기 자리에서 일어나 어항에 벌거벗은 남자가 있다고 우길 것이다. 우리는 웃음을 참을 것이고—그녀는 며칠째 벌거벗은 남자가 있다고 우길 것이다—심각해진 커스틴은 어항으로 다가갈 것이다. 엄마는 커스틴이 자기편이라는 생각에 처음에는 눈을 굴리고 그다음에는 아주 만족스러운 미소를 지을 것이다. 그러고는 다시 침대에 누울 것이다. 며칠 안에 엄마의 입은 물기가 마를 것이고 입술은 터서 딱지가 생길 것이고 간호사는 20분마다 면봉으로 엄마의 입술을 적셔줄 것이다. 모르핀도 있을 것이다. 왠지 이상하게 건강하고 복슬거리는 엄마의 머리카락, 황달기가 있지만 갈색으로 반짝이는 엄마의 피부, 반짝이는 엄마의 입술 덕분에 엄마는 근사해 보일 것이다. 엄마는 빌이 사다준 새틴 파자마를 입을 것이다. 우리는 음악을 연주할 것이다.

베스는 파헬벨을 연주할 것이고 그게 다소 지나치다고 느껴지면 말하는 앵무새와 함께 마린카운티에 살고 있는 코니 고모가 작곡한 뉴에이지 음악을 연주할 것이다. 모르핀은 충분하지 않을 것이다. 우리는 점점 더 많이 요구할 것이다. 마침내 모르핀이 충분해지면 우리는 알아서 모르핀 투여량을 정해 엄마가 괴로워할 때마다 투명한 관을 통해 엄마의 몸속으로 모르핀을 흘려보낼 것이다. 그리고 우리가 약을 투여하면 신음소리는 멈출 것이다.

사람들이 엄마를 데려가는 동안 우리는 나가 있을 것이고 우리가 돌아왔을 때 엄마의 침대 역시 사라졌을 것이다. 우리는 소파를 벽에 붙여놓을 것이다. 침대가 있던 자리다. 몇 주 후 한 친구의 주선으로 토프는 디어필드에 있는 체육관에서 연습을 마친 시카고 불스 선수들과 만나게 될 것이다. 토프는 각각의 농구 카드 중 한두 장을 챙겨갈 것이다. 대부분 신인들의 카드로 더 가치 있는 것을 가져갈 것이다. 거기에 선수들의 사인을 받아 그 가치를 높일 테니까. 우리는 창문을 통해 선수들의 연습 게임을 지켜볼 것이다. 연습 후에 그들은 운동복을 입고 나타날 것이다. 그들에게 나와 달라고 미리 부탁을 해두었다. 스코티 피펜과 빌 카트라이트는 토프가 가져온 지워지지 않는 펜으로 농구 카드에 사인을 하면서 학교에 가지 않은 이유를 물어볼 것이다. 그날은 수요일이든 월요일이든 평일일 것이고 토프는 그냥 어깨를 으쓱일 것이다. 베스와 나는 그 봄에 무슨 일이 생기거나, 그저 모든 것이 정상인 척하기 위해 '젠장'이라는 말을 내뱉을 때마다 토프를 학교에서 데리고 나올 것이다. 시카고 불스 선수들을 만난 토프는 너무 행복해할 것이다. 이제 그는 우스울 정도로 소중한 카드를 갖게 될 것이고 집으로 돌아오는 길에 우리는 토프가 거기 갔었다는 사실을 사람들에게 알리기 위해 카드를 따로 공증해둘지 토론을 벌일 것이다. 빌은 더 가까이에서 지내기 위해 직장을 옮길 것이다. 워싱턴 DC에서 폭동이 끝난 LA로. 거기서 그는 싱크탱크로 일할 것이다. 그는 보험금이나 집을 처리할 것이고 베스는 증서와 서류 등을 처리할 것이다. 몇 년 동안 가장 가까운 사이였고 결코 싸우는 일도 없었던 토프와 나는 함께 지내게 될 것이다. 토프는 3학년 과정을 마치겠지만 나는 몇몇 수업을 포기할 것이다. 학점이 부족해도 나는 베스, 토프, 커스틴과 함께 졸업식 그리고 졸업 파티에 참석할 것이다. 내색하지 않고. 우리 내색하지 말자. 별것 아니니까. 그리고 일주일 후에 사람들, 아니 나이 든 사람들이 얼굴을 찡그리고 혀를 차고 고개를 흔드는 가운데 집을 팔고, 세간을 팔 것이다. 진즉에 태워버리고 싶었지만. 그리고 다시 로스쿨에 다니는 베스를 따라 버클리로 이사 가서 어딘가에 새로 자리 잡을 것이다. 버클리 만이 보이는 크고 좋은 집. 농구장이 딸리고 달릴 수 있는 널찍한 공원이 근처에 있는.

엄마가 몸을 꿈틀거리더니 눈을 살짝 뜬다.

내가 삐걱대는 소리를 내며 침대에서 빠져나온다. 바닥은 차갑다. 새벽 4시 40분이다. 토프는 내가 있던 자리로 굴러 온다. 나는 엄마에게 걸어간다. 엄마는 나를 바라본다. 나는 엄마 침대 위로 몸을 숙이고 엄마의 팔을 만진다. 엄마의 팔은 뜨겁다.

"생일 축하해요." 내가 속삭인다.

엄마는 나를 보지 않는다. 엄마는 눈을 뜨고 있지 않다. 가늘게 뜨고 있던 눈은 이제 감겨 있다. 엄마의 눈이 나를 보았는지도 모르겠다. 나는 창문으로 걸어가서 커튼을 친다. 창밖의 재빨리 스케치된 나무들이 벌거벗은 채 검은 윤곽을 드러내고 있다. 나는 구석에 있는 팽팽한 인조가죽 의자에 앉아 엄마와 하늘색 흡입기를 바라본다. 규칙적으로 움직이는 하늘색 흡입기는 가짜 같다. 무대장치 같다. 나는 의자 깊숙이 몸을 묻고 등을 기댄다. 천장이 빙빙 돈다. 천장은 커다란 반원 모양으로 벽토를 발랐고 우윳빛이다. 반원들은 천천히 회전하고 천장은 물처럼 흐른다. 천장에는 심연이 있다. 천장은 앞뒤로 움직인다. 아니, 벽이 단단하지 않다. 병실은 아마 실재가 아닐 것이다. 병실에는 꽃이 많지 않다. 병실은 꽃으로 가득해야 한다. 꽃들은 어디에 있지? 선물 가게는 언제 문을 열까? 6시? 8시? 혼자 내기를 한다. 나는 6시에 건다. 그래, 내기야. 내가 꽃을 몇 송이나 살 수 있을지 생각해본다. 나는 꽃 값이 얼마인지 알아보고 선물 가게에 있는 꽃을 몽땅 사서 이 병실로 옮겨올 것이다. 불꽃놀이.

엄마는 잠에서 깨서 볼 것이다.

"낭비잖아." 그녀는 말할 것이다.

그녀는 몸을 움직이며 눈을 뜬다. 그녀는 나를 본다. 나는 의자에서 일어나서 침대 옆에 선다. 나는 그녀의 팔을 잡는다. 뜨겁다.

"생일 축하해요." 나는 그녀를 내려다보며 미소 짓고 속삭인다.

그녀는 대답하지 않는다. 그녀는 나를 보지 않는다. 그녀는 깨지 않았다.

나는 다시 앉는다.

토프는 팔다리를 벌린 채 똑바로 누워 있다. 방이 춥든 덥든 그 애는 자면서 땀을 흘린다. 토프는 잘 때 마치 시곗바늘처럼 이리저리 움직이고 구른다. 그 애의 숨소리가 들린다. 그 애의 속눈썹은 길다. 그 애의 손은 접이식 침대에 걸쳐져 있다. 그 애를 쳐다보고 있는데 그 애가 잠에서 깬다. 그 애는 일어나서 의자에 앉아 있는 내게 다가오고 나는 그 애의 손을 잡는다. 우리는 창문으로 나가 급하게 스케치된 나무들 위로 떠올라 캘리포니아까지 날아간다.

2

제발 보라. 우리가 보이는가? 작고 빨간 차에 타고 있는 우리가 보이는가? 우리 차가 완만한 오르막을 힘겹게, 그러나 여전히 60에서 65마일의 속도로 오르고 가끔은 1번 고속도로의 급커브를 돌기도 하면서 땅에 납작하게 붙어 달려가는 동안 당신이 우리 위쪽을 날아가면서, 그러니까 헬리콥터를 타거나 새를 타고 날아가면서 우리를 내려다본다고 상상해보라. 우리를 보라고, 빌어먹을, 달의 뒷면에서 튀어나온 우리 둘을. 우리는 우리가 받아야 할 모든 것을 향해 탐욕스럽게 굴러가서 매일 우리에게 다가오는 것을 맞이한다. 하루하루 우리는 빌려준 것, 우리가 당연히 받아야 할 것을 돌려받는다. 이자와 함께, 망할 놈의 대가와 함께. 젠장 우리는 빚을 줬으니까. 따라서 우리는 모든 것, 모든 것을 기대한다. 우리는 우리가 원하는 것을 가져야 한다. 뭐든 하나씩, 가게에 있는 무엇, 세 시간의 쇼핑, 우리가 선택한 색깔, 어떤 모양, 어떤 색깔, 우리가 원하는 만큼, 우리가 원할 때, 우리가 원하는 것은 무엇이든.
오늘 우리는 샌프란시스코 남쪽으로 30분 거리에 있는 몬타라 해
변에 간다. 우리는 당장 노래를 부른다.

그녀는 혼자다!
그녀는 결코 모른다!
(뭔가를, 뭔가를, 뭔가를!)
우리가 접촉했을 때!
우리가 ('똑같이' 라는 단어와 운을 맞춘다)!
모든 (뭔가, 뭔가)!
하룻밤 내내!
하룻밤 내내!
매일 밤! 정말 꼭 잡아!
꼭 잡아
꼬-옥 잡아!
그대는 원해!
그대에게는 그게 필요해!
그대는 원해!

토프는 가사를 전혀 몰랐고 나도 몇 대목을 몰랐지만 누구도 우
리의 노래를 멈출 수 없다. 내가 처음 나오는 '하룻밤 내내' 라는
대목을 부르고 토프에게는 두번째 나오는 대목을 부르게 할 생각
이었다. 이렇게 말이다.
나: 하룻밤 내내!(높게)

토프: 하룻-밤 내내!(약간 낮게)

나는 토프의 대목이 나올 때 그 애를 손가락으로 가리킨다. 하지만 그 애는 멍하니 나를 바라본다. 나는 라디오를 가리키고 그다음에는 그 애를, 그다음에는 그 애의 입을 가리키지만 그 애는 여전히 어리둥절해한다. 태평양을 향해 고속도로를 질주하면서 이런 동작들을 하기는 어렵다. 어쩌면 내 동작들은 라디오를 먹어치우라는 뜻으로 받아들여질지 모른다. 하지만 젠장 그 애는 알아차려야 한다. 하지만 그 애는 나를 도와주지 않는다. 아니면 바보일지도 모르고. 쟤는 바본가?

젠장, 나 혼자 한다. 나는 스티브 페리 같은 목소리로 스티브 페리의 비브라토를 흉내 낸다. 내가 노래에 소질이 있는 덕분이다.

"노래해도 될까?" 내가 소리친다.

"뭐?" 토프가 소리친다.

차창까지 열려 있다.

"내가 그랬잖아. '노래해도 될까?' 라고."

그 애가 머리를 흔들었다.

"무슨 뜻이야?" 내가 소리친다. "젠장, 난 노래할 수 있다구."

토프가 차창을 닫는다.

"뭐라고 그랬어? 못 들었어." 그 애가 말한다.

"'노래해도 될까?' 라고 말했어."

"안 돼." 그 애가 환하게 웃는다. "노래하지 마."

그 애가 저니 같은 밴드와 접하는 것이 걱정스럽다. 그런 밴드의 음악을 들어봤자 또래들에 대한 비난 외에는 얻을 게 없는데. 그 애가 종종 거부하기는 하지만—아이들은 무엇이 자기에게 좋은지 모른다—나는 그 애에게 우리 시대의 선구적인 음악가들—빅 컨트리, 헤어컷 100, 러버보이—의 음악을 듣게 했다. 그런 면에서 그 애는 행운아다. 그 애의 뇌는 내 실험실이고 창고이다. 그 안에 나는 내가 고른 책, 텔레비전 쇼, 영화, 당선된 정치인들에 대한 견해, 역사적인 사건들, 이웃들, 행인들을 보관할 수 있다. 그 애는 24시간 내내 내 교실이고, 어쩔 수 없는 내 청중이라 내가 가치 있게 여기는 모든 것에 흥미를 가져야 한다. 그 애는 운이 좋은, 운이 좋은 소년이다! 그리고 아무도 나를 말릴 수 없다. 그 애는 내 것이다. 그러니 당신은 나를 말릴 수 없고, 우리를 말릴 수 없다. 어이, 겁쟁이들, 우리를 말려보시지! 우리의 노래를 말릴 수도 없고, 우리의 방귀소리를 말릴 수 없고, 우리가 창밖으로 손을 내밀어 팔랑팔랑 움직이는 것도 말릴 수 없고, 좌석에다 코를 닦는 것도 말릴 수 없다. 갑자기 정말 젠장 맞게 더워진 내가 스웨트셔츠를 벗는 동안 여덟 살짜리 토프에게 일직선으로 운전을 시키는 것도 말릴 수 없다. 우리가 소고기 육포의 포장지를 바닥에 버리거나 헝클어진 세탁물을, 젠장 벌써 8일째나 트렁크에 그냥 넣어두는 것도 말릴 수 없다. 우리는 바쁘니까. 토프가 좌석 밑에 반쯤 남은 오렌지주스 팩을 버려두는 것도 말릴 수 없다. 거기서 주스는 부패하고 발효하면서 차 안에 도저히 참아줄 수 없는 냄새를 풍긴다. 몇 주일 동안 우리는 그 냄새가 어디서 나는지 찾지 못해 내내 차창을 열어둔다. 그리고 마침내 주스 팩을 찾아내고는 토프를 뒷마당에 목까지 파묻은 다음 꿀로 덮는다. 아니 그랬어야 했다는 말이다. 우리는 가련한 이 세상 사람들을 불쌍한 눈으로 바라본다. 우리의 주문(呪文)에 축복받지 못하고 우리의 고난에 자극받지 못

하는 사람들. 겁내지 않는 약한 사람들. 젤라틴 같은 사람들. 내가
얼굴을 찡그리며 토프에게 옆 차선의 사람들에 대해 이야기해도
당신은 말릴 수 없다.

나: 저 찌질이들을 봐.

그: 바보들!

나: 저 사람 좀 봐.

그: 세상에.

나: 저 사람에게 손 흔들면 1달러 줄게.

그: 얼마?

나: 1달러.

그: 적은데.

나: 좋아, 저 남자에게 엄지손가락을 올려 보이면 5달러 줄게.

그: 왜 엄지손가락을 올려?

나: 저 차가 가고는 있잖아.

그: 좋아. 좋아.

나: 왜 안 해?

그: 그냥 할 수가 없어.

부당하다. 우리 대 그들(아니면 당신들)의 대결은 부당하다. 우
리는 위험하다. 우리는 대담하고 불멸하다. 안개가 절벽 아래에서
피어올라 고속도로를 뒤덮는다. 푸른색이 안개 너머에서 스며 나
오더니 갑자기 해가 푸르름 속에서 솟아오른다.

우리 오른쪽에는 태평양이 있다. 우리는 바다 위 수백 미터 위
를 달리는 데다 가끔 우리와 바다 사이에는 가드레일이 없었기 때
문에 우리 위뿐만 아니라 아래에도 하늘이 펼쳐진 것 같다. 토프는

그 절벽을 좋아하지 않아 아래를 내려다보지 않지만 어쨌든 우리는 하늘을 달리고 있다. 길 위로 구름이 흘러들고 해가 반짝이고 아래에는 하늘과 바다가 펼쳐진다. 여기서만 지구는 둥글게 보이고, 여기서만 수평선의 양쪽 끝이 살짝 아래로 가라앉고, 여기서만 당신은 이 행성의 양 끝이 구부러지는 것을 볼 수 있다. 여기서만 당신은 빠르게 회전하는, 크고 빛나는 구체 위를 질주하고 있음을—시카고에서는 너무 평평하고 곧아서 결코 이런 사실을 깨달을 수 없다—그리고 그리고 그리고 우리가 선택받았음을, 선택받아 이것을, 이 모두를 받았음을, 우리에게 빚졌음을, 우리가 얻었음을 확신하게 된다. 하늘은 우리를 위해 파랗게 빛나고 태양은 지나가는 차들을 마치 우리를 위한 장난감처럼 반짝이게 하고 바다는 우리를 위해 파도치고 우리를 위해 속삭인다. 우리는 받아야 한다, 보라, 이것은 우리의 것이다, 보라. 우리는 캘리포니아에 있고 버클리에 산다. 이곳의 하늘은 우리가 지금까지 봐왔던 것에 비해 정말 크다. 이 하늘은 영원히 계속될 것이고, 모든 언덕에서 볼 수 있다. 언덕들! 버클리의, 샌프란시스코의 굽잇길…… 우리는 여름에 살 집을 빌렸다. 버클리의 언덕 위에서 세상을 굽어보는 집. 베스 말로는 분명 돈이 좀 있는 사람들, 그러니까 스칸디나비아 사람들의 소유일 것이라고 한다. 거기 올라가보면 온통 창문과 빛과 테라스인 데다 모든 것이 잘 보이기 때문이다. 샌프란시스코 만 위쪽으로 왼쪽에는 오클랜드, 오른쪽에는 엘세리토와 리치먼드, 앞쪽으로 마린, 아래쪽으로 버클리가 있다. 로켓과 폭죽처럼 생긴 빨간 지붕들과 콜리플라워와 참매발톱꽃, 보잘것없는 시야를 가진 저 아래의 모든 사람들. 우리는 바라본다. 베이브리지를, 아래쪽의 리치먼드브리지를, 빨간 이쑤시개들과 줄들로 이어지고 그 사이는 푸른색, 그 위쪽도 푸른색이 채운 골든게이트를, 하얗게 반짝이는 〈로스트 랜드〉와 마법의 크리스털로 지은 〈수퍼맨〉의 북극 집을. 이곳이 바로 샌프란시스코다…… 밤에 그 지역 전체가 1000개의 활주로가 된다. 반짝이는 앨카트래즈 섬, 베이브리지 아래에서 앞뒤로 흔들리는 할로겐 조명의 물결, 천천히 끊임없이 켜지는 크리스마스 조명들, 광고용 비행선—올 여름에는 아주 많은 비행선이 떴다—과 도심에서 그리 많이 보이지 않는 별들. 그래도 100개쯤은 되니 충분하다. 아니, 얼마나 더 많아야 하지? 우리 창문에서, 우리의 테라스에서 보이는 머리를 어지럽히는 광경. 그 광경을 보고 있으면 움직일 수도, 생각할 수도 없다. 거기 그 모두가 있다. 고개를 돌리지 않아도 모든 일을 할 수 있다. 아침은 필름같이 부연 흰색이다. 우리는 테라스에서 아침을 먹고 점심을 먹고 책을 읽고 카드 놀이를 한다. 항상 그 모든 것, 그림엽서 같은 풍경, 그리고 그 속의 자그마한 사람들이 우리와 함께했다. 너무 많이 바라보니 현실 같지 않다. 다시, 또다시 그 무엇도 더이상 현실이 아니다. 우리는 물론, 물론 기억해야 한다. (아니면 그 반대인가? 모든 것이 더 현실적인가? 아하.) 우리 집 뒤로 조금만 가면 틸든 파크가 있다. 끊임없이 펼쳐지는 호수와 나무와 언덕 들. 관목 덤불에 덮인 모헤어 같은 언덕들—그 속에 모헤어 같은 언덕, 모헤어 같은 언덕, 모헤어 같은 언덕, 그러고는 움푹 파인 진녹색 구렁, 그리고 계속 이어지는 모헤어 같은 언덕들. 잠자는 사자처럼, 멀리까지…… 인스피레이션포인트에서 자전거로 출발한다. 가는 길에는 불어오는 바람 속에서 페달을 밟고, 돌아오는 길에는 등 뒤로 바람을 맞으며 페달을 밟는다. 리치먼드에서 몇 마일 떨어진 곳, 공장과 발전소 그리고 죽음 같은 것이나 생명을 주는 것들이 가득 들어 있는 커다란 탱크들이 있는 곳까지 언덕들이 이어져 있다. 멀리 왼쪽으로는 샌프란시스코 만이 보이고 오른쪽으로는 언덕들이 이어지다 동쪽, 아니 북동쪽으로 20마일쯤 떨어진 곳에 디아블로 산이 나타난다. 모헤어 같은 언덕들 중 가장 큰 언덕이다. 거기까지 자전거 길은 이어진다. 길들은 암소, 때로는 양을 가둬놓은 나무나 철사 울타리와 평행하거나 직각을 이루며 달린다. 이 모두는 우리집에서 몇 분 거리에 있다. 우리 집 뒤에는 거대한 바위인 그로토록—뒤쪽의 테라스 너머로 20피트쯤 튀어나온—과 이어지는, 아니 거의 이어지는 작은 하이킹도로도 있다. 어느 날 토프와 내가 포치에 나가 아침을 먹으면 갑자기 카키색 반바지를 입고 갈색 신발을 신고 모자를 돌려 쓴 남녀 하이커가 나타날 것이다. 그들은 항상 커플로 그로토 록에 올라와서는 엄지손가락으로 배낭끈을 잡고 우리와 같은 눈높이에 서 있을 것이다. 우리가 20피트 떨어진 아메리카삼나무로 만든 테라스에서 아침을 먹는 동안.

"안녕하세요!" 우리, 그러니까 나와 토프가 가볍게 손을 흔든다.

"안녕하세요." 그들이 거기서 아침을 먹고 있는 우리를 보고 놀란다.

이때까지는 좋다. 그러다 그들이 하이킹의 종착점인 꼭대기에 도착해 잠시 바닥에 주저앉아 경치를 감상하려는 순간, 20피트쯤 떨어진 곳에서 상자에 든 애플잭을 먹는 두 사람, 그러니까 엄청나게 잘생긴 토프와 나를 의식하게 되면서 어색한 분위기가 감돈다.

우리 차는 해프문베이와 패시피카와 시사이드를 지나친다. 왼쪽에는 콘도, 오른쪽에는 세찬 파도를 가르는 서퍼들이 보인다. 우리는 환호하는 유칼립투스와 흔들리는 소나무 사이를 통과하고, 자동차들은 우리를 향해 달려오면서 거칠게 빛을 반사한다. 차들은 곧장 우리에게로 달려오는 것 같다. 나는 그 차들의 앞 창을 통해 우리에게 다가오는 사람들의 얼굴을, 손짓을, 이해심을, 확신을 찾아본다. 그리고 그들의 확신을 찾아내고 그들은 지나간다. 우리 차는 요란하게 흔들리고 나는 라디오를 튼다. 그게 내가 할 수 있는 일이기에. 나는 손바닥으로, 그다음에는 주먹으로 운전대를 두드린다. 그게 내가 할 수 있는 일이기에. 토프가 나를 본다. 나는 진지하게 고개를 끄덕인다. 이 세계, 우리의 새로운 세계는 신나게 흔들릴 것이다. 우리는 저니 같은 음악가에게 경의를 표할 것이다. 특히 〈투 포 튜즈데이〉가 방송 중이라면 거기서 나오는 노래들 중 한 곡은 어쩔 수 없이 이 곡일 것이다.

〈소도시의 소녀……〉

내가 비브라토 같은 것을 동원해 진짜로 노래하거나 기타 부분을 흥얼거릴 때는 토프의 표정이 걱정스럽게 바뀌기도 하다. 익숙지 않은 사람에게는 비참한 공포나 불쾌감으로 비춰질지도 모르는 토프의 표정. 하지만 그것이 경외라는 것을 나는 잘 안다. 나는 그의 경외심을 이해한다. 난 토프에게 경외심을 받을 만하다. 나는 특출한 가수다.

우리는 토프를 위해 블랙파인서클이라는 별나고 작은 사립학교를 찾아냈다. 우리가 학비를 충분히 지불할 수 있었음에도 학교는 토프에게 전액 장학금을 주었다. 우리에게는 돈이 있었다. 집을 팔아 돈이 생겼고, 아버지가 죽기 직전에 들어둔 보험으로도 돈이 생겼다. 하지만 우리는 받을 게 있기 때문에 무임승차를 한다. 대체로 베스가 그랬다. 베스는 토프와 나만큼, 아니, 우리보다 받을 게 많고 돈을 짜내는 데도 능숙하다. 베스는 '한 부모'라는 (공인된) 지위를 인정받아 로스쿨 학비를 면제받았다. 공짜가 아니었어도 베스는 몇 달 후 가을이 되면 작년에 있었던 일들을 모두 잊고 학교로 돌아가 그 세계에 빠져들리라는 생각을 하며 지금처럼 반쯤 기뻐 날뛰었을 것이다. 그녀는 들뜨고 흥분한다. 엄마를 돌봐야 했기 때문에 우리 둘 다 여름을 망쳤다. 나는 아무것도 하지 않는다. 토프와 나는 해변에 가서 프리스비를 던진다. 나는 가구 채색 수업을 듣는다. 아주 진지하게. 나는 가구에 칠을 하면서 뒷마당에서 많은 시간을 보낸다. 12년간 받은 미술교육을 가구에 쏟아부으면서 내가 무엇을 하게 될지, 정확하게 무슨 일을 하게 될지 묻는다. 내 가구는 멋져, 나는 생각한다. 나는 중고 가게에서 가구, 대개 엔드테이블을 구해다 샌드페이퍼로 문지르고 그 위에 뚱뚱한 남자의 얼굴, 염소 그리고 잃어버린 양말을 그려 넣는다. 도심 어딘가에서 부티크를 찾아낸 다음 이 테이블들을 가령 1000달러에 팔아야겠다고 생각한다. 내가 테이블 하나를 잡고 열심히 작업하면서 새로운 문제들—이건 절단된 발을 너무 흔하게, 너무 상업적으로 표현하는 건가?—을 풀어가는 동안 당신은 내가 하는 일이 고귀하고 의미 있으며 나를 유명하고 부유하게 만들어줄 것 같다고 말할지도 모른다. 오후에 나는 집 안으로 들어가서 두툼한 고무장갑을 벗는다. 그리고 테라스에서 해 지는 모습을 지켜보며 내 안의 환한 빛도 가라앉힌다. 밤을 맞이하기 위해. 나중에는 직업을 얻어야 할지 모르지만 당분간은, 적어도 여름 동안만은 이것을, 뭔가 부족한, 습기가 부족한 느낌을 즐기고 싶다. 이번에는 주위를 돌아볼 시간이다. 토프는 버클리 캠퍼스의 여름 캠프에 가서 대학 운동선수들과 마주칠 것이다. 라크로스부터 야구와 프리스비까지 모든 실력을 보면 토프는 분명 (적어도) 세 개 스포츠에서 프로선수가 되어 여배우와 결혼할 것이다. 우리는 더 많은 장학금을 따내고, 세상은 당황하고 미안해하며 더 많은 선물을 우리 앞에 펼쳐놓는다. 베스와 나는 차례로 그 애를 이리저리, 언덕 위아래로 끌고 다닌다. 그러지 않으면 단추나 연필처럼 일주일 일주일을 잃어버릴 테니까.

차창에 빛을 번쩍이며 절벽에서 튀어나온 차들이 1번 고속도로의 굽이를 급하게 돌아간다. 각각의 차들은 우리를 죽일 수 있었다. 모두 우리를 죽일 수 있었다. 그런 생각이 내 머릿속에 떠오른다. 우리는 절벽 밖으로 튀어나가 바다에 빠질 수 있었다. 하지만 젠장, 우리의 민첩함, 민첩성, 태연함으로 토프와 나, 우리는 해냈다. 그래, 그래. 우리가 1번 고속도로에서 시속 60마일의 속도로 다른 차와 충돌한다 해도 제때 탈출할 수 있을 것이다. 그래, 토프와 나는 해낼 수 있을 것이다. 우리는 판단이 빠르다, 그래, 그래. 자, 충돌 후에 우리의 빨간 시빅이 허공에서 호를 그리는 동안 우리는 재빨리 계획을 세울 것이다. 아니, 아니, 우리는 즉각 그 계획을 알아차릴 것이다. 그 계획이 뻔해서, 너무 뻔해서. 차가 아래로 호를 그리는 동안 우리는 동시에 차 문을 연다. 차가 여전히 추락하는 가운데 우리는 밖으로 빠져나오기 위해 차의 양옆으로 다가

간다. 그리고 우리는, 우리는, 우리는 잠깐 동안 차의 양 끝에 선다. 차는 계속 추락하고 있고 우리는 열린 차 문이나 차 지붕에 매달린다. 그리고 차가 물 위 30피트 지점에 도달해 충돌까지 몇 초밖에 남지 않았을 때 우리는 서로를 바라보고—"어떡하는지 알지?" "알아"(우리는 실제로는 그런 말을 하지 않을 것이다. 그럴 필요가 없을 테니까)—그런 다음 차가 충돌할 지점과는 멀리 떨어진 곳에 뛰어내릴 것이다. 뿌리 덮개용 유리 같은 바다에 시빅이 충돌하는 동안 우리는 나무랄 데 없는 다이버처럼 자세를 바꾼다. 손을 앞으로 내밀고 몸을 둥글게 웅크려 바다와 수직이 되게 한다. 완벽해! 바다에 뛰어든 우리는 반원을 그리며 다시 수면으로 올라와 태양을 향해 뛰어오른다. 그러고는 머리를 흔들어 물을 털어내고 서로를 향해 헤엄쳐갈 것이다. 그 사이에 차는 거품과 함께 재빨리 가라앉는다.

나: 휴! 아슬아슬했어!

그: 맞아!

나: 배고파?

그: 이야, 어떻게 알았어.

토프는 두 명의 흑인 남자가 코치를 맡고 있는 리틀리그에 소속되어 있다. 그 두 흑인 남자는 토프가 지금까지 알아온 흑인 남자들 가운데 흑인 남자 1과 2라는 숫자로 표시할 것이다. 우리가 임대한 집에서 언덕 위로 두 블록 떨어진 곳에 소나무로 둘러싸인 공원이 있는데 거기서 바라본 경관은 더 굉장하다. 토프의 팀(그리고 사실은 코치들도)은 붉은 유니폼을 입고 공원의 경기장에서 연습한다. 나는 8~10세 아이들의 훈련은 지루할 것이라 생각하고 책을 가져간다. 하지만 결코 지루하지 않다. 재미있다. 나는 모든 동작을 지켜본다. 아이들이 코치 주위에 모여 지시받는 것을 지켜보고, 공을 쫓아 달리는 것을 지켜보고, 식수대로 몰려가는 것을 지켜본다. 아니, 아이들 모두를 지켜본 것은 아니다. 물론 아니다. 나는 토프를 지켜보고, 그 애의 지나치게 큰 빨간색 펠트 모자가 훈련 중에 계속 움직이는 것을 지켜보고, 그 애가 차례를 기다리는 걸 지켜보고, 그 애가 순식간에 땅볼을 잡은 다음 몸을 돌려 코치에게 던지는 모습을 지켜보고, 그 애가 줄 서서 기다리는 동안 다른 아이들과 이야기를 나누는지, 그 애가 잘 적응하는지, 다른 애들이 토프를 받아주는지 지켜보고, 유달리 눈에 띄는—때때로 흑인 아이들 중 하나가 특출한 모습을 보였지만—한 명의 소년과 소녀를 지켜본다. 그 소년과 소녀는 둘 다 키가 크고 빠르고 뛰어나서 다른 아이들보다 저만치 앞서 가서는 편하게 게으름을 피웠다. 훈련이 진행되는 동안 나는 토프의 차례를 기다린다. 그리고 그 애가 땅볼을 잡거나 2루, 1루, 홈으로 이어지는 더블 플레이를 위해 2루로 들어갈 때면 긴장감에 죽을 지경이 된다.

저걸 잡았어야 했는데.

좋아, 좋아, 좋아.

아, 맙소사, 으.

나는 아무 말도 하지 않았지만 소음을 내지 않기 위해 내가 할 수 있는 일은 그게 다였다. 토프는 잘 잡았다. 그 애는 정말 무엇이든 잡았지만—그 애는 네 살 때부터 야구를 했다—타격은……
왜 공을 치지 못할까? 더 가벼운 배트를 구해줄까? 말이 안 나온다!

방망이를 빨리 돌려! 맙소사, 저건 기름진 스테이크 같잖아. 공을 쳐. 그 코코넛을 쳐!

고등학교와 대학교 시절 나는 야구 실력이 대단치도 않으면서 아는 척을 많이 해서 여름이면 T볼 코치나 스포츠 캠프의 감독으로 일자리를 구할 수 있었다. 좀 자랐을 때 토프는 감독의 동생이라는 유명세를 치르며 의기양양하게 매일 나와 함께 출석했다. 위세 등등하게.

나는 지켜보고 엄마들도 지켜본다. 난 엄마들과 어떻게 알은체를 해야 할지 모른다. 나도 엄마인가? 그들은 가끔 나를 대화에 끼워주려 한다. 그러나 나를 어떻게 생각해야 할지 모르는 것 같다. 한 엄마의 농담으로 모두가 웃음을 터뜨릴 때면 나도 그쪽을 넘겨다보며 미소 지었다. 그들은 웃고, 나는 킥킥댄다. 지나치다는 인상을 주고 싶지 않아 많이 킥킥대진 않지만 '나도 듣고 있다. 나도 당신들과 함께 웃는다. 나도 이 순간을 나누고 있다'는 사실을 알릴 수 있을 만큼 킥킥댄다. 하지만 킥킥대는 웃음을 멈췄을 때 나는 여전히 따로 놀고 있고 아무도 내가 누구인지 모른다. 그들은 엄마가 저녁 준비를 하거나 직장에 있거나 교통 체증에 걸려 대신 토프를 데리러 온 형에게 시간을 낭비하고 싶어하지 않는다. 그들에게 나는 임시적인 존재이다. 아마도 사촌쯤. 아니면 이혼녀의 젊은 남자친구쯤? 그들은 관심을 갖지 않는다.

젠장. 나도 이 여자들과 친구가 되고 싶지는 않다. 내가 왜 신경써야 하지? 나는 그들이 아니다. 그들은 구 모델이고 나는 신 모델이다.

나는 다른 아이들과 어울리는 토프를 유심히 살피면서 추측하고 의심한다.

저 애들이 왜 웃지?

뭣 때문에 웃는 거지? 토프의 모자 때문에? 모자가 너무 커서?

저 꼬마 건달들은 누구지? 내가 저 꼬마 녀석들을 손봐주겠어.

아.

아, 그래. 바로 그거야. 헤헤. 헤.

연습이 끝나고 우리는 45도나 경사진 괴물 같은 마린 로드를 따라 집으로 걸어간다. 그 길을 걸어갈 때 우스꽝스러워 보이지 않긴 거의 불가능한데 토프가 그 문제를 해결할 보법을 찾아냈다. 다리를 엄청나게 구부린 채 헤엄치듯 팔을 앞뒤로 흔들어 앞쪽의 공기를 뒤쪽으로 흘려보내는 매혹적인 보법이다. 그 길을 걸을 때 다들 그렇듯이 팔을 흔들고 발을 구르는 것보다 훨씬 더 정상적으로 보인다. 아주 멋진 걸음걸이다.

우리가 사는 스프루스 스트리트에 도착해 땅이 평평해지면 나는 최대한 상냥하게 부족한 타격에 대해 묻는다.

"그런데 타격은 왜 그 모양이야?"

"몰라."

"배트가 더 가벼워야 할 것 같아."

"정말?"

"응. 새 배트를 사야 할 것 같은데."

"그래도 돼?"

"그럼. 새 배트를 찾아보자."

그리고 난 토프를 덤불로 민다.

우리는 여전히 운전 중이다. 우리는 해변으로 가는 중이다. 운전하는 동안 라디오에서 분수령이 될 만한 대단한 로큰롤, 현대음악의 거장들이 작곡하고 연주한 분수령이 될 만한 로큰롤이 흘러나오지 않으면 우리는 단어 게임을 한다. 음악과 함께 게임이 한창일 때 차 안에는 소음이 가득하다. 침묵은 없다. 우리는 야구선수의 이름으로 게임을 한다. 앞에 나온 선수 성의 첫 철자로 시작되는 선수의 이름을 대는 것이다.

"재키 로빈슨(Jackie Robinson)." 내가 말한다.

"랜디 존슨(Randy Johnson)." 토프가 말한다.

"조니 벤치(Johnny Bench)." 내가 말한다.

"누구?"

"조니 벤치. 레즈의 포수 말이야."

"확실해?"

"무슨 소리야?"

"들어본 적 없는데."

"조니 벤치를?"

"응."

"그래서?"

"그래서 형이 만들어낸 사람일지도 모른다는 거지."

토프는 야구 카드를 모은다. 그래서 자신이 가진 모든 카드의 시세를 정할 수 있다. 빌에게서 물려받은 카드까지 합치면 수천 장은 될 것이다. 비록 여전히 그 애는 어떤 것에 대해서는 아무것도 모르지만. 토프가 머리를 차창에 부딪쳤지만 나는 침착하게 있는다. 그 소리를 들었어야 하는데. 정말 근사하다. 토프도 그렇게 말했다.

조니 벤치? 젠장 조니 벤치라고?

"날 믿어." 나는 말한다. "조니 벤치."

우리는 중간에 해변에서 멈춘다. 이런 해변들이 있다는 이야기를 들었기 때문이다. 몬타라에서 몇 마일 떨어진 넓은 만곡에는 "누드 비치"라는 팻말이 붙은 해변이 있다. 나는 갑자기 호기심이 동한다. 나는 차를 세우고 차 밖으로 뛰어내린다.

"이게 그거야?" 토프가 묻는다.

"아마도." 정신이 몽롱해진 나는 현기증을 느끼며 대답한다.

그러고는 고속도로를 거의 가로지르다시피 해서 입구로 달려간 다음 토프를 기다린다. 그제야 생각을 할 수 있다. 괜찮을까? 나는 괜찮다고 생각한다. 괜찮지 않아. 나는 무엇을 해야 할지, 무엇이 옳은지 안다. 이게 옳은가? 괜찮아. 괜찮아. 누드 비치도? 괜찮아. 누드 비치. 누드 비치. 우리는 입구로 걸어간다. 턱수염을 기른 남자가 무릎에 회색 상자를 올려놓은 채 걸상에 앉아 있다. 그는 입장료로 10달러씩을 내라고 한다.

"얘도 십 달러예요?" 나는 캘(Cal) 로고가 박힌 스웨트셔츠를 입고 캘 로고가 박힌 모자를 돌려 쓴 여덟 살짜리 소년을 가리킨다.

"네." 턱수염의 남자가 말한다.

나는 절벽 아래의 해변을 훔쳐보고 그만한 가치가 있는지 가늠해볼 생각에 남자 너머를 흘깃거린다. 20달러! 10달러면 저 아래에 아주 인상적인 누드의 여자들이 있어야 한다. 인체 드로잉 수업에 들어오는 누드의 여자들이 아니라. 이건 괜찮아. 교육적이고. 자연스러운 일이고. 우린 캘리포니아에 있으니까! 모든 게 새롭다! 아무 규칙도 없다! 미래만이 있을 뿐!

나는 거의 확신한다. 나는 토프가 듣지 못하게 턱수염의 남자에게 다가가서 속삭인다.

"애들도 입장할 수 있어요?"

"물론이죠."

"하지만…… 이상하잖아요?"

"이상하다구요? 뭐가요?"

"어린아이들에게는 그렇잖아요? 너무 심하잖아요."

"뭐가 심해요? 사람의 몸이요?" 그 남자 때문에 나는 변태가 되었다. 그는 자연스러운 걸 찬양하는 사람이고 나는 옷에 집착하는 파시스트가 되어버렸다.

"됐어요." 나는 말한다. 시시한 해변이겠지. 피골이 상접하고 턱수염을 기른 남자들만 돌아다니는.

우리는 다시 고속도로를 가로지른 다음 빨간 시빅에 오른다. 그리고 계속 차를 몬다. 서퍼들을 지나 해프문베이 앞에 펼쳐진 유칼립투스 숲을 통과하면 새들이 위로 날아올라 우리 주위에서 원을 그린다—새들 역시, 우리 주위에서! 그다음 시사이드 앞의 절벽들을 통과하면 잠시 평지가 이어지다 몇 번 커브길이 나타난다. 당신은 이 젠장 맞을 하늘을 볼 수 있는가? 그러니까 내 말은, 젠장 당신은 캘리포니아에 가본 적이 있는가?

우리는 흐릿함 속에서 시카고를 떠났다. 우리는 가져가고 싶지 않은 대부분의 가재도구를 팔았다. 우리는 덩치가 작고 분주한 여자를 집 안으로 들여서 모든 것에 값을 매기게 한 다음 웨이브랜드

924번지가 매물로 나왔음을 적당한 사람들에게 알리게 했다. 분명 그녀에게는 죽은 사람의 물건에 열광하는 사람들 목록이 있을 것이다. 그리고 우리는 비켜주었다. 모든 것이 사라지고 우리는 잔해―토프의 오래된 히맨 인형들, 머그잔들, 뒤섞인 은그릇들―를 뒤졌다. 우리는 따로 보관해두었던 물건들―상당히 많아서 아마 예순 상자쯤 되었을 것이다―과 팔리지 않은 물건들을 싸서 트럭에 실었다. 이제 그 짐들은 우리가 스프루스 스트리트에 빌린 집에 딸린 나지막한 차고에 자리 잡았다. 빌은 엄마의 차를 팔았고, 베스는 아빠의 차를 팔아 지프를 샀다. 나는 아빠와 함께 산 시빅의 남은 할부금을 갚느라 주말에만 집에 올 수 있었다.

버클리에서 우리는 베스, 베스의 절친한 친구인 케이티―역시 고아로 열두 살 때 부모를 모두 잃었다―그리고 내 여자친구인 커스틴―항상 캘리포니아에 살고 싶어했다―과 살고 있다. 우리 다섯 명 중 부모가 살아 있는 경우는 한 명―커스틴의 엄마―뿐이었기 때문에 우리는 우리의 독립을 자랑스러워했다. 우리 고아들은 아무 선례 없이 처음부터 다시 가정생활을 창조할 것이다. 그 집에 다함께 모여 사는 것은 대단한 아이디어 같았다. 대학처럼! 공동체처럼! 육아와 청소와 요리를 공유하는 것! 함께 만찬, 파티, 기쁨을! 적어도 3, 4일 동안은. 몇 가지 이유 때문에 전혀 좋은 생각이 아니라는 게 분명해질 때까지는. 우리 모두 집안일, 새로운 학교, 직업으로 스트레스를 받았다. 그래서 금세 왜 자기 신문을 챙겨 가지 않는지, 누가 과립 형태의 주방 세제를 잘못 사왔는지, 왜 다들 그런 걸 알지 못하는지 불평하기 시작했다. 커스틴은 미친 듯이 직업을 구하려 했지만 자동차가 없었다. 내가 그녀 몫의 임대

131

료를 내려 했지만 그녀는 순순히 받아들이지 않는다.

"내가 낼 수 있어. 걱정하지 마."

"네게 돈을 받지 않을 거야."

"순교자 났네!"

내가 돈을 내줄 수 있지만 그녀는 받아들이지 않는다. 심지어 그해 여름에도. 그래서 아침마다 토프를 캠프에 데려다주는 길에 바트(BART)* 역까지 그녀를 실어다준다. 차 안에서 커스틴과 나는 공격하고 분노하고 화해할 이유를 찾으며 함께 긴장 속에서 흔들린다. 가을에 우리가 함께 살지, 가을쯤에는 우리 모두 직업이 생길지, 우리가 가을에도 여전히 사랑하고 있을지 알지 못한 채. 집은 우리의 온갖 문제와 동맹 관계들—토프와 나, 케이티와 베스, 베스와 커스틴과 케이티—로 팽창했다. 거기서 빚어지는 사소한 다툼 때문에 우리는 아름다운 경관을 보면서도 폐소공포증을 느꼈고 토프와 내가 필사적으로 만들어낸 재미에도 찬물을 끼얹었다.

예를 들어 그 집은 바닥이 나무인 데다 가구가 거의 없어서 양말 미끄럼을 타기에 적합한 장소가 두 곳 있었다. 가장 좋은 곳은 뒤쪽 테라스에서 계단으로 이어지는 코스다(그림 1). 이 코스를 출발할 때는 적당히 달려주기만 해도 30피트쯤 쉽게 미끄러져 금세 아래층과 이어지는 계단 앞에 도착하게 된다. 바닥에 착지했을 때 어깨로 구를 준비가 되어 있다면 계단을 뛰어내린다. 그리고 바닥을 구른 후 메리 루 레튼처럼 팔을 높이 쳐들고 등을 활짝 펴서 그

---

* 샌프란시스코의 고속통근철도.

자리에 멈춰 선다. 좋아! 만세!

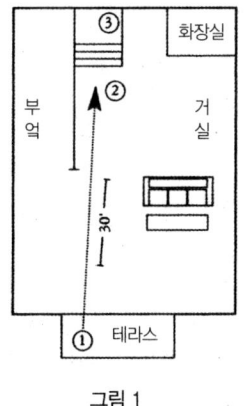

그림 1

우리가 즐기던 최고의 장난은 벨트로 토프를 때리는 척해서 이 웃들을 긁려주는 것이다. 방법은 이렇다. 뒤쪽 테라스 문을 열고는 거실에 선다. 그다음 내가 벨트를 원형으로 구부리고는 양끝을 잡고 재빨리 잡아당겨 소리를 낸다. 벨트가 짝짝거리면서 내가 토프의 벗은 다리를 사정없이 때릴 때 날 것 같은 소리를 내면 토프가 돼지처럼 비명을 지른다.

벨트: 철썩!

토프: (으악!)

나: 어떠냐, 꼬마야?

토프: 잘못했어요, 잘못했어요! 다시는 안 할게요!

나: 그래? 다시는 걸어 다니지 못할 거야!

벨트: 철썩!

(으악) 등등.

정말 재미있다. 우리, 그러니까 토프와 나는 가을이 다가오기 전에 할 수 있는 일에 탐닉하면서 캘리포니아를 쑤시고 다닌다. 그래서 베스와 케이티가 뭔가를 하고 커스틴이 면접을 보는 동안 토프와 나는 텔레그라프까지 차를 몰고 가서 이상한 사람들을 지켜본다. 우리는 네이키드 가이, 염색을 한 사람들, 하레크리슈나교도들, '예수를 따르는 유대인' 회원을 찾아다닌다. 또한 사람들의 시선은 의식하지 않고 어슬렁대거나, TV 카메라와 경찰관―부당한 소환장을 발부할―을 찾아 헤매는 토플리스 차림의 여자들을 찾아 캠퍼스를 서성인다. 그러나 우리는 어느 누구의 가슴도 보지 못했고 네이키드 가이도 찾지 못했다. 그러던 어느 날 우리는 공중전화를 붙잡고 수다를 떠는, 희끗희끗한 수염의 네이키드 올더 맨을 본다. 그는 벌거벗은 대신 고무 슬리퍼를 신었다. 우리는 팻슬라이스에서 뭔가를 사먹은 후 버클리마리나 쪽으로 차를 몬다. 가파르게 이어지던 흑옥색과 초록색 물결이 끝나는 지점, 바로 샌프란시스코 만 한가운데에서 우리는 배트와 미트, 미식축구 공과 프리스비를 꺼낸다. 그것들은 모두 항상 차에 실려 있다. 우리는 그것들을 던지며 주위를 뛰어다닌다. 심부름도 해야 하고, 식료품도 사야 하고, 형편없는 미용사에게 머리도 깎아야 한다. 그러고 나면 여유롭고 조용한 밤이 온다. 집에는 TV가 없기 때문에 우리는 침대에서 책을 읽는다. 토프의 작은 침대 위에서 이야기도 나눈다. "이상해. 엄마 아빠가 거의 기억나지 않아." 어느 밤 토프가 말한다. 너무 열심히 말하는 바람에 멈추게 할 수가 없다. 그러다 그는 1시간 동안 가만히 앉아 사진들을 봐야 한다. 기억나? 기억나? 자, 당연히 기억하지, 물론 기억하지. 그러고는 커스틴과 나는 거실과 포치처럼 모든 것이 내려다보이는 방에서 잠을 자고 베스는 옆방에서 잠을 자고 토프는 두 방 사이에 커튼과 이불로 만든 방에서 잔다. 그는 꿈처럼 잔다. 2, 3분 동안. 그리고 거기서 나온다.

몬타라 해변에 도착한 우리는 그 위쪽의 어느 밴 옆에 주차한다. 밴 뒤에서는 금발의 남자가 고무 옷을 벗고 있다. 우리는 우리 물건을 챙겨 구부정한 걸음걸이로 절벽 아래로 내려간다. 태평양이 우리를 반갑게 맞아준다.

나란히 누워 있는 우리를 보라. 그 애는 셔츠를 벗느라 쩔쩔매다 결국은 그냥 입고 있다. 우리는 이런 대화를 나눈다.

"지루해?"

"응." 토프가 말한다.

"왜?"

"형이 그냥 누워만 있으니까."

"음, 난 피곤해."

"음, 난 지루해."

"저기 가서 모래성이나 쌓아."

"어디?"

"저기, 바다 옆에."

"왜?"

"재미있을 테니까."

"얼마 줄 거야?"

"얼마 주다니, 무슨 소리야?"

"엄마는 돈을 줬어."

"모래성을 쌓는데?"

"응."

나는 잠깐 생각에 잠겼다. 나는 민첩하지 못했다.

"왜?"

"그냥."

"그냥 왜?"

"나도 몰라."

"얼마나 줬는데?"

"일 달러."

"미쳤군."

"왜?"

"모래사장에서 놀라고 돈을 준다고? 됐어. 내가 돈을 안 주면 모래사장에서 안 놀 거야?"

"몰라. 아마 놀겠지."

바닷물은 너무 차갑고 다이빙대는 너무 가파르고 물결은 너무 세차다. 우리는 해변에 앉아 있고 파도와 거품이 우리가 파놓은 해자와 터널로 미친 듯이 밀려 들어온다. 토프는 최고의 수영선수는 아니다. 파도가 세차게 해변을 두드리는 바람에 나는 흘깃 바라본다. 20피트 떨어진 곳에서 토프가 또다시 물에 휩쓸린다. 토프가 심연 속으로 밀려가자 파도가 몰려와 그를 들어 올린다. 젠장할 역류. 나는 토프를 향해 경이적인 속도로 달리고, 뛰고, 헤엄친다. 나는 수영부 출신이다! 나는 헤엄칠 수 있고 잠수할 수 있다. 빠르고 힘차게! 하지만 너무 늦다. 내 몸은 자꾸 가라앉는다. 사방이 회색인 데다 바닥의 모래가 소용돌이치면서 물까지 탁하다. 그리고 너무 늦다. 그 애는 지금쯤 수백 피트나 끌려갔겠지…… 내가 숨을 쉬려고 머리를 내밀었을 때 햇빛에 그을린 가느다랗고 작은 그 애의 팔이 보였다. 그런데 마지막으로 파도가 밀려오더니…… 사라져버렸다! 여기서 헤엄치지 말았어야 했는데……

"형."

수영장에서 수영해도 되는데.

"형."

"뭐, 뭐?"

"형 젖꼭지가 왜 그래?" 그 애가 묻는다.

"무슨 소리야?"

"음, 튀어나온 거 같아."

나는 그 애의 눈을 들여다본다.

"토프, 말해줄 게 있어. 내 젖꼭지에 대해. 나는 내 젖꼭지에 대해, 그리고 우리 집안 남자들의 젖꼭지에 대해 말하고 싶어. 왜냐하면 언젠가, 아들아, (나와 토프는 이런 놀이를 한다. 나는 그 애를 아들이라 부르고 그 애는 나를 아버지라 부르면서 아버지와 아들인 척 웃긴 대화를 나눈다. 이런 단어들을 쓰는 걸 은밀하고 지독하게 역겨워하면서 조롱한다) 언젠가 네 젖꼭지도 내 젖꼭지처럼 될 거야. 언젠가 너도 자연스럽게 튀어나온 젖꼭지를 갖겠지. 젖꼭지는 조금만 자극을 받아도 단단해져서 넌 두꺼운 면 티셔츠 외에는 입을 수 없을 거야."

"싫어."

"그래, 토프." 나는 생각에 잠겨 바다를 보며, 미래를 보며 말한다. "너는 그런 젖꼭지를 물려받을 거야. 그리고 앙상하게 갈비뼈가 드러난 몸을 물려받겠지. 이십대 초반이 될 때까지는 절대 살이 오르지 않다 아주 나중에 뚱뚱해질 거야. 아름답고 곧은 금발, 네가 그렇게 좋아하던 머리카락, 네가 길게 기르던 머리카락, 널 어린 리버 피닉스처럼 보이게 해주던 그 머리카락도 금세 두꺼워지고 단단해지고 짙어질 거야. 게다가 네 머리카락은 정말 힘차고 거칠게 곱슬거릴 거야. 그래서 잠에서 깼을 때 세 번쯤 파마를 하고 여섯 시간쯤 컨버터블을 타고 다닌 꼴이겠지. 너는 서서히 추해지겠지. 피부에 여드름이 떠나지 않을 거고. 여드름 자국들 위로 빨간 흉터들이 생기면서 네 뺨과 턱은 거칠어질 거야. 이 주마다 네 콧구멍 위에 빨간 여드름이 생길 거야. 여드름은 금세 아주 크고 빨개져서 이십 야드 떨어진 곳에서도 사람들은 너를 알아보고 아이들은 너를 손가락질하며 울겠지."

"아냐."

"맞아."

"절대. 난 다를 거야, 장담해."

"기도나 해."

바람이 불지만 모래에 귀를 댄 채 누우면 따뜻하다, 따뜻하다, 따뜻하다. 토프는 앉아서 내 발을 모래에 파묻고 있다.

할 일이 너무 많다. 하지만 개학을 해서 모든 일이 현실이 될 때까지는 다가올 일에 대해 생각하지 않을 것이다. 다만 한 가지―토프는 진찰을 받아야 한다, 신체검사를 받아야 한다―가 떠올라

내 머릿속을 가득 채운다. 젠장. 나는 이력서를 정리해야 하고, 임대차 기간이 끝나면 새 집도 구해야 한다. 내가 일찍 출근해야 하는 직장을 구하면 토프는 학교에 어떻게 가지? 베스가 도와줄까, 그녀도 너무 바쁠까, 우리는 서로를 죽이게 될까? 빌은 LA에서 얼마나 자주 올까? 나는 커스틴에게 얼마나 빚을 져야 할까/질 수 있을까/질까? 그녀가 옆에 있기나 할까? 일자리와 차를 구하면 그녀는 느긋해질까? 머리를 탈색할까? 미백 치약이 정말 효과가 있나? 토프는 건강보험이 필요하다. 나도 건강보험이 필요하다. 어쩌면 나는 이미 병이 들었는지 모른다. 내 안에서 이미 자라고 있다. 무엇인가, 어떤 것인가. 촌충, 에이즈. 서른이 되기 전에 죽을 테니어서 시작해야 한다, 시작해야 한다. 내 죽음은 무작위적이다, 그들의 죽음보다 더. 내 앞에서 쓰러졌던 엄마처럼 나도 쓰러질 것이다. 그때 나는 여섯 살이었다. 그리고 한밤중이었다. 나는 계단 아래의 검은 슬레이트 바닥에 머리를 댄 채 쓰러져 있던 엄마를 발견했다. 나는 엄마의 신음소리를 듣고는 초록색 카펫을 깐 복도를 내려갔다. 그리고 계단 위에서 나는 나이트가운을 입은 채 바닥에 웅크리고 있는 형체를 보았다. 나는 파자마를 입은 채 난간을 잡고 천천히 계단을 내려갔다. 나는 그게 누구인지 몰랐다. 나는 전혀 모른다는 것 외에는 거의 모든 것을 알고 있었다. 목소리가 들릴 만큼 가까이 다가갔을 때 엄마의 목소리가 들렸다. "나는 그 꽃을 보고 싶어." "나는 그 꽃을 보고 싶어." 그녀는 서너 번쯤 말했다. "나는 그 꽃을 보고 싶어." 그리고 검은색 피가 있었다. 검은색 슬레이트 바닥에. 피에 젖은 그녀의 머리카락은 빨간색으로, 갈색으로, 반짝였다. 나는 아버지를 깨웠고 구급차가 왔다. 그녀는 머리에 붕대를 감고 집에 돌아왔고 몇 주 동안 나는 그녀가 우리 엄마가 맞는지 확신할 수 없었다. 난 그녀가 우리 엄마이길 바랐고, 엄마일 거라 믿었지만, 엄마가 죽어서 다른 사람이 왔을 가능성도 있었다. 난 어느 쪽이든 믿었을 것이다.

웃통을 벗은 채 누워 있기에는 너무 춥다. 내가 일어나자 토프도 일어난다. 그는 달리기 시작하고 나는 그의 앞으로 프리스비를 던진다. 프리스비는 20야드쯤 날아간다. 내가 완벽하게 던졌기 때문에 프리스비는 위로 치솟아 천천히 날아간다. 그는 여유 있게 프리스비를 따라잡은 다음 멈춰 서서 몸을 돌리고는 다리 사이로 잡는다.

아, 우리는 행복하다. 그는 여덟 살밖에 되지 않았지만 이렇게 함께 있으면 우리는 근사하다. 우리는 차갑고 축축한 모래사장을 파헤치며 맨발로 달린다. 우리는 한 번 던질 때마다 네 걸음씩 걷고 우리가 던질 때마다 세상은 멈춰 서서 숨을 헐떡인다. 우리는 아주 멀리 던진다. 아주 정확하게, 아주 터무니없이 아름답게. 우리는 완벽하고 조화롭고 젊고 유연하고 인디언처럼 빠르다. 나는 달릴 때마다 근육이 수축하는 것, 내 연골이 긴장하는 것, 흉근이 오르락내리락하는 것, 피가 흐르는 것, 미세하게 움직이는 모든 것, 완벽하게 작동하는 모든 것, 절정기의 몸을 느낄 수 있다. 마른 편이라 정상 체중에 조금 못 미치고 갈비뼈도 몇 개 보이긴 하지만. 사실 토프에게 나는 조금 이상해 보일지도 모른다. 어쩌면 빈혈 환자처럼 보일 수도 있다. 그래서 그는 두려울지 모른다. 살이 빠지던 아버지가 생각나서. 그해 가을 화학요법을 포기하고 직장에 다니던 아버지는 양복을 입고 아침 식탁에 앉곤 했다. 그럴 때면 이제는 너무나 헐렁해진 회색 플란넬 바지 아래로 장부촉 같았던 아버지의 다리가 드러나곤 했다. 운동을 해야만 한다. 체육관에 다닐 수도 있었는데. 웨이트벤치를 구할 수도 있었고. 바벨이나 덤벨을 몇 개 얻어야지. 반드시. 꼭. 나는 토프에게 남자답고 완벽한 몸을 보여줘야 한다. 신뢰를 주고 의심을 없애기 위해 나는 건강과 힘의 화신이 되어야 한다. 나는 굴복하지 않아야 한다, 기계, 완벽한 기계가 되어야 한다. 체육관에 다닐 것이다. 조깅을 시작할 것이다.

우리는 누구보다 멀리 프리스비를 던진다. 우리의 프리스비는 그 누구의 프리스비보다 높이 떠서 누구도 생각하지 못할 만큼 멀리 날아간다. 엷은 푸른빛 속에는 헤드라이트처럼 빛나는 태양과 작고 하얀 원반만이 떠 있다. 수천 명에게 에워싸인 우리는 프리스비를 잡기 위해 이쪽 절벽에서 저쪽 절벽까지 몇 마일이나 되는 해변을 달린다. 중요한 것은 궤도이다. 날아가는 거리는 속도와 각도에 의해 결정된다는 것, 프리스비가 살아 있는 듯 날아가게 해야 한다는 것, 그리고 너무 높지도 낮지도 않고, 일직선으로 안정되며, 위쪽을 향하는 정확한 궤도에 프리스비를 올려놓아야 한다는 것도 우리는 알고 있다. 만일 곧게 위쪽으로 던진다면 그 추진력에 의해 프리스비는 두 배쯤 더 멀리 날아갈 것이다. 하강하는 동안에도 프리스비는 앞으로 날아갈 것이다. 다시 말하면 프리스비는 추진력에 의해 당신이 날려보낸 거리만큼을 더 날아간다는 의미이다. 마침내 프리스비의 속도가 느려지고 느려지다 더이상 날지 않고 낙하산처럼 추락하면 우리는 달려간다. 우리는 재빨리 젖은 모래사장을 파헤치고 달려가서 프리스비를 잡아챈다.

우리는 몇 년 동안 함께 훈련한 선수처럼 보인다. 풍만한 여자들이 멈춰 서서 바라본다. 나이 든 사람들은 주저앉아 숨을 헐떡이며 머리를 흔든다. 신앙심이 깊은 사람들은 무릎을 꿇는다. 아무도 이런 것은 본 적이 없다.

3

적의 명단은 줄지 않고 급속히 늘어난다. 그들 모두 우리를 방해하고, 희롱하고, 우리가 누구인지, 무슨 일이 벌어졌는지 알지 못하고, 관심을 갖지도 않는다. 토프에게 싸구려 자전거 열쇠를 팔아먹은 그 이상한 남자—토프의 새 자전거는 작년에 우리가 시카고를 떠나기 직전 토프의 생일날 사준 것이다—를 혼내주고 싶었다. 그 남자는 가장 좋은 열쇠라면서 "절대 딸 수 없으니 걱정하지 말라"고 했다. 자전거는 몇 주 만에 도둑맞았다. 그리고 그 밴 안의 바보는 정지 신호가 떨어진 버클리 한가운데에서 우리가 타고 있는 작은 시빅 쪽으로 후진해왔다. 그 순간 나는 어떤 일이 벌어질지 그려보았다. 그 밴은 몬스터 트럭처럼 시빅의 후드 위로 올라온다. 난 토프의 몸이 찌그러지는 것을 무기력하게 지켜본다. 바트를 타고 있을 마르고 수수한 그녀, 머리를 한 갈래로 단단히 묶어 마치 양파 반 토막 같았던 그녀에게 무슨 짓이라도 했어야 하는데.

내가 성추행자처럼 토프의 무릎에 발을 올려놓고 있는 동안 그녀는 우리 맞은편에 앉아서 책장 너머로 비난하듯 우리를 지켜보았다. 그리고 그가 학교에 늦을 때마다 학교 행정관은 책망하는 눈으로 나를 바라보았다. 길 건너의 이웃—통통한 아들을 둔 말라비틀어진 여자—은 우리가 집을 나설 때마다 정원 손질을 멈추고 바라보았다. 우리의 보증금을 보관하고 있던 버클리 고지대의 집주인들은 우리가 세들었던 집이 거의 모두 훼손되었다고 말했다(주장했다). 그리고 무엇보다 부동산업자들이란. 잔인하고 탐욕스럽고 인간 이하다. 믿을 수 없을 정도로 짜증나는 사람들이다.

"직장이 어디죠?"

"아직 직업이 없는데요."

"학생이에요?"

"아뇨."

"그리고 얘는…… 아들인가요?"

"동생인데요."

"아. 음. 이걸 알려줘야겠네요."

어디를 봐야 할까? 토프의 새로운 학교에는 통학버스가 없어서 우리가 어디에 살든 그를 학교에 실어다주어야 한다는 사실을 나는 처음부터 알았다. 그리하여 늦은 7월 가을에 머물 곳을 찾을 때는 좀더 그물을 넓게 펼쳤다. 적어도 처음에는 버클리, 올버니, 오클랜드 남부 등 인근의 거의 모든 지역을 살펴보았다. 내 수입—어느 시점에는 생길 것이라 가정하고—과 토프—부모님에게 주었을 액수와 같은 돈을 매달 받을 자격이 있었다—의 생활 보조금을 합하면 한 달에 1000달러쯤 생기리라 생각하고는 일을 저질렀다.

그리고 곧 새로운 삶이 칙칙하기만 하다는 걸 깨달았다. 더이상 언덕도, 멋진 경관도 없을 것이다. 그 셋집은 이상한 곳이었다. 차고도 없을 것이고 세탁기도, 건조기도, 식기세척기도, 음식물분쇄기도, 욕조도 없을 것이다. 우리가 본 집들 중에는 침실에 문이 없는 곳도 있었다. 끔찍한 기분이었고, 책임감까지 느꼈다. 토프가 그 끔찍한 모습을 보지 않도록 나는 혼자 집을 보러 다니기 시작했다. 우리는 쇠락했다. 시카고에 있을 때는 네 개의 침실과 마당이 있는 넓은 집이 있었다. 집 뒤에는 작은 개울, 100년 된 거대한 나무들, 작은 언덕, 숲이 있었다. 그다음에는 셋집이지만 고지대의 멋진 집이었다. 유리와 빛이 가득했던. 산, 바다, 다리, 그 모두가 내려다보이던. 그리고 이제는 어쩔 수 없는 가족의 분열—케이티는 우리 모두와 살고 싶어하지 않았고, 커스틴과 나는 좀 떨어져 있어야 했고, 온갖 일을 겪으며 성장한 형제자매가 그렇듯 베스와 나는 계속 네 벽을 공유하다가는 둘 중 하나가 피투성이로 사지가 절단될 것임을 알았다—로 우리는 더 작고 더 초라한 상황을 받아들였다. 베스는 혼자 살 것이고 커스틴은 광고로 룸메이트를 찾아낼 것이고 토프와 나는 침실 두 개짜리 집을 구해 그들 중 한 명, 아니면 그들 모두와 가까이에서 살 것이다. 하지만 너무 가까이 살지는 않을 것이다.

나는 다락방을 원했다. 몇 년 동안 내가 대학 졸업 후 얻을 셋집은 크고 소박한 곳이리라 생각했다. 천장이 높고 페인트칠이 갈라지고 벽돌과 파이프와 난방 도관이 드러난, 넓고 트인 장소를 구해 내가 칠하고 꾸미려 했다. 거대한 캔버스처럼 사방에 물건들을 던져놓고 어쩌면 농구 골대도 세우고 작은 하키링크도 만들고. 가까이에는 샌프란시스코 만, 공원, 바트 역, 식료품점, 그리고 온갖 것이 있을 것이다. 나는 오클랜드에 나와 있는 몇 집에 전화를 걸었다.

"이웃은 어때요?" 내가 물었다.

"음, 약간 그래요. 대신 우리 구역에는 게이트가 있어요."

"게이트요? 공원은요?"

"공원이요?"

"음, 여덟 살짜리가 있거든요. 근처에 공원이 있나요?"

"아, 제발요. 말이 되는 소리를 하세요."

우리가 평지에 침실 두 개짜리 1층 셋집을 얻어야 할지도 모른다는 사실을 받아들였을 때조차 사람들은 불친절하고 인색했다. 나는 모두가 우리를 환영해줄 거라고, 우리가 신의 사신으로 구름 속에서 내려와 그들의 작고 한심한 건물에 살아줄까 고민하는 것에 감사할 거라 생각했다. 하지만 우리를 맞은 것은 이상할 정도로 무관심에 가까운 것이었다.

일찌감치 우리는 광고―노스버클리에 있는 침실 두 개에 마당이 딸린 집―를 보고 전화를 했다. 한 남자가 흥분한 목소리로 전화를 받았다. 분명 화가 난 게 아니었다. 따뜻하고 우울한 날 우리는 그의 집으로 차를 몰았다. 우리가 작은 빨간 차에서 내려 포치에 서 있는 그에게 다가갔다. 그는 침울해 보였다.

"얘가 동생인가요?"

"네."

"으." 그가 간신히 말했다. 마치 'ㅇ'이 달걀이라도 되는 것처럼 입으로 힘들게 뱉어냈다. "이런, 두 사람 다 나이가 좀더 들었을 줄 알았는데. 나이가 얼마나 됐소?"

"나는 스물두 살이고 얘는 아홉 살이에요."

"하지만 얘한테 수입이 있다고 했잖소. 어떻게 수입이 있다는 거요?"

나는 생활 보조금에 대해 설명해주었다. 그리고 물려받은 돈에 대해서도. 어쨌든 우리가 조금 특이해 보인다는 걸 우리도 알고 있다고 나는 유쾌하게 말해주었다.

그는 팔짱을 끼며 머리를 갸우뚱했다. 우리는 여전히 집 앞 차도에 서 있었다. 우리는 집 안으로 초대받지 못했다.

"당신들의 시간을 뺏고 싶지 않군요. 나는 부부가 들어왔으면 해요. 조금 나이 든 부부면 더 좋구요."

하얀 꽃향기가 바람에 실려 왔다. 사방에 하얀 꽃이었다. 관목에 피어난 하얀 꽃. 철쭉인가?

"그런데 내가 무슨 생각을 하는지 알겠소?" 그가 물었다.

바트를 타고 오클랜드 에이스 게임을 보러 가는 길, 토프와 나는 나란히 앉아 뭔가를 읽었다. 우리 맞은편에는 나보다 조금 나이 들어 보이는 젊은 라틴계 여자가 토프보다 조금 어려 보이는 딸과 앉아 있었다. 하얀 셔츠를 입은, 자그마한 그 여자는 음료수통을 빨아대는 여자아이의 머리카락을 만지고 있었다. 그들은 나와 토프보다 더 터울이 지는 자매일 수도 있었다. 아니면 저 여자가 저 애의 엄마일까? 저 여자가 스물다섯 살이고 저 애가 일곱 살이라면…… 그럴 수도 있지. 그들은 좋아 보였다. 여자는 반지를 끼지 않았다. 우리가 한집에서 함께 살 수 있을까? 그녀는 알 것이다. 이미 알 것이다. 우리는 가족을 합할 수 있다. 아주 괜찮을 것이다. 우리는 모든 책임을 나눌 수 있고, 육아도 문제없다. 토프와 여자애는 친구가 될 것이고 아마 나중에는 결혼하겠지. 그리고 저 여자와 나도 함께 지내야 할 것이다. 하지만 그녀는 남자 친구가 있을 것 같다. 정말? 저런 엄격한 모습으로. 그렇게 편안하게. 단순한 남자 친구가 아니라 좋은 남자. 아마도 덩치 큰 남자. 평소에 무거운 물건을 들어주는 남자 친구. 아니, 그가 원한다면 들어줄 수 있는. 그녀는 이제 여자애의 머리카락을 손가락으로 돌리고 돌리고 돌려서 여자애의 검은 머리채가 팽팽하게…… 하지만 우리는 감상에 젖어서는 안 될 것이다. 우리는 그저 행복한 가족이 될 수 있을 것이다. 그 남자 친구는, 이름을 필이라고 하자. 그는 아무렇지도 않게 가족의 일부가 될 것이다. 하지만 그는 우리와 살지 않을 것이다. 같이 살기에는 좀 그러니까. 잠도 자지 않을 것이다. 속옷도, 욕실도, 샤워도 없을 것이다. 아니, 아마도 그녀 곁에는 아무도 없을 것이다. 필은 떠났으니까. 필은 징병되었다. 그는 페루 시민이고 징병되었다. 우리는 그 때문에 슬펐지만 세상이 그런 거니까, 미안해요, 필. 그렇지. 집은 어떻게 장식할까? 그것이 문제다. 하지만 그냥 따라야지. 그래, 따른다고. 이 여자의 도움으로 행복하고 편한 가정을 가지려면, 저 여자아이와 토프가 그들의 방에서 카펫에 배를 깔고 책을 나눠 읽으며 만족감을 느끼게 하려면 그냥 따라야지.

8월 중순 나는 베스의 새 아파트에서 몇 블록 떨어진, 작은 어도 비 벽돌집으로 걸어 들어갔다. 주인은 덩치가 큰 중년의 흑인 여자였다. 임종 무렵 엄마에게 성경을 읽어주던 여자와 비슷해 보였다. 그 집은 완벽했다. 아니, 전혀 완벽하지 않았지만 우리가 보았던 어떤 집보다도 완벽했다. 여자는 아들이 방금 대학에 들어가서—그녀 역시 싱글맘이었다—뉴멕시코로 이사할 예정이었다. 그 집은 우리가 살기에 적당한 크기로 녹지들 사이의 거리에 아늑하게 자리잡고 있었다. 뒤뜰, 포치, 헛간, 일광욕실은 있고 식기세척기와 세탁실은 없지만 개학이 몇 주 남지 않은 우리에게는 중요하지 않았다. 그녀가 재정적인 문제에 대해 물었을 때 나는 승부수를 던졌다.

"직업이 없다는 게 걱정이군요." 그녀가 말했다.

"들어보세요." 내가 불쑥 말했다. "우리는 월세를 낼 수 있어요. 돈이 있거든요. 원하신다면 일 년 치를 한꺼번에 드리죠."

그녀의 눈이 커졌다.

그래서 우리는 수표를 썼다. 이제 절약정신은 사라져버렸다. 우리는 용돈도 없는 검소한 집에서 자랐다. 아버지에게서 5달러를 타내려면 깊은 한숨 소리를 들어가며 어떻게 갚을지를 설명해야 했다. 엄마는 더 심했다. 물건값이 비싼 레이크포리스트에서는 쇼핑하지 않고 10, 20, 30마일씩 운전해 마셜스나 T. J. 맥스로 가서 싼값에 대량으로 물건을 사오곤 했다. 일 년에 한 번씩 우리는 핀토를 타고 시카고 서쪽에 있는 시노프스키 상점으로 가서 약간 흠이 있는 럭비셔츠를 4달러나 5달러에 수십 장씩 사곤 했다. 여기저기 구멍이 있고 단추가 잘못 달려 있고 옷깃의 색깔이 빠지고 흰색에 분홍색이 번져 있는 셔츠들. 우리는 이상한 인지적 부조화를 지닌 채 성장했다. 우리가 멋진 마을에 살고 있다는 건 알고 있었지만—동부에서 온 사촌들이 종종 일깨워주었다—그 말이 사실이라면 왜 엄마는 항상 생필품 살 돈이 없다고 대놓고 안달했을까? "내일은 어떻게 우유를 사지?" 엄마는 부엌에서 아빠에게 소리치곤 했다. 여기서 1년, 저기서 1년 일을 쉬던 아버지는 엄마의 걱정에는 신경 쓰지 않는 것 같았다. 이미 그 모두를 해결한 것처럼. 여전히 우리는 갑작스런 빈곤을 예상하고 준비하고 있었다. 한밤중에 집에서 쫓겨나 변두리에 있는 고속도로 변의 아파트에 들어가는 것을. 그런 아이들 중 한 명이 되는 것을.

물론 그런 일은 일어나지 않았다. 이제 우리는 부자가 아니고 실제 들어올 돈도 거의 없지만 베스와 나는 돈을 쓰는 것에 죄책감 따위는 느끼지 않는다. 비용 대 편의가 문제일 때는 선택이 더이상 선택이 아니니까. 엄마는 토마토를 반값에 살 수 있다면 40마일이라도 차를 몰고 갔겠지만 나는 차에 갇혀 있지 않아도 된다면 10달러라도 지불할 것이다. 피로가 문제다. 피로는 내 지갑을 헤프게 하고 베스의 지갑은 더 헤프게 하고 토프의 계좌와 연결된 수표책도 헤프게 한다. 돈을 포기하기로 베스와 나는 결정했다. 적어도 필요가 없을 때는, 돈과 관련되어 있을 때는, 적어도 한동안은. 빌의 허락이 필요한 더 큰 액수의 돈도 거의 저항 없이 써버린다.

우리는 세탁기와 건조기 없이 거의 한 달 정도를 버텼다. 주말마다 토프와 나는 네 장의 쓰레기봉투에 우리의 세탁물을 채워 넣고는 각자 두 개씩 어깨에 걸치고—토프가 더 작은 것을 걸친다—시골뜨기처럼 모퉁이로 비틀거리며 걸어간 다음 길을 내려갔다. 한 번에 두 개의 크고 불룩한 쓰레기봉투를 나를 방법이 없었기 때문에 반 블록쯤 가면 토프는 봉투 하나를 떨어뜨린다. 싸구려 비닐이 찢어져 그의 반바지와 시카고 불스 티셔츠가 길 위에 흩어지면 그는 다른 봉투를 가지러 집으로 갔다. 몇 초 뒤 그가 자전거를 타고 나타난다.

"뭐 하는 거야?"

"잠깐. 한번 해보고……"

토프는 자전거에 세탁물 봉투를 모두 실을 수 있다고 생각하지만 물론 그렇지 않다. 결국 우리는 길에서 그 모두를, 그러니까 네 개의 세탁물 봉투와 자전거 체인에 걸린 옷들을 거두어들인다. 개미들이 살고 있는 이웃의 마당에서도, 20분 후 우리 현관문에서 15피트 떨어진 곳에서도. 피로가 몰려오고 분노가 일렁이고 싱크대나 샤워부스에서 옷을 빨아야겠다는 생각도 든다. 다음 날 우리는 빌에게 전화를 걸어 그의 완곡한 반대를 무릅쓰고 시끄럽게 떠들어댄 끝에 마침내 건조기와 세탁기를 샀다.

세탁기와 건조기 모두 중고품으로 400달러에 배달까지 해결되었다. 둘 다 요란한 소리를 내고 서로 어울리지 않지만—하나는 베이지색이고 하나는 하얀색이다—그들은 아름답다, 아름다운 기계다.

<hr/>

지금 사는 집은 크기가 예전 집의 반 정도밖에 안 되지만, 빛이 가득하고 여유 공간이 있고 흐름이 있다. 바닥은 마루이고 첫번째 방은 부엌으로 썼기 때문에 누구든 마음만 먹으면 집의 이쪽 끝에

서 저쪽 끝까지 문이나 벽에 부딪히지 않고 달려갈 수 있다. 사실 양말을 신었다면 이론적으로는 집 뒤쪽에서 부엌을 거쳐 활엽수가 깔린 거실에 도달한 다음 계속 미끄러져 현관문까지 갈 수 있다. 때로는 전속력으로 말이다(그림 2).

마치 남의 집을 봐주는 사람이나 잠시 피서 온 사람처럼 우리에게 이곳은 임시 거주지 같은 느낌을 준다. 그래서 우리는 이웃과 어울릴 생각은 거의 하지 않았다. 가까운 이웃으로는 좀 나이가 있는 레즈비언 커플, 나이 지긋한 중국인 커플, 40대 초반의 흑인 남자와 백인 여자 커플이 있고 옆집에는 대니얼과 부나가 살고 있었다. 대니얼과 부나는 샌들을 신고 구슬로 장식하고 결혼을 하지 않아 그냥 친구처럼 보였다. 둘 다 사회복지와 관련된 일을 했다. 같은 블록에는 싱글맘들, 이혼자들, 미망인들, 홀아비들, 싱글 남자와 사는 싱글 여자들, 싱글 여자와 사는 싱글 여자들이 있고 몇 블

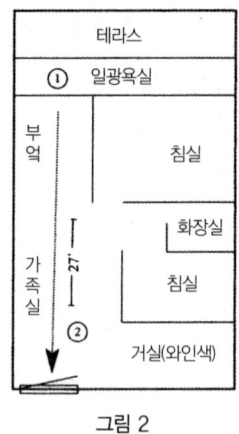

그림 2

록 떨어진 곳에는 배리 기퍼드도 살았다. 단지 이곳에서만 우리는 어우러질 것이다. 단지 여기에서만 비교적 우리는 따분해 보일 것이다.

우리는 집을 몽땅 새로 페인트칠 한다. 토프와 나는 일주일 동안 롤러로 페인트칠을 마쳤다. 구석과 쇠시리는 건너뛰고, 방들은 엉성하고 허술하게 마크 로스코처럼 칠했다. 가족실은 하늘색으로, 거실은 진한 와인색으로 칠했다. 내 방은 연어색으로, 부엌은 오프옐로로. 그리고 토프의 방은 하얀색으로 남겨두었다. 그러다가 어느 날 밤, 그러니까 토프의 열 살 생일 전날 밤, 악몽의 한가운데에서 장식용으로, 그리고 부적으로 두 명의 슈퍼 영웅, 울버린과 케이블을 그린다. 한 명은 위에서 내려오고 한 명은 토프의 침대 위쪽에 서 있는 모습으로. 침대 덮개 위로, 토프의 드러난 왼쪽 다리 위로 페인트가 떨어졌지만 토프는 세상모르고 잔다.

이 집은 이제 우리 집이지만 너무 엉망이다.

그 때문에 우리는 말다툼을 한다.

"넌 심해." 내가 말한다.

"아니, 형이 심해." 그가 말한다.

"아냐, 너야."

"아아아냐, 형이야."

"음, 넌 완전 심해."

"뭐?"

"넌……"

"진짜 바보 같아."

우리는 소파에 앉아 둘러본다. 우리는 누가 어디를 치워야 할지

153

를 두고 말다툼을 벌이고 있다. 사실은 할 일이 그렇게 불어나기 전에 누가 그 일을 했어야 하는지 말다툼을 벌이는 것이다. 집안일을 거들어야 용돈을 받을 수 있었던 시절이 있었음을 토프에게 일깨워줬다.

"용돈?" 그가 말한다. "형은 용돈을 준 적이 없잖아."

나는 내 전략을 다시 생각해본다.

우리 집에서 커피테이블은 연옥 같은 곳이다. 먹어치운 것, 닳아버린 것, 깨진 것이 거쳐 가는 중간 지점. 커피테이블은 종이, 책, 두 개의 플라스틱 접시, 여섯 개쯤 되는 지저분한 그릇, 뜯긴 라이스크리스피, 스티로폼 통—지난 밤 우리 중 한 명이 너무 기름지고 질퍽하다고 먹지 않은 프렌치프라이가 들어 있는—으로 덮여 있었다. 이 집에서 봉투를 제대로 뜯지 못하는 누군가가 스테이크 나이프로 한가운데에 구멍을 뚫은 프리첼 봉투도 있다. 또한 적어도 농구공 네 개, 라크로스 공 여덟 개, 스케이트보드 하나, 배낭 두 개, 여행 가방 하나가 있다. 여행 가방에는 넉 달째 짐이 들어 있다. 소파 옆 바닥에는 한때 우유를 담았지만 이제는 굳어버린 찌꺼기를 담고 있는 세 개의 유리컵이 있다. 가족실의 변함없이 절망적인 모습은 우리가 해결해야 할 문제다.

나는 가족실의 상태에 대한 연설을 방금 마쳤다. 광범위하고 공상적이고 어쨌든 영감이 가득한 연설이었고 이제 그 문제는 위원회로 넘어갔다. 위원회는 여러 각도에서 그 문제를 바라보지만 그 너저분함이 어디에서 유래하는지와 위원회의 권고를 실행할 적임자가 누구냐 하는 문제들에서 궁지에 몰려 해결을 원한다.

"하지만 거의 다 형 거잖아." 토프가 말한다.

그가 옳다.

"그건 상관없어." 내가 말한다.

위원회의 선임 위원인 나는, 어려서 아직 소중한 삶의 교훈을 배워야 하고 친구들에게 자신의 용기를 증명하고 싶어하는 일반 위원 토프가 이번만이 아니라 정기적으로, 그러니까 일주일에 두 번씩 거실을 청소할 것을 협상 초반에 제안했다. 그러면 세금을 떼지 않고 일주일에 2달러의 용돈도 주고, 모든 임무를 제때 만족스럽게 마치면 잠을 자다 선임 위원에게 이유 없이 맞는 일은 없을 것이라고 보증해주었다. 분명히 분별력도, 초당파주의도 부족한, 이 건방진 일반 위원은 이 제안을 마음에 들어하지 않았다. 그는 즉시 제안을 거부했다.

"싫어." 그가 말했다.

그러나 선임 위원은 엄청난 자비심과 타협 정신을 발휘해 즉시 변경된, 관대한 제안을 했다. 놀이와 운동이 필요한, 엄청나게 젊은 토프가 정기적으로, 그러니까 일주일에 두 번이 아니라 한 번만 청소하면 세금을 떼지 않고 일주일에 2달러가 아닌 3달러(3달러다!)를 주고, 청소 임무를 제때 만족스럽게 마친다면 뒷마당에 목까지 파묻힌 채 배고픈 개가 머리에서 살점을 찢어내는 동안 무기력하게 소리나 지르는 일은 없을 것이라고 보증해주었다. 이번에 토프는 그 제안을 아무 말 없이―눈동자만 굴려―거부함으로써 자신이 얼마나 완고하고 근시안적인지를 보여준다. 논리적인 제안에 대한 그의 거부는 앞서 자세히 설명했고 현재 다시 진행 중인 격한 대화를 촉발한다.

"너, 얼마나 심한지 알아?" 내가 토프에게 묻는다.

"아니, 얼마나 심한데?" 지루한 척하며 그가 대답한다.

"많이." 내가 말한다.

"아, 그렇게 많이?"

우리는 막다른 골목에 다다른다. 같은 목표를 가졌지만 그 목표에 다다를 방법을 합의하지 못하는 두 정당처럼.

"우리에게 뭐가 필요한지 알아?" 토프가 묻는다.

"뭔데?" 내가 말한다.

"로봇 가정부."

그의 잘못은 없다. 그는 비교적 깔끔하지만—조심스러운 아이들과 나무토막으로 지은 아늑한 방에 둘러싸인 몬테소리에서 자랐다—나는 그를 천천히, 돌이킬 수 없을 정도로, 지저분하게 변화시켰고 그 결과는 약간 섬뜩하다. 개미가 문제였다. 종이가 어질러진 것과 음식이 어질러진 것은 다르다는 사실을 몰랐기 때문이다. 우리는 음식을 접시에 담아 싱크대에 방치해둔다. 마침내 내가 설거지를 시작하면 우선 개미, 그 작고 검은 녀석들부터 접시에서, 은그릇에서 하수구로 씻겨 보내야 한다. 그다음에 우리는 싱크대에서 카운터를 가로질러 벽을 내려가 마룻바닥을 지나 길게 늘어선 개미들에게 레이드를 뿌린다. 물론 손님이 올 때는 레이드를 숨겨둔다. 아, 여기는 버클리니까.

예상치 못한 것들이 우리를 자극하기도 한다. 어느 날 기껏 열한 살밖에 되지 않은 토프의 친구 루크가 들어와서 말했다. "에이. 어떻게 이렇게 살아요?" 일주일쯤 후에 우리는 철저하게 집 안을 청소하고 청소를 언제 할지 계획을 세우고 필요한 물건들을 샀다. 하지만 우리는 곧 의욕을 잃어버린 채 이전으로 돌아가 뭔가가 떨어져도 그 자리에 방치했다. 우리가 뭔가를, 대개는 과일 껍질 등을 쓰레기통에 던져서 들어가지 않으면, 그건 그 자리에 방치될 것이다. 몇 주 뒤에 베스나 커스틴이 호들갑을 떨면서 과일 껍질을 집어 버릴 때까지. 그들은 우리를 걱정한다. 나도 우리를 걱정한다. 언제든 누군가—경찰이든 아동복지기관이든 보건사든—집 안으로 밀고 들어와 나를 체포하거나 어쩌면 나를 들볶고 놀리고 욕하면서 토프를 데려갈까봐, 깨끗이 청소를 하고 제때 제대로 세탁을 하고 부모 같은 사람이 규칙적으로 요리를 하고 뒷마당에서 챙겨온 막대로 서로를 찌르며 뛰어다니지 않는 곳으로 토프를 데려갈까봐 걱정스럽다.

뭔가로 서로를 때리면서 뛰어다니는 것은 우리 둘 다 재미있어 하는 유일한 일이다. 그 때문에 우리가 해야 할 나머지 일들은 엉망이 된다. 우리는 우리가 알아야만 하는 뭔가—변기 뚫는 법, 옥수수 삶는 법, 토프의 사회보장번호, 아버지의 생일—를 몰라 난감해하면서 매일 정신없이 살아간다. 매일 토프는 학교에 가고, 나는 직장에 갔다가 저녁 시간에 맞춰 집에 돌아온다. 하루하루 우리는 9시 전에 저녁을 만들어 먹어치우고 그는 11시 전에 잠자리에 든다. 덕분에 작년 몇 달 동안 그랬던 것처럼—우리는 그 이유를 결코 알 수 없었다—눈 주위에 영양실조 환자처럼 푸른색 고리가 생기지 않는다. 마치 우리가 어떤 환상적인 기술—불타는 스테이션왜건에서 탈출하고 자유의 여신상을 사라지게 하는—이라도 배운 것 같다.

가을이 한창일 때 우리는 계획표 비슷한 것을 만든다. 아침에 내가 잠자리에 들고 잠시 후에, 3시나 4시나 4시 30분에 토프가 일어나서 10분 동안 샤워를 하고, 10분 동안 옷을 입고, 30분 동안 아침을 만들어 먹은 다음 숙제를 마치고 적어도 3시간 30분이나 4시간 동안 만화를 본다. 8시 45분 그가 나를 깨운다. 8시 50분 그가 나를 다시 깨운다. 8시 55분 그가 나를 한 번 더 깨운다. 늦었기 때문에 나는 그에게 소리를 지르며 학교까지 차로 데려다준다. 우리의 작고 빨간 차는 학교 앞에 주차한다. 네 장의 통신문과 한 장의 메모에서 아이들을 차에서 내리거나 태울 때는 그곳에 정차하지 말라고 했지만. 그런 다음 나는 토프의 배낭에서 종이를 꺼내 글을 쓴다.

리처드슨 선생님께
오늘 아침 크리스가 늦어서 죄송합니다. 약속이 있다거나 아프다거나 핑계를 꾸며댈 수도 있지만 사실대로 이야기하면 늦잠을 잤습니다. 세상에.
그럼,

크리스의 형

우리는 항상 늦는다, 항상 어설프다. 학교에서는 내게 두 번씩 서류를 보내고 나는 늦게야 그 서류들을 제출한다. 공과금은 90일 안에야 간신히 낸다. 토프는 스포츠 팀에도 항상 뒤늦게야 가입한다. 우리의 어설픔이 상황 때문인지 아니면 내 부족함 때문인지는 모르겠다. 물론 나는 상황 탓을 하지만 말이다. 우리의 관계는 적어도 조건이나 규칙 면에서 놀라울 만큼 융통성이 있다. 나는 부모이기 때문에 토프는 나를 위해 뭔가를 해야만 하고 나는 그를 위해 뭔가를 해야만 한다. 물론 하고 싶지 않은 뭔가를 요구받았을 때 나는 결국 그 애의 부모가 아니기 때문에 그 일을 하지 않는다. 뭔가가 이뤄지지 않았을 때 우리에게는 책임이 없기 때문에 그저 어깨를 으쓱인다. 우리는 그저 형제일 뿐이니까. 우리는 외모가 거의 닮지 않았기 때문에 그 책임이라는 것이 더욱 미심쩍어진다. 하지만 비난할 누군가가 필요해지면 그는 내가 자신을 손가락으로 만지게 내버려둔다. 그가 그것마저 허용하지 않으면 나는 그를 바라본다. 마치 "우리는 파트너야, 꼬마야. 어제 나는 피곤한 데다 유행성결막염까지 앓았어. 그런데 너는 다음 날 가져가야 한다면서 마법의 카드를 갖고 싶어했지. 모두들 새 카드를 가져와서 점심시간에 보여준다면서. 네가 인기 없이 왕따가 되어 총과 제복 같은 것에 흥미를 느낄까봐, 더 나쁘게는 '아이를 위한 닭고기 수프' 같은 것에 빠져 운명을 한탄할까봐, 난 옷을 입고 8시까지 열려 있는 만화 가게에 가서 카드를 두 세트 구했지. 한 세트는 홀로그램이 박혀 있어서 모두 너를 부러워했고 덕분에 네 삶은 편하고 안락하고 인기 있고 행복한, 현재의 궤도를 벗어나지 않았잖아"라고 말하는 것처럼. 그러면 그의 마음이 누그러진다.

학교 앞에 정차한 채 나는 토프를 포옹해주려 한다. 나는 팔을 뻗어 그를 잡아당긴다. 그리고 나도 모르게 이런 말을 한다.

"네 모자에서 오줌 냄새가 나."

"아냐." 그가 말한다.

나는데.

"냄새 나."

"난 냄새 안 맡을 거야."

"모자를 빨아야 해."

"냄새 안 나."

"난다니까."

"왜 오줌 냄새가 나?"

"네가 쉬라도 했나보지."

"닥쳐."

"그렇게 말하지 마. 내가 그렇게 말하지 말라고 했지."

"미안해."

"아마 땀을 많이 흘렸겠지."

"왜?"

"땀 때문에 오줌 냄새가 날 거야."

"안녕."

"뭐?"

"안녕. 나 늦었어."

"그래. 안녕."

토프는 차 밖으로 나간다. 학교에 들어가려면 교문을 두드려야 한다. 교문이 열렸을 때 학교 행정관이 으레 그렇듯 내게 따가운 시선을 보내려 하지만 항상 그렇듯 나는 보지 않는다, 그녀를 볼 수 없다, 안 돼. 토프는 안으로 사라진다.

그날이나 그 주에 임시로 구한 일을 하러 가는 길에, 대개는 찌는 듯이 더운 (파)이스트베이의 어딘가로 가는 길에 홈스쿨링에 대해 멍하니 생각해본다. 토프가 신에 대해 배우며 나와 떨어진 채 거기 학교에 있는 것이 항상 안타깝다. 매일 그의 선생님들이 그를 나만큼, 아니 나보다 더 많이 보리라 생각하니 이 상황이 근본적으로 잘못되었다고 확신한다. 질투심이 스멀스멀 엄습한다. 그의 학교에 대해, 그의 선생님들에 대해, 교사를 도와주는 부모들에 대해……

몇 주 동안 나는 지질조사회사에서 일하면서 오래된 매킨토시의 드로잉프로그램으로 한 줄 한 줄 지형도를 다시 만들고 있다. 워터쿨러, 자판기, 소리를 감춰주는 부드러운 카펫이 깔린, 그들의 완벽한 오클랜드 사무실은 따분하지만 마음을 달래주고 명상적이다. 거기 완벽하게 안전한 삶 속에서 생각은 완전히 비워지고 아무 걱정도 떠오르지 않는다. 임시직으로 일하는 동안 휴식과 점심이 있고, 원한다면 워크맨을 가져올 수도 있고, 15분간 쉴 수도 있고, 산책을 할 수도 있고, 책을 읽을 수도 있다. 축복이다. 임시직은 회사를 걱정하는 척할 필요가 없고, 회사는 내게 빚진 척할 필요가 없다. 그리고 마침내 거의 모든 일이 그렇듯 그 일이 너무 지겨워져서 더이상 계속할 수 없을 때, 임시직이 뭔가를 배워 시급 18달러, 또는 그에 걸맞은 저렴한 값에 팔아먹을 때, 더이상 이를 계속하는 것이 일종의 죽음처럼 여겨지고 자신의 소중한 시간에 대한 끔찍한 모욕이 될 때—대개는 3, 4일 후면 그렇다—그때, 정말 깔끔하게, 그 일은 끝난다. 완전히.

선글라스를 낀 베스가 학교에 새 지프를 몰고 가서 토프를 실어가면 토프는 오후에는 베스의 작은 집에서 그녀의 간이침대에 나란히 앉아 공부를 한다. 내가 귀가할 때까지. 내가 귀가하면 베스와 나는 중요한 뭔가를 위해 변함없이 최선을 다해 싸운다. "여섯시라며"/"여섯시 반이랬잖아."/"여섯시랬어."/"내가 왜 여섯시라고 했겠어?" 그러면 그녀는 우리에게 저녁식사를 맡겨버린다.

그럴 필요가 없었다면 굳이 요리는 하지 않았을 것이다. 엄마 손에 자랐지만 토프도, 나도 음식에 흥미가 없고 요리에는 더더욱 흥미가 없었다. 우리의 미각은 대여섯 살에 과일롤과 플레인햄버거에서 멈춰버렸다. 우리는 하루 한 알만 먹으면 하루 동안 필요한 영양소를 모두 해결해주는 간단한 약에 대해 요란하게 떠들어댔지만 규칙적으로 요리하는 것이 중요하다는 사실을 깨달았다. 규칙적으로 요리하는 것이 왜 중요한지는 몰랐지만. 그래서 우리는 일주일에 네 번 정도 요리한다. 우리에게는 엄청난 계획이다. 아래 메뉴는 대부분, 우리 엄마가 우리 남매와 아버지에게 더 다양하고 맛 좋은 음식을 해주던 시절에, 우리를 위해, 그러니까 그때그때 막내를 위해 해주던 음식을 비슷하게 재현한 것 중에서 선별한 것이다.

1. 쇠고기 조림

등심을 썰어 키코만 간장을 바른 다음 검게 될 때까지 익혀 토르티야와 함께 내놓는다. 그리고 손으로 먹는다. 토르티야는 작게 찢어서 고기 조각을 하나, 둘, 세 점까지 싼다. 한 번에 세 점 이상은 싸지 않는다. 프랑스식으로 준비한 감자도 곁들인다. 오렌지와 사과를 적절하게 잘라― 처음에는 가로로 반을 자르고 그다음에는 세로로 열 조각을 낸다―사발에 담은 다음 사이드 요리로 내놓는다.

2. 치킨 조림

닭 가슴살을 썰어 키코만 간장을 바른 다음 톡 쏘는 냄새가 날 때까

162

지, 그러니까 바삭해질 때까지 익혀 토르티야와 함께 내놓는다. 그리고 앞에서 설명한 것처럼 손으로 먹는다. 프랑스식으로 준비한 감자를 곁들인다―오레아이다의 냉동 프렌치프라이인 '크리스퍼스!'만 여기 해당한다. 오븐에서 바삭해지는 감자는 이것뿐이다. 또한 오렌지와 사과를 잘라 사이드 요리로 내놓는다.

3. 크런치 치킨

샌파블로와 길먼 거리를 지나칠 때 보았던 처치스 프라이드 치킨 협찬. 가슴살은 비스킷, 매시트포테이토와 함께 먹어야 하고 집에서 먹을 때는 아이스버그 양상추와 오이 한 조각으로 만든 샐러드를 약간 곁들인다. 드레싱은 없다.

4. 무너진 벽

미디엄으로 구워 베이컨과 바비큐 소스를 곁들인 햄버거. 솔라노에 있는 식당 협찬. 그 식당은 바비큐 소스를 너무 많이 사용하기 때문에 햄버거 빵이 금방 축축해진다. 빵이 오트밀처럼 변해 먹을 수 없게 되면 햄버거는 끝장이다. 몇 분 만에 말이다. 그래서 손님이 재빨리 햄버거를 받아 빵을 어떻게 해보려고 해도("따로 나눠! 어서! 빵을 소스와 분리해! 자 도려내! 도려내!") 항상 한발 늦기 때문에 집에는 대신할 빵을 보관해 두어야 한다. 새 빵을 잘 구워서 소스의 퇴행적인 효과에 최대한 맞설 수 있게 해야 한다. 앞에서 이야기한 것처럼 프렌치 어쩌고 감자와 과일을 곁들인다.

5. 멕시코와 이탈리아의 전쟁

타코스: 쇠고기를 갈아 프레고 스파게티 소스(전통 스타일)를 바른 다음 토르티야와 함께 내놓는다. 콩, 살사, 토마토, 치즈, 과카몰리는 없고 때로 요리 안쪽에서 발견되는 하얀 크림 같은 것도 없다. 사이드 요리: 필스베리의 크레센트롤과 아이스버그 양상추 샐러드. 드레싱은 없다.

6. (우리는 이 음식에는 아무 이름도 붙이지 않았다. 그것이 더 멋져 보일까, 아니면 덜 멋져 보일까? 나는 덜 멋지다고 생각한다.)

페퍼로니를 곁들인 피자. 가격이 상관없다면 톰스톤, 팻슬라이스, 피자헛, 도미노피자. 미리 만들어둔 야채 샐러드와 함께.

7. 노인과 바다

폴 부인의 가게에서 파는 냉동 프라이드 조개를 각자 한 팩씩(3.49달러로 결코 싸지 않다) '크리스퍼스!'와 크레센트롤, 썬오렌지를 사과와 함께 내놓는다. 때로 캔털루프 멜론을 곁들인다.

8. 개빈 매클리오드와 차로

(그를 위해: 두 조각의 유대 호밀빵과 한 조각의 크래프트 아메리칸

(원주) 오레가노 외에 다른 양념은 쓸 수 없다. 오레가노는 다음 두 가지 위에 살짝 뿌려준다. a) 페퍼로니 피자 b) 썰어놓은 유대 호밀빵. 유대 호밀빵은 오레가노를 뿌린 후 터프넬식으로 접는다. 당근, 셀러리, 오이, 깍지콩, 아이스버그 양상추 외에 채소는 없다. 이 모든 채소는 생으로, 오직 생으로만 내놓는다. 요리 자체의 배설물 안에서 헤엄치는 요리는 없다. 파스타, 특히 라자냐라는 토해놓은 것 같은 요리도 없다. 게다가 그 모든 음식, 두세 가지 이상의 양념을 마구 뒤섞어 넣은 음식들은 먹지 않고 피한다. 모든 식사는 큰 컵에 담긴 1퍼센트 우유와 함께 한다. 리필을 위해 1갤런짜리 우유병을 테이블 옆 바닥에 둔다. 다른 음료는 없다. 메뉴에 오르지 않은 것은 없다. 불평은 재빨리 그리고 혹독하게 제압된다.

치즈로 만든 그릴드 치즈. 팬에 구워서 비스듬히 자른다. 다른 그를 위해: 퀘사딜라. 한 장의 토르티야 안에 크래프트 아메리칸 치즈 한 조각을 넣어 프라이팬에서 조리한다. 자른 감로 멜론과 함께.)

"야, 도와줘." 요리를 할 때 토프의 도움이 필요하면 난 이렇게 말한다.

"알았어." 그가 말하고는 요리를 돕는다.

때로 우리는 요리하면서 노래를 부른다. 비록 오페라 스타일이기는 하지만 우리는 우유를 따르거나 스파게티 소스를 붓는 것을 주제로 일정한 단어들로 노래한다. 우리는 오페라 스타일로 노래할 수 있다. 놀라운 일이다.

때로 우리는 요리하면서 나무 스푼과 막대로 칼싸움을 한다. 이런 경우에 대비해 우리가 집에 가져온 것이다. 일상을 계속 움직이는 것, 그 소년을 즐겁게 해주는 것, 그를 활기 있게 해주는 것은 내 임무다. 말은 하지 않았지만. 때로는 분명하고 때로는 그렇지 않은. 한동안 우리는 입에 가득 채운 물을 뱉겠다고 위협하면서 서로를 쫓아 온 집 안을 뛰어다니곤 했다. 물론 우리 중 누구도 실제로 집 안에서 서로에게 물을 뱉을 생각은 하지 않았다. 그러던 어느 날 밤 토프를 부엌 구석으로 몰아넣은 나는 앞으로 한 발 나서서 물을 뱉어버렸다. 그 뒤로 상황이 바뀌었다. 나는 캔털루프 반통을 그의 얼굴에 꽂는다. 난 그의 가슴에 바나나 한 주먹을 문지르고 그의 얼굴에 사과주스 한 컵을 쏟는다. 내가 부모님의 유산을 이어나가고 싶은 만큼이나 활발하게 새로운 **실험**을 하리라는 사실을 그에게 알려주기 위해—그가 아직 분명하게 모른다면. 굉장한, 끝나지 않는 TV 방송처럼 끊임없는 유희. 내 안에서 목소리가 들린다. 아주 흥분하고 즐거운 목소리. 목소리는 내게 모든 걸 즐겁게, 심지어 광적으로 이끌어가라고, 분위기를 낙천적으로 만들라고 재촉한다. 베스는 항상 낡은 앨범을 꺼내 훌쩍이며 토프에게 기분이 어떤지를 물었기 때문에 나라도 계속 뭔가를 하면서 이를 보상해야 한다. 나는 우리 삶을 뮤직비디오처럼, 니켈로디언 채널의 게임쇼처럼 이끌어간다. 수많은 순간 편집, 현란한 카메라 앵글, 재미, 재미, 재미! 정신을 산만하게 하고 과거를 수정하려는 움직임이다. 적진에 떨어진 광고전단, 불꽃놀이, 재미있는 춤, 마술. 뭐야? 저기 봐! 어디 가는 거지?

부엌에서 영감이 떠오른 나는 집안에 전해 내려오는 17인치짜리 터키 칼을 꺼낸 다음 다리를 A자로 벌리고 몸을 조금 웅크리고는 사무라이처럼 머리 위로 칼을 치켜든다.

"히이이이!" 나는 소리 지른다.

"하지 마." 토프는 뒤로 물러선다.

"히이이이!" 나는 그에게 다가가며 소리 지른다. 17인치짜리 칼로 아이들에게 겁을 주는 건 재미있기 때문이다. 최고의 놀이에는 항상 부상이나 사고의 위험이 따른다. 내가 아기였던 그를 어깨에 태우고 어지러운 척, 빙빙 돌고 비틀비틀 돌아다닐 때처럼.

"재미없어." 그가 가족실로 물러난다.

나는 칼을 치운다. 칼은 쨍그랑 소리를 내며 은그릇 장에 들어간다.

"아빠도 항상 그랬는데." 내가 말한다. "느닷없이. 아빠는 이런 표정으로 눈을 동그랗게 뜨고는 아까 그 칼로 우리의 머리를 쪼개

버릴 것처럼 굴었어."

"재미있었겠네." 그가 말한다.

"그래, 재미있었지." 내가 말한다. "정말 재미있었어."

때로 요리하는 동안 그가 학교에서 있었던 일을 이야기해준다.

"오늘은 무슨 일이 있었어?" 내가 묻는다.

"오늘은 매슈가 이런 말을 했어. 형이랑 베스가 비행기를 타고
가다 비행기가 추락해서 엄마 아빠처럼 죽어버렸으면 좋겠다고."

"엄마 아빠는 비행기 사고로 돌아가신 게 아니잖아."

"나도 그렇게 말했어."

난 매슈의 부모에게 전화를 건다.

"네, 걔가 그런 말을 했대요." 내가 말한다.

"아시겠지만 너무한 거죠." 내가 말한다.

"아니, 동생은 괜찮습니다." 나는 심술궂은 소년을 기르고 있는
무능한 저능아에게 계속 쏟아 붓는다. "매슈가 그런 말을 한 이유
가 뭔지 모르겠네요. 그러니까 댁의 아들은 왜 베스와 내가 비행기
사고로 죽기를 바란 걸까요?"

"아뇨, 토프는 괜찮아요. 우리 걱정은 하지 마세요. 우리는 괜찮
아요. 나는 당신이 더 걱정되는데요. 그러니까 내 말은 매슈를 걱
정하셔야 한다는 거죠." 내가 말한다.

아, 이 불쌍한 사람들. 어떻게 해야 할까?

∽∽∾

농구 시즌일 때는 저녁을 먹으면서 케이블로 시카고 불스의 경

기를 본다. 그러지 않으면 계속 정신을 쏟을 곳이 필요하기 때문에 우리는 접시를 보드 옆에 두고 끊임없이 게임을 한다. 진, 백개먼, 트리비얼 퍼슈트, 체스. 우리는 부엌에서 저녁을 먹으려 했지만 탁구 네트가 달려 있어서 힘들다.

"네트 벗겨." 내가 말한다.

"왜?" 그가 묻는다.

"저녁 먹어야지." 내가 말한다.

"싫어, 형이 해." 그가 말한다.

그래서 대개 우리는 커피테이블에서 먹는다. 커피테이블이 심하게 어질러져 있으면 우리는 가족실 바닥에서 먹는다. 가족실 바닥이 전날 밤 먹은 접시로 뒤덮여 있으면 우리는 내 침대 위에서 먹는다.

우리는 저녁을 먹고 게임을 한다. 이번에는 재미를 위해 그리고 이웃들의 교화를 위해. 앞서 이야기한 가죽 벨트를 이용한 게임 외에 내가 아버지인 척하고 토프가 아들인 척하는 게임도 있다.

"아빠, 차를 운전해도 돼요?" 내가 앉아서 신문을 읽는데 그가 묻는다.

"안 된단다, 아들아." 나는 여전히 신문을 읽으면서 말한다.

"왜요?"

"내가 그렇게 말했으니까."

"하지만 아아아빠!"

"내가 안 된다고 했어!"

"미워요! 미워요 미워요 미워요 미워요!"

그는 방으로 달려간 뒤 쾅 하고 문을 닫아버린다.

몇 초 후 그가 문을 연다.

"괜찮았어?" 그가 묻는다.

"그럼, 그럼." 내가 말한다. "정말 좋았어."

오늘은 금요일이고 금요일에는 토프가 정오에 학교를 마친다. 그래서 나도 가능하면 일찍 귀가한다. 우리는 그의 방에 있다.

"그들은 어디 있어?"

"그들은 거기 있지."

"어디?"

"숨어 있어."

"어디에?"

"우리가 만든 저 산 같은 거에."

"혼응지* 안에?"

"응."

"그들을 마지막으로 본 게 언제야?"

"몰라. 좀 됐어. 한 일주일쯤."

"아직도 저기 있을까?"

"응. 거의 확실해."

"어떻지?"

"아직 음식을 먹고 있어."

---

* 펄프에 아교를 섞어 만든 종이 재질.

"하지만 형은 그들을 본 적이 없잖아?"

"응, 본 적은 없지."

"지겨운 녀석들."

"응, 맞아."

"그들을 돌려보내야 할까?"

"우리가 할 수 있을까?"

"할 수 있어."

"바보 같은 이구아나들."

우리는 도깨비가 나올 것 같은 이끼 낀 그 집을 지나 공원의 작은 농구장까지 두 블록을 걸어간다.

"왜 항상 저쪽으로 가는 거야?"

"어디로 말이야?"

"저쪽으로 코트를 헤집고 달려가 레이업슛을 했잖아. 봐. 내가 보여줄게…… 보여?"

"뭐가?"

"내가 저기 팔 피트 떨어진 곳까지 갔다 왔잖아."

"그래서?"

"왜 그렇게 하냐고!"

"난 그런 적 없는데."

"그렇게 했어."

"아냐."

"맞아!"

"게임이나 하자."

"이걸 배워야 해."

"좋아, 배웠어."

"멍청이."

"바보."

게임은 변함없이 이런 식으로 끝난다.

"왜 그래?"

"……"

"게임할 때마다 너무 감정적이야."

"……"

"자. 말해. 무슨 말이라도 해."

"……"

"난 너에게 어떻게 하라고 말할 권리가 있어."

"……"

"그렇게 심술궂은 촌뜨기처럼 굴지 마."

"……"

"왜 그래? 나랑 십 피트나 떨어져서 걸어야 돼? 너 바보 같아."

"……"

"자, 이거 네가 가져가. 난 가게에 갈 거야."

"……"

"……"

"문 열려 있어? 나 열쇠 없는데."

"자."

오후 5시 30분

"낮잠 잘 거야."

"그런데?"

"한 시간 후에 깨워."

"몇 시에?"

"여섯시 이십분."

"알았어."

"정말이야. 깨워야 돼."

"알았어."

"안 깨우면 큰일 나."

"알았어."

오후 7시 40분

"젠장!"

"왜?"

"왜 안 깨웠어?"

"몇 신데?"

"일곱시 사십분!"

"아!" 그는 손으로 입을 가린다.

"늦었잖아!"

"뭐가?"

"젠장! 너희 학교 오픈하우스잖아, 바보야!"

"아!" 그는 다시 손으로 입을 가린다.

우리에게는 시간이 20분밖에 없었다. 우리는 소방관이고 불이 났다. 나는 이쪽으로 달리고 그는 저쪽으로 달린다. 토프는 옷을 갈아입으러 자신의 방으로 간다. 몇 분 후 나는 그의 방문을 두드린다.

"들어오지 마!"

"가야 돼."

"잠깐만."

문 옆에서 기다리는데 문이 열렸다. 그는 옷을 입었다.

"옷이 그게 뭐야? 그렇게 입으면 안 돼."

"뭐?"

"안 된다고."

"뭐?"

"짜증나게 하지 마. 당장 갈아입어, 멍청아."

방문이 닫힌다. 서랍이 여러 개 열리는 소리가 나고 쾅쾅 소리
가 난다.

방문이 다시 열린다.

"장난쳐?"

"뭐?"

"방금 입었던 옷보다 더 형편없잖아."

"뭐가 어때서?"

"봐봐. 여기저기 지워지지도 않는 기름 얼룩이 묻었잖아. 게다
가 너무 크고. 그리고 이건 스웨트셔츠라고. 스웨트셔츠는 안 돼.
그리고 다른 신발은 없어?"

"없어. 누가 사줘야 말이지."

"내가 뭘 안 해줬다고?"

"아무것도 아냐."

"아니, 말해. 내가 뭘 안 해줬다고?"

"아무것도 아냐."

"너 잘해."

"아니, 형이나 잘해."

"갈아입어!"

방문이 닫힌다. 1분 후 방문이 열린다.

"그게 더…… 어떤…… 셔츠 좀 넣으면 안 돼? 셔츠 넣는 법을 아무도 안 가르쳐줬어? 백치 같잖아."

"왜?"

"넌 아홉 살인데 내가 네 셔츠까지 넣어줘야겠구나."

"내가 할 수 있어."

"내가 하잖아. 오 분밖에 안 남았어. 젠장. 우린 항상 늦는군. 난 항상 널 기다리고. 움직이지 마. 벨트는 어디 있어? 젠장, 넌 엉망이야."

오후 7시 40분~7시 50분

"제기랄. 우린 항상 늦어. 도대체 왜 넌 혼자서 옷을 못 입는 거야? 창문 열어. 여긴 너무 덥잖아. 이렇게 더운데 왜 창문을 안 여는 거야? 단추도 잘못 채웠네. 단추를 봐. 옷깃도 보고. 옷깃이 서 있잖아. 아 맙소사. 내가 매일 옷을 입혀줘야겠구나. 단추라도 어떻게 해봐. 으, 단추가 엉망이야. 열 개는 잘못 잠갔겠다. 저능아."

"저능아."

"저능아."

"저능아."

우리는 왼쪽 도로로, 그다음에는 오른쪽 도로로 날듯이 샌퍼블

174

로를 지난다. 비틀도, 볼보도, 그리고 그 차들의 처량한 범퍼 스티
커도 지나친다.

"아까 옷 잘 입었잖아."

"아까 그게 잘 입은 거라고? 제기랄, 잘못 입은 거야. 창문을 더
열어. 저능아 같았어. 조금 더. 좋아. 오픈하우스인데 그렇게 입으
면 안 돼. 사람들은 다들 이렇게 입는다고. 이건 특별한 행사에서
지켜야 하는 규칙이야, 친구. 이건 마치, 나 좀 쉽게 해줘, 알았어?
이건 너무 뻔한 일이잖아. 이건 그냥 상식이라고. 그러니까 나 좀
쉬게 해줘, 응? 가끔이라도 나를 좀 도와줘. 난 지쳤어, 과로라고,
거의 항상 녹초라고. 아홉 살이면 스스로 완벽하게 옷을 입어야 할
나이야. 내가 옷을 입혀줄 수는 없다고. 내 말은, 제발, 토프, 가끔
이라도 나 좀 쉬게 해줘, 응? 나 가끔 쉬어도 될까? 조금이라도?
조금만 협조해줄래? 맙소사."

"방금 학교를 지나쳤어."

오후 7시 52분

오픈하우스 행사는 여전히 사람들로 붐볐다. 내가 생각했던 것
처럼 8시가 아니라 9시까지 행사가 계속될 텐데, 우리 둘 다 옷을
너무 많이 입고 온 것 같다. 우리는 안으로 들어갔다. 토프는 즉시
셔츠 자락을 바지춤에서 뺐다.

벽은 채점이 매겨진 노예제도에 대한 글들과 1학년들의 심란한
초상화로 덮여 있었다.

고개들이 돌아간다. 우리는 오픈하우스가 처음이고 사람들은
우리를 어떻게 받아들여야 할지 모른다. 나는 놀란다. 우리가 도착

한 것을 이미 알고 있으리라 생각했기 때문이다. 아이들은 토프를 보고 안녕이라고 말한다.

"안녕, 크리스."

그러더니 그들은 나를 흘깃거린다.

그들은 겁을 먹는다. 그들은 경계한다.

우리는 애처롭다. 우리는 스타다.

우리는 슬프고 불쾌하거나 매력적이고 새롭다. 걸어 들어가는 동안 두 가지 선택안이 내 머릿속에 떠오른다. 슬프고 불쾌하게? 아니면 매력적이고 새롭게? '슬픈/불쾌한' 아니면 '매력적인/새로운'? '슬픈/불쾌한'? '매력적인/새로운'?

우리는 별나고 비극적이고 활기차다.

우리는 부모와 아이들 속으로 걸어 들어간다.

우리는 불우하지만 젊고 씩씩하다. 우리는 복도와 운동장을 걷는다. 우리는 키가 더 크고 빛을 내뿜는다. 우리는 고아다. 고아인 우리는 유명 인사다. 우리는 여전히 고아가 있는 나라에서 온 외교 사절이다. 러시아? 루마니아? 거칠고 이국적인 곳. 우리는 엄청난 블랙홀에서 태어난 밝은 새별들, 어둠―우리만큼 강하지 않은 사람은 집어삼키는―에서, 접히고 삼키는, 탐욕스러운 우주 공간에서 터져 나온 새로운 태양들이다. 우리는 별종, 부수적인 것, 토크 쇼의 주제다. 우리는 모두의 상상력을 사로잡는다. 매슈가 베스와 내가 비행기 사고로 죽기를 바란 것도 그래서다. 그의 부모는 늙고, 대머리이고, 따분하고, 안경잡이고, 나무 재질에 회색이고, 마분지 상자이고, 지치고, 엉큼하고, 의식이 없다. 사실 우리는 매슈의 비행기 사고 발언이 있기 전에 초대를 받아 그의 집에서 밥을 먹은 적이 있다. 마룻바닥과 횡한 벽 등 실패작인 그들의 집에서 눈물나게 지겨운 시간을 보냈다. 심지어 그 집 딸은 우리를 위해 피아노를 쳐주기까지 했다. 그 아버지가 어찌나 거만하게 자랑스러워하던지, 불쌍한 대머리 같으니라고. TV도 없고, 장난감도 없고, 바람도 안 통했다. 마치 관처럼.

하지만 우리! 우리는 멋지다! 우리는 스타일이 있다. 산만하고 무절제하지만 호기심을 자아낼 만큼 독특한 스타일이. 우리는 새롭고 다른 사람들은 낡았다. 우리는 분명 선택받은 사람들이고 그들 꿀벌들의 여왕들이다. 오픈하우스에 모인 나머지 사람들은 나이 들고, 전성기를 지나고, 처량하고, 희망도 없다. 주름진 그들은 더이상 닥치는 대로 섹스도 못한다. 그들 사이에서 나만이 여전히 그런 것들을 할 수 있다. 그들은 더이상 그런 것들을 할 수 없다. 심지어 그들이 섹스를 한다는 생각조차 재미가 없다. 그들이 달리는 모습은 바보 같다. 그들이 축구 팀을 코치하는 것은 그들 자신과 축구 자체에 대한 모욕이다. 아, 그들은 끝났다. 그들, 특히 안마당에서 연기를 뿜어대는 저 백치는 걸어 다니는 시체다. 토프와 나는 미래, 너무나 밝은 미래, 시카고에서 온 미래다. 멀리에서 온, 버려지고 팽개쳐지고 난파하고 잊혀졌던, 그러나, 그러나 여기에서 다시 수면으로 떠오른, 더 대담하고 용감해진, 멍들고 면도도 하지 않은, 분명, 바짓가랑이는 해지고 배에는 소금물이 가득하지만 이제는 멈출 수도, 굴복시킬 수도 없는 두 소년이다. 희끗거리는 머리에 두꺼운 안경을 쓰고 어깨는 축 처지고 얼굴은 찡그린 버클리 학부모들의 축 처진 엉덩이를 걷어찰 준비가 된.

보이는가?

우리는 교실들을 둘러본다. 그의 교실에는 아프리카에 대해 쓴 글들이 벽에 붙어 있다. 그의 숙제는 붙어 있지 않다.

"네 숙제는?"

"몰라. 리처드슨 선생님 마음에 안 들었나봐."

"흠."

리처드슨 선생님이 누구지? 그녀는 분명 저능아일 거야. 난 그 '리처드슨 선생님'을 끌어내서 몰아세우고 싶다!

이 학교는 멋지지만 이상한 아이들로 가득하다. 섬세하고 이상한 모습의 아이들. 그들은 공립학교를 다니던 나와 내 친구들이 항상 상상하던 사립학교 학생들의 모습 그대로다. 조금 지나치게 버릇없고, 그들의 타고난 특성은 나쁘든 좋든 축소되지 않고 확장된다. 자신이 해적이라고 생각하는 아이들은 거기 맞게 옷을 입었다. 컴퓨터를 프로그래밍하고 군사 잡지를 모으는 아이들. 머리가 크고 머리카락이 아주 긴 통통한 소년들. 샌들을 신고 꽃을 든 깡마른 여자아이들.

10분쯤 지나자 우리는 지루해졌다. 내가 여기 온 주요 목적은 실패로 돌아갔다.

난 일탈을 기대하고 있었다.

나는 여자와의 만남을 예상했다. 매력적인 싱글맘들과의 즐거운 시간을 기대했다. 내 목표, 내가 실제로 생각했던 목표는 상당히 현실적이었다. 매력적인 싱글맘을 만나 토프와 그녀의 아들이 친구가 되게 한 다음 아이들이 밖에서 노는 동안 우리는 위층으로 올라가 섹스를 하는 것. 난 의미심장한 시선과 조심스러운 제안을 기대했다. 나는 학교와 부모라는 세상이 밀통과 방랑으로 물들어 있다고, 관심과 선의로 위장된, 그 표면 아래에서 모두가 흔들리고 있다고 상상한다. 두 부모 가족, 교사들과의 협의회, 헤리엇 터브먼에 대해 역사 교사에게 던지는 사려 깊은 질문들 아래에서 모두 흔들린다고.

그러나 대체로 그들은 추했다. 나는 안마당을 몰려다니는 사람들을 훑어본다. 부모들은 단지 전형적인 버클리다움에만 흥미가 있다. 그들은 홀치기염색을 한, 진짜로 홀치기염색을 한 헐렁한 바지를 입고 있고 머리는 빗지 않았다. 대부분 마흔을 넘겼다. 남자들은 모두 대머리이고 키가 작다. 여자들 중 많은 수는 내 엄마가 되어도 될 만큼 나이가 들었고 정말 그렇게 보였다. 나는 가능성이 없어 실망한다. 내 나이는 아이들과 오히려 비슷하다. 아, 하지만 한 엄마가 있다. 작은 머리에, 말꼬리처럼 숱이 많고 흐트러진 검고 긴 긴 생머리를 늘어뜨린 여자다. 갸름한 얼굴에 슬픈 검은 눈동자, 그녀는 딸과 똑같이 생겼다. 전에 토프를 차로 데려다주면서 그녀를 보고는 그녀가 싱글일 것이라고 추측했다. 아버지는 보이지 않았다.

"그녀에게 데이트 신청이나 해야지." 내가 말한다.

"제발 그러지 마. 제발." 토프가 말한다. 그는 정말로 내가 그럴 거라고 생각한다.

"너, 저 애 좋아해? 이거 재미있겠네. 우리 더블데이트를 하는 거야!"

"제발, 제발 그러지 마."

물론 그러지 않을 거다. 난 용기가 없다. 하지만 그는 아직 그걸 모른다. 우리는 색종이와 아이들의 작품으로 장식된 복도를 걷는다. 나는 토프의 담임인 리처드슨 선생님을 만난다. 크고 화난 눈을 한 그녀는 키가 크고 흑인이고 엄격하다. 내가 만난 과학 선생님은 빌 클린턴과 똑같이 생겼고 말을 더듬는다. 토프의 반에는 아홉 살인데도 자기 부모보다 키가 더 크고 체중은 나보다 더 나가는 여자아이가 있다. 난 토프가 그 애의 친구가 되어 그 애를 기쁘게 해주기를 바란다.

근처의 한 여자가 우리를 본다. 사람들이 우리를 본다. 그들은 보면서 궁금해한다. 그들은 나를 어떻게 대해야 할지 모른 채 내 덥수룩한 수염과 낡은 신발을 보고 내가 그들의 아이들을 데려가 성희롱을 할지도 모른다고 생각하며 내가 교사인지 궁금해한다. 나는 분명 위협적으로 보인다. 우리를 보고 있던 그 여자는 긴 회색 머리에 커다란 안경을 쓰고 있다. 그녀는 바닥까지 끌리는 무늬 있는 스커트에 샌들을 신었다. 그녀는 우리 쪽으로 몸을 기울이더니 손가락으로 나와 토프, 그리고 뒤쪽을 가리키며 미소 짓는다. 우리는 우리의 자리를 찾아 각본대로 읽는다.

엄마: 안녕하세요. 당신…… 아들인가요?

형: 으…… 아뇨.

엄마: 형이에요?

형: 네.

엄마: (확인하기 위해 곁눈질을 하며) 아, 금방 알아보겠네요.

형: (그 말이 사실이 아니라는 것을 알고 있다. 또한 자신은 나이 들고 엄격한 인상이지만 동생은 빛이 난다는 것을 안다. 하지만) 네, 사람들이 그러더군요.

엄마: 재미있어요?

형: 그럼요. 물론이죠.

엄마: 학교는 캘리포니아에 있어요?

형: 아뇨, 아뇨. 학교는 몇 년 전에 마쳤어요.

엄마: 그럼 이 근처에 살아요?

형: 네, 북쪽으로 몇 마일 떨어진 곳에 살죠. 올버니 근처에요.

엄마: 그럼 다른 사람들과 사나요?

형: 아뇨, 우리끼리 살아요.

엄마: 하지만…… 부모님은 어디 계시죠?

형: (생각하고 생각한다. "부모님은 여기 안 계세요." "부모님은 버티지 못하셨죠." "사실은 모르겠어요. 내 시시한 생각을 아실지 모르지만. 좀 이상하죠, 그 이야기는. 모른다는 게 어떤 건지 아시 겠어요? 그들의 정확한 행방, 그러니까 우리가 대화를 나누는 바로 이 순간 그들이 어디 있는지 전혀 모르는 거 말이에요. 이상한 느낌 이죠, 세상에. 그 이야기를 하고 싶으세요? 몇 시간은 있어야 하는 데 시간 있으세요?") 몇 년 전에 돌아가셨어요.

엄마: (형의 팔뚝을 잡으며) 이런, 미안해요.

형: 아니, 아니에요. 신경 쓰지 마세요. (때로 그렇듯이 "당신 잘못이 아닌 걸요"라는 말을 덧붙이고 싶다. 그는 그 말이 마음에 든다. 특히 "아니, 당신 잘못인가요?"라는 말을 덧붙이고 싶을 때.)

엄마: 그래서 동생과 같이 사는 거예요?

형: 네.

엄마: 아, 이런. 흥미롭군요.

형: (집의 상태를 생각한다. 흥미롭다.) 음, 재미있어요. 몇 학

년이에요, 부인의……

엄마: 딸이에요. 4학년이죠. 이름은 어맨다구요. 실례가 안 된다면 부모님이 어떻게 돌아가셨는지 물어도 될까요?

형: (그는 자신과 동생을 즐겁게 해주기 위해 여러 대답을 고민한다. 비행기 사고. 기차 사고. 테러리스트. 늑대들. 그는 전에 이야기를 꾸며댄 적이 있다. 동생이 얼마나 즐거웠는지는 알 수 없지만 그는 즐거웠다.) 암이었죠.

엄마: 하지만…… 동시에요?

형: 오 주 간격이었죠.

엄마: 세상에.

형: (이해할 수 없는 약간의 웃음) 네, 이상하죠.

엄마: 얼마나 됐어요?

형: 몇 해 전 겨울이었어요. (형은 자신이 "몇 해 전 겨울"이라는 말을 얼마나 좋아하는지 생각한다. 그건 새롭다. 극적으로 들리고 막연하게 시적이다. 한동안은 "작년"이라고 대답했다. 그러다 "일 년 육 개월 전"이 되었다. 이제 "몇 년 전"이 되면서 형은 한시름 놓았다. "몇 년 전"이라는 말에는 편안한 거리감이 있다. 피는 말라버렸고 딱지는 단단해져 떨어져 나갔다. 처음에는 달랐다. 시카고를 떠나기 직전에 형제는 토프의 머리를 깎기 위해 이발소에 갔다. 어떻게 그렇게 되었는지는 기억하지 못하지만 형은 정말 그런 질문만은 받고 싶지 않았다. 하지만 그런 질문을 받았을 때 형은 대답했다. "몇 주 전에요." 그 말에 머리를 깎던 여자가 손을 멈추고 고풍스러운 술집풍의 문들을 지나 뒤쪽 방으로 가더니 한참 후에야 나왔다. 그녀의 눈은 빨갰다. 형은 기분이 안 좋았다. 낯선 사

람들이 아무 의심 없이 던지는 악의 없고 친절한 질문들에 불길한 대답을 할 때마다 그는 항상 기분이 안 좋았다. 누군가가 날씨에 대해 물었는데 핵겨울에 대해 대답해주는 것처럼. 하지만 나름 이점도 있다. 이 경우 형제는 머리를 공짜로 깎았다.)

엄마: (다시 형의 팔을 잡는다.) 음. 멋져요! 참 좋은 형이군요!

형: (미소 짓는다. 그리고 생각한다. "무슨 뜻이지?" 그는 종종 이런 말을 듣는다. 축구 경기에서, 학교의 자선 행사에서, 해변에서, 야구 카드 쇼에서, 애완동물 가게에서. 때로 그에게 이런 말을 한 사람은 형제의 평생을 알지만 때로는 그렇지 않은 경우도 있다. 그래서 형은 그 말을 이해하지 못한다. 무슨 의미를 가진 것인지, 언제 수많은 사람들이 사용하는 표준적인 표현이 되는지. "참 좋은 형이군요!" 형은 전에는 결코 그런 말을 들은 적이 없지만 이제는 모든 사람의 입에서 그 말이 나온다. 항상 같은 방식, 같은 단어, 같은 억양으로. 점점 올라가는 억양으로.

무슨 뜻이지? 그는 미소를 짓는다. 토프가 가까이에 있으면 그는 그의 팔을 치거나 발을 건다. "장난치는 우리를 보세요! 공기처럼 가볍죠!" 그리고 형은 사람들이 해야 할 말을 한 후에 항상 하는 말을 한다. 질문자에게 반격하는 동시에 대화에서 점점 고조되는 긴장, 점점 부풀어가는 불편한 과장을 한풀 꺾이게 하는 말을. 왜냐하면 그는 질문자들이 종종 자신이 하는 말에 대해 생각해보기를 바라기 때문이다. 그가 귀엽게 어깨를 조금 들썩이거나 한숨을 쉬면서 하는 말은······)

음, 이제 뭐 하실 건가요?

(엄마는 미소를 짓고 형의 팔을 한 번 더 꼭 잡았다 놓으면서 가볍게 두드린다. 형제는 관객들 쪽으로 돌아서서 윙크하고는 밥 포스풍의 멋진 춤곡에 맞춰 몸을 움직인다. 발을 많이 차고 높이 들어야 하며, 몇 번 몸을 던지고 받으며, 무릎으로 미끄러지듯 무대를 가로지르며, 몇 번 더 점프를 하고 걸어 다닌다. 마지막으로 숨겨진 트램펄린을 이용해 허공에서 프런트플립을 한 뒤 두 명 다 오케스트라 바로 앞에 한쪽 무릎으로 완벽하게 착지하면서 관객을 향해 팔을 벌리고는 미소를 지으며 거칠게 숨을 몰아쉰다. 관객들이 일어서서 소리를 지른다. 커튼이 내려온다. 그들은 여전히 고함을 지른다.)

끝.

관중이 커튼콜을 외치며 바닥을 구르는 동안 우리는 슈퍼 영웅처럼 뒷문을 통해 빠져나간다.

4

아, 난 외출할 수 있었다, 분명히. 금요일 밤이고 나는 샌프란시스코 만을 지나 외출해야만 했다, 나는 매일 밤 외출해야만 했다. 다른 젊은이들과 함께 머리를 손질하고, 맥주를 쏟고, 누군가 내 페니스를 만지게 하려고 기를 쓰면서. 사람들과 함께 웃고 사람들을 향해 웃어주어야 한다. 커스틴과 나는 잠시 거리를 두고 있다. 벌써 두 번째지만 앞으로 열 번이고 열두 번이고 그럴 수 있다. 그러니까 우리는 (표면적으로는) 다른 사람들과 데이트한다. 그래, 나도 나가서 이 자유를 특별하게 그리고 다른 젊은이들처럼 평범하게 즐기고, 풍요로운 내 시간과 공간 속에서 행복할 수 있었다.

하지만 아니.

나는 여기, 집에 있다. 토프와 나는 요리를 할 것이다, 평소처럼.

"우유 가져올래?"

"저기 있네."

"아, 고마워."

그다음에 우리는 탁구를 칠 것이고, 그다음에는 아마 솔라노로 차를 몰고 가서 비디오를 빌리고는 돌아오는 길에 세븐일레븐에서 아이스크림을 몇 개 살 것이다. 아, 난 외출할 수 있었다. 달아오른 내 몸과 다른 사람들의 몸을 느끼며 흥겹게 놀 수 있었다. 난 마시고, 먹고, 다른 사람들의 몸에 내 몸을 비비고, 이 사람 저 사람에 대해 생각하고, 팔을 흔들고, 턱을 쳐들어 간단히 인사하고, 어떤 차의 뒷좌석에 앉아 샌프란시스코의 구릉을 오르락내리락 달리며 마켓 스트리트 남쪽으로 향하고, 사람들이 열정적으로 악기를 연주하는 것을 본 후에 주류점에 차를 주차시키고는 환한 얼굴로 유리 부딪치는 소리를 내며 종이봉투에 술병을 담고, 가로등 아래 보도를 따라 이 아파트나 저 아파트의 파티에 가서 안녕, 안녕, 인사하고, 냉장고에 술병을 넣은 다음 우선 한 병을 꺼내서는 그 아파트가 싫다고 생각하며 눈에 들어오는 광경을 훑어보고, 그러지 말라는 소리를 들으며 소파 팔걸이에 걸터앉고, 화장실이 비기를 기다리며 어디에나 있는 안셀 애덤스의 요세미티 사진을 멍하니 바라보고, 복도에서 기다리는 동안 짧은 머리 여자에게 정말 아무 이유 없이 불분명한 생각의 흐름을 좇아 이빨에 대해 이야기하면서 그녀의 때운 이빨을 봐도 되는지 묻고, 아니, 정말, 내 것부터 보여줄게요, 하하, 그다음에는 당신 먼저 가세요, 난 그다음에요 하고 말한다. 그러면 내가 화장실에서 나온 후에도 그녀가 복도에 아직도 있다면 그녀는 화장실에 가려는 것이 아니라 나를 기다린 것이니, 결국 우리는 함께 그녀 혼자 살고 있는 그녀의 아파트로 간다. 그녀의 아파트는 철로 같은 넓은 공간으로, 새로 페인트칠이 되어 있고 그녀가 엄마와 함께 꾸민 곳이다. 아주 부드러운 그녀의 크고 하얀 침대에서 잠을 자고 빛으로 가득한 구석에서 아침을 먹은 다음에는 아마도 일요판 신문을 들고 몇 시간 동안 해변에서 시간을 보낸 후 언제든 집으로 어슬렁거리며 돌아오고. 그런 일은 결코.

젠장. 우리에게는 베이비시터도 없다.

베스와 나는 토프를 가족이 아닌 누군가에게 맡기기에는 아직 이르다고 생각하고, 토프를 다른 사람에게 맡길 경우 토프가 자신을 쓸모없는 외톨이라고 느끼면서 그 연약한 정신이 비틀려 흡입제에 손을 대고, 〈리버스 엣지〉 풍의 갱단에 들어가고, 과도한 허풍과 회한에 시달리고, 스스로 문신을 새기고, 양의 피를 마시고, 신고식을 위해 어쩔 수 없이 수면 중인 나와 베스를 살해할 것이라고 생각한다. 그래서 일주일에 한 번씩 베스와 내가 선택한 날에 내가 외출하면 토프는 자신의 물건을 배낭에 챙겨 어깨에 메고는 베스의 집으로 가서 그녀의 간이침대를 반 정도 차지하고 그날 밤을 보낸다.

베이비시터를 쓰지 않는다는 규칙은 이 상황을 유지하기 위해, 통제 불능 상황에 빠지지 않기 위해 필요한 많은, 정말 정말 많은 규칙들 중 하나일 뿐이다. 예를 들어 베스는 자신의 집에 저능하고 불쾌한 친구가 찾아올 경우 술을 마시든 마시지 않든 토프를 데려가지 않는다. 케이티는 자신도 고아라서 사정을 잘 알지만 다른 사람들은 그렇지 못하다, 전혀. 어쨌든 그런 친구는 자신의 남자 친구가 어떤 성벽을 가졌는지, 지난밤에 술에 얼마나 취했는지 등 부적절한 이야기를 계속 해댄다. 그렇게 성장이 멈춘 듯이 밸리식으로 이야기를 계속해대면 삼투압 현상에 의해 우둔함이 번져나간다. 베스든 나든 누군가와 사귄다면 토프에게는 그 사람을 바로 소개하지 않을 것이다. 그러면 토프는 밖으로―축구 경기, 동물원, 로데오―내몰릴 필요가 없고 새로운 남자 친구도 자연스럽게 토프를 만나게 될 것이다. 그렇게 유예기간이 있어서 토프에게 그 사람을 소개할 때쯤이면 이미 토프는 그 사람을 알고 있을 것이다. 그러면 토프는 몇 년에 걸쳐 수십 명, 50명, 100명의 사람들을 만나지 않아도 된다. 그러면 토프가 특별한 사람으로 소개된 모두를 궁지에 빠뜨리고, 스스로 혼란스러워하고, 교양, 정체성, 확실하고 변함없는 가족이라는 개념을 상실하여 약하고 무책임한 사람이 되고, 결국에는 아슈람, 키부츠, 예수라는 수상쩍은 유혹에 약해지는 일은 없을 것이다. 만일 내가 데이트 같은 것을 하는데 약속 시간이 일찍 잡혀 있고 토프도 좋아할 만한 활동을 할 계획이라면 물론 토프도 데려갈 것이다. 데이트 상대가 토프를 달가워하지 않으면 그녀는 분명 아주 나쁜 사람일 것이다. 토프를 저녁식사에 데려간 것을 보고 내가 자신을 덜 좋아한다고, 토프는 일종의 보호막이라고 생각한다면 그것은 착각이다. 이런 생각을 하는 그녀는 자기중심적이고, 또한 나쁜 사람이다. 그녀가 우리 집에 와서 집의 상태―"맙소사, 소파 밑에 음식이 있잖아요!" 심지어 "남자들만 사는 집이라니!"―에 대해 묻거나 더 심각하게는 자기 친구들의 부모 이야기를 한다면 토프 앞에서는 그녀를 노려보기만 하고 나중에 토프에게 들리지 않게 그녀를 나무랄 것이다. 베스와 나는 아무것도 모르면서 감히 떠드는 사람들, 결코 싸울 줄 모르고 쉽게 망각하는 얼간이들, 다른 부모들에게 묻지 않고 우리가 처음이고―

부모자식 같은 관계 말이다—어리고 형제라는 이유로 내게, 우리에게 물어볼 권리가 있다고 느끼는 바보들에 대해 대화를 나누면서 한 달 동안 그녀를 씹는다. 데이트 상대인 그녀가 돌아가신 부모님에 대해 묻지 않는다면 그녀는 생각이 없고, 교양이 없고, 무게가 없고, 너무 젊고, 이기적인 것이다. 그녀가 부모님의 죽음에 대해 물었지만 교통사고가 있었을 것이라고 가정한다면.

"누가 교통사고라고 하던가요?"

"그냥 추측해봤어요."

"그냥…… 뭐라고요?"

그러면 그녀도 아주 나쁜 사람이다. 그렇지만 너무 많은 질문을 하는 것도 허용되지 않는다. 왜냐하면.

"그 이야기를 하고 싶지 않나요?"

"뭐요, 지금요? 당신과?"

"네. 제발요."

"술집에서요?"

"그런 건 혼자 간직하면 안 돼요."

"맙소사."

"맙소사."

거긴 그녀의 집이 아니라 얻을 것이 없다. 그녀가 내가 그녀를 만나기 위해 더 많은 노력을 하기를, 항상 내려가야만 하는 자신과는 대조적으로 내가 스탠퍼드까지 올라가기를 바란다면 우리의 삶 사이에는 거대한, 거대하고 잴 수 없는 틈이 있음을 그녀에게 예의 바르게, 적당히 조심스럽게 인식시킨다. 그녀는 쾌활하게 천박함을 누리고, 무제한으로 케이블 TV를 보고, "영화 보자" "저녁

먹으러 나가자""여기 가자""저기 가자"라고 할 수 있고, 카페에
도 가고, 언제든 술을 마시고, 타호 호수에도 가고, 캠핑도 하고,
쇼핑도 하고, 스카이다이빙도 하고, 언제든 무엇이든 할 수 있다.
반면 내 삶은 뚜렷이, 정말 뚜렷이 대조되게도—대충 넘어가지
말자(테리, 이건 금방 드러날 거야)—가혹하고, 목적이 있고, 스
트레스가 가득하고, 스파르타식이고, 쉴 시간이 없고, 한계가 정해
져 있고, 소모적이고, 꿰매주어야 하는 어린 무릎, 싸주어야 하는
어린 도시락, 도와주어야 할—동아프리카와 관련된 섬세한 프로
젝트로 말이다—어린 마음으로 채워진 세계다. 피곤한 학부모-
교사 협의회와 사회보장국의 이상하고 위협적인 공문—크리스토
퍼 에거스 씨 최근 결혼하셨나요? '네'나 '아니오'에 표시한 후 즉시 반
송해주세요. 그러지 않으면 혜택이 중단될 것입니다—은 말할 것도 없
고. 내 존재는 역사적 업적을 이뤄야 한다는 열망을 버린 채 그의
망각을 방해하는 유일한 존재가 되는 데만 거의 전적으로 헌신한
다(그러지 않았다면 그는 확실히 망각했을 것이다). 그녀가 이것
을 이해하지 못한다면 그녀는 나쁜 사람이다. 그녀가 이해했다고
말하면서도 왜 내가 여전히 노력, 그러니까 좀더 노력할 수 없는지
의아해한다면 그건 그녀가 어느 정도 이해했는지를 보여주는 것
이 아니라 그녀가 결코 이해하지 못하리라는 것, 그날이 올 때까지
결코 이해하지 못하리라는 것을 보여준다. 그날, 말로 표현할 수
없는 어떤 일이 벌어지는 날, 그녀가 나쁜 일이 벌어지지 않기를
기도하지만 결국에는 벌어지고 마는 날, 그녀 삶의 조직이 팽팽해
지는 날, 갑자기 실수가 용납되지 않고 느긋해지거나 늘어지거나
꾸물거리는, 엉성한 시간관리가 허용되지 않는 날이 올 때까지. 만

약 그녀와의 관계가 가치 있어 보이고 그녀가 두번째 타임아웃에서 엉덩이를 때려달라고 요구하지 않았다면 스탠퍼드, 아니 그 중간에서라도 그녀를 만나려는 노력이 당연히 이루어지리라는 사실을 잘 알면서도 이런 독선적인 태도를 버리지 않는 것은 얼마나 대단한 일인지. 일종의 이해라는 것을 구하면서 나는 가족에 의해 엉망이 된 사람들, 부모가 죽었거나 죽어가거나 최소한 이혼한 사람들을 찾고 있었다. 그들이 내가 알고 있는 것을 이미 알고 있어서 세부적인 것에 대해, 주고받는 것에 대해, 내 처지에 대해 논쟁하지 않아도 되기를 바라면서. 토프가 잠자리에 든 뒤 와인색 거실의 소파에서 서로를 서투르게 더듬는 동안 그녀가 자고 가서는 안 되는 이유를 납득하지 못한다면, 잠에서 깨어난 토프가 형의 침대에서 아무나 자고 있는 것을 보아서는 안 되는 이유를 이해하지 못한다면 그녀는 너무 어리고 부주의한 것이다. 그녀는 토프가 최대한 단순한 어린 시절을 보내는 것이 중요하다는 사실을 모른다. 그래서 그녀를 다시는 만나지 않는다. 그녀가 토프에게 말 거는 법을 모른다면, 그녀가 토프를 귀가 들리지 않는 개나 더 나쁘게는 아이로만 여긴다면 그녀를 다시 만나지 않는 것은 물론이고 베스와 함께 그녀를 조롱할 것이다. 반대로 그녀가 토프를 어른처럼 대하지만 음, 그 방식이 "세상에, 월그린에서 콘돔을 얼마에 파는지 알아요?" 같은 부적절한 말, 어린아이의 귀에는 적당하지 않은 말을 하는 것이라면 그녀는 그리 환영받지 못할 것이다. 일반적으로는, 지금까지 이야기한 규칙들을 지킨다 해도 토프가 어떤 이유에서든 그녀를 좋아하지 않는다면—그가 결코 말하지는 않아도 분명하게 드러난다(그녀가 왔을 때 자신의 방에 들어가 버리거나 자신의 도마뱀들을 보여주지 않거나 영화를 본 후 사탕을 가지러 가지 않으면)―그녀는 천천히 지워진다. 물론 그녀가 특별히 아름답지 않은 경우에 그렇다는 말이다―그녀가 특별히 아름답다면 그 조그만 바보가 뭐라 말하든 중요하지 않다. 그녀가 토프에게 예를 들어, 새 탁구공 세트 같은 것을 가져다준다면 그녀는 나쁜 사람이 아니라 좋은 사람이고 무조건적으로 사랑받는다. 그녀가 저녁을 먹으러 와서 우리가 만든 타코스를, 대부분의 사람이 떠들어대는 우스꽝스러운 겉치레 없이 먹어준다면 그녀는 성녀이고 언제든 환영받는다. 우리가 오렌지 자르는 방식―세로가 아니라 가로로―이 유일하게 논리적인 방식, 유일하게 심미적인 방식임을 인정하고 얇은 막을 남긴 채 즙만 빨아먹는 대신 모든 조각을 먹어치운다면 그녀는 완벽한 사람이다. 그녀는 몇 달 동안 우리 대화에 화려하게 등장할 것이다―수전, 기억해? 우리는 수전을 좋아했잖아―심지어 그녀가 너무 마르거나 신경질적으로 보여 다시는 만나지 않는다 해도.

우리가 너무 까다로워서가 아니다. 아니, 우리는 재미있다! 편하고 느긋하다. 하하. 그래. 재미있다. 다들 불안해할 이유는 없다. 그 규칙들은 우리에게만 해당되고 결코 다른 사람에게 말한 적이 없다. 사실 우리는 특별히 노력하는 사람들이고, 유쾌한 사람들이고, 위안을 주는 사람들이다. 비록 그녀의 면전에서는 대부분의 시간을 그녀가 아니라 우리를 즐겁게 하는 데 보내지만. 그것도 그녀를 희생시켜서. 하지만 재미있게! 모든 것이 우리를 조심스럽게 대한다. 유별나게 조심스럽게, 우리는 모든 사람을 받아들이고 있고 특히 토프는 거의 모든 사람을 즉시 마음에 들어한다. 분명, 이구

아나에 관심이 있고 트림하면서도 말할 수 있는 사람이라면. 그러나 그런 사람이 아니라도 토프는 데이트 상대가 처한 힘든 상황을 이해하고는 자신의 마술 카드를 보여주거나―그들이 보고 싶다고 말했을 때―얼음을 띄운 음료수를 갖다주거나 그들 옆에, 거의 그들 위에 앉아 편안하게 해준다. 잠잘 시간 전에 형까지 욕실에 있어서 아무 방해도 할 수 없다면 그는 새로운 친구, 트리비얼 퍼슈트를 함께 할―정확한 대답에는 파이 한 조각―누군가가 생긴 것을 정말 행복해할 것이다. 트리비얼 퍼슈트가 형의 데이트 상대를 편하게 해줄 가장 빠른 길이라면 말이다.

현재 나는 스물아홉 살인 여자를 만나고 있다. 그 스물아홉 살의 여자, 진짜 여자 중의 여자는 내가 디자이너로, 프리랜서 일러스트레이터로 일하는 주간지의 편집장이다. 일찌감치, 그러니까 그녀가 자주색 벨루어 베레를 쓴 이후로 우리에게 그럴 의도가 없다는 것이 분명해졌음에도 나는 나보다 일곱 살 연상인 이 여자를 옆에 두고 친하게 지낼 수 있는 것이 만족스러워서 그냥 그녀와의 관계를 이어갔다. 긴 금발 머리에 눈가에 주름이 있는 그녀는 똑똑하고, 내 생각에는 역시 중서부인 미네소타 출신이고, 술을 어떻게 주문하고 마시는지를 안다. 그리고 그녀는 스물아홉 살이다. 그녀가 스물아홉 살이라고 이야기했었나? 토프와 세계를 짊어지고 있는 나, 그렇게 많은 일을 겪고 이미 너무 늙어버렸다고 느끼는 나는 일곱 살 연상인 여자와 데이트하는 것이 옳다고 생각한다. 당연하지!

그녀가 나와 사귀는 동기는 불분명했지만 나 나름의 가설은 있다. 스물아홉이 된 그녀는, 서른 혹은 서른 가까이 된 대부분의 사람―그들의 전성기는 지났고 탕진한 젊음을 조금이라도 되찾는 유일한 방법은 나처럼 생식력이 한창인 누군가에게 빠져드는 것이다―이 그렇듯이 비참한 기분, 늙었다는 기분을 느낀다.

하지만 윽, 난 그녀의 벌거벗은 몸을 보는 것이 두려웠다. 우리가 그 단계까지 가기 전에 종종 그녀가 쭈글쭈글하고, 마른 자두 같고, 처졌는지 궁금했다. 난 스물셋을 넘은 사람의 벌거벗은 살갗을 본 적이 없다. 어느 밤 우리는 토프 없이 외출해서 들어본 적도 없는 별난 보드카를 마시다가 한때 로스앤젤레스의 독창적인 펑크밴드에서 리드보컬로 활동했다는 가수의 노래에 귀를 기울이는 척하면서 뒤쪽의 테이블에서 서로의 손을 잡았다. 우리 훨씬 아래쪽에서 어쩌고저쩌고하며 흐릿하게 들려오는 그의 노래는 14달러짜리 배경음악이었다. 그리고 그녀의 아파트로 갔을 때 나는 이미 겁에 질릴 준비가 되어 있었고 그녀의 여드름이 나거나 정맥류로 뒤덮인 살갗을 어떻게 만져야 할지 고민했다. 비틀거리며 그녀의 집으로 올라갔을 때 집 안이 어둡다는 것이, 심지어 침실은 더 어둡다는 것이 기뻤다. 하지만 그녀는 늙지도, 처지지도 않았다. 그녀의 살갗은 여전히 탱탱하고 풍만했다. 난 전율과 안도감을 느꼈다. 아침에 하얀 빛 속에서 본 그녀는 창백하고 부드러웠고, 하얀 시트를 덮고 있는 그녀의 머리카락은 내가 기억하던 것보다 더 금발이고 더 길었다. 몇 분 동안 정말 좋았다. 하지만 나는 나와야 했다. 캘리포니아로 이사 온 후 외박은 처음이었다. 토프는 베스의 집에서 자고 있지만 그가 일찍 귀가할 것에 대비해 집에 가고 싶었다. 내가 집에 없으면 토프는 내가 외박한 것을 알고, 나를 이해해주지 않을 것이며, 자라서 마약을 팔거나 플로리다 출신의 팝그룹에서 노래할 것이다. 난 옷을 입고, 그녀의 룸메이트를 지나쳐 밖으로 나왔다. 나는 배들이 앞뒤로 물결을 일으키는 빛나는 다리를 건너 집으로 차를 몰았고 제때 도착했다. 집은 비어 있었고 나는 침대로 뛰어들어 잠이 들었다. 토프가 집에 돌아왔을 때 그의 형은 거기 있었다. 물론 형은 계속 거기 있었다. 물론 형은 나갔다 오지 않았다.

하지만 오늘 밤 외출은 없다. 나는 수요일에 외출했기 때문에 이번 주에는 집에 있어야 한다.

"잘 시간이야."

"몇 신데?"

"잘 시간."

"열시야?"

"그래."(크게 숨을 내쉬며) "열시 지났어."(눈동자를 굴리며) "내가 거기로 간다."

토프는 침대로 가서 이불 속에 들어간다. 나는 침대의 헤드보드에 기댄 채 그의 옆에 앉는다. 빌이 몇 달 전에 사온 헤드보드지만―그가 올 때마다 우리는 가구를 사러 가야 한다. 그는 고속도로 근처의 창고에서 가짜 앤티크 가구를 사다가 집을 채우려 한다―토프의 침대에는 맞지 않아서 침대와 벽 사이에 세워놓았다. 헤드보드 흉내를 내는 헤드보드라고나 할까.

나는 바닥에서 책을 집는다. 우리는 매일 밤 책을 읽는다. 때로는 한참 동안, 그러나 대개는 15분 정도. 15분은 내가 잠들지 않고 버틸 수 있는 최장 시간인 동시에 토프가 꿈나라로 빠져들기 전에 위안, 안정, 행복을 느낄 수 있을 만큼 긴 시간이다.

우리는 존 허시의 『히로시마』를 읽고 있다. 아, 분명히 이 책에는 공포, 묘사할 수 없는 고통, 코티지치즈처럼 터져 나가는 사람들의 살갗이 나온다. 그러나 나는 재미나 환희 같은 분량의, 냉정하고 영속적인 배움으로 이 집을 채워야 한다고 결심했다. 때로 저녁을 먹으면서 나는 집집마다 찾아다니던 깡마른 아이에게서 산 두툼한 한 권짜리 백과사전을 아무 곳이나 펼치고 읽는다. 이것 전에는 '마우스'였다. 저것 전에는 '캐치-22'였다. 비록 그전 것을 끝내지는 못했지만―(그에게는) 어려운 참고 문헌들과 글자들 때문에 각 페이지를 읽는 데 한 시간이 걸린다. 나는 『히로시마』에서 정말 끔찍한 페이지는 건너뛰고 그는 최대한 집중한다. 그는 완벽하기 때문이다. 게다가 그는 나만큼이나 우리 실험에 열광적이고, 내가 이상적인, 새로운 부모상이 되고 싶어하는 만큼 이상적인, 새로운 아들상이 되고 싶어한다. 이것과 저것의 의미, 역사적인 맥락(모두 아니면 대략)을 조심스럽게 설명하면서 책을 읽어준 후 그의 좁은 트윈침대에 1분 정도 그와 함께 누워 있는 것은 즐겁다. 그는 이불 아래 그리고 나는 그 위에. 너무 포근하고 따뜻하다.

"비켜."

"엥?"

"비켜."

"싫어."

"일어나."

"싫어, 싫어, 싫어."

"형 침대로 가."

"오, 제발, 싫어. 우리 둘 다 잘 수 있어."

"나가, 나가. 제발."

"좋아."

나는 최대한 힘을 실어 그의 몸 위를 구르고는 일어난다. 나는 욕실에 갔다 이를 닦으며 콧노래를 흥얼거리고 살짝 탭댄스까지 추면서 그의 방으로 간다. 그는 나에게 가짜로 엄지손가락을 추켜 올린다. 나는 싱크대로 가서 치약을 뱉고는 돌아온다. 나는 그의 방문에 기댄다.

"그래. 대단한 하루였지?" 내가 말한다.

"응." 그가 말한다.

"내 말은 많은 일이 일어났다는 뜻이야. 하루 종일."

"응. 학교에서 반나절 있다가 농구하고, 저녁 먹고, 오픈하우스에 가고, 아이스크림 먹고, 영화 보고. 하루 동안 너무 많은 일이 일어난 것 같아. 그리고 많은 날들이 함께 잘려서 시간이라는 그림을 재빨리 그려내고, 우리 삶의 전체 모습을 만들어내. 그 이야기를 따라가려고 몸을 웅크리지(일으키지) 않아도 말이야."

"무슨 말이 하고 싶은 거야?"

"아니, 그냥 좋다고, 괜찮다고. 정말 믿을 수는 없지만 대충 잘 돌아간다고. 좋아."

"자, 우리에게는 이런 날들이 많았어. 그리고 훨씬 더 복잡한 날들도 많았지. 생일파티로 밖에서 야영했던 거, 기억나? 너의 머리 큰 친구랑 타호 호수로 여행했던 건? 어떠냐 하면 오늘은 다른 날보다 훨씬 평범하지. 그냥 캐리커처 같아, 경험의 뼈대 같은 것 말이야. 오늘이 아주 얇은 은색 조각 같다는 사실을 너는 알고 있어. 내면에서 생각이 만들어지는 단 오 분간의 과정을 말하는 것조차 영원이 걸릴 수 있어. 네가 앉아서 시간이든 공간이든 이런 이야기를 하다 결국에는 20분의 1차원, 2차원 이런 걸로 마무리를 하면, 너를 재우고 나서 앉아 있다 엄청 화가 나는 거지."

"그래서 결국은 불평이네. 아니, 좌절에서 벗어나려고 잔꾀를 쓰는 거네."

"맞아. 맞아."

"속임수, 벨, 휘파람. 도형. 스테이플러 그림이 있다 등등."

"맞아."

"형도 알겠지만, 정직하게 말해서, 난 이게 단순히 겉모습의 문제가 아니라 양심의 문제라고 생각해. 형은 처음부터 이 이야기, 특히 이전의 일에 대해 말하는 것에 죄책감을 느껴. 그리고 그 죄책감으로 완전히 마비되어 있지. 형은 이야기해야 된다는 의무감을 느끼고 있고, 엄마 아빠가 싫어했으리라는 것, 형을 혼냈으리라는 것도 알아."

"알아, 알아."

"하지만 나는 말해야만 해. 빌 형과 베스 누나도 말했을 거야. 음, 빌 형은 안 하겠지만 베스 누나는 분명 할 거야. 형의 죄책감, 그리고 그들의 비난. 형의 죄책감은 중류층, 중산층, 중서부 출신에게 걸맞은 비난이지. 카메라가 자신들의 영혼을 빼앗아간다며 두려워했던 원시인만큼이나 미신적이야. 형은 가톨릭적인 죄책감, 그리고 형이 양육된 집 고유의 죄책감과 싸우고 있어. 그 집에서는 모든 것이 비밀이었어. 예를 들면 아버지는 익명의 알코올중독자협회 회원이라는 걸 말하지 않았지. 거기 가입된 동안에도, 탈퇴한 후에도. 형은 가장 가까운 친구에게도 집 안에서 벌어지는 일을 털어놓지 않았어. 이제 형은 그런 미신에 반항하기도 하고 그냥 수용하기도 해."

"무슨 뜻이야?"

"음, 형은 이제 형 마음이 활짝 열려 있다고 생각해. 형과 내가 새로운 모델이라고, 우리의 상황 때문에 형이 모든 오래된 규칙들을 던져버리고 새로 만들 수 있다고 믿어. 하지만 형이 아주 융통성 없고 강압적인 성격을 지닌 한, 그리고 허세를 버리지 않는 한, 결국 부모님이 부여한 그 관례들, 규칙들을 대부분 벗어나지 못할 거야. 특히 비밀스럽다는 점에서. 예를 들어 형은 내 친구들이 오는 걸 거의 허락하지 않아. 지저분한 우리 집을 보이기 싫어서, 우리가 사는 모습을 보이기 싫어서."

"그건……"

"알아. 이해해. 형은 아동복지국에서 누가 찾아올까봐 무서워하고 있잖아. 하지만 사실 형은 그렇게 두려워하지 않고 형도 그걸 알아. 형은 무슨 말을 할지, 어떤 변명을 할지, 그럴 상황이라면 어떻게 나를 양부모의 집에서 빼낼지, 어떻게 살지, 신분 위조, 성형수술 등등에 대해 계획을 세웠지. 하지만 아동복지국 사람이든 누구든 우리를, 여기, 형의 구역, 형의 계획을 건드리려 한다면 형은 무조건 분노하고 이성을 잃을 거야."

"아냐."

"그럼 지난주에 형과 형의 친한 친구 사이에서 있었던 일을 묘사해볼게.

'그래서 그 애는 내내 루크네 집에 있으면서도 전화조차 안

했어. 다섯 시간이나. 저녁을 준비하고 기다리는데 미치겠더라. 그리고 그 애는 약속을 안 지켰어. 나를 너무 화나게 해. 그 애는 내 시간이 얼마나 소중한지를 알아야 하고 내가 하루 종일 그의 전화만 기다릴 수 없다는 것도 알아야 해. 외출금지령을 내려야겠어.'

'아, 불쌍한 녀석. 외출금지령은 내리지 마.'

'뭐?'

'내 생각에는 그도 미안할 테니……'

'너 지금 나더러……'

'아니, 그냥 내 생각에는……'

'자, 내가 젊다고 네가 참견할 권리가 있다고 생각하는 건 대단한 착각이야. 넌 마흔 살 먹은 엄마에게는 그런 소리를 못할 거 아냐?'

'음……'

'하지 마. 난 마흔 살 먹은 엄마니까. 너와 다른 모든 사람에게 난 마흔 살 먹은 엄마야. 잊지 마.'

불쌍한 마니, 형이랑 가장 오래된 친구잖아. 그녀는 별 의도 없이 순수하게 말한 건데. 그녀는 결코 무감각해지지 못할 사람인데. 하지만 형은 항상 싸울 준비를 하고 있어. 형은 싱글 부모의 분노, 흑인 싱글맘의 방어성을, 엄마에게서 물려받은, 자연스럽게 준비된 분노/공격 성향과 결합시켰어. 내 말은, 형은 오늘 밤 잠자리에 들었을 때 여기 와서 내게 해를 입힐 사람들에게 형이 할 짓에 대해 생각할 거라는 거야. 형은 나를 지키기 위해 모든 형태의 살인을 머릿속으로 그려보겠지. 형의 상상은 너무 생생하고 끔찍하게 폭력적일 거야. 대개 형과 형의 야구방망이가 나오고. 그 상상 속에서 형은 우리의 은신처를 침입하는 그 누구에게든, 이 모든 것에서 느끼는, 커져만 가는 좌절감, 우리의 현재 상황, 이미 정해진 벽과 변수 들, 앞에 펼쳐져 있는, 대강 정해진 다음 십 년, 십삼 년, 형이 느끼는, 하지만 단지 엄마와 아빠가 돌아가신 이후부터 느끼는 것은 아닌, 막연한 분노—사실이라면 참 편리하지—를 모두 풀려고 해. 하지만 형도 알듯이 그 분노는 그전에 시작됐어. 반쯤 폭력적인 알코올중독자의 소란스런 집안에서 자란 아이들의 골수를 타고 흐르는 분노, 그 집안에는 항상 혼돈이…… 뭐야? 뭐가 그렇게 재미있어?"

"너 턱에 치약 묻었다."

"어디?"

"더 밑에."

"여기?"

"더 밑에."

"아직 있어?"

"아니, 닦였어."

"요점은……"

"새똥 같았어."

"알았어. 하하. 어쨌든 나 때문에 형은 형의 양육에서 잘못된 점들을 바로잡을, 놀라운 기회를 갖게 되었어. 모든 것을 개선할 기회를, 사리에 맞는 전통들을 지키고 그렇지 않은 전통들은 버릴 기회를 가졌어. 물론 모든 부모가 모든 것을 개선할 기회, 자기 부모보다 진화할 기회를 가져. 그렇게 자신의 부모를 당황시킬 기회를 말이야. 하지만 우리의 경우는 더 특별하고, 더 의미 있어. 형은 부모님의 자식을 대상으로 그런 일을 해내야 하니까. 다른 사람이 끝낼 수 없어서 포기하고 넘겨준 프로젝트를 형이, 모든 문제를 해결할 유일한 사람인 형이 끝내는 것과 같아. 지금까지는 내 말이 맞지? 무엇보다 형은 아주 어릴 때부터 갈망하고 종종 휘두르던 도덕적 권위를 마침내 갖게 되었어. 형은 운동장을 돌아다니며 욕하는 다른 아이들을 나무랐잖아. 형은 열여덟 살이 될 때까지 술을 마시지도, 마약을 하지도 않았어. 형은 더 순수해야만 했으니까, 다른 사람들을 앞서는 뭔가가 필요했으니까. 그리고 형의 도덕적 권위는 두 배가 되고, 세 배가 되었지. 그리고 형은 필요하면 그 권위를 써먹어. 예를 들어 그 스물아홉 살짜리와는 한 달 후에 헤어질 거야. 그녀가 담배를 피우기 때문에."

"그리고 베레 때문에. 그 자주색 베레."

"그건 그녀에게 말할 수 없는 이유지."

"그래, 하지만 받아들여질 거야. 제발. 분명한 이유들이 있으니까. 그 소리를 듣고, 그 냄새를 맡고, 거기 입을 대고 빠는 모습을 보는 게 믿을 수 없을 만큼 힘들어."

"그래, 하지만 부모가 암으로, 특히 아버지가 폐암으로 죽었다는 이야기뿐만 아니라 동생이 담배 연기에 노출되지 않았으면 좋겠고 어쩌고저쩌고하는 이야기까지 하는 건 형이 말하는 방식일 뿐이지. 그녀를 굴욕스럽게 하는. 형은 그렇게 말함으로써 그 불쌍한 여자가 스스로를 문둥이처럼 느끼게 하려는 거야. 특히 그녀가 담배를 피우기 때문에. 나도 인정하지만 그건 두 배로 슬퍼. 형은

그녀가 파리아*, 더 하찮은 사람처럼 느끼기를 바라. 형 마음 깊숙
이에서 그녀에 대해, 뭔가에 중독된 사람에 대해 그렇게 느끼니까.
이제 형은 자신이 그 사람들을 판단할 도덕적 권위를 가지고 있다
고, 최근의 경험들 때문에 형이 어떤 것이든 설명할 수 있다고, 형
이 승리한 희생자 역할—연민과 불우함에서 끌어낸 힘을 줄 수
있는—을 할 수 있다고, 특권을 받은 동시에 특권을 박탈당한 욥
의 이중적인 역할을 할 수 있다고 느껴. 우리가 생활 보조금을 받
고 개미와 구멍이 가득한 지저분한 집에서 살기 때문에 형은 우리
를 하층민이라고 생각하고 싶어하지. 이제 형은 가난한 사람들의
투쟁을 알아. 감히 형이! 형은 그 태도, 그 패배자의 태도를 좋아
해. 그런 태도는 다른 사람에 대한 형의 권력을 키워줘. 형은 방탄
유리 뒤에 숨어서 총을 쏠 수 있어."

"너 대단한데! 잠자리에 들기 전에 탄산음료라도 마신 거야?"

"그리고 불쌍한 아빠. 왜 아빠를 그냥 내버려두지 않는 거야?
그러니까……"

"부디. 제발. 그래서 내가 말하기가 싫었던 거야."

"모르겠어. 그냥 그렇다고 생각해. 형이 그래야 한다고 생각하
면."

"그래야 한다고 생각해."

"좋아."

"난 그 너머를 볼 수가 없어."

"좋아. 그래서 형은 오늘 밤도 다른 밤처럼 화면을 들여다보며

---

* 인도의 최하층민.

새겠지. 형이 대학 4학년이었을 때 기억해? 형은 창의적인 글쓰기 과목을 들었고, 두 달도 지나지 않아 이런 죽음들에 대해 글을 썼어. 심지어 형은 엄마의 마지막 호흡에 대해서도 썼지. 형은 한 문단에 엄마의 마지막 호흡을 묘사했어. 하지만 같은 강의를 듣는 사람들은 형이 어떻게 지내는지 몰랐어. 그들은 그저 복사된 글을 들고 초조하게 앉아 그 글에 대해 논평을 해야 할지, 아니면 형을 상담소에 보내야 할지 고민했지. 하지만 형을 굴복하지 않았어. 그때 이후 형은 이것을 적어놓기로, 이것에 시간을 쏟기로, 그 무시무시한 겨울에 그 소재로 가슴 아픈 뭔가를 써야겠다고 결심했어."

"자, 나 피곤해."

"이제 형은 피곤해. 이야기를 시작한 사람은 형이었어. 나는 벌써 삼십 분 전에 잘 준비가 끝났다고."

"좋아."

"좋아."

"잘 자."

난 햇볕에 그을린 그의 부드러운 이마에 입을 맞춘다. 오줌 냄새가 난다. 모자챙—그는 모자챙이 뒤로 가게 쓴다—이 닿았던 창백한 피부에는 U자의 그을린 자국이 생겼다.

"그거 해줘." 그가 말한다.

침대를 따뜻하게 해주기 위해 나는 이불 위로 그의 등을 재빨리 문지른다.

"고마워."

"잘 자."

나는 불을 그대로 둔 채 문을 반쯤 닫고는 가족실로 나온다. 나는 우리가 물려받은 해진 동양풍 러그를 바로 편다. 너무나 해지고 초라한 이 러그와 부엌에 깔아둔 얇고 기다란 러그는 한 올 한 올 위태롭다. 토프와 내가 그 위로 뛰어다니면 올이 빠져나와 덩굴손처럼 길어진다. 난 어떡해야 러그들을 멀쩡히 지킬 수 있는지 모른다. 난 러그들을 지키고 복구하는 방법이 궁금하지만 내가 신경 쓰지 않으리라는 것을 안다. 난 벌레 같은 푸른색 실을 7, 8인치쯤 아래로 당겨 넣는다.

난 소파커버를 바로잡는다. 소파는 시카고 우리 집 거실에 있을 때는 완벽하고 순백색이었지만 여기서는 순식간에 너무나 더러워진다. 우리가 자전거를 기대놓은 구석에서 소파는 검은색 줄이 죽죽 그어지고, 노랗게 된 베개는 포도주스와 초콜릿 얼룩이 생겼다. 우리는 가구용 세제를 빌렸지만 효과는 가소로웠다. 소파는 우리가 물려받은 모든 것과 함께 계속 쇠락해갈 것이다. 관리는 불가능하다. 내가 고쳐야 할 문 근처에는 신발 더미가 있다. 바닥도 쓸어야 하지만 시작도 하기 전에 기가 죽는다. 먼지는 이 집에 당연히 딸려 있는 것이다. 쇠시리에도, 그라우트에도, 구석진 곳에도, 카펫에도, 갈라진 금에도. 마룻바닥에는 구멍이 나고, 굽도리널은 휘어졌다. 나는 이웃에게 진공청소기를 빌려 청소해보았다. 청소기는 잘 돌아갔지만 먼지는 사라지지 않았고 다음 날에도 바닥을 뒤덮었다. 그래서 이제는 빗자루로 쓸기만 한다.

난 냉장고에서 토프의 아이스케이크를 하나 꺼낸다. 옆집에서 소음이 들린다. 난 뒤쪽 포치로 나간다. 우리 집 왼쪽에 사는 이웃인 로버트와 베나가 뭔가를 하고 있다. 열 명 정도가 그들의 테라스에 나와 있다.

"저기요." 로버트가 말한다. 그는 항상 우호적이고, 항상 유쾌하고, 사려 깊고, 상냥하다. 그건 좀 근질근질하다.

그는 나보다 몇 살 많고, 베나와 살고 있다. 서른쯤 된 베나는 폭력을 당한 여자들을 위한 쉼터를 운영한다. 그들의 친구는 버클리 대학원생들 같았다.

"안녕하세요." 내가 말한다.

"이리 와요!" 그가 말한다.

"네, 와서 술 한잔 해요." 베나가 말한다.

"안 돼요." 내가 말한다. 따뜻하다. 달도 나왔다.

나는 토프가 잔다는 등 내가 할 일에 대해 말한다. 나는 전화를 기다리고 있다고 거짓말한다. 거기 끼어서 그들의 친구들을 만나 왜 여기 사는지 등등 우리 이야기를 모두 설명하고 싶지 않았기 때문이다.

"어서요, 한 잔만요." 로버트가 말한다. 그는 항상 나더러 오라고 한다. 그와 베나만큼 상냥하게 환영의 미소를 지으면서도 나는 우리 오른쪽에 사는 흑인 남자, 백인 여자 커플에 더 친밀감을 느낀다. 그들 집의 하얀 커튼은 움직이지 않고 그들의 문은 아늑하게 닫혀 있고 두 마리의 도베르만이 있다. 그들은 거의 누구와도 이야기하지 않고 대개 사람들 눈에도 띄지 않는다. 그것이 훨씬 편하다.

나는 로버트에게 고맙다는 인사를 하고 안으로 들어온다.

나는 거실로 물러난다. 내가 와인색으로 칠한 곳이다. 벽은 부모님, 조부모님, 조부모님의 부모님의 옛날 사진들, 그들이 받은 다양한 학위들, 통지서들, 초상화들, 자수품들, 에칭 작품들로 어지럽다. 난 뒤쪽 창고에서 찾아낸 소파에 앉는다. 스프링은 부러지고 나무는 부스러진, 적갈색 벨벳 소파다. 우리가 지닌 옛날 물건들은 대부분 여기 있다. 의자들, 엔드테이블, 아름다운 체리나무 책상. 어둡다. 앞쪽의 덤불이 너무 자라서 낮에도 창으로는 거의 빛이 들어오지 않는다. 그래서 벽이 핏빛인 이곳은 너무 어둡고 항상 루비색이다. 내가 덤불을 잘라주어야 한다. 아직 이 방에 어울리는 램프를 찾지 못했다.

시카고에서 샌프란시스코 언덕으로, 언덕에서 다시 이 아래로 이사 다니느라 많은 것이 엉망이 되었다. 그림 액자는 부러지고 유리는 상자 속에서 쨍그랑거렸다. 우리는 많은 물건을 소실했다. 러그도 전부. 많은 책들, 할머니의 책들도. 책들은 원래 담아왔던 상자 그대로 뒤쪽 창고에 넣어두었는데 넉 달쯤 후에 보니 지붕에서 물이 샜다. 대부분의 책은 젖어서 곰팡이가 피었다. 앤티크 가구들에 대해서는 생각하고 싶지 않다. 흠집이 생긴 마호가니 책장도, 움푹 패어버린 원형의 엔드테이블도, 다리에 금이 간 자수 의자도. 난 그 모든 것을 지키고 보존하고 싶기도 하고, 모두 없애고 싶기도 하다. 보존이냐, 쇠락이냐, 무엇이 더 낭만적인지 결정할 수 없다. 그 모두를 태우는 것이 멋질까? 아니면 거리에 던져버려? 여기저기로 이 물건들을, 그 모든 상자를, 수십 권의 앨범, 접시와 린넨 조각들과 가구들을 끌고 다녀야 하는 사람이 왜 하필 나인지 화가 난다. 빌은? 베스는? 이 물건들로 우리의 좁은 찬장과 비 새는 창고는 미어터진다. 내가 맡겠다고 고집을 부린 것은 사실이다. 토프가 그 사이에서 잊지 않고 살아가기를 바랐기 때문에. 아마 진짜 집이 생길 때까지 보관할 수 있었을 것이다. 아니면 팔고 새 출발하든지.

"형!" 토프가 자기 방에서 소리친다.

"왜?"

"문 잠갔어?"

현관문은 대개 그가 잠근다.

"내가 잠글게."

나는 현관으로 가서 문을 잠근다.

5
(동생은 어디 있는가?)

밖은 흑청색이고 점점 어두워진다. 한 남자가 계단을 올라온다. 그는 면도를 하지 않았고 샌들과 삼베―삼베 같다―폰초를 입고 있다. 나는 그 남자와 말하고 싶지 않다. 나는 벌써 캘리포니아 공공이익연구협회(CalPIRG)에서 나온 남자와 이야기를 나눴다. 그리고 여성쉼터에서 나온 두 사람, 청년회에서 나온 어린 소년, 녹색당에서 나온 여자, 보이스클럽에서 나온 아이들, 세인/프리즈에서 나온 한 쌍의 진지한 10대에게 기부를 했다.

초인종이 울린다.

"네가 나가." 내가 말한다. "난 여기 없는 거야."

"형이 문 옆에 있잖아."

"그래서?"

"그래서?"

"토―프―"

토프가 양말 신은 발로 일어선다. 그리고 나를 본다.

"너 혼자 있다고 그래." 내가 말한다. "넌 고아야."

그는 문을 열고 그 남자에게 뭐라고 말한다. 그러더니 갑자기 그 남자가 우리 거실에 들어왔다. 내가 방금 뭐라고 했지……

아. 베이비시터다. 스티븐.

스티븐은 버클리 대학원생이다. 그는 영국 출신 아니면 스코틀랜드 출신이다. 아니, 아일랜드. 그는 조용하고, 토프를 눈물나게 지겹게 하고, 앞에 커다란 버들 바구니가 달린 자전거를 탄다. 베스가 그를 학교에서 찾아냈다. 그는 일거리를 구하는 전단지를 붙였다.

"안녕하세요." 내가 말한다.

"안녕하세요." 그가 말한다.

그는 거실로 자전거를 끌고 온다.

나는 내 방에 가서 옷을 갈아입는다. 나는 밖으로 나와 그에게 한밤중에 돌아올 것이라고 말한다.

"한시까지 있어줄 수 있어요?"

"뭐, 안 될 것도 없죠."

"좋아요. 그럼 한시로 하죠."

"좋아요."

"하지만 더 일찍 올 수도 있어요."

"그래도 돼요."

"상황에 따라 달라질 거예요."

그리고 그에게 토프가 11시까지는 잠자리에 들어야 한다고 말해준다.

스티븐을 부른 건 세번째다. 그는 니콜 대신이다. 우리는 그녀를 정말 좋아했지만—토프는 내가 그녀를 좋아하고 싶어했던 만큼 그녀를 좋아했다—몇 달 전 졸업해서 용감하게도 이사를 갔다. 버클리 학생인 재니도 잠깐 썼다. 그녀는 텔레그래프 애비뉴에 있는 자신의 아파트로 토프가 와야 한다고 고집을 부렸지만 괜찮았다. 그러던 어느 밤 그녀는 자신의 집 현관에서 풍선으로 토프와 축구를 한 후—대개 토프는 땀에 흠뻑 젖어 집에 돌아왔다—이런 농담을 했다. "토프, 널 사귀는 건 재미있어. 우리 언제 나가서 맥주라도 좀 마시고……"

그래서 스티븐을 새로 구했다.

야구 모자를 돌려 쓴 토프의 머리에 입을 맞춘다. 모자에서 오줌 냄새가 난다.

"모자에서 오줌 냄새 나." 내가 말한다.

"안 나." 토프가 말한다.

나는데.

"난다니까."

"어떻게 오줌 냄새가 나?"

"네가 쉬라도 한 모양이지."

그는 한숨을 쉬더니 자신의 어깨에서 내 손을 떼어낸다.

"쉬 안 했어."

"아마 실수로 그랬겠지."

"닥쳐."

"나한테 닥치라고 하지 마. 전에 얘기했잖아."

"미안해."

"스티븐." 나는 묻는다. "냄새 좀 맡아봐요, 오줌 냄새 나죠?"

스티븐은 내 말을 진지하게 받아들이지 않는다. 그는 소심하게 미소 지으면서도 냄새를 맡지는 않는다.

"자 그럼." 내가 말한다. "나중에 봐요. 토프, 음…… 우린 내일 보자."

그리고 밖으로 나와 계단을 내려온 다음 차를 탄다. 집 앞 차도를 벗어나는데 평범한 행복감이……

자유다!

나를 덮친다. 나는 큰 소리로 웃음을 터뜨리고, 낄낄거리고, 싱긋거리며 핸들을 몇 번 두드리고, 자동차 스테레오에 테이프를 넣고……

그런 행복감은 10초, 12초 동안 지속된다.

그리고 모퉁이를 도는 순간 진실을 보게 된 나는 토프가 살해되리라는 확신에 사로잡힌다. 내가 토프와 떨어질 때마다 벌어지는 일이다. 당연히. 그 베이비시터는 이상하게 행동했고, 너무 조용했고, 너무 건방졌다. 그의 눈을 보니 뭔가 계획이 있었다. 당연히. 처음부터 너무 확실했는데. 난 그 신호들을 무시했다. 토프는 스티븐이 이상하다면서 그의 섬뜩한 웃음, 그가 가져와서 요리해준 채소에 대해 계속 이야기했지만 나는 그저 어깨만 으쓱였다. 만일 무슨 일이 벌어진다면 다 내 잘못이다. 그는 토프에게 이상한 것을 먹이겠지. 토프를 추행하고. 토프가 자는 동안 그는 왁스와 로프로 무슨 짓을 하겠지. 그런 가능성들이 소아 성애 동영상처럼 내 머릿속을 지나간다. 수갑, 마루청, 광대 옷, 가죽 끈, 비디오테이프, 덕트테이프, 나이프, 욕조, 냉장고……

토프는 결코 깨어나지 않을 것이다.

차를 돌려야 한다. 바보 같은 짓이야. 이런 위험을 감수할 필요가 없어. 이럴 필요가 없다고. 밖에 나갈 필요가 없어. 바보 같고, 유치하고, 비이성적이야. 돌아가야 해.

아니, 외출해도 돼. 위험하지 않아.

아니, 위험해.

하지만 그만한 가치가 있어.

나는 정말, 정말 나쁘다.

나는 창문을 열고 음악 소리를 키운다. 곧장 두 대의 차를 추월하고 고속도로로 들어서서는 왼쪽 차선을 타고 베이브리지를 향해 시속 70마일로 달린다. 강을 따라.

톨게이트를 지나 신호등을 지나 진입로 위를, 다리 위를 달린다. 이제는 돌아갈 수 없다. 왼쪽으로 오클랜드 조선소가 나오고 물을 아끼라는 광고판이 보인다.

내가 집으로 가면 문이 활짝 열려 있겠지. 베이비시터는 사라지고 침묵만이 흐를 거야. 그럼 나는 당장 알아차리겠지. 완전히 잘못된 냄새가 날 테니까. 토프의 방으로 이어지는 계단에는 핏자국이 있을 테고. 벽에도 피, 피에 젖은 손자국들. 스티븐이 나를 조롱하며 남긴 메시지. 아마도 그 모두를 담은 비디오테이프도. 내 잘못이다. 그의 작은 몸은 구겨지고, 파랗게…… 베이비시터는 거기 섰을 때 이미 자신이 무슨 짓을 할지 알고 있었다. 그 사이에 나는 뭔가 잘못되었음을 느꼈고, 뭔가 어긋나 있음을 알았고, 내가 잘못하고 있음을 알았다. 그런데도 나와버렸다. 그것이 무슨 의미일까? 어떤 괴물이…… 모두 알게 되겠지. 나도 알게 되겠지, 나는 싸우지 않을 거야. 심문, 재판, 공개재판이 열릴 테고……

당신은 이 남자, 그러니까 이 베이비시터를 어떻게 만나게 되었죠?

전단지를 봤습니다.

그를 면접하는 데 몇 분이나 걸렸죠?

10분, 20분이요.

그걸로 충분했습니까?

네. 그랬다고 생각합니다.

이 남자에 대해 정말 아무것도 몰랐습니까?

그가 스코틀랜드 출신이라는 건 알았습니다. 아니면 잉글랜드. 아니면 아일랜드.

그럴 수도 있죠.

그리고 동생을 남겨두고 어디 갔다 왔습니까?

외출했습니다. 바에.

바. 바에서 뭘 했는데요?

친구들, 사람들을 만나 맥주를 마셨죠.

맥주라.

특별한 것이었습니다.

특별하다.

계속 마셨어요. 어느 정도.

아, 난 그냥 밖으로 나가고 싶었다. 우리가 무엇을 하든 상관은 없었다. 당시 나는 일주일에 한 번, 최소한 열흘에 한 번은 외출했고, 무슨 일이 있는 밤에는 베이비시터를 구할 수만 있다면 열심히 밖으로 달려 나갔다. 밖에서 오랜 시간을 보내기 위해 베이비시터를 6시나 7시에 오게 하고는 일찍 집을 나섰다. 나는 누구하고든 뭔가를 먹기 위해 도시로 달려가곤 했다. 사람들은 대개 무디의 가게에서 케이블 방송을 보며 빈둥거리곤 했고 나는 냉장고에서 꺼낸 맥주를 들고 소파에 앉아서 언제 이런 시간이 다시 올지 모른 채 1분 1분을 음미하곤 했다. 그러나 그들은 그 시간이 내게 어떤 의미인지도 모른 채 무심히 흘려보내곤 했다. 내가 너무 많이 웃고, 너무 빨리 마시면서 모든 일에 조금 더 흥분하고, 조금 더 열심일지라도. 나는 냉장고에서 자꾸만 맥주를 꺼내오고, 아니, 괜찮아, 괜찮다니까, 무슨 일이 벌어지기를 바란다. 우리가 어디 좋은 곳에 가기를, 그날 밤을 소중하게 만들어줄 뭔가, 가치 있게 만들어줄 뭔가, 끊임없이 떠오르는 붉은/검은 불안을, 그 이미지를 정당화해줄 뭔가를 바란다. 때로는 너무 고립감을 느껴서 몇 주씩이나 내 또래 사람들과는 어울리지 않았다. 아무도 내 말을 이해하지 못하는 나라에 사는 것처럼.

다리 위를 가로지르며 바람이 불어온다. 나는 음악 소리를 높인다. 멀리 왼쪽 아래, 남쪽으로 반 마일 떨어진 검은 만에는 오클랜드 항으로 기항하려는 유조선들이 떠 있다.

남는 것이 용기인가?

나온 것이 용기인가?

발각. 이미 구급차들이 도착했을 것이다. 전조등 불빛이 환하겠지. 집에서 튀어나온 이웃들은 마치 카니발을 맞은 듯 흥분하고 있을 거야. 하지만 조용히. 불빛과 속삭임뿐. 모두 내가 어디 있는지를 물을 것이다. 저 애 부모는 어디 있지? 그들이 뭐라고? 음, 형은 어디 갔지? 그가 뭐라고?

오른쪽으로는 트레저아일랜드, 그 옆으로 앨카트래즈, 그 옆에는 후미, 그리고 바다가 보인다. 터널을 빠져나가는 우리는 우주선이다. 차들은 차선을 바꾼다. 굶주린 듯, 추적하듯, 총신을 지나가듯, 빠르게, 소금쟁이처럼 옆으로—터널을 지나면 밤이라는 검은 종이를 관통한 수천 개의 라이트 브라이트*가 반짝이는 도시가 나타난다.

작은 관이 있겠지. 나는 장례식에 참가하고 모두들 알게 되겠지. 그들은 나를 재판하고 나를 비난하고 나를 전기의자에 앉힐 것이다. 아니면 목을 매달든지. 고통을 원한 나는 교수대에 매달리고 천천히, 혈관이 타오르다 터진다.

아, 하지만 마지막에 발기하면 당황스러운데.

동굴 같은 바에 갈색 불이 켜져 있다. 브렌트는 여전히 자신의 밴드에 붙일 이름을 찾고 있다. 지금 그의 밴드는 60년대 SF소설의 제목을 따서 '신은 캔자스를 싫어한다'라고 불리지만 거의 6개월이나 써먹은 이름이라서 이제는 바꿀 때가 되었다. 그는 작은 두루마리처럼 길고 얇은 종이에 여러 개의 이름을 끼적여놓고 사람들의 의견을 묻는다.

스콧 베오울프

반 고흐 도그 고

존 & 폰티우스 필라투스

제리 루이스 패러칸

---

* 다양한 색의 투명한 플라스틱 관을 불투명한 검은색 종이에 여러 모양으로 끼운 다음 종이 뒤의 전구에 불을 켤 수 있는 장난감.

팻 뷰캐니타

카자구구버내토리얼 프로세스

스파이크 리 메이저 톰 딕과 해리 코닉 주니어 민츠

그 이름들은 대개 두 가지 이상의 문화를 녹인 것이다. 고급스러운 것과 저질스러운 것을 합쳐서 잘난 척 독창적이고 아무 의미 없는 이름을 만들어낸다. 이 지역에 깃발을 꽂은 다른 밴드들도 있다. 대개는 지역 밴드다. JFKFC, 토머스 제퍼슨 슬레이브 아파트, 프린스 찰스 넬슨 라일리.

브렌트와 나, 그리고 다른 사람들은 바의 2층에 서서 직접 양조한 맥주를 마시며 우리 아래 100명쯤 되는 사람들의 머리를 내려다보고 있다. 바 뒤쪽에는 튜브가 달린 세 개의 커다란 구리통이 있고 그 통 속에서 맥주가 양조된다. 맥주는 그렇게 만들어진다.

브렌트, 무디, 제시카, K.C., 피트, 에릭, 플래그, 존, 모두 여기 있다. 고등학교 시절, 고등학교 이전, 초등학교 시절, 그리고 더 이전에 시카고에서 알게 되어 이제는 모두 학교를 마치고 여기 사는 친구들. 말로 설명할 수 없는 대규모 이주로 우리 중 15명가량이 여기 모였다. 더 많은 친구가 서로 다른 이유로 매달 샌프란시스코에까지 흘러든다. 그 누구도 매력적이라고는 할 수 없는 이곳의 직업 시장에 적응하지 못하고 있다. 우리 모두 임시직으로 그럭저럭 살아가고 있다. 제시카는 산타로사에서 보모로 일하고 K.C.는 가톨릭 여학교에서 6학년을 가르친다. 에릭은 스탠퍼드 대학원에 다닌다. 좀 수상쩍은 예수회 봉사단(컬트?)의 일원인 피트는 새크라멘토에서 6명의 다른 신참 단원과 산다. 그는 수감자권리연합에서 일하면서 〈캘리포니아 수감자〉라는 정기간행물을 편집한다.

이들의 현존이 초현실적이고 무한한 위로가 된다. 그들은 토프와 나를 집과 이어주는 유일한 끈이다. 시카고를 떠난 지 1년도 되지 않아 부모님의 친구, 심지어 엄마의 친구와도 연락이 끊겼기 때문이다. 베스와 내게는 그것이 이상하게 느껴졌다. 그들이 더 바싹 우리의 뒤를 쫓으리라 생각했는데. 하지만 오히려 다행이었다. 그런 대화와 편지는 항상 어색하고 난처하니까. 그들은 걱정을 거의 숨기지 못한 채 드러내고 그들의 불신(우리가 생각하기에)은 절대적이니까.

이들, 이 친구들은 우리를 위해, 그리고 토프를 위해 가짜 사촌, 가짜 이모, 가짜 삼촌으로 이루어진 무질서한 세계를 만들어낸다. 그들은 우리와 밥을 먹어주고, 해변에도 가준다. 여자인 K.C.와 제시카는 우리를 위해 부엌살림을 사주고 정리를 해주고 잠자리를 준비해주고 싱크대와 침실에 쌓인 접시를 씻어주고 옥수수를 삶거나 냉동된 소고기를 해동시키는 법을 언제든 알려준다. 모두들 토프를 신생아 때부터 알았고 그가 머리카락이 제대로 나기 전부터 안아주었다. 그래서 그를 영화관, 바비큐파티, 모임에 데려가도 아무것도 묻지 않는다. 그리고 토프도 전화로 그들의 목소리를 구분하고, 집 앞 차도에 들어선 그들의 차를 알아보고, 고등학교 때 장기자랑에 올리느라 우리 모두 몇 달 동안 우리 집 지하실에서 연습했던 연극의 대사도 대부분 기억한다. 당시 네다섯 살이던 토프는 연습할 때마다 그 자리에 있었다. 그는 계단에 앉아 우리를 보며 신나게 웃으면서 엄마에게 거기 있게 해달라고 조르곤 했다. 그는 모든 대사를 알았다.

그래서 난 삶의 연속성을 위해서뿐만 아니라 나의 즐거움을 위해 이들을 최대한 자주 버클리로 꾀어내서 가족처럼 각자의 역할을 하게 한다. 요리를 하는 이모, 노래를 하는 이모, 팔에 25센트짜리 동전을 올렸다가 팔을 튕겨서 잡을 줄 아는 삼촌. 그리고 그들은 기꺼이 우리 집에 머문다. 예를 들어 무디는 항상 우리 집에 와 있고, 일주일에 적어도 사흘은 소파에서 자고 간다. 우리는 고등학교 이후 그의 지하실-침실-집에서 발냄새 제거제를 나누고 여드름 치료법을 비교하고—우리 둘 다 여드름으로 고생했다—밀러 제뉴인 드래프트를 함께 마시면서 친해졌다. 고등학생 때 크게 재미를 보았던 신분증 위조 사업—신기술이던 매킨토시를 마을에 처음으로 들여온 우리는 여전히 폴라로이드와 포스터보드를 사용하던 경쟁자들을 제거했다—의 경험을 살려서 우리는 내 안쪽 방에서 작은 그래픽디자인 사업을 시작했다. 우리는 고객의 구미에 맞게 레이저프린터로 편지지를 인쇄해주고 도드라지고 반짝이는 잉크로 명함(500장에 39.99달러)을 찍어주었다. 우리에게 가짜 신분증을 만들었던 고객들처럼 새로운 고객들도 실수 따위에는 별로 개의치 않는다.

"고마워."

존이 내게 맥주를 줬다.

존은 파산했지만 나는 그를 오래전부터 알고 지냈다.

그는 평소처럼 멋지게 피부를 태웠다. 그는 피부 태우는 것을 좋아했다.

그는 이웃에서 자랐고 부모님들도 가까웠다. 내가 누군가를 처음 알았을 때부터 그를 알았다. 우리가 부엌 식탁 밑에서 아이스케이크를 먹고 있는 사진, 내가 그의 집 뒤뜰에 있는 새 모이통에서 빨대로 물을 마시는 모습을 찍은 사진도 있다. 아홉, 열 살 때 우리는 디자인상의 개선점이나 신상품에 대한 아이디어 등을 정성껏 편지에 써서 레고 제작자에게 보내곤 했다. 코네티컷 주 엔필드는 레고 본부가 자리한 곳이다. 아직도 기억난다. 그리고 그가 우리 부모님에게 그랬던 것처럼 나는 그의 부모님에게 자식이나 다름없었다. 우리가 서로에게 점점 더 많은 이야기를 털어놓지 않게 된 중학교 시절 이후에도 우리는 여전히 풀 수 없을 정도로 서로에게 묶여 있고 매여 있었다. 우리의 벽장에는 서로에게 빌린 옷들로 가득했다.

그의 부모님도 돌아가셨다. 금발에 키가 크고 시끄럽던 그의 엄마가 고등학교 2학년 때 암으로 돌아가시면서 엄청난 혼란에 빠진 그는 우리 가족에게 더욱더 의지했다. 5년 후 펜실베이니아 대학에서 1년을 보낸 그는 아버지와 더 가까운 일리노이 대학으로 옮겼다. 뇌졸중에 우울증 치료까지 받은 그의 아버지는 건강이 좋지 않았다. 1년 후 그의 아버지 역시 동맥류로 죽었다. 너무나 짜증나는 혼란이었다. 우리 아버지가 돌아가시고 몇 달 후의 일로 그해에는 우리 둘 다 우울했고 서로를 그렇게 자주 보지도 못했다. 설상가상으로 우리는 서로를 보면 공통점만 떠올라서 어떤 말을 할지 고민하다 결국에는 어물거리며 손으로 입을 가리고 코를 쿵쿵거렸다.

존은 아버지의 장례식이 끝나고 며칠간 결석하다 수요일에야 모습을 나타냈다.

"왔네." 내가 말했다.

"응." 그가 말했다.

그는 달리 갈 곳이 없었다.

"손은 어떻게 된 거야?" 그의 손가락 관절은 베이고 딱지가 앉아 있었다.

"창문을 깼어. 알잖아."

난 알고 있었다고 말했다. 내가 알았던가?

그리고 현재 오클랜드에 살고 있는 그는 이 자리에 와 있다. 졸업 후 그는 시카고에 자리를 잡으려 했지만 끊임없이 샴페인* 사람들과 마주치는 것이 싫었다. 그들 모두, 동문 전체가 거기 있었다. 그 주를 빠져나가는 사람은 거의 없었다. 그들 대부분에게 시카고는 오즈였고 그 너머는 중국이고 달이었다.

"음. 토프는 어때?" 그가 말한다.

"잘 있어." 내가 말한다.

집게, 수갑.

"어디 있는데?" 그가 묻는다.

페인트 시너, 바셀린.

"집에 있어. 베이비시터랑."

또다른 것. 그가 스코틀랜드에서 가져온.

"아."

나는 화제를 바꾼다.

"구직은 잘되고 있어?"

"몰라. 잘되겠지. 직업 상담가를 만났어."

"직업 뭐?"

---

* 일리노이 주의 도시. 일리노이 대학의 어버너-샴페인 캠퍼스가 있다.

"직업 상담가."

"그게 뭔데?"

"그게 뭘 도와주는 사람이냐 하면……"

"그래, 알아. 하지만 정확하게 어떤 거야?"

"그 사람에게 네 관심 분야를 이야기해주면 그가 네게 테스트를……"

"객관식 테스트 같은 거야?"

"그래. 세 시간 정도 걸렸어."

"네가 어떤 직업을 원하는지 테스트를 치른다는 거지?"

"맞아."

"장난치네."

"내가 왜 장난을 쳐?"

우리는 아래쪽의 사람들을 본다. 그들은 미션 스트리트에서 중고로 사거나 헤이트*에서 두 배 가격에 산 옷을 입고 있다. 그들은 존재하지 않는 회사의 로고가 찍힌 티셔츠 위에 꼭 붙는 합성섬유 셔츠를 입고 있다. 셔츠의 맨 위 단추 두 개는 풀어헤친 채. 그들은 머리를 밀어버리거나 웨스터버그처럼 길렀다. 짧게 깎은 머리에 반짝이는 젤을 발라 뻣뻣하게 한 스탠퍼드 출신의 젊은 남자들이 있다. 커다란 신을 신고 꼭 맞는 티셔츠를 입은 작은 여자들도 있다.

모두 이야기를 하고 있다. 사람들은 친구들과 함께 와서 함께

---

* 샌프란시스코에 위치한 거주 지역으로 1960년대 미국 히피 문화의 중심지로 유명하다.

온 친구들과 이야기하고 있다. 그들은 직장 사람들과 어울린다. 그들은 매일 보는 얼굴을 들여다보고 그들이 백 번쯤 한 이야기를 하고 있다. 우리처럼 그들은 여기서 양조한 맥주를 손에 들고 있다.

"음식을 주문해야 하나?" 우리/그들이 말한다.

"몰라. 그런가?" 우리/그들이 말한다.

여기, 바의 2층에서 보면 그들의 입은 움직이지만 그들의 말은 신음소리, 그칠 줄 모르는 단조로운 신음소리, 가끔 "맙소사!"라는 고함소리에 중단되곤 하는 음매 소리일 뿐이다.

그들도, 우리도 너무 많다. 너무 많고 너무 비슷하다. 그들 모두 여기서 뭘 하는 거지? 이렇게 모두 서서, 이렇게 모두 서서, 앉아서, 떠들면서. 하다못해 당구대도, 다트도, 아무것도 없다. 그저 이렇게 늘어진 채 빈둥거리며 두꺼운 유리잔에 담긴 맥주를 마실 뿐.

이것을 위해 모두를 건 걸까?

뭔가 벌어져야 한다. 거대한 뭔가. 무엇, 건물, 도시, 나라의 정복. 우리는 무장하고 작은 나라들을 정복해야 한다. 아니면 폭동. 아니면 섹스파티. 섹스파티가 있어야 한다.

이들 모두, 우리는 문을 닫고 불을 어둑하게 하고 함께 벌거벗어야 한다. 우리 모두, K.C. 제시카와 함께, 여기서부터 시작할 수 있다. 그러면 그 모두가 가치 있을 것이고 모든 것이 정당화될 것이다. 우리는 테이블들을 옮기고 소파, 매트리스, 베개, 수건, 봉제 인형을 들고⋯⋯

하지만 이것, 이것은 음란하다. 왜 우두커니 서서 아무 이야기도 하지 않고 수많은 사람에게 뛰어들지 않고 거대한 뭔가에 달려들어 전복시키지 않는 거지? 왜 우리 모두는 불을 지르지도 않고 뭔가를 부수지도 않고 이처럼 모인 걸까? 왜 문을 잠그고 하얀 전구를 빨간 전구로 바꾸고는 천 개의 팔과 다리와 가슴을 서로 즐겁게 휘감으며 엄청난 섹스파티를 벌이지 않는 걸까?

우리는 기회를 놓치고 있다.

우리가 무엇에 대해 이야기할 수 있었을까?

피트가 슬금슬금 다가온다.

"저기." 그가 말한다. 그의 억양에는 고등학교 때 연습한 영국 억양이 남아 있다.

"말해봐." 그가 묻는다. "토프는 잘 있어?"

"잘 지내." 내가 말한다.

"어디 있는데?"

나는 피트를 사랑하고 그에게는 아무런 악의가 없다. 하지만 왜 이런 질문을? 왜 이런 질문을 하룻밤에 두 번이나? "참 좋은 형이군요"라는 후렴구처럼 "동생은 어디 있는데?"라는 질문이 필수적인 질문이 되었다. 어떤 내적 논리도 없이. 내가 술을 마시고 섹스파티를 시작해보려는 이 순간에 왜 동생이 어디 있는지를 묻지? 피트는, 존은 어떤 대답을 기대할까? 우스운 질문이다. 잘 있어?라는 질문은 괜찮다. 동생은 어때?라는 질문은 이해가 된다. 쉽게 대답할 수도 있고. 토프는 잘 지내. 하지만 왜 어디 있는지를 묻지?

"집에 있지." 내가 말한다.

"아. 누구랑?"

면도칼, 전기톱, 냉동실.

"잠깐만."

나는 무거운 발걸음으로 화장실로 향한다.

이 질문들. 이들은 더 잘 알고 있어야 하는데. 내 친구들은 모두 바보인가?

화장실에서 누군가가 세면대에 오줌을 싸고 있다. 내가 세면대에 오줌을 싸는 누군가가 있다는 사실을 알아차리는 동안 그 누군가도 나를 알아차리고는 자연스럽게 내가 자신의 페니스를 쳐다본다고 생각한다. 나는 쳐다보지 않았다. 알에서 방금 깨어난 새끼새 같은 자주색의 주름진 페니스가 거기 세면대에 물을 뿜고 있다.

그 자리를 피하고 싶었다. 하지만 그러면 내가 세면대에 놓인 그 남자의 페니스를 보러 화장실에 들어온 것이라는 의심을 더 받겠지. 벌써 봐버렸지만—그래, 알아—얼마든지 그 자리를 피해도 돼. 나는 비어 있는 화장실 안으로 들어가 등 뒤로 문을 닫는다. 눈높이에 우리의 스티커가 붙어 있다.

그 멍청이들에게 엿이나 먹여.

〈마이트〉 지

무디와 내가 한 달 전에 디자인해서 화장실, 벽, 가로등, 자동차에 붙이라고 친구들에게 나눠주었다. 석 달간 진행될 사전 마케팅의 첫 단계로 "마이트"라는 단어가 모두의 혀에 오르게 하는 것이다. 마이트가 뭐지? 그들은 궁금해하며 물을 것이다. 몰라. 하지만 뭔지 분명해지면 관심을 가져봐야지.

스티커에 무엇을 쓸지 정할 때 별로 논쟁은 없었다. 분명했으니까. 스티커가 우리에 관해 모든 것을 말해주었으니까.

그 멍청이들에게 엿이나 먹여.

하지만 이제 콘크리트블록에 삐뚤게 붙은 스티커를 보면서 문제를 깨닫는다. 누가 엿을 먹는지가 분명하지 않다. 누가 골탕을 먹어야 할 멍청이지? 아 젠장. 분명히 우리는 애매한 표현으로 '그 멍청이들'이 누구─다른 잡지, 고용주, 부모, 히피, 동네 식료품상─로도 해석될 수 있게 할 작정이었다. 하지만 이제는 무시무시한 질문이 고개를 쳐든다. 스티커를 보는 사람들이 우리를 골탕 먹여야 한다는 뜻인가?

아 맙소사, 맞다, 맞아. 결국 스티커를 보는 사람들에게 "그 멍청이들에게 엿이나 먹여"라고 사정한 후에 〈마이트〉지라고 하잖아. 우리가 바로 골탕을 먹어야 할 사람들이라고! 다른 해석은 없다!

재앙이다. 우리는 우리에게 엿을 먹이라는 스티커로 이 도시를 도배했다. 더 잘 표현할 수 있는 방법이 그렇게 많았는데. 예를 들면,

〈마이트〉지가 말한다.

그 멍청이들에게 엿이나 먹여.

아니면,

"그 멍청이들에게 엿이나 먹여."

〈마이트〉지가 말한다.

아니면,

"그 멍청이들에게 엿이나 먹여."

("그 멍청이들"은 〈마이트〉 지 관계자들이 아닙니다.
이 스티커를 만든 사람들은 좋은 사람들이니 골탕을 먹여서는 안 됩니다.)

큰일이다. 아마겟돈이다. 이미 500장이나 인쇄했는데. 나는 화
장실에 몸을 숙이고 스티커를 떼어내려 하지만—난 모두 없앨 것
이다, 손으로!—힘없이 조각조각 찢어진다. 나는 무턱대고 뜯고
또 뜯는다. 내 손톱이 검게 변한다. 변기의 수분으로 내 정강이는
축축해진다. 여전히 지퍼도 열린 채이다.

내가 화장실에서 나왔을 때 자주색 병아리 같은 페니스의 남자
는 없었다. 내가 난간 옆의 우리 자리로 돌아왔을 때 반은 가고 없
다. 제나만이 서 있다.

우리는 2, 3분 동안 하릴없이 수다를 떤다.

"그래서 네 동생은 어떻게 지내?"

"잘 있어, 고마워."

나는 걱정스럽지만 어쩔 수 없다.

"그 애 이름이 뭐랬지?"

"토프."

그녀가 한 번이라도……

"어디 있어?" 그녀가 묻는다.

젠장. 이 사람들. 나는 사람들, 저 아래 아둔한 사람들을 내려다

본다.

"토프? 아, 몇 주 동안 못 봤어."

"무슨 소리야?"

"지금쯤은 다코타 어딘가에 있을 거란 소리야."

"뭐라고?"

"음, 엉망이야. 그 애는 떠났어. 히치하이킹. 친구들이랑 전국을 돌아."

"농담은."

"그랬으면 좋겠다."

"정말 미안해."

"아 괜찮아. 내 잘못도 있으니까. 그 애는 내게 조금 화가 난 것 같아. 사춘기에는 그렇잖아."

"무슨 소리야?"

나는 아래를 내려다본다. 베레를 쓰고 검은 가죽 재킷을 입은 중년의 남자가 대학생으로 보이는 두 여자와 붙어 있다. 불쌍한 남자. 그는 자신이 영원히 끝났다는 것을 모른다. 나는 무디를 슬쩍 쳐다보며 그가 우리 대화를 듣지 않는다는 걸 확인한다. 그는 나를 죽일 것이다. 그가 듣고 있지 않다는 걸 확인하고 나는 제나를 본다. 극적인 효과를 주고 그녀가 여전히 내 이야기를 듣는지 확인하기 위해.

그녀가 귀를 기울이고 있는 걸 확인한 나는 이야기를 계속한다. 내가 계속하는 이유는 모르겠다. 사람들이 질문을 하면 나는 진실에 가까운 대답을 하기 전에 거짓말을 한다. 나는 내 부모님이 어떻게 돌아가셨는지 거짓말을 하고―"튀니지에서 있었던 대사관

폭파 사건 알아요?"—내 나이를 물으면 항상 마흔한 살이라고 말하고 토프가 몇 살인지, 키는 얼마나 되는지 등 토프에 대해 물으면 가장 공들인 거짓말을 들려준다. 그는 얼마 전에 한쪽 팔을 잃었고, 유아, 정신박약자, 오소리의 뇌를 가졌다거나(토프 앞에서만 그중 한 가지를 써먹는다) 그가 상선을 탔다거나 감옥이나 소년원에 있다거나 마약을 팔고 있다거나—"아, 그 애에게 마약을 좀 주면 얼굴이 얼마나 환해지는지 너도 봐야 하는데!"—CBA*에서 뛰고 있다고 말한다.

"음, 학교에서 문제가 있었어."

"어떤 문제인데?"

"음, 학교에 총을 가져가면 안 되는 거 알아?"

"응."

"음, 내가 그 애한테 학교에 총을 가져가면 안 된다고 말했거든. 간단하잖아. 다들 아는 거라고. 집에서는, 동네에서는 총을 가지고 놀아도 되지만 학교에서는 안 된다고, 규칙은 규칙이니까, 알았어? 이렇게 말해줬지."

"잠깐. 그 애한테 총이 있어?"

"물론 있지."

"몇 살인데?"

"아홉 살. 열 살이 다 되었지."

"체. 그래서 그 총 때문에 걸린 거야?"

"훨씬 더 심각해. 토프는 성미가 급하거든. 그런데 제이스 뭐라

_____

* 미국 프로 농구 리그(NBA)의 하위 리그.

는 아이가 그를 괴롭혔어. 하루 종일 토프가 싫어하는 짜증나는 노래를 부르면서. 결국 토프는 화가 났지. 그는 자기 사물함에서 총을 꺼내 그에게 한 발을 쐈어."

"맙소사."

"그래, 맞아."

나는 그녀에게 이야기를 계속했다. 아니, 어린 제이슨은 죽지 않았고 일주일 전에 혼수상태에서 깨어나 이제는 괜찮다고. 나는 토프에게서 총을 빼앗았고 물론 죽기 직전까지 때려주었다고. 너무 열심히 때려서 그의 다리 어딘가, 아마도 힘줄에서 찢기는 소리가 나더니 그 애가 바닥에 쓰러져 돼지처럼 꺽꺽거리며 일어나지 못했다고. 그래서 결국 응급실에 데려가야 했다고.

"그 애의 다리에 대해 경찰에게 뭐라고 했어?" 제나가 알고 싶어한다.

"아, 쉬웠어. 그냥 그 애와 그 애 친구가 젖은 수건으로 서로를 때렸다고 말했지."

"그 말을 믿어?"

"물론이지. 물론이야. 넌 못 믿겠지만 일단 우리 사정을 알면 사람들은 믿어. 우리 사정을 알고 나면 어떤 일이든 받아들일 준비가 되거든. 그러니까 어떤 것이든 믿는다고. 그들은 균형을 잃고 우리 이야기가 진짜인지, 일반적인지 미심쩍어하지만 결국에는 확신하지 못하고 우리에게 상처를 줄까봐 두려워하지."

"그래." 그녀는 이해하지 못한다. 나는 이야기를 끝내기로 한다.

"어쨌든 그는 나와 모든 것을 원망하고 원한을 품은 채 삼 주 동안 목발을 썼어. 그러더니 짜잔, 목발을 벗자마자 사라졌어."

"히치하이킹."

"맞아."

"정말 안됐다. 저, 내가 도와줄 게 있으면……"

"한 가지 있는데."

"뭔데?"

"무디한테는 말하지 마."

"알았어."

"걱정할 거야."

그는 나를 죽일 것이다. 가는 게 낫겠다. 그녀는 분명 그에게 말할 것이고 그러면 그가 나를 죽일 것이다. 그가 나를 때릴 것이다. 그는 고등학교 때처럼 나를 때릴 것이다. 당시 동창회가 끝나고 술에 취한 내가 나무에서 그에게로 떨어졌다. 그는 당시 나를 때렸던 것처럼 나를 때릴 것이다. 흉골을 멋지게 한 방 때림으로써 신속하고도 간결하게 메시지를 전달한다. 너는 지겨운 놈이야. 난 몇 달간 숨을 쉴 때마다 그의 메시지를 절감했다.

나는 내 차를 찾아 도심을 달린다. 닌스를 올라가 마켓 스트리트를 가로지른 다음 다시 프랭클린 스트리트로 올라가 테레즈가 살고 있는 카우할로로 내려온다. 스쳐가는 전조등이 쏘아보며 비웃는다. 내가 방금 제나에게 한 짓은 아마 나쁜 것이겠지. 심리 치료사는 그게 나쁘다고 말하겠지. 언덕을 내려와 몇 블록을 지나자 작은 탑이 달린 그녀의 아파트가 눈에 들어온다. 테레즈는 유니언 스트리트에서 몇 블록 올라간 고프 스트리트의 거대한 하늘색 아파트 꼭대기 층에 산다. 그녀는 엄마와 함께 냄비 장갑, 커튼, 100개쯤 되는 쿠션으로 그 아파트를 꾸몄다. 내 계획은 그녀의 침대에서 끝난다. 커다란 그녀의 침대에는 기둥이 있다.

나는 길 건너에 45도 각도로 주차한 뒤 그녀의 아파트에 불이 켜졌는지 올려다본다. 어둡다. 비상계단에는 작은 플라스틱 올빼미가 매달려 있다. 그녀는 자고 있다. 아냐, 아냐, 부엌 근처에 희미한 불빛이 보인다. 텔레비전인가? 그녀는 깨어 있을 수도 있다. 그녀는 외출했다 귀가해서 자지 않고 깨어 있을지 모른다. 아직 11시 30분인데. 그래, 안에 있어! 안 돼, 안 돼, 안 돼. 한심해. 나는 차를 몰고 그 블록을 돈다. 내게는 거기 갈 핑계가 없다.

나는 차를 돌려 돌아온다. 그리고 뭔가를 생각한다.

나는 집 앞 차도에 세워진 그녀의 차 뒤에 내 차를 주차시키고 나무로 만든 포치 계단에 뛰어올라 초인종을 누른다. 거기서 자고 싶다고 말해야지. 거기서 자야 한다고 말해야지. 집에서 쫓겨났다고. 킥킥거리며 너무 황당하다고 말해야지. 헤헤. 이상한 일이라고 말해야지. 문득 고개를 들어보니 도심이었고 이 근처였다고. 토프는 베스의 집에 있다고 말하고. 미안해. 잘 지냈어? 자고 있었어?

그녀는 나를 안으로 들일 것이다. 지난번 내가 자정에 그녀의 집에 나타났을 때처럼 우리는 해변으로 갈 것이다. 내가 해변으로 가자고 했을 때 그녀는 파자마를 입고 있었다. 그런데도 나가자는 소리에 흥분해서 옷을 갈아입었다. 그녀가 옷을 입는 동안 나는 가방에 바나나, 피그뉴턴*, 와인 한 병을 쌌다. 그녀는 담요를 가져왔고 우리는 차갑고 컴컴한 차에 탔다. 히터를 켜고 서로의 손을

---

* 나비스코 사에서 만든 무화과 잼이 든 빵류.

꼭 쥐고는 골든게이트를 지나 자주색 구릉지를 휘감는 어두운 길 헤드랜즈를 통과한다. 마치 잠자는 거대한 몸뚱이의 굴곡을 따라 운전하는 것 같았다. 우리는 오래되고 허름한 군용 목조건물과 태평양 위에 높이 솟은 포탑을 지나 포트크론카이트의 해변으로 갔다. 우리는 어두운 막사 옆에 주차하고는 차 밖으로 나와 신발을 벗고 작은 연못 위에 놓인 회색 나무 다리를 걸었다. 소리가 아주 요란했다. 컴컴한 바다에서 바람이 불어왔다. 우리는 여전히 맨발로 담요 아래에 움츠리고는 서로의 겨드랑이에 손을 넣어 따뜻하게 했다.

초인종이 울리지만 그녀는 반응이 없다.

그녀는 나를 바라보며 고개를 흔들면서도 나를 집 안으로 들이겠지. 초인종을 두 번 더 누른다. 나는 돌아서서 거리를 바라본다.

검고 반짝이는 자동차가 언덕을 오르다가 모퉁이에서 멈춘다. 차 안에는 서른다섯 살쯤 된 여자가 옷을 차려입고 혼자 운전하고 있다. 그녀는 브레이크를 걸고는 지갑에서 뭔가를 찾고 있다. 나는 20피트밖에 떨어져 있지 않다. 그녀는 내 쪽을 볼 것이다. 그녀는 포치 쪽을 보고 나를 발견할 것이다. 그녀는 조수석 문을 열고 내게 자신과 함께 가자고, 가서 자신의 침대를 함께 쓰자고 할 것이다. 그 말을 기다리고 있었어요. 나는 부드럽게 말하겠지. 우리가 무엇을 하든 상관없다. 무엇이든 괜찮고, 아무것도 아니라도 좋다. 그건 중요하지 않으니까. 넉넉하고 따뜻한 침대와 아래에서 내 다리와 뒤엉키는 그녀의 다리. 내가 그녀의 발이 차갑다고 말하면 그녀는 내 다리에 발을 문지르겠지.

그런 일은 종종 벌어졌다. 전 세계 모든 사람에게.

지갑에서 원하던 것을 찾은 여자는 브레이크를 풀고 언덕을 오르더니 모퉁이를 돈다. 테레즈는 집에 없다. 나는 그곳을 떠난다.

유니온 스트리트에 들어서니 바들이 방금 문을 닫아 사방에 사람들이었다. 줄리는 블루 라이트라는 바에서 바텐더로 일한다. 그곳은 이름대로 푸른 빛으로 물들어 있고, 거울이 가득하며, 로퍼에 흰 바지를 입은 사람들로 북적인다. 지난번 무디네 가게에서 열린 파티에서 줄리를 처음 만났다. 이제 그녀를 찾아가야지. 누군가를 찾는 척하거나 그냥 솔직하게 그녀를 만나러 왔다고 말해야지. 갑자기 그녀가 생각나고 보고 싶었다고. 그녀는 좋아하겠지. 그녀는 놀라면서도 기뻐할 거야. 그녀는 아마 이렇게 말하겠지. 놀랐지만 기뻐요.

나는 다섯 블록 떨어진 곳에 주차한다. 유니온 스트리트는 흰 바지를 입고 로퍼를 신은 사람들로 붐빈다. 마린, 뉴욕, 유럽에서 온 사람들. 출입구에서 경비원이 나를 들이지 않을 것이다. 운전면허는 차에 두고 왔는데.

"신분증이요."

"알지만⋯⋯"

"미안합니다. 가보시죠."

"나는 그냥⋯⋯"

"돌아서서 죽 걸어가세요."

내가 그를 죽이는 모습을 상상한다. 두 손으로 커다란 칼을 잡고 멜론같이 벗겨진 그의 머리를 벤다.

"잠깐만요, 저⋯⋯ 줄리 있어요?"

"아뇨."

234

"괜찮았어요?"

"오늘 밤에는 일 안 해요."

나는 흰 바지를 입은 수십 명의 사람을 지나쳐 차로 걸어간다. 카키색 바지를 입은 몇몇 외톨이. 무슨 일이 벌어졌으면. 아무 일도 벌어지지 않는다. 이건 끔찍해. 예상했던 사람들만 지나가다니.

나는 공중전화를 찾아 화이트 헨 펜트리로 간다. 메러디스에게 전화해야지. 그녀는 나오겠지.

그녀가 전화를 받는다. 나는 그녀에게 어떻게 지내는지 묻는다. 그녀는 잘 지낸다고 말한다. 나는 그녀에게 무엇을 하고 있는지 묻는다. 그녀는 아무것도 하지 않는다고 말한다. 나는 그녀에게 뭔가 하고 싶으냐고 묻는다. 그녀는 그러고 싶다고 말한다.

메러디스와 나는 친구 이상은 아니었다. 대학 졸업 이후 그녀가 LA에 있고 내가 여기 있을 때는 전화로만 이야기를 나눴다. 일주일 동안 이곳을 방문한 그녀는 헤이트 근처에 묵고 있다.

나는 그녀를 데리러 간다. 우리는 니키까지 걸어간다. 비좁은 그곳은 사람으로 가득하고 후끈거린다.

"춤출까?"

"좀더 마시고." 그녀가 말한다.

그리고 바에서 술을 마시고, 고등학교 무도회 때 리무진 안에서처럼 우리는 서로 집적대다 춤을 춘다. 다른 사람들과 부딪치고 땀을 흘리며 꼭 붙어서 엉성하게 춤을 춘다. 좁은 플로어에 사람들이 빽빽하게 들어차 있어서 우리는 붙어서 춤을 춘다. 빈 공간을 찾아 우리는 스피커 아래 구석으로 조금씩 움직인다. 귀가 멍멍하다. 뭔지는 모르지만(어스 윈드 앤드 파이어인가?) 베이스가 중후하고 강렬하다. 베이스가 요란하게 울리더니 우리의 뇌 속에 홍수같이 밀려 들어오고 사방에 울려 퍼지면서 모든 생각을 밀어냈다. 그 소리는 열 개의 여행 가방을 가져다가 침실에 펼쳐놓는다. 가구를 다시 배치한다. 베이스의 떨림이 내 머릿속에 울려 퍼지면서 시냅스에, 거기 저장된 모든 것에, 기억된 전화번호와 어린 시절의 추억에 사운드트랙을 깔아준다. 우리의 몸은 점점 더 가까워지고 우리의 시선은 아래를 향한다. 이리저리 움직이는 메러디스의 몸, 그녀의 음부가 커졌다 작아졌다 커졌다 작아졌다.

우리는 바를 떠난다. 우리는 바다로 갈 것이다.

바다를 향해 한참을 달린다.

지금쯤 원하던 일을 끝낸 베이비시터는 바구니가 달린 자전거를 타고 은신처로 돌아가서 친구들에게 떠들고 있겠지. 그들은 신나게 웃는다. 그는 폴라로이드 사진을 보여준다.

아냐, 토프는 방법을 찾았을 거야. 그는 자는 척하거나 죽은 척하고 있다가 스티븐이 냉장고에 있는 모든 것을 먹어치우고 잠들었을 때 그의 뒤로 가서 뭔가로 후려쳤겠지. 야구방망이로. 우리가 산 그 야구방망이는 금속제다. 그는 야구방망이로 스티븐의 머리를 깼을 것이고 내가 귀가했을 때 영웅이 될 것이다. 지치고 멍이 들었어도 영웅이 되어 행복할 것이다. 그는 내가 집을 비운 것을 탓하지 않고 이해해줄 것이다.

나: 휴! 아슬아슬했어.

그: 내가 말하려고 했는데!

나: 배고파?

그: 응.

메러디스와 나는 주차를 하고 신발을 벗는다. 모래는 차갑다. 바다 쪽으로 걸어가는 동안 모닥불이 해변 위아래로 춤춘다. 파도가 우리 뒤쪽의 헤드라이트 불빛을 받아 반짝인다. 우리는 작은 수건을 펴고 앉아 서로에게 기댄다. 하지만 거침없던 우리를 뭔가가 가로막는다. 앞서 우리는 열심히 쾌락을 얻기 위해 노력했고 20분 전까지만 해도 그런 쾌락은 필연적인 것으로 보였다. 그리고 마침내 죄책감 없이 쾌락을 즐기려던 참인데, 갑자기 우리 둘, 서로를 더 잘 알아야 할 친구 사이에서 그런 쾌락이 부자연스럽고 어리석게 느껴진다. 그래서 우리는 우리 일에 대해 이야기한다. 현재 그녀는 TV 시리즈로 제작된 〈플리퍼〉를 편집하고 있다.

"정말?" 나는 말한다. 나는 모르고 있었다.

"이야기로 들을 때보다는 괜찮은 일이야." 그녀가 말한다.

하지만 그녀는 영화를 만들고 싶어하고, 스튜디오를 갖고 싶어하고, 더 나은 영화를 더 많이 찍고 싶어하고, 일종의 집합적인, 워홀의 팩토리 같은 어떤 것을 갖고 싶어한다. 주위의 이 모든 사람과.

"하지만 알잖아." 그녀가 말한다. "그렇게 되려면 오 년 십 년이 걸릴 수도 있어. 그리고 돈도 정말 많이 들고…… 지금 당장 시작해도…… 힘든 건 기다리는 거야. 계획을 이룰 때까지 기다리는 것. 매일매일을 나누는 것, 임시 직원으로 〈플리퍼〉를 편집하는 것."

"무엇이든 시간이 오래 걸리지."

"그래, 하고 싶은 일을 정확히 알기 위해, 이루려는 것을 정확히 하기 위해 의미를 부여하고 시간을 들여서 그 모든 계획, 그 모든 작업을 면밀히 짰어. 누구를 끌어들일지, 사무실을 어떻게 꾸밀지,

책상을 어디에 들일지, 소파는, 욕조는……"

"더 쉽게."

"기계적으로."

"동시적이고."

"매일 세상을 휩쓰는 혁명, 무혈의 혁명, 파괴보다는 재건을 위한 혁명을 해야지. 매일을 새로운 세상과 함께 시작해야지. 아니, 더 좋은 건 하루하루를 이 세상, 우리가 알고 있는 세상과 함께 시작해서 오전 아홉시, 아니면 열시에 파괴하는 거야."

"너는 그냥……"

"알아. 난 자기모순에 빠져 있어. 그래 좋아, 어느 정도의 파괴가 있겠지만 누군가가 희생하거나 누군가의 의지에 반하는 파괴는 아냐."

"그래, 그래, 그리고……?"

"예를 들면 매일, 매일 아침, 수백만 명의 사람이 때맞춰 모든 도시와 마을에서 모든 어리석은 것들을 해체한다고 해봐. 망치와 톱과 불도저와 탱크. 그 무엇으로든. 에치어스케치*를 흔들어서. 우리는 개미처럼 건물로 몰려들어 줄을 걸고 쓰러뜨리지. 매일 모든 걸 쓰러뜨려. 그래서 정오쯤 되면 세상은 다시 평평해지고 건물과 다리와 탑들은 깨끗이 사라지지."

"나도 비슷한 꿈이 있어. 우리가 모든 걸 옮겨버리는."

"그래, 그래. 그렇게 분해해버린 뒤에 캔버스가 깨끗해지면……"

"그럼 다시 시작하지. 하지만 '로마는 하루아침에 이루어지지

---

* 그림판 양쪽의 손잡이를 돌려 그림을 그렸다가 흔들면 그림이 사라지는 장난감.

않는다' 는 속담처럼은 아냐. 독일을 재건하는 방식도 아니고. 우리는 잠에서 깨어나면 세상을 기초까지, 아니 그 아래까지 부수고 오후 세시까지 새로운 세상을 건설하지."

"세시까지?"

"그래, 두시나 세시. 여름이냐, 겨울이냐에 따라 달라. 햇빛이 충분히 비쳐야 할 거야. 우리는 뭔가를 할 수 있어. 상상해봐, 일억 명, 아니 그 이상, 훨씬 더 많은 사람들이, 전 세계에 우리 같은 사람이 이십억 명은 있어야겠지, 그지?"

"이십억."

"그래. 넌 그 사람들을 모두 끌어들이고, 매일 우리가 모든 것을 처음부터 다시 창조한다는 말을 퍼뜨려."

"더 정당하고 평등한."

"그래, 맞아, 더 많은 정의, 그리고 모든 것. 하지만 그만큼이나 많은 정치적이고 경제적인 이유들, 그 너머에는 느낌. 폐허 사이를 걸어 다니는 모습을 상상해봐, 응? 사방에 시체가 널려 있는 그런 폐허가 아니라 그냥 폐허. 분해되고 치워진. 그렇게 너는 매일 황량하고 순수한 경관과 함께 남겨지지. 그 잔해를 캐나다든 어디로든 옮겨갈 트럭과 트레인이 많이 필요할 거야."

"그리고 매일 처음부터 다시 시작하고 모든 사람이 모여서 말하지. 이봐, 저기 그리고 저기에 건물을 좀 짓고, 오백 피트 크기의 하마 인형을 세우고, 저기, 저 산 앞에는 커다란 젠장, 어, 뭐 어떤 것이든 갖다놓고."

"알아, 알아. 하지만 넌 모든 것에 가속도를 붙여야 하고 현재보다 수월하게 만들어야 돼. 건설과 모든 것이. 거대한 로봇 같은 것이 필요하겠지."

"맞다, 로봇. 물론이지."

"난 진지하게 하는 소리야."

"나도 그래. 나도 마찬가지야."

"우린 이 일을 해낼 수 있어."

"그럼."

"사람들의 관심을 끌어야지."

"우리가 아는 사람들 모두."

"괴짜들도."

"존."

"맞아. 행운을 빌어."

"그러게. 걔가 오늘 밤에 무슨 얘기를 했는지 알아?"

"걔를 봤어?"

"응."

"걔한테 전화해야 되는데."

"존이 무슨 테스트를 받았대. 적성 테스트. 어떤 직업을 가져야 할지, 무엇을 하며 살지를 알려준대."

"맙소사."

"야만적이다."

"우리는 걔를 변화시켜야 돼."

"걔를 고무시켜야지."

"걔, 모든 사람."

"모두를 모으자."

"모든 사람."

"더이상 기다리지 말고."

"사람들을 끌어들일 방법."

"멈칫거리는 건 범죄야."

"한탄하는 건."

"불평하는 건."

"우리는 행복해야 돼."

"행복하지 않을 수가 없지."

"우리는 행복해지지 않으려고 애써야겠지."

"우리에게는 책임이 있어."

"우리에게는 장점이 있어."

"우리에게는 위험을 받아들일 이유가 있어."

"떨어지면 받쳐줄 쿠션이 있지."

"이거면 충분해."

"장소와 시간이라는 사치."

"희귀하고 놀라운 어떤 것."

"거의 역사적으로 전례가 없는."

"우리는 특별한 일을 해야만 돼."

"해야만 돼."

"하지 않는 게 끔찍하지."

"우리에게 주어진 것으로 사람들을 단결시킬 거야."

"그리고 너무 자극적이지 않게."

"그래. 지금부터."

나는 그녀에게 내가 이 모두를 바꾸러 나섰음을 알려준다. 이
모든 문제를 해결해줄 뭔가, 수백만 명에게 위대함을 고취시켜줄

뭔가를 구상하는 중이라고, 몇몇 고등학교 친구—무디와 다른 두 친구, 플래그와 마니—와 함께 우리에 대한 이 모든 오해를 없애줄 뭔가를 구상하는 중이라고. 그래서 이 대화가 정말 재미있다고 말해준다. 우리에게 지워진 책임들, 허망한 구직 전선이라는 족쇄를 벗어던지는 데 얼마나 도움이 되는지도. 그리고 어떻게 우리가 수백만 명을 설득해 더 특별한 삶을 살게 하고, 특별한 일을 하게 하고, 세계를 여행하게 하고, 사람들을 돕고 뭔가를 시작하고 뭔가를 끝내고 뭔가를 짓고……

"어떻게 할 건데?" 그녀는 알고 싶어한다. "정당? 행진? 혁명? 쿠데타?"

"잡지."

"아…… 맞다."

"그래." 나는 바다의 갈채를 받으며 바다를 바라본다. "그건 엄청나게 커질 거야, 우리는 어딘가에 큰 집, 아니면 원룸 아파트를 가질 거야. 거기는 아트 갤러리도 있고 아마 체육……"

"팩토리처럼!"

"그래, 하지만 마약이나 복장도착자는 없지."

"그래. 공동체."

"운동."

"군대."

"포괄적인."

"인종차별이 없는."

"성차별이 없는."

"젊음."

"힘."

"가능성."

"재생."

"태양."

"불."

"섹스."

우리의 입이 서로를 뒤덮는다. 꿈과 신세계에 대한 모든 대화…… 우리는 똑바로 앉아 키스를 한다. 처음에는 친구처럼 눈을 뜬 채 웃으면서. 하지만 우리의 손이 서서히 움직이면서 눈을 감고 머리를 이리저리 돌린 후 서로에게 키스한다. 영화 마지막에 세상을 구한 전사들처럼, 최후의 두 사람처럼, 모든 것을 구할 수 있는 유일한 두 사람처럼. 눈을 감은 채 머리를 똑바로 들고 있기에는 음주 후 느끼는 피로감이 너무 컸기 때문에 우리는 몸을 눕힌다. 금세 메러디스 아래 놓인 수건이 뱀가죽처럼 쭈글쭈글해지고 우리는 바지를 벗는다. 벗은 몸에 차가운 공기가 닿는다. 그리고 필연적으로 섹스가 우리를 더 강하게 만들어줄 것이다. 이 거대한 하늘 아래에서 완성된 선언, 물결치는 바다의 동의.

해변 아래쪽에서 소음이 들려온다. 곁눈질을 해보니 사람들이 요란하게 떠들고 날카롭게 웃으며 우리 쪽으로 몰려온다. 나는 팔꿈치를 바닥에 댄 채 몸을 일으키고는 더 열심히 곁눈질한다. 짙은 색 바지에 신발과 모자까지 착용한 예닐곱 명이 다가온다. 메러디스의 머리 아래에 있던 수건을 빼서 우리의 벗은 다리를 덮는다. 우리는 아무렇지 않게 행동할 것이다. 그들은 이미 섹스를 시작한 우리를 그냥 지나칠 것이다. 아니, 애당초 우리를 집적대지 않을 것이다.

목소리가 점점 더 커지고 점점 더 가까워진다.

"저 사람들이 지나갈 때까지만 기다리자." 나는 메러디스의 입에 대고 중얼거린다.

"얼마나 떨어……"

"쉬."

그때 점점 더 소리가 커지면서 바닥을 긁는 발소리가 들려온다. 그들은 지나치는 대신 갑자기 우리 쪽으로 온다. 사방에 다리가 보인다. 나는 올려다보았다. 한 명이 내 바지를 들고 샅샅이 뒤지고 있다. 그는 바다 쪽으로 내 바지를 던진다. 그들은 멕시칸, 멕시칸계 미국인이고 10대들이다. 네 명의 소년과 세 명의 소녀. 다섯 명의 소년과 두 명의 소녀. 남자들, 여자들. 나이는 분명하지 않다.

"거기 둘, 여기서 뭘 하고 있었지?" 한 목소리가 묻는다.

"지저분해, 지저분해!" 또다른 목소리가 말한다.

"바지는 어디 있지, 좆마 씨?"

강한 악센트의 여자 목소리들만 멀리서 들려온다. 허리 아래는 아무것도 입지 않았기 때문에 우리는 움직일 수도 없었다. 나는 우리를 감싸고 있는 수건을 잡는다. 믿을 수가 없다. 이게 뭐지? 뭔가 아주 나쁜 일의 시작…… 끝?

나는 내 팬티를 찾는다. 물가에 떨어진 바지 속에 있는데. 나는 우리 아래에 있던 또다른 수건을 잡아당겨 허리에 감고는 일어선다.

"젠장 너희 뭐…… 젠장!" 누군가가 내 눈에 모래를 던진다. 내 눈은 모래로 가득하다. 나는 간질 환자처럼 미친 듯이 눈을 깜박인다. 나는 비틀거리다 주저앉는다.

"젠장 뭐……" 눈꺼풀 아래에서 모래가 느껴진다. 눈을 뜰 수 없다. 나는 장님이 될 것이다.

소녀들은 메러디스를 집적댄다.

"이봐, 자기!"

"이봐, 자기!"

"꺼져!" 메러디스가 말한다. 그녀는 여전히 무릎 사이로 고개를 숙인 채 가만히 앉아 있다. 소녀 중 한 명이 그녀를 밀친다.

나는 눈이 멀었다. 나는 미친 듯이 눈을 깜박이며 눈에서 모래를 빼낸다. 내가 정말 눈이 멀까? 그리고 우리 둘 다 죽을까? 정말 한심하게 죽는군. 사람들은 이렇게들 죽나? 우리가 도망갈 수 있을까? 난 저들에게 죽는 것을 거부한다. 저들에게 무기가 있나? 아직 무기는 없다. 토프, 토프. 눈을 깜빡이고 미친 듯이 눈물을 흘리면서 나는 한쪽 눈을 씻어낸다. 나는 다시 일어서서 샤워를 마치고 나온 것처럼 수건을 허리에 감는다.

그들 모두 거의 완벽하게 간격을 유지하고 있고, 거의 완벽하게 소년-소녀-소년의 순서로 우리를 에워싸고 있다. 괴상하다.

소녀 중 한 명이 내 뒤로 오더니 내 허리에서 수건을 가로채려 한다. 그들이 무엇을 원하는지는 분명하지 않다. 내 바지를 뒤진 녀석이 이미 내 지갑을 가져갔을 것이다. 그럼 뭐?

"꺼져!" 그 소녀에게 주먹을 휘두르고 싶다. 난 땅을 훑으며 내 팬티를 찾는다. "젠장 원하는 게 뭐야?"

"아무것도 원하지 않아." 남자가 말한다.

"이봐, 돈이나 있었어?" 한 소녀가 말한다.

"너희는 우리 돈을 가져가지 않았지." 내가 말한다.

이들은 누구지? 한 명이 내게 미소 짓는다. 페도라를 쓴 작은 남자다. 뒤에서 누군가가 나를 떠밀고 나는 수건에 걸려 모래 위로 넘어진다. 메러디스는 무릎을 잡고 있다. 그들은 그녀의 바지도 어떻게 한 것 같다.

그들은 이를 드러내고 웃으며 우리 위에 서 있다. 웃음소리가 난다. 그들은 여섯 명이다. 한 명은 갔나? 메러디스가 울고 있나? 세 명의 남자, 세 명의 여자. 그들 뒤쪽에서 비치는 전조등 때문에 그림자가 한 사람당 서너 개씩 생긴다. 한 명은 어디 갔지? 키 큰 남자 한 명, 중간 체격의 남자 한 명, 그리고 페도라를 쓴 작은 남자 한 명이 있다. 페도라를 쓴 남자가 가장 연장자 같다. 여자들은 스커트를 입고 검은 가죽 재킷을 입었다.

"왜 우리를 내버려두지 않는 거야?" 메러디스가 말한다.

그 질문은 1분 동안 어색하게 맴돈다. 어리석은 질문. 이것은 시작일 뿐이고, 분명히……

"좋아, 가자." 작은 남자가 말한다.

그들은—이런!—걸어가기 시작한다. 그냥 물어보면 되는 거였어? 믿을 수가 없다.

무리 중 가장 연장자인 키 작은 남자가 우리 쪽으로 돌아선다.

"이봐, 우리는 그냥 산책하고 있었어. 미안해."

그는 일행을 따라잡기 위해 해변 쪽으로 가볍게 달려간다.

끝났다.

그들은 갔고 나는 열이 치솟는다. 나쁜 놈들! 머리는 맑아지고 팔팔해지고 혈액으로 채워진다. 무슨 일인가 벌어졌다. 그럼에도 우리는 살아 있고 우리는 이겨냈다! 강력한 우리! 그들은 겁을 먹었다. 우리는 그들을 쫓아냈다. 그들은 우리를 무서워했다. 우리는 이겼다. 우리는 그들에게 꺼지라고 했고 그들은 사라졌다. 나는 대통령이다. 나는 올림픽이다.

나는 모래에서 차가운 내 팬티를 찾아 입는다. 그리고 바지도. 메러디스도 옷을 입는다. 나는 주머니를 뒤진다.

"제기랄."

"지갑 없어?"

"응."

그들은 왔던 길을 따라 우리와 100야드쯤 떨어진 곳을 걸어가고 있다. 맨발로 달리는 게 기분 좋았다. 내 다리가 강하고 가볍게 느껴진다. 내 머리는 맑고 깨끗하다. 그들에게 무기가 있나? 토프, 토프. 더 나빠지는 건 아닐까? 안 돼, 안 돼. 나는 크다. 나는 캡틴 아메리카다. 한참 달리다가 나는 소리를 지른다.

"이봐!"

아무 대답이 없다. 그들은 잊고 있다, 심지어 믿지 않고 있다.

"야! 기다려, 젠장!"

몇 명이 멈추더니 돌아본다.

"멈춰!" 내가 말한다.

그들 모두 멈춘다. 그들은 내가 자신들에게 달려오는 것을 보며 기다린다. 그들과 20피트쯤 떨어진 곳에 도착했을 때 나는 멈춰서서 허리에 손을 얹고 거칠게 숨을 쉰다.

"좋아, 누가 내 지갑, 가져갔어?"

심장박동. 그들은 서로 바라본다.

"아무도 안 가져갔는데." 페도라를 쓴 남자가 말한다. 그는 서른 쯤 되어 보인다. 그는 친구들에게 돌아선다. "누가 지갑 가져갔어?" 그들은 고개를 흔든다. 이 젠장 맞을 인간들.

"자," 내가 말한다. "젠장 너희들이 무슨 짓을 한 줄 알아? 내 지갑을 돌려놓지 않으면 엄청난 일이 벌어질 거야."

아무도 말하지 않는다. 나는 가장 연장자인 키 작은 남자에게 고개를 끄덕인다.

"당신과 이야기하면 됩니까? 당신이 대장이요?"

그들을 알지도 못하는데 나온 말이다. 당신이 대장이요? 나는 그저 그렇게 말했다. 듣기 좋았다. 사람들은 그렇게 말한다. 하지만 '요'라는 말을 빼야 했을까? 당신이 대장?

그는 고개를 끄덕인다. 그는 분명히 대장이다.

나는 이야기를 나누기 위해 그를 몇 걸음 떨어진 곳으로 불러낸다. 이리 와. 그는 내 말대로 한다. 사람들은 이렇다. 다가온 그는 더 작다. 나는 그를 내려다본다. 그의 얼굴은 햇볕에 타고 경직되어 있다.

"이봐, 난 당신들이 우리를 골탕 먹인 이유는 모르겠어. 어쨌든 지금 보니 내 지갑이 사라졌어."

"우리는 지갑을 가져가지 않았는데, 아미고." 그가 말한다.

방금 아미고라고 했지? 진짜 이상하다. 진짜 〈21 점프 스트리트〉 같다. 그가 아미고라는 말을 하다니.

"들어봐." 나는 계속 말한다. "난 당신들 모두를 봤어. 한 명 한 명을 기억하지. 그러니까 나중에 잡히면 진짜 난리가 날 거야."

그는 1초 동안 내 말을 곱씹는다. 내 눈이 살펴본다. 내가 대장이다!

"그래서 원하는 게 뭐지?"

"내 지갑을 돌려주는 것."

"하지만 지갑이 없는데."

키 큰 남자가 그의 말을 들었다. "우리는 지갑 안 가져왔어."

"음." 난 이제 그들 모두에게 큰 소리로 외친다. "너희들이 우리를 집적대기 전까지는 지갑이 있었다고. 그런데 너희들이 가고 나서 지갑이 없어졌어. 경찰에게는 그 얘기만 하면 되겠지."

경찰. 나의 경찰.

키 작은 남자가 나를 본다. "자, 우리에게는 지갑이 없어. 맹세해. 우리가 어떻게 하길 바라는 거야?"

"같이 가서 지갑을 찾아줘. 안 그러면 경찰을 부를 테니까. 그러면 경찰이 너희를 모두 체포해서 지갑이 어디로 사라졌는지 밝혀내겠지."

작은 남자는 모자챙 아래로 나를 바라보다 자기 친구들을 바라본다.

"가자." 그가 말한다.

그들이 나를 따라온다.

우리는 도로 걸어간다. 나는 그들이 못된 짓이나 기습을 할까 봐 옆에 붙어 서서 우리가 있던 곳으로 걸어간다. 메러디스는 옷을 입고 손에 수건을 든 채 서 있다. 그녀는 영문을 몰라한다. 그들이 돌아왔어?

"좋아, 찾아봐. 너희들이 찾기를 바라……" 나는 말을 멈춘다. 한 소녀가 혐오스럽다는 듯 쳐다본다. "찾지 못하면 너희들은 끝장이니까."

그들은 흩어져서 발로 모래를 흩어가며 찾기 시작한다. 나는 그
들 모두를 한꺼번에 지켜볼 수 있는 곳에 서서 허리에 손을 얹는
다. 나는 현장 주임이다, 나는 보스다. 그들은 우리가 누워 있던 수
건을 들어 턴다. 적어도 두 번씩은 턴다. 그들은 발로 모래를 뒤적
이며 막대를 집어 들어 바다로 던진다.

"젠장!" 한 소녀가 말한다. "우리한테 없다고. 우린 아무 짓도
안 했다고!"

"빌어먹을, 아무 짓도 안 했겠지! 그건 공격이었어, 멍청이들
아! 경찰이 누구 말을 믿을 것 같아? 해변에 앉아 있던 두 명의 보
통 사람, 아니면 너희들? 미안하지만 그게 빌어먹을 진실이라고.
너희들은 엿 좀 먹을 거야."

나는 경찰이다. 친절하지만 엄격한 경찰. 나는 그들을 도와주고
있다. 나는 그들 중 한 명이 지갑을 가지고 있다고, 그들이 그저 발
뺌을 하고 있다고 생각한다. 그들을 겁주고 지갑을 돌려받을 방법
을 찾아야 하는데. 그러면 나는ㅡ이 말을 해야 해?ㅡ하지 말아야
해ㅡ좋아, 그래.

"너희들이 그린카드를 받았는지 어떤지는 모르지만 이걸로 정
말 끔찍한 일이 벌어질 거다."

반응이 없다.

그들은 계속 찾고 있다. 메러디스도 찾기 시작했지만 난 그녀의
팔을 잡는다. "하지 마. 저들이 하게 놔둬."

소녀 중 한 명이 부루퉁해져 주저앉는다.

"너희들이 지갑을 찾길 바란다." 나는 가장 적절하다고 생각되

는 말을 한다. 나는 마지막 패를 던지기로 한 것이다. "너희들이 훔쳐간 지갑은 망할, 내 아버지의 지갑이었어." 그들에게 어디까지 말해야 할지 알 수는 없었지만 어떻게든 지갑은 찾고 싶었다.

"우리 아버지는 돌아가셨지." 내가 말한다. "아버지의 유품은 그것뿐인데."

그랬다. 아버지는 몇 가지 안 되는 물건을 남겼다. 우리는 아버지의 옷, 슈트를 팔았고, 지갑—아버지의 사무실에서 서류, 명함, 문진 등을 작은 상자에 담아 왔는데 그 가운데 섞여 있었다—은 내가 챙겼다.

그들은 계속 찾는다. 나는 튀어나온 그들의 바지 주머니를 본다. 그들이 몸수색을 허락할지 잠깐 생각해본다.

"이봐." 키 작은 남자가 말한다. "우리는 가져가지 않았어. 바라는 게 뭐야?"

나는 그 답을 안다. 나는 지갑을 원하고 그들이 감옥에 가기를 원하고 그들이 불행하기를 원한다. 나는 그들, 그 일곱 명, 아니 그들 다섯 명, 아니 그들 모두가 닳아빠지고 근질거리는 회색 죄수복을 입은 채 감옥 침대에서 자고 깨기를 반복하기를 원한다. 아둔한 머릿속을 회한으로 가득 채우고 뺨은 용서, 그들의 신이나 교도관뿐만 아니라 내게도 용서를 구하는 눈물로 적신 채. 그들은 정말로 후회할 것이다. 그들의 작은 머리는 죄책감과 회한으로 터질 것이다. 내 돌아가신 아버지의 아름답고 해지고 부드러운 가죽지갑은……

"여기 없어." 그가 말한다.

"그럼 모두 나와 함께 가." 내가 말한다. "전화를 찾아야 해. 너희는 경찰에게 너희 얘기를 하면 돼. 나는 내 이야기를 하고. 그럼 어떤 일이 벌어질지는 알겠지. 너희가 도망가면 지갑은 너희가 가져간 것이 될 테니 고생 좀 할 거야."

우리는 서로를 본다. 그가 주차장으로 걸어가자 그의 친구들이 그 뒤를 따른다.

메러디스는 두번째 수건을 잡고 턴다. 우리는 그들 세 명을 뒤따른다. 모두 세 명. 그들 중 둘은 내가 맡을 수 있다. 세 명 모두 맡아도 되고. 나는 우람하다! 나는 아메리카다!

아무도 말하지 않는다. 두 개씩 생겨난 우리의 그림자가 모래사장을 가로지르고 뛰어넘는다. 우리 발이 바닥을 긁는 소리만이 들린다. 골든게이트파크 끝에 있는 이상한 풍차가 바로 앞에 시커멓게 보인다.

주차장에 도착해보니 내가 전화라고 생각했던 것—가로등 기둥에 붙어 있는 박스—은 전화가 아니었다.

우리는 불빛 아래에 잠깐 섰다. 주위를 둘러보던 나는 그레이트하이웨이 건너편의 집들을 바라본다. 모든 창문이 바다를 향하고 있다. 나는 도와줄 사람을 찾는다. 누군가가 포치에 나와 있거나 조깅을 하거나 자전거를 타겠지. 하지만 깨어 있는 사람이 아무도 없다.

"좋아, 건너가야겠군." 내가 말한다. "길을 건너가서 전화기가 나올 때까지 죽 올라가보자고."

여전히 내가 책임자다. 우리는 팀이다. 나는 리더, 엄격하지만 공정한 관리자다. 그들도 동의한 것 같다.

그들이 방향을 바꿔 고속도로로 걸어갈 것을 기대하며 나는 그들을 향해 간다. 내가 그들 사이로 걸어가는데도 그들은 움직이지 않는다. 갑자기 나는 그들 세 명 사이에 끼어 있다.

모든 것이 새롭다.

"젠장." 키 큰 남자가 내 머리로 주먹을 날린다. 피할 시간이 없었는데 그가 헛손질을 한다. 뒤쪽에서 또다른 주먹이 날아왔다. 아무렇지 않다. 그다음에는 다리가 나타나더니 발이 내 정강이에 날아온다. 나는 무릎을 꿇는다. 나는 시멘트 바닥을 노려본다. 껌과 기름 얼룩.

그들이 웃으면서 도망간다. 팔과 다리, 커다란 거미처럼.

이런 상황에서는 무릎을 꿇고 얼마나 버틸 수 있을까?

"엿 먹어!" 그들이 말한다. 독창적이다.

발차기는 나쁘지 않았다. 나는 여전히 숨을 쉬고 있다. 그리고 나는 일어선다! 나는 일어서서 그들을 쫓아간다. 나는 주차로 한가운데 선다. 그들은 50야드 앞쪽에서 오른쪽으로 방향을 틀더니 길 한가운데에 시동이 걸린 채 세워진─저기 있다─뭐가? 젠장! 젠장!─두 대의 차에 오른다.

그들이 어떻게 알았지? 어떻게 알았지?

내가 길 한가운데에 도착했을 때 차 문이 닫힌다. 차 두 대가 나를 향해 달려온다. 앞에 달려오는 오래된 컨버터블은 진초록에 지붕은 검은색이고 후드가 크다. 앞에 보았던 여자들 중 한 명이 운전하고 있다. 이런 빌어먹을! **탈주 차량 같잖아!** 그들이 나를 향해 달려오는 동안 나는 길 한가운데 우두커니 서 있다. 젠장, 번호판을 보고 말 거야.

그들이 나를 향해 운전해온다. 처음에는 느리게, 그다음에는 더 빠르게. 나는 그들을 잡을 것이다. 번호판, 나쁜 놈들! 번호판, 못된 것들! 그들이 나를 향해 달려오는 동안 나는 그들의 번호판을 큰 소리로 읽는다. 내가 무엇을 하고 있는지, 내가 번호판을 모두 읽었음을 그들이 알도록 모든 손가락으로 가리키며.

"지! 에프! 6! 7! 9! 0!"

멋지다! 멋져, 멍청이들! 멍청하고 아둔한 개새끼들!

그들은 소리를 지르고 웃음을 터뜨리고 짤막한 가운뎃손가락을 흔들면서 내 주위를 빙빙 돈다.

나는 흥분해 소리를 지른다. 목청껏.

"하하 멍청이들! 다 봤어! 다 봤다고 개새끼들!"

그들은 나를 지나쳐 고속도로로 들어서더니 속도를 높여 사라졌다. 나는 첫번째 차의 번호판은 보았지만 두번째 차의 번호판은 보지 못했다. 나는 메러디스에게 달려간다. 한 블록 떨어진 곳에서 나는 전화를 찾는다.

"잠깐요, 진정하세요, 어디시죠?" 교환원이 말한다.

"몰라요. 해변이요."

"무슨 일이시죠?"

"공격을 받았어요, 강도를 당했어요."

"누구한테요?"

"멕시코 애들이요."

나는 그 차가 어떻게 생겼는지를 말해준다. 그리고 자동차 번호도 말해주려 하지만 그녀는 자신은 신고를 받을 수 없다면서 경찰관이 가면 알려주라고 한다. 나는 전화를 끊는다.

지, 에이치…… 6, 0……

젠장.

지, 에이치, 0, 0……

젠장!

우리는 앉는다.

나는 다치지 않았다. 내가 다쳤는지 그렇지 않은지 생각해본다. 나는 다치지 않았다. 우리는 보도 가장자리의 시멘트담에 앉아 있다. 그들이 돌아올까봐 잠시 겁이 난다. 아마 목격자를 없애기 위해 차에서 총을 쏘겠지. 안 돼, 안 돼. 그들은 가버렸다, 그들은 가버렸어. 돌아오지 않을 거야. 나는 담에서 뛰어내린다. 앉아 있을 수가 없다, 긴장된다. 나는 그녀 앞을 왔다 갔다 한다. 나는 **번호판을 봤어!** 멍청이들.

2분 후 경찰차가 나타난다. 커 보인다. 엔진이 으르렁거린다. 거대한 장난감처럼 깨끗하고 반짝인다. 경찰관이 내린다. 그는 건장한 체격에 콧수염을 길렀고 선글라스를 끼고 있다. 선글라스? 새벽 2시가 지났는데. 그는 자신을 소개한 뒤 뒷좌석에 타라고 한다. 우리는 시키는 대로 한다. 멋진 차다. 깨끗하고, 빛나는 검은 비닐이 완벽하다. 나는 대답한다.

"네, 우리는 해변에서 데이트를 하고 있었어요."

"일곱 명이었어요."

"멕시칸이었고요."

"맞아요. 억양이랑 외모가. 완벽하게. 영어를 썼지만 멕시칸 악센트였어요." 그들이 어떻게 생겼는지, 가장 연장자가 누구를 닮았는지 생각하려 한다. **바레타.** 그는 로버트 블레이크를 닮았다.

"내 지갑을 가져갔어요."

"얼마나 들어 있는지는 몰라요. 한 이십 달러쯤."

"그래서 신고했어요."

"네, 그들은 내 말대로 순순히 여기까지 왔어요."

"이유는 모르겠어요. 지갑을 가져가지 않았다더군요."

"그러더니 내 사타구니(경찰 진술서에는 음부라는 단어보다 사타구니라는 단어가 적합하다)를 걷어차고는 차 두 대에 나눠 타고 도망갔어요."

"지붕이 검은 진초록의 커다란 컨버터블이었어요."

"맞다, 맞다. 기억해뒀는데. 젠장. 지-에이치로 시작하고 6과 0이 들어간 번호판이었어요. 0으로 끝나는 것 같은데. 그거면 될까요? 그걸로 수사할 수 있나요?"

차는 너무 깨끗했다. 난 그 차가 마음에 들었다. 엽총이 우리 눈앞에 걸려 있었다. 운전대 옆의 컴퓨터가 푸른빛을 낸다. 아름답다. 무전기에서 치직 소리가 난다. 경찰관은 듣고 있다 무선으로 대답한다. 그가 돌아본다.

"좋습니다. 용의자를 잡은 것 같습니다. 방금 고속도로에서 차를 한 대 잡았습니다. 가서 확인해주세요."

나는 메러디스를 본다. 우리는 차에 3, 4분쯤 있었다. 그런데 벌써?

"벌써 찾았다구요? 진초록 컨버터블을요?" 내가 운전석으로 몸을 숙이고 묻는다.

"모르겠습니다. 하지만 일단 가보죠." 우리는 간다.

메러디스와 나는 토요일 밤에 도시를 둘러보는 관광객처럼 열심히 그리고 주의 깊게 창밖을 내다본다. 우리는 또다른 고속도로로 들어서고 갑자기 사방이 환하다. 사고 같다. 경찰차가 적어도 네 대는 있다. 아니, 다섯 대. 모두 멈춰선 채 경광등을 번쩍인다. 거리에 경찰들이 깔려 있다. 그들은 앞뒤로 걸어 다니거나 경찰차 밖에 서 있거나 차창 밖으로 무전기를 꺼내 대화를 하고 있다. 사건이다.

우리 차가 고가도로 앞에 멈춘다. 20야드 앞에 낡은 컨버터블이 주차해 있다. 검은 지붕에 하늘색 차였다.

"아니에요." 내가 말한다. 경찰관이 돌아본다.

"뭐라구요?"

"저 차가 확실히 아니라구요." 내가 말한다. "그 차는 초록색이에요, 진초록. 검은 지붕에. 확실해요."

그는 나를 보더니 다시 고개를 돌리고는 무전기에 대고 말을 한다. 1분 뒤 그가 우리를 다시 돌아본다.

"좋습니다. 차 안에 있는 사람들을 좀 봐주시죠. 그냥 확인하려고요." 그가 말한다.

"저 차가 확실히 아니에요." 내가 말한다.

"그래도 확인해주세요." 그가 말한다.

푸른색 컨버터블 옆에 네 명의 경찰관이 서 있다. 그들 중 한 명이 앞문을 열고 안으로 손을 뻗더니 수갑을 찬 남자를 끌어낸다. 그 남자는 비틀거리며 자동차에서 나왔다. 그는 우리 쪽으로 돌아서더니 곁눈질을 한다. 긴 금발에 염소수염이 난 그는 플란넬 셔츠와 군복 반바지를 입고 검은 부츠를 신었다. 경광등 불빛에 그는 푸른색으로, 그다음에는 붉은색으로, 그다음에는 다시 하얀 피부색으로, 다시 푸른색으로, 또다시 붉은색으로 바뀐다. 그는 우리가 탄 차 앞창을 통해 차 안을 들여다본다.

"알아보겠습니까?"

"아뇨. 분명히 저 사람이 아닙니다. 그들은 멕시칸이었어요. 차도 분명히 저게 아니구요."

"그럼, 거기 잠깐 계세요. 승객들도 모두 봐야 하니까요."

왜지?

경찰관은 손으로 밖에 있는 경찰관에게 신호를 보낸다. 그들은 머리를 붉게 염색하고 미니스커트에 고고부츠를 신은 젊은 여자를 데려온다. 그녀는 첫번째 남자 옆에 선다.

"맙소사, 불쌍한 사람들." 메러디스가 속삭인다.

"아니에요, 아니에요." 내가 경찰관에게 말한다. "이 사람들은 멕시칸이 아니잖아요. 키가 더 작고 머리가 검은색이라구요. 이 사람들은 백인이잖아요."

그들은 세 명을 더 데려온다. 두 명은 남자고 한 명은 여자다. 그들은 어깨를 나란히 하고 거기 선 채 붉은색과 푸른색 불빛을 번갈아 받으며 우리 차의 전조등을 실눈으로 바라본다. 어쩌면 그들은 우리가 알고 있는 사람들이겠지. 메러디스가 내 팔을 잡더니 좌석 깊숙이 몸을 묻는다. "맙소사, 저들이 우리를 볼 수 없어야 할 텐데."

나는 몸을 앞으로 숙이고 경찰관에게 다시 말한다.

"그들이 아니라구요."

그는 잠시 무전기에 대고 뭐라고 떠들더니 클립보드에 뭔가를 쓴다. 그가 우리를 데려다주기 위해 유턴을 하는 동안 길옆에 선 그들이 수갑을 벗는다. 다른 경찰관들은 경찰차로 돌아간다. 우리는 몸을 숙인다.

우리는 해변의 주차장으로 돌아온다. 거기서 다시 한번 경찰관은 고개를 돌리더니 우리에게 자신의 명함을 준다. 경찰관도 명함이 있다.

우리는 차에서 내린다. 나는 그에게 그 멕시칸들이나 지갑을 찾아낼 가능성에 대해 묻는다.

"가능성이 아주 적죠." 그가 말한다. "지갑이잖아요? 그건 정말 사소한 거죠. 여기 사건 카드가 있습니다. 우리에게 알려줄 것이 있으면 참고하세요. 이게 사건 번호구요. 우리가 전화할 일이 있어도 그게 필요해요."

그리고 그는 가버렸다.

메러디스는 집에 가서 자고 싶어한다. 나는 차로 돌아가 초록색 컨버터블을 찾아 그들을 추적하고 싶은 마음이 반쯤 든다. 먼저 무기를 챙긴 다음 차를 몰고 그들을 추적해서 그들 모두에게 나쁜 짓을 하고 싶은 마음이.

하지만 집에 돌아가서 토프에게 무슨 일이 벌어졌는지, 베이비시터가 내가 두려워하던 일을 정말로 저질렀는지 확인해야 한다.

리치먼드의 넓고 황량한 도로들을 지나 헤이트로 돌아오는 길, 우리는 별로 이야기를 하지 않는다. 그녀는 친구의 집에서 내린다. 우리는 그녀가 LA로 돌아가기 전에 다시 한번 보기로 한다. 그리고 나는 집으로 돌아온다. 헤이트와 매소닉의 모든 한심한 아이들—벽에 등을 대고 앉았거나 래스타 모자를 쓰고 담배를 피우거나 마치 20, 30초 이상 시름을 달래줄 것처럼 두 개의 막대로 다른 막대를 앞뒤로, 위아래로 뒤집으며 노는 아이들, 맙소사—을 지나치고 펠을 통과해서 80번 도로로 들어선 다음 베이브리지를 향해 달린다.

개새끼들. 어리석은 개새끼들이 아버지의 지갑, 내가 가지고 있던 유일한 아버지의 유품을 훔쳐 갔다. 그 지갑과 약간의 문구와 문진과 명함과 고등학교 시절의 책과 군대 시절의 기록.

나쁜 자식들. 나쁜 놈들. 내일은 해변을 뒤질 것이다. 반드시.

두터워진 구름이 회색 다리 위로 천천히 몰려간다. 마치 바다소 유령처럼.

다리로 들어서자 알코올이 나른하게 내 몸을 휘감더니 아래로 잡아당기기 시작한다. 나는 꾸벅꾸벅 존다. 나는 스스로를 찰싹 때리고는 그 소리와 충격에 잠을 깬다. 일어나! 라디오를 크게 튼다. 다리의 아래층은 곧게 뻗어 있고 아슬아슬하다. 〈배틀스타 갤럭티카〉의 활주로다. 컴퓨터 내부의 회로다. 오래되고 낡은 컴퓨터, 2XL······

나는 다시 꾸벅거린다. 잠 깨!

다리는 터널이다. 다리에서 나는 100번은 들었을 그 사고에 대해 생각한다. 빌과 베스가 아기일 때 엄마는 작은 담청색 비틀을 몰고 매사추세츠 주 어딘가에 있던 2차선 다리 위를 달리고 있었다. 타이어가 터지면서 미끄러진 차가 회전하더니 도로를 가로질러 반대편 가드레일을 반쯤 뚫었다. 차의 앞부분이 가장자리에 매달려 있고 엄마는 모든 것이 끝났음을 알았다. 빌과 베스는 비명을 질러댔고 나는 엄마의 자궁 안에 있었다.

다른 차가 몇 대 있다. 반짝이는 검은색 BMW에는 남자들이 가득 타고 있다. 다리의 불빛 덕분에 차는 더 반짝이고 매끈하고 날

렵해 보인다. 우리 모두는 집으로, 우리의 어도비 벽돌집으로, 우리의 나무집으로 돌아가고 있다. 작은 푸른색 차에는 가족이 타고 있다. 맙소사, 아이에게 안전벨트를 매줘야지!

멍청이들이 내 빌어먹을 지갑을 가져갔어.

나는 혼자다. 다시는 나오지 않을 것이다. 내가 언제 다시 나올까? 몇 주 후. 결코 없겠지. 나는 길을 잃었다. 나는 어두운 다리의 아래층을, 반대 방향인 샌프란시스코를 향하는 차들 아래를 달린다. 나는 버클리, 평지, 우리 집, 아무도 없는 곳, 나의 침대만이 있는 곳으로 돌아가고 있다. 그리고 토프. 포치의 피. 베이비시터는 그를 죽였다. 아니면 경고의 의미로 피 흘리는 그를 남겨두었겠지. 그의 얼굴에는 숫자, 천문학 기호 같은 뭔가를 잔뜩 새겨놓고 가슴에는 범인의 단서들을. 모두 내 잘못이야. 도망가야지. 경찰은 열대지방 어딘가를 찾을 테고 내가 러시아로 도망간 것은 짐작도 못할 거야. 러시아로 가서 죽을 때까지 떠돌아야지. 어떻게 내가 외출할 생각을 했을까? 어린 시절 부모님은 우리만 남겨두는 법이 없었다. 그들은 외출하지 않았다. 그들은 집에 머물며 가족실에서 편히 쉬었다. 아버지는 소파에서, 엄마는 엄마 의자에서.

다리에서 사고가 난 뒤 엄마는 강 위나 절벽 위나 2차선 도로를 달릴 때면 힘들어했다. 우리 모두 열 살이 되기 전 캘리포니아로 여행한 적이 있다. 산 위의 세쿼이아를 보기 위해 엄마는 2차선 도로를 빙글빙글 올라갔지만 내려올 때는 낭떠러지가 내려다보이는, 가드레일 없는 바깥쪽 차선을 달릴 수가 없었다. 빌이 엄마를 진정시키려 했다.

"엄마, 그냥……"

"난 못해! 못해!"

그리고 엄마는 차를 세워둔 채 경찰관이 나타나 차를 아래로 운전해줄 때까지 기다렸다. 그녀는 조수석에 앉아 우리를 돌아보며 당황한 듯 미소를 지었다.

다리를 벗어난 나는 언덕을 내려와 오클랜드, 아니면 버클리의 분계점을 향한다. 나는 다시 고개를 흔들어 잠을 떨쳐낸다. 이번에는 중앙분리대를 향해 달려가고 있었다. 나는 다시 나를 때린다. 다시, 또다시. 창을 연다. 애시비 출구다. 좋아, 좋아. 가까워진다, 가까워진다. 대학. 나는 집이 없다. 스티븐이 무슨 짓인가를 했다. 나는 아마 지금 떠나야겠지. 공항으로 가서 최악의 상황에 대비해야지. 경광등이 보인 것 같아 뒤를 돌아본다. 솔라노 애비뉴에서 언덕을 내려가면 구급차가 있는지 보일 거야. 그들이 나를 발견하기 전에 돌아보고 공항으로 갈 수 있다면……

지갑은 사라졌다. 아버지는 저 멀리 우물 아래로 떨어졌다. 지갑은 끊임없이 기억을 불러일으켰다. 지갑은 항상 내 주머니 속에 있었다. 그 지갑을 멍청한 멕시칸 악당들에게 강탈당하다니! 내가 가지고 있던 아버지의 유일한 유품을. 러그는 올이 풀리고 가구는 쪼개져나간다. 나는 어떤 것도 맡을 수 없는 사람이다. 모든 것이 위태롭고 사라지고 깨지고 젖는다.

이래서는 안 되는데. 토프와 나는 우중충한 작은 집, 바닥에 구멍이 난 집에 살고 있고 모든 것은 쇠락해가고 있고 나는 물건을 잃어버리고 떼로 몰려온 놈들에게 아버지의 지갑을 빼앗기고. 토프는 베이비시터, 그 사악한 남자와 있고.

러시아는 춥겠지만 지금은 괜찮겠지. 공항에서 재킷을 사야지.

길먼 출구다! 무너지지 말아야지. 이사를 가서 친구들과 함께 살 거야. 이겨내야지. 나는 러시아로 이사를 가든지 이겨낼 것이다. 우리 동네, 페랄타 스트리트로 들어선다. 경광등도, 경찰관도, 구급차와 경찰차와 소방차의 소란스러운 불빛도 없다.

문은 닫혀 있다. 계단에는 핏자국도 없다. 포치로 올라가 창문을 들여다보니 베이비시터의 자전거가 아직도 벽난로 옆에 기대어 있다. 현관문으로 다가가던 나는 토프가 소파에 몸을 뻗고 있는 것을 본다. 됐다, 됐어. 적어도 토프는 여기 있잖아.

비록 죽었을지도 모르지만. 그는 죽었을 수도 있다. 문은 잠겨 있지 않다. 어쩌면 누군가가 토프와 베이비시터를 죽였을지 모른다. 그 생각은 하지 못했지만 충분히 그럴 수 있다! 강도가 들어와서 자신이 원하는 것을 가져가고 그리고…… 그 둘을 독살했다! 아니면 그는 스티븐의 공범이겠지. 모두 계획적으로.

나는 조심스럽게 안으로 걸어 들어간다. 주먹을 쥐고. 나는 토프를 향해 걸어간다. 핏자국을 찾으면서. 하지만 아무것도 없다. 아마 독살되었겠지. 아니면 맞았거나. 내출혈이 있었겠지. 나는 토프에게로 고개를 숙인다. 내 뺨에 뜨거운 그의 숨결이 느껴진다.

살아 있다! 살아 있어!

그는 영화에 나오는 브루스 데이비슨과 앤디 맥도웰의 아들처럼 죽어가는 것일 수도 있다. 어떻게 해야 알 수 있지? 나는 믿을 것이다. 병원으로 가야 하나? 아냐. 아냐. 얘는 괜찮아. 소파 팔걸이에 침이 묻어 있다.

스티븐은 어디 있지? 그거야. 스티븐이 토프에게 독을 먹이고 사라진 거야. 토프는 죽어가고 있어. 그는 1시간밖에 못 살 거야.

병원에 데려가도 소용없어. 독극물센터에 전화하면 여자가 그러겠지. "당신이 할 수 있는 일은 아무것도…… 아무것도 없습니다." 불안하고 신경질적으로 나는 내 모든 능력을 다해 그를 깨워 마지막 1시간 동안 대화를 나누겠지. 그에게 뭐라고 말할까? 아냐, 아냐. 재미있게 보내야지. 반드시.

이봐, 꼬마야.

몇 시야?

1시.

그는 죽지 않았다. 그는 앞으로도 살아갈 것이다. 모든 것이 멀쩡하다. 멀쩡하다, 멀쩡하다, 멀쩡하다. 좋아. 좋아. 멀쩡하다. 멀쩡하다. 좋아.

나는 부엌으로 들어가 열쇠를 내려놓는다. 틱. 나는 방을 들여다본다. 스티븐은 없다. 뒤쪽 침실로 가서 문을 연다. 거기 그가 있다. 그는 사방에 리포트를 펼쳐놓은 채 침대에서 자고 있다.

나는 그를 깨운다. 그는 자신의 물건을 챙긴다.

"애가 잠꼬대를 했어요." 그가 말한다.

"허. 뭐라고 했는데요?"

"아무것도, 정말로요. 그냥 중얼거렸어요."

그에게 수표를 써준다. 나는 현관문을 열어준다. 그는 자전거를 타고 반쯤 잠이 든 채 사라진다. 어색하게, 나비처럼 흔들리며. 나는 문을 잠근다.

나는 거실로 돌아온다. 토프가 뼈가 없는 것처럼 소파에 널브러져 있다. 그가 방에서 가져온 이불이 바닥에 떨어져 있다. 그는 입을 벌리고 있고 그의 회색 티셔츠에 흐른 침은 검고 둥근 연못을 만들었다.

"야."

"음."

"야. 도와줘."

"음."

"침대에 데려다줄게. 내게 팔을 둘러."

그는 내 목에 팔을 두르고는 다른 팔로 잡은 다음 머리를 내게
로 들이민다. 덕분에 나는 문짝에 그의 머리를 부딪치지 않았다.

"내 머리, 조심해."

"알았어."

문짝이 삐걱댄다.

"아야."

"미안해."

"멍청이."

나는 청바지와 스웨트셔츠를 입은 그를 침대에 눕히고 담요를
덮어준다. 부엌에서 나는 자동응답기를 점검한다. 냉장고를 본다.
누구에게 전화할 수 있을지 잠시 생각해본다. 누가 깨어 있을까?
누군가는 여기 오고 싶어하겠지. 누가 기꺼이 오고 싶어할까?

나는 내 방으로 걸어간다. 서랍 위에 잔돈을 내려놓는다.

지갑이다. 서랍 위에.

여기 있었다.

6

처음 그 소식을 들었을 때는 아무렇지도 않았다. 일곱 명의 젊은이를 한집에 살게 하고 그들의 일상을 방영하는 MTV의 독창적인 프로그램 〈리얼월드〉의 다음 시즌을 샌프란시스코에서 찍는다는 소식이었다. MTV는 프로그램에 출연할 사람을 찾고 있다. 새로운 출연자를 구하고 있다.

사무실에서 우리는 마음껏 웃는다.

"그 쇼, 본 적 있어?"

"아니."

"아니."

"조금."

우리 모두 거짓말을 하고 있다. 우리 모두 그 쇼를 보았다. 우리 모두 그 쇼를 경멸하면서도 그 쇼에 중독되어 병적으로 호기심을 느낀다. 그 프로가 너무 형편없어서, 거기 등장하는 스타들이 너무 재미없어서 오히려 재미있는 건가? 아니면 우리가 그 속에서 미칠 듯한 유사성을 발견하기 때문에 그렇게 재미있는 건가? 아마 그것은 우리의 모습일 것이다. 그 쇼를 보는 것은 테이프에 녹음된 누군가의 목소리를 듣는 것과 같다. 누군가의 진짜 목소리지만, 자기 귀에는 너무 매끄럽고 또렷한 목소리지만 일단 기계를 거쳐 다시 들려오면 음조가 높고 소름끼치는 콧소리가 된다. 우리의 삶이 저런가? 우리가 저렇게 말하고 저렇게 생겼나? 그래. 그럴 리가. 맞아. 아냐. 고등학교 시절의 어리석은 음주운전—은유일 뿐이다—그리고 집과 가족이 있는, 특히 여러 종류의 소파들, 라바 램프, 당구대로 꾸며진 휴식 공간이 있는 죽음 사이에 저속하게 낀 우리 중상류층의 평범한 일상은 〈리얼월드〉 출연자보다 더 지루한 삶을 사는 사람들에게만 흥미로운 프로그램이 되지 않을까?

하지만 무시할 수는 없다.

아는 사람의 절반이 몰래 또는 공공연히 지원서를 제출하는 것을 보며 우리는 우리가 어떤 재미를 줄 수 있을지, 그 프로그램에 힘을 실어줄 수 있을지 궁금해한다.

우리 잡지 투고자 중 한 명인 데이비드 밀턴이 프로그램 제작진에게 편지를 쓴다. 우리는 그 편지를 창간호에 실을 준비를 한다. 그 편지는 이렇다.

친애하는 제작진께,

내 안 깊숙이에서 빛나는 뭔가가 발산되지 않으면 나는 폭발할 것이고 세상은 알지 못하는 사이에 손실을 입겠지요. 내 영혼은 서사적이지만 아직 제대로 발휘되지는 않았습니다. 그래서 내가 MTV의 〈리얼월드〉에 출연해야 합니다. 오직 거기서만 아직 윤곽이 그려지지 않은 내 자아는 백만 명의 현혹된 눈에 선명하게 각인되어 원래 내 모습뿐만 아니라 전체 틈새시장에 걸맞은 아름다운 형체를 갖겠지요.

나는 커크 캐머런-커트 코베인 같은 사람입니다. 불량하지만 재치 있고, 겉멋은 부리지만 현실적이고, 괴짜지만 설득력 있는 사람이죠. 나는 점점 벌어지는 대안 문화와 주류 문화의 경계에 살고 있습니다. 지나간 묵시의 무시무시한 예언자로서 아직 번영을 누리고 있고, 스타일리시한 데다 섹시하죠!

오스카 와일드는 이렇게 썼습니다. "훌륭한 예술가는 작품 안에서만 존재하고, 그 자체로서는 별 볼 일 없어. 위대한 시인, 정말로 위대한 시인은 모든 사람들 가운데 가장 시적이지 못하지. 하지만 형편없는 시인은 정말 매력적이야…… (그들은 자신이) 쓸 수 없는 시 속에서 살아가지." 도리안 그레이가 그랬듯 삶은 내 작품입니다! 오, MTV여, 나를 데려가세요, 나를 써주세요, 나를 형태 없는 잠에서 깨워 타깃 마케팅이라는 꿈같은 〈리얼월드〉에 자리 잡게 해주세요.

진심을 담아,

데이비드 밀턴

킥킥 웃은 후, 그리고 밀턴이 특히 나를 놀리는 거라는 잠깐의 피해망상에서 벗어난 후 우리는 잠시 진지해진다. 우리 잡지의 창간호 발간을 앞두고 광고, 유통 등 잡다한 일들을 해결하려 하지만 지금 당장은 쉽지 않다. 우리는 아무것도 없고 아무것도 아니기에.

하지만 우리는 최고의 팀을 모았다. 당연히 무디가 있고 이제는 몇 달 전 대학을 졸업하고 이사한 마니도 있다. 그렇다, 고등학교 때 우리는 사귀었다. 그렇다, 웃음기 없이 진지한 데다 어울리지 않게도 그녀는 치어리더였다. 이제 그녀는 우리 중 하나가 되어 〈미즈〉를 읽고, 〈네이션〉을 읽고, 체 게바라가 무엇인지 또는 누구인지를 안다. 그리고 방금 합류한 폴도 있다. 그는 미시간 호를 따라 우리와는 남쪽으로 20마일 떨어진 시카고 골드코스트의 차갑고 잔인한 거리에서 자랐다. 시작할 때는 한 명이 더 있었다. 초등학교 시절 가장 친한 친구였던 플래그다. 그는 여자 친구와 직업을 버리고 워싱턴을 떠나 버클리로 옮겨 와서 창간 작업에 참여했다. 그는 그런 여정 끝에 창문 옆 책상에 앉아 '마케팅 리서치'를 하며 시간을 보냈지만—광고주들에게 과시할 증명할 수 없는 통계치를 준비하기 위해서—곧 나머지 우리가 이미 잘 알고 있던 사실을 깨달았다. 이 일은 돈이 되지 않을 것이고, 돈벌이가 된다 해도 아주 먼 훗날의 일일 것이며, 위층 사람이 걸어 다닐 때마다 서까래에서 먼지가 날리고, 자물쇠는 장식일 뿐이며, 한 달 임대료 250 달러인 허름한 창고의 지저분한 구석에서 보내는 시간은 우습기만 하리라는 사실을.

하지만 여기, 샌프란시스코, 이 건물에 있는 그 누구도 시간을 낭비하고 있다고는 말하지 않는다.

우리의 주인인 랜디 스틱로드(실명)의 책상이 놓여 있는 곳에서는 때때로 의자 뺏기 놀이가 벌어진다. 스틱로드는 어느 잡지의 고문으로 최근 〈와이어드〉의 런칭을 도왔다. 그는 현재 우리에게 이 공간을 내주고 2층 위로 이사한 〈와이어드〉의 설립자다. 우리 건너편에는 샐리니 말호트라의 책상, 서류 분류함, 작은 컴퓨터가 있다. 말호트라는 작은 생태 관광 잡지인 〈저스트 고!〉에서 일하고 있고, 임시로 〈훔〉—인디언 말로 우리라는 뜻이다—이라는 이름을 붙인 자신의 잡지도 작업 중이다. 〈훔〉은 20대인 남아시아계 미국인들을 단결시키고 대변하는 것을 목표로 한다. 성형/젤/가죽의 새 물결을 일으킨 1984년풍의 남편과 부인으로 이루어진 팀인 칼라 싱클레어와 마크 프라운펠더는 LA에서 〈보잉 보잉〉을 발행했다. 〈스타워즈 세대〉—설명은 필요 없다—라는 잡지를 만든 남자도 있다. 우리 층, 우리 건물에서 뭔가가 벌어지고 있다. 이곳은 뭔가가 끓어오르는 곳, 사람들이 단순히 일을 하는 곳이 아니라 우리 삶의 방식을 바꾸기 위해 창조하는 곳이다.

이 창고는 운 좋게도 샌프란시스코의 사우스파크 근처에 있다. 신문기사들이 맞다면 이 근처의 여섯 블록은 당장이라도 인구 증가로 폭발할지 모른다. 대부분은 컴퓨터 잡지지만 〈SF 위클리〉〈노우즈〉(유머)〈퓨처섹스〉('사이버에로티카'—벌거벗은 사람들이 가상현실 장치를 착용한다) 같은 종류가 다른 잡지들—무수히 많은 신진 소프트웨어 회사, 웹 개발자, 인터넷 공급자(1993년이라 이런 분야는 새롭다), 그래픽디자이너, 설계자는 말할 것도 없고—과 더불어 〈와이어드〉가 자리 잡고 있기 때문이다. 사우스파크라 불리는 작은 타원형 녹지 주위와 작은 빅토리아 시대의 건축물들과 경계를 이루고, 생기 넘치는 운동장에 의해 둘로 나뉜, 그 근처다. 완벽하고 무성한 푸른 잔디 위에 세련되고 멋진 젊은이들이 잔뜩 몰려 있다. 젊고 진보적이고 새롭고 아름다운 사람들로 가득한 타원형 녹지. 그들은 다른 사람들이 모두 문신을 하기 전부터 문신이 있었다. 그들은 오토바이를 타고 있고, 그들의 가죽옷은 멋지다. 그들은 위커*를 신봉한다(또는 신봉한다고 주장한다). 그들은 〈와이어드〉에서 인턴으로 일한 찰스 브론슨의 젊은 딸이다. 인턴과 어시스턴트로 일하는 젊고 매력적인 여자의 비율은 1대 1이다. 그들은 똑같다. 사회주의 노선에 서서 글을 쓰는 바이크메신저**들, 체중 200파운드의 복장도착자인 바이크메신저들, 서핑을 더 좋아하는 작가들이 있고, 여전히 사람들을 끌어들이는 레이브 파티가 있다. 샌프란시스코의 젊고 창의적인 엘리트들은 여기, 오직 여기에만 있다. 그들은 다른 곳에는 가고 싶어하지 않는다. 뉴욕은 기술 면에서 10~12년쯤 뒤처져 있고, LA는 스타일 면에서 1980년대풍을 벗어나지 못했기 때문이다. 반면 여기는 돈이 없고, 누구도 돈을 벌거나 쓰는 것이 용인되지 않으며, 심지어 돈을 쓰는 것으로 보이는 것조차 용인되지 않는다. 돈은 의심스럽기 때문에 돈을 벌거나 돈에 관심을 갖는 것은 구태의연하고 고등학생 같고 완전히 핵심을 벗어난 짓이다. 이곳에는 닳아빠지지 않은 옷이 없다. 그래서 셔츠가 중고가 아니거나 값이 8달러 이상이면 이렇게들 말한다.

"야, 셔츠 좋은데."

"야, 좋다…… 셔츠 말이야."

그리고 차도 낡은 차, 가급적 아주 낡은 차, 시시한 차, 싸구려 차밖에 없기 때문에 다들 탐내는 사우스파크 주위의 주차 공간은

---

* Wicca. 20세기에 영어 문화권을 중심으로 전 세계에 널리 퍼진 신흥종교로 마법을 신봉한다.
** 문서나 물건을 자전거로 배달해주는 사람.

돌연변이, 변태 같은 차들로 채워져 있다. 그리고 샌프란시스코에는 좋든 나쁘든 단번에 무시해도 좋을 만큼 한심한 아이디어는 없다. 아니, 사람들이 자신의 한심한 생각을 털어놓을 만큼 정직하지 않다. 그리고 우리 중 반은 한심하고 불운한 일들을 하고 있다. 〈와이어드〉에서 일하고 그들이 제작한 검은 숄더백을 메고 생존조사연구소―거대한 로봇을 만들어 서로 싸우게 한다―에서 열어준 파티에 참석하면서 명성을 누리는 사람은 드물다. 비록 물질적인 보상은 빈말에 불과하고 아파트 임대료를 내는 것도 바보짓이 되어가지만, 우리는 아무 말도 하지 않고 불평도 거의 하지 않는다. 통통한 대머리의 뉴스 앵커가 이곳은 "지상에서 가장 좋은 곳"이라고 말할 때 우리는 움찔하면서도 그 말을 어느 정도는 믿기 때문이다. 우리가 스스로를 위해서든 신규 기술 기업을 위해서든 하루 18시간 일해야 한다는 걸 믿기 때문이다. 비록 언덕들이 타버리고 몇 년이 지나고 고속도로가 파괴되고 몇 년이 지났지만, 여기 있는 우리가 행운아이고 운이 좋다고 느끼기 때문이다. 그래서 우리는 완벽하게 따뜻하지만 너무 따뜻하지는 않은 매일, 햇빛과 가능성, 개연성에 젖어든 매일 여기 모인다. 모두들 서로를 견제하지 않는 척하며 라떼를 마시고 부리토를 먹는 동안, 적어도 이 순간, 이 무성한 잔디 위, 붉게 타는 듯이 뜨거운 모든 것의 핵심에서만은 우리가 친구와 함께라는 느낌, 여기서 뭔가가 벌어지고 있다는 느낌, 비유하면 우리가 격류를, 거대한 격류―물론 산호초 위의 사람들을 휩쓸어 죽이는 하와이의 격류만큼 거대하지는 않다―를 타고 있다는 느낌이 있다.

　물론 우리, 그리고 우리 잡지는 이런 장면, 아니 어떤 장면의 일부라는 사실을 숨길 수가 없다. 다른 아웃사이더들 사이에서도 아웃사이더의 정신으로 거리를 유지한 채 우리는 어떤 일이 벌어지는 장소에 실제로 다가가는 것과, 관련자나 관련 패턴들을 아는 것 사이에서 균형을 맞추어간다. 다른 잡지, 특히 위층의 〈와이어드〉를 비웃으면서 우리는 '화끈한 것/그렇지 않은 것' 리스트를 만든다.

화끈한 것	그렇지 않은 것
태양	눈
플람베	비시수아즈
낙인	차가운 음료수
(녹은)용암	(굳은)용암

우리는 이것도 아니고 저것도 아니라는 것, 이상하고 끔찍한 일이 벌어지지 않는다면 우리 잡지가 문명사에서 최초로 의미 있는 잡지가 되리라는 것, 우리 잡지는 우리 20대를 위해 20대가 만들게 되리라는 것(다른 말을 찾으려 하지만 소용이 없다. 20대인 사람들? 스무 살인 사람들?), 우리가 기자, 사진작가, 일러스트레이터, 카투니스트, 인턴을 구하고 있다는 등의 내용으로 지역 언론에 광고를 낸다. 돕고 싶은 사람은 누구든 일을 할 수 있을 것이다. 우리는 수백 명이 필요하고, 수천 명을 쓸 수 있다. 우리가 광고를 싣고 며칠(몇 시간이었나?) 만에 폭포처럼 이력서가 쏟아진다. 대부분은 방금 대학을 졸업했고 일부는 자신의 이름 위에 그림을 그리거나 여백에 디자인을 하거나 베이츠, 리드, 위텐버그의 성적 증명서

를 첨부했다. 아주 빨리는 아니지만 우리는 모두에게 전화하고, 우리는 그들 모두와 결혼하고 싶고, 그들을 찾아낸 것, 이렇게 접촉하게 된 것에 전율을 느낀다. 우리는 모두에게 일을 제안한다.

"어떻게 도와드리면 되죠?" 그들이 묻는다.

"뭘 하고 싶은데요?" 우리가 말한다.

"시간이 얼마나 필요한데요?"

"시간이 얼마나 있는데요?"

우리는 구할 수만 있다면 무엇이든 누구든 쓸 것이다. 그들이 루저라도 상관없다. 심지어 그들이 스탠퍼드나 예일을 다녔다 해도. 우리에게는 모든 것이 숫자, 순전히 사람들 숫자와 관련 있다. 지원한 사람들은 대부분 다른 직업이 있지만 많은 수는, 감사합니다, 하느님, 전혀 직업이 없어서 부모에게 1년 정도 자립할 기간을 얻었다고 한다. 누군가가 문을 지나 우리 차고로 들어와서 박스 주위를 걸어 다닐 때마다 우리는 우리가 하는 일이 정말 급한 일이라고 열정적으로 믿으며 형제, 자매를 만난다.

"광고를 보고 내려와야만 했습니다. 누군가 이 일을 할 때가 되었잖아요."

"좋습니다. 감사합니다."

"저, 제가 시를 좀 지었는데……"

우리가 모두의 재능, 기질, 대의를 수용할 수는 없지만—다섯 명 정도가 마리화나의 사용에 대해서 쓰고 싶어한다—우리가 뭔가를 가지고 있음을, 신경을 건드리고 있음을 안다. 우리는 모두 자신의 꿈, 자신의 마음을 좇기를 바란다. 우리는 그들이 우리에게도 흥미로운 일을 하기 바란다. 이봐, 샐리, 왜 지겹게 고객의 불만이나 처리해주는 거야. 넌 원래 노래를 부르지 않았어? 노래해, 샐리, 노래해! 우리가 다른 사람들을 대변하고 있음을, 우리가 수백만 명을 대변하고 있음을 확실히 느낀다. 우리가 이, 이 잡지를 통해 이 말을 입 밖으로 내고 그 말이 퍼져간다면…… 우리는 잡지를 도약할 수 있는 플랫폼, 올라서서 말할 수 있는 스프링보드로 만들 것이다.

우리는 특별판의 오프닝 에세이를 쓴다.

한 세대에게 무식하고 독창성 없고 플란넬을 입는 게으름뱅이라는 말 이상의 말이 붙을 수 있을까? 25세 이하의 사람들이 기업의 후원이나 마케팅 기술 없이 전국적인 잡지를 만들 수 있을까? 실제 사건에 대한 현실적인 시각으로? 목적의식과 유머 감각으로? 용기와 목표와 희망으로? 누가 잡지를 그렇게 읽을까? 어쩌면 여러분이.

팩스에 연결할 두번째 전화선을 설치하기 위해 우리는 공원에서 베이크 세일*을 한다. 기부자들이 물건을 가져오고 우리는 100달러 정도를 모은다. 우리는 아는 사람들 모두에게 장거리전화는 워킹에셋으로 바꾸라고 간청한다.

"하지만 그래야 돼. 사람들이 대의를 위해 돈을 기부하고 이렇게 말하잖아. 우리가 100명을 넘어오게 한다면 그들이 널리 알려서……"

---

*자선 모금을 위해 가정에서 구운 빵을 판매하는 행사.

우리는 우리처럼 형태가 없고 소리가 없는 인간의 잠재력을 끌어내서 말하고 노래하고 소리 지르게 하고, 정치력으로 바꾸려는 사람들과 협력하려고 한다. 최소한 그렇게 해서 〈타임〉과 〈뉴스위크〉에 실리려는 사람들과.

워싱턴 DC에는 정치 그룹인 '이끌지 못하면 떠나라'가 있다. 1993년에 이미 회원수가 50만 명이라고 한다. '서드 밀레니엄'도 있다. 이 단체 역시 비슷한 생각을 지닌 옹호 단체로 케네디 가의 젊은 누군가가 어느 주말에 브레인스토밍을 하다 탄생시켰다. 두 정치조직 모두 수천 명의 유권자를 모으려 하고 젊은이를 위한 AARP ─ 언젠가 그 수가 모이고 무기가 나눠지면 우리 모두가 나서야 할 전쟁, 우리의 1차 대전이 될, 최소한 베트남전이 될 전쟁에서 싸울 것이다 ─ 가 되고 싶어한다.

사회보장.

많은 경제학자들의 추정에 따르면 우리가 예순다섯이나 일흔이 되면, 그러니까 우리가 은퇴하면 기금이 충분히 남아 있지 않을 것이고…… 사회보장제도는 파산할 것이다. '이끌지 못하면 떠나라'와 '서드 밀레니엄'은 유권자들을 등록시키고 기자회견을 열면서 다가오는 아마겟돈에 흥미를 집중시켜 뉴스 거리가 된다. 정직하게 말해서 그들이 무슨 말을 하는지 전혀 모르지만 우리는 이런 조직들과 접촉해서 결속을 약속한다. 우리는 동기를 부여하고 행동(정확하게 무엇인지는 확신할 수 없지만)을 촉구하려는 욕구를 그들과 공유하지만 사실 우리가 가장 흥미를 느끼는 것은 그들의 주소록이다.

우리가 그들을 지원하지 않을 것 같지는 않다. 물질적으로나 이

넘적으로가 아니라면 개념적으로 후원할 **것이다.** 경제적 불안정을 접할 일이 거의 없었기 때문에 우리는 그런 일을 하고 싶다는 야심을 쉽게 찾아내지 못한다. 우리는 그들과 함께 학자금 **대출에** 대해 불평하고 싶지만 곧 우리 중 무디만이 학자금 대출을 받았음을 기억해낸다. 직업에 대해 불평하고 싶지만 우리 스스로 직업을 원한 것이 아니기 때문에—사람들이 불평하는 그런 직업이 아니다—곧 침묵에 **빠진다.** 그리고 사회보장? 음, 적어도 개인적으로는 아무리 엉뚱한 공상을 해도 내가 쉰 살이나 쉰다섯 살을 넘은 모습을 그려볼 수 없기 때문에 별 의미가 없다. 우리가 정말 원하는 것은 아무도 지루한 삶을 살지 않고 감동을 주는 것, 그래서 우리가 감동받는 것이다.

우리는 사람들에게 우리가 라이프스타일 잡지라는 확신을 주려 한다.

"저, 우리는 삶의 방식에 대해 이야기합니다."

"흠."

"아시겠어요? 흔해빠진 라이프스타일이 아니구요. 라이프. 스타일. 삶의 방식."

"그렇군요."

"삶의. 방식."

우리는 가치 있고 영웅적인 일을 하는 사람들, 그리고 그런 일을 함으로써 언론에 보도되는 사람들에게서 힘을 발견한다. 우리는 최연소 시장인 피델 바가스를 명사로 친다. 우리는 그의 정치철학에 대해서는 아무것도 모르지만 그의 나이는 안다(스물셋이다). 또 우리는 대학을 졸업한 지 얼마 되지 않은 사람들을 인력이 부족하거나 재정 지원을 받는 학교들, 대개 도시 학교들에 배치하는 일을 하는 '미국을 위한 교육'을 스물다섯 살에 설립한 웬디 캅을 찬미한다. 우리는 이런 사람들, 엄청난 홍보, 흑백 또는 컬러의 굉장한 홍보 사진과 함께 낡은 문제들에 새로운 방식으로 접근하고 그 문제에 대해 의견을 내면서 거대한 조직을 만드는 사람들을 사랑한다.

우리는 당장이라도 하고 싶다. 우리는 누구와 연대하든 무엇을 하든 그 자리에 있을 것이다. 우리가 이벤트와 스폰서 강사들을 준비해야 한다면, 대규모의 시끄러운 록 콘서트에 가서 테이블에 앉아 보고서를 나눠주고 10대 후반 소녀들의 늘어진 탱크탑을 내려다보아야 한다면…… 텔레비전이나 잡지에 나타나 널리 회자되고 록스타처럼 살고 메시아처럼 권력을 휘둘러야 한대도, 어떤 대가를 치러야 한대도, 우리는 준비되어 있다. 그저 우리가 어디에 있어야 하는지, 누구에게 말해야 하는지, 신문의 발행부수나 대략적인 시청률 그리고 우리가 무슨 말을 하기를 바라는지 당신의 생각만 대충 이야기해달라.

1960년대 같다! 자! 자, 우리는 세상의 불균형들, 세상의 분명한 약점들에 깜짝 놀라고 경악해서 서로에게 말한다. 저 꼴 좀 봐! 예를 들어 저기 노숙자들 꼴 좀 봐! 우리가 걸어야 할 거리들을 저들이 어떻게 없애버렸는지 좀 봐! 임대료가 얼마나 비싼지 좀 봐! 현금인출기를 이용할 때 은행들이 어떻게 요금을 몰래 붙이는지 좀 봐! 그리고 티켓마스터*도! 이런 서비스 요금에 대해 들어본 적

---

* 티켓 예매 전문 업체.

있어? 전화로 티켓을 끊을 때 티켓당 가령 2달러씩이 부과된다면? 이런 얘기 들어본 적 있어? 정말 말도 안 되지.

하지만 곧 괜찮아지겠지. 창간하고 6개월쯤 지나면 우리는 이런 문제들을 제기하고 또 제기할 것이다. 우리는 포트폴리오를 본다. 데브라라는 미모의 사진작가와 앉아 있는 동안 그녀와 데이트할 가능성뿐만 아니라 우리의 메시지를 담은 주제가를 불러대는 이미지도 본다. 그녀의 포트폴리오에는 완전히 벌거벗은 남자가 해변을 질주하는 사진이 있다. 달려가는 속도 때문에 흐릿하게 찍힌.

"이건 표지감이네요!" 내가 말한다.

"좋습니다!" 그녀가 말한다. 이것으로 그녀와의 가능성이 높아졌을지 궁금하다.

벌거벗고 질주하는 남자는 또다른 아이디어를 낳는다. 우리 역시 벌거벗을 것이다! 그래, 표지에 데브라의 벌거벗은 남자 친구를 싣고 안쪽에는 벌거벗고 질주하는 수백 명의 젊은이들이 들어갈 거야! 우리는 첫번째 사진의 조명과 포즈를 흉내 내겠지만, 아하! 벌거벗고 희망에 찬 육체, 수백 명이 왼쪽에서 오른쪽으로 질주하면서 우리가 바라는 모든 것을 형상화하면서 함께 해변을 달려갈 것이다. 우리는 데브라에게 전화를 걸고, 준비를 하고, 벌거벗을 모델들에게 전화를 걸기 시작한다. 우리는 친구들, 우리가 아는 모든 사람에게 전화한다.

곧 그 아이디어는 축소된다. 수백 명은 필요 없다. (어떻게 프레임 안에 수백 명을 담을 수 있겠어?) 몇 명, 아마 열 명, 여덟 명, 아니, 다섯 명만 있으면 된다. 물론 우선은 우리가 참가해야지. 무디, 마니, 그리고 나. 그다음에는 다양화해야지. 우리는 다양화에 집착한다. 실제로 엄청나게 다양한 스태프가 필요하다는 것이 아니라 다양해 보여야 한다는 뜻이다. 그래서 사진 촬영 시간이 되면 우리는 허둥댄다. 우리는 젊은 미국의 완벽한 단면도처럼 보여야 한다! 사진을 찍기 위해 세 명의 남자와 세 명의 여자가 필요하다. 세 명은 백인, 한 명은 흑인, 한 명은 라틴계, 한 명은 아시아계. 하지만 우리, 서너 명의 백인밖에 없다(유대인조차 없다!). 벌거벗은 사진에는 아프리카계 미국인과 라틴계 남자가 필요하다. 라틴계 여자나. 무엇이든. 아시아계도 필요하다. 릴리는 싫다고 한다. 우리는 필사적으로 생각한다. 샐리니는 인도 사람이니까 다른 소수인종으로 보이지 않을까? 그녀가 유색인종으로 사진에 등장해줄까?

"저기……"

"싫어." 그녀가 대답한다.

우리는 준에게 전화한다.

준 로미나는 우리의 흑인 친구다. 그녀는 가끔 이 건물에 입주해 있는 다른 잡지에서 일한다. 하루는 그녀가 인사를 하러 들렀다가 창간호에 남녀 관계에 대한 애매한 글을 썼다. 그리고 그녀가 흑인이라는 말을 했던가? (이름을 보면 그녀는 라틴계일 수도 있지만 우리는 묻지 않는다.) 그녀는 (브라운에서) 연기를 배워서인지 우리가 벌거벗고 달려달라고 하자 흔쾌히 허락한다. 그렇게 네 명이 모였다. 우리가 아는 다른 사람들은 모두 거절한다. 마침내 우리는 친구를 통해 남자를 한 명 더 찾는다. 머리를 밀어버린 그를 보고 우리는 괜찮겠다고 생각한다.

"돈은 줄 수 없어요." 우리가 말한다.

"괜찮아요." 그가 말한다.

그가 왜 이 일을 하고 싶어하는지, 왜 낯선 네 사람과 자동차에 타고 있다가 벌거벗고 해변을 뛰어다니며 사진을 찍고 싶어하는지 우리는 모른다. 생각해보면 우리는 그 이유를 알고 싶지 않다.

계절에 맞지 않게 추운 10월의 어느 아침 우리는 해변, 마린 헤드랜즈의 블랙샌드비치에 있다. 우리는 방금 옷을 벗었다. 다섯번째 남자는 정상적인 페니스가 있어야 할 자리에 금 같은 것이 관통한 페니스가 있다. 바늘처럼, 아니면 못처럼. 빤히 쳐다보지 않으면 알아보기 힘들다. 바라보면서 멍한 느낌이 든다. 경건하고 겁에 질린 가톨릭 신자로서 나는 10대가 될 때까지 내 페니스를 보지 않았고, 대학에 들어갈 때까지 만지지 않았다. 심지어 내가 그러는 줄도 몰랐지만. 나는 옷을 입었을 때와 벗었을 때가 달라 보이는 마니의 가슴에 집중한다. 생각해보니 공평하지 않다. 준은 정상이고 유연하고 강해 보인다. 우리들 가운데 유일하게 준은 모든 것이 제자리에 달려 있다. 무디의 페니스가 나보다 티 나게 큰지를 확인하려던 나는 축 늘어진 페니스를 보며 비겼다고 생각한다. 간신히. 좋아. 좋아.

우리는 젊고 벌거벗었고 해변에 있다!

데브라가 물을 마주 보고 통나무에 앉아 작업을 시작한다. 20야드 앞에서 출발한 우리는 전속력으로 그녀를 지나쳐 해변을 따라 달린다. 그녀를 지나칠 때 우리는 공간을 벌리려 한다. 모두가 보이도록, 모든 색깔과 크기가 보이도록. 아름답고 시적일 것이고 몹시도 절절할 것이다. 우리의 페니스가 위아래로 퍼덕이다 우리가 속도를 높이자 좌우, 앞뒤로 철썩인다. 누가 왼쪽에서 오른쪽으로 생각이나 해봤겠어? 고통! 이런 짓을 해서는 안 되는 건데. 페니스는 달리라고 있는 게 아니다. 나는 확장된 머플러가 도로를 소음으로 뒤덮는 장면을 생각한다. 새가 벌레의 생명을 잡아 흔드는 모습을 생각한다. 고뇌는 우스꽝스럽다. 우리는 그녀를 지나쳐 달리고 그녀는 아마 두 프레임을 찍었을 것이다. 우리는 다시 한번 그 일을 반복한다. 적어도 십수 번은 반복한다. 나는 페니스를 잡고 달리다가 그녀 앞을 지나갈 때만 놓는다. 페니스에 피어싱을 한 남자는 어떨지 도저히 상상할 수 없다. 피어싱이 페니스를 제자리에 고정시키는 데는 별 도움이 되지 않을 것이다. 배꼽 같은 데 고리라도 달려 있다면.

우리는 데브라를 지나쳐서 곧장 바다로 들어간다. 항상 그렇듯 지독히 차갑다. 이제 우리는 옷을 입고 집으로 간다. 우리가 받은 사진에서 우리는 절망적일 정도로 흐릿했고 인구 비례를 맞추려는 우리의 노력—두 명의 여자, 한 명은 흑인—은 거의 눈에 띄지도 않았다. 그녀를 지나쳐 달려가는 모습을 찍은 사진은 모두 쓸 수 없었다. 다시 말해 페니스를 혹사시킨 것이 아무 의미가 없었다. 우리에게는 마지막 사진만 남았다. 우리 모두 벌거벗은 엉덩이를 보이며 태평양으로 달려가는 사진이었다. 우리는 그 사진을 쓴다.

창간호의 첫 여섯 페이지에 펼침 화보로 실릴 마지막 사진은 앞서 소개한 선언문을 시각화한 몽타주다. 각 페이지에는 사진들이 정리되지 않고 서로 붙은 채 격자 모양으로 늘어서 있다. 각 사진 위에는 단어가 조판되어 있다. 즉

응석받이로 보이는 젊은 여자의 사진 위: 안 돼.[1]

판매를 위해 전시된 총기 위: 안 돼.[2]

결혼 예복을 입은 두 개의 큐피 인형 위: 안 돼.[3]

자신의 양 떼를 찬양하는 복음 설교자 위: 안 돼.[4]

〈사비니 여인의 강탈〉의 일부 위: 안 돼.[5]

비웃는 젊은 남자의 클로즈업 사진 위: 안 돼.[6]

비즈니스 슈즈로 하이힐을 신은 여자들 위: 안 돼.[7]

옷깃과 넥타이의 클로즈업 사진 위: 안 돼.[8]

에덴동산에서 쫓겨난 아담과 이브 위: 안 돼.[9]

우리는 이 사진들이 당연히 폭동을 일으킬 정도로 강력한 재능과 예언의 결과라고 확신한다. 그 의미는 쉽게 파악되지 않아야 한다. 의미는

1. 우리는 응석받이가 아니고 게으르지도 않다!

2. 총은 아무 데서나 팔아서는 안 된다.

3. 우리는 결혼과는 상관없는 사람들이다.

4. 종교와도.

5. 그리고 우리는 강탈에는 절대 반대한다.

6. 그리고 비웃는 것도.

7. 그리고 하이힐도.

8. 넥타이도 마찬가지다.

9. 신에 의해 동산에서 추방된 존재도. 또는 벌거벗은 것을 수치스러워하는 존재도. 또는 사과를 먹는 것도(마지막은 분명하지 않다).

펼침 화보는 이 모든 부정, 우리가 제대로 생각도 하지 않고 거부한 모든 것 이후에 뜻밖에 닥쳐온 결말, 종국인 셈이다. 바로 다섯 명이 벌거벗은 채 카메라를 등지고 바다로 달려가는 전면(全

面) 사진. 그 사진 위에는 검은색의 한 단어가 하늘과 대비(흑백으로)를 이루고 있다. '어쩌면.'

쿵!

우리는 우리가 획기적인 뭔가를 하고 있다고, 우리의 근무시간이 이를 반영한다고 확신한다. 근무시간은 의지에 대한 시험으로 동료의 압박과 죄책감이 지닌 해로운 효과를 보여준다. 비관습적인 우리는 9시부터 5시까지라는 관습적인 근무시간을 지키고 우리 자신이나 인류를 위해 다음 날까지 무슨 일을 마쳐야 하느냐에 따라 2, 3회 추가 근무를 한다.

해내야 해! 기다리는 건 지겨워!

낮에 무디와 나는 〈샌프란시스코 크로니클〉의 국내 프로모션 부서를 위해 그래픽디자인 작업을 한다. 무디는 여전히 다른 마케팅 작업을 하고 있고 나는 여전히 임시직원으로 일하고 있다. 대개는 샌레이먼에 있는 팩벨 본사에서 모범적인 업적을 기념하는 증명서를 8시간 동안 디자인한다(그림 3). 마니는 일주일에 나흘 밤을

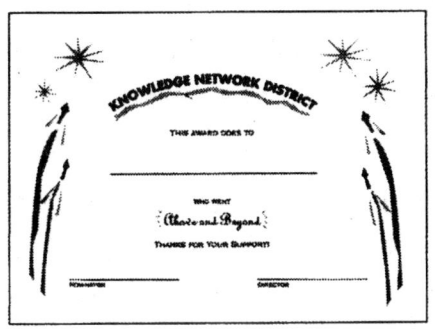

그림 3

웨이트리스로 일한다. 우리에게 날아온 청구서는 〈샌프란시스코 크로니클〉이 해결해준다. 그곳의 책임자는 일찌감치 나를 동정해서—10대 딸을 둔 싱글맘인 다이앤 레비는 나 역시 집에 아이가 있다는 이야기를 하자 눈물을 글썽였다—이제는 그 잡지의 다양한 섹션과 칼럼니스트를 홍보하는 광고, 포스터, 캠페인을 우리에게 맡긴다. 눈부시고 예리하게 일하는 것으로 정평이 난 우리는 그 일 역시 빈틈없이 해낸다.

"비즈니스 섹션에 광고가 필요한데." 그들이 말한다.

그럼요, 우리가 말한다. 그 결과는,

크로니클. 당신의 특별한 비즈니스.

"이제 스포츠 섹션에요."

크로니클 스포츠. 스코어는 우리에게 물어라.

창의력을 그렇게 낭비하는 데 지친 우리는 이런 식으로는 〈마이트〉의 자금을 모으지 않기로 한다. 사람들이 신용카드로 〈마이트〉를 시작했느냐고 물으면 우리는 우리의 그래픽디자인 사업에 대해 이야기하지만 사실 끔찍하고 말할 수 없는 진실은 따로 있다. 바로 내가 그냥 수표를 쓴다는 것이다. 1쇄 인쇄에 들어간 만 달러 정도의 비용은 내가 상속받은 보험금과 집을 판 돈으로 지불했다. 처음에는 우리가 모두에게 사실을 말해야 한다고 생각했다. 이보다 더 우리의 노력을 상징하는 것이 있을까? 우리 부모의 잿더미—문자 그대로—에서 챙긴 많지 않은 돈이 우리가 원하는 대로 이 일을 하게 하고, 다른 사람에게 아이디어를 팔거나 돈을 모으지 않게 하고 아무도 그런 우스운 계획에 자금을 대주지 않는다는 사실이 분명해졌을 때도 단념하지 않게 해준다. 승인을 기다리지 않아도 된다. 조건도 없다. 무디와 마니는 잡지가 이런 식으로 자금을 모은다는 것을 알지만 다른 사람들은 아무도 이런 이야기를 듣지 못한다. 아마 그들은 이해하지 못할 것이다. 어쩌면 너무나 잘 이해할지도 모른다. 그 첫번째 투자 이후 미래의 투자는 최소가 될 것이다. 거의 즉시 수지가 맞추어지기 때문이다. 비록 우리가 수입을 올리리라는 희망은 아주 희미하고 멀지만. 그러다 또다시 상황이 급변할 수도 있다. 우리가 가난한 잡지를 제작하는 익명의 얼간이들이 되지 않는다면 상황은 다르게 돌아갈 수 있다. 똑같은 얼간이지만 시청률이 높고 영향력이 큰 MTV의 대단한 리얼리티 프로그램에 출연하는 스타라면?

우리는 지원서를 얻어 온다.

마니와 나는 둘 다 지원해보기로 한다. 우리는 짧은 설문지를 작성한다. 요구받은 대로 우리 둘 다 그들이 재미있어하기를 빌며 뭔가를 말하고 뭔가를 하는 모습을 찍어 비디오테이프를 만든다. 어떤 사람들은 스케이트보드를 탄다. 어떤 사람들은 탭댄스를 추고 가족을 소개하고 개와 장난을 친다. 나는 창고에 놓인 책상에 앉아 별것 아닌 이야기를 하다 갑자기 발작적으로 드럼을 친다. 무디가 이런 내 모습을 찍는다. 일상 속에서 나는 러버보이의 드러머다. 늘어진 전선에 앉아 있는 것처럼 눈을 깜박이고 몸을 움찔거리지 않고는 도저히 드럼을 칠 수 없는. 비디오테이프는 조금이라도 재미있을 거라고 우리는 생각한다. 재미있기보다는 무서울 것 같은데도 무디는 웃는다. 우리는 비디오테이프를 보낸다.

이틀 후 로라라는 여자가 전화한다. 그녀는 그 프로그램의 프로듀서인지 캐스팅 담당자인지 뭐, 그렇다. 그녀는 내가 TV에 출연해 불만에 찬 전국의 젊은이들을 격려해주어야 한다는 사실을 알아차린다. 나는 새로운 〈리얼월드〉의 본부로 가서 30분쯤 면접을 봐야 하고 이 장면 역시 녹화될 것이다.

◈◈◈

인터뷰는 일요일에 있다. 토프가 여전히 자는 동안 나는 버클리에서 차를 몰고 물 위로 몇 마일이나 펼쳐진 다리를 지나 엠바르카데로 옆, 노스비치에 있는 MTV 임시 사무실로 간다. 아주 적절하게도 이곳은 광고 에이전시들이 모여 있는 곳이다. 나는 자부심과 공포로 가득하다. 물론 난 오디션을 받으라는 연락을 받고 싶었고 그들이 내 안의 볼 만한 것은 모두 보기를 원했지만 정말 출연하고 싶은 생각은 없었다. 여기까지 오고 보니 누군가—베스, 토프, 데이비드 밀턴—이 사실을 알아차릴까 두렵다. 이건 사회적인 또는 언론학적인 대의를 위한 일이라고 스스로를 다독인다. 얼마나 재미있는 이야깃거리가 되겠어! 하지만 정말 그저 호기심인 걸까? 아니면 정말 하고 싶은 걸까? 내가 정말 이걸 원했다면 난 대체 어떤 사람인 걸까?

20분쯤 빨리 도착해서인지 동네는 텅 비어 있다. MTV 사람들은 일찍 다니지 않기 때문에 난 시간이 될 때까지 돌아다닌다. 약속 시간보다 2분쯤 늦게야 나는 사무실로 들어간다. 생긴 지 몇 주밖에 되지 않은 사무실인데도 물결 모양의 강철판으로 만든 크고 완벽한 MTV 로고가 벌써 리셉셔니스트의 책상 위에 매달려 있다. 기다리는 동안 내가 긴장을 풀 수 있도록 젊은 어시스턴트가 함께 수다를 떨어준다. 수다를 떠는 동안 내가 이미 오디션을 보고 있음을 깨닫는다. 나는 그들에게 나를 더 각인시키기 위해, 즉시 재미, 신랄함, 감동, 중서부의 향토색을 일깨워주기 위해 더 신중하게 말을 고르기 시작한다. 나는 내 다리를 본다. 꼬고 있다. 하지만 다리를 어떻게 꼬아야 하는 거지? 남자가 남자답게 꼬듯이 아니면 여자가 나이 든 남자처럼 꼬듯이? 후자처럼 하면 나를 게이로 생각하지 않을까? 그게 도움이 될까?

그때 한 여자가 걸어 들어온다. 미끄러지듯 조용히. 그녀는 나를 내려다본다. 그녀는 내 엄마, 내 여자 친구, 내 부인이다. 로라다. 내게 전화를 했던 프로듀서인지, 캐스팅 담당자인지 하는 사람이다. 그녀는 알리 맥그로를 닮았다. 그녀의 피부는 약간 그을렸고 눈은 짙은 색이고 밀크초콜릿색 생머리가 그녀의 어깨에서 부드럽게 찰랑인다. 벨벳 무대에 벨벳 커튼이 살랑이듯.

그녀는 나를 다른 방으로 데려가 인터뷰를 하려 한다. 나는 따라간다. 난 그녀에게 나 자신을 던질 준비가 되었다. 그녀는 들을 것이고 들으면 알 것이다. 하지만 내 머리카락은 완전히 엉망이겠지. 미리 화장실에서 보고 오려고 했는데 기회가 없었다. 우습다. 내게, 내 머리에 가장 중요할 수도 있는 날인데 모든 것을 운에 맡겨야 하다니. 지금 머리를 좀 보고 오겠다고 하면 그녀는 내가 외모에 신경을 많이 쓰고 자의식이 강하다고 생각하겠지. 그녀가 잘못된 생각을 갖게 해서는 안 된다. 물론 그녀는 외모에 신경을 많이 쓰는 사람을 원한다. 나는 그런 사람이 될 수 있다. 항상 외모에 신경을 쓰는 사람이 있다. 대개 모델들이 그렇다. 나는 결코 상대가 되지 못한다. 결코. 베네통 모델이 아니라면 이상하고 수수하게

만 보이겠지. 나도 할 수 있었는데. 마약을 하는 사람들, 아니면 주근깨 가득한 얼굴에 머리를 산발한 사람들처럼 괴상하고 반항적으로 보일 수 있었는데.

아, 그녀를 보자. 난 로라의 프로그램에 출연하고 싶은 것 이상으로 그녀와 정착해 가족을 이루고 싶다. 노스캐롤라이나 해변에 10에이커쯤 되는 땅을 마련해서. 우리는 스키퍼라는 이름의 개도 키울 것이다. 우리는 함께 요리해서 그녀의 부모와 이웃에 대접할 것이다. 내가 아니라 그녀를 닮은 아이도 여럿 있을 것이다. 강하고 섬세한 이목구비에 그 멋진 코.

"좋습니다." 그녀가 비디오카메라 뒤에 앉으면서 말한다.

테이프가 돌아가고 빨간 불이 켜지고 모든 것이 시작된다.

"어디서 자랐죠?" 그녀가 묻는다.

"아. 네. 시카고 교외의 레이크포리스트라는 작은 도시에서요. 북쪽으로 30마일쯤……"

"레이크포리스트는 나도 알아요."

"그래요?" 나는 구성의 변화―인용부호가 사라지고 단순한 인터뷰가 다른 뭔가, 훨씬 더 대단한 뭔가로 바뀌는 것―를 느끼면서 말한다. "인구가 만 칠천 명인 작은 교외 지역이죠. 놀랍네요……"

저, 레이크포리스트는 그리니치나 스카스데일 같은 곳이죠. 다시 말해 미국에서 가장 부유한 도시 중 한 곳이 아닌가요?

그래요? 그런 것 같네요. 그래요. 잘 모르겠어요. 하지만 부자는 몰라요. 우리는 부자가 아니었어요. 친구들의 부모님은 선생님이거나 의료용품을 팔거나 미술품 가게를 운영했어요…… 우리 부모님은 중고차를 몰았고 엄마는 마셜 상점에서 옷을 샀죠. 그래요. 우리는 그 동네에서 사회경제적으로 하위 50퍼센트에 속했어요.

부모님은 어떤 일을 하셨죠?

엄마는 내가 열두 살이 될 때까지 일을 하지 않았어요. 그러다 선생님이 되었죠. 몬테소리에서요. 아버지는 변호사였는데 시카고에서 상품을 취급했어요. 선물거래요.

형제는요?

누나는 캘리포니아에서 로스쿨에 다니고 있어요. 형인 빌은 LA에 있는 무슨 싱크탱크 집단에서 일해요.

그게 무슨 소리죠?

음, 그는 헤리티지 재단에서 일을 시작했어요. 그리고 동유럽을 여행하고 동구권에 자유시장 경제 등에 대해 조언했어요. 작은 지방정부에 대해 책을 썼죠. 『뿌리의 혁명: 더 작고 더 낫고 더 친근한 정부』라고 당신도 봤을지 모르겠군요. 표지에 뉴트 깅리치가 한마디 한 게 실렸죠. 훌륭한 미국인이라면 누구나 그 책을 읽어야 한다고요.

형과는 정치에 대해 많이 이야기하지 않겠군요.

네, 별로요.

자랄 때 돈은 있었나요?

모르겠어요. 때로는 있고 때로는 없었죠. 사실 뭔가 부족했던 적은 없지만 어머니 때문에 항상 근근이 살아간다는 느낌을 받았어요. "이러다 구빈원에 들어가겠어!" 엄마는 이렇게 소리치곤 했죠. 대개는 아빠에게 그랬지만 특별히 정해진 누군가가 아니라 모두에게 그랬어요. 사실 우리는 상황이 어떤지 몰랐어요. 하지만 불평하는 것도 웃겼을 거예요. 우리는 그 멋진 마을에 살았고 각자의 방, 옷, 음식이 있었죠. 항상 차를 타고 가긴 했지만 플로리다에 휴가도 갔구요. 우리 모두 열세 살 무렵부터 여름에는 일을 했어요. 빌과 나는 잔디를 깎았고 베스는 갈색 코르덴바지를 입고 배스킨라빈스에서 일했죠. 형편없던 중고 폭스바겐 래빗과 녹슨 시보레 카마로를 사야 했구요. 모두 공립학교를 거쳐 주립대학에 갔어요. 그래서, 아뇨, 돈이 많지는 않았어요. 분명히 저축은 하나도 없었고 두 분이 돌아가셨을 때 우리가 찾아낸 것이라고는……

홈.
나갈 수 있나요?

무슨 소리죠?
내가 잘했나요? 나갈 수 있냐구요?

잠깐만요. 방금 시작했잖아요.
아.

그래서 당신은 다르다고 느꼈나요, 그러니까 부에 기초한 사회적인 구

292

분이 있었나요?

거의 없었죠. 하지만 있었다면 반비례 관계겠죠. 있는 집 아이처럼 행동하고 옷을 입으면 따돌림과 동정을 받았고 인기가 없었어요. 어디서든 그렇듯이. 공립학교에 다니는 아이들은 튀면 악의적인 관심을 끌 수도 있다는 사실을 친구들로부터 주입받죠. 그래서 부자 티를 내는 것은 너무 키가 크거나 너무 뚱뚱하거나 목에 종기가 나 있는 거나 마찬가지였어요. 우리 모두 중산층에게 자연히 끌렸죠. 학교를 다니는 내내 그랬어요. 대개 가장 부유한 아이들이 가장 필사적으로 중산층처럼 되고 싶어했죠. 그들은 고등학교 뒤의 낡은 판잣집에 사는 미식축구 선수처럼 모두가 정말로 부러워하는 아이들의 관심을 끌려고 끊임없이 파티를 열었어요. 인기 있는 아이들은 트럭을 몰았고, 가장 거지 같은 차를 샀고, 이혼을 하거나 알코올중독자인, 또는 둘 다인 부모를 두었죠. 그들의 부모는 사람들이 살고 싶어하는 곳과는 멀리 떨어진 곳에서 살았어요. 항상 셔츠를 바지 안에 넣어 입고, 머리카락은 항상 깔끔한 부잣집 아이들, 또는 도심의 사립학교에 다니던 아이들은 절망적이고 불안하고 괴팍했어요. 우수한 공립학교들이 있는 레이크포리스트에 살면서 컨추리데이*라는 학교에 아이들을 보내기 위해 1년에 만 달러를 날리는 모습을 상상할 수 있어요? 괴상한 일이었죠. 우리가 그 학교를 뭐라고 불렀는지 알아요?

---

* 19세기 후반 미국의 진보적인 교육 운동에 기초하여 세워진 학교들로 부유층이 거주하는 '컨추리', 즉 교외에 위치하고 있어서 이런 이름이 붙여졌다.

아뇨.

아주 웃긴 건데.

뭐라고 불렀는데요?

컨추리 게이요.

……

컨추리 게이. 알겠어요? 컨추리 게이?

상당히 편협한 동네였군요.

균질하다는 말은 맞지만 편협하다는 말은 틀려요. 물론 압도적으로 백인이 많지만 적어도 겉으로 표현되는 인종주의는 별로 없었기 때문에 기본적으로 우리는 별다른 편견 없이 성장했어요. 직접적으로든 이론적으로든 말이죠. 나와 내 친구들이 저지른 장난 이상의 범죄에 대해서는 듣지 못했죠. 부유한 데다 고립되어 있다 보니 마을 사람들은 사회적 이슈들을 유흥 거리로 여겼어요. 다른 사람들이 다른 곳에서 벌인 레슬링 경기처럼요. 정말 편협한 일은 딱 한 번 보았어요. 초등학교 때 안경을 쓰고 괴짜처럼 생긴 마른 아이가 우리 동네에 이사 왔는데 방에다 깃발을 걸어놨더라구요. 남부의 깃발을요.

남부동맹 깃발이군요.

맞아요. 그 아이는 내가 아홉 살쯤 되었을 때 이사 왔어요. 형과 나이가 같아서 나보다 세 살이 많았어요. 그리고 이사 오자마자 모든 것을 뒤엎었죠. 우선 그가 버스 의자 뒤에 스와티스카를 그리는 걸 우리 형이 봤죠. 우리 중 누구도 그런 걸 본 적이 없었어요. 그래서 한동안 그 일화는 대단한 이야깃거리가 되었죠. 진짜 인종주의자! 그러더니 그 아이는 이웃 아이들을 개종시켜서—미안해요, 좋지 않은 단어를 써서—비공식적인 모임 같은 걸 만들었어요. 그들은 노트에 스와티스카를 그리고 그런 사람들이 쓰는 단어를 쓰기 시작했어요.

어떤 단언데요?
내가 틀릴지도 몰라요. 카이크(kike)라는 단언데, 맞나요?

네.
ky예요, 아니면 ki예요?

ki일걸요.
음. 하마터면 ky라고 생각할 뻔했어요. 어쨌든 갑자기 아이들이 그 단어를 썼어요. 우리는 소수의 문화집단을 이루고 있었는데 갑자기 오염이 된 거죠. 어떤 면에서는 이런 광신적인 편협함이 나타나면서 퇴행된 거죠…… 그때까지 다른 아이들과 친구였던 토드 골럽이 갑자기 유대인이 되어버렸어요! 그리고 즉시 그는 따돌림을 당했죠. 물론 난 자세히 듣지는 못했어요. 그들은 형 또래라서 나보다 나이가 많았기 때문이죠. 형도 아주 조금밖에 이야기해주지 않았어요. 부모님은 우리가 그 사건에 대해 아는 것을 원하지 않았죠. "나쁜 녀석들." 엄마는 그렇게 말했고 그게 그런 뜻이었죠. 우리는 정말 아무것도 몰랐어요. 불경함에 대해 몰랐고 섹스에 대해서도 아무것도 몰랐어요. 열두 살에야 불알이라는 게 엉덩이 양쪽이 아니라 고환을 가리킨다는 걸 알았어요. 웃지 마세요. 난 그런 걸 무서워했거든요. 당시 나는 내 몸의 구조에 대해 가톨릭적인 지식밖에 없었어요. 전혀 의미가 없는 거죠.

이야기가 다른 데로 샜네요. 그래도 빌은 그 아이들을 계속 친구로 두려고 했어요. 스와티스카가 일시적인 바이러스 같은 것이길 바라면서 말이죠. 하지만 난 내가 알고 있는 것을 토대로 그 아이의 집에서 어떤 일이 벌어지고 있는지에 대해 잘 꾸며진 판타지를 갖기 시작했어요. 차를 타고 그 집 앞을 지나칠 때마다 나는 목을 뒤로 빼고는 커다란 남부동맹 깃발을 찾곤 했죠. 그 아이의 방은 창문이 온통 그 깃발로 덮여 있어서 아주 쉽게 찾을 수 있었죠. 척 걸쳐진 깃발은 가운데가 푹 꺼져 있었죠. 무슨 생각을 해야 할지, 그 집이 얼마나 물들어 있는지는 몰랐어요. 그래서 그 집 앞을 지날 때마다 그 애나 그 애 아버지가 십자가를 태우거나 두건을 쓴 남자들이 나무 위로 올가미를 던져 올리는 모습을 볼 수 있지 않을까 기대하곤 했죠. 정말이에요. 우리는 기준으로 삼을 것이 없었어요. 그 아이는 아파트에 살던 아이들처럼 이질적이었어요. 난 그런 정보를 처리할 방법이 없었죠. 우리 동네는 여러 면에서 완고했어요. 물건들도 똑같고, 피부색, 자동차 브랜드, 잔디의 무성함까지 똑같았어요. 하지만 그 위에는 빈 캔버스가 있었어요, 다시 말하지만 난 어떤 아이든 그럴 거라고 생각해요. 그래서 난 진실이라고 믿었던 모든 것이 불시에 완전히 뒤바뀌는 것도 받아들일 준비가 되어 있었죠.

혹인 아이들은요?

몇 명 있었어요. 아마 네다섯 명쯤. 초등학교 때 조너선 허친슨
이라는 아이가 있었죠. 그는 올드엘름 로드에 살았어요. 동서 방향
으로 뻗은 올드엘름 로드는 레이크포리스트와 하이랜드파크의 경
계선 같은 도로였어요. 우리 집에서 멀지 않았죠. 그 애는 괜찮았
어요. 어설픈 아이이기는 했지만 그럭저럭 착했죠. 얼마 후 그는
이사를 갔고 한동안 흑인 아이는 없었어요. 그때 미스터 T가 이사
를 왔어요.

미스터 T라구요?

네, 그래요. 맙소사, 우리가 중학교인가 고등학교에 다닐 때였
어요. 우리가 그 이야기를 들은 건 〈A특공대〉가 1, 2년 정도 쉰 후
였죠. 세상에, 다들 그 이야기만 했어요. 당시 마을은 그곳을 배경
으로 한 영화 〈보통 사람들〉 때문에 뒤숭숭했어요. 맥도널드에는
로버트 레드퍼드의 사진이 도배되어 있었죠. 하지만 우리 동네에
는 미스터 T 정도 되는 사람이 없었어요. 내 말은 당시 그는 여전
히 대단한 스타였다는 거죠. 그가 시리즈 사이사이에 무슨 일을 했
는지는 잊었어요. 그게 얼마나 어려운지 당신도 알잖아요. 어쨌든
그는 여전히 대단한 스타였어요. 그는 그린베이 로드에 있는 거대
한 집으로 이사 왔어요. 10에이커가 훌쩍 넘는 집이었죠. 대문도
따로 있고 거대한 벽돌 담에 둘러싸인 집이었죠. 도심과 붙어 있었
어요. 우리가 다니던 세인트메리 성당에서 몇 집 지나면 있었죠.

사람들이 그를 어떻게 맞았나요?

우리는 이성을 잃었어요. 우리 세계는 폭발했죠. 우리는 너무 좋아했어요. 아이들 말이에요. 〈A특공대〉는 우리가 가장 좋아하는 프로그램이었어요. 우리는 〈A특공대〉 주제가, 다다다 다! 다다 다…… 다다다다다!를 부르며 학교 식당을 뛰어다니고 여자 아이들의 테이블에 가짜로 불을 발사하는 척했죠. 하지만 지금 생각해 보면 부모님들은 좀더 호기심을 가졌던 것 같아요. 우선 돈이 있는 사람들은 유명세에 꿇리고 싶어하지 않았어요. 특히 부정하게 얻은 유명세에는 말이죠. T의 경우가 그렇게 여겨졌죠. 그를 T라고 불러도 상관없으시죠?

그럼요.

처음 발굴될 당시 그는 경비원이었어요. 그리고 물론 그가 그 나무들을 모두 베어낸 것도 문제를 키웠죠.

나도 기억해요.

한창 뉴스가 됐잖아요. 스캔들이었죠. 경직된 백인 마을에 금줄을 감고 모호크 머리를 한 덩치 큰 흑인 남자가 이사 오더니 자기 땅에 있는 나무를 두 그루만 빼고 모조리 사슬톱으로 베어버렸어요. 200그루쯤 되는 나무를 대낮에 사슬톱으로 혼자 베어버린 거예요. 믿을 수 없는 일이었죠. 용감하죠! 그는 자기한테 알레르기가 있다고 했어요. 하지만 정말 말도 안 되는 말이었죠. 마을 사람들은 나무들을 정말 자랑스러워했어요. 그럴 만한 이유도 있고요. 정말 멋진 나무들이었거든요. 우리는 도처에 이렇게 써 붙여놓았죠. "미국 나무의 도시." 우리는 그 말이 좋았어요. 그래서 그가 모든 나무를 베어버렸을 때 다들 할 말을 잃었어요. 그를 비난하고는 싶었지만—몇 명은 실제로 그를 비난했어요—대다수의 사람들은 인종주의자나 괜히 열 내는 패배자들처럼 보일까봐 두려워했죠. 그곳은 그 흑인 문지기가 노래 자랑에 나가 〈Deep River〉를 부르고 기립박수를 받는 그런 데였어요. 그래서 결국 모두들 팔짱을 끼고 앉아서 지켜보았어요. 우리 아버지는 재미있다고만 생각하고 관련 기사들을 열심히 읽고 심하게 킥킥거렸어요. "아 멋져." 마을 사람들이 시카고 언론에 황당해할 때마다 그렇게 말하곤 했죠. 아버지는 자신을 레이크포리스트 사람이라고 생각하지 않았어요. 아버지는 그 동네에 친구가 없었고 제대로 된 차를 몰고 동네를 돌아다니지도 않았어요.

우리는 성당에 가는 길에 미스터 T를 딱 한 번 봤어요. 바로 거기 그의 집 대문 앞에서 사슬톱을 들고 있는 그를 봤죠. 대단했어요. 그는 관목들을 베어내고 있었어요.

우리가 어떻게 이런 이야기를 하게 되었죠?
흑인 아이들이요. 그에게는 두 딸이 있었고 그들은 고등학생이었어요. 그래서 그들이 나타나면서 내가 만나본 흑인 학생 수가 네 명이 되면서 두 배가 되었죠. 맞아요, 모두 네 명이었던 것 같아요.

고등학교 학생 수는 몇 명이었는데요?
1300명쯤이요.

시카고에서 20마일 정도밖에 안 떨어져 있잖아요.

그래요. 북쪽으로 5마일쯤 떨어진 곳에 노스시카고라는 도시가
있죠. 거의 흑인들만 살아요. 내 생각에는요.

당신 생각이라니 무슨 뜻이죠?

음, 거기 가본 적이 없거든요. 하이랜드파크에는 가봤는데 그곳
은 유대인 도시였어요. 난 하이우드에서 맥주를 사곤 했죠. 이탈리
아 식당들이 있는 곳이죠. 잔디를 깎아주는 멕시칸들이 거기 모여
살았어요. 와우케간에는 쇼핑몰이 있었던 것 같아요. 항상 선원들
이 붐볐어요. 리버티빌에는 하키 헤어스타일을 한 아이들이 살았
구요.

미스터 T의 딸들은 어떤 대접을 받았죠?

모두 그들을 좋아하는 것 같았어요. 그 애들은 아주 친절하고
재미있어 보였어요. 하지만 난 그 애들을 몰라요. 심지어 그 애들
의 이름도 몰라요. 나보다 한 학년 아래였거든요. 그 애들은 항상
하얀 메르세데스를 몰고 다녔어요. 주문 제작된 차로 번호판에는
Mr. T 3이라고 적혀 있었죠. 하지만 모두 그 애들을 좋아했어요.
그 애들은 미스터 T의 딸들이니까요. 학교에서는 그런 게 대단히
자랑스럽죠. 최소한 우리 같은 아이들에게는요. 사람들에게 가장
처음 하는 이야기도 그것이었어요. 그것과 〈보통 사람들〉이요.

그들이 유일한 흑인 아이들이었나요?

내가 기억하는 다른 흑인 아이는 우리 누나 반에 있던 남학생이

었어요. 이름은 스티브인데 성은 몰라요. 처음부터 몰랐어요. 그에 대해 많이 알고 있지는 못해요. 하지만 스티브가 그 반에서 유일한 흑인이었기 때문에 그가 '검은 녀석 스티브'로 불린 건 알고 있죠.

뭐라고요?

네, 누나 말을 들어보면 기본적으로 언제든 그렇게 불렸어요. 그의 별명이라고 할 수 있죠. 그는 그냥 보통 남자였어요. 엄청나게 인기가 있지는 않았지만 충분히 괜찮았죠. 사람들은 그를 좋아했고, 내 생각에 사람들은 그가 다르다는 것을 신기하게 여긴 것 같아요. 어떻게 그 한 아이만이 상고머리를 하고 있는지 신기해하는 것처럼, 아니면 그 여자애, 이름은 잊었지만 어떻게 그 애가 농구선수들과 데이트를 하는지 신기해하는 것과 같았죠. 그 애 이름이 뭐였더라? 그녀는 난쟁이였어요. 어쨌든 그래서 그는 검은 녀석 스티브였죠.

불쾌했겠군요.

무슨 뜻인지? 아뇨.

그럼 마음에 들었나요?

네. 그래요. 많은 사람이 마음에 들어하지 않았죠. 많은 사람들이 불평했어요. 그들은 자기가 자란 곳을 창피해했어요. 말을 걸어보면 시카고와 샘페인 사람들은 거칠 수도 있어요. 그들은 당신에게 절을 하고 손에 입을 맞출 거예요. 어쨌든 예쁘고 소박한 교외에서 자란 것이 유감스럽지는 않아요. 적어도 내가 살던 지역만큼은 말이죠. 우리에게 선택권이 있었던 것 같지는 않아요. 여덟아홉 살 때 우리가 집을 떠날 수만 있었다면 언제든 어디로든, 이런 식의 불쾌한 번영이 조금이라도 덜한 곳으로 이사를 갔을 거예요. 이 말은 해야겠네요. 겉으로는 안정되고 만족스러운 환경인 것처럼, 확실히 안정되고 작은 것에 관심을 갖고 가족을 존중하는 환경— 안락하지만 전형적인 중서부풍이죠—인 것처럼 때로는 아주 조용했어요, 이상할 정도로. 그 고요함 아래로 아주 작고 희미한 소리가 들리죠. 좁은 구멍에서 공기가 밀려 나오듯, 누군가 저 멀리에서 비명을 지르는 것처럼. 그리고 사람들은 어둠 속에서 야릇하게 죽어가죠.

무슨 뜻이죠?

아, 자살들, 이상한 사건들요. 알던 아이가 지하실에서 놀다 무너지는 나무 더미에 깔려 질식사했어요. 그게 우리가 경험한 첫번째 죽음이었어요. 그 애는 열 살쯤 되었을 거예요. 그리고 2년쯤 있다가 리키 아버지가.

리키 아버지요?

리키는 우리 두 집의 뒤쪽을 흐르던 개천 건너에 살던 친한 친구였어요. 그와 제프 파랜더와 나는 함께 뭔가를 하곤 했어요. 같은 수영팀이기도 했구요. 개천 건너는 이상했어요. 우리가 함께한 일은 대부분 일종의 파괴 행위였어요. 가령 차에 얼음, 바위, 돌능금, 도토리, 눈뭉치 같은 것을 던지는 거죠.

돌이켜보면 왜 그랬는지 모르겠어요. 차들이 지나가는 게 화가 났던 건가? 우리는 지루했고 지나가는 차에든 트럭에든 뭔가를 맞혀서 쿵 소리가 나는 걸 좋아했어요. 점점 장난의 수위가 높아졌죠. 처음에는 그냥 이런저런 것들을 던졌어요. 그러다 어느 겨울 우리는 새로 내린 눈으로 커다란 눈덩이를 일고여덟 개 만들어서 길에 벽을 쌓았어요. 우리는 눈덩이를 꼭꼭 누르고는 덤불에 숨어서 킥킥대며 지켜봤어요. 높이는 3피트고 두께도 3피트나 되는 벽이 밸리 로드에 세워진 거예요. 경찰은 우리를 알고 있었기 때문에 약아빠진 우리는 벽을 제프네 집 바로 앞에 세웠죠. 생각했던 대로 운전자들은 차를 멈추거나 돌아가거나 바보같이 벽으로 돌진했어요. 그 벽의 두께나 우리의 솜씨를 무시하고 말이죠.

"변속기 봐." 그가 말하곤 했어요.

"응." 나는 그가 무슨 말을 하는지도 모르고 대답하곤 했죠. 차에 대해서는 아무것도 몰랐거든요.

어느 여름 우리의 장난은 한층 심해졌죠. 우리는 항상 라이터와 가솔린으로 여기저기 불을 붙이며 장난을 쳤어요. 보통은 테니스 공을 가솔린에 적셔서 불을 붙인 다음 도로로 차 넣었죠.

"파이어볼." 우리는 이렇게 소리 지르곤 했어요. "파이어볼!" "파이어볼!" "파이어볼!"

우리가 그 놀이를 뭐라고 불렀는지 알아요?

모르겠는데요.

파이어볼이요.

그렇군요.

어느 날 밤 네번째 꼬마, 티미 로저스가 새로운 아이디어를 냈어요. 손발이 가늘고 머리숱이 적은 아이였어요. 그는 가솔린을 가져다가…… 길에 뿌리고는…… 하지만 우리에겐 성냥이 없었어요. 누군가가 집에 가서 의심받지 않게 조용히 가져와야 했죠. 하지만 누가 갈지, 누가 기다란 바비큐 성냥을 가져올지 고민하는 동안 티미 로저스가 라이터를 꺼낸 거예요. 작은 빅 라이터를 가솔린에 흠뻑 젖은 보도로 가져가서—이때 난 말 그대로 펄쩍 뛰어 멀리 물러났어요—불을 댕기자 순식간에 온 거리에 불길이 치솟았어요. 믿을 수 없게도 불길이 5피트 높이로 치솟았고 레이크포리스트의 도로들이 불타기 시작했어요! 불길이 오랫동안 지속되지는 않았지만 경찰을 불러들이기에는 충분했어요. 우리가 덤불에 숨어서 킥킥거리는 동안 경찰이 수색했어요. 우리가 길에 불을 붙였어! 그리고 우리는 제프의 집으로 돌아가서 〈중고차 소동〉을 여섯번째 봤어요.

그게 리키 아버지와 무슨 상관이 있나요?

아. 맑은 초여름 날이었어요. 나는 집에서 레고로 화성에 도시를 지으면서 내가 스케치북에 그린 복잡한 설계도와 맞춰보고 있었어요. 그 옆에는 날아다니는 공룡들과 발이 크고 상냥한 외계인 그림도 그려져 있었죠. 나는 생일선물로 받은 분화구가 뚫린 회색 판으로 기초를 모두 놓았어요. 그런데 그때 제프가 전화한 거예요. 그는 뭔가 끔찍한 일이 벌어졌다면서 리키네 집에 가보자고 했어요.

"무슨 일인데?"

"리키 아빠가 가솔린을 몸에 붓고 성냥으로 불을 붙인 다음 마당에서 뛰어다녔대. 그러다 뛰는 걸 멈추고 바로 그 자리에서 돌아가셨대. 집 앞에서 말이야."

난 엄마에게 이야기해주고는 막다른 골목 끝으로 걸어갔어요. 얕은 개천을 뛰어넘어 제프네 집으로 갔다가 다시 리키네 집으로 갔죠. 그는 가족실에서 텔레비전을 보고 있었어요. 그 집 가족실은 우리 집처럼 판을 두르고 어둑했죠. 그는 안녕이라고 말했어요. 우리도 안녕이라고 말했죠. 초창기의 뮤직비디오가 방영되고 있었어요. MTV가 생기기 전이었어요. 밥 딜런의 〈Jokerman〉 뮤직비디오가 한창 나오고 있었죠. 우리는 그 뮤직비디오를 좋아했어요. 3D처럼 화면 밖을 향해 뭔가가 잔뜩 날아오죠. 나는 화면에 박힌 '롤링 스톤'이라는 글자를 읽은 다음 밥 딜런의 그 노래를 들었어요. 내가 뭘 좀 아는 사람이라면 밥 딜런을 알아야 한다는 것, 그리고 그를 좋아해야 한다는 것을 깨달았어요. 그래서 정말 그 노래를 좋아하고 싶었어요. 그런데 그때 리키가 선수를 쳤죠.

"난 이 노래가 좋아." 리키가 말했어요.

나는 조금 짜증이 났어요. 그래서 그냥 넘어가기로 했어요.

나이가 훨씬 어린 리키의 두 여동생이 때때로 방을 들락거렸어요. 우리는 TV 가까이에 앉아 좀더 보았죠.

"어땠어?" 제프가 물었어요. 그가 물었다는 사실이 믿기지 않았어요.

"어땠냐고?" 리키가 말했죠. "〈레이더스〉의 마지막 부분 같았어."

우리는 그 부분, 끝부분을 알고 있었어요. 나치가 성궤를 열었을 때 유령이 나오잖아요. 처음에 그 유령들은 상냥하고 아름답지만 갑자기 분노를 뿜어내죠. 그리고 성궤에서 불꽃이 나오면서 나치를 모두 죽이죠. 서 있는 자리에서 뻣뻣한 불의 채찍에 꿰뚫리고 밀랍으로 만든 더미처럼 머리가 하나씩 녹아내리고 피부, 그다음에는 연골, 그다음에는 두개골에서 피가 솟구치죠. 다른 색깔의 물처럼. 우리는 무서워하면서도 매혹당했어요.

와, 우리는 생각했어요. 〈레이더스〉.

우리는 리키와 앉아서, 한참 동안 거기 앉아서 TV를 봤어요. 그러다 지루해서 앞마당으로 나와 잔디에 흔적이나 피 같은 것이 남아 있는지 살폈어요. 하지만 아무것도 없었어요. 잔디는 완벽했어요. 푸르고 무성하고.

그런데 왜 이런 얘기를 하는 거죠?

몰라요. 그냥 이야기하다보니 그렇게 되었네요. 그런데 당신이 기대하던 이야기가 아닌가요? 소박한 공동체를 찢어놓은 끔찍한 죽음들, 주어진 상황에서는 더더욱 이상하고 비극적인, 그리고 모순.

그럼 얘기 좀 해보세요. 여기 실린 내용은 실제 인터뷰를 그대로 옮겨적은 게 아니죠. 그렇죠?

네.

실제 인터뷰 같지 않죠. 그렇죠?

그렇기는 하죠. 네.

이건 장치예요, 인터뷰 스타일. 만들어지고 꾸며진.

그렇죠.

괜찮은 장치예요. 너무 이질적이라 함께 구겨 넣을 수 없는 수많은 일화들을 다 담을 수 있어요.

네.

그럼, 그 일화들의 요점은요?

음, 레이크포리스트와 관련된 일화의 경우 요점은 상당히 분명하죠. 우리를 어떤 세계, 많은 사람들, 특히 티머시 허턴이 파격적인 역할을 맡았던 〈보통 사람들〉을 본 사람들에게 익숙한 세계를 잊지 않게 하죠. 참, 그 영화는 1980년에 개봉한 최고의 영화였어요. 자살을 묘사하는 대목은 물론 나를 형성하는 경험들이죠. 그 경험들은 나와 내가 아는 사람들이 우스꽝스럽고 극적인 방식으로 죽을 수 있다는 나의 가정과 이 책 후반부에서 일어날 일들을 예고해줘요. 인종과 민족과 관련된 것은 우리가 어떤 환경에서 성장했는지를 알려주고요. 우리는 아주 동질적이었기 때문에 아주 깊은 소속감을 느꼈죠. 토프와 내가 버클리에서 겪고 있는 것과는 대조적이에요. 버클리에는 엄청난 다양성이 존재하지만 아이러니하게도 그 안에서 우리는 여전히 주류에서 벗어난 듯한 이질감을 느꼈어요. 이건 포섭과 배척의 문제예요. 세라에 대한 일화는……

세라? 세라가 누구죠?

아. 더 일찍 이야기하려고 했는데. 그럼 빨리 이야기해볼게요.

내가 대학교 3, 4학년일 때 아버지가 가족실에 우리를 불러 모았어요. 우리는 엄마의 상태에 대해 알게 되었죠. 그해 여름은 엉망이었어요. 난 그해 여름과 가을에 이상한 짓을 많이 했죠. 상당수가 술을 마시고 저지른 짓이었는데, 몇 번은 물건을 부수기도 했어요. 자면서 벽을 기어오른 적도 있죠. 나는 파티에 참석했다가 모르는 사람들의 차를 타고 귀가하고 별로 좋지 않은 친구들과 술을 마시기 시작했어요. 어느 습한 여름 밤 앤드루 와그너의 집에서 파티가 열렸어요. 고속도로 건너편의 낡은 목조 가옥에 살던 그는 이런 대규모 파티를 곧잘 열곤 했죠. 근무 태도가 확실하고 기민한 경찰이 있는 레이크포리스트에서는 열기 힘든 야외 파티였어요. 나는 그 파티에 마니와 마니의 친구들—그들은 조금 나중에, 내가 부모님을 찾아 집에 돌아갈 때 등장할 거예요—과 함께 가서 술을 잔뜩 마셨어요. 반짝이는 빨간 컵—안쪽이 하얀 두꺼운 컵이었죠—에 생맥주를 따라 잔뜩 마셨어요. 나와 함께 간 사람들이 금방—금방 같았지만 그렇지 않을 수도 있어요—자리를 뜨기 시작했어요. 많은 사람들이 차를 태워주겠다고 했지만 나는 싫다고, 제프 파랜더와 이야기하는 중이라고, 좀더 있을 거라고 대답했죠. 나는 몇 년 만에 처음으로 파랜더와 이야기하고 있었어요. 우리는 함께 자란 사이였죠. 나는 그의 집에서 며칠씩 지내곤 했어요. 우리 집에 문제가 생기면 가장 먼저 그의 집을 찾아갔죠. 그의 엄마는 이모나 다름없었어요.

무슨 말인지 알 거예요. 제프와 나는 고등학교 때는 소원했어요. 하지만 이 파티, 앤드루 와그너가 연 파티에서, 위압적인 포치 불빛 아래에서 통에서 따라낸 셰이퍼 맥주를 잔뜩 마신 우리는 서로의 팔을 툭툭 쳤죠. 우리는 그의 차를 타고 와그너의 집에서 매코믹 바로 장소를 옮기기로 했어요.

"나랑 가." 그가 말했어요.

"그래, 그래." 내가 말했죠. 나는 다시 열한 살 때로 돌아가서 차에 달걀을 던지고 싶었어요. 하지만 그때, 그러니까 우리가 그의 차로 걸어가는 동안 내가 모든 걸 망쳤죠. 내가 말했어요. "제프, 우리 엄마가 죽어가고 있어." 난 무슨 짓을 하고 있는지도 모른 채 그런 말을 했어요.

아니, 꼭 그렇지는 않아요. 포치 불빛 아래에서 그와 이야기를 나눌 때부터 나는 이미 내가 무슨 생각을 하고 있는지 알았어요. 그 생각, 밤새도록 그와 이야기를 나눠야겠다는 생각을 했었다는 걸 말이에요. 왜냐하면 그는 우리 엄마를 알고 있었고, 처음부터 함께였으니까요. 하지만 차로 가는 동안 그 말이 튀어나온 거예요. 그는 발걸음이 느려지더니 잠긴 목소리로—그는 어릴 때도 목소리가 그랬죠—말했어요. "알아."

그래서 차로 걸어가면서 우리 둘 다 울었어요. 하지만 잠깐이었죠. 우리는 그의 차를 타고 도심을 지나는 고속도로를 달렸어요. 그렇게 레이크포리스트와 레이크블러프를 지나 매코믹 바로 갔지요. 리버티빌과 와우케건으로 이어지는 길가에 있는 술집이었어요. 사람이 가득했어요. 미식축구선수부터 그들의 추종자들까지 모두들 몇 년째 이곳의 단골이었죠. 나는 그때 처음 가봤어요.

안은 사람들로 가득 차 있는데 나는 갑자기 두려워졌어요. 제프가 안다면 거기 있는 사람들도 모두 아는 거 아냐? 내가 들어가면 다들 숨을 멈춘 채 침묵을 지키겠지. 숨죽인 웃음소리. 하지만 아무도 아무 말도 하지 않았어요. 우리는 안으로 들어갔어요. 지미

워커라는 뚱뚱하고 뺨이 발그레한 남자가 바텐더였어요. 하튼스 타인이라는 덩치가 크고 좀더 나이 든 남자가 있었어요. 베어스 팀에서 선수로 뛴 적이 있는 사람이었죠.

그리고 세라 멀헌도 있었어요. 아.

우리, 그러니까 세라와 나는 거의 함께 자랐고, 내가 아홉 살, 그녀가 열한 살일 때부터 몇 년간은 같은 수영 팀에 속해 있었죠. 하지만 우리는 한 번도 이야기를 나눈 적이 없었어요. 그녀는 나보다 나이도 많고 수영도 더 잘했어요. 그리고 다이빙도 훨씬 잘했죠. 나는 수영 팀과 다이빙 팀에서 좀 처지는 편이었어요. 수영도 느리고 다이빙을 할 때도 운이 없었어요. 인워드 다이빙도 못하고, 한 바퀴 반 회전도 못했어요. 하지만 그녀는 모든 걸—인워드, 한 바퀴 반 회전, 두 바퀴 회전, 뒤로 한 바퀴 반 회전 등등—할 수 있었죠. 항상 다리를 모으고 발끝을 뻗은 채 가벼운 물보라만 일으켰죠. 그녀는 혼계영 선수로 뽑혔고 항상 자기 구간에서 앞서갔어요. 모두가 확성기로 흘러나오던 그녀의 이름을 들었어요. 하지만 난 그녀와 이야기를 나눠본 적이 없었어요. 중학교에서도, 고등학교에서도요. 우리 사이의 그 2년은 너무 컸어요. 그녀의 머리카락은 직모인 데다 금발이었고 나는 정신적으로나 육체적으로나 그녀 같은 멋진 여자를 상대할 경험을 쌓지 못했죠.

그런데 거기, 그 바에 그녀, 세라 멀헌이 있었어요. 어떻게 대화를 시작해야 할지, 무슨 이야기를 해야 할지 당황스러웠어요. 그때 제프가 가버리고 나는 세라의 친구가 운전하는 차에 탔어요. 뒷좌석에 세라와 함께 말이죠. 그 차에서는 담배 연기와 낡은 비닐 냄새가 났어요. 세라는 담배를 피웠어요.

그리고 우리는 그녀의 커다란 집, 그녀의 침실에 있었어요. 이일 저 일 있었지만 난 술에 취해 정신이 없었어요.

캐노피 침대에서 잠이 깨어보니 그녀는 이미 깨어 나를 쳐다보고 있었어요. 벽뿐 아니라 공기 자체도 채색이 된 것처럼 가구와 벽은 연노란 빛에 흠뻑 잠겨 있었죠. 우리는 바닥에 앉아 초등학교와 요절할 지진아들—우리는 늘 그 애들을 친절하게 대해주라는 말을 들었죠—에 대해 이야기했어요. 우리는 음악을 틀고 가을에 대해 이야기했어요—그녀는 선생님이 되기 위해 자격증을 땄고 가정교사 일을 조금씩 하고 있었어요.

그다음 우리는 차고를 통해 몰래 빠져나왔어요. 그녀의 부모님이 집에 있었거든요. 그리고 그녀는 나를 집에 데려다줬어요. 함께 집 앞 차도에 앉아 있는 동안 나는 많은 이야기를 하고 싶었어요. 내가 다른 사람, 그러니까 커스틴과 사귀고 있다는 이야기도 하고 내가 저지른 짓은 실수, 아니, 끔찍한 범죄였다는 이야기도 하고 미끄러진 이야기도 했어요. 혼란스러웠기 때문이죠.

그때 창문으로 누군가가 보였어요. 누군가가 가족실에 앉아서 우리를 보고 있었지요. 난 세라에게 엄마 이야기를 하고 싶지 않았고 엄마에게 세라에 대해 설명하고 싶지 않았어요.

우리는 재빨리 키스를 했고 나는 벌떡 일어났어요.

그 사람이 세라군요.

네. 놀라운 점은 어떤 면에서는 이런 형식이 타당하다는 거죠. 비디오카메라까지 켜놓고 낯선 사람에게 이 모두를 털어놓는 인터뷰니까요. MTV는 테이프를 보관할 수도 있을 거예요(지원서에는 이렇게 적혀 있었잖아요: "테이프는 반환되지 않습니다. 일부는 방송될 수 있습니다. 여기 동의하면 지원서에 사인하세요"). 게다가 이 모두를 Q&A로 맞춤으로써 이 책의 전반부―조금은 자의식이 적었던―에서 후반부―점점 자기를 먹어치우는―로의 이동이 완성되죠. 나는 이렇게 생각하거든요. 내 고향, 그리고 당신의 쇼는 내가 묘사했던 안락과 번영의 주요 부산물이 간사한 자기중심주의뿐임을 드러낸다고요. 공통의 적―가난이든 공산주의든 무엇이든―에 맞서려는 투쟁심이 부족하니 우리가 할 수 있는 것이라고는, 약간의 자기강박증을 지닌 우리 같은 사람들이 할 수 있는 것이라고는……

　잠깐만요. 당신 생각에는 얼마나 많은 사람이 자기강박증을 지닌 것 같나요?
　선한 사람은 모두요. 아니, 자기강박증은 두 가지 방식으로 나타나죠. 자기강박증을 내적으로 돌리는 사람들이 있는 반면 외적으로 분출시키는 사람들도 있어요. 예를 들어 내 친구 존은 그 모두를 안으로 흘러들게 하죠. 그는 자신의 문제, 여자 친구, 불안한 미래에 대해, 자신의 부모가 어떻게 돌아가셨는지 등등에 대해 질릴 정도로 이야기해요. 그는 문자 그대로 다른 것에는 흥미를 느끼지 못해요. 그것이 그의 세계죠. 자신의 어두운 정신, 뇌라는 귀신 붙은 집을 끊임없이 탐험하는 것.

　다른 종류의 자기강박증은요?
　자신의 개성이 너무 강하고 자신의 이야기가 너무 흥미로워서 다른 사람들이 알아야 하고 배워야 한다고 생각하는 사람들이요.

내가 말해볼게요, 당신은……

음, 나는 후자인 척하지만 사실은 전자에 속해요, 아주 철저하게. 하지만 내 느낌으로는 자기강박증이 없는 사람은 지루한 사람일 거예요. 그렇다고 항상 자기강박증에 시달리는 사람을 구별할 수 있는 것은 아니에요. 가장 자기강박적인 사람은 밖으로 드러나지 않아요. 하지만 그들은 자신이 무슨 짓을 하는지 다른 사람들이 알 수 있게, 아니, 조만간 알 수 있게 더 요란한 일을 하죠. 내가 보증하건대, 〈리얼월드〉의 지원자들은, 적어도 그들은 인구학상 가장 눈에 잘 띌 거예요. 타임캡슐에 이 테이프를 모두 담아두었다가 20년 뒤에 열어본다면 어느 한 방면에서 그들이 세상을 좌지우지하고 있음을 깨닫게 될 거예요. 시간이 있으면 우리는 안전하고 안락한 집에서 이런저런 밴드나 TV쇼나 영화에 우리를 어떻게 갖다 맞출지, 그 모습이 어떻게 보일지 상상하면서 정치−언론−연예계의 하루살이와 우리를 비교하곤 했죠. 이들에게는 익명성이라는 것이 비이성적이고 옹호할 여지가 없는 개념이죠. 그래서 그 모두에 대해 많은 대화가 이루어지고 있고—분명 이 시대의 문화적인 결과물은 이 모두를 반영할 거예요—앞으로도 많은 대화가 이루어질 거예요. 대화가 가득한 영화들, 대화에 대한 대화, 경탄에 대한, 우리 집에 대한, 우리의 필요와 의무에 대한 대화에 대한 대화—벨에포크에 대한 수다 말이죠. 환경에 의해 강화된 자기중심주의.

자기중심주의라.

물론. 피할 수 없고 어디에나 있죠. 알겠어요? 자기중심주의를 꿰뚫어보는 사람이 나뿐인가요?

농담이에요.
네, 네. 그렇죠.

그래서요. 당신이 이 쇼에 어떤 기여를 할 수 있죠?
음, 저, 많이 생각해봤는데 두 가지 방식이 있어요. 나는 비극적인 남자가 될 수도 있고 아니면 이 잡지를 써먹을 수도 있어요.

좋아요, 잡지 이름이 뭐라고 했죠?
마이트요.

m-i-t-e요?
아뇨, M-i-g-h-t요. 다들 mite*라고들 쓰는데 웃겨요. 왜 벌레 이름을 붙이겠어요. might와는 달리 mite는 우중충한 단어예요. 그죠?

음, 이름은 어떻게 정했지요?
음, 이중적인 의미가 있어요. 당신도 마음에 들 거예요. 멋지거든요. 이 단어는 한 번에 두 가지를 의미할 수 있고, 두 의미 사이

---

* 진드기라는 뜻.

의 울타리에 걸쳐 있을 수도 있어요. 마이트는 힘과 가능성이라는 두 가지 의미를 갖죠.

아.
네. 알아요. 멋지죠.

그 잡지는 무얼 다루죠?
음, 저, 위대한 것이요. 정말 어울릴 거예요. 우리 잡지는 인구학상으로 당신이 목표로 하는 사람들에게 맞춰져 있죠. 우리가 빈둥대며 방귀를 뀌거나 MTV를 보는 수많은 사람들과 다르다는 걸 보여주려는 거죠. MTV가 나쁘다는 것이 아니라—내 말, 아실 거예요. 그래서 네, 내가 그 쇼에 나가면 우리가 이 잡지를 만드는 모습이 촬영되어 수백만 명이 보게 되겠죠. 그렇게 시대정신을 정의 내리고 세계의 젊은이들에게 위대한 일을 하라고 용기를 주는 거죠.

일을 많이 하세요?
네.

얼마나 많이요?
몰라요. 아마 일주일에 70시간쯤. 어쩌면 100시간이요. 몰라요. 우리 모두 그래요. 안락했던 어린 시절에 대해 대가를 치르는 셈이죠. 마니는 아마 우리보다 일을 더 많이 할걸요. 그녀는 오클랜드와 샌프란시스코의 레스토랑에서 웨이트리스로 일하고 있어요. 그런데도 우리에게 뒤지지 않게 일을 해요…… 하지만 괜찮아요,

그죠? 젊을 때는 꿈을 이루기 위해, 위대한 것을 이루기 위해 열심히 일해야죠. 그래야 좋은 TV죠, 그죠?

음……

아뇨. 우리에게는 융통성이 있어요. 내 말은 일을 덜 할 수도 있다는 거죠. 파트타임으로 일할 수도 있어요. 대신 다른 사람들이 일을 다 하게 하는 거예요. 어느 쪽이든 괜찮아요. 당신이 정하세요.

음, 그럼 그 이야기를 해봐야겠군요.

좋아요. 그럼 내가 출연하게 된 건가요? 그런 거죠? 지원자들, 그 안개 같은 루저들 사이에서 내가 빛나지 않나요? 그들 모두 재미없잖아요? 이제는 모든 게 명확해지지 않았나요? 비극적인 사람은 필요 없어요?

비극적인 사람이라.

네. 일곱 명이 출연한다고 했죠?

네.

그러면 생각해보죠. 우선 흑인을 한 명 뽑는 거예요, 둘도 괜찮구요. 힙합가수나 래퍼나 뭐 그런 사람이겠죠. 그리고 정말 외모가 멋진 사람을 두 명 뽑는 거예요. 보고 있으면 정말 기분이 좋아지겠지만 정말 무식한 사람들이죠. 그들은 취향도 형편없는 데다 무식해서 끔찍한 실수를 저지르겠죠. 그들은 두 가지 목적을 채워줄 거예요. a) 화면을 멋지게 장식해준다. b) 훨씬 똑똑하고 유식하지만 쉽게 삐지는 흑인이나 다른 사람들—한 주 한 주 지나면서 그 미련한 사람들을 질책하는 걸 즐기겠죠—을 돋보이게 해준다. 그 렇게 서너 명이 정해지죠. 어쩌면 게이나 레즈비언을 끼워 넣고는 그들이 얼마나 자주 감정이 상하는지를 지켜볼 수도 있겠죠. 어쩌 면 아시아인이나 남아메리카인을 넣을 수도 있고 둘 다 넣을 수도 있어요. 아니면, 잠깐만요. 순수한 미국인. 그래요, 순수한 미국인 도 있어야 해요! 정말 굉장할 거예요. 아무도 인디언을 모르잖아 요. 나도 인디언은 만나본 적이 없어요. 대학 때 클리터스라고 한 명 있기는 했지만 그는 16분의 1만 인디언이었어요. 수동적이지는 않지만 쉽게 도발할 수 있는 사람을 구해야 돼요. '토마호크 권 법',* 레드스킨스** 등에 관심을 갖고 논쟁을 벌일 사람이 있어야 해요. 그럼 멋질 거예요. 그렇죠. 어디 보자, 그럼 대여섯 명이 되 죠. 그다음에는 정말 믿을 만한 전문가가 있어야겠죠. 의사나 뭐, 변호사나 대학원에 있는 사람으로. 그다음에는 내가 있어야죠.

비극적인 사람으로.
맞아요. 처음에 나는 너무 평범해 보일 거예요. 난 백인이고, 심 지어 유대인도 아니니까요. 내 머리는 엉망이고 옷도 잘 못 입죠. 교외 출신에, 중상류층에, 양 부모 밑에서 성장했고. 얼마나 시시 해 보일지 알아요(우리는 왜 그렇게 재미없어 보일까요? 우리는 보이는 대로 실제로도 재미가 없을까요?). 그건 내 대학 입학에도

---

* 손으로 상대의 급소를 내리찍는 기술.
** 미국프로풋볼리그(NFL)의 워싱턴 레드스킨스 팀.

도움이 되지 않았을 거예요. 하지만 당신에게는 나 같은 사람이 필요해요. 나는 1000만 명을 대표해요, 교외에서 자란 백인을 대표한다구요. 물론 남들과 다른 점도 있죠. 아일랜드계 가톨릭 신자이고 당신이 원한다면 그 점을 부각시킬 수 있어요. 그리고 중서부 출신이라는 것도, 말할 필요도 없이 대단히 괜찮죠. 완전히 시골풍을 원한다면 그 각도로 맞추세요. 난 매일 옥수수밭 한가운데에 있는 학교를 다녔고 소를 봤고 남풍에 실려오는 소똥 냄새를 맡아봤어요. 아 참, 공립학교였어요. 그러니까 나는 교외 출신의 평균적인 백인인 셈이죠. 중서부 출신이구요. 부유층과 중부 일리노이라는 세계에 대해 알고 있고 외모는 위협적이지 않으며 겸손하되 원칙이 있는 사람, 그리고—이게 중요해요—최근 겪은 비극적인 일로 모두에게 감동을 줄 수 있는 사람, 그의 투쟁은 보편적이고 용기를 주죠.

힘들었겠어요.
뭐가요?

동생을 기르는 거요.
그걸 어떻게 알죠?

지원서에 썼잖아요.
아 맞다. 음, 아뇨, 사실 그렇게 힘들지는 않아요. 마치…… 혹시 룸메이트가 있나요?

아뇨.

한 번도요?

그런 건 아니구요.

룸메이트와 같아요. 우리는 룸메이트예요. 편해요. 룸메이트보다 편할 때도 많죠. 룸메이트에게는 복도를 쓸라거나 마가린을 가져오라고 시킬 수 없잖아요. 모든 면이 좋아요. 우리는 서로를 즐겁게 하죠. 그래서 아뇨, 아니…… 아, 하지만 필요하다면 그럴 수도 있죠. 힘들 수도 있다구요. 그래요, 힘들어요. 아주 힘들죠.

음, 출연하게 되면 어쩔 생각이죠?

무슨 뜻이죠?

당신 동생이랑 모두 말이에요.

아, 맞아요, 맞아. 음, 누나랑 이야기를 해봤는데 그 쇼가 방송되는 동안에는 그녀가 빈틈을 메워줄 거예요. 그녀는 한 블록 떨어진 곳에 살거든요. 잠깐만요. 촬영은 어느 정도나 계속되나요?

넉 달 정도요.

〈리얼월드〉 세트장에서 살아야죠?

네, 맞아요.

네, 괜찮아요. 그 이야기도 했어요. 베스, 토프, 그 이야기는 이미 끝난 거나 다름없어요. 그러니까 우리는 정상적으로, 어린 시절보다 더 정상적으로 살기 위해 무엇이든 하되 엄마처럼 무엇이든 희생해야 한다는 의무감은 느끼지 말자고 합의했어요. 우리는 그런 희생이 엄마를 죽였다고 느꼈죠.

지원서에 암이었다고 썼잖아요.

음, 분명히, 전문적으로는요. 위암이었어요. 아주 드문 사례이고 어디서 시작되었는지도 모른대요. 베스와 나―정신적으로 훨씬 건강하고 어느 모로 보나 완전히 정상인인 빌이 없는 동안 그 일을 고민할 사람은 우리뿐이었어요―는, 베스와 나는 생각했어요. 엄마가 스트레스, 많은 짐들, 20년이 넘은 우리 가족 내의 갈등 때문에 암이 발병하고 악화되었다구요. 마치, 마치 군인이 지뢰 위로 몸을 던져 자신의⋯⋯ 이런 비유는 좀 아닌 것 같네요. 어쨌든 그녀는 그 혼돈을 삼켜 격리시켰고 거기서 혼돈은 뭉치고 뭉쳐서 점점 커지고 검어지고 암이 된 거죠.

정말 그렇게 생각해요?

네. 어느 정도는요.

이야기를 끝냈다고 했잖아요?

네, 베스와 나는 함께 다시 시작하자고, 좀더 질서가 잡힌 세계를 창조해서 토프가 최대한 정상적인 삶을 살게 하자고 이야기했어요. 단 기회가 생기면 우리가 할 수 있는 일은 무엇이든 한다는 조건하에요. 요컨대 우리는 뭔가에 대해 '싫어'라는 말을 할 때마다 그 핑계로 의무를 들먹이며 서로를 이용하지 않을 거예요. 그럴 수만 있다면 말이죠. 우리가 얼마나 철저하게 그 아이를 지켜주고 있는지 당신은 모를 거예요. 그 아이는 살면서 욕도 몇 마디 들어보지 못했어요. 하지만 우리는 하고 싶은 일을 하기 위해서라면 무엇이든 하자고, 망설이며 분노하다가 몇 년이 흐른 뒤에 서로를 탓하지는 말자고 합의했어요. 잠깐요, 웃기는 얘기가 있는데. 때로 우리 엄마가 우리를 부를 때 쓰던 단어가 있어요. 난 고등학교 때에야 그 단어를 이해했죠. 당신에게 한번 써보고 싶군요. 좋아요, 그 단어는 '마다(mahdda)'였어요.

마다가 뭐죠?
아, 하하. 좋아요. 좋아요. 그 말이 나올 걸 예상했어야 하는데. 사실 나도 항상 궁금했어요. 우리가 뭔가에 삐져 있을 때 또는 우리가 감기에 걸리거나 학교에 가기 싫어 투덜댈 때 엄마가 말하곤 했죠. 아, 그렇게 '마다' 같이 굴지 마! 그래서 우리는 우리가 얻지 못한 무언가 때문에 삐져 있는 걸 그렇게 부르는구나라고만 추측했어요. 그러다가 고등학교 때 알게 되었죠. 엄마의 보스턴 억양 때문에 그 단어가 그렇게 들렸다는 걸.

마터(martyr)였군요.
맞아요, 마터였어요. 엄마는 항상 위대한 순교자였죠.

우리 쇼에 대해서는……
〈리얼월드〉에 출연하게 되어도 나는 항상 토프를 만날 거예요. 촬영 기간 동안 그는 베스와 살겠죠. 그녀는 아마 우리 집에 들어와서 먹고 잘 거예요. 나도 가능하면 자주 같이 있을 거구요. 물론 지금보다는 함께 있을 시간이 훨씬 줄겠지만. 나는 이 모두를 고민했어요. 세트장과 버클리에 있는 우리 집을 왔다 갔다 할 때마다 아마 카메라맨이 나와 함께 차를 타고 따라다니겠죠. 배경음악이 흐르고 마치 이혼한 아빠처럼— 괜찮을 것 같죠? 감동적이겠네요. 그러면 때로 토프는 〈리얼월드〉 세트장에 나와 함께 와볼 수도 있고. 멋지겠네요. 토프는 화면발도 잘 받을 거예요.

그는 어떻게 느낄까요?
좋아할 거예요.

그가 카메라 앞에 서는 걸 불편해하지 않나요?
사실 불편해해요. 낯을 가리거든요.

흠.
내 마음은 순수합니다.
당신이 무슨 생각을 하는지 알아요.
내가 무슨 말을 하는지도 알아요.

뭐라고요?
아무것도 아니에요.

〈리얼월드〉에 출연하고 싶은 이유는요?
모두에게 내 젊음을 증명하고 싶어요.

왜요?

멋지지 않나요?

누가 멋지다는 거죠?

아니, 그게 아니에요. 아니, 그저 내가 한창때라는 소리예요. 그게 당신이 원하는 거 아닌가요? 생과일을 보여주는 것, 정확하죠? 비디오에서든 봄방학일 때든 젊음을 퍼뜨리는 것, 바로 그 자리에 있다는 것이 무슨 의미인지 편집하고 확장하는 것은 굶주리고 긴장된 작업이에요. 에너지 소용돌이처럼 거세게 돌며 모든 것을 빨아들이고요. 물론 우리는 아주 다르게 접근하고는 있지만 사실 같은 일을 해요. 당신의 〈리얼월드〉는 적나라할 정도로 노골적이죠, 악의는 없어요. 반면 적어도 비디오는 실제 모습이 아닌 다른 모습을 담지 않았어요. 하지만 당신들 그리고 당신의 쇼는 그 이상의 일을 한다고 주장하고 사람들로부터 깊이와 미묘한 차이를 없애버리죠.

그러면 왜 여기 온 거죠?

내 고통을 당신들과 공유하고 싶어서요.

고통스러워 보이지 않는데요.

네?

행복해 보여요.

음, 그렇죠. 하지만 항상 행복한 건 아니에요. 때로는 힘들어요. 네, 때로 너무 힘들어요. 내 말은 항상 괴로워할 수는 없다는 거죠. 항상 괴로워하는 건 힘들어요. 하지만 난 충분히 고통받아요. 때로 괴로워요.

고통을 왜 공유하고 싶은 거죠?
공유함으로써 희석시킬 수 있어요.

하지만 반대일 수도 있잖아요. 공유함으로써 더 확대될 수도 있죠.
어떻게요?

음, 당신은 모두에게 이야기해줌으로써 스스로를 정화하죠. 하지만 모두가 당신에 대해 알게 되고, 당신의 이야기를 알게 되면 끊임없이 그 고통을 되새김질할 수밖에 없고 도망칠 수도 없지 않을까요?
어쩌면요. 하지만 이렇게 생각해보세요. 위암은 모계를 통해 유전되는 경향이 있어요. 하지만 베스와 나는 엄마가 우리의 반항과 잔인성을 너무 많이 삼켜서 소화불량으로 그렇게 되었다고 생각하고 우리는 어떤 것도 삼키지 말자고, 어떤 것도 안에서 곪아터지게 하지 말자고 결심했죠. 분노가 분노를 먹어치우게는 하지 말자고…… 베스와 나는 정화자예요. 나는 더이상 그 무엇에도 매달리지 않아요. 고통이 내게 왔고 나는 그것을 받아들여 몇 분 동안 씹은 다음 뱉었어요. 이제 그건 더이상 내 고통이 아니에요.

하지만 만나는 사람들마다 알고 있다는 눈빛을 보이면……

그러면 더 많이 공감해주겠죠.

하지만 상투적으로 되어가겠죠.
그러면 나미비아로 이사 가죠.

흠.
난 미국의 고아예요.

뭐라구요?
아니에요. 누군가가 그렇게 말했어요, 몇 년 전에.

희석에 대해……
격자가 필요한 지점이죠.

격자.
우리는 격자의 일부이거나 별개 존재예요. 격자는 결합조직이에요. 격자는 다른 사람들을 의미하죠. 내 사람들 말이에요. 집합적인 젊음, 나와 같은 사람들, 원숙한 마음, 빛나는 두뇌. 격자는 내가 지금껏 알았던 사람들을 뜻해요. 대부분 내 나이이거나 비슷한 또래죠. 나는 다른 사람은 거의 몰라요. 마흔이 넘은 사람을 예닐곱 명쯤 알지만 그들과는 할 말이 없어요. 나는 우리를 하나로, 거대한 매트릭스로, 군대로, 전체로 생각해요. 우리 한 명 한 명은 서로에게 책임을 져야 하죠. 그 외에 다른 사람이 없으니까요. 내 말은 〈마이트〉를 도와주기 위해 문을 열고 들어오는 사람들 모두가 우리 격자의 일부가 된다는 소리예요. 맷 네스, 낸시 밀러, 래리 스미스, 셸리 스미스 등등 모든 사람, 우리에게 오거나 우리가 찾아간 사람들, 정기 구독자, 우리 친구들, 그들의 친구들, 또 그들의 친구들, 아는 사람의 아는 사람, 출신과는 상관없이 모든 것이 공통된 사람들, 이 모든 사람들은 똑같은 것을 알고 똑같은 것을 희망하죠. 부인할 수 없어요. 그리고 우리가 모든 사람에게 다른 사람의 몸, 이를테면 팔을 잡게 할 수만 있다면, 그리고 우리가 그 팔을 뜯어내는 대신, 꼭 붙잡고 단단하게. 그러면 음, 사람들이 바다처럼 하나로 움직이며 물결치고, 파도가 만들어져서.

으흠.
아니면 설상화처럼.

설상화요.
눈이 보송하게 많이 내리면 설상화를 신죠. 타원형인데 그 안의 격자가 우리의 체중을 더 넓은 면적으로 분산시켜 미끄러지지 않게 해줘요. 그러니까 사람들, 사람들 사이의 관계, 당신이 아는 사람들은 일종의 격자가 되는 거죠. 더 많은 사람들, 좋은 사람들. 그들은 좋은 사람들일 거예요. 자신들이 도울 수 있다는 걸 아는 사람들. 당신이 알고, 당신을 알고, 당신의 상황과 사연과 괴로움 등을 아는 사람들이 더 많아질수록 격자는 더 넓고 단단해지고 당신은……

눈에서 미끄러진다구요.

맞아요.

진부한 은유네요.
네. 하지만 사실인 걸요.

어항 안에 있어도 아무 문제가 없겠군요.
이미 어항 안에 있는 것 같은데요.

왜요?
항상 관찰받는 느낌이에요.

누구에게요?
몰라요. 항상 사람들이 나를 보고 있다는 느낌, 내가 무엇을 하는지 알고 있다는 느낌을 받아요. 시작은 엄마였을 거예요. 엄마는…… 그녀는 놀라운 눈을 지녔어요. 작고 날카로운 눈, 항상 가늘게 뜨고 뚫어지게 바라보았죠. 엄마는 정면으로 보고 있든 반쯤 돌아서 있든 무엇 하나 놓치는 법이 없었어요. 엄마는 무엇도 놓치지 않았죠. 내가 욕실을 좋아하는 것도 그래서죠. 대개 안에 있는 동안은 아무도 나를 보고 있지 않다고 거의 확신, 적어도 좀더 확신할 수 있으니까요. 사람들이 나를 볼 수 없는 곳에서 나는 엄청난 안락함을 느껴요. 창문이 없는 방, 지하실, 작은 방. 나는 사람들이 항상 나를 보고 있거나 나를 보고 싶어한다는 예감을 가지고 있어요. 항상은 아니지만 실제로 그들이 나를 보는 건 아주 드문 일일 거예요. 하지만 요점은, 중요한 사실은 언제라도 그들이 나를 볼 수 있다는 거죠. 그게 중요한 거예요. 언제든 누군가 나를 보고 있을지도 모른다. 난 그걸 알아요.

어떻게 알죠?

내가 항상 사람들을 보니까요. 사람들을 볼 때 나 역시 샅샅이 보거든요. 엄마에게서 배운 대로. 흘깃거리는 걸로는 성이 차지 않아요. 눈과 뇌가 함께해야죠. 게걸스러운 한 떼의 새처럼 퍼덕이고 잡아채고 찌르고…… 잠깐만 봐도 난 그 사람을 전부 간파해요. 옷, 걸음걸이, 머리, 손만 보면 알 수 있죠. 그들이 저지른 나쁜 짓도 모두 알 수 있어요. 그들이 어떻게 실패하고 어떻게 실패할지, 그들이 얼마나 불행한지를요.

그리고 사람들도 당신에게 똑같이 하구요?

아마도요.

그래서 당신은 어떡하죠?

안에 머물러요. 문이 닫혀 있고 블라인드가 내려져 있다면 때로 침실이 안전하죠. 하지만 관찰자들이 나무 위에 있다면 뭔가를 볼 수 있겠죠. 창문은 밖을 내다보기에 좋지만 그 앞에 서는 것은 비참하죠. 보는 사람이 아무도 없는지 점검하고 확인해도 사람들은 눈에 띄지 않는 곳에서 보고 있을 수도 있거든요. 그들은 나안으로는 볼 수 없는 곳에 있어요. 사람들은 망원경, 쌍안경을 쓰죠. 나도 망원경, 쌍안경을 써요. 사람들은 벽장에 있을 수도 있어요. 벽장도 살펴야죠. 커다란 캐비닛도 점검하고. 1초면 되니까요. 그리고 커다란 트렁크도요. 열린 문은 피하구요. 욕실은 괜찮아요. 욕실의 문제점은 거울이 일방경*일 수 있다는 점이죠. 몇 년 전 우리 집의 거울을 모두 조사한 적이 있어요. 거울 뒤에 창이 있어서 사람들이 들여다보는 건 아닌지 확인하기 위해서였죠. 그런데 없었어요.

지나치네요.

네, 슬픈 이야기를 듣고 싶으세요? 지난밤 난 집에서 앨범을 듣고 있었어요. 가장 좋아하는 노래가 나왔고 나는 큰 소리로 따라 불렀죠. 가까이 침대에서 자고 있는 토프를 깨울 만큼 크게 부르지는 않았어요. 노래를 부르면서 나는 기묘할 정도로 강박적으로 머릿속에 손을 넣어 훑어댔죠. 마치 느리게 머리를 감는 것처럼. 혼자서 음악을 들을 때면 난 머리를 그렇게 훑어대요. 그렇게 노래를 부르며 슬로모션으로 머릿속에 손을 넣어 움직이는 동안 노래 가사를 틀렸어요. 오전 2시 51분이었지만 난 내 실수에 심하게 당황했죠. 그리고 이런 순간이야말로 누가 나를 보고 있을지 모른다는 확신이 생겼어요. 창문 너머 어둠 저편에서, 길 건너에서. 저기서 누군가—누군가, 그리고 그의 친구들까지 함께—가 나를 보고 신나게 웃고 있는 모습을 생생하게 본 것 같았어요.

그러다가 당신은 미쳐……

아, 제발요. 이런 것도 안 하면 뇌는 뭘 하죠? 끊임없이 계속되

---

* 밖에서는 안이 보이고 안에서는 밖이 보이지 않는 거울.

는 내면의 혼돈이 없다면 사람들이 어떻게 작동하겠어요. 나는 미쳐버릴 거예요.

헤. 헤. 헤. 정말 내게 그 모두를 말하고 싶은 거예요?
뭘 모두 말한다는 거죠?

당신의 부모님, 편집증……
내가 당신에게 무엇을 들려주었나요? 난 당신에게 특별한 뭔가를 들려주지 않았어요. 난 신이 아는 것, 모든 사람이 아는 것을 들려주었을 뿐이에요. 그분들의 죽음은 유명해요. 당신에게 모두 들려줄게요. 아버지의 다리와 엄마의 가발에 대해서 들려주고—이 이야기는 좀더 나중에 해줄게요—아버지의 장례식이 있던 날 밤 부모님의 벽장 앞에서 여자 친구와 섹스를 할지 말지 고민했던 것도 얘기해줄게요. 하지만 이 모두를 말한다 해도 결국 난 당신에게 뭘 들려준 거죠? 당신은 뭔가를 아는 것 같지만 여전히 아무것도 몰라요. 내가 당신에게 들려준 이야기는 모두 증발되죠. 상관없어요. 어떻게 내가 상관할 수 있겠어요? 내가 몇 명과 잤는지(서른두 명이에요), 또는 내 부모님이 어떻게 이 세상을 떠났는지 이야기한다고 해도 내가 정말 당신에게 무엇을 들려준 거죠? 아무것도요. 난 당신에게 친구의 이름, 전화번호를 알려주었지만 당신은 거기서 무엇을 얻었죠? 아무것도요. 그들 모두 허락해주었어요. 그건 왜일까요? 당신은 아무것도 얻지 못했기 때문에 몇 개의 전화번호라도 받아두는 거죠. 누군가에게는 그게 중요해 보이겠죠, 2초 정도는. 당신은 내가 들려줄 수 있는 것을 들어요. 당신은 뭔가를 구걸하는 거지이고 난 씩씩하게 그 옆을 걸어가다 당신의 종이컵에 25센트짜리 동전을 던져주는 남자예요. 난 당신에게 그 정도는 줄 수 있어요. 이걸로 내가 망가지지는 않아요. 나는 사실상 내 모든 이야기를 당신에게 들려줘요. 내가 가진 것들 중 최고만을 당신에게 주고, 벽에 붙여둔 가족사진처럼 좋든 나쁘든 내가 소중하게 여기는 기억들을 손상시키지 않고 당신에게 보여주죠. 난 당신에게 이 모두를 줄 수 있어요. 우리는 오후 쇼에 출연해서 수백만 명의 불행한 시청자들 앞에 섬뜩한 비밀을 털어놓는 철면피들을 보면서 숨막혀하죠. 우리는 그들에게서 무엇을 얻고, 그들은 우리에게 무엇을 주죠? 아무것도요. 우리는 재닌이 딸의 남자 친구와 잤다는 사실을 알지만…… 그래서 뭐요? 우리는 죽을 거고 우리는 지킬 거예요…… 뭘요? 우리가 이거나 저걸 하고, 우리 팔이 이렇게 움직이고, 우리 입이 이런 소리들을 낸다는 사실을요? 제발요. 우리는 누군가에게 뭔가를 알려줌으로써 당황스럽거나 사적인 것, 이를테면 자위 습관(난 하루에 한 번 대개는 욕실에서 해요)들을 드러낸다고 느끼고, 사진가가 자신의 영혼을 훔칠까봐 두려워하는 미개인처럼 우리가 우리의 비밀, 우리의 과거, 그들의 검버섯을 우리의 정체성과 동일시한다고 느끼고, 우리의 습관과 상실과 행동을 드러낸다고 상대가 자신의 모습을 잃지는 않는다고 느껴요. 하지만 그렇지 않아요. 많은 건 많은 거니까요. 더 많이 피를 흘리고 더 많이 주고. 이런 것들, 사소한 것들, 이야기들은 뱀의 허물 같아요. 뱀이 벗어놓은 허물을 누군가는 보게 돼요. 그 허물이 어디 있든 누가 보든 상관이 있을까요, 그 뱀이, 그 허물이? 뱀은 허물을 벗은 자리에 허물을 남기고 가죠. 여러 시간, 여러 날,

여러 달이 지나 우리는 뱀이 벗어놓은 기다란 허물과 마주치고 그 뱀에 대해 알게 되죠. 대략적인 굵기와 길이 외에는 거의 아는 것이 없지만. 지금 그 뱀이 어디 있는지 우리가 아나요? 지금 그 뱀이 무슨 생각을 하는지 아나요? 아뇨. 지금쯤 그 뱀은 털을 둘렀을 수도 있어요. 하노이에서 연필을 팔 수도 있죠. 그 허물은 더이상 그 뱀의 것이 아니에요. 그는 허물이 자기에게서 자라났기 때문에 입고 있었을 뿐이에요. 그러나 이제 허물은 말라비틀어져서 떨어져 나갔고 그와 모든 사람이 그 허물을 볼 수 있어요.

당신이 그 뱀인가요?
네. 내가 그 뱀이죠. 그래서 뱀이 그걸, 그 허물을 챙겨가야 하나요, 팔 아래에 끼고 가야 하나요? 그래야 하나요?

아니에요?
아니죠, 물론 아니죠. 그는 젠장 팔이 없어요! 젠장 뱀이 어떻게 허물을 가져가죠? 제발. 상징적으로 말하면 뱀처럼 나도 이것들을 가져갈 팔이 없어요. 게다가 이것들은 내 것도 아니잖아요. 내 아버지는 내 것이 아니에요. 다시 말하면 그의 죽음, 그의 행위는 내 것이 아니에요. 내 성장, 내 마을, 그 비극들도 내 것이 아니에요. 어떻게 내 것일 수가 있겠어요? 내게 이런 사실들을 감추라고 하는 것은 웃긴 일이죠. 난 한 마을, 한 가족 안에서 태어났어요. 그 마을과 내 가족은 내게 그냥 주어진 것이에요. 난 그중 어느 것도 소유하지 않아요. 그건 모두의 것이죠. 그건 셰어웨어*예요. 난 그게 좋아요, 내가 그 일부라는 게 좋아요. 난 거기 속한 사람들을 지키기 위해 죽이고 죽어갈 거예요. 하지만 독점권을 주장하는 건 아니에요. 당신이 가져요. 내게서 가져가세요. 그것으로 당신이 원하는 걸 하세요. 그걸 유용하게 쓰세요. 이건 먼지로 전기를 만드는 것과 같아요. 이걸로 아름다움을 만들어낼 수 있다니 너무 좋아서 믿을 수 없을 지경이에요.

프라이버시는요?
싸구려고, 지나치고, 쉽게 얻어지고, 잃고 다시 얻고, 사고파는 거죠.

과시는요? 과시욕은요?
가톨릭 신자예요?

아뇨.
그러면 왜 과시욕을 들먹이죠? 그건 웃긴 용어예요. 어떤 사람은 자신의 존재를 찬미하고 싶어하고 당신은 그걸 과시욕이라 부르겠죠. 그건 한심한 거예요. 누군가 당신의 존재에 대해 아는 것이 싫으면 차라리 자살하는 게 나아요. 당신은 공간, 공기를 차지하고 있잖아요.

품위는요?

---

* 일정 기간 동안 무료로 시범 사용한 후 계속 사용하고자 할 때 요금을 지불하는 형식의 소프트웨어.

당신은 죽을 거예요. 죽고 나서 당신은 자신에게 품위가 없다는 것을 알게 되겠죠. 죽음은 결코 품위 있지 않아요, 항상 야만적이죠. 죽음을 품위 있게 하는 게 뭐죠? 그건 결코 품위 있지 않아요. 무명으로 지내는 건요? 불쾌하죠. 품위는 가식이죠, 멋지지만 별나요. 프랑스어를 배우거나 스카프를 모으는 것처럼요. 그리고 순식간에 지나가고 믿을 수 없을 만큼 변덕스럽죠. 그리고 주관적이구요. 젠장.

그게 다인가요?

엄마가 가족실에서 죽어갈 때 난 집 안의 불빛이 몰려 있던 거실에 수시로 나가 하얀 소파에 앉아, 엄마의 인형들 사이에 앉아, 엄마의 장례식에서 무슨 말을 할지 적곤 했죠. 소파 아래에는 숨겨둔 종이, 접어놓은 노트 조각이 있었어요. 나는 거기 소파에 앉아서 종이를 꺼낸 다음 무엇을 쓸지 고민하곤 했죠.

당신 엄마가 가족실에 있었다구요?

네. 모르편으로 반쯤 정신이 없어지면서부터 거기서 지내셨어요. 누나와 나는 엄마가 정말 언제 죽을지 모른다고 생각했어요. 그래서 매일 아침—30분 이상 엄마만 남겨두고 외출했을 때는—엄마가 벌써 죽은 건 아닌지 걱정하면서 가족실로 달려가곤 했죠. 사실 엄마가 놀라거나 짜증낼까봐 달려가지는 않았어요. 엄마는 우리가 뭘 하는지 금방 알아차렸기 때문에 우리는 가족실 앞까지 달려간 다음 안을 흘깃대며 엄마의 가슴, 엄마의 흉골을 응시했어요. 가슴이 움직여서 엄마가 아직 숨을 쉬고 있는 게 확인될 때까지. 때로 기다림이 너무 길어 고문받는 것 같았죠. 엄마가 담요 같은 거라도 덮고 있으면 우리는 좀더 안으로 들어가서 몸을 숙이고 엄마의 얼굴이 움직이는지 살펴야 했어요. 몇 주일 동안 그랬죠. 엄마가 의식을 완전히 잃고 숨만 쉬고 있을 때면 우리는 타이밍을 궁금해했어요.

무슨 소리죠?

음, 타이밍을 궁금해할 수밖에 없어요. 크리스마스를 맞아 모두들 대학에서 집으로 돌아오면 우리는 모두 돌아가기 전에 끝나길 바랐어요. 100번쯤 상상해보았어요. 모두가 거기 있기를 바랐어요. 내 친구들이 양복과 드레스를 입고 줄지어 들어와 고개를 숙이고 함께 모여 앉는 거예요. 사실 그해 겨울방학에 다들 그런 생각을 하고 있었어요. 모두 자신들이 집에 있는 동안 엄마가 죽기를 바랐어요.

하지만……

하지만 엄마는 계속 살아났어요. 베스는 엄마를 터미네이터라고 부르기 시작했어요. 내 생각에는 별로였지만요.

우리가 이야기하는 동안 카메라 렌즈에 비친 내 모습을 볼 수 있어요. 내가 멀쩡하게는 보이지 않네요. 모르는 사이에 난 조소하고 있네요. 내 입술은 비뚤어지고 내 이마는 주름져 있군요. 맙소사, 나는 방송에 어울리지 않는군요. 문제가 되겠죠?

그 추도사에 대해서는……

네, 난 거기 소파에 앉아 추도사를 쓰곤 했어요. 엄마는 다른 데 있구요. 소파는 하얀색인데 난 항상 펜을 떨어뜨리는 버릇이 있었죠. 그래서 연필로 글을 쓰다가 연필을 입에 물고, 고민하다 다시 글을 쓰곤 했어요. 어떤 관점을 취해야 할지 갈피를 잡을 수 없었어요. 어디서 시작해야 할지도 몰랐고요. 엄마의 어린 시절부터? 엄마의 자서전처럼 써야 하나? 일화를 몇 개 쓸까? 몇 번이고 다시 썼어요. 하지만 결국은 엄마의 죽음에 대해 느낀 점, 그리고 그것이 내게 남긴 것에 대해 더 많이 썼어요.

흥미롭군요.

네, 그것이 최선이었어요. 빌이 엄마의 삶에 대해 조금 이야기하게 했죠. 그녀가 얼마나 좋은 엄마였는지, 그리고 엄마의 성격 같은 것에 대해서도 말이에요. 그런데 그는 옆길로 새더군요. 엄마는 우리가 무언가를 수집할 때마다 도움을 줬다고요. 그러면서 어떻게 자신이 기차를 수집했고 내가 곰을 수집했고 베스가 인형을 수집했는지. 그것으로는 너무 불충분한 것 같아서—내 말은 어떻게 그렇게 하나의 인생을 정리할 수 있느냐는 뜻이죠—난 우리 마이크 신부님을 바라봤어요. 내가 일어나서 말하고 싶으면 그분에게 신호를 보내야 했죠. 난 장례식 전 며칠 동안 결정을 내리지 못했거든요. 하지만 장례식 전날 밤 늦게 거실의 어둠 속에서 추도사 준비를 마쳤죠. 그래서 빌이 이야기하는 동안 나는 마이크 신부님을 바라보며 시선을 맞췄어요. 말할 것이 있다고, 모여 있는 사람들과 공유하고 싶은 이야기가 있다는 뜻으로 고개를 끄덕이자마자 난 다시 그 뜻을 철회하고 장례식을 모두 끝낸 다음, 짐이 실린 채 주차장에 세워져 있는 아버지의 닛산 자동차로 뛰어올라 플로리다로 차를 몰 수 있기를 바랐어요. 그러면 한밤중이면 반쯤은 가 있겠죠. 하지만 그때 마이크 신부님이 나를 소개했고 나는 일어서서……

뭐죠? 방금 펄쩍 뛰었잖아요.

아무것도 아니에요. 뭔가가 머릿속에 떠올라서요. 어쨌든 난 우리가 얼마나 속은 느낌인지, 내가 얼마나 속은 느낌인지를 정확하게 모두에게 설명했어요. 하지만 난 자비로웠죠. 난 이렇게 말했어요. 여기 서서 엄마가 결코 내 아이들을 보지 못하리라는 사실에 대해, 아버지가 돌아가시고 한 달 만에 맞은 엄마의 죽음이 얼마나 불공평한지에 대해, 이 모두가 우리에게 얼마나 힘든지에 대해 투덜대고 있다고. 그리고 더 떨리는 목소리로 말했죠. 우리는 그런 슬픈 생각들을 해서는 안 된다고, 우리는 검은 하늘에 빛나는 별을 보며 엄마 생각을 하고 그 곁에 있는 또다른 밝은 별을 보며 아버지 생각을 해야 한다고.

음……

네, 알아요, 알아요. 지겹죠, 시시하고 저속해요, 그리고 더 나쁜 건 임종을 맞은 엄마를 그림으로 그렸다는 거죠.

하지만 그게 무슨……

그때쯤 엄마는 이미 오래전에 없는 사람이었어요. 의식의 면에서요. 엄마는 이따금 중얼댔어요. 때로는 깜짝 놀라 벌떡 일어나서는 뭔가 이야기했죠. 그런 때 외에는 숨소리, 목을 꿀럭이는 소리, 촛불, 엄마의 뜨거운 피부 말고는 아무것도 없었죠. 그리고 기다림. 정말이에요. 토프는 대개 아래층에 있고 우리, 그러니까 베스와 나는 밤낮으로 자리를 바꿔가며 거기 앉아 있었어요. 베스와 나는 거기 앉아서 엄마를 지켜보고, 엄마의 뜨거운 손을 잡고, 거기서 자고, 때로 엄마 위로 몸을 굽히며 마지막이 다가오는지를 살폈어요. 그래야 우리가 모여서 마지막을 기다릴 수 있을 테니까요. 그러던 어느 어두운 밤 엄마 왼쪽의 의자에 앉아 있던 나는 커다란 도화지에 빨간 그리스펜슬로 엄마를 그려야겠다고 생각했어요. 우선 가볍게 대강의 형태를 그린 다음 그 도화지에 어울리는지 확인하고 수정을 하면서 스케치를 했어요. 왼쪽에 여유가 부족할 것 같더군요. 난 그녀의 머리를 좀더 오른쪽으로 움직여서 베개가 그림 안에 모두 들어가게 했어요. 난 침대, 그 금속재 뼈대를 대강 그렸어요. 그리고 엄마의 얼굴을 그리기 시작했는데—모델과 비슷하지 않으면 남은 부분도 망치기 때문에 대개는 얼굴부터 그리지 않아요—이번에는 수월했어요. 옆모습은 단순한 굴곡을 이루고 있었어요. 푹 꺼진 얼굴은 베개 위로 거의 튀어나오지 않아 평평했죠. 병으로 엄마의 얼굴은 푹 꺼지고 평평해졌어요. 그리고 황달과 피부의 분비물—필요한 시스템이 움직이고 있다면 엄마 몸의 다른 곳에서 분비되어야 할—때문에 반짝였죠. 그다음에는 튜브, 정맥주사, 침대의 알루미늄 난간, 담요를 그렸어요. 모두 그리고 보니 꽤 정확했어요. 멋진 그림이었죠. 가장자리 부분은 좀 미흡했지만 가운데 부분은 상당히 섬세했구요. 가장자리가 해지기는 했지만 아직 그 그림을 가지고 있어요…… 난 그림을 잘 보관하지 못해요. 그림들을 가지고는 있는데 훼손이 되죠. 그 그림은 내가 수업시간을 비롯해서 지금까지 그린 약 만 점의 그림 가운데, 그리고 앞으로 내가 그릴 그림 중 가장 중요할 수도 있어요. 하지만 그림을 찾아보니 내 낡은 포트폴리오에 반쯤 삐져나온 채 끼여 있더군요. 귀퉁이는 찢어져 있었구요. 엄마의 추억을 어떻게 이렇게 아무렇게나 다룰 수 있는지. 애초에 왜 그 그림을 그린 건지. 대체 무슨 뜻으로요?

그건 순전히 감상적인……
궁금해요. 사실 사진을 찍을 생각도 했어요. 당시 나는 사진을 보고 그림을 많이 그렸거든요. 사진을 찍어두면 그림을 그릴 때 편리하기 때문에 여러 각도로 많이 찍어뒀다 나중에 소스로 써야겠다고 생각했어요.

하지만 그러지 않았잖아요.
그렇죠. 정직하게 말하면 그렇게 해야겠다고 진지하게 생각하지는 않았어요. 하지만 정말 중요한 건 생각은 해봤다는 거죠.

그러고는 플로리다로 갔죠.
장례식이 끝나고 20분쯤 사제관에서 차와 쿠키를 먹고는 작별인사를 했어요. 그 자리에는 당시 내 여자 친구였던 커스틴이 있었고 빌과 댄 삼촌도 있었어요. 얼마 후 우리는 이렇게 말했어요. 나중에 봐, 사랑해. 그리고 아드레날린이 충만해 떠났죠. 한밤중까지 쉬지 않고 운전하다 애틀랜타에서 멈췄어요. 다음 날도 계속 달리다가 고속도로변에 모래가 쌓여 있는 곳에서 멈췄어요. 플로리다였어요. 우리는 새 수영복을 샀어요. 차에 모래가 들어갔죠. 아버지는 어떤 일이 있어도 그 차를 우리에게 빌려주지 않았고 차 안에 음식도 들이지 못하게 했는데. 밤에는 호텔방에서 HBO 채널을 봤어요. 낮에는 하얀, 하얀 모래사장에서 토프와 프리스비를 던지며 놀았어요. 바람은 따뜻하고 습했어요. 밤에는 빌과 통화했고 근처의 친척들—톰과 도트, 전에 언급한 적 있죠—을 찾아가볼까 고민했지만 관뒀어요. 그들은 나이가 들었고 한동안 그런 사람들과는 어울리지 않았거든요.

그러고 나서 당신은……
나는 그들을 제대로 매장해주지 않았어요.

뭐라고요? 그게 무슨……
난 그들이 어디 묻혔는지 몰라요.

무슨 뜻이죠?
그들은 화장되었어요. 그들은 시신을 기증하기로 결정했어요. 그런 생각을 어떻게 하게 된 것인지는 신만이 알겠죠. 우리는 그 이유를 몰랐어요. 부모님에게 오래된 신념이 있어서 그렇게 된 건 아니었어요. 우리는 그런 이야기를 들은 적이 없거든요. 아버지는 무신론자였고—엄마는 아버지가 '위대한 나무'를 숭배한다고 하셨죠—우린 그걸 알았기 때문에 아버지가 시신을 기증하는 건 이해했어요. 하지만 엄마는 독실한 가톨릭 신자인 데다 훨씬 낭만적이고 감정적이고 미신적이었어요. 그런데 기증서가 있는 거예요. 우리가 전에 알았는지 후에 알았는지는 기억나지 않아요. 생각해 보면 아버지가 돌아가신 후, 그리고 엄마가 돌아가시기 전이었을 거예요. 그리고 그 모든 일이 벌어졌죠. 검시관에게 시신이 넘어간 후 기증기관에서 시신을 가져가서 여기저기 의대로 보냈어요. 거기서 시신을 쓴대요. 어디에 쓰는지는 신이 아시겠죠.

그래서 괴로운가요?
음, 물론이죠. 당시 우리는 그 일을 숭고하다고 생각했어요. 기증은 우리를 놀라게 했어요. 그렇게 모든 것이 우리의 통제권을 벗어났고 우리는 그저 따라가기만 했죠. 덕분에 더 쉽게 정리가 되었어요.

무슨 뜻이죠?
음, 관 같은 것 말이에요. 아니, 관이 없는 거요.

관이 없었나요?
네. 아무것도 없었죠. 물론 장례식은 했지만, 관을 쓸 일이 없을 거라 생각하고 준비하지 않았어요.

그래서 공동묘지에서 하듯이 보통의 장례 절차를 따르지 않았나요?
네.

부모님에겐 묘석이 없군요.

묘석은 없어요. 사실 우리는 두 분이 어디 있는지도 몰라요. 기증단체에서 나온 사람들이 나중에 시신을 화장한 다음 보내주겠다고 하고는 보내지 않았어요. 아직까지요. 석 달 안에 보내주는 게 맞는데. 이제 2년이 다 돼가요.

그러면 유해가 없는 거예요?

맞아요. 사실 좀 웃기죠. 그들은 유해라고 부르지 않아요. '재'라고 부르죠. 우리는 어쩌면 재를 보냈을지도 모른다고 생각해요. 베스는 우리가 여러 번 이사를 다녔기 때문에 유해를 돌려받지 못했다고 생각해요. 그들은 우리에게 연락하려 했지만 우리가 버클리로 이사했다 또다시 이사하는 바람에 찾을 수가 없어서 유해를 처리해버렸을 거라는 거죠. 난 유해가 아직 거기, 어딘가에 있을지 모른다고 생각해요.

기증단체와 연락은 해봤어요?

아뇨. 베스가 했을 거예요. 우리는 두 달에 한 번은 그 이야기를 하지만 그 빈도수는 점점 더 줄어들고 있어요. 사실 어려운 일이니까요. 시간이 더 걸릴수록, 그 시간으로부터 멀어질수록 그 이야기를 끄집어내는 것도 점점 불가능해져요. 정말 당황스럽죠. 적어도 내게는 그래요. 그 일, 그리고 묘석이 없다는 것, 장례식이 어설프게 끝났다는 것, 살림살이를 대부분 팔거나 처분했다는 것. 너무나 아련하네요. 우리는 너무 멀리 이사를 왔고 너무 많은 것이 끝나버렸어요. 나는 대학 때문에 봄에는 시카고에서 3일, 샘페인에서 4일씩 머물렀죠. 대신 베스가 모든 것을 해야 했어요. 집을 내놓고 살림살이를 팔고 버클리에서 토프의 학교를 알아보고 공과금을 모두 내고 엄마의 차를 팔고…… 우리는 무엇이든 용서받을 수 있을 거라고 확신했어요. 잘못된 판단이나 실수, 그 모든 끔찍한 실수들을요. 우리가 팔아버린 것 중에는……

당신은 그 모두를 아쉬워하는군요.

때로는요. 때로 베스와 나는 그것이 최선이었다는 데 동의해요. 깨끗이 정리할 수 있는 방법, 완전히 끊어낼 수 있는 방법, 우리 고향과 대부분의…… 이상하죠. 하지만 몇몇 사람은 우리가 토프를 데리고 캘리포니아로 이사하는 것에 눈살을 찌푸렸어요. 그들은 우리를 도와줄 수 있는 최고의 네트워크가 거기 레이크포리스트에 있다고 생각했죠. 하지만 이런, 아주 멀리 갈 수도 없었어요. 결국 우리는 그 지역의 슬픈 전설이, 원하지 않는 유명 인사가 될 것이고 토프는 도시의 보호를 받게 될 거라고 확신했어요…… 절대안 될 일이었죠. 그래서 우리는 묘지에서 장례식을 하지 않았고 관을 준비하지도 않았어요. 베스는 항상 말하죠. 우리 부모가 장례식을 얼마나 원하지 않았는지, 온전한 장례식과 묘석은 상업성에 찌든 소란에 불과하고 우스운 전통일 뿐이라고, 일종의 장삿속으로만들어낸 휴일 같은 거라고, 게다가 돈도 너무 많이 든다고요. 그래서 우리는 양심의 가책을 덜 수 있었어요. 우리가 그분들의 바람을 이루어주었다고 생각한 것도 도움이 되었구요.

그분들이 정말 원했다고 생각해요?

아뇨, 결코요. 베스가 그렇게 생각한 거죠. 베스는 확신해요, 그녀는 그 자리에 있었거든요. 하지만 나는…… 솔직하게 말하면 그분들은 우리가 아직도 자신들을 매장하지 않았다는 사실이, 심지어 우리가 자신들이 어디 있는지도 모른다는 사실이 도저히 믿기지 않을 거예요. 무시무시하죠, 정말로요.

어쩌면요.

하지만 죽은 사람들을 방부 처리하고 옷을 차려입히고 화장을 시키는 건…… 야만적이고 중세적이에요. 돌아가신 분들을 실제로는 결코 볼 수 없잖아요. 그러니 그분들이 사라졌다고, 그저 가버렸다고, 그분들은 멀리 날아갔다고 생각하는 편이 좋아요. 그분들은 매장되지 않았으니, 어쩌면……

부모님 꿈을 꿔요?

누나는 꾸준히 꿈을 꿔요. 항상요. 그리고 꿈에서 부모님은 종종 대화하고 걸어 다니고 재미있는 이야기를 들려주며 유쾌해한대요. 부모님이 돌아가신 후 나는 그분들이 대화하고 걸어 다니고 재미있는 이야기를 해주는 모습을 보지 못했어요. 책임 같은 걸로 싸우지 않을 때면 누나와 나는 함께 소파에 앉아 그 이야기를 나누죠. 누나는 머리를 갸우뚱한 채 손가락으로 머리카락을 빙빙 돌려가면서 가장 생생했던 꿈을 이야기해요. 그 대부분의 꿈속에서 엄마는 운전이나 요리 같은 단순한 일을 하죠. 누나의 꿈속에 나타난 아버지는 대개 어슬렁어슬렁 돌아다니거나 금방 누군가를 죽였거나 누나를 쫓아다닌대요. 하지만 이따금 아버지가 나오는 꿈 중에도 멋진 꿈이 있죠. 그래서 난 질투가 나요. 나도 그분들이 다시 걸어 다니고 대화하는 모습을 보고 싶거든요. 꿈속에서라도요. 하지만 난 부모님 꿈을 꾸지 않아요. 이유도 모르겠고 어떻게 해야 할지도 모르겠어요.

잠자리에 들기 전에 부모님 생각을 해봐요. 그것도 한 가지 방법일 것 같은데요.

해봤죠. 내 말은 해보려고 했다고요. 예를 들면 지금도 난 부모님 생각을 하고 있어요. 그래요, 그래, 오늘 밤에 해볼게요. 알려줘서 고마워요. 하지만 중간에 잊어버리겠죠. 백 번쯤은 그랬어요. 자기 전에 부모님 생각하는 걸 왜 잊어버릴까요? 베개 위에 '부모님을 생각해'라는 메모를 남겨놓을 수도 있을 텐데. 왜 그렇게 할 수 없는 걸까요? 그 보상은 큰데 말이죠. 예를 들어 잠들기 전에 엄마 생각을 하면 내 꿈속에서 엄마가 살아날 가능성은 아주 높아지죠. 우리가 알고 있듯이 꿈이 만들어지는 과정은 종종 그렇게 예측 가능해요. 그러나 난 그럴 수가 없어요. 기억하는 것, 그러니까 꿈을 꾸는 데 필요한 기본적인 일을 할 수가 없어요. 놀랍죠. 사실 아버지의 꿈을 한 번 꾼 적이 있어요. 꿈에서 나는 차를 몰고 집 근처의 올드엘름 로드를 지나고 있었어요. 겨울이었고 눈은 오지 않았지만 날이 흐렸죠. 나는 세븐일레븐에서 집으로 가기 위해 언덕을 내려가고 있었어요. 갑자기 나는 나란히 나 있는 도로의 200야드 앞에서 정확히 아버지의 차와 같은 차를 봤어요. 회색 닛산이었고 차 안에는 회색 머리에 낡은 갈색 스웨이드 코트를 입은 남자가 타고 있었는데 거의 우리 아버지랑 똑같았어요. 꿈속에서조차 난 그 사람이 아버지인지 의심했죠. 꿈에서도 나는 아버지가 돌아가셨다는 걸 알고 내가 본 것은 그저 우연이거나 신기루일 거라고 생각하죠. 그러다가 갑자기 이런 생각이 떠올라요. 꿈에서조차 논리를 따르다가 급하게 논리를 벗어던지죠. 여전히 아버지는 아주 잘살고 있을 수도 있다는 생각, 처음에는 아버지의 죽음이 이해되지 않고 너무 급작스럽고 비논리적이었다는 생각이 떠오르죠…… 그러다가 다른 요소들이 뒤섞이면서—우리 중 누구도 아버지의 임종을 지키지 못했고, 그의 유해—죄송해요, 재라고 해야죠—도 돌려받지 못했다는 생각이 떠오르죠. 꿈속에서 이런 생각도 떠올라요. 이건 또다른 사기일 수도 있고 그는 결국 살아서……

또다른 사기라니요?

음, 술을 마시면서도 가정과 직장생활을 성공적으로 누리는 사람들이 그렇듯이 그는 뛰어난 마법사였어요. 그 비법은 알고 나면 별것 없었지만 당시에는 꽤 오랫동안 치밀하고 의심 많은 사람들을 속여 넘겼죠. 그중 가장 멋진 건 익명의 알코올중독자 모임이었어요. 아버지는 그 모임에도 참석했어요. 심지어 우리 집에서도 모임을 열었죠. 대단했어요. 아버지는 우리가 동부의 친척 집에 간 사이에 어딘가에 있는 센터에 들어가서 한 달간 치료를 받았어요. 우리가 집에 돌아왔을 때 그는 맨 정신에 술도 마시지 않고 당당하게 집에 있었죠. 우리 모두 기분이 좋았어요. 마침내 그 모든 일이 끝나고 우리 가족이 깨끗해지고 새로워졌다고 느꼈거든요. 그리고 그는 온전한 정신이고 강하니까 세계를 정복하고 우리를 잊지 않을 거라고 느꼈어요. 우리는 그의 무릎에 앉았고 그를 숭배했죠. 아마 조금은 감동적이었을 거예요. 여러 면에서 우리는 여전히 그를 미워하고 두려워했던 것 같아요. 여러 해 동안 소리를 지르고 쫓아내고 그랬으니까요. 하지만 우리는 상처에서 회복하는 능력을 지녔고 정상적인 것을 원했어요. 생각해보면 우리는 무엇이 정상적인 것인지, 우리가 정상적인 것의 일부가 될 수 있을지 확신하지 못했어요. 그럼에도 불구하고 우리는 희망에 찼죠. 당시 그 모임들이 있었어요. 우리 집 거실에서도 모임이 있었죠. 잠을 자야 했지만 난 몰래 아래층으로 내려가서 계단 난간 너머로 흘긋거리며 자욱한 연기 사이로 거기 있던 어른들을 모두 보았어요. 아빠도 크리스마스에 자신이 앉았던 소파에 앉아 있었어요. 집 안에서 그 사람들을 보다니 이상한 기분이 들었죠. 우리 부모님은 사람들을 환대하지 않았어요. 하지만 중요한 건 아버지가 그때도 술을 마셨다는 거예요. 심지어 그날 밤에도. 우리는 결코 몰랐고 그들도 몰랐어요. 생각해보세요, 사기 같죠. 나와 모두는 치를 떨 만하지만 존경받을 만한 사기였죠.

아버지가 항상 집에 있었다면서 어떻게 들키지 않고 술을 마실 수 있죠?
아. 네. 집에는 술병이 없었어요. 우리는 술병을 숨긴 장소를 찾아다녔죠. 엄마는 철저히 감시했고 우리도 그랬어요. 하지만 거기가 어딘지 아시겠어요? 당신도 기가 막힐 거예요, 정말 쉽거든요. 아버지는 가끔 아침 일찍—아버지 혼자 있어서 아무 의심도 받지 않을 때만—밖에 나가 보드카 한 병과 4, 5리터의 키니네를 구해 왔어요.

그러면 아버지는……

아버지는 키니네 통을 반쯤 비운 다음 보드카로 채우고 보드카의 흔적은 깨끗이 없앴어요. 그리고 밤에 우리가 다 같이 가족실에 모여서 〈세 친구〉 같은 것을 보고 있으면 부엌에 들어가서—대단히 주도면밀하죠—키니네(보드카)를 자신이 사용하곤 했던 작은 유리잔—다른 사람에게 내용물이 술임을 알려주는—이 아니라 긴 유리잔에 따랐어요. 긴 유리잔, 우리는 속은 거죠! 요약해보죠. 작은 유리잔에는 뭐가 들어가죠? 술이죠. 그러면 긴 유리잔에는요? 물론 음료수 같은 거죠! 네, 긴 유리잔은 맛있고 시원한 무알콜의 음료수용이잖아요. 상상할 수 있어요? 그는 자신이 세상에서 가장 똑똑하다고, 아니 적어도 자신의 바보스러운 자식들보다는 똑똑하다고 느꼈을 거예요. 1년쯤 이런 일이 계속되었죠. 그동안 우리는 만족감과 희망으로 흥분했어요. 그가 술을 끊었다고 믿고 더이상 며칠이고 몇 주고 친구나 친척의 집에 머물면서 그를 떠나야겠다는 말은 하지 않아도 됐으니까요. 그렇게 다시 일어서고 있었는데 믿을 수 없었죠. 게다가 긴 유리잔으로(기억하세요, 긴 유리잔은 음료수예요) 그는 더 많은 양의 술을 마셨고 우리는 점점 더 혼란스러워했죠. 그는 술에 취하지 않은 척하다가 10시가 지나면 재미있는 이야기를 했어요. 그러다가 갑자기 무시무시하게 화를 내고는 11시쯤 소파에서 앉은 채 잠이 들었죠.

발각된 후에는 술을 끊었나요?

맙소사, 아뇨. 엄마는 테라스로 나가 미닫이문을 닫고 팔로 어깨를 감싸고 소리를 지르면서 울었어요. 엄마는 아마 몇 번 떠나겠다고 협박도 했을 거예요. 하지만 얼마 후 우리는 포기했죠. 엄마는 아버지와 우리—당시 셋이 넷이 되었죠—때문에 지쳤어요.
나는 아버지가 술을 마시리라는 사실, 그리고 그가 타고난 술꾼이
라는 사실을 엄마가 결국 받아들일 거라고 생각했어요. 그리고 그
가 술꾼으로 탁월한 소질이 있다는 것도요. 그는 술을 마시고 떠드
는 것이 아니라 도발하지 않으면 아무에게도 해를 끼치지 않는, 상
당히 우수한 술꾼이었죠. 새로 아기가 태어나면서 갑자기 누구네
집으로 피난을 가거나 아버지를 떠나는 것이 훨씬 더 어려워졌고
지친 엄마는 어느 순간 아버지와 타협했을 거예요. 하룻밤에 그렇
게 많이 마시다니, 어쩌고저쩌고 하면서요. 우리가 떠나지 못하도
록 아버지가 우리를 속인 기간을 생각하면, 그는 어떻게든 일정을
바꾸고, 빠르고 슬픈 사소한 거짓말들을 했겠죠. 예를 들면 키니네
와 긴 유리잔 같은 걸로요. 그 생각을 하면 그는 완벽하지는 않지
만 괜찮은 사람이었어요. 그 후 그는 밤에 마시는 술의 양을 줄였
어요. 협상안을 받아들여 집에서는 맥주나 와인만 마셨죠. 그리고
토프가 기어 다니고 걸어 다니게 되자 그의 상태는 안정되었어요.
솔직히 우리는 그런 방식이 더 좋았어요. 익명의 알코올중독자 모
임은 왠지 불길했고, 집 안에 모인 어른들, 중얼거리는 목소리, 담
배 연기는 아버지와 어울리지 않았어요. 물론 그 모두를 묵묵히 받
아들였지만 그는 그런 남자가 아니었어요. 어떤 면에서 우리는 아
버지가 익명의 알코올중독자 모임에서 빠지기만을 바랐죠. 그는
자기 힘으로 문제를 억제하거나 해결하고 싶어했어요. 그건 우리
도 바라는 바였죠. 익명의 알코올중독자 모임은 더 위대한 힘이나
아버지에게는 어울리지 않는 대의 등을 언급해서 아마 끔찍했을
거예요. 어쨌든 모든 치료의 가능성을 포기한 데다 모든 일이 발각

되었기 때문에, 우리는 그의 정확한 한계를 알고 그는 우리의 정확한 한계를 알고 만약의 사태를 대비하는 게 더 나았어요. 어떤 일이 닥칠지 예상할 수 없어서 두렵기는 했지만요. 난 아주 어릴 때부터 그런 황량하고 공포스러운 상상을 했어요. 예를 들어 우리가 잠자리에 든 후 아래층은 〈죽음의 가스〉와 〈윌리 윙카〉에서 보았던 장면들이 뒤섞인, 움파룸파 족과 움직이지 않는 시체들이 가득한 인체 실험실이 될 거라는 확고한 믿음을 나는 몇 년간 지니고 있었죠. 아버지가 조금만 평정심을 잃어도 그 모든 것이 뒤섞여 불필요한 혼동과 공포를 만들어낼 수 있었죠. 내 말은 내가 여덟 살쯤 되었을 때 문짝 사건으로 부모와 자식 사이의 얇고 불안한 신뢰의 끈이 끊겼다는 소리예요.

그러니까……

이건 상황이 좀더 안 좋을 때, 그가 조금 통제력을 잃었을 때 벌어진 일이었어요. 어떤 문제였는지는 기억나지 않지만 분명 내가 무슨 잘못을 저질러서 벌을 받아야 했죠. 재미있는 게 뭔지 아세요? 우리는 벌을 받을 때마다 '자세 잡아'라는 말을 들었어요. 그건 아버지에게 다가가서 아버지 무릎 위에 엎드리라는 소리였죠. 너무 괴상하죠, 믿기세요? 물론 난 그 말을 듣지 않으려 했어요. 아버지가 정말로 우리를 심하게 때린 적은 없지만—엄마야말로 체중을 실어서 때렸죠—그가 손으로 우리 몸을 더듬다가 어설프게 잡으면 왠지 무서웠어요. 아버지의 기분을 예측할 수 없었기 때문에 그가 취기가 도는 것 같으면 우리는 아버지 근처에는 있고 싶어하지 않았어요. 문어 게임 아세요? 이쪽에서 저쪽으로 가야 하는 게임이죠. 친구들을 지나 빨간 줄이 그어진 곳까지 가면 술래가 당신을 잡을 수 없죠. 하지만 그 전에 술래의 팔에 걸려서는 안 되는 거예요. 그러면 친구의 작고 완벽한 팔이 갑자기 너무 위험하고 무서워지겠죠? 어떤 면에서는 의심, 그러니까 그의 행동에 대한 예측성이 사라지면서 더 큰 공포감이 유발되는 거죠. 우리는 단지 이상한 일이 벌어질까봐 밤에는 아버지 근처에 가고 싶지 않았을 뿐이에요. 그래서 판결이 내려지고 맞을 순간이 임박해오면 우리는 달렸어요. 우리가 멀리 가서 오랫동안 숨어 있으면—대개는 실제적이라기보다는 희망적인 생각일 뿐이죠—아버지의 분노가 가라앉거나 엄마가 끼어들었죠. 일종의 집행유예를 받은 셈이었어요. 그 일이 낮에 벌어졌다면 우리는 거리나 공원이나 냇물이나 친구 집으로 달려가서 잠잠해지기를 기다렸을 거예요. 하지만 밤이 되면—열정적인 골퍼였던 아버지를 낮에는 몇 시간밖에 보지 못했기 때문에 이런 일들이 벌어지는 시간은 밤이었죠—우리는(적어도 나는) 밖에 나갈 수 없었어요. 〈공포의 별장〉에 나오는 뱀파이어들이나 〈핼러윈〉에 나오는 윌리엄 샤트너의 마스크를 쓴 남자가 득실대는 밖이 훨씬 안 좋을 것이라고 확신했기 때문이죠. 밤에는 집 안에 있는 장소로 피해야 하죠. 사실 피할 장소는 많았어요. 하지만 장소마다 각각의 장단점이 있었어요. 우선 지하실의 보일러나 배관 아래 숨을 수 있어요. 하지만 좀더 잘 숨으려면 불을 꺼야만 하죠. 사람들은 진짜 살인자나 시체가 언제 거기, 배관실이나 보일러실에 숨어들지 결코 알지 못해요. 하지만 아주 가능성이 높은 일이죠. 그다음에 벽장이 있어요. 숨기 좋은 곳이지만 벽장은 너무 갑자기 발각될 수 있어요. 미닫이문이 휙 열리고 갑자기 손이 나타나죠. 그래서 숨기에 가장 좋은 장소는 위층의 욕실이나 각자의 침실이죠. 두 곳 모두 잠금장치가 있어서 문 바깥쪽의 사태가 진정될 때까지 숨을 수 있어요. 그래서 그 특별한 밤에 나는 내 방으로 달려가서 문을 잠갔어요. 계단 밑에서는 아버지의 고함소리가 들려왔어요. 그런데 이상하게도 아버지는 우리더러 계단을 내려오라고 했어요. 그러면 아버지가 우리를 붙잡아서 소파로 끌고 간 다음 자세를 잡게 하고는 때리겠다는 거죠…… 웃기죠. 우리는 그런 일을 당할 이유가 없었어요, 나는 그런 일을 당할 이유가 없었다구요. 우리는 완벽하고 완벽하고 완벽해서 공격할 틈이 없었어요. 볼기를 맞을 이유가 없었죠. 난 방에서 숨을 헐떡이며 문을 노려보다 아이디어를 짜내려고 사방을 둘러봤어요. 벽지가 눈에 띄었죠. 사실 가을 숲의 오렌지색 풍경을 담은 거대한 사진 같은 것이었어요. 엄마와 내가 고른 것이었죠. 너무 아름답다는 생각이 들었어요. 우리는 그 벽지를 바른 뒤 바닥에 앉아 바라보았죠. 그리고 그날 밤 내 방에서 난 그 속으로, 그 오렌지빛 숲으로 달려 들어가고 싶었어요. 그 숲은 정말 깊어 보였고 그 안에는 햇빛도 비쳤거든요. 물론 정말 그럴 생각은 아니었지만. 난 바보도 아니고 미혹당하지도 않았으니까요. 또다른 벽, 내 침대 위에 벽지가 붙여져 있지 않은 벽을 보니 내가 마커로 그린 작은 괴물들과 행복하지만 아마도 여전히 난폭할 바이킹들이 스무 개쯤 있었어요. 내가 자는 동안 나를 지켜달라고, 이런 다급한 상황이 닥쳤을 때 살아나라고 그린 것들이지요. 하지만 그들은 살아나지 않았어요. 그들은 왜 살아나지 않은 걸까요? 고함소리가 계속되고 아버지가 여전히 아래층에 있는 것을 확신한 나는 방에서 빠져나와 복도로 가서는 전화를 들고 왔어요. 전화선을 방문 아래에 끼워 넣고는 다시 방문을 잠갔죠. 나는 전화를 들고 침대로 가서는 전화를 걸어 교환수에게 보스턴 지역번호를 물었어요. 그러고는 거기가 보스턴이 아니라 보스턴 외곽의 밀턴이라는 것을 떠올렸죠. 난 루스 이모에게 연락하려고 했거든요. 아니면 론 이모부라도. 그녀는 익명의 알코올중독자 모임에서 일했어요. 그도 그녀와 함께였죠. 그래서 그들은 뭘 어떻게 해야 하는지 잘 알았어요. 난 어떡해요? 내가 물으면 그들은 대답해주고, 중재해줬죠. 그때 위층으로 올라오는 발소리가 들렸어요. 아버지가 정말 화가 나서 엄마도 진정시킬 수 없을 때 나는 발소리였죠. 두 발이 쿵쾅거리며 계단을 오르는 동안—그는 왜 그렇게 느릴까, 왜 이렇게 미치도록 느릴까?—나는 전화를 끊고—이제는 시간이 없었어요—계획을 세웠어요. 난 베개 위쪽의 창문을 열고 침대의 시트를 찢었어요. 쿵쾅거리던 발소리가 멈췄어요. 그가 2층에 올라온 거죠. 내 방에서 여섯, 일곱 걸음밖에 떨어져 있지 않았어요…… 내가 TV에서 본 대로 시트를 밧줄처럼 꼬아 침대에 묶는데 문고리를 돌리는 소리가 나더니 갑자기 내 이름을 크게 부르는 목소리가 들렸어요. 나는 펄쩍 뛰었어요. 아버지는 문을 마구 두드리고 문을 열라고 소리를 질렀어요. 내가 이걸 제때 묶지 못하면…… 심장소리가 점점 더 커지고 마침내 시트가 이중으로 묶였어요. 난 시트를 잡아당겨 단단히 묶였는지 확인했어요. 괜찮은 것 같았어요. 내가 뛰어내릴 만한 지점에 도달할 때까지 몇 초 동안만 버텨주면 되는데. 난 몸을 침대 쪽으로 돌리고는 급히 창문 밖으로 발을 내밀었어요. 마당에 심어둔 나무의 거친 감촉이 맨 발에 느껴졌어요…… 그때 문을 두드리는 소리가 멈췄어요. 나는 여전히 창을 빠져나가고 있었어요. 이제 내 몸은 창을 반쯤 빠져나갔어요. 그날 밤은 습했고 두 손으로 시트를 움켜잡은 내 눈에 땅, 이웃의 마당이 들어왔어요…… 나는 멈추고는 짐승처럼 재빨리 숨을 쉬었어요. 그리고 아버지가 다른 데로 관심을 돌렸는지 궁금해했죠…… 너무 조용했어요. 그때 나무가 부서지더니 문이 열리고 아버지가 내 앞에 나타났어요.

아버지가 문을 걷어찼군요.
음, 아버지는 문을 부수고, 문의 잠금장치와 손잡이, 그리고 경첩도 반쯤 부수고 안으로 들어왔어요.

와.
극적이죠?

음, 그러네요. 당신 아버지는 더 심하게 벌을 주셨나요?
아뇨. 엄마가 문이 부서지는 소리를 듣고 달려왔고 아버지는 몇 초밖에 나를 마음대로 할 수 없었죠. 바로 엄마가 내 방으로 왔고 아버지가 곤경에 처했죠. 결국 그건 일종의 증거였어요. 그의 불안 정성—술에 취하지 않았을 때는 아주 정상적이고 심지어 재미있던 아버지의 극단적인 변화—이 드러날 때마다 그랬듯이 이번에도 우리는 아버지의 점수표에 저조한 점수를 기록하는 기분이었거든요. 난 멍이 든 채 학교에 가고 싶었어요. 청소년 프로그램을 봤기 때문에 어떻게 될지를 알았거든요. 선생님이 보게 되고 결국 세상에 알려지고 아버지는 경고 같은 걸 받고 상황이 통제되는 거죠.

아동학대인가요?

맙소사, 아뇨. 그는 우리를 붙잡은 후에는 심한 말을 하지 않았어요. 난 그 말이 듣기 싫다는 생각조차 해본 적이 없어요.

아.

정말 심하게 때린 사람은 엄마였어요. 엄마는 아빠보다 훨씬 더 자주 우리를 때렸지만 통제력을 잃지는 않았죠. "너를 죽여버릴 거야!"라는 말을 자주 하기는 했지만요. 우리가 저녁 식탁에서 버릇없는 말을 하면 엄마는 발을 구르고는 근육질의 갈색 팔을 들어 1분 동안 우리 머리를 호되게 때렸어요. 가라데 권법으로요. 외할머니에게서 물려받은 거대한 반지들을 낀 엄마의 긴 손가락을 피하려고 우리는 머리를 감싼 채 급하게 움직였어요. 그런데 잠시 후면 오히려 재미있어지죠. 처음에는 전혀 재미있지 않고 우리는 기운이 빠져 위층으로 올라가거나 몇 시간 동안 도망가 있곤 했죠. "엄마 미워. 엄마 미워"라고 소리 지르면서 엄마가 죽기를 바라고 새로운 가족을 원했죠. 우리가 느끼기에 더 침착하고 정상적인 친구의 가족과 살기를 바랐죠. 물론 1시간도 지나지 않아 우리는 다시 엄마의 무릎에 아주 행복하게 앉아 있죠. 우리가 나이가 들면서 맞는 것도 재미있어졌어요. 처음으로 맞는 걸 재미있어한 건 빌이었어요. 그는 엄마가 "이 못된 자식들"이라고 소리를 지르면서 가라데 권법으로 머리를 후려칠 때 눈동자를 굴리며 웃었어요. 그는 엄마가 지칠 때까지 그냥 앉아서 맞기만 했죠. 얼마 후 엄마는 애초에 무엇 때문에 그렇게 화가 났는지 잊어버리고는 우리를 때리면서 웃곤 했어요. 웃는 얼굴로 빌이나 베스의 머리를 때리면서 그들을 죽여버리겠다고 말하는 엄마를 보는 건 정말 이상했어요.

당신도 움찔하게 되죠—준비를 하게 하는 거예요. 당신은 손이 올라가고 손목이 긴장하고 손가락이 움켜쥐어지는 모습을 상상하죠. 쿵푸라도 하듯이, 그리고.

물론 우리는 서로 많이 치고받았어요. 어릴 때 우리는 서로를 죽일 계획—서로를 창문이나 계단 아래로 던져버리는—을 세우며 많은 시간을 보냈어요. 그래서 우리는 무엇을 기대해야 할지 전혀 몰랐어요. 당신도 알다시피 초기의 다양한 폭력들은 갑작스럽게 연결될 수 있고, 실제로 연결되었어요. 일단 거길 건너면 다시 돌아오기 힘들죠. 수위가 높아지고 땅은 점점 더 흔들리죠. 그렇게 우리는 신경질적으로, 방어적으로 변했죠. 적어도 베스와 나는요. 빌은 우리보다는 나이가 많았으니까요. 아버지가 때리려고 다가오면 우리는 팔을 휘두르고 발을 걸어차면서 말 그대로 발작을 일으켰어요. 우리는 현란하고 어두운 상상을 했고 공익광고나 보건수업에서나 보고 들을 만한 내용을 연상했어요…… 난 매일 밤 악몽에 나타나던 살인자들과 괴물들을 아버지와 동일시하면서 악조건이 갖춰지면 언젠가 그가 우리를 죽일 수도 있겠다—물론 사고겠지만—는 확신을 했어요. 내 방문은 결코 고치지 않았어요. 12년을 더 그렇게 망가진 채로 있었죠. 우리는 결코 그런 건 고치지 않았어요.

아버지가 어떤 일을 했는지 다시 말해주세요.

그는 변호사였어요. 선물거래를 했죠.

당신 엄마는요?

선생님이었죠. 내 고통에 보상해주세요.

네?

충분히 해줬잖아요. 보상해주세요. 나를 TV에 출연시켜주세요. 이 이야기를 수백만 명과 공유하게 해주세요. 난 천천히, 섬세하게, 세련되게 할 수 있어요. 모두가 알아야 해요. 난 자격이 있어요. 그건 당연한 보상이죠. 내가 출연하게 될까요? 내가 당신의 마음을 아프게 하지 않았나요? 내 이야기가 충분히 슬프지 않았나요?

슬펐어요.

난 이 이야기가 어떻게 먹힐지 알아요. 내가 당신에게 이 이야기들을 제공해줄 테니까 당신은 내게 무대를 주세요. 내게 내 무대를 주세요. 그럴 만하잖아요.

들어보세요, 나는……

이야기를 더 해줄 수도 있어요. 내게는 이야깃거리가 많아요. 부모님이 썼던 가발에 대해서도 말해줄 수 있어요. 그해 가을 가족실에서 두 분은 나를 놀래키려고 동시에 가발을 벗었어요. 두 분의 머리는 반짝였고 머리카락은 마구 찢긴 목화 같았어요. 두 분은 눈을 반짝이며 웃고, 또 웃었어요. 그리고 아버지가 쓰러졌을 때도. 나는 마지막 호흡, 마지막 말도 들려줄 수 있어요. 내게는 이야깃거리가 많아요. 엄청난 상징성도 있죠. 당신은 토프와 나의 대화를 들어야 하고 토프의 말도 들어야 해요. 정말 놀랍고 기발하거든요. 당신도 이보다 더 잘 쓸 수는 없었을 거예요. 우리는 죽음과 신에 대해 이야기하고 나는 그에게 아무 대답도 해주지 못하죠. 무엇도 그가 잠드는 데 도움이 되지 않아요. 동화조차도. 내가 이 이야기를 공유하게 해주세요. 당신이 원하는 대로 할게요. 재미있게, 감상적으로, 아니면 그냥 곧이곧대로, 무덤덤하게. 모르겠어요. 슬프게도, 아니면 영감이 가득하게, 아니면 분노에 차게도 할 수 있어요. 그 모두가 담겨 있죠. 모든 것이 당신에게 달려 있어요. 당신이 선택하고 고르죠. 내게 뭔가를 주세요. 보상물을. 잘할게요. 나는 슬픔 가운데에서 희망을 찾을 거예요. 나는 수로가 될 거예요, 나는 박동하는 심장이 될 거예요. 제발 이걸 보세요! 난 4700만 명에게로 퍼져 나갈 평범한 확장자예요! 난 완벽한 아말감이에요! 나는 안정과 혼돈 속에서 태어났어요. 난 아무것도 보지 못했고 동시에 모든 것을 보았죠. 나는 스물네 살이지만 만 살은 된 기분이에요. 난 젊음에 의해 용기를 얻고 자유로워지고 희망을 품죠. 비록 내 아름다운 동생 덕분에 과거와 미래에 묶여 도저히 놓여날 수 없지만 말이에요. 그 애는 과거와 미래의 일부죠. 우리가 특별하다는 걸 모르겠어요? 다른 어떤 것, 그 이상의 어떤 것을 위해 태어났다는 것을? 이 모든 일은 아무 이유 없이 우리에게 벌어진 게 아니에요. 당신에게 확인시켜줄 수 있어요. 거기에는 아무 논리도 없어요. 그저 우리가 어떤 이유 때문에 고통받는다고 가정하는 것만이 논리적이죠. 우리를 정당하게 대해주세요. 내게는 한 세대의 희망이 터질 듯 가득해요. 그 희망은 내게 물밀 듯이 밀려 들어와 내 군어버린 심장을 터뜨리려 해요! 이게 보이지 않나요? 나는 한때 처량하고 기괴했어요. 나도 알아요. 다 내가 자초한 거니까요. 나도 알아요. 부모님의 잘못이 아니라 모두 내가 자초했다는 걸, 그래요. 하지만 난 내가 처한 환경의 산물, 상징이에요. 격려가 되고 훈계가 되는 사례로 소개되어야죠. 내가 무엇을 상징하는지 보이지 않나요? 난 두 가지를 나타내요. a) 박해받은 도덕주의자와 b) 교외＋게으름＋텔레비전＋가톨릭＋알코올중독＋폭력과 관련된, 도덕과는 무관한 탐식가. 나는 중고 벨루어 모자를 쓴 괴짜, 로레알 안티 스티키 메가 젤을 쓰는 추방자예요. 나는 뿌리가 없고 모든 토대를 빼앗겼어요. 그리고 고아를 기르는 고아지요. 난 모든 것을 치우고 내가 만든 것으로 채우고 싶어요. 내게는 친구와 남아 있는 내 작은 가족 외에 아무것도 남지 않았어요. 나는 공동체가 필요하고 피드백이 필요하고 사랑, 연고, 교류가 필요해요. 그들이 나를 사랑한다면 나는 피를 흘릴 거예요. 내가 시도해보게 해주세요. 나를 증명하게 해주세요. 내 머리카락을 뽑고, 내 피부를 벗겨내고 당신 앞에 연약하게 떨며 서 있을게요. 혈관을, 동맥을 열게요. 당신이 책임지고 나를 통과시켜주세요! 난 금방 죽을 수도 있어요. 난 이미 에이즈에 걸렸을지 몰라요. 아니면 암이나. 내게 나쁜 일이 벌어질 거예요, 난 알아요, 난 그런 일을 너무 많이 봤거든요. 나는 엘리베이터에서 총을 맞을 거예요. 하수구로 빨려 들어갈 거예요, 익사할 거예요, 그래서 지금 이 메시지를 전해야 돼요. 내게는 그 정도의 시간밖에 없어요. 이상하게 들릴 거라는 거 알아요. 나는 젊고 건강하고 강해 보이니까요. 하지만 그럴 수 있죠. 당신이 그렇게 생각하지 않으리라는 건 알아요, 하지만 나는, 그리고 내 주위 사람들은 그럴 수도 있어요. 정말이에요. 당신도 알게 될 거예요. 그래서 난 이 기회를 잡아야 해요. 언제든 죽을 수 있으니까요, 로라, 어머니, 아버지, 하느님. 제발 내가 수백만 명에게 이 이야기를 들려주게 해주세요. 내가 격자, 격자의 중심이 되게 해주세요. 내가 수로가 되게 해주세요. 이 모든 심장들, 내 심장은 강해요. 만일…… 만일!…… 피를 수백만 명에게 전해주는 모세혈관이 있다면 우리가 하나의 몸이고 내가…… 아, 난 모두에게 피를 펌프질해주는 심장이 되고 싶어요. 피는 내가 알고 있는 사실들을 의미하죠. 난 피에서 온기를 느끼고 피 속에서 헤엄칠 수 있어요. 아, 내가 힘차게 뛰며 모두에게 피를 보내주는 심장이 되게 해주세요. 원해요. 난 원해요……

그게 당신을 치유해줄까요?
네! 네! 네! 네!

7

젠장. 한심한 쇼 같으니라고.

전화로 로라 폴저에게서 그 소식을 듣는다. 나는 선택받지 못했다. 그녀는 내가 아슬아슬하게 떨어졌다고, 내가 참 마음에 들었다고, 내 이야기가 정말 슬펐지만 내 이야기는 수백 개의 이야기 중 하나이고 나는 수많은 사람들—그들 대부분은 나보다 어리고, 이런 고난과 저런 짐을 지니고 있으며, 정말 불우하다—중 한 명에 지나지 않는다고 말한다. 그리고 교외에 거주하는 백인 남자는 한 명 이상 참가시킬 수 없어서 한 명을 정해야만 했다고, 그리고 그 한 명이 나는 아니라고 말한다. 내 자리, 내 캐터펄트를 주드라는 사람이 차지했다.

"주드요?" 내가 말한다.

"네." 그녀가 말한다.

"주드?"

"네, 그는 만화가예요."

젠장. 다행이다. 안도감을 느낀다. 큰일 날 뻔했네. 큰일 날 뻔했지, 그렇지? 큰일 날 뻔했어. 한심한 쇼, 도저히 참고 봐줄 수 없는 쇼, 출연자를 모두 흉측하고 바보 같고 단순하고 이차원적으로 만드는 쇼. 젠장. 그 만화가, 만화 꼴이나 되라지. 난 됐어, 우리는 됐다고. 〈리얼월드〉는 필요 없어, 목발 따위는 필요 없어. 전 세계 수많은 시청자가 지켜보는 그 TV쇼는 감수성이 풍부한 젊은이들에게 엄청난 영향을 주지만 괜찮아, 거기 출연하지 못해도. 아니. 우리는 이 단순한 도구들과 이 작은 손들로만 불운을 헤치고 나아갈 거야. 우리는 아무것도 없이 해낼 거야. 필요하다면 조금만 가지고. 우리의 힘만으로. 어떻게든.

몇 주 후 우리는 이 주드, 주드 위닉이라는 사람에게서 두툼한 편지를 받는다. 그의 편지지와 편지봉투에는 그림이 그려져 있다. 익살스러운 표정으로 다양한 포즈를 잡고 있는 수십 개의 캐릭터들. 그는 무슨 이유인지 우리에게 일자리를 달라며 500편의 쪽만화를 보냈다. 대학에 다닐 때 그린 만화들 같다.

만화—어딘가 브라운스톤으로 지은 집에 사는 젊은이들(주인공은 레즈비언으로 1990년대 삶을 보여준다)에 대한—는 깔끔하고 아주 전통적이고 잘 그려졌다. 그러나 우리 스타일은 아니다. 첫 판이 발행되고 한 달쯤 지나면서 〈마이트〉는 달라졌다. 처음보다 영감이 줄어든 우리는 열정적이라기보다는 의무적으로 또다른 호를 준비한다. 결국 우리가 원한 것, 아니 내가 원한 것은 직업이었다. 우리는 그런 잔인하고 아이러니한 운명을 피해야 한다. 우리같이 일과 삶에 대한 누군가의 생각을 질리도록 찬양하며 요란을떤 사람들은 무엇인가의, 말하자면 스케줄의 노예가 되어 광고주, 투자자, 시간과의 약속을 지켜야 한다는 의무감을 느낀다. 그렇다, 우리는 여전히 우리의 삶, 그리고 물론 세계를 바꾸는 데 관심이 있고 여전히 언젠가는 우주에 가보리라는 기대를 품지만…… 우리는 목표를 겨누고 칼을 간다. 지금 우리에게는 목표가 있고 우리는 좋은 사람, 나쁜 사람, 친구들, 적들(장애물)을 정한다.

우리는 금방금방 의견을 바꾸고 스스로를 먹어치운다. 현재 유행하는 사고, 특히 우리 자신의 사고에는 반사적으로 반대한다. 우리는 창간호에 소개했던 젊은 일꾼 웬디 캅과 그녀의 유명한 단체 '미국을 위한 교육'에 대한 생각을 바꾼다. 원래 우리는 그녀의 근성과 그 조직의 목적—교육을 잘 받은 젊고 열정적인 교사들을 불우한 학교에 2년간 보낸다는—을 찬양했지만 이제는 도심의 문제들, 주로 흑인의 문제를 대학 교육을 받은 백인 중상류층의 방식으로 해결하려는 그 비영리단체를 6000자짜리 기사로 비난한다. "온정주의적인 생색내기"라고 우리는 말한다. "개화된 이기심"이라고 우리는 한숨짓는다. "노블리스 오블리제"라고 우리는 비웃는다. 우리는 한 교수의 말을 인용하여 요약한다. "'미국을 위한 교육'에 대한 연구는 그 프로젝트가 대상으로 하는 최하층민보다는 소수의 백인 중산층 젊은이들의 이데올로기적인, 심지어 심리적인 요구에 대해 더 많은 것을 알려준다."

우르르 쾅!

사람들의 희망과 공포를 표현하고 모든 사람을 대변하며 역사를 만들도록 우리가 선택되었다는 사실을 일반 대중은 믿지 않을 것이다. 우리는 그들이 무엇을 믿을지 알아가기 시작한다. 이를 증명하기 위해 두번째 호의 표지는 우리 잡지의 창간 50주년을 기념하는 형식으로 20여 개의 과거 표지를 싣는다. 1964년 10월 "비틀즈는 빨갱이다!", 1948년 11월 "죽음: 숨겨진 살인자". 커트 코베인이 죽고 한 달쯤 후에 쓰인 오프닝 에세이는 우리 모두에게 충격을 안겨준 죽음을 간단히 언급하고 있다.

당신이 죽다니 믿기지 않는다. 심지어 지금도 나는 믿지 못한 채 잠에서 깨어난다. 당신은 떠났다. 매일 아침 어쩔 수 없이 일어나서 오늘을 살아갈지 그냥 스쳐 보낼지 고민한다. 나는 무기력하고 멍하니 걷는다. 마치 유령처럼 떠돈다. 내 몸과는 유리된 채. 나는 반만 살아 있다. 당신은 떠났다.

처음부터 다들 당신이 특별하다는 것을 알았다. 당신에게는 뭔가가 있었다. 신비로운 광채, 이상하고 낯선 아름다움. 난 당신을 평생 알았던 느낌이다. 아마 그렇겠지. 아니 그럴 리가?

난 항상 당신을 믿었다. 그리고 당신도 나를 믿었다고 항상 믿는다. 당신은 나를 위해, 내게, 나에 대해 말했다. 내가 가장 힘들 때 당신은 횃불처럼 빛나며 길을 인도해주고 힘을 주었다. 로커. 현실의 누군가! 나는 당신을 숭배했다. 나는 당신이 되고 싶었다.

누군가가 그랬지. 당신은 뒤죽박죽에 불안한 상태라고. 나쁜 역할 모델이라고. 누군가는 권력이 당신을 변화시켰고 당신은 감당하지 못했다고 말했다. 사람들은 당신의 스타일이 한심하고 당신의 행동이 비도덕적이라고 말했다. 그리고 그 말은 사실이었다. 당신은 불쾌하고 단호하고 강인했다. 당신은 무모했다.

외톨이였다. 때로 당신은 나를 분노하게 했다. 하지만 나는 당신을 사랑했기 때문에, 그럼에도 불구하고 당신을 사랑했기 때문에 항상 당신을 믿었다. 그리고 그 일이 터졌다. 당신 잘못이 아니다. 우리 잘못, 내 잘못이다.

우리가 당신을 그 모든 시련에 몰아넣은 것, 삶이 당신에게 그 모든 시련을 준 것, 당신 스스로 그 모든 시련에 뛰어든 것이 서글프다. 당신은 명예, 성공, 언론과 싸웠다. 사실 당신에게는 그 누구도 해치려는 의도가 없었다는 것을 안다. 어떻게 나비가 해를 입힐 수 있을까? 원대한 포부와 벅차오르는 감정으로 말한다. 리처드 밀하우스 닉슨, 아름다운 나비여, 훨훨 날아라, 힘차게 날아라, 길이길이. 사랑합니다.

우리는 우리처럼 아이디어는 있지만 좌절한 사람들을 찾는다. 우리는 〈로스트 랜드〉에서 차카 더 파쿠니 역을 한 아역배우 필립 팔리의 인터뷰 기사를 싣는다. 할리우드의 초라한 아파트에 사는 그는 자신의 곤궁한 상태를 부모의 이혼 탓으로 돌리며 부모를 격렬하게 비난한다.

천국에서의 파탄인가요?
네…… 부모님은 내가 열여섯 살일 때 이혼했고 결국 그 바람에 내 돈을 한 푼도 쓸 수 없게 되었죠. 그리고 난 그 모두를 잃었어요. 아직까지도 화가 나요. 당신 잡지에 실어주세요. 내 아버지는 비벌리힐스의 돈 있는 외과의사예요. 그리고 우리 엄마는 이혼으로 정말 많은 재산을 챙겼죠. 나는 그들을 비난하지 않아요.

지금은 뭘 하시죠?

당신이 상상할 수 있는 일은 뭐든 해봤어요. 첫번째 직장은 스웬슨 아이스크림이었어요. 빵집, 주유소, 파이 가게에서도 일했어요. EF 허튼에서 보조 중개인으로도 일했고 문구점에서도 일했어요. 도장공으로도 일했고 맨손으로 건물을 철거하기도 했죠. 백수로 있을 때도 많았구요.

그렇게 야역 스타는 평생이 보장된다는 신화가 사라졌군요.

네, 내 경우에 그 신화는 깨졌죠.

이번 호의 마지막 페이지는 우리 친구 다섯 명이 등장하는 '스트리트 하모니 진스'인지 뭔지의 페이크 광고*다. 모델이 된 다섯 친구는 사우스파크 구석에 자리 잡는다. 털이 북실한 거지가 들고 있는 컵에 25센트짜리 동전이 떨어지는 동안 한 명은 덤스터에 앉고 두 명은 창고 벽에 기대고 메러디스는 가운데에서 카메라를 향해 입을 비죽인다. 오토바이를 수리하는 제이미가 노숙자 역할을 한다. 미소를 지으며 엄지손가락을 추켜올린 그는 이렇게 적힌 판지를 잡고 있다.

패션을 위해 일할 거야

---

* 실제 상품과는 관련 없는 내용으로 광고를 전개하는 일종의 눈속임 광고로 단순히 제품의 특성을 부각시키기보다는 브랜드의 콘셉트와 메시지를 전달하는 데 중점을 둔다.

우리는 광고주가 어느 정도 마음에 들어할 거라고 생각한다. 의류 광고가 필요해서 그런 건 아니다. 또는 담배 광고가 필요해서도. 또는 대기업 광고. 또는 어디, 잊어라.

하지만 우리는 근시안적이고 비관적으로 변해가는 동시에 바른 길로만 걸으면 운이 뒤바뀔 것이라는 생각에 사로잡힌다. 그래서 무디와 나는 한가하게 주드의 만화를 보며 그를 불러 작품을 좀더 보고 기고에 대해 이야기를 나눠볼까 생각한다. 우리는 그가 주제상으로나 미적으로나 〈마이트〉에는 어울리지 않는다는 점에 동의한다. 그는 우리와는 전혀 걸맞지 않다. 한 가지만 제외하면.

우리는 전화로 슬금슬금 다가간다. 나는 전화를 건다.

"네, 언제 들러서 카메라—어, 포트폴리오를 가져오세요."

이틀 후 그가 들른다. 사무실로 걸어 들어온 그는 검고 두꺼운 머리카락에 평범한 모습이다. 일어서서 그와 인사를 나눈 우리는 그의 발 주위를 재빨리 돌아다니는 발 여덟 개짜리 곤충 같은 검은 색의 비디오장비, 조명, 마이크, 클립보드와 마주한다. MTV 신봉자인 샐리니는 우리 맞은편의 매킨토시 앞에 앉아 있다가 주눅이 든다. 그들이 온다는 걸 말했어야 하는데 잊어버렸다. 카오스다. 보도를 지나가던 사람들이 멈춰 서서 창문에 얼굴을 들이민다. 우리는 주드를 샌드백 아래 회의 테이블로 데려가고 곧이어 쇼가 시작된다.

포트폴리오를 들고 온 주드는 독자가 만 명밖에 없는 우리의 작은 잡지에 자신의 작품을 싣고 싶은 척한다. 두 달 동안 수백만 명이 그의 몸짓 하나하나를 지켜볼 텐데 말이다. 무디와 나는 그와 함께 앉아서 진짜 잡지—거기 사람들은 앉아서 이런 이야기를 나누겠지—의 편집자인 척한다. 우리는 그의 작품에 관심이 있고 그의 작품이 우리 (진짜) 잡지에 걸맞다고 생각하는 척한다. 우리는 무엇을 입을지 생각하다가 무엇을 입을지 생각해서는 안 된다는 사실, 그리고 우리가 무엇을 입을지 생각하지 않았다면 입었을 것을 입어야 한다는 사실을 기억하고는 항상 입던 반바지와 티셔츠를 입었다. 반바지와 티셔츠를 입고 있는 것이 행복하다. 셔츠의 한쪽 자락, 그러니까 오른쪽 자락은 1인치쯤 바지 안에 들어가 있고 벨트는 살짝 드러내고 나머지 셔츠 자락은 밖으로 뺀다—이것이 우리의 패션이다. 고등학교 때 많은 생각 끝에, 너무나 많은 실수 끝에 도달한. 문신을 하면 외모에 너무 많은 관심을 쏟는다는 인상을 줄까봐 하지 않았다. 문신은 1994년에도 여전히 유행이지만 이런 인기는 1년 안에, 어쩌면 몇 달 안에 모두 사라질 것이라고 우리는 확신한다. (이런 것이 얼마나 지속될 수 있을까?) 염색, 피어싱, 낙인, 기발한 머리 장식들, 온갖 목 장식들, 티셔츠, 그 외 장식과 옷도 마찬가지이다. 패션과 옷에 극히 냉담하게 접근하는 우리는 '나를 눈여겨보자' 룩과 '음울하고 반항적인 룩을 위해 나를 눈여겨보자 룩을 거부하자' 룩을 지나쳐서—둘 다 거부하고 이를 통해 일종의 우아함—'그래야만 한다면 나를 눈여겨보겠지만 내게서 어떤 용기도 얻지 못할 것이다' 룩—을 선택한다—전혀 아무 룩도 없는 룩. 그렇다고 우리, 무디와 내가 외모에 전혀 관심이 없다는 말은 아니다. MTV에 빈민가에 사는 우리 모습이 나간다면 찰슨 브론슨의 딸, 적어도 카페 센트로의 여자—머리는 여기까지 늘어뜨리고 다리는 저기에 올린—정도와는 기회를 잡을 수 있도록 매력적으로 보여야지.

우리는 엄숙할 정도로 진지하고 신중할 정도로 냉담하게 어떻게 그리고 얼마나 우리가 함께 일하게 될지를 주드에게 이야기한다. 또렷하게 그리고 평범하게 들리도록 우리는 조심스럽게 단어를 고른다. 그리고 우리의 인구통계학적인 구성에 대해서도 무심하지만 명쾌하게, 힘차지만 열정적이지는 않게 이야기한다. 우리는 앞으로도 대표로서의 우리 이미지를, 이 결정적인 시점에 젊음이 어떠했는지를, 우리가 어떻게 행동했는지를, 특히 우리가 본모습인 척하면서도 그렇지 않은 듯 행동하기 위해 어떻게 행동했는지를 보여주는, 젊은이인 척하는 젊은이이기 때문이다. 동시에 로라가 캐스팅을 잘못했음을 보여주는 것도 괜찮을 것이다. 우리는 카메오로 출연하여 누가 진짜 스타인지, 누가 주드라는 저 촌뜨기보다 훨씬 빛나는지를 보여줄 것이다. 우리는 고리로 둘러싸인 행성이고 그는 작고 차가운 달에 불과하다.

일대일로 대화를 나누면서 주드가 첫인상처럼 아주아주 괜찮은 사람이라는 것을 알고 무디와 나는 주드보다 더 멋지게 행동하려 애쓴다. 우선은 우리가 〈리얼월드〉에 출연하는―심지어 출연하려고 애쓰는―그런 유의 사람들이 아니라는 것을 분명하게 보여줘야 하기 때문이다. 우리는 전 세계의 오락실이나 지하실에서 우리에게 반한 10대 소녀들과 우리를 불신하는 그 오빠들의 시선, 아니면 아파트에 딸린 소파에서 수업 중간 중간 팔라펠을 먹는 대학생들의 시선을 기꺼이 받으면서도 우리가 우리 자신의 비틀린 즐거움을 위해 이 쇼에 출연했음을 시청자들에게 명확히 해야 한다는 사실을 지금 이 자리에 모인 구경꾼들에게 분명히 인식시켜야 한다. 자세히 보면 우리가 아주 살짝 윙크를 하고 히죽거리는 모습이 보일 것이다. 아마도 이 모두, 그, 카메라, 그리고 모든 것과의 만남이 금방 〈마이트〉의 비딱하고 신랄한 기사나 '하하 차트'의 소재가 될 것이다. 우리는 그 두 가지 방식, 아니 모든 방식으로 이 사건을 써먹을 수 있다. 우리는 주드라는 사람의 눈, 우리의 눈과 같은 그의 눈을 들여다보고 친절과 이해심을 그에게 베풀며 농담을 하고 그와 계획을 세울 수 있다. 이런 관계에서 무엇을 얻을 수 있을지, 그의 앞에서 순수한 우리의 노력을 심하게 더럽히지 않을 방법이 없을지 고민하면서. 아마 캐스팅을 맡은 로라는 나를 탈락시킨 것을 유감스러워하며 위로의 의미로 그를 보냈을 것이다.

우리가 잘해내고 있다고, 원래 모습대로 태연하게 행동하고 있다고, 돋보인다고, 주드의 경력에 중요한 문제들, 이 만화가 그와 우리에게 얼마나 중요한지 제대로 이야기하고 있다고 생각하는 동안 뭔가 이상한 일이 벌어진다. 모자를 뒤로 돌려 쓴, 약간 나이가 든 카메라맨과 음향감독이 별 감동을 느끼지 못했는지 우리를 곁눈질한다. 분명 그들은 모든 것을, 우리가 주목받기 위해, 모두에게 그리고 우리 자신에게 우리가 진짜임을, 다른 사람들처럼 방송에 우리 삶을 내보내기 위해 이번 기회를 이용하려 한다는 것을 간파하고 우리가 하고 있는 이 짓도 일단 녹화가 되면 진짜로 탈바꿈한다는 것을 느끼고 있다.

첫번째 방문 이후 주드는 우리를 서너 번 더 찾아왔고 몇 달 후 샌프란시스코판 〈리얼월드〉가 방송을 탄 후 무디와 나도 2회에 등장했다. 물론 8초 정도였지만 그 8초로 우리는 대학교나 고등학교 친구들에게 각인될 뿐 아니라 스타를 동경하는 아둔한 프롤레타리아도 놀라게 할 것으로 기대한다. 그러나 우리는 첫번째 기대는 이루었지만 두번째 기대는 이루지 못한다. 우리의 재정적 곤궁을 해결하는 데는 거의 도움이 되지 않았지만 우리가 아는, 그리고 지금껏 우리가 알았던 모든 사람이 전화나 편지로 우리를 TV에서 보았음을 알려온다. 눈 깜박할 짧은 순간에 어떻게 그들이 우리를 알아볼 수 있었는지 이해할 수가 없다. 8년 동안 연락도 없이 지내던 초등학교 친구에게서도 연락이 왔고, 옛날 선생님들에게서도 연락이 왔다. 내가 매력적인 저음으로 주드에게 상징적이고 인상적인 말을 했기 때문이다.

"알고 있겠지만 당신이 원하는 대로 그리지 않는다면 성공할 수 없을 거예요."

MTV 출연으로 우리는 동네에서 명사가 되었다. 특히 '진보적인 20대 남아시아계 미국인 공동체가 내는 새로운 목소리'〈흉〉때문에 바쁜 샐리니에게. 그 잡지에는 남아시아계 미국인 사회에서 지속되는 중매결혼과 갱단의 활동, 그리고 의사인 그녀의 아버지가 쓴 건강 기사들이 실린다. 무디와 내가 그녀를 위해 디자인을 해주는 대신 그녀는 자신의 레이저프린터를 빌려준다. 거기에 더해 그녀는 우리가 일하는 동안 소름 끼칠 만큼 빈번하고 탁월하고 반쯤은 선정적으로 우리의 등을 문질러준다. 위층 친구들은 이제 우리 사무실을 피하기 시작한다. 그들이 찾아올 때마다 샐리니가 신음하고 툴툴대고 헐떡이는 우리의 어깨를 주무르며 인도 이민자들을 흉내 내 우리를 즐겁게 해주기 때문이다.

"우, 너이들 느무 킨장한 거 같아! 어깨에 킨장을 느껴봐! 나가서 좀 쉬어. 춤이라도 주고 다른 젊은 애들이랑 파티라도 해."

그녀는 우리가 엄격하게 지키는 근무시간에 대해 불평한다. 또한 더 많이 이루려는 욕구에 대해서도.

"너희가 뭔가를 이룬다면 훨씬 나아질 거야."

우리의 나체를 보고 싶어하는 그녀의 소망을 이루어주기 위해 우리는 다음 번 촬영에 그녀를 초대한다.

"난 옷을 벗지 않아도 돼?"

"음, 벗어야지."

"싫어."

"'싫어, 벗지 않을 거야' 인 거야, 아니면 '싫어, 너희를 못 믿어' 야?"

"둘 다. 싫어."

하지만 주드는 하겠다고 말한다. 우리는 두번째 대규모 누드 촬영을 계획한다. 물론 참가자들의 불평을 받아들여 이번에는 사람의 몸이 실제로 어떻게 생겼는지 보여주기로 한다. 우리의 몸에 대한 언론과 광고의 왜곡된 인식, 그리고 어떻게 보통 사람이 그 기대치를 맞추지 못하거나 맞출 수 없는지를. 그러기 위해 우리가 하고 싶은 것, 보고 싶은 것은 삼사십 명의 친구와 지인을 모아서 벌거벗고 포즈를 취하게 하는 것이다. 이상적으로는 삼사십 명 모두 체격이나 체형이 달라야 한다. 우리는 사진들을 아무 꾸밈 없이 격자 모양으로 실을 것이다. 신이 내린 하나의 몸 옆에 또다른 몸을. 그렇게 분명히 보여줄 것이다. 텔레비전에 나오는 사람처럼 되기가 얼마나 힘든 일인지를, 모든 몸이 적어도 정당하고, 실제라는 것을.

좋아. 그래. 우리는 사진작가, 진지하고 상냥한 네덜란드 출신의 론 반 돈겐을 고용한다. 그는 사진, 이 중요한 사진을 거의 공짜로 찍어줄 것이다. 그는 단지 필름값과 사진 원판만을 요구한다. 좋아. 그래.

포괄성과 다양성을 보여주고 싶어서, 이 몸과 저 몸의 차이점을 또렷이 보여주고 싶어서, 크기나 형태나 색깔을 기반으로 구분하는 것은 음란하고 야만적이다. 이 모두를 바로잡기 위해서 우리는 전화를 걸어 지원자들을 찾는다.

흑인 친구, 있어?

아 그래? 피부색이 어느 정도인데?

정말? 인도 사람인 줄 알았는데.

덩치 큰 친구는?

아니, 남자가 필요해. 여자는 충분해.

그 남자, 덩치가 어느 정도인데?

그가 할까?

그럼, 아는 사람 중에 가슴이 납작한 사람은 없어?

그러니까, 납작납작. 마른 사람.

흉터가 어디 있는데? 눈에 띄는 거야?

그녀는 털이 어디 났는데?

처음 누드 사진을 찍을 때와는 달리 이번에는 지원자를 찾기가 훨씬 쉽다. 이제는 사람들에게 보여줄 잡지가 있고 페니스를 흔들며 달리지 않아도 되기 때문이다. 일찌감치 우리는 두 가지 타협안을 제시한다. a) 목에서 사진을 잘라 익명성을 보장하기로 약속한다. b) 모두가 위 아니면 최소한 아래는 속옷을 입게 한다. 이런 타협안을 제시한 것은 그들을 위해서일 뿐 아니라 현실적인 이유 때문이기도 하다. 완전히 벌거벗은 사람들로 페이지를 채우는 것은 잡지 판매대에 잡지를 전시하는 데도 도움이 되지 않는다는 사실을 회한에 찬, 깊은 한숨과 함께 깨달았다. 그렇다, 또다른 가슴 아픈 타협안이었지만—각각의 타협안이 우리의 영혼을 지나는 5차선의 고속도로라는 것을 알지만—일단 미국에만 도착한다면 아무리 너덜너덜해지더라도 상관없다.

주드는 친구, 그러니까 〈리얼월드〉 출연자 중 한 명을 데려오겠다고 한다. 우리는 흥분한다. 두 명의 방송 출연자라면 분명 방송을 탈 것이고 그러면 우리는 돌아버릴 것이다. 낡은 청보라색의 닷지 같은 자동차, 전형적인 샌프란시스코의 자동차, 모나고 바랜 낡은 자동차가 좁은 길을 내려오는 모습을 보았을 때 우리는 조각들이 하나가 되는 것을, 우리가 사회적으로 거대한 뭔가를 하고 있음을 느꼈다. 적당한 언론 보도로 가장 중요한 요점이 적당히 확대되어 수백만 명에게 퍼질……

그런데 카메라가 없다. 그들은 차를 타고 와서……

그들을 따르는 밴이 없다. 그들이 스튜디오 뒤의 골목에 주차하는 동안 나는 그들에게 다가간다. 그리고 최대한 평소처럼 골목을 위아래로 훑으며 차를 찾는다. 하지만 밴은 없다. 카메라도 없다. 카메라가 있을 줄 알았는데.

"안녕하세요." 내가 말한다.

"안녕하세요." 주드가 말한다.

"그런데 카메라맨은 없나요?"

"네, 오늘은 레이철을 찍거든요."

"아. 네, 그렇군요. 오늘은 카메라가 앞에서 알짱거리면서 모든 걸 망쳐버리지 않았으면 했거든요."

"그렇죠."

"카메라는 정신을 빼놓을 수 있어서……"

"그렇죠."

"당신 얼굴을 비추고 모든 걸 촬영했겠죠. 당신이 하는 말, 당신이 하는 행동."

"맞아요. 아, 이쪽은 펴이에요."

"안녕하세요."

"안녕하세요."

나는 펴과 악수를 한다. 그는 길게 내려오는 반바지와 하얀 탱크탑을 입고 있다. 그는 손발이 가늘고 창백하고 그의 눈은 조금 거슬릴 정도로 민첩하게 움직인다. 내가 그의 손을 잡고 있는데 그가 이야기를 시작한다. 재빨리 숨도 쉬지 않고, 눈도 깜박이지 않고. 나는 펴이 말하는 것을 듣자마자 그가 스피드를 추구하는 약, 일종의 환각제에 취해 있는 것은 아닌가 생각한다. 난 그런 약에 취해 있는 사람들을 다룬 TV 드라마를 보았다. 그중에는 더그 매키온과 헬렌 헌트가 출연한 작품도 있다. 거기서 헬렌 헌트는 PCP*를 복용하고 2층 교실에서 뛰어내린 다음 일어서서 달려가다가 죽는다. 아마도 펴은 스피드에 취해 있겠지. 스피드가 이런 것인가? 그는 쉬지 않고 말할 것이다.

그는 〈리얼월드〉에 대해 말하고 자신이 어떻게 정상에 올라갔는

---

* 일명 에인절 더스트(Angel Dust)라 불리는 합성 헤로인.

지를 들려준다. 그리고 무엇도 그를 멈출 수 없다는 이야기도 한다. 난 바이크메신저이고, 당신도 알겠지만 찻길은 레이싱에 방해가 되죠, 젠장, 음, 제길, 끝내주죠.

그는 내가 만난 사람 중 가장 심란한 사람이다. 그는 얼굴을 포함해 몸 구석구석에 긁힌 자국이 있다. 고양이라도 키우나? 물어보기는 힘들다. 그는 말을 멈추지 않을 것이다. 모터크로스*를 하곤 했고 출연진에 멋진 여자들이 있지만 쌀쌀맞아요, 음, 그들은 에이전트를 구했고, 파티, 젠장 좋아, 좋아, 좋아, 금방 가야죠. 좋아.

그는 대단하고 끔찍하다. 그는 매력적이고 혐오스럽다. 그의 눈은 굶주려 있다. 젠장, 빌어먹을 엄마들이 끝내주는 술을 만드는 걸 당신도 봤어야 하는데. 그는 셔츠를 들어 올려 문신을 보여준다.

우리 모두 골목길을 어슬렁거리며 우리 차례가 오기를 기다린다. 항상 괜찮은 모습의 커스틴이 나타나고 대충 아는 사이인 인턴 칼라와 친구들, 그 친구들도 도착한다. 우리는 아는 사람들에게 모두 전화했다.

한 명씩 차례로 스튜디오 안으로 들어가서 문을 닫고는 반 돈겐과 단둘이 작업한다. 그는 손짓으로 우리를 하얀 스크린 쪽에 서게 하고는 옷을 벗으라고 한다. 우리는 시키는 대로 한다. 우리는 시키는 대로 옷을 벗고 우리의 팔과 손을 어찌할지 몰라 우물쭈물하면서 그가 우리 몸을 어떻게 생각할지 궁금해한다. 우리는 손을 어떻게 해야 할지 모른다. 팔은 옆구리에 붙어 있다가 우리의 치부를 가리다가 다시 등 뒤로 간다. 카메라가 다른 부위를 찍으려 하면

---

* 산이나 들판을 달리는 오토바이 경주의 하나.

손으로 무엇을 할 수 있을까? 그가 셔터를 누르면 우리 앞과 뒤에서 플래시가 마구 터지고 우리는 흰색 스크린에 얼어붙는다. 그리고 다시 캄캄해진다. 그는 한 사람당 다섯 장씩 사진을 찍는다. 몇 장은 앞에서, 몇 장은 뒤에서. 우리는 촬영이 끝난 후 스튜디오의 무거운 문을 연다. 플래시가 수백 번은 터진 것처럼 엄청난 빛이 쏟아진다. 샌프란시스코의 한낮이다.

우리는 이 사람들, 벌거벗는 데 동의한 사람들을 찬양한다. 우리는 이 일을 거부한 사람들, 싫다고 말한 많은 친구들에 대해서는 별로 생각하지 않는다. 우리는 그들이 지나치게 고결할 뿐 아니라 인색하다고, 소심하고 정이 없다고, 기본적으로 용기가 없다고 생각한다. 우리는 사진을 찍게 해준 사람들을 좋아한다, 무디와 마니와 나(그리고 픽)처럼 벌거벗고 사진을 찍은 사람들을 더 좋아한다. 그 사진이 실릴지는 모르지만. 벌거벗은! 벌거벗었다는 것은 중요한 의미를 지닌다고 우리는 판정한다. 사진을 찍은 사람들은 우리 사람들, 우리가 좋아하는 재미있는 삶을 살아가는 사람들, 싫다고 말할 수 없는 사람들이다. 그런데 어떻게 우리가, 어떻게 누군가가 싫다고 말할 수 있을까?

골목에서 픽은 안절부절못한다. 파티는 젠장 예쁜 아가씨들이 제기랄, 좋아, 모터크로스 X9-45G, 술에 취해서 터졌지. 우리가 이야기를 하는 동안(아니 그가 떠드는 동안) 작은 개가 우리에게 다가와 글자 그대로 코를 킁킁거린다. 우리는 그 개와 장난을 치다가 곧 개에게 이름표가 없음을 알아차린다. 보살핌을 잘 받은 개로 보이기는 하지만. 즉시 픽이 자신이 개를 맡겠다고 말한다. 사진촬영을 마치고 픽과 주드는 떠난다. 우리와 주드를 포함해 모두가 말렸지만 결국 퍽은 근처에 주인이 있을 게 뻔한 그 개를 잡아 자신이 합류하게 될 〈리얼월드〉 촬영장으로 데려간다.

그리고 잠시 후 촬영장을 찾아가 주드와 당구를 치던 나는 그 개와 마주치고 아무 할 일 없이 빈둥대는 다른 출연자도 본다. 그 쇼는 그들을 이상한 문제 속으로 몰아넣었다. 그들은 일하거나(지루하다) 여행할(실현 불가능하다) 의욕을 빼앗긴 채 생산할 수도, 움직일 수도 없고, 소파에서 부엌으로 침대로 어슬렁거리며, 수다를 떨고, 도발하거나 도발당하기를 기다린다.

무디와 나는 사진을 받고 여러 시간 동안 열심히 바라본다. 우리는 사진을 들여다보며 누가 누구인지 식별하려고 한다. 하지만 머리가 잘렸기 때문에 우리는 누가 누구인지, 심지어 우리 자신조차도 금방 알아보지 못한다. 우리는 우리의 인턴들과 예고 없이 나타난 덩치 크고 소름 끼치는 남자를 즉시 구분할 수 없다. 당황스럽게도 우리는 커스틴과 칼라도 구분할 수 없다. 둘 다 마르고 매끈하다. 가장 심란한 것은 나와 퍽을 구분하는 데 1초쯤 걸렸다는 사실이다. 우리는 반바지도 똑같고 체격도 똑같고 자세도 똑같다. 유일한 차이점은 문신이다. 그는 토끼, 뒝벌, 새 문신이 있는 반면 나는 문신이 없다. 그렇지 않았다면 우리는 사람들의 다양함, 동료들의 기묘함, 저 가슴 큰 여자가 얼마나 두툼한 브라를 착용하는지, 저 남자의 등에 털이 얼마나 많은지, 저 사람의 어깨 모양이 얼마나 이상한지, 이 사람의 엉덩이가 얼마나 납작한지를 보고 충격받았을 것이다. 우리가 상상했던 것보다 더 이상했다. 다양한 기형, 예상치 못한 약점, 미성숙한 허약, 모든 문신, 꽃과 뱀, 팬티와 브리프에서 빠져나온 털투성이의 가랑이들, 두드러진 가슴에도 불구하고 너무나 남자 같아 보이는 저 여자.

　이 사람들.

　이 사람들은 기괴하다.

　더욱 심각한 것은 토프가 자신이 우리 중 한 명이라고 생각한다
는 것이다. 그가 항상 내 친구들과 시간을 보내기는 했지만—그
는 아기 때부터 플래그, 무디, 마니 등을 알았고 그들을 자신의 친
구라 여겼다—그런 혼동은 최근 새롭고도 괴로운 단계에 접어들
었다. 학교에서는 아이들과 잘 어울렸지만 토프는 또래들과 활발
하게 우정을 쌓지 못했다. 또래 아이들이 말하는 어리석은 것들을
믿지 못했다. 여자애들은 아예 가망이 없었고 남자애들은 그나마
조금 나은 편이었다. 그래서 그는 주저하지 않고 내 동료들과의 사
교 모임에 참석했다. 그는 아무도 꺼리지 않았다. 특히 모임 참가
자들—대부분은 낯선—이 흥미로운 실내 게임을 한다면. 마니의
바비큐 파티에서 두 개의 의자에 V자 모양으로 나눠 앉은 15, 20
명에게 제스처 게임—내가 가르쳐주지는 않았지만 그가 이미 잘
알고 있던—의 규칙을 설명하는 토프의 모습을 보는 것은 특별한
일이 아니었다. 모임에서 그를 보리라 기대하는 것은 너무 당연한
일이었고, 사무실에서도……

　폴: 안녕, 토프.

　무디: 안녕, 꼬마야.

　누군가가 그의 실제 모습을 깨달으면 우리 모두 1초쯤 뒤로 물
러나서 그가 진짜 어떤 존재인지를 다시 한번 바라본다. 적어도 겉
모습으로는 7학년의 소년이다. 물론 토프 자신도 힘든 시간을 보

냈다. 최근 그와 마니와 내가 차를 타고 해변에서 돌아올 때 그랬듯이. 그녀와 나는 새로운 인턴에 대해 이야기하고 있었다. 그는 22세로 우리가 생각했던 것보다 훨씬 젊었다.

"정말?" 토프가 말했다. "우리 또래인 줄 알았어."

뒷자리에 앉은 그는 몸을 앞으로 숙인 채 우리 사이로 머리를 들이밀었다.

"아. 맙. 소. 사." 마니가 웃음을 터뜨렸다.

토프는 몇 초 뒤에야 자신이 무슨 말을 했는지 깨달았다.

난 토프를 돌아보았다.

"넌 열한 살이야, 토프."

그는 얼굴을 붉히더니 제 자리에 앉았다. 마니는 계속 요란하게 웃어댔다.

하지만 나는 토프가 자기 또래와 어울리도록 격려해주고 싶은 만큼이나 그가 어디 다른 곳에 너무 빠져서 내 말을 듣지 않을까봐 두렵기도 하다. 만반의 준비를 하고 자신의 방에 앉아 있다 언제든 심부름을 가주고 벽으로 떠밀린 채 배에 주먹을 맞아주고 지금처럼 버클리마리나에 데려갈 토프 같은 존재가 없다면 어떡할까? 토프가 없다면 사는 것 같지 않을 것이다. 물가에서 던지기 놀이를 하고 싶은데 바다까지 갈 수 없을 때 우리는 버클리마리나로 간다. 버클리마리나는 손가락처럼 유니버시티 애비뉴에서 만으로 곧장 튀어나온 일종의 매립지이다. 정박된 보트와 레스토랑 겸 클럽을 지나면 공원이 있다. 나무가 거의 없는 초록색의 거대하고 완만한 공원이다. 그곳, 특히 가장 끝부분, 그러니까 만에서 가장 먼 지점은 연 날리는 사람들의 천국이다. 그곳은 항상 연 날리는 사람들,

아이들과 부모들로 붐빈다. 연 날리는 사람들은 반쯤은 프로들이다. 박스형 연, 이중 손잡이의 원격제어장치로 조종하는 F16 톰캣 연, 장식과 창문과 조종석이 달린 연, 섬세한 외팔 날개와 30피트 길이의 꼬리가 달린 스턴트 연 등이 위와 뒤로 날아들고 비스듬히 낙하하다 잔디를 스치고는 다시 위로 솟구친다. 연 날리는 사람들은 무뚝뚝하고 단호한, 키를 잡은 선장들 같다.

그들은 캠핑차나 밴을 바로 거기 주차시키고 접이의자에 앉아서 어느 브랜드의 연줄이 더 나은지, 연 날리는 사람들이 지켜야 할 규칙으로 어떤 것들이 있는지, 어떻게 해야 우리를 더 잘 방해할 수 있을지 수다를 떨고 있다. 우리는 재빨리 차를 몰려고 하지만 그들이 앞을 막아 우리를 완전히 미쳐버리게 한다. 해변의 산책로로 가면서 우리는 그들이 거기에만은 없기를 기도하지만 대개 그렇듯 이번에도 그들은 있었다. 우리는 주차를 하고 차에 신발을 벗어둔 다음 물건을 꺼냈다. 토프는 자신의……

"야, 너 그 모자 쓰지 마."

"무슨 소리야?" 그가 말한다.

"나랑 똑같은 모자잖아. 벗어."

"싫어, 형이 벗어."

"싫어, 네가 벗어. 내 머리가 더 이상해 보일 거야."

"아냐."

"맞아. 네 머리는 아직 곱슬거리지 않잖아. 넌 내가 모자를 썼다가 벗으면 어떤 꼴인지 알잖아."

"안됐네."

"뭐?"

"아냐."

"응, 제발?"

"싫어."

"토프."

"좋아."

"고마워."

"변태."

우리는 던지고 받을 수 있는 이런저런 물건들을 챙기며 준비를 한다. 우선 미식축구를 하지만 공을 감싸 쥐기에는 토프의 손이 아직 작아서 오랫동안 하지는 않는다. 그다음에는 야구. 토프가 지금 속한 팀은 이전 팀보다 실력이 우수하고, 선수들도 토프보다 나이가 많은 데다 키가 크고 강하다. 게다가 몇 년간의 훈련에도 불구하고 우리 둘 다 굴욕스럽게도 토프는 패배하고 비난받았기 때문에—그는 외야, 때로는 우익수로 나섰다—정말 연습이 필요하다. 그래서 우리는 세게 공을 쳐올린다. 그러나 아주 세게는 아니다. 연이 우리 위에서 상하좌우로 흔들리며 우리 사이에 줄을 드리우기 때문에 연을 맞혀 떨어뜨리지 않도록 조심해야 한다.

그는 공을 놓친다. 잔재주를 부리려고 일부러 공을 놓친 것이다.

"저기, 배스킷 캐치*는 건너뛰자, 자기야."

"배스킷 캐치는 건너뛰자, 자기야."

"정말 하기 싫어."

"정말 하기 싫어."

---

* 두 손바닥을 허리 높이에서 위로 향하고 공을 잡는 것.

오늘 우리는 내 흉내를 낸다.

우리는 미트를 버리고 프리스비를 한다. 우리는 경외심에 찬 군중이 몰려들기를 기다린다. 여기는 해변이나 다른 공원만큼의 공간이 없다. 거리가 더 짧기 때문에 프리스비를 멀리 높이 보낼 수 있는 무지막지한 힘보다는 섬세한 동작이 필요하다. 우리는 프리스비를 높이 멀리 던져서 칭찬받았는데. 하지만 우리는 비스듬히 걸린 연줄 사이로 프리스비를 던져 행인들 주위를 돌게 한 다음 정말 눈에 띄는 여러 가지 자세로 잡는다. 다리 사이로(하지만 프리스비광(狂)처럼은 하지 않는다), 등 뒤로(몸을 왼쪽에서 오른쪽으로 꼬면서 뛰어오른다), 두 번, 세 번, 네 번 프리스비를 살짝 쳐서 길을 들인 다음 약하게 스핀을 주어 한 손가락으로 잡기도 한다. 우리는 너무 잘한다. 모든 사람이 그렇게 생각한다.

우리 앞에 흑인 남자와 백인 여자가 피부색이 호두 빛깔인 네 살쯤 된 여자 아이를 데리고 걸어간다. 아이의 피부색은 부모보다 훨씬 더 아름답다. 부모의 피부색이 합쳐져 그런 피부색이 나왔다는 사실이 놀랍다. 갈색과 흰색을 섞으면 밝은 갈색이 된다. 페인트처럼 섞인 피부색.

"던져, 멍청아."

"자."

토프가 던진 프리스비는 그 가족에게로 휘어져 날아가 하마터면 아이의 머리를 자를 뻔했다. 아이 아버지가 프리스비를 붙잡아 말편자라도 던지듯이 내게 던진다. 불쌍한 사람.

공원은 다양한 사람의 조합을 볼 수 있는 혁신적인 장소다. 버클리보다 더 실험실 같다. 잔디는 사람을 만들어내는 실험적인 장소다. 인종/민족이 뒤섞인 커플의 수도다. 거기 있는 커플의 절반이 어느 정도는 섞였다. 대부분이 흑백이지만 때로 아시아인과 백인 커플(아시아계 남자/백인 여자는 조금 적은 편이다), 라틴계와 백인 커플, 아시아계/라틴계 커플, 흑인/아시아계 커플, 여러 레즈비언들도 있다. CF 감독들이 은행 광고를 위해 캐스팅한 사람들 같다.

토프와 나는 평소처럼 우리만의 농담을 시작한다. 이번에는 인종에 대한 농담이다. 우리는 어떻게 농담을 시작해도 갈피를 못 잡지만—우리 중 더 나이 들고 더 책임 있는 사람이 시작하지는 않는다—대체로 이런 식이다.

나는 말한다: 네 모자에서 오줌 냄새 나.

그가 말한다: 내가 흑인이라서 그렇게 말하는 거잖아.

곧이어 웃음이 터져 나온다.

이런 식의 농담은 어떤 상황에서는 정말 효과가 있다. 예를 들어 성적인 것—"내가 게이라서 괴롭히는 거야?"—과 종교적인 것—"내가 유대인이라서 그래? 그런 거야?". 아, 우리는 재미있다. 아니, 토프는 자기가 무슨 말을 하는지 잘 모르기 때문에 적어도 나만은 재미있다. 물론 나는 그런 코미디가 우리 밖으로 새어 나가지 않도록 조심하며 집에서만 즐긴다. 이런 농담은 토프가 5학년일 때의 친구들과 그 부모들 또는 리처드슨 선생님에게는 재미가 없었을 테니까.

30분쯤 프리스비를 던진 후 우리는 연 날리기 구역에서 연 꼬리가 꿈틀거리는 것을 지켜보며 쉰다. 바로 눈앞에 보이는 골든게이트는 플라스틱과 피아노 줄로 만든 것처럼 작고 가벼워 보인다. 그

도시, 그 도시, 샌프란시스코는 어지럽고 온통 흰색과 회색이다. 만은 납작하고 푸르고 잔물결이 치고 요트가 남긴 잔물결과 유성의 꼬리를 단 모터보트가 점점이 박혀 있다.

그때 한 가지 생각이 떠오른다. 앨카트래즈까지 헤엄치자. 특별하겠지. 앨카트래즈에서 헤엄쳐오는 것이 아니라 앨카트래즈까지 헤엄쳐가는 것이다. 그렇게 멀어 보이지도 않는다. 반 마일쯤 되려나? 물이란 알 수 없는 것이다. 하지만 바다만 잔잔하다면 해낼 수 있다. 평영으로. 뭐가 어렵겠어? 난 호수나 만에 떠 있는 섬을 볼 때마다 거기까지 헤엄쳐야 한다고 생각한다. 난 수영을 잘한다! 난 그렇게 스스로에게 말한다. 내가 두려워하지 않는 한, 금방 지치지 않는 한 페이스의 문제다.

그리고 토프도 해낼 것이다. 우리 둘이 함께 앨카트래즈로 헤엄쳐가는 건 대단한 일이겠지. 두 사내가 앨카트래즈까지 유유히 헤엄쳐가는 일은 최초일 것이다. 우리는 둘이서 몰래 계획을 세운 다음 어느 날 수영복을 입고 바위에서 뛰어내려 출발할 것이다. 아마 불법이겠지. 해안경비대가 우리를 따라올 거야. 그래도 멋지겠지. 이런 일에 토프가 끼면 더 인상적일 거야.

"에이. 젠장."

쉬는 것이 지겨워진 토프는 에어레이터*가 만들어낸 원뿔형 흙덩이들을 집어 들더니 3피트쯤 떨어진 곳에서 내게로 던진다. 그는 흙덩이를 조심스럽게 내 배로 던지고는 흙덩이가 튀는 것을 보고 킥킥거린다.

---

* 잔디밭 등에 공기를 공급하기 위해 작은 구멍을 뚫어주는 기구.

원뿔형 흙덩이를 스무 번쯤 던졌는데도 내가 여전히 아무 관심도 보이지 않자 그는 작은 솔방울을 던지기 시작한다. 솔방울은 다섯 개밖에 없기 때문에 다섯 개를 모두 던지고 나면 그는 슬금슬금 내 주위를 기어 다니며 솔방울을 다시 줍는다. 그러고는 다시 무릎으로 기어서 자신의 원래 자리로 돌아간 다음 다시 솔방울을 던진다.

난 그 과정을 세 번 정도 참아주다 결국 토프가 원하는 대로 벌을 주기로 한다. 네번째로 그가 다가왔을 때 나는 발을 걸어 그를 넘어뜨린 다음 그 위에 올라탄다. 그가 운다. 우는 척하는 그를 풀어주자 그는 웃는다. "얼간이." 그는 울지 않고 운 적도 없기 때문에 알아차렸어야 하는 건데, 그를 풀어주는 바람에 그에게, 젠장. 기습할 틈과 기회를 주었다. 난 그 기습이 두렵다. 그는 후퇴하더니 달리기 시작한다(여전히 무릎으로). 그리고 내게 다가와 기술을 발휘하며 나를 공격한다. 자신의 팔꿈치를 찰싹 때리고 내게로 돌격하는 것이다. 그의 세 가지 기습 방법 중 하나다. 세 가지 기습 방법은 이렇다.

a) 물건 날리기: 토프가 가장 흔히 쓰는 기술이다. 그는 섬세한 호를 그리며 공, 수건, 베개 같은 물건을 내게 던진다. 내가 날아오는 물건에 정신이 팔리는 동안 그가 달려든다. 어깨부터. 그는 물건을 던져 혼란을 일으킨 다음 결정적인 한 방을 먹인다.

b) 팔꿈치 때리기: 그가 이 순간 써먹은 기술로 물건을 날리는 것보다 새롭고 조금 이해가 가지 않는 기술이다. 팔꿈치 때리기를 이용하여 내게 돌진한다. 우선 그는 오른쪽 팔꿈치를 나

를 향해 내민다. 칼로 찌르거나 일격을 가하려 할 때 취하는 바로 그 자세다. 그는 오른쪽 팔꿈치를 내민 채 내게 다가오면서 왼손으로 오른쪽 팔꿈치를 때린다. 물건 날리기처럼 정신을 빼놓으려는 의도가 아니라면 그가 팔꿈치를 때리는 이유는 분명하지 않다. 물론 물건 날리기는 가끔 성공하지만 팔꿈치 때리기는 매번 실패한다. 그건 그가 선택한 무기, 예를 들면 팔꿈치에 주의를 집중시키기 때문이다.

c) 발목 때리기: 내 생각에는 발목을 때린다는 점만 제외하면 팔꿈치 때리기와 아주 비슷하다. 그는 한쪽 발을 든 채 한쪽 발로 깡충거린다. 들고 있는 발목을 때리면서. 더 설명할 것도 없다.

지금 그는 앞으로 내민 오른쪽 팔꿈치를 왼쪽 손바닥으로 때리면서 나를 향해 무릎으로 걸어오고 있다. 화가 난 것 같기도 하고 피학적으로 두 다리를 절단한 것 같기도 하다. 난 제때 피할 힘이 없어서 등으로 공격을 받아낸다. 곧 우리는 잔디 위를 구르고 몇 초 만에 나는 그의 배를 누르고 다리를 직각으로 교차시켜서 한쪽 무릎 뒤로 한쪽 발목을 들어가게 한 다음 호두까기 기계처럼 그의 장딴지를 발목에 대고 누른다. 고통스럽게, 아주 고통스럽게.

"자." 그가 간신히 소리를 낸다. 아마도 그의 폐는 내 체중에 찌그러졌을 것이다. "형은…… 충분히…… 내게 벌을……"

"내가 뭘?" 이제 나는 그의 몸을 눌렀다 풀어주었다를 반복한다.

"벌……"

"뭐? 못 알아듣겠어. 똑바로 말해."

"버얼……"

"똑바로 말해."

사람들이 바라보고 있다.

공공연히 레슬링을 하다가 사람들의 이목이 집중되면 대개 그렇듯이 나는 그의 몸에서 떨어진다. 토프가 나이가 들고 덩치가 커지면서 생겨난 버릇이다. 창조적인 수염을 기른 나는 낑낑거리는 어린 소년 위에 앉아 있는 성인 남자를 보았을 때 내가 하는 생각을 다른 사람들이 나를 보며 하지 않기를 바란다.

어두워지면서 연 날리는 사람들이 떠나고 조깅하는 사람들이 나타날 무렵 우리는 그곳을 빠져나온다.

집에 돌아오니 메러디스의 메시지가 남겨져 있다.

"메시지를 듣자마자 연락 줘." 그녀가 말한다.

난 전화한다.

"존 때문에." 그녀가 말한다. 그녀가 방금 존과 통화했는데 그가 어눌한 목소리로 오클랜드 그의 아파트에서 그의 옆에 있던, 그의 소파 옆 테이블에 있던 약을 먹었다고 이야기했다고 한다.

"맙소사." 나는 침실 문을 닫으면서 말한다.

"그래."

"왜 너한테 전화한 거야?"

"네가 집에 없다던데."

"심각한 것 같아?"

"그래. 아마. 네가 가봐야 할 것 같은데."

"전화할까?"

"아니, 당장 가."

난 토프에게 집에 있으라고 말한다.

"문 잠가."

나는 차에 오른다.

나는 영웅이다.

존은 진짜로 그런 짓을 하지는 않았을 것이다.

그는 그저 관심을 원하는 것이다.

아, 하지만 어쩌면 그는. 그는 끝났을지 모른다.

길이 죽도록 막히겠지. 5시다. 젠장, 길은 엿 같겠지, 젠장, 젠장. 고속도로로 갈까? 아냐, 아냐, 더 막힐 거야. 난 곧장 남쪽으로 차를 몰아 샌파블로로 간다. 하지만, 왜 5시여야 하지? 라디오가 있다, 라디오 소리를 높여야 한다. 빠르게 차를 몰 때는 소리를 높여야 한다. 라디오 소리를 높인다. 이것이 요점이다, 무슨 일인가가 벌어지고 있다. 차창을 열어야 한다. 이제 차창을 열었으니 소리를 더 키워야 한다. 무슨 일인가가 벌어지고 있다.

그는 그런 짓을 결코 하지 않았을 것이다. 진짜 그랬다면 무엇 때문에 메러디스에게 약에 대해서 말했겠는가? 아아!

존은 새로운 치료사를 만나고 졸로프트를 복용하면서 점점 더 이상하게 행동하고 있다. 메러디스와 나는 차례로……

"아침 내내 토했어." 그가 말할 것이다.

그는 항상 토한다. 먹은 것이 없어도 토하고 담즙과 피와 간 조직까지 토한다. 아무도 그 이유를 모른다. 그는 전화를 걸어 낯선 목소리로 말한다. 낮고 힘겨운 목소리로.

"어디야?"

"집."

"누구랑 있어?"

"아무도 없어."

"그런데 왜 술 취한 목소리지?"

"약이야."

샌파블로를 지나간다. 여기저기 대학을 지나고 부티크를 지나고. 차 좀 움직여, 멍청아! 그래, 너 말이야, 움직여!

샌파블로에서 오클랜드로 들어선다. 건물들은 구부정하고 닫혔고 비었다. 무대장치처럼 2차원적이다. 라디오는 내내 크게 켜져 있다. 팻 베네타, 아, 팻 베네타.

트럭을 몰아라, 멍청한 얼간이들아, 몰아! 가라, 가라! 가라, 비틀 달려, 머저리! 너 개새끼!

갈 길이 너무 멀다, 너무 멀어. 그는 지금쯤 죽었을 수도 있다, 죽었을 수도 있어. 그는 죽지 않았다. 그는 연기를 하고 있다. 그는 내 관심을 원한다, 동정을 원한다. 결단력도 없는……

아마 그는 그 짓을 할 것이다. 아마도. 또 나라니 믿을 수 없다. 난 죽은 친구를 두게 될 것이다. 내가 죽은 친구를 원하나? 아마 나는 죽은 친구를 원할 것이다. 써먹을 데가 많을 수도…… 아니, 난 죽은 친구를 원하지 않는다. 아마 난 죽은 친구를 갖지 않은 죽은 친구를 원할 것이다.

그의 아파트에 도착해서 들어갈지 말지 고민한다. 벨을 누르면 될까? 안 되겠지. 그는 나를 들여보내지 않을 것이다. 방법이 없다. 어떻게 안으로 들어갈지는 생각하지 않았는데. 젠장, 화재용 비상계단을 기어 올라가서, 아마 창문을 깨고, 아마…… 제길, 다른 집 벨을 누르고…… 하지만 그들은 내가 누구인지 묻고 무슨 소리인지를 묻겠지. 나는 그들에게 무슨 일이 벌어지고 있는지 말하지 않을 것이다. 하지만 왜 말하지 않아야 하지? 그들에게 약을 먹은 바보에 대해 이야기해야지. 내가 그의 비밀을 지켜야 할 의무는 없잖아. 제길, 제길, 하지만 아! 저기! 여자가 걸어 나온다! 제때에! 완벽해! 그냥 들어가서 제때 저 두번째 문을 잡고. 난쟁이 요정 같지만 외모가 형편없는 여자는 아니다. 냄새가 난다, 마치. 무슨 냄새? 아! 6학년 때의 제시카 스트래천! 아 제시카, 네게 전화해야 하는데, 잊지 말아야 하는데. 난쟁이 요정 같은 여자는 귀엽고, 실제로는 아마 조금 더 나이가 들었겠지, 하지만.

젠장. 난 한 번에 세 계단씩 뛰어올라 4층으로 간다. 나는 인디언처럼 빠르다. 젠장, 그의 문은 열려 있다. 쾅 소리가 나도록 문을 세차게 밀치고 안으로 들어간 나는 드라마, 피, 입의 거품, 죽어버린 그의 차갑고 시퍼런 시체를 기대했다. 아마도 벌거벗은 시체. 그런데 왜 벌거벗지? 그래, 벌거벗지 않은. 하지만 그는 거기 있다. 소파에 앉아 와인을 마시며.

이 나쁜 자식.

"빌어먹을, 너 뭐 하는 거야?"

그는 그저 미소 짓는다. 난 여기서 뭐 하고 있는 거지? 난 저 자식이 밉다.

아니, 그는 벌써 사고를 쳤다.

"벌써 한 거야?" 난 차를 몰고 오고 계단을 뛰어 올라오느라 잔뜩 긴장하고 있다. "벌써 했어? 젠장 뭔 짓이라도 했으면 너, 젠장, 나쁜 놈."

테이블 위에 약이 흩어져 있다. 납염된 테이블보 위에. 나는 약을 가리킨다. 작은 약장처럼 잔뜩 흩어진, 사발 속의 사탕처럼 넓게 펼쳐진 약을.

"이게 뭐야?" 나는 손가락질하며 묻는다. "저 빌어먹을 게 뭐냐고?"

그는 어깨를 으쓱인다.

나는 아파트를 샅샅이 살핀다. 마치 경찰처럼. 경찰견. 로봇. 나는 뭔가 해로운 물건을 찾고 있다. 단서들! 난 그의 목숨을 구할 것이다. 나는 그의 유일한 기회다.

나는 욕실로 가서 약장을 열고는 모든 것을 끌어낸다. 쓸데없이 막무가내로 물건들을 던진다. 심지어 샤워실 안의 물건들도 뒤집어엎는다. 재미있다. 나는 처방받은 것으로 보이는 약병을 두 개 찾아낸다. 증거다! 난 쿵쿵거리며 밖으로 나와 그의 주위를 서성인다.

"이게 뭐야?"

그가 씩 웃는다. 제기랄 미소!

"젠장 이게 뭐야? 이게 저거야?" 나는 테이블을 가리킨 다음 다시 약병을 가리킨다. 나는 상표를 읽는다. 졸로프트. 아티반. 약간의 다른 것들. 나는 졸로프트가 무엇인지는 알지만 아티반은 전혀 모른다. 치질약일 수도 있다.

"좋아, 좋아. 들어봐. 젠장, 당장 뭘 먹었는지 얘기해, 병신아. 아니면 경찰에 전화할 거야."

병신? 이 말이 어디서 나왔지? 몇 년간 안 쓰던 말인데. 더 강력한 뭔가가 필요하다.

"아무것도 안 먹었어." 내 모습이 웃긴지 존이 킥킥거리며 말한다. "걱정하지 마. 걱정 말라고." 자신의 취기를 강조하려는 듯한 말투다. 멍청이. "대단해. 재미있어." 그는 이런 식으로 말한다. 그의 머리를 걷어차주고 싶다.

"그럼 이거 나머지는 어디 있어?" 나는 흩어진 약을 가리킨다.

그는 손바닥을 위로 활짝 펼치고는 귀엽게 살짝 어깨를 으쓱인다.

"젠장, 경찰에 전화할 거야. 경찰이 처리하겠지." 나는 전화를 찾는다. "전화는 어디 있어?"

전화는 벽에 걸려 있다. 그는 항상 깔끔하다. 식료품 저장실에는 비어 있는 와인병까지 줄맞춰 늘어서 있다. 나는 다이얼을 돌리기 시작한다.

"하지 마. 하지 마." 그가 갑자기 흥분한다. 그는 두번째 '하지 마'는 길게 빼서 말한다. "아무것도 안 먹었어. 진정해."

"진정하라고?"

"그래, 진정해."

"그런데 왜 그렇게 멍청이같이 말해?"

그는 술잔을 꺾으며 술 마시는 동작을 보여준다. 이런 손짓은 손에 술을 들고 있지 않을 때나 하는 것이다. 하지만 그는 손에 술을 들고 있기 때문에 잔에 든 와인이 셔츠에 쏟아진다.

"멍청이."

나는 병을 본다. 거의 비어 있다. 그는 오후에 혼자서 메를로를 마시고 있다. 난 이 남자가 누구인지 모르겠다. 그의 정강이는 멍이 들었고 머리카락은 잔뜩 눌려 있다. 오후에 혼자 와인을 마시는 사람은 대체 어떤 사람인 걸까? 그리고 수영복 달력! 어쨌든 난 전화를 한다.

"에이, 젠장. 어쨌든 전화할 거야. 내 손에 네 피를 묻히지 않을 거야." 나는 911로 전화를 걸면서 약간의 흥분을 느낀다. 처음이다. 몇 번 전화벨이 울리고 짜잔! 상담원이 받는다. 나는 책임자다! 내게는 알릴 것이 있다! 내게는 상담할 것이 있다! 난 상담원에게 약을 먹었는지 안 먹었는지 알 수 없는 이 바보에 대해 이야기한다. 난 그녀와 이야기하는 동안 존에게 가운뎃손가락을 올려 보인다. 그녀가 확실히 누군가를 보내주도록, 나는, 그가 뭔가를 먹은 것 같다고 덧붙인다. 나는 전화를 끊고 그에게 전화기를 던진다.

"사람들이 올 거야, 멍청아."

나는 더 많은 단서를 찾아 주위를 서성인다. 부엌. 나는 쾅 소리를 내며 찬장을 열고는 싱크대로 은그릇들을 쏟아낸다. 백 개의 심벌즈가 울리듯이 쨍그렁 소리가 난다.

"야! 젠장 뭐야?" 그가 말한다.

"젠장 뭐냐고?" 나는 부엌에서 소리친다. "젠장 뭐냐고? 젠장, 뭐야."

나는 욕실로 다시 가서 세면대 아래를 본다. 아무것도 없다. 나는 벽장문을 세게 닫는다. 최대한 시끄럽게 하고 싶다. 내게는 그럴 권리가 있다. 나는 이곳을 샅샅이 뒤질 것이다. 뭔가를 찾아낼 거라고 반쯤 기대한다. 총이나 마약이나 금괴. 이건 허구다, 젠장 허구.

나는 그와의 사이에 유리와 크롬으로 만든 커피테이블을 둔 채 바닥에 주저앉는다. 너무 크게 확대한 그의 부모님의 스냅사진.

"위세척을 받을 거야."

그는 살짝 미소를 지으며 다시 귀엽게 어깨를 으쓱인다. 그의 두개골을 포도알처럼 터뜨리고 싶다.

"왜 그래? 실연당했어?" 난 그 점을 분명히 하고 싶긴 했지만 의도적으로 조지아라는 이름을 말하지 않는다. "실연당한 것 같네. 누군가와 데이트를 때려치웠다고는 말하지 마."

"비슷해."

"맙소사."

"젠장. 넌 그게 어떤지 몰라."

"뭐가 어떻다는 건데?" 갑자기 어쩌면 이것이 우리의 마지막 대화일지 모른다는 생각이 든다. 그는 죽어가는 것일 수도 있다. 약이 이미 그를 압도하고 그를 데려가고 있다. 난 상냥해져야 한다. 우리는 좋았던 일만 이야기해야 한다. 일리노이 중부에서 몇 마일 곧장 뻗어 있는 길을 차창을 내린 채 80마일, 90마일로 달렸던 일. 옥수수를 모두 거두어들인 텅 빈 회색의 벌판을 보며 시간을 헤쳐 나가는 듯, 지구를 반으로 쪼개는 거대하고 요란한 미사일이 된 듯 느낀다. 지나간 자리에 기분 좋은 폐허를 남기는. 하지만 다른 누군가의 관점으로 보면 그렇지 않으리라는 것을 우리는 알고 있다, 우리는 항상 알고 있다. 다른 길로 가는 차들에게 우리는 그저 재빨리 스쳐가는 소음, 번쩍임일 뿐이다. 위에서 보면—심지어 농약 살포 비행기에서 내려다보아도—그렇지 않다. 시끄럽지도, 강력하지도, 별 영향을 주지도 못하고, 어떤 폐허도 남기지 못하고, 어떤 소음도 내지 못한다. 미세하게 윙윙 소리를 내며 평평하고 지루한 격자를 기어가는 우리는 죽 뻗은 도로에 꿈틀대는 작고 검은 물체일 뿐이었다.

"그래서 그게 어떤데? 너도 알겠지만 내게도 여자 문제가 있어." 내가 말문을 연다.

"그게 아냐. 이게 문제야." 그가 자신의 머리를 가리킨다.

"뭐?"

그는 무게가 1000파운드쯤 나가는 듯 머리를 앞으로 숙인다. 그는 1초 1초 점점 더 취기가 오르고 있다.

밖에서 개가 짖고 있다. 개는 점점 더 심하게 짖는다.

"그들은 죽었어." 존이 말한다.

"누구?"

그는 손으로 머리카락을 훑는다. 아, 드라마.

"한심해."

"그래서 난 도저히……"

"맞아. 그래."

"넌 과테말라의 산 중턱에서 강간당할 수도 있었어, 그래."

"내가 뭐라고?"

"들어봐, 이 모두가―그러니까 오로지 술 때문일까? 와인과 약과 그 모두? 너는 젠장, 너무 진부해!"

열린 문을 두드리는 소리가 난다.

"들어오세요."

경찰관들은 덩치가 크다. 그들 때문에 방이 작아지고 온통 검은색으로 채워진다. 두 명이다. 그들은 문제가 뭔지 알고 싶어한다. 하지만 그들이 몰랐나? 출동 지시를 받을 때……

그가 무엇을 언제 먹었는지 모른다는 사실을 설명하면서 난 엄지손가락으로 존을 가리켰다.

멍청이가 경찰관들에게 귀엽게 어깨를 으쓱인다.

하지만 그의 눈은 초조해 보인다. 아마 그는 뭔가를 먹었을 것이다. 이제 나는 그에게 동정심까지 느낀다. 그때 내 눈에 그가 죽은 모습이 보인다. 응급실에서 의사들이 전기장치 같은 것으로 뭔가를―클리어! (쿵)―하고 있고 그의 몸은 둔한 물고기 같다. 그때 난 그를 본다. 그의 머리는 이렇게 긴 게 최고인 것 같다. 스포츠머리는 어울리지 않는다. 이제 그는 아름다워 보이기까지 한다. 그의 태운……

그때 다시 죽음. 한쪽 그림을 본 다음 반대쪽으로 돌리면 또다른 그림이 있는 홀로그래픽 카드 같다.

그는 경찰에게 아무 일도 없다고, 자신은 그저 와인을 마셨을 뿐이라고 말한다.

"다른 중요한 일이 있으시잖아요?" 존이 묻는다.

이제 나는 무슨 일인가 벌어지기를 바란다. 난 풀려나고 싶다. 예비 공작이 있었으니 이제 무슨 일인가 벌어져야 한다.

바로 지금 이 자리에서 또다른 유리잔, 또다른 멋진 와인잔에 와인을 부으려는 듯 존은 와인병으로 손을 뻗는다. 경찰관 한 명이 입에 펜을 문 채 눈을 거의 사시처럼 뜨고 당황한 듯 꼼짝 않고 바라본다. 존은 와인병을 도로 내려놓고 손을 무릎에 올린다.

다른 경찰관이 수첩에 뭔가를 적는다. 아주 작은 수첩이다. 펜도 정말 작다. 펜과 수첩이 너무 작아 보인다. 나라면 더 큰 수첩을 썼을 것이다. 그러면 그 큰 수첩을 어디 두지? 수첩 케이스가 필요하다. 그러면 멋지지만 달릴 때는 힘들겠지. 수첩에 등이라도 달려 있으면…… 작은 수첩이 경찰관의 만능 벨트에는 더 맞을 것이다. 아, 만능 벨트라고 부르면 정말 멋지겠네. 물어봐도 되겠지. 물론 지금 말고 나중에.

존은 마치 연인이라도 기다리듯 앙상한 무릎 사이에 깍지를 낀 채 그냥 거기 앉아 있다. 경찰관의 워키토키에서 칙칙 소리가 나더니 구급대가 오고 있다는 말이 흘러나온다. 우리는 존이 안전해질 것이라는 이야기를 듣는다. 덕분에 이 모두가 아주 평범한 일이 되어버린다. 경찰관은 무심하다. 그들은 이미 이런 일을 본 적이 있다. 나 역시 무심하다. 나는 그들에게 음식을 대접하고 싶기까지 하다. 나는 존의 부엌을 바라본다. 포도 접시가 있다. **포도를 좀 대접해도 될까요?**

존이 팔을 죽 내밀더니 테이블에 있는 약을 집어 모두 삼킨다.

"무슨 일입니까?" 경찰관 한 명이 묻는다.

스물다섯 개쯤 있었는데. 믿을 수 없다.

"방금 약을 먹었어요."

"무슨 약이요?"

"테이블 위에 있던 거요." 젠장, 당신들은 눈이 먼 거야?

"젠장 그거 뭐야?" 내가 존에게 묻는다. 나는 그의 입을 벌려 약을 끄집어내고 싶다. 다람쥐를 삼킨 고양이에게 그러듯이.

"내가 본 것 중 가장 한심한 짓이었어. 넌 분명히 위세척을 받게 될 거야."

이제 그는 눈을 감고 있다.

"이 멍청아! 멍청아!"

구급차가 도착하고 또다른 경찰차도 보인다. 우리가 아파트를 나올 때 존은 들것에 실려 있다. 사방이 어두운 가운데 빨간색과 하얀색이 가득하고, 불빛들이 주위 건물들을 따라 모여든다. 플래시라이트 게임처럼.

나는 내 차에 탄다. 그들이 어느 병원으로 갈지 궁금하다. 그들은 어떻게 결정할까? 우리는 가장 가까운 병원으로 향하지 않는다. 구급차는 내가 가본 적이 없는 곳으로 간다. 구급차는 보통 구급차가 달리는 속도보다 더 느리게 달린다. 그의 상태가 심각하지 않거나 이미 그가 죽었다는 의미다.

난 신호등 앞에 선다. 젊은 흑인들 한 패거리가 서 있다. 아마 그들은 나를 쏘겠지. 난 모든 가능성의 지점에 서 있다. 난 놀라지 않는다. 지진, 메뚜기 떼, 독성비는 내게 별것 아니다. 신의 방문, 유니콘, 박쥐인간. 모두 가능한 일이다. 저들이 악당이라면 그리고 총이 있고 신고식 같은 것 때문에 누군가를 쏘고 싶다면 나 같은 사람을 쏘겠지. 나일 것이다. 유리가 깨지고 총알이 관통해도 나는 놀라지 않을 것이다. 머리에 총알이 박힌 채 나는 가로수를 들이받고, 찌그러진 차에서 꺼내지기를 기다리며 죽어가면서도 공포에 빠져들거나 비명을 지르지 않을 것이다. 나는 그저 생각할 것이다. **희한하네, 딱 내가 생각했던 대로잖아.**

애시비로 가는 동안 나는 그 이야기를 기억해내려 한다. 아픈 아이에 대한 이야기였는데. 아이가 담당 의사와 관계가 있었다든가 아들이었다든가 해서 의사가 수술을 해줄 수 없었다는 이야기. 어떻게 그럴 수 있지? 생각이 안 나네.

난 신호등에서 구급차를 놓친다.

병원에 도착하자 머리를 한 갈래로 묶은, 30대 중반의 지친 의사가 내게 다가와 간략하게 설명한다. 그녀는 동정적이지 않다. "저 대단한 배우분과 친구세요?"

❦

나는 대기실에서 베스에게 전화한다. 그녀는 토프 곁에 있다. 존의 위가 빌 때까지 난 기다려야 한다.

"얼마나 걸려?" 그녀가 묻는다.

"몰라. 한 시간? 두 시간?"

나는 대기실에 앉는다.

아, 코난*. 코난 때문에 죽겠다. 싸구려 의자로 가득하고 두 아이와 뚱뚱한 그들의 엄마로 시끌벅적한 대기실 한쪽에서 나는 텔레비전을 본다. 너무 시끄러워서 코난의 말을 들을 수가 없다. 그는 라이브 에이드** 같은 것을 계획하고 있다. 그는 자선 노래를 만들면서 앤디와 논쟁을 벌인다. 코난은 노래로 자신의 생명을 구할 수도 없으면서 대단한 프리마돈나가 된 척하기 때문이다. 소리를 질러대는 아이들 때문에 거의 들을 수가 없다. 나는 의자를 움직여 가까이 다가간다. 자. 이제 스팅이 끼어든다. 아, 스팅 덕분에 괜찮아진다. 그는 앤디, 코난과 녹음을 하고 있다. 또한 우체부처럼 생긴 스프링스틴의 드러머도 냉담한 미소를 지은 채 곁에 있다. 나는 깔깔거린다. 가장 재미있는 것은……

---

* 〈레이트 나이트〉의 진행자였던 코난 오브라이언.

** 1985년 7월 13일 기아에 허덕이는 에티오피아 사람들을 돕기 위해 영국과 미국에서 동시에 열렸던 콘서트.

펜과 종이가 있으면 좋을 텐데. 이 모두를 자세히 적어두면 좋을 것 같다. 단편 같은 것으로 꾸밀 수 있을 것 같다. 아니, 아냐. 이미 사람들이 자살에 대해 썼잖아. 난 그걸 조금 비틀어서 무작위적인 뭔가, 내가 병원에 오면서 생각했던 것에 대해, 인디언서머에 대해, 의사 이야기에 대해, 코난을 본 것에 대해 쓸 수 있을 것이다. 친구가 위세척을 받는 동안 웃고 있는 것을 써도 괜찮을 것이다. 사람들 역시 그런다. 어쩌면 TV에서도, 아마 〈피켓 펜스〉에서도. 하지만 나는 거기서 더 나아갈 수 있을 것이다. 더 나아가야 한다. 예를 들어 나는 문장 속에서 전에도 그런 일이 있었음을 깨달으면서도 다시 반복할 수밖에 없음을 깨닫는다. 그런 일은 정말 그런 식으로 벌어지기 때문이다. 미디어 포화 상태에서 자란 화자는 TV, 영화, 책 등등에서 비슷한 경험들을 겪을 수밖에 없는 것 같다. 젠장, 애들! 아이들이 지르는 날카로운 소리가 문제다. 빌어먹을 저 소리만 빼면 좋은데. 그래서 나는 저 소리들은 빼고 받아들여야 한다. 나는 예전에 보았던 것과 아주 비슷한 삶을 살면서 그 삶이 무서운 만큼이나 그 삶을 살아내는 것이 가치 있음을 전달할 것이다. 그들은 나중에 대단한 자료가 될 테니까. 응급실 직원에게 펜을 빌려 손바닥에 지금 적든 아니면 나중에 집에 가서 적는다면 더욱더.

아마 차에 펜이 있을 것이다.

하지만 그걸 가져오는 것은 바보 같은 짓이다.

그래서 중재되지 않은 경험의 끝을 애도하는 대신 축하하면서 그 하나의 경험과, 예술과 언론에 등장하는 그 수십 개의 반향을 동시에 겪으면서 기뻐할 것이다. 그 경험을 더 싸지 않고 더 비싸게 만들어주는 반향, 아하! 그렇게 훨씬 더 층이 지고 그 깊이가 다채로운. 영혼을 빨아들이거나 둔감해지지 않고 교화되고 분류된. 우선 그 경험, 그 친구, 자살 위협이 있고, 그다음 전에 있었던 일들로부터의 반향들, 그다음에는 그 반향들에 대한 인식, 그다음에는 수용, 그러니까 반향에 대한 포용—풍부화—그리고 무엇보다 자살하겠다고 위협하고 위세척을 받는 친구의 가치—삶의 경험이자 경험적인 단편소설 또는 장편소설의 한 구절에 써먹을 소재로서—에 대한 인식. 경험적으로 또래들, 특히 내가 본 것, 내가 본 그 모든 것을 아직 보지 못한 또래들보다 내가 우월하다고 느끼는 건 두말할 필요도 없고. 스카이다이빙, 유럽 배낭여행, 삼각관계 같은, 지워져버린 또다른 경험들.

아 이 뚱뚱한 아이들. 이 아이들, 이 작은 돼지 새끼들. 유전적인 건가? 혐오스럽다, 저 뚱뚱한 아이들은.

그래서 난 자의식의 위험을 깨닫는 동시에 뒤섞인 은유, 소음을 헤치고, 이 모든 안개를 헤치고 여전히 그 자리에 핵심으로 남아 있는, 안개에도 불구하고 여전히 타당한 핵심을 보여줄 것이다. 핵심은 핵심이 핵심이라는 것이다. 또렷이 표현될 수는 없지만 항상 핵심은 있다.

단지 캐리커처로만 그려질 뿐.

나는 그를 보러 간다.

튜브가 그의 입과 코에 꽂혀 있다. 그의 입에 꽂혀 있는 튜브는 너무 두껍다. 튜브를 물고 있는 모습이 거의 외설적으로 보인다. 마치 벌이라도 주듯 튜브가 위, 그 이상의 것을 세척하고 모든 것을 빼낸 것처럼 그의 얼굴은 창백하고 일그러져 있다. 그는 진정이 되어 잠들어 있다. 아마도 모르핀을 썼겠지. 그의 머리는 인공호흡기 방향인 왼쪽으로 돌려져 있다. 그의 손은 침대에 묶여 있는 것 같다.

그의 손은 침대에 묶여 있다. 두툼한 검은색 끈에는 벨크로가 달려 있다. 그는 저항하거나 누군가에게 주먹을 휘둘렀을 것이다.

그의 다리는 벌려져 있고 팔도 벌려져 있다. 그의 왼손은 무엇이라도 쥔 듯 여전히 긴장한 것 같다. 술 취해 가구와 부딪혀 위아래로 멍이 든 닭다리 같은 그의 다리. 그리고 그의 맨발.

맨발이면 너무 추울 텐데.

그리고 바닥은 생각만큼 깨끗하지도 않고.

더 깨끗해야 하지 않나? 청소를 해야 하잖아.

내가 청소할 수……

나는 전에도 본 적이 있다, 이 방을, 여기 왔던 적이 있다. 이 방은 코피를 흘리는 엄마를 데려와서 튜브를 연결하고 수혈을 하던, 엄마에게 피를 부어 넣었던 방이다.

하지만 이 병실은 너무 지나치게 크다. 너무 크고 하얗다. 나머지 병동과 분리된 이 거대한 방은 침대를 하나만 놓으려고 만든 것 같지는 않다. 이 모든 공간의 한가운데에 그의 침대가 자리하고 있는 건 너무 극적이다.

난 그의 반대편에 서서 그를 만지고 싶은 건지, 그에게 다가가고 싶은 건지 갈피를 잡지 못한다. 그래봤자 달라질 건 없다. 그는 결코 모를 테니까. 그는 잠들어 있다.

이런 방에는 그림을 걸어놓아도 괜찮은데. 치과처럼 치료를 받는 동안 뭔가 쳐다볼 수 있도록 그림을 걸어놓으면 멋지겠지.

하지만 당신은 죽어가고 있을 것이다. 당신이 마지막으로 볼 것은 1983년 마스터스 대회를 그린 르로이 니먼의 작품일 테고 너무 끔찍할 것이다. 그 그림은 죽기 직전에 보기에는 별로이니까.

하지만 정말 골프를 좋아한다면.

벽은 빈 채로 남겨두어야 한다.

난 벽에 어깨를 댄 다음 머리도 기대고 잠깐 바라보다가 하얀 콘크리트블록을 쓰다듬는다. 어린 시절 그는 바짝 마른 아이였다. 그래서 항상 더 작아 보였고, 몇 살 더 어려 보였다. 하지만 그는 대단한 수영선수였다. 수영장에서, 바다에서 그는 굉장했다. 그 아름다운 스트로크. 나는 주먹 쥔 손을 묶인 채 가슴만 위아래로 움직이는 그의 호흡에 잠깐 내 호흡을 맞추어본다. 내가 빌어먹을 한심한 바보 멍청이가 자는 것을 지켜보는 동안 그의 얼굴에서 점점 핏기가 사라진다.

그때 그가 일어난다. 깨어난 그는 맨발로 일어서더니 입과 팔에서 튜브를, 그리고 노드와 전극을 떼어낸다. 나는 펄쩍 뛴다.

"빌어먹을 젠장. 뭐 하는 거야?"

"젠장."

"무슨 소리야, 젠장?"

"젠장이라고 멍청아. 난 갈 거야."

"뭐?"

"어쨌든 난 네 한심한 책에 빌어먹을 이야깃거리가 되지는 않을 거야."

그는 서랍들을 뒤지고 있다.

"뭘 찾아?"

"옷, 머저리. 나갈 거야."

"나갈 수 없어. 넌 약을 먹었잖아."

"제발. 난 내 마음대로 할 수 있어. 집에 갈 거야."

"간호사에게 말할 거야. 넌, 넌 하룻밤은 있어야 돼. 내가 새벽 3시까지 있어줄게. 네가 안전하고 잘 자고 있다는 이야기를 들으면 난 무거운 마음으로 마침내 집으로, 토프에게로, 더 큰 책임감 속으로 돌아갈게. 그다음 내일 들러서 정신병동의 너를 찾아……"

"들어봐, 젠장. 네가 거기서, 으, 으, 아주 책임감 있는 충실한 친구 역할을 하는 동안 난 정강이가 멍든 채 누워 있어야겠지, 항상. 낭비된 젊음의 상징이 될 만한 사람은 다른 데서 찾아."

"들어봐, 존."

"존이 누구야?"

"너."

"내가 존이야?"

"그래. 내가 네 이름을 바꿨어."

"아. 그래. 그럼 왜 존이지?"

"우리 아버지의 이름이었어."

"맙소사! 그럼 내가 네 아버지네. 젠장, 야, 너무 심하잖아. 미친 놈!"

"미쳤다고? 내가? 젠장, 그래 돌았다."

"좋아, 내가 돌았다, 내가 돌았어. 하지만 이 모든 이야기를 세상에 알려달라고 한 적은 없……"

"젠장, 무슨 소리야? 우선 여기 널 밀어 넣은 건 너 자신이야! 넌 나와 두 경찰관 앞에서 약을 한 움큼 먹었다고 했잖아. 관심받고 싫었던 거 아냐? 젠장."

"하지만 그런 게 아니……"

"맞아."

"아니라니까."

"자, 난 네가 원하는 관심을 주고 있어. 빌어먹을 좋은 이야기, 나쁜 이야기, 그 체육관에 들어가지 못한 것, 이런 이별, 메러디스와의 저런 싸움…… 그 모두를 들어주면서 이미 여러 해 동안 네게 관심을 주었지. 이 이야기는 해야겠는데, 네 이야기가 정말 재미있는 건 아냐. 하지만 항상 들어줬지. 넌 치료사에게 네가 지금 최악의 삶을 살고 있다는 확신을 주었어. 그녀에게 어린 시절 학대를 당했다고 말하다니 정말 믿을 수 없어, 이 빌어먹을 거짓말쟁이! 하지만 네 수많은 문제들과 새로 생긴 음주 문제. 모두 지루해서 그런 거잖아. 지루하지. 넌 지루해하고 있어. 넌 게을러. 하나하나 모두가 너무 지겹다고. 알코올, 약물, 자살. 하지만 아무도 그런 걸 믿어주지 않을 거야. 빌어먹게도 지루하지."

"그러면 관둬."

"그렇게 지루하지는 않아."

"너는 병들었어."

"아무렴 어때. 이 이야기는 내 거야. 네가 내게 준 거야. 우리는 거래를 하는 거야. 나는 네가 원하는 관심을 줬어. 네가 정신병동에서 삼 일만 지내고 어땠는지 말해주면 내가 널 탈출시켜줄게. 널 찾아와서 네 침대에 앉아 격려해줄 사람은 나밖에 없어. 어쨌든 널 위해 이 모든 일을 해줬으니까. 난 이 이야기를 얻었고 이 이야기는 내 거야. 그리고 넌, 네가 자초한 일이니까, 스스로 비극배우가 되어 삼 일간 계약을 지킨 다음 밖으로 나가면 되는 거야. 이제 너는 메타포야."

그는 조용하다. 그는 캐비닛에서 찾아낸 살균복을 손에 들고 있다. 그는 살균복을 카운터에 던진다.

"좋아. 그 빌어먹을 책에 내 얘기도 넣어."

"정말?"

"그래."

"날 위해서 그러는 건 아니지?"

"그게 중요해?"

"뭐 별로."

"그럼 난 침대로 돌아가서 누울게. 나를 다시 묶어."

"알았어."

"상관없다면 모르핀을 더 맞게 해줘."

"알았어. 알았어. 저기, 정말 고마워."

"알아. 저 튜브나 줘."

"여기."

"고마워. 이제 담요를 덮어줘."

"자."

"좋아."

"멋질 거야. 너도 알게 될 거야."

존은 정신병동에서 3일을 보냈다. 그는 내게 전화했고 나도 그에게 전화한다. 전화벨이 열두어 번쯤 울린다. 존보다 나이 든 남자의 목소리가 들린다.

"여보세요?"

그가 소곤댄다.

"안녕하세요. 존 있나요?"

"누구요?"

"존이라는 남자요. 키가 좀 큰, 금발의 남자인데요."

"아, 아뇨, 아뇨. 지금은 누구와도 통화할 수 없습니다."

"왜요?"

"음, 다들 모여 있거든요. 한 시간은 기다려야 해요. 난 전화 때문에 혼자 빠진 거예요. 나더러 전화를 받으랬거든요."

난 환자와 통화하고 있음을 알아차린다.

"음, 메시지를 남겨도 될까요?"

한참 동안 아무 말이 없다. "그래도 되는지 모르겠어요. 잠깐만요."

수화기를 요란하게 떨어뜨리는 소리가 들린다. 전화기가 줄째로 대롱거리는 소리도 들린다. 1분쯤 후 그가 거칠게 숨을 몰아쉬며 수화기를 든다.

"좋아요, 한번 해보죠."

난 존에게 내가 전화했었다고 전해달라고 말한다.

"좋아요, 존이 전화했어요."

"아니, 내가 존에게 전화했다구요."

"아, 아." 그가 안절부절못한다. "당신이 존에게 전화했다구요. 그가 당신을 알아요? 친척이에요?"

"아뇨."

"그의 아버지예요?"

"아뇨."

"음, 그럼 당신은 전화를 할 수 없……"

"맞아요, 아빠예요."

"아니, 아니잖아요. 당신이 그랬잖아요."

"잘 들어요. 내가 다시 전화할게요. 걱정하지 마세요."

"아, 고마워요!"

오후 늦게 병원에 들른다.

난 문으로 안내받고 방명록에 사인한다. 복도를 따라가다보면 평범한 방이 나온다. 파란 카펫이 깔려 있고 소파 몇 개와 나뭇조각을 이어서 만든 테이블이 놓여 있다. 7학년 교실과 조금 비슷해 보인다. 왼쪽의 첫번째 문으로 들어가자 존이 어두운 방 안에서 다리 사이에 손을 끼운 채 옆으로 누워 있다. 담요가 그의 발을 덮고 있다.

난 침대 반대쪽에 앉는다.

"뭐 해?"

"냄새 나?" 그가 묻는다.

"무슨 냄새?"

"냄새 안 나?"

"응. 뭔데?"

"지난밤에 그 남자가 화장실을 찾지 못했어."

"어떤 남자?"

"내 룸메이트. 나이 든 흑인이야."

"아."

"지난밤 내내 계속해서. 그는 신음하고 창문을 두드리고 울부짖

었어. 그는 말했어. '죽을 것 같아요, 도와줘요. 죽겠어요.' 믿을
수가 없었어."

"죽어가는 거였어?"

"아니, 죽어가는 게 아니었어. 그는 똥을 눴어."

"창문 옆에서?"

"그래. 그는 화장실을 찾을 수 없어서 저기 창문 옆에 서서 볼일
을 본 거야."

"아."

"그러더니 그는 아주 조용해졌고 아침에 보니 사방이 엉망이었
어. 똥이 그의 다리를 타고 내려와서 그의 신발에 떨어졌고 그는
밤새도록 방 안을 돌아다녔어."

"알았어, 됐어."

"방하고 복도에 더러운 발자국이 있었어."

"알았어. 그래서……"

"그들이 나를 잠깐 다른 방으로 보냈어. 그러고는 바닥을 청소
하고 다시 이 방에 넣었지."

"아무 냄새도 안 나."

"그래, 그들이 뭘 뿌리든지 했겠지."

"사실 좋은 냄새가 나는데."

"그들이 나를 침대에 묶었어."

"언제?"

"내가 들어온 다음 날."

"허." 그는 내가 분노하거나 충격받기를 바랐다. 어느 쪽인지 확
신할 수 없었다. "원래 그렇게 한대?"

"미칠 뻔했어. 내 팔을 봐."

그가 손목을 보여준다. 껍질이 벗겨지고 멍이 들었다.

"봐."

그가 발목을 보여준다. 뻘겋고 멍이 들어 있다.

"묶여본 적 있어?"

"잠깐만." 나는 내가 해줄 수 있는 신랄한 말들을 생각한다. "아니, 묶여본 적 없어." 그다음,

"하지만 난 자살하는 척한 적도 없어."

"무슨 소리야?"

"아무것도 아냐."

"젠장."

"아니, 네가 젠장이지."

"넌 이게 연극 같아? 너와 저 빌어먹을 간호사. 나쁜 년이야. 나를 '마틴 쉰'이라고 부르잖아."

"마틴 쉰으로는 안 보이는데."

"연기를 한다는 소리지. 내가 연기를 하는 것 같다고. 〈지옥의 묵시록〉처럼."

"아. 난 못 봤는데."

"못 봤어?"

"다는 못 봤어. 그녀가 말하는 부분은 못 봤어."

나는 잠깐 그를 바라본다.

"넌 에밀리오랑 더 비슷해."

그는 팔꿈치에 의지해 몸을 일으키더니 나를 바라본다.

"재미없어."

"알아."

"그들은 내가 또 자살을 시도할까봐 묶어놓은 거야."

"그들이 왜 그렇게 생각한 거야?"

"내가 그렇게 말했거든."

"하지만 넌 안 그럴 거잖아."

"왜?"

똥 싼 남자가 들어온다. 자주색과 회색이 뒤섞인 피부색이다. 그는 손을 흔든다. 그는 잠깐 자신의 침대에 앉아 손바닥으로 시트를 쓰다듬는다. 그러더니 일어서서 발을 질질 끌며 나간다.

존이 내 쪽으로 몸을 숙이더니 속삭인다.

"저 남자 걷는 거 봤어? 다들 저렇게 걸어. 소라진 셔플*이지."

"그래."

"난 감금되었어."

"알아."

"난 마음대로 나갈 수가 없어."

"그래, 음……"

"이상해, 그래. 이 사람들, 내가 알지도 못하는 이 사람들이 내가 나가지 못하게 막을 수 있는 거야? 이상해, 철학적으로 생각해도 이상해, 그지?"

이상하다는 것에 나도 동의한다.

"너무 피곤해." 그가 말한다.

---

* 진정제인 클로르프로마진의 주요 부작용으로 육체적 자극에 무감각해진다. 정신병자들이 아무 말 없이 정신병동 안을 어슬렁거리는 이미지는 팝컬처에도 널리 차용되었다.

"나도." 내가 말한다. 너무 재빨리 말한 것 같다. "우리 모두 피곤해."

그는 가슴께에 두 다리를 모은다.

"아니, 난 정말 피곤해." 그가 말한다. 그는 내게 등을 돌린 채 옆으로 눕는다.

그는 격려받고 싶어한다.

나는 그의 어깨에 손을 올린다. 내게 일장 연설을 시키다니 믿을 수가 없다. 벌컥 화가 난다. TV와 영화에서 보았던 것들을 꿰어 맞춰 연설을 늘어놓는다. 그를 사랑하는 사람들, 그가 자살하면 망가질 사람들이 많다고 이야기하면서도 나는 그게 사실일지 궁금해한다. 그에게는 많은 가능성이 있다고, 할일이 많다고 이야기하면서도 나는 그가 몸과 두뇌를 많이 쓰지는 않을 것이라는 믿음을 갖는다. 우리 모두 암울한 시기를 거친다고 말하면서도 모든 것을 가지고도 이런 짓을 하는 그에게, 과장된 행동에, 자기연민에, 이 모든 것에 점점 더 화가 난다. 그는 부모도 없고, 부양가족도 없고, 돈은 있지만 아무 고통이나 불행도 없는, 완전한 자유를 누리고 있다. 그는 99.9퍼센트에 속한다. 그는 아무 책임도 없고 언제든 어디든 갈 수 있고 어디서든 잘 수 있고 마음대로 움직일 수 있고 이런 식으로 모든 사람의 시간을 빼앗을 수도 있다. 하지만 난 그런 말을 하지 않는다. 좀더 나중을 위해 남겨둘 것이다. 가장 열정적이고 긍정적인 말 외에는 아무 말도 하지 않는다. 난 그 말을 별로 믿지 않지만 그는 다르다. 이 모든 말, 너무나 분명한 모든 것, 정신병동의 침대 끝에 앉아 몇 분 만에 설명할 수 없는, 살아야 할 이유들을 떠드는 내가 신물 난다. 하지만 여전히 흥분한 그를 보며

나는 그에 대해, 사탕발림의 일장 연설이 어떻게 그에게 살 용기를
주는지에 대해, 왜 그가 우리 둘을 여기 끌고 왔는지에 대해, 우리
둘이 한심해 보인다는 것을 어떻게 그가 모를 수 있는지에 대해,
그리고 언제 그의 머리가 이렇게나 멍청해졌는지에 대해, 언제 내
가 그와의 접촉이 끊겼는지에 대해, 내가 어떻게 이런 멍청하고 유
순한 사람을 알고 관심을 가질 수 있는지에 대해, 내가 차를 어디
에 주차시켰는지에 대해 더 고민하기 시작한다.

8

우리는 바닥의 배설물을 어쩌지 못하고 있다. 〈마이트〉 사무실 바닥에 고인 배설물 때문에 우리는 쩔쩔매고 있다. 배설물은 화장실의 변기를 넘어 타일 위로, 그다음에는 문 아래로 흘러 들어와서 우리가 일하는 곳에 갈색의 오물 자국을 남긴다. 우리가 월세를 계속 내고 있다면 불평을 하며 어떻게 해달라고 했을 것이다. 하지만 넉 달 전에 지진에 대비한 보수가 필요하다는 판정이 내려지면서 건물주가 건물에서 나가달라고 했기 때문에 우리는 수리를 요구할 수가 없다. 그든 그녀든 아무도 우리가 여기 남아 있는 것을 모른다. 다른 세입자들은 모두 나갔지만 아무도 공식적으로 우리에게 일정을 이야기해주거나 공문을 보내지 않았기 때문에, 그리고 랜디 스틱로드가 도시 밖에 있기 때문에—우리는 랜디 스틱로드를 한동안 보지 못했다—우리는 눌러앉아 있다.

우리는 여전히 기고자들과 시간제로 일하는 직원들에게 돈을 주지 못하고 있다. 하물며 우리에게도. 우리는 우리 잡지를 통해 오랜 질문들—당신의 오줌을 마실 수 있습니까? 어떤 나비는 먹어도 괜찮을까요?—에 답을 구할 수는 있지만 그것으로는 이런 상황이 정당화되지 못한다. 너무 우울하다. 우리는 지쳤다. 우리는 약하다. 마니는 2주째 콧물을 흘리고 있다. 끊임없이 전염성 단핵증이 재발하는 무디는 책상에 당황스러울 정도로 큰 비타민C 통을 올려두고 있다. 우리는 한 번에 여섯 명씩 끊임없이 유입되는 자원자들과 인턴들 덕분에 유지되고 있다. 랜스 크레이포('에이'로 발음)라는 사람을 만나본 우리는 그를 고용한다. 그는 분명 아이다호 주에서 가장 큰 감자 농장의 후계자일 것이다. 셔츠를 바지 안에 집어넣은 그는 부사장 겸 발행인으로 일하면서 한 달 안에 광고에서부터 사업 계획에 이르기까지 우리 잡지의 비즈니스적인 면을 기꺼이 맡아주기로 했다. 그리고 우리는 방금 시러큐스 대학교를 졸업한 제프 버로라는 인재를 얻었다. 그는 뉴욕에서 샌프란시스코로 일을 찾아, 자유를 찾아, 우리를 찾아 왔다.

대부분의 신입 직원들처럼 제프는 우리가 생각한 것보다 더 에너지가 넘쳤다. 우리는 그에게 심부름을 시키고 물건들을 정리하게 한다. 그가 정리할 일이 떨어지자 폴이 레코드회사의 홍보 사진—우리에게 전혀 필요 없는 수백 장의 사진으로 알파벳순으로도 정리되어 있지 않았다—이 들어 있는 거대한 상자를 정리하게 한다.

거의 일주일 만에 그는 그 일을 해낸다. 그는 우리를 즐겁게 해주고 여러 면에서 우리가 서로를 미워해야 한다는 사실—우리의 침체에 대한 좌절감이 서로에게 말하는 방식에도 영향을 미치고—"아니, 장담하는데, 그건 곧 현실이 될 거야, 변태야"—자기 혐오가 서로에 대한 혐오로 바뀐다—조차 한동안 잊게 한다.

제프는 적당히 충분하게, 대체로 무신경하게, 여전히 낙관적으로 다음 커버스토리의 소재를 제안한다. 바로 미래다.

오프닝 에세이는 이렇다.

미래: 올까?

미래에 어떤 일이 벌어질지 생각해보는 것은 재미있다. 누가 무엇을 할까? 어떤 일이 벌어질까? 생각해보기 정말 어려운, 거대한 질문들이다. 하지만 미래의 음식처럼 작은 것에서부터 시작해보라. 우리는 무엇을 먹게 될까? 음식은 같은 맛일까, 아니면 다른 맛일까? 여전히 씹어야 할까? 옷은 어떨까? 더 붙게 입을까, 더 헐렁하게 입을까?

우리는 다양한 전문가들에게 1995년에 무슨 일이 일어날지 예측해달라고 했고 아래와 같은 의견을 얻었다.

유리창 청소의 미래
—리처드 파비, 출판업자, 〈미국 유리 청소〉

"점점 더 많은 사람들이 전문적인 유리창 청소 도구에 관심을 가질 것이다…… 결국 그들은 말쑥하다. 많은 도구들이 놋쇠로 만들어졌고 3차원적인 멋진 외관을 지니고 있다. 거의 박물관에 전시되어도 될 정도다."

술의 미래

—수전 셔우드, 편집자, 애리조나

"1995년 사람들은 대체로 술을 덜 마시는 대신 더 좋은 술을
마실 것이다."

제프는 윌리엄 T. 볼만에게 1995년을 예언해달라는 편지를 쓴
다. 볼만이 그 편지의 뒤쪽에 크레용으로 답장을 써서 보낸다. 기
고하는 대신 보상을 받고 싶다는 내용이었다. 우리는 누구에게도
뭔가를 지불해준 적이 없는 데다 지금은 전보다 더 돈이 없다. 그
래서 우리가 해줄 수 있는 비금전적인 것이 있는지를 그에게 묻는
다. 그는 그렇다고 대답한다. 그가 원한 것은 이렇다. a) 45구경 골
드세이버 총알 한 박스 b) 두 명의 벌거벗은 여자를 따뜻하고 밝
은 방에서 두 시간 동안 수채화로 그릴 수 있게 해줄 것.

제프는 세컨드 스트리트에 있는 총기 가게로 달려가고, 바텐더
이자 우리의 시간제 어시스턴트인 미셸이 자신이 친구와 함께 모
델이 되겠다고 말한다. 볼만이 친구와 함께 새크라멘토에서 온다.
볼만이 거실에서 미셸과 그 친구를 그리는 동안 그의 친구는 무디
와 부엌에 앉아 있다.

우리는 총알을 넘겨주기 위해 그 작업 이후까지도 기다린다.

이번 호의 주요 기사는 "20명의 20대"로 우리 잡지뿐 아니라 최
신 〈뉴욕 타임스 매거진〉—"30명의 30대"—에도 실렸다. 리스트
에는 우리가 들어보거나 장차 들어보리라 상상한 사람은 한 명도
포함되지 않았다. 게다가 우리도 포함되지 않아 혼란스러웠다. 아
래는 우리의 도입 부분이다.

게을러져라. 〈마이트〉는 '게으름'이라는 단어를 쓸 줄조차 모르는 20명의 젊은 활동가, 선동가, 축재자를 소개한다. 낡은 청바지에 닥터 마틴을 신은 가장 핫하고 가장 세련되고 가장 하드락적인 20대 20명. 유산을 상속받은 20명. 젊다는 것, 즐긴다는 것, 펩시를 마신다는 것이 단순한 슬로건 그 이상의 것임을 아는 20명. 세상 사람들에 코크를 사주고 싶어하고 이미 계산대에 줄을 선 20명. 당신의 20대, 나의 20대, 우리의 20대…… 〈마이트〉의 20대.

우리의 특집 기사가 다루는 사람들은 모두 유명하고 부유하고 매력적이고 옷을 잘 입고, 대개 이미 유명하고 부유하고 매력적이고 옷을 잘 입은 사람들의 후손들이다. 무디의 룸메이트인 브렌트는 샌더스 대령의 제트족 아들인 샌더스 중위처럼 꾸민다. 가장 최근에 들어온 인턴인 낸시는 록스타의 꿈을 품은, 몽키스 피터의 딸 줄리엣 토크처럼 포즈를 취한다. 물론 케네디도 있고(우리는 그를 태드라고 부른다. 그는 투쟁을 하고 있다), 성(姓)이 없는 모델, 흑인 영화 제작자("흑인들을 위해 동화 같은 영화를 만들고 싶어요"), 열광적인 하시디즘 운동가(슐로모 '시나몬' 메이어), 어퍼이스트사이드 출신의 래퍼(히트 싱글인 〈Double-Parking Bitch〉를 발표했다)도 있다. 별 이유 없이 우리는 불쌍한 웬디 칩을 향해 또 다른 스커드 미사일을 날린다.

신디 칸, 25세, '미국을 위한 거리'의 설립자

'미국을 위한 거리'는 칸의 하버드 졸업논문에서 탄생한 단체로 이제는 수십억 달러의 가치를 지닌 비영리 법인이 되었다. 미국에서 가장 위험한 거리에 최근 대학을 졸업한 사람들을 배치하는 프로그램의 목적은 새로운 얼굴들, 열린 마음, 예의로 경찰력에 활기를 불어넣는 것이다. "정규 경찰들은 모두 너무 한심하고 추해 보인다." 칸이 말한다. "이제 법 집행에도 품위가 있어야 한다. 철면피한 범죄자도 자신들에게 수갑을 채운 사람이 옷을 잘 차려입고, 가령 예일대 출신의 석사라면 단정히 앉아서 말을 들을 것이다."

그리고 물론 우리는 '이끌지 못하면 떠나라'를 겨냥하여 한 방을 날린다.

프랭크 모리스, 29세. 프랭크 스몰리노프, 29세
— '조직하지 못하면 떠나라!'의 설립자

이 두 사람은 정치적으로 중립이되 영향력 있는 단체인 '조직하지 못하면 떠나라!'의 브레인이다. "어딘가에 1억 3000만 명의 회원이 있다"고 주장하는 이 조직은 단 2년 만에 세 개의 팸플릿과 배지를 만들어냈다. 하지만 그들은 자신들이 얻은 명예에 안주하지 않는다. "우리는 한 시간 반씩 앉아서 식사하지 않을 것이고 우리의 소식지조차 읽지 않을 것입니다. X세대가 주요 잡지에서 우리 사진을 보게 되는 그날까지 말입니다." 스몰리노프가 말한다. 그럼 다음에는? "우리는 각료로 지명되기를 바랍니다." 모리스가 말한다. "하지만 페로는 1996년에 출마하지 않을 것 같습니다."

제프는 "누구요, 나요?"라고 묻는 듯한 손짓을 하며 케빈 힐먼인 척한다. 힐먼의 도입부는 무서울 정도로 정곡을 찌른다.

케빈 힐먼, 26세, 작가

"게으름뱅이요? 난 아니에요." 힐먼이 웃는다. 그는 웃을 만하다. 그의 책, 『게으름뱅이, 난 아니다』는 1월 초부터 〈뉴욕 타임스〉 베스트셀러 목록에 올라 있고 거기서 미끄러질 기미를 전혀 보이지 않는다. 그 책은 우연히 녹음기에 녹음된 힐먼과 그 친구들의 일주일 치 대화를 옮겨놓은 것이다. "녹음되고 있는 것도 잊었습니다. 녹음된 내용을 들어보는데 그저 그랬습니다. 지독할 정도로 리얼했죠!" 다음 달 힐먼은 MTV의 〈얼터너티브 네이션〉에 케네디와 함께 게스트 VJ로 나선다.

인도 옷을 입은 샐리니는 일렉트릭 류트를 만드는 나디아 사디크인 척하며 평온하게 포즈를 잡는다. "클래식 류트, 컨트리 류트, 보틀넥 슬라이드 류트에 똑같이 숙달한". 2주일 후 PBS의 교육 프로그램인 〈도대체 카번 샌디에이고는 어디에 있는가?〉의 제작자가 우리에게 전화한다.

그들은 그 프로그램에 나디아를 출연시키려 한다.

우리는 그 메시지를 나디아의 매니저에게 전해주겠다고 약속한다. 잠깐의 대화 끝에 폴이 나디아의 매니저가 되기로 한다. 우리가 녹음기에 전화를 연결하고 폴이 프로듀서에게 전화를 건다.

폴: 여보세요, 미스 씨, 난 나디아 새디크의 에이전트인 폴 우드 프린스입니다.

(나는 폴이 즉석에서 우드프린스라는 성을 지어낸 것을 알아차렸다.)

프로듀서: 여보세요! 네, 방금 당신의 전화번호를 받았습니다. 우리가 당신을 어떻게 찾아냈을까요?

폴: 〈마이트〉 덕분이겠죠.

프로듀서: 네, 〈마이트〉에서 봤습니다. 우리 프로그램을 아세요?

폴: 네.

프로듀서: 좋습니다. 우리 쇼의 단역이나 음악 힌트를 줄 때 나디아가 딱인 것 같습니다. 물론 그녀가 류트를 연주하는 것도 정말 마음에 들구요.

폴: (침묵)

프로듀서: 그건 우리끼리 통하는 농담입니다. 매일 우리는 '루트를 훔쳐라' 라는 게임을 하거든요.

폴: 아. 그렇군요. 루트요.

프로듀서: 그래서 나디아가 류트를 연주해주면 멋질 거예요. 이것도 농담입니다.

폴: 그녀는 방글라데시 출신입니다.

프로듀서: 아, 그래요. 스태프가 다문화출신인 게 좋지요.

폴은 미스와 날짜, 출연료 이야기를 하더니 마침내 다음 달에 허구의 인물인 나디아를 쇼에 출연시키기로 한다. (우리가 사정해 보겠지만 샐리니는 가지 않을 것이다. 나디아는 나타나지 않을 것이다.)

이번 호 표지에는 주목해야 할 다섯 명의 20대를 담는다. 그들은 모두 더 밝은 내일로 시선을 돌리고 있고 그들의 시선이 향하는 곳에는 이런 말이 적혀 있다.

미래: 여기 이 자리에.

이번 호가 인쇄되기 직전에 우리 건물 주인이 마침내 우리가 떠나지 않은 것을 알아차린다. 우리에게 일주일의 시간이 주어진다.

우리는 더이상 쓸 수 없게 된 창고에서 유리로 뒤덮인, 도심의 건물 5층으로 옮겨간다. 무디와 내가 가까이에서 번개처럼 일을 처리해주도록 〈크로니클〉 홍보부가 우리에게 자신들의 사무실 중 800제곱피트의 공간을 내준다. 샐리니와 〈흄〉, 칼라와 〈보잉보잉〉도 함께. 바닥에서 천장까지 유리로 덮인 사무실은 월세가 1000달러다. 무디와 나는 디자인 작업에 바가지를 씌워 쉽게 월세를 메운다.

하지만 괴로워지기 시작한다. 창문은 열리지 않고, 심지어 유대인과 모르몬교도에 대한 농담마저도 좌절과 쇠퇴를 막지 못한다. 우리의 순수한 영감이 바닥나고 이제는 어디 다른 지점에 서서 일상이 되어버린 뭔가를 하는 듯하다. 사람들이 기대하기 때문에 무언가를 하고, 전날 가봤기 때문에 어딘가에 가고, 전에 말한 적이 있기 때문에 그 말을 한다. 우리의 계획과는 달리 다른 의미의 동물적인 일들을 한다. 아주아주 싫다.

뒤늦게 도서관에 책을 반납하고, 토프의 아프리카 지도에 쓸 마분지를 구한다. 그리고 우리를 잘 아는, 우리에게는 차까지 물건을 운반할 카트가 필요 없다는 사실을 아는 상점에서 식료품을 산다.

남자 둘이면 봉투 여섯 개는 카트 없이도 옮길 수 있기 때문이다. 내가 네 개, 토프가 두 개. 우리는 함께 물건을 나르는 걸 좋아하기 때문에 굳이 카트를 쓰지 않는다. 어느 날 밤 식료품점을 거쳐 잠깐 서점에 들렀다 오는데 섀턱 애비뉴 북쪽, 바로 버클리 도심의 왼쪽 중앙에서 불빛이 화산처럼 쏟아지더니 한 무리가 다가왔다. 오토바이에서 터져 나온 흰 불빛들, 붉은색과 푸른색으로 번쩍이며 비명을 지르는 경찰차들, 그리고 느리게 움직이며 검게 반짝이는 강물. 행렬이다. 장례식을 치르기에는 너무 늦은 시간이었다. 이미 어두웠다. 하지만 그때 뭔가……

우리를 지나친 행렬이 시야에서 사라지기 직전 멈춰 선다.

그 행렬에서 빠져나온 한 남자가 우리 쪽으로 걸어온다.

"클린턴이에요." 그가 말한다. "셰 파니스에서 식사를 하거든요."

우리는 달린다.

토프와 나는 거기 처음 도착한 사람들 사이에 끼어 있다. 흥분으로 미칠 듯하다. (회상해보니 1993년과 1994년 즈음이었다.) 나는 토프에게 정말 흥분되는 일이 벌어졌다고, 이 건물 안에 대통령, 그것도 그냥 대통령이 아니라—아마 중요하지 않을지도 모르지만—제길, 우리가 홀딱 반한 대통령이 있다고 설명한다. 그는 진짜 대통령처럼 말한다. 항상 권위적이라는 것이 아니라 문장, 서두와 결론을 갖춘 복잡한 문장을 구성하고, 종속절을 만들 줄 안다는 뜻이다. 그의 말에서 세미콜론까지 들을 수 있다. 그는 질문들에 대한 답을 안다. 그는 약자와 외국 지도자들과 그 참모들의 이름을 안다. 고무적이다. 우리나라 자체도 더 똑똑해 보일 테니까. 이건 너무 중요하다. 우리에게 지금껏 없었던 일이기 때문이다. 나는 내 침대에 토프와 함께 누워 그의 등에 내 다리를 올리고 클린턴이 연설하는 모습을 지켜볼 때가 많았다. 맙소사, 그는 어떻게 저러는 거지? 토프, 내가 말하곤 한다. 토프, 저 사람은 정말 똑똑해, 더 똑똑해질 수도 있고. 저 사람은 아직도 책을 읽어. 해박하고 매력적이고 너무 진실되게 보인다. 그는 정말, 그래, 뭔가를 알기에는 너무 나이가 들었던, 몇몇 전임 대통령들보다 분명 진실될 것이다. 그렇게 나이 든 사람들을 모르기 때문에 우리에게 그들은 이해할 수 없는, 좀 다른 존재들이다. 완전히는 아니라도 어느 정도는 진실되기를 바라지만 그는 그보다 더 진실된 데다 똑똑하기도 해서 진실되어 보일 줄도 안다. 양쪽으로 모두 성공한 것이다. 그리고 이제 그는 여기, 겨우 몇 피트 떨어진 곳에서 신선하고 모험적인 캘리포니아 요리를 먹고 있다.

우리는 그가 나올 때까지 기다리기로 한다. 난 커스틴에게 전화하기 위해 공중전화로 달려간다. 그녀는 잠자리에 들었지만 오겠다고 말한다. 토프는 먹을 것—피그 뉴턴스, 루트비어, 캐러멜—을 사기 위해 편의점으로 달려간다.

"만화책은 안 돼." 내가 말한다.

"알았어." 그가 말한다.

"정말. 시간 잴 거야. 대통령이란 말이야, 꼬마야."

"알았어. 알았다구." 그가 말한다.

토프가 없는 동안 더 많은 사람들이 모여든다. 프랭크 카프라가 상상했을 만한 소란, 시민들의 동요가 있다.

"찰리, 이게 다 무슨 소란이야?"

"안에 대통령이 있다는데!"

"대통령? 음, 나는……"

토프가 돌아왔을 때 레스토랑 출입구 양편으로 20명쯤 모여 있다. 길 건너편에는 천천히 움직이던 차와 밴의 무리가 문을 연 채 꼼짝 않고 서 있다. 요원들은 친구들이 지금 자신의 모습을 봐주기 바라면서 어슬렁거리고 힐긋거리고 속삭인다.

커스틴이 파자마를 입은 채 나타난다. 20분쯤 지났고 이제 50명 정도가 출입구에 모여 있다. 일부는 길 건너 리무진 근처에 모여 있다.

우리는 출입구 오른쪽에서 20피트도 떨어지지 않은 곳에 서 있다. 우리는 스낵을 먹고 토프는 발 사이에 조심스럽게 끼워놓았던 루트비어를 마신다. 그는 자신이 좋아하는 것에는 신경을 많이 쓴다.

또다시 30분이 지나고 100명 정도가 더 모인다. 우리 뒤로 10여 명이 늘어서고 섀턱 애비뉴 건너에 군중이 모인다. 가까이에, 우리 근처에 있을 수도 있는데 사람들이 100피트나 떨어진 길 건너편에 서 있는 이유를 모르겠다.

"머저리들." 나는 저 멀리서 지켜보는 사람들을 향해 엄지손가락을 흔들며 토프에게 말한다. 머저리가 어떻게 생겼는지를 이 소년이 알아두어야 한다고 느꼈기 때문이다.

시간을 보내기 위해 우리는 발끝으로 펄쩍펄쩍 뛴다. 우리는 서로에게 발을 건다. 우리는 사람들이 상상하지도 못한 곳에서 게임을 한다. 대통령 경호 요원이 우리를 곁눈질하고 우리는 게임을 멈춘다. 우리가 위협적으로 보였나, 아니면 그냥 불쌍해 보였나?

이제 곧 끝나겠지.

내게 뭔가가 떠오른다. 클린턴이 사람들과 뒤섞일 시간이 얼마나 있을까? 분명 많지 않을 것이다. 그렇다면 그는 이 군중들 중 누구와 마주할까? 그가 아무리 원해도 우리 모두, 심지어 우리 중 일부와도 악수해줄 시간은 없을 것이다. 그는 한 구역, 우리 중 가장 그럴 만하고 상징적인 부류를 선택해야 한다.

나는 토프의 모자를 벗기려 한다. 그는 오줌 냄새가 나고 캘 로고가 박힌, 빌어먹을 모자를 항상 쓰고 있다. 그는 그 모자를 학교에도 쓰고 가고 수업시간에도 쓰고 있고 잠자리에 들 때까지 매 순간 쓴다. 그는 곱슬머리의 습격을 막으려고 기를 쓰지만 이미 그의 머리카락은 굵어지고 있다. 그의 머리카락을 똑바로 펴주었던 모자는 이제 우리의 기회를 망치고 있다. 그 모자는 우리를 존중할 가치가 없는 사람들로 보이게 한다. 우리는 어린 불량배이고……마약 운반책 같다.

"모자 벗어."

"싫어."

"모자 벗어."

"싫어."

맙소사, 문이 열린다. 갑작스럽게 쏟아져 나오는 사람들, 그리고 거대한 회색 머리의 남자. 맙소사, 그는 중요한 사람이다. 그의 얼굴은 분홍색이다. 저렇게 분홍색이라니 그의 얼굴이 어떻게 된 거지? 나는 토프에게 그의 얼굴이 왜 그렇게 분홍색인지를 묻는다. 토프는 잠깐 생각하지만 모른다.

물론 섬광전구들이 터지고 비명소리가 들린다. 대부분은, 우리는 당신을 사랑해요, 빌! 같은 것이다. 이제는 모두가 그를 사랑하기 때문에, 그가 베이 지역에 있기 때문에. 그는 우리 사람이고 그는 우리가 믿는 것들을 이야기한다. 너무나 오싹할 정도로 또렷하게. 그는 우리가 자신을 사랑하는 것을 알고 여기까지 햇볕을 쬐러 왔다. 여기 버클리에, 셰 파니스에, 우리 도시에, 우리 레스토랑에. 여기서 그는 숭배받고 환영받고 감사받고 격려받는다. 우리는 버클리에 있고 대통령도 여기 있기 때문에 우리, 그러니까 토프, 커스틴, 그리고 나는 세계와 역사의 아주 뜨거운 중심에 서 있다.

하지만 토프는 볼 수 없다. 갑자기 추악한 쥐새끼 같은 자식이 우리 앞으로 밀고 나왔기 때문이다. 믿을 수가 없다. 이 남자를 밀어서 넘어뜨리고 싶다. 그를 한쪽으로 던져버리고 싶다. 우리가 그렇게 오랫동안 만반의 준비를 하고 열심히 기다렸는데 이 등짝도 넓은 멍청이가 어떻게 우리가 대통령을 만나볼 기회를 망칠 수 있지?

참지 않을 것이다. 필요하면 이 남자를 던져버릴 것이다. 하지만 대통령이 우리 쪽으로 올까? 우리가 선택된 것을 대통령이 알까? 분명 그는 알 것이다. 우리가 선택되었음을 누군가 아는 사람이 있다면 분명 그일 것이다.

1분 동안 줄 선 사람들에게 손을 흔든 후 빌은…… 우리 쪽으로 향한다. 당연하지! 당연해! 그가 온다! 그가 와! 맙소사 그의 얼굴은 크다! 그리고 왜 저렇게 분홍색이지? 왜 저렇게 이상하게 분홍색이지? 토프는 밀린다. 그의 얼굴은 그 등짝이 넓은 멍청이의 등에 눌린다. 나는 토프를 잡아 들어 올리고 그의 모자가 벗겨진다. 클린턴이 우리 왼쪽에서 우리 쪽으로 다가온다. 그를 잡기 위해 손들이 그를 향하고 그는 말미잘 같은 손가락들을 향해 손을 내민다.

428

그가 우리를 향해 손을 내밀 때 나는 토프의 손을 잡아 대통령의 손을 향해 들이민다. 그대로는 그의 손을 만질 수 없을 것 같아서다. 내가 작고 부드러운 토프의 손을 앞으로 밀자마자 빌의 통통한 분홍색 손가락이 그 자리를 지난다. 완벽한 타이밍이다. 그리고 대통령이 내 동생의 작은 손을 꼭 잡는다. 모든 것을 해낸 이 순간, 우리가 이 순간을 완성하고 파괴하고 새로운 세계를 시작하는 것을 보며 나는 흥분을 느낀다.

토프가 그의 손을 만졌다! 아, 사진이 있었다면. 그러면 몇 십 년 후 토프가 대통령 후보가 되었을 때 그와 클린턴이 손을 잡는 사진이 소개될 것이다. 나른하게 아담의 손가락을 향해 뻗은 신의 손가락처럼, 클린턴이 케네디의 손을 향해 손을 흔드는 사진처럼.

토프는 취임식을 하면서 누구에게 고마워할까? 아, 그래, 그가 누구에게 감사할지 우리는 안다. 그는 내게 감사할 것이다. 큰 키에 통통한 체격의 그는 마침내 오줌 냄새가 나는 모자를 벗어버리고 푸른 정장을 입은 채 거기서 이렇게 말할 것이다.

"그렇게 열심히 애쓰고 그렇게 오랫동안 고통받았던 우리 형이 나를 군중 위로 들어 올려 내 운명과 만나게 해준, 그 순간을 결코 잊을 수가 없습니다." 첫번째 음절을 강조하여 속삭이듯 발음하는 '운명'이라는 단어.

토프는 나보다 능숙하다. 대개 내 공은 내 뒤로 떨어진다. 그것도 재미있기는 하지만 우리가 원하는 것은 그런 것이 아니다. 우리는 크게 다리를 들어 올려 와인드업을 하면서 힘껏 야구공을 던지는 척하다가 마지막 순간 공을 천천히 손가락 사이로 미끄러뜨린다. 그러면 공은 날개가 하나뿐인 펠리컨처럼 느리고 초라하게 궤도를 그리며 높이 느슨한 호를 만든다. 그다음 우리는 공을 받아 똑같은 식으로 상대에게 던져준다. 이렇게 30분 정도 시간을 보낸다.

차를 타고 지나가는 사람들은 싫어한다. 우리가 야구공을 주고받고 있는 곳이 도로라는 것을 강조라도 하듯 그들은 차가 거의 멈출 정도로 속도를 늦춘다. 도로에서 야구공을 던지는 사람을 들어본 적은 있어도 본 적은 없는 것처럼, 현재는 부모가 그런 행동을 용서해줄 뿐 아니라 오히려 후원해주고 함께해주기까지 하는 것은 결코 생각해본 적이 없는 것처럼.

이 사람들. 이 대단한 버클리 사람들. 볼보에 탄 남자는 우리가 아기들의 껍질이라도 벗기는 것처럼 입을 벌리고 쳐다본다.

사실 우리는 시간을 보내고 있을 뿐이다. 우리에게는 약속이 있다.

우리는 안으로 들어간다.

"부동산 광고지 가져왔어?"

"응."

"그 서류는?"

"응."

"좋아, 가자."

우리는 차에 타고 출발한다.

1년 반 동안 헤어졌다 만났다를 반복하던 커스틴과 나는 결국 영원히 헤어졌다. 서로 합의된 일이었고 주위 사람들 모두 받아들일 수 있는 일이었지만 순식간에 무시무시한 연쇄반응이 일어나면서……

우선 우리가 헤어지고 커스틴이 샌프란시스코로 이사하기로 결정했다. 내게는 놀라운 일이었지만 어쨌든 우리는 떨어져 있어야 했다. 그래야 어느 토요일 아침 갑작스럽게 질투심에 휩싸인 내가, 나보다 훨씬 더 근육질인 누군가와 그녀가 소파에서 뒹굴고 있으리라는 확신을 품고 그녀를 정탐하고 싶다는 유혹을 적게 받을 테니까. 로스쿨에서 2년을 보낸 베스가 버클리에서, 우리와 몇 블록밖에 떨어지지 않은 곳에서, 항상 올 수 있는 곳에서, 우리가 필요로 할 때마다 어떤 도움이든 줄 수 있는 곳에서 그 도시로, 만 너머로, 그 물과 그 다리와 그 거리 너머로, 샌프란시스코로, 그리고…… 커스틴과 살게 될 그곳으로 이사를 가고 싶다고 할 때까지는 모든 것이 완벽했다.

커스틴까지도 전화했다.

"멋지지 않아?" 그녀가 물었다.

그다음에는 베스가 전화했다.

"멋지지 않아?" 그녀가 물었다.

멋지지 않았다. 토프와 나는 외톨이였다. 모두 잃었다. 나는 모든 것을 떠맡고는 내가 여전히 쥐고 있던 것마저 잃고 토프에게 마구 호통치며 분풀이할 것이다. 토프는 내 스트레스, 그다음 내 분노, 그리고 그 결과물인 우리 가족의 불행까지 조용히 흡수한 채 군사학교에 가겠다고 고집을 부리고 동물의 뼈를 수집하고 수감자들에게 편지를 쓰게 될 것이다. 어쨌든 상황이 그리 나쁘지는 않았지만—베스는 거의 매일 차를 몰고 버클리로 왔다—스트레스를 줄이기 위해, 게다가 우리의 임차 계약도 몇 달 남지 않은 데다 토프의 중학교도 옮겨야 했기 때문에 우리에게는 따르는 것 외에 다른 대안이 없었다. 우리는 샌프란시스코에 집을 알아봤다. 그리고 여전히 알아보고 있다.

우리는 어디서 시작해야 할지 경황이 없었다. 또다시 나는 다락방, 소마*의 거대한 다락방을 꿈꿨다. 지붕과 닿아 있고 물건을 재어둘 끝없는 공간이 있고 채광창이 있고 우리가 페인트칠을 하고 섬세한 벽화로 꾸밀 수 있는 벽이 있는 곳. 벽화는 결국 수백만 달러의 가치를 인정받아 보존될 것이다. 조심스럽게 떼어진 벽화는 모마**로 옮겨져 영원히 보존될 것이다. 우리는 베이브리지에서 미션까지 인근을 둘러봤지만 마땅한 곳이 없었다. 나무도 없고 온통 시멘트와 가죽 투성이였다. 이렇게 소마를 제외하니 아무도 어느 동네가 우리에게 적당한지 말해주지 못한다.

헤이트는? 안 돼, 안 돼, 마니가 말한다. 마약에 노숙자에 동전을 구걸하는 마린 출신의 무시무시한 10대 히피가 있다구.

미션은? 안 돼, 토프랑은 안 돼. 무디가 말한다. 마약에 매춘에 갱까지 있다구.

다른 지역은 거의 모두 그의 새로운 학교에서 너무 멀다. 우리는 돌로레스파크 근처에 침실 두 개짜리 셋집 광고를 보고 연락한다. 폴이 이 도시의 마약상들은 죄다 그곳을 고향이라 부르고 겨우 몇 주 전 백주대낮에 햇빛에 누워 있던 젊은 커플이 총을 맞고 둘 다 죽었다고 말하지만.

---

* South of Market의 준말, 미국 샌프란시스코에 위치한 거주 지역.
** MOMA, 뉴욕현대미술관.

셋집 주인은 같은 건물에 살고 있는 나이 든 게이 커플이다. 크고 천장이 높고 가격도 적당하고 연한 자주색과 적청색으로 페인트칠이 된 것만 빼면 완벽하다. 나는 서류를 쓰고 그들에게 나에 대해 모두 알려주지만 수입에 대해서는 거짓말을 한다. 난 그렇게 많은 것을 배웠다. 그리고 그날 밤 나는 그들에게 긴 편지를 쓴다. 나는 우리를 그곳에 들여달라고 애원한다. 우리가 그곳을 찾은 첫 번째 세입자라는 말과 함께 우리는 조용하고 상냥하며, 비극적이고 절망적이며, 살아가고 고통받고 교육받기 위해 선택받았다는 말을 되풀이한다. 내가 전날 밤 꿨던 꿈을 들려주고 싶어서 그 이야기도 한다. 반쯤 의식 상태에서 꾼 꿈속에서 나는 토프의 혈류 속으로 들어갔다. 난 〈마이크로 결사대〉라는 영화처럼 일종의 미세한 입자였다. 나는 그의 혈류 속으로 들어가서 여러 층을 이루고 있는 살들, 붉은색과 연한 자주색과 보라색의 덩어리들, 진흙색과 검은색의 덩어리들을 봤다. 내가 빠르게 움직이는 동안 앞뒤로, 모세혈관 안팎으로 이런저런 것들이 날아든다. 그때 갑자기 나는 하늘로 솟구친다. 내가 아직도 토프 안에 있는지 그렇지 않은지 확신할 수 없다. 토프의 몸이 하늘까지 에워쌀 수 있을까? 푸른색 무대, 뒤이어 대기의 흰색 무대가 열리고, 그다음에는 소리 없이 흑단 같은 우주 속으로 던져진 나는 아래의 둥근 세상을 본다. 나는 이 이야기, 이런 종류의 이야기를 하면 그들이 우리를 사랑해줄 거라고 생각한다. 그러다가 너무 많은 정보를 주는 것은 아닌지 걱정스럽기도 하다.

나는 아침에 그들이 편지를 받아서 해가 뜰 때 읽어볼 수 있도록, 그래서 우리를 마음에 들어하고 다른 사람을 들이지 않도록 팩스를 보내기 위해 24시간 내내 영업하는 킨코스로 차를 몰고 간다. 아침에 그가 전화한다.

"데이비드?"

그 게이에게 나는 데이비드다.

"네." 내가 말한다.

"팩스로 보낸 내용이 좋더군요."

"감사합니다." 안도감. 됐다. 그 독수리는……

"그런데 우리는 진짜 게이 커플을 찾고 있거든요."

믿을 수 없다. 사상 최고가로 뛰는 샌프란시스코의 임대 시장—대개는 〈리얼월드〉를 숭배하는 대학 졸업생들의 끝없는 유입에 의한—에서 우리는 해충 취급을 받는다. 우리는 게이 커플보다 못하다. 우리는 결혼한 커플, 결혼하지 않은 커플, 여자 룸메이트들, 남자 룸메이트들보다 못하다. 집 주인들은 우리에게 연락하지 않는다. 우리는 빛이 잘 드는, 침실 두 개짜리 집을 본다. 바로 이웃에 있어서 집을 보러 간 사람은 우리가 처음이다. 우리는 항상 처음이다. 땅딸막한 집주인 자신도 '한 부모'이지만, 우리는 그에게 우리의 순수입과 임대료 지불 능력을 증명하는 은행 서류들을 건네주지만 그가 세를 주고 싶은 사람은……

"누구요?"

"의사요."

우리는 질겁한다. 우리는 충격을 받는다. 우리 같은 사람이 단순히 한 명이 25세이고 미덥지 않은 자영업자이고 1년에 2만 2000달러밖에 벌지 못하고 열두 살짜리 동생—서류상 임대료의 거의 절반을 지불하는—과 산다는 이유만으로 차별받다니.

아, 집 구하는 이야기는 재미가 없다.

하지만 우리가 조용한 동네에, 그의 새로운 학교 근처에, 극장 근처에, 진짜 남자들처럼 자동차나 카트 없이 짐을 들고 걸어 다닐 수 있는 식료품점 근처에 있는 이 집을 구하기 위해 철저히 우리 자신을 비하시켜야 했다는 것만은 말해두자. 토프의 방은 서쪽으로 커다란 창문이 나 있고 내 방은 노인주택지구를 향해 창문이 나 있다. 진지하게 생각해보면 우울하지만 적절하다. 나는 그에게 더 큰 방, 내민창이 달린, 빛이 가득한 방을 내준 내 희생을 기쁘게 생각한다. 그리고 우리는 샌프란시스코를 게걸스럽게 만끽한다. 갑자기 우리는 해변, 그러니까 왼쪽에 태평양을, 오른쪽에 골든게이트를 끼고 있고 모래언덕이 물결치는 베이커비치에서 자전거로 5분 거리, 소나무와 유칼립투스로 질식할 지경이고 최근 군사시설이 폐쇄되어 거의 버려지다시피 한 프레시디오와는 몇 블록밖에 떨어지지 않은 곳에 살게 되었다. 우리는 자전거로 그곳을 통과한다. 세상에서 가장 터무니없을 정도로 값나가는 땅 위에 패럿그린색 잔디밭을 배경으로 하얀 치장벽토와 나무로 지어진 유령의 도시. 모든 것이 나른하고 무심하게 퍼져 나간. 손대지 않은 숲, 100만 달러짜리 주택들에 인접한 너저분한 야구장을 끼고 있는 프레시디오에는 아무 감각이 없다. 하지만 퍼티와 담배파이프 청소기, 고무풀과 색종이로 지어진 도시, 샌프란시스코에도 아무 논리가 없다. 이곳은 요정, 난쟁이, 새 크레용을 갖게 된 행복한 아이들의 작품이다. 핑크, 자주, 무지개색, 금색은 어때? 고속도로 근처 16번가의 자전거 대에는 어떤 색깔? 진보라색. 진보라색. 빛이 너무 강하고 반듯해서 구석진 곳들이 모두 또렷해 보이고 유리가 눈을 멀게 한다. 기둥들, 버팀대들, 작은 탑들, 여러 고속도로의 흔적들. 무지개색 풍향계들, 선정적일 정도로 무성한 나뭇잎무늬 장식. 이곳은 단속적으로만 사람이 살고 사귀는 곳으로 보인다. 편리한 도로와 기능적인 건물이 갖춰진. 그렇지 않을 때는 변덕과 신념으로 이루어진 것 같다. 카스트로에 있는 마니의 집을 오가는 것은 서사적이다. 이 언덕, 저 언덕—아, 평평하고 곧은 일리노이의 슬픔이여!—이 경치, 저 경치, 항상 언덕, 커브. 아마 우리의 브레이크는 망가질 것이고, 아마 누군가의 브레이크도 망가질 것이다. 밝은 옷을 입은 루저들이 잔뜩 등장하는, 쇠락한 테크니컬러* 속의 모험 같다. 모두가 샌프란시스코하면 떠올리는 것들을 강화해주는 이 도시만의 뭔가가 있다고 사람들은 말한다. 노숙자들이 수영복을 입고 보도에서 물구나무서기를 하고 번잡한 거리 모퉁이에서 부끄러운 줄도 모르고 평온하게 똥을 싼다. 시위자들은 폭동진압장비를 착용한 경찰에게 베이글을 던진다. 자전거 타는 사람들은 마켓 스트리트의 교통을 방해해도 되지만 베이브리지로 올라가려다가는 체포된다. 우리가 처음 헤이트 스트리트를 찾았을 때 머리에 피를 철철 흘리는 남자가 비틀거리며 우리를 지나친다. 10초 후 똑같이 머리에 피를 흘리는 또다른 남자가 소리를 지르며 분명 첫번째 남자를 쫓아간다. 그는 테니스 라켓을 들고 있다. 거주자들의 걱정, 못마땅하게 여겨지는 여러 것들, 포도와 포도알 사이사이의 그래뉴당에 대한 표지판들, 이 도시의 자동차들, 도심의 스케이트보드, 마린을 통과하는 터널들에 대한 표지판들이 끝없이

---

* 미국의 테크니컬러 모션픽처 사가 개발한 색채 영화 시스템.

이어진다. 도로의 표지판은 바뀌어야 한다.

차를
멈추시오
무미아*의 처형을
멈추시오

버스들이 줄이나 전선처럼 늘어서 있다. 버스 뒤에서 운전하다 보면 종종 손에 든 것을 읽으며 기다려야 한다. 이 버스들은 그 줄이나 전선에 오랫동안 붙어 있지 않는다. 갑자기 스파크가 일고 버스가 멈추면서 밖으로 나온 운전기사가 버스 뒤로 걸어가고 줄이나 전선은 흐트러진다. 그들은 유쾌하게 미소 짓는다, 아 하하. 여기저기 어디서든 누구든 그렇게 바쁘지 않기 때문이다. 적어도 버스를 탄 사람들만은. 유니언스퀘어에는 여든 살의 쌍둥이가 출몰하고 뒷골목에서는 지린내가 나고 10대들은 미션과 헤이트의 빈민가를 찾아가고—"형제여! 피자 한 조각 어때요?"—태평양에서 불어온 바람은 급히 기어리를 지나 리치먼드를 거쳐 서쪽으로 난 토프의 창문을 두드린다.

그리고 새 아파트는 미끄럼을 타기에 좋다. 길고 좁다란 구조에다 복도가 모든 방과 연결되어 있다. 복도는 나무 바닥으로 길이가

---

* 무미아 아부자말. 흑인 저널리스트로 급진적 흑인민족주의 운동에 관한 영향력 있는 글들을 발표하다 경찰 살해 혐의로 사형을 선고받았다.

35피트다. 건물 계단과 이어지는 문을 열어 3, 4피트를 더 확보한다. 충분한 속도를 얻기 위해 이 3피트에 16, 17피트를 더하면 20피트쯤은 족히 미끄러질 수 있다. 토프의 방문을 열어두고 그의 책상 의자를 치운다면 더 나아갈 수도 있다.

토프는 새로운 학교에서 아파트에 살고 있는 유일한 학생이다. 반 친구들이 근처에 살고는 있지만 다들 각자의 가정, 가정부의 숙소와 진입로와 차고가 딸린, 프레시디오 하이츠의 거대하고 완벽한 집이 있다. 그 학교의 명부를 보니 우리 주소 뒤에 #4라고 적혀 있다. 싫다. 학교로 전화를 걸어 지우라고 하고 싶다. 토프는 7학년부터 시작한다. 한 교사—친절한 남자로 하루에 한 번 토프에게 기분이 어떤지를 물어봐야 한다고 느끼는 것 같다—만 빼면 모든 것이 순탄하고 정상적이다. 토프는 금세 놀라울 정도로 인기를 얻는다. 한 달 안에 세 번의 유대 성년식, 두 번의 생일파티, 그 밖의 다양한 행사들에 초대받는다. 이사로 인한 충격을 줄이면서 이런 인기를 지켜주기 위해 끊임없이 차를 운전해야 하지만 나는 안도감, 커다란 안도감을 느낀다.

난 모임이 있는 토프의 반 여자 친구의 집으로 그를 데려다준다. 3시간 후 그를 데리러 갔을 때 그는 놀라서 떨고 있다.

병 돌리기 게임을 했다고 한다.

"정말?" 내가 말한다. "병 돌리기 게임? 아직도 하는 줄은 몰랐네. 내가 그 게임을 했었다는 것도 잊어버렸는데……"

그는 포위당했다고 한다. 그와 한 명의 다른 소년, 그리고 여섯 명의 소녀가 있었다. 그는 긴장하고 거기에 끼어 있었다. 새로운 소년인 그를 두고 소녀들은 자기 차례를 얻기 위해 싸웠다.

"그래서 누구랑 뽀뽀했어?"

"아니."

"아니? 왜?"

"난 그들을 잘 모르거든."

"음, 하지만……"

"난 그러고 싶지 않았어."

무슨 말을 해야 할지 모르겠다. 대리적인 호기심을 느낀 나는 최대한 자세히 토프에게서 이 이야기를 뽑아낸 다음 나약한 남자가 되어버린 그를 골려주고 이 일에 대해서만 이야기하면서 몇 주를 보내고 싶다. 나는 내 대안들을 저울질해본다. 난 전략의 대가이기 때문에 이야기를 들으려면 비웃는 것은 자제해야 한다고 판단한다. 또한 그에게 나 자신의 회한, 놓쳐버린 기회, 결코 키스해보지 못한 소녀들, 내가 참석하지 못한 중학교 시절의 댄스파티들을 투사하지 않으려고 조심한다. 나는 그가 이런 회한들, 아니 어떤 회한도 갖지 않기를 바란다. 우리는 집으로 돌아오는 길에, 그리고 집에 돌아와서는 소파에 앉아 〈새터데이 나이트 라이브〉를 보면서, 그리고 그 이후 그의 취침시간이 한참 지나서까지도 그날 저녁의 일을 자세하게 이야기한다.

"그 애들은 귀여웠어?"

"뭐. 몇 명은. 몰라. 두 명은 우리 학교 애들이 아냐."

난 여자애들에 대한 허심탄회한 대화에 마가 끼지 않기를 간절히 빈다. 그가 이런 이야기를 하는 것은 처음이다. 보통 나는 킥킥거리고 낄낄거리기 때문에 그는 이런 문제는 베스와 이야기하는 편이다.

하지만 1년차 어소시에이트 변호사인 베스는 최근 너무 바빴다. 우리는 그녀를 점점 더 볼 수 없게 되었다. 문제이기는 하지만 1년 전에 그랬다면 더 큰 문제였을 것이다. 내가 느끼기에 토프는 이제 몇 시간 동안 혼자 둬도 괜찮은 나이가 되었다. 우리 집은 그의 새 학교와 열두 블록밖에 떨어지지 않았기 때문에 그는 걸어서 등하교할 수 있다. 나는 처음 몇 번은 그를 차에 태워 등교시켰다. 그가 너무 꾸물거려서 혼자서는 제시간에 등교할 수 없는 경우가 아니라면 난 아침에 그가 등교 준비를 하는 동안 잠을 잔다. 난 세상의 얼굴을 바꾸기 위해 새벽 3시까지 컴퓨터 앞에 앉아 있기 때문이다. 그는 일어나서 아침과 점심을 준비하고 만화를 보며 아침을 먹는다. 그가 집을 나갈 때 나는 종종, 기껏 일주일에 한 번쯤 베개에서 간신히 머리를 들어 올린다.

"야."

"어."

"요즘 어때?"

"좋아."

"어서 가. 늦겠다."

"알아."

"뭐 먹었어?"

"와플."

"과일은?"

"사과."

"먹었어?"

"응."

"어떻게 갈 거야?"

"자전거로."

"체인은 아직 망가진 상태야?"

"응."

"헬멧 써."

"갈게."

"이거 써!"

자전거 체인이 빠졌기 때문인지, 망가졌기 때문인지—두 번이
나 고치려 했지만 금세 원래대로 꼼짝도 하지 않았다—몇 주째
토프는 학교까지 자전거 페달을 밟지 않고 간다. 그는 안장에 앉지
도 않고 한쪽 발을 페달에 올려놓은 채 스케이트보드나 스쿠터를
타듯이 다른 발로 밀며 간다. 그가 내게 그런 이야기를 했지만 내
가 직접 그 장면을 본 것은 아니었다. 그러던 어느 날 그가 집을 나
간 후 다시 자러 가기 전에 소변을 보러 화장실로 걸어가던 나는
그의 도시락이 식탁에 놓여 있는 것을 보았다. 쫓아 나갔지만 그는
사라지고 없었다. 나는 차를 몰고 학교로 향하면서도 그를 도중에
만날 거라고는 예상하지 못했다. 그런데 그가 캘리포니아 가와 매
소닉 가가 만나는 첫번째 신호등을 향하는 모습이 보였다. 믿을 수
없었다. 그는 자전거에 옆으로 앉아서 페달에 한 발을 얹은 채 다
른 발로 밀고 있었다. 마치 장난을 치고 있는 것 같았다. 보통 아이
는 자전거를 그렇게 타지 않는다. 그리고 물론 그는 헬멧도 쓰지
않았다. 나는 경적을 울려 그를 모퉁이에서 세웠다.

"점심."

"아."

헬멧에 대해 잔소리를 하기에는 너무 피곤했다.

그 시간의 대부분을 죄책감으로 비참한 기분을 느끼며 보낸다. 내가 아침을 준비해주고 학교까지 데려다주지 않았기 때문에 그는 커서 토끼 가죽을 벗기고 석궁을 쏘고 총을 그리게 될 것이다. 하지만 다시 다른 부모들과 비교해보니 나는 스포크 박사 같다. 예를 들어 토프의 반 친구 중에는 이혼한 엄마와 사는 아이가 있다. 어느 오후 우리, 그러니까 학부모 15명쯤이 마린 헤드랜즈로 나간다. 우리는 주차장에 차를 세우고 이틀간 캠핑 나온 아이들을 실어가기 위해 기다린다. 선탠을 한 그 엄마는 강인해 보였고 긴 금발머리에 핑크빛 립스틱을 발랐으며 흰색 스트레치팬츠에 긴 럭비셔츠를 입었다. 그녀는 활발하게 제스처를 하면서 고등학교 2학년인 또다른 아들을 화제로 마리화나에 대해 유쾌하게 이야기하고 있다.

"난 그 애가 피울 거라고, 그 애가 피울 거라고 생각해요." 그녀는 아주 살짝 어깨를 으쓱인다. "그래서 집에서 빨게 하죠. 적어도 그 애가 어디 있는지 무엇을 하는지는 알 수 있잖아요. 또 그 애가 차를 몰고 있지 않다는 것도 알 수 있구요."

그녀는 다른 부모와 이야기하면서도 내 쪽을 흘깃거린다. 내가 그녀보다는 고등학생인 그녀의 아들과 나이가 비슷하고 수염도 특이하기 때문에 자신의 의견에 공감해줄 것으로 기대하는 것 같다.

너무 황당해서 말이 안 나온다. 그녀를 감옥에 보내야 한다. 그리고 내가 그녀의 아들들을 키워야 한다. 아마 나는 이 아이들을 키울 자격이 있는 유일한 사람일 것이다. 이들 부모 중 너무 많은 수가 너무 늙고 생기가 없다. 그녀같이 자식들처럼 옷을 입고 자식들과 같은 말을 쓰는 부모들이 더 심하다. 하지만 "빤다고?" 누가 "빤다"고 한 거야?

그 이야기를 들려주자 베스는 항상 그렇듯이 우리 동료 학부모들의 결점들을 재미있어한다. 그녀와 나는 2인조로 평화롭게 협력하고 부모-학부모 간담회에도 참가한다. 우리는 완벽한 타이밍과 멋진 쇼맨십을 갖추고 꼭 붙는 초록색 옷을 입은 서커스 가족, 곡예사 가족이다.

우리는 그때그때 상황에 맞춰 명절을 보내기로 한다. 관련된 명절들 대부분이 그렇듯 성당은 완전히 배제된다. 토프도, 나도 칠면조를 많이 좋아하지 않기 때문에 추수감사절은 대충 보내고 칠면조 속도, 캔에 든 크랜베리 젤로도 먹지 않는다. 하지만 크리스마스는 챙긴다. 빌과 베스와 나는 토프의 선물 리스트를 복사해 나눈다. 베스는 양말과 옷 종류를 준비한다. 빌은 리스트에 오른 몇 가지 물건을 준비하거나 이제 싹 트기 시작한 자유주의의 발달에 필수적인 책을 사준다. 어떤 해에는 윌리엄 베닛의 『미덕의 책』과 『문화교양사전』을 사주었다.

며칠 전 빌이 LA에서 온 후 우리는 엄마처럼 선물을 준비하려고 최선을 다한다. 우리가 아직 챙기는 다른 명절들처럼 우리는 부모님에게 경의를 표하며 그분들의 방식으로 크리스마스를 축하한다. 하지만 종종 심술궂게 패러디를 하기도 한다.

우리 엄마는 크리스마스를 극단적으로 찬미했다. 몇 주 동안이나 하루 8시간씩 쇼핑을 하고 리스트를 만들고 수정하고 또 수정하고 선물을 트리 밖, 거의 현관에 꺼내놓았다. 이전 크리스마스를 넘어서기 위한, 그저 즐겁거나 사치스러운 것이 아니라 문란하기 위한 무모한 노력. 아버지는 열광적이기는 했지만 겉으로는 티를 적게 내며 자신만의 크리스마스 의식을 치렀다. 그는 젠장, 아버지이기 때문에, 그리고 한밤중까지 선물을 준비했기 때문에 크리스마스날 늦게, 아마 10시쯤에 일어나서 아래층으로 내려온 다음 우리가 선물을 여는 것은 보지도 않고 스스로 정찬을 만들어 먹곤 했다. 커피, 데니시패스트리, 베이컨, 오렌지주스, 그레이프프루트, 신문—가장 여유로운 속도로. 우리가 기대감으로 눈을 흘기며 기다리는 동안 4, 5시부터 일어난 이웃집 아이들이 우리 집 창문 밖에서 새 썰매를 끌고 다니고 새로운 문부츠를 신은 발로 그린머신*의 페달을 밟으면서 우리를 약 올리곤 했다. 그들은 겨울 햇빛 속에서 정말 멋지게 반짝였다.

이번 크리스마스에 베스와 나는 이런 일을 하면서 죽을 지경이었다. 빌은 팔짱을 끼고 앉아서 고개를 흔들고 불만을 터뜨리면서 웃어댄다. 우리는 잠에서 깬 후 토프가 선물을 풀기 전까지 일상적인 일을 되풀이한다.

베스: 좋아, 이제 열어도 돼.

나: 아냐, 기다려. (셔츠에서 실오라기를 떼고는 천천히, 천천히 신발끈을 풀었다가 묶는다.) 좋아…… 지금이야.

베스: 잠깐만. 욕실에 갔다 올게. (수도꼭지에서 물 흐르는 소리가 난다. 그리고 침묵. 그리고 물 빠지는 소리. 다시 물소리. 그다음에는 양치질하는 소리.)

베스: (원기를 회복하고 욕실에서 나와 스웨터를 정돈한다) 좋

---

* 누워서 탈 수 있는 어린이용 세발자전거.

아. 준비됐어. 시작하자.

나: 잠깐만, 잠깐만. 지금은 뭐가 가장 맛있을까? 그레이프프루트.

베스: 음, 그레이프프루트.

나: 그레이프프루트 좀 사자. 그리고 알지? 산책도 하고.

베스: 괜찮겠네.

나: 신선한 공기와 약간의 운동……

베스: 그리고 신에게 더 가까이……

나: 그리고 신에게 더 가까이.

베스: 내일 크리스마스를 즐기는 거야!

베스: (생각에 잠겼다가 혀로 쯧 소리를 낸다) 으. 내일은 안 되겠네. 목요일 어때?

나: 목요일은 안 돼. 주말은 너무 빡빡하고. 월요일은?

이때쯤 나와 베스는 숨이 넘어갈 정도로 소리를 지르고 얼굴을 찡그리고 가구에 몸을 기댄다. 우리는 즐겁다.

토프는 아무 감동 없이 기다린다. 그는 전에도 이런 일상적인 모습을 본 적이 있다.

토프의 선물에 이름을 쓰는 것은 내 일이다. 전날 밤 나는 속임수를 쓰기 위해, 신천지를 꾸미기 위해 온갖 짓을 한다. 일부 선물에는 허구의 수신인이나 이웃집 아이의 이름을 적는다. 토프의 선물 여러 개에는 내 이름을 쓴다. 선물에 그의 이름을 적을 때는 틀리게 적는다. 아니면 학교에 제출할 서류를 작성할 때처럼 한다. 그의 이름을 "테리"나 "페넬로프"로 적었다가 죽 그어버리고 그의 진짜 이름을 아래에 작게 적는다. 나는 몇몇 선물에는 "우리"로부터라고 적고, 또 몇몇 선물에는 "산타"로부터라고 적는다. 하지만 그보다는 이렇게 적는 것이 더 좋다.

신으로부터.

그는 누구에게 감사해야 할지를 모른다. 전리품을 거두어들일 때 그는 지나치게 무관심해 보이고 싶어하지 않는다. 우리는 기뻐하고 싶어하는 그의 마음을 이용한다. 색깔 점토가 든 상자가 열린다.

"고마워." 그가 말한다.

"누구한테?"

"몰라. 형한테?"

"아니, 내가 아냐. 예수님."

"고마워요, 예수님?"

"그래, 토프. 예수님은 너의 크리스마스가 재미있으라고 돌아가셨지."

"정말이야?"

나는 빌을 바라본다. 그는 듣지 못하고 있다.

"그래." 나는 말한다. "베스, 맞지?"

"정말이야. 정말이라니까."

일은 점점 더 괴롭고 일상적으로 바뀌어가고, 가끔 죽었다 살아난 경험에 의해서만 나아진다. 내가 책상에 앉아 광범위한 폭로 열풍에 맞춰 세상이 믿고 소중히 여기는 것들의 위선을 지적하는 긴 기사를 쓰고 있을 때였다. 우리는 흑인 아이들을 위한 성경의 정체를 폭로한다. 우리는 학자금 대출의 정체를 폭로한다. 우리는 대학, 직장, 결혼, 화장, 그레이트풀 데드*의 정체를 폭로한다. 어디서든 이런 책략을 지적하는 것이 우리 직업이고 그 일은 보람이 있다. 진실을 전혀 의심받지 않는⋯⋯

내 안에서 뭔가가 발길질을 한다. 누군가가 금속으로 끝을 댄 구두를 신고 걷어차는 것 같다. 나는 내 책상에 앉아 있다. 경련 같지만 숟가락들이 밖으로 빠져나오려는 듯이 내 안에서부터 꾹꾹 누르며 내 몸을 파내는 것과 더 비슷하다. 나는 이상한 고통들, 대개 다른 것은 거의 먹지 않고 카페인만 지나치게 섭취한 탓에 생기는 고통들에 익숙하다. 하지만 낮에는 이런 일이 없는데. 고통은 아침이나 늦게, 늦게 찾아온다. 내가 컴퓨터를 보거나 그해 겨울을 생각할 때.

나는 일을 계속한다. 하지만 평소와는 달리 고통은 진정되지 않는다. 점점 커지는 고통이 배변과 관련 있다고 생각한 나는 화장실로 가기 위해 일어선다. 눈으로 복도에서 화장실까지 훑어보는데 시야가 흔들리며 기울어진다. 이제 난 〈배트맨〉의 카메라 각도로 사무실을 바라본다. 새롭다! 그리고 모든 것이 파랗다. 카펫. 난 바닥에 누워 있다. 이제 다섯 개의 숟가락이 있던 자리를 더 작은 숟가락들이 비틀고 찌르고, 꼴사나운 사람들이 뾰족한 신발을 신은 채 내 오른쪽 옆구리를 무도장 삼아 춤을 추고 발을 구른다. 나는 내가⋯⋯ 내가 카펫 위에서 몸부림치고 있는 것을 깨닫는다. 나는 고개를 들어 3피트쯤 떨어진 곳에 놓인 소파를 바라본다. 소

---

* 미국의 록그룹. 1965년 샌프란시스코에서 결성되었고, 1995년 리더인 제리 가시아가 헤로인중독을 치료하는 도중 사망했다.

파까지 가야 한다. 소파는 내 집이다, 소파가 답이다. 내가…… 소파…… 까지 갈…… 수만 있다면……

아무도 알아차리지 못한다. 내가 총을 맞았나? 총을 맞지는 않았는데. 총성은 없었다. 하지만 소음기를 썼으면? 소음기라면. 나는 총을 맞지 않았다. 하지만 죽어가고 있다. 분명히, 분명히. 나는 죽어가고 있다. 결국에는.

말을 할 수 없다. 나는 부족한 말을 메우려 한다. 도와줘. 나를. 하지만 내가 낼 수 있는 소리는 가쁜 숨소리, 헐떡거림뿐이다. 그들이 남겨둔 유령이 내 말을 가져갔다.

나는 죽어가고 있다, 마침내. 젠장, 나는 이미 알았다. 나는 그럴 만하다. 당신도 알고 모두가 안다. 에이즈다. 여자와 있을 때 콘돔이 찢어졌으니 당연한 일이다. 어디서―비뚤어진 벽에 둘러싸이고 샌프란시스코 남쪽이 내려다보이는 아파트 3층에서 날이 밝아오는 가운데 나는 침대 옆에 서고 그녀는 손과 무릎을 댄 채 엎드려 있었다. 그리고 누구―그래 물론 안다―와 있었는지 생생한 그림이 그려진다. 섬광처럼 모든 것이 떠오른다. 젠장, 콘돔을 확인했어야 하는 건데. 하지만 아, 우리는 만취한 데다 무엇을 하고 있는지도 거의 알지 못했다. 우리 친구가 우리를 차에 싣고 가다 내려주었다. 그는 무슨 일이 벌어질지 알고 있었다. 우리는 그 블록을 달려가 그녀의 집으로 향하고 있었으니까.

젠장, 토프, 너무 미안해. 너에게 전화할 시간이나 있을까? 누가 널 데려갈까? 베스? 아니면 혼자? 안 돼. 젠장, 빌이 이사를 와야 해. 젠장, 그가 어디서 일해야 하지? 플래그가 일하는 싱크탱크 집단이 있기는 하지만. 그가 토프를 LA로 데려가고 싶어하면? 아,

확실히 해두어야겠다. 하지만 토프가 LA를 좋아하면, 실제로, 그러면. 아 창문으로 저 구름들이 어떻게 움직이는지를 보자. 저 위에 온통 하얀 가운데 살짝 멍이 든 듯 약간의 회색이 보이고.

젠장! 고통! 나는 출산 중이다!

왜 사람들이 모르지? 왜 내가 바닥에서 몸부림치는 걸 보고도 평소와 다르다고 생각하지 않지? 내가 전에도 카펫 위에서 몸부림친 적이 있나? 나는 언제 그런 적이 있는지 생각해보려 한다.

옆 사무실, 〈크로니클〉의 누군가가 창문으로 먼저 알아보고 쫓아온다. 그러더니 사방에서 사람들이 나타난다. 나는 도움을 받아 소파로 간다. 어디가 어떻게 왜 안 좋은지 질문들이 쏟아진다. 아마 나는 장난을 치고 있나보다.

"장난이지?" 폴이 묻는다.

"꺼져."

난 죽어가고 있다는 말은 하지 않는다. 난 내가 죽어가고 있다고 95퍼센트쯤 확신하지만 누구도 놀라게 하고 싶지 않다. 하지만 나는 곧 알게 될 것이다. 나는 병원, 병원이라고 말한다.

"내가 데려다줄게." 샐리니가 말한다.

"고마워 그래." 내가 말한다.

나는 샐리니에게 기댄 채 벽을 스칠 듯이 지나치며 비틀비틀 엘리베이터로 간다. 샐리니에게서는 좋은 냄새가 난다. 아, 넌 좋은 냄새가 나, 샐리니. 나는 죽어가고 있어, 샐리니, 죽어간다고. 맙소사, 나는 몸을 구부린다. 걸을 수조차 없다. 나를 운반해줄 누군가가 필요하다. 샐리니는 그럴 수 없다. 젠장! 나는 말해야 한다. 그는 알아야 한다. 엘리베이터에 탄 나는 도로 사무실로 돌아가서 토프의 학교에 전화를 건 다음 그를 병원으로 보내달라고 말하고 싶다. 하지만 사무실까지 걸어갈 수가 없다. 아마 현관의 경비에게 말하면 그가 사무실로 전화해서 누군가가 토프의 학교로 전화하겠지. 아, 하지만 빌어먹을 메시지는 제대로 전해지지 않을 것이다. 젠장, 젠장. 아니, 토프는 몰라야 한다. 내가 죽는 걸 그에게 보이고 싶지 않다. 나는 아버지처럼 살며시 떠날 것이다, 하루 동안, 은밀하게. 그렇게 우리는 우리의 시간을 가질 것이고 우리에게는 작별 인사가 필요 없을 것이다. 젠장 이 엘리베이터는 거지같이 늦네. 샐리니, 넌 냄새가 너무 좋아.

차 안에서 나는 거의 울먹이고 있다. 처음 바닥에 쓰러졌을 때보다 고통이 열 배는 커졌기 때문이다. 하지만 나는 강하다, 나는 군인만큼 강하다. 하지만 고통이 제길 나를 반으로 쪼개고, 고통이 내 온몸에서 신랄하게 느껴진다. 마치 내 몸 안에서 100명의 작은 나치가 강철을 댄 신발 끝으로 옆구리를 차대듯이. 제길! 에이즈에 걸리면 이렇게 죽을까? 그래, 그래. 아냐, 아냐. 아냐. 어쩌면. 아, 언제 이렇게 됐는지 깨닫는다. 바로 콘돔이 찢어졌을 때, 난 처음부터 잘못된 것을 알았다. 그 섹스, 그녀와 내 삶과 죄책감, 죄책감. 아, 토프! 탕진되어버린 모든 것!

아, 우리가 래프팅을 했을 때보다, 아메리칸 강이 아주 거칠었을 때보다, 우리 모두가 그 급류를 타면서 아래로 처박혀 보트에서 떨어져 나갔을 때보다, 물거품 속에서 순식간에 1갤런이나 되는 물을 들이켠 내가 침착해질 수도 없고, 물 위에 떠 있을 수도 없고, 토프가 어디 있는지 물에 빠지지 않았는지도 볼 수도 없고, 대부분의 시간을 물속에서 허우적거리며 이것이 얼마나 한심한지, 시시한 래프팅 여행을 하다 익사하는 것이 얼마나 어리석은지, 이렇게 가는 것이 얼마나 불쌍한지, 토프가 어디 있든 그를 구하기에는 내가 얼마나 무기력한지를 고민했을 때보다 더 심각하다. 하지만 급류가 방향을 바꾸고 느려지면서 균형을 찾은 내가 잔잔해진 강을 살펴보니 토프만이 물에 빠지지 않고 거대한 보트에 홀로 남아 미친 듯이 웃고 있었다.

에이즈라기에는 너무 갑작스럽다. 뭔가 터진 것이다. 맹장이. 그러면 치명적인가? 당연하지! 물론! 아냐, 아냐. 그럼 뭐지? 뭘까? 나는 죽어가고 있는 것이 분명하다. 내출혈. 종양! 출혈성 종양!

"난 죽어가고 있어, 샐리니."

"죽어가고 있지 않아."

"그러면 이건 대체 뭐야? 내가 죽어가고 있으면?"

"넌 죽어가고 있지 않아."

샐리니는 덜컹이며 차를 몰고 있다. 그녀는 울퉁불퉁한 길에서 운전하고 있다. 부주의하게. 부주의한 그녀는 너무 자주 멈추고 너무 갑자기 브레이크를 밟는다. 젠장, 샐리니.

"샐리니, 좀더…… 감미롭게 운전할 수 없어?"

"노력하고 있어."

"내 손을 잡아줘." 난 애원한다. 나는 손을 그녀의 오른쪽 허벅지에 올리고 싶다.

나는 자고 싶다. 그리고 잠깐 동안 흥분으로 멍해진다. 난 일하러 가지 않아도 된다. 무디가 내일 마감해야 하는 일을 모두 끝낼 것이다. 나는 중요한 뭔가, 내가 할 수 있었던 그 어떤 일보다 중요한 뭔가를 하고 있다. 아, 정말 다행이다. 선택할 필요도 없고, 시간을 낭비하거나 게으름을 피우거나 저것을 해야 하는데 이것을 하면서도 죄책감을 느낄 필요도 없다. 아무 결정도 없고 오직 생존만이……

너무 쉽고, 너무 간단하다!

고통이 어떻게 더 심해질 수 있지? 이제는 마구 쑤신다. 행성이 내 안에서 폭발한다. 나는 강타당했다, 강타당했어! 하늘은 항상 그렇듯 파랗다. 이 완벽한 샌프란시스코의 하늘, 아마 나는 죽을 것이다. 아, 샐리니, 하필이면 내가 죽어가는 오늘 같은 날에 그 붙는 골지셔츠를 입었지? 샐리니, 우리가 왜 데이트를 한 번도 안 했을까? 엄마는 잠깐 차를 세울 때마다 안전벨트 앞에, 안전벨트가 아니라 안전벨트를 한 사람 앞에, 그러니까 우리 가슴에 엄마의 팔을 꼭 감곤 했다. 우리에게 무슨 일이 생겼을 때 마치 엄마의 팔이 어떻게 해줄 수 있는 것처럼, 어떻게 해줄 것처럼. 엄마의 팔은 너무 연약했고 나도 너무 연약하다. 미안해, 토프, 미안해, 미안해, 나는 약하고 내가 예상했던 대로 떠나는구나. 나는 묻히지 않을 것이다. 나는 내 재나 내 온몸이 절벽 아래로 절벽, 헬리콥터, 화산에서 던져지기를 바란다. 바다로…… 아 하지만 어떤 바다?

어떤 바다?

어떤 바다?

대기실에서 내게 의료보험에 대해 묻는다. 나는 가입하지 않았는데. 몇 년 전에 몇 달 동안 의료보험에 가입한 적이 있는데 그쪽에서 고지서를 보내는 걸 멈춰버렸다. 나는 돈을 낼 수 있다, 난 돈을 낼 것이다, 내가 돈을 낼 수 있다고 맹세한다. 신용카드도 있고, 제발 이걸 받아주세요. 제발 서 있을 수가 없다. 여기, 바로 여기 앉아 질문들에 대답할 것이다. 아니 난 여기, 이 의자들 위에 샐리니의 장딴지를 베고 누울 것이다. 난 옆방으로 들어가 바닥에 드러누워 제기랄! 제기랄! 소리 지를 것이다. 제기랄 제기랄!

신장 결석이다. 나는 깨어나서 약을 투약받는다. 커스틴도 있다. 나는 몇 주 동안 커스틴을 보지 못했다. 베스가 출근하기 위해 그녀를 부른 것이다. 커스틴이 나를 집에 데려다준다.

"죽는 줄 알았어." 내가 말한다.

"당연히 그랬겠지." 그녀가 말한다.

나는 소파에 눕는다. 커스틴이 돌아간다.

토프가 내 앞에 선다.

"안녕." 내가 말한다.

"안녕." 그가 말한다.

"안녕."

"안녕."

"좋아, 됐어."

"괜찮아?"

"그래."

"저녁은?"

"뭐 먹고 싶어?"

"타코."

"네가 할 수 있어? 난 움직일 수 없을 것 같아."

"재료는 있어?"

"없을걸."

"돈은 있어?"

"아니. 현금카드를 가져가."

그는 현금인출기로 걸어가서 돈을 뽑은 다음 식료품점으로 가서 소고기, 스파게티 소스, 토르티야, 우유를 산다. 그가 없는 동안 나는 잠깐 선잠을 자며 학대당하는 꿈을 꾼다. 나는 이렇게 무기력하게 소파에 누워 있는 것이 좋지 않다는 사실을 깨달으며 갑자기 일어난다. 난 아무렇지도 않게 똑바로 앉을 것이다. 아무도 죽어가지 않는다. 그는 내가 죽어간다고 생각할까? 아마 그는 내가 죽어간다고 생각하겠지. 그는 내가 죽을지도 모르는데도 말하지 않는다고 생각할 것이다. 아니, 아니. 그는 이런 생각을 하지 않을 것이다. 그는 내가 아니니까.

그가 식료품을 들고 들어오더니 나를 지나쳐서 부엌으로 간다.

"내가 요리해?"

"할 수 있어?"

"과일 줄까?"

"뭐 있는데?"

"오렌지랑 캔털루프 반쪽."

"그래, 그래. 고마워."

나는 팬에서 소고기가 지글거리는 소리를 들으면서 꾸벅꾸벅 존다. 잠에서 깨어보니 그가 커피테이블을 치우고 있다. 종이 더미와 잡지와 자신의 수학 숙제를 원래의 위치 그대로 테이블 아래에 내려놓는다. 그러고는 부엌으로 돌아간다. 그는 음식이 완전히 차려진 접시 두 개를 내온다. 충분히 익힌 소고기, 접시 양쪽에 접혀 있는 토르티야, 오렌지와 캔털루프를 적당한 크기로 잘라 담은 과일 그릇. 모두 젖어 오렌지색이 된. 그는 부엌으로 다시 가더니 우유를 가져온다.

"냅킨."

그는 부엌으로 돌아가서 페이퍼타월을 가져온다.

우리는 먹는다. 나는 다시 꾸벅꾸벅 존다. 나는 플레이스테이션 두드리는 소리에 잠깐 깬다. 다시 눈을 떴을 때는 이미 어두워졌다. 그는 없다.

나는 그의 방으로 간다. 그는 뭔가에 부딪힌 포즈로 잠들어 있다. 팔을 활짝 펴고 입을 잔뜩 벌린 채. 안에서 무언가가 타오르듯 그의 이마가 뜨겁다.

9

로버트 유리히는 싫다고 말한다. 너무 아깝다. 아주 완벽했을 텐데. 그의 홍보 담당자는 그 아이디어를 좋아하는 것 같았고 그녀는 우리와 그 아이디어—조금 웃기는 했지만—에 잘 협조해주었다. 최소한 그녀는 그 아이디어가 재미있다는 것을 알았다. 유리히는 우리가 필요로 하는 바로 그 사람이었다. 스타(당시에는 전직 스타에 가까웠지만), 어떤 이유에서든 전국적인 레이더를 벗어난 유명한 이름, 모두가 알고 아마 때때로 관심을 가졌을, 하지만 한동안 보이지 않았던 누군가. 속이기 힘든 인터넷 공동체는 말할 것도 없고 대중이, 언론이 정말 죽었다고 믿는, 하지만 그의 사망이 전국적으로 보도되지는 않은 명사가 우리에게는 필요했다. 그러므로 그 명사는 아주 거물이어서는 안 되었다. 그의 죽음이 작고 평범한 샌프란시스코의 격월간지에 처음 보도되는 것은 이상할 테니까.

하지만 누구? 유리히는 우리가 첫번째로 선택한 사람이었다. 그 이유는 a) 다른 모든 사람들처럼 우리도 〈베가달러〉의 열혈 팬이었다. b) 티머시 허턴이 주연을 맡은 독창적인 영화 〈소방관 터크 182〉에서 자신이 맡았던 역할과 관련하여 이런저런 토크쇼에서 들려주었던 자기비하적인 말에서 드러나듯 그에게는 유머 감각이 있었다. c) 그는 곧 공개될 연속극 〈라자루스 맨〉에서 주연을 맡을 예정이었다.

라자루스 맨. 너무 완벽하다.

"우리에게는 적당하지 않군요." 그의 에이전트가 말했다.

그다음에는 벌린다 칼라일. 우리는 벌린다 칼라일도 완벽할 것이라고 생각한다.

"그녀는 프랑스에 살아요." 그녀의 홍보 담당자가 말한다.

우리는 다른 가능성들을 살펴본다. 저지 레인홀드, 줄리아나 햇필드, 밥 겔도프, 로라 브래니건, 로리 싱어, C. 토머스 하월, 에드 베글리 주니어. 우리는 〈제퍼슨 가 사람들〉에서 톰 윌리스 역할을 한 프랭클린 커버도 고려해보지만 1년 전 한 인터뷰, 부정적으로, 최소한 감상적으로 여겨질 만한 인터뷰에 우리가 그를 섭외했던 것을 기억해내고는 그에게 전화하지 않는다. 그때 우리의 대화다.

우리 독자들에게 다른, 하고 싶은 말이 있습니까?

음, 아뇨, 내가 어딘가에서 가르치는 직업을 얻을 수 있게 도와달라는 것 말고는 할 말이 없습니다! 연기 교수가 필요한 대학에 대해 알고 있다면 알려주십시오.

그때 영감이 떠오른다. 어쩌면 스스로 이런 것을 생각해냈을 법한, 엔터테인먼트 세계의 한 남자, 헬리온이라는 신선한 미들네임을 쓰는 남자, 난쟁이들과 지적 장애인들의 슬라이드로 멀티미디어쇼를 하며 순회하는 남자.

크리스핀 글로버.

그는 완벽하다. 정말 완벽하다.

마티 맥플라이.

우리는 에이전트에게 전화한다. 에이전트는 우리가 무슨 말을 하는지 알아듣지 못한다. 우리는 글로버의 작품에 대해 아첨하는 말을 섞고 그의 날조된 별명까지 적어 넣은 팩스를 보낸다. 그리고 기다린다.

다음 날 전화벨이 울린다.

나는 그런 전화를 받을 때 늘 그렇듯 수화기를 들고 귀에 댄다.

"여보세요." 내가 말한다.

"크리스핀 글로버입니다."

그는 테네시 주에서 밀로스 포먼과 영화를 찍다가 전화를 한다. 크리스핀 글로버가 전화를 걸었다!

그는 우리 제안서를 읽고 마음에 들어한다. 사실 그는 이런 것을 하고 싶어했다. 그는 하고 싶어한다. 그것도 철저히―정말 속이고 싶어하고, 사진과 증거를 원하고, 지하에 숨어서 가까운 사람 누구도 비밀을 누설할 수 없는 시스템을 만들고 싶어하고, 몇 달 동안 그 상태로 있으면서 장례식을 치르고 송덕문을 듣고 동료 배우들의 인사말을 듣고는 살아서 나타나고 싶어한다, 의기양양하게! 멋질 것이다. 이것은 우리를 정상으로 올려줄 것이다. 나는 전화를 받은 채 샌프란시스코 중앙을, 공원, 거대한 SFMOMA*의 온도조절장치, 은빛의 다리와 언덕들을 바라본다. 흥분한 나머지 힘이 빠진다.

"멋질 거예요!" 내가 말한다.

"맞아요, 맞아." 그가 동의한다. "그럼 스케줄은요?"

그는 할 수 없다. 그는 우리가 그 일을 조금 연기하거나 다음 호에 실을 수 없는 이유를 이해하지 못한다. 그는 모른다. 그는 우리의 여섯 광고주가 기다려줄 수 없다는 것을, 수백 명의 독자가 기다려줄 수 없다는 것을 모른다. 우리는 서로의 스케줄이 바뀌면 연락해주기로 한다.

"누군지 알 거야." 내가 말한다.

"모르겠는데." 무디가 말한다.

"그는 우리의 유일한 희망이야."

"안 돼."

"우리에게는 대안이 없어."

"맙소사."

"괜찮을 거야."

"젠장. 좋아."

애덤 리치.

〈아들과 딸들〉의 니콜라스.

우리는 이미 그를 조금 안다. 우리의 기고가 중 한 명인 타냐 팸펄론이 그와 초등학교를 같이 다녔고 그들은 계속 연락을 했다고

---

* 샌프란시스코 현대 미술관. 영문 머리글자를 따서 SFMOMA로 약칭한다.

한다. 그녀 덕분에 우리는 그와 전에 두 번 작업을 한 적이 있다. 먼저 우리는 그와 짤막한 인터뷰를 싣는다. 그 인터뷰에서 그는 타냐에게 자신의 신발과 자신이 사려고 했던 우산에 대해 말한다. 인터뷰를 발췌한 것이다.

타냐: 신발을 몇 켤레나 가지고 있죠?

애덤 리치: 열 켤레. 나는 열 켤레라고 말하곤 하죠. 우산은 하나구요. 방금 이 우산을 샀죠. 이 우산을 샀을 때 이미 비가 멈췄지만 난 우산을 사는 것이 낫겠다고 생각했어요. 비가 더이상 내리지 않으면 다음번에 쓸 수 있을 테니까요. 하지만 비가 다시 내렸어요. 내가 이 우산을 산 뒤에도 계속 내렸죠.

타냐: 당신이 미래를 예언할 수 있기 때문이라고 생각하세요?

애덤 리치: 아뇨, 아마 내가 이 우산을 샀기 때문이겠죠.

우리는 그의 LA 콘도에 전화를 걸어 콘셉트를 설명한다. 그는 듣는다. 우리는, 이것이 정교한 장난이 될 것이고, 명사의 죽음에 대한 미디어의 관심을 풍자하고 그들의 송덕문을 패러디하려는 고차원의 목적을 이루어줄 것이며 전국적인 뉴스가 될 것이고, 그가 자신의 역할을 함으로써 궁핍한 미국에 교훈을 준다는 기분 좋은 느낌 외에 그가 우리와의 연관성 덕분에 모두에게 앞서가는 사람으로 생각될 것이라고 설명한다.

당신은 모든 단계에 참여할 겁니다, 우리가 말한다. 당신은 모든 것이 완전히 마음에 들 겁니다. "멋질 거예요." 난 멋질 것이라고 믿으며 이렇게 말한다. 그가 이 일을 제대로만 하면 우리에게 마지막 돌파구가 될 뿐 아니라 더 중요하게는 애덤 리치에게도 재기의 기회가 될 것이라고 난 굳게 믿는다.

나는 그가 소형 에미상에 둘러싸인 채 손에는 닌텐도를 들고 냉장고에는 요구르트와 아이스크림샌드위치를 가득 채운 채 위성 TV를 보며 작고 후줄근한 할리우드의 아파트에 앉아 있는 모습을 그려본다.

그는 동의한다.

"멋질 거야." 내가 토프에게 말한다. 우리는 욕실에 있다. 그는 변기에 앉아 있고 나는 그의 머리를 잘라주고 있다.

"그가 동의했어?"

"그래, 그래, 전적으로 동의했어. 턱 올려."

"노리는 게 뭔데?"

"턱 올려."

"알았어, 그런데……"

"우리가 노리는 건 네가 잡지에서 보는 명사들의 송덕문들을 조롱하는 거지. 송덕문에서……"

"송덕문이 뭐야?"

"애도의 말 같은 거야. 명사가 죽으면 갑자기 모든 사람들이 관심을 갖고, 대규모의 장례식이 열리잖아. 사람들은 그가 TV에 나온 모습, 그가 연기한 역할, 그가 한 대사밖에 모르면서 울부짖고 눈물을 흘리지."

"흠. 사람들이 믿을까?"

"그럼. 사람들은 바보야."

나는 토프의 머리를 거울 쪽으로 돌리고는 빗질을 하면서 오른쪽과 왼쪽을 비교해본다. 난 또다시 훌륭하게 해냈다. 내 머리카락처럼 그의 머리카락도 숱이 많아지고 색이 짙어지고 곱슬거리기 시작했지만 여전히 그는 사춘기 전의 귀여운 아이로 보인다. 코끝이 살짝 들리고 앞머리는 길다. 나는 토프의 옆에 선 내 모습이 보고 싶지 않다. 그의 옆에 있으면 나는 괴물이다. 내가 기르고 있는 수염은 우스꽝스럽고 기괴하다. 내 구레나룻은 머리카락과 어울리지 않고 너무 성겨서 수염이 아니라 다리털처럼 보인다. 가장 나쁜 점은 제대로 기르는 데 실패한 입가의 염소수염 때문에 내 얼굴이 열네 살짜리로 보인다는 것이다. 깊게 파인 눈가의 주름으로 내 얼굴은 찌글찌글하고 퉁퉁해 보이며 내 눈은 너무 몰려 있고 너무 작은 데다 사시에 평범해 보인다. 그리고 내 코는 너무 큰 것이 볼품없다. 그의 얼굴, 부드럽고 균형 잡히고 부드럽고 조화로운 열두 살짜리 얼굴 옆에서 나는 마치 디지털적으로 조작되고 피부는 엉뚱한 방향으로 당겨지고 모든 것이 늘려지고 눌려진 것처럼 왜곡되어 보인다. 기괴하게.

"사람들이 알면 화낼 거야." 그가 말한다.

"음, 우리가 바라는 바야. 우리가 혼란에 빠뜨리고 싶은 사람들은 이런 사람들이야. 우선 그에게 관심을 가진 사람, TV에서 본 누군가의 죽음에 의해 조금이나마 마음이 움직일 사람은 속을 만하니까. 왜 누군가가 관심을 가져야만 하지? 왜 코미디드라마의 저능한 스타 루저를 수백만 명이 애도해야 하지? 다른 사람들에게는 그러지 않으면서. 행복한, 어떤 면에서는 영웅적인 삶을 산 보통 사람은 장례식에 이삼십 명밖에 안 오는데. 그건 부당하고 가증스러워, 그렇지 않아?"

"흠. 음, 사실 나도 좀 넌더리 난다고 생각해."

"우리 생각이 바로 그거야."

"아니, 내 말은 사람들이 하는 짓이 넌더리 난다는 거야. 그래서 애덤 리치를 이용해서……"

"당연하지."

"요점은 그와 같은 명사들만큼이나 형 같은 사람들도 괜찮다는 거지. 형은 그가 드러낸 어리석음을 보면서 그가 지리하고 멍청하다고 생각하지. 무엇보다 그가 유명하고 형 같은 사람은 그렇지 않다는 사실에서. 아홉 살 때 그는 브룩 쉴즈와 사귀었을 뿐 아니라 일억 명의 사람들이 그의 이름을 알고 일억 명 이상의 사람이 그의 얼굴을 안다는 사실에서. 하지만 아무도 형의 이름이나 얼굴은 모르지."

"넌 또다시 초점에서 벗어났어."

"내 말은, 형 같은 사람은 이 바보 같은 사람, 이 애덤 리치라는 사람, 형이 절대 형만큼 똑똑하다고 생각하지 않는 사람, 대학도 나오지 않았고 연감을 만들어보거나 학교에서 미술관 같은 것을 관리해보지도 않은 사람, 형이 가지고 있는 책을 읽어보지도 않은 사람이 뻔뻔스럽게도 세계적으로 유명하다는 (아니면 일찍이 유명했다는) 사실을 견디지 못한다는 거야. 코미디드라마에서 연기를 하는 따위의, 형이 시시하다고 생각하는 뭔가 덕분에 유명해졌다는 걸. 그래서 형은 그를 조롱하지. 처음에는 우산 인터뷰로, 이제는 선의로 계획된 장난으로. 형 같은 사람들이 이런 동시대 사람, 자신이 아이였을 때 TV에 나오던 아이, 자신의 탐욕스런 지성의 희생자, 형의 주장에 따르면 모든 것에 참여하겠지만 결국은 이 일의 규모나 잠재적인 결과―그리고 분명 형의 동기, 이면에서 들끓는 신랄함, 그를 더럽히고 싶고 그를 형 밑에 두고 싶다는 욕망—를 전혀 모르는 사람을 죽이는 일이 더이상 어떻게 더 섬뜩하고 더 상징적일 수 있겠어? 형네 사무실에서 자신을 조롱하는 농담을 한다는 걸 그는 알까? 그가 거기 숨은 악의를 상상이나 할 수 있을까? 역겨워. 이게 뭐지? 이게 뭘 의미하지? 그런 분노는 어디에서 나온 걸까?"

"분노가 아냐."

"당연히 분노지. 이 사람들은 어떤 나이 대에 이미 형 같은 멍청이들이 결코 도달하지 못할 명성을 얻었고 형은 전생도 내세도 없기 때문에 그런 명성은, 본질적으로, 신과 같은 것이라고 마음으로 느끼지. 인정하지 않겠지만 형 같은 사람들은 그걸 알고 그걸 믿어. 아이 때 지하실의 TV 앞에 다리를 꼬고 앉아 있다 그를 보고는 형이 그여야만 한다고, 그의 대사가 형의 대사라고, 〈배틀 오브 네트워크 스타〉에서 그의 코너가 형의 것이어야 한다고, 형이야말로 그와 같은 일종의 장애물 코스를 잘 헤쳐나갈 거라고 생각하지. 형이 분명 우승했을 거라고! 이렇게 함으로써 더이상 세계적인 명사가 아닌 그를 압도하는 힘, 그를 당황스럽게 하는 능력, 카리스마 넘치는 사람들과의 관계에서 느끼는, 변덕스러운 작은 잡지로는 순화되지 못하는, 무시무시한 불균형을 없애는 능력을 갖게 되지. 형이나 형 같은 사람들은 모두 자신의 Q&A 코너, 칼럼, 웹사이트로. 형 같은 사람들은 모두 유명해지고 싶어하고 록 스타가 되고 싶어하고 이런 무시무시한 속박 속에서 자신도 똑똑하고 합리적이고 영원하기를 바라지. 그래서 형은 작은 일을 벌이고 형의 기사를 소수의 패거리에게 읽히면서 위노나 라이더 가족, 에단 호크 가족, 심지어 사리 로커 가족에게도 은밀하게 분노해.

잡지가 매진되었을 때 기억나? 모두가 LA로, 뉴욕으로 새로운 명사들을 인터뷰하러 가는 걸 보고 형이 조롱했던 거? 〈신부의 아버지〉에 출연한 여자도 있고 〈베이와치〉에 출연했던 호주 남자도 있고 물론 더블민트 트윈스*도 있었지. 그 앞에서 형은 그들과 함께 웃고 농담을 하고 그들에게 상냥하게 굴고 그들의 농담을 받아주면서도 그들 모두를 백치처럼 만들었어. 엘 맥퍼슨에게도 마찬가지였지. 〈팩트 오브 라이프〉의 나탈리. 그리고 불쌍한 성 전문가 사리 로커."

"그건 아닌데."

"맞아. 형은 그녀의 홍보 담당자에게 전화를 받아. 홍보 전화지. 형 같은 사람들은 X세대 잡지 리스트에 등록되어 있거든. 형은 〈1990년대의 충격적인 섹스〉를 쓴 스물네 살의 저자에게 전혀 관심이 없는데도 말이야."

"〈리얼월드의 충격적인 섹스〉야."

"좋아. 그래서 형은 혼자 킥킥거리면서 말하지. 네 네, 인터뷰해요. 형은 모두에게 자랑하고 싶어서 전화 통화가 끝날 때까지 안절부절못하지. 어서 그녀를 떼어놓고 싶어하지. 그리고 형은 뉴욕에 있는 동안 그녀와 저녁을 먹어. 저녁을 잘 먹고 술을 마시지. 저녁을 먹고 술을 마시는 동안—서너 시간 수다를 떨면서—그녀는 조금 뻔뻔하게 자기 자랑을 하지만 아주 관대하기도 하지. 형은 그런 건 기대하지 않았을 거야. 그리고 그녀는 나에 대해 모든 걸 들

---

* 더블민트 껌의 광고에 등장하는 쌍둥이.

고 싶어해. 거기서 형은 충격을 받았어. 그리고 부모님에 대해서도 듣고 싶어하지. 그녀는 듣기 좋은 이야기도 많이 해. 그동안, 그녀가 친절하게 굴고 이야기를 들어주고 하는 동안, 형은 두 가지 주요 관심사를 생각해. 나중에 그녀를 불리하게 만들 때 써먹기 위해 그녀의 말을 기록하는 것—그녀는 무모하게도 상대적으로 멋지고 매력적으로 보일 줄 알기 때문에(그녀에게는 펜실베이니아 대학교의 석사학위가 있잖아)—과 더 절박하게는 그녀의 아파트에 초대받기 위해 노력하는 것."

"거의 성공할 뻔했는데."

"그녀와 함께 택시를 탄 형은 그녀가 차에서 내리는 것을 지켜보면서도 형이 움직여야 할지 말아야 할지를 몰랐어. 그러고는 성전문가와 잘 수 있는 기회를 놓쳤다고 생각하면서 그녀를 그냥 보내주지."

"거의 성공할 뻔했는데."

"그리고 형은 돌아와서 그녀의 사소하고 고약한 점들을 썼어."

"그녀는 화내지 않았어."

"아마 그녀는 둔감했겠지. 아마 그녀는 그걸 읽지는 않았을 거야. 하지만 이게 만행이라는 걸 모르겠어? 형이 사람들, 상자에서 꺼낸 장난감들을 잡아 옷을 차려입히고 그들을 분해하고 머리를 떼어내고."

"네가 사리에 대해 말하다니 이상하네. 그녀가 방문할 거야."

"오 맙소사. 그녀를 보지 않을 거야?"

"아니, 볼 거야, 젊은 토프. 응, 볼 거야."

"이해를 못하겠어."

"넌 안 돼. 네 연약한 마음에는 너무 복잡해. 고개를 숙여. 목 털어줄게."

난 수건으로 그의 목을 털어준다.

"토프, 넌 배워야 할 게 너무 많아."

"그래, 그래."

"그냥 내 옆에 붙어 있으면 조금씩 배우게 될 거야."

"알았어."

"겁내지 마."

"무서워."

그는 완벽해 보인다.

"너는 완벽해 보여."

그는 얼굴을 찡그리고 있다.

"너무 작아. 야만적이야."

"아니, 아니. 완벽해."

토프가 새로 시작된 성가신 사회생활을 위해 집을 나갔을 때 조금 이상한 기분이 들었다. 그 순간 토프는 게이브의 집에 있고 나는 할 일이 없다. 내가 지루한 것은 아니다. 내가 지루한가? 나는 복도로 나가 벽에 기댄다. 내 신발을 본다. 이 신발에는 하얀 양말을 신어서는 안 된다. 왼쪽 새끼발가락의 구멍이 삐져나온 밝은 흰색의 보풀 때문에 훨씬 더 두드러져 보인다. 토프는 언제 집에 돌아오기로 했지? 말하지 않았다. 게이브의 집에 전화해야 한다. 하지만 불안해 보이지는 않을까? 나는 불안해 보이고 싶지 않고 H 부인처럼 아이가 친구와 보내는 시간을 질투하는 부모가 되고 싶지도 않다. 우리는 그녀의 아들을 좋아했지만 그녀는 그 애를 가끔씩만 밖에 내보냈다. 우리 모두는 느꼈다. 열두 살밖에 되지 않았지만 우리는 그 애가 친구인 우리를 엄마인 그녀보다 좋아하게 될까 봐 그녀가 두려워한다고 느꼈다. 난 복도의 깔개를 똑바로 편다. 난 빗자루를 찾아 쓴다. 냉장고를 열고 묵직한, 푸른 오렌지가 든 봉투를 꺼낸다. 이제는 갈색으로 물러버린 꼬마 당근. 나는 내 방으로 가서 블라인드를 걷는다. 길 건너 노인주택에서 나이 든 여자가 포치에 나와 화초에 천천히 물을 주고 있다. 난 부엌으로 돌아가 수화기를 든다. 누구에게 전화하지? 난 수화기를 내려놓는다. 난 컴퓨터를 켠다. 일어나서 오븐을 켜. 뭘 요리하지? 우리에게는 먹을 것이 없다. 난 앉아서 컴퓨터를 보다가 *끄고*는 일어서서 문을 노려본다. 창문 옆의 쇠시리에 머리를 기댄다. 내 머리가 벽에 붙어버리면 어떻게 될까? 나는 머리가 붙은 샴쌍둥이의 반쪽이 될 수도 있었다. 나머지 반쪽은 이 벽이고. 난 반은 인간, 반은 벽이 될 수도 있었다. 분리되지 않으면 나는 죽을까? 아니, 살 수 있을 것이다. 난 그냥 벽에 붙어 있을 것이다. 토프가 나를 먹이고 나는 특별한 의자, 내가 앉을 수 있게 설계된 아주 높은 의자에 앉아 있을 것이다. 하지만 머리가 벽에 붙어 있으면 어떻게 셔츠를 갈아입지? 몇 분 동안 생각한다. 그때 좋은 생각이 난다. 버튼다운셔츠! 아, 하지만 화장실은…… 요강이 필요할 것이다. 아니면 도뇨관이나. 난 할 수 있다. 할 수 있어.

하지만 사실 내 머리는 벽에 붙어 있지 않다. 난 벽에서 머리를 뗀다.

토프가 4시까지 집에 돌아오면 놀 시간이 있을 것이다. 너무 바람이 심하게 불려나? 그가 너무 피곤하려나?

초인종이 울린다.

난 창문 아래를 내려다본다. 토프다. 감정이 고조된다.

"열쇠는 어쨌어?"

"잊어먹고 갔어."

난 의무적으로 그를 골린다. 멍청이, 하하! 그에게 열쇠를 던진다. 열쇠가 보도에 철컹 소리를 내며 떨어진다.

나는 그가 열쇠를 꽂아 돌린 다음 문을 밀고 안으로 사라지는 것을 본다.

그가 들어올 때 깜짝 놀라게 해줄까? 아냐, 아냐, 내가 여기 있는 걸 알잖아. 때려줄까? 뭔가를 뒤집어씌울까? 젠장, 시간이 없네!

"왔구나."

"왔어."

"그래? 재미있었어?"

"응."

"뭐 했어?"

"아무것도. 오늘은 사진 찾았어."

"무슨 사진?"

"학교 사진."

"언제?"

"오늘."

"아니. 언제 찍었냐구."

"몰라. 한 달 전쯤?"

"말 안 했잖아. 뭘 입었는데?"

"노란 셔츠."

"어떤 거?"

"어두운 노란색."

"깨끗했어?"

"응."

"사진 보여줘."

"마음에 들지 않을 거야."

"왜?"

"보면 알 거야."

"눈을 감은 거야?"

"아니."

"가운뎃손가락을 내민 거야?"

"아니."

"그럼 왜?"

"보면 알 거야."

그는 배낭에서 플라스틱 케이스에 들어 있는, 뒷면에 카드보드지를 댄, 편지 크기의 사진을 찾아서 내게 건네준다. 이런 맙소사, 안 돼. 아냐. 아냐. 아냐. 아냐. 이건 아냐, 이건 정말 아냐. 이건 믿을 수 없을 정도로 아냐. 이건 정말 믿을 수 없을 정도로 아냐. 이제 사람들이 그를 데려갈 것이다. 분명히 그를 데려갈 것이다. 그들에게 이유가 필요하더라도 이제는 이유가 생겼으니까, 젠장. 모든 것의 증거. 그들이 원하는 증거.

"토프, 이건 별로야."

"그렇게 나쁘지 않은데."

"진짜 별로야."

"아냐."

"끔찍해."

"뭐 어때."

"아냐, 네가 뭐 어때, 너 자신이 뭐 어때, 뭐 어때. 맙소사. 젠장. 당장 울 것 같잖아. 맙소사. 도와달라고 애원하는 것 같잖아."

그렇다. 그래, 선탠을 한 금발의 그는 귀엽다. 사진에서 토프는 아주 귀엽고 그의 눈은 유난히 파랗다. 하지만 그는 정말 의지할 곳 없고 정말 도움받을 곳 없는 것처럼 쓸쓸하게 바라보고 있다. 목을 죽 뻗은 채 물기 어린 눈으로…… 젠장. 이건 정말 별로다. 이건 전화 문제보다 더 심각한 문제다. 전화 문제는 우리가 몇 번이나 해결하려던 문제이고 조금 나아지기는 했지만 여전히 해결되지 않았다.

몇 년 동안 그는 이런 식으로 전화를 받았다. 여보세요?

당연히 사람들은 이상하게 생각한다. 토프한테 무슨 일이라도 있어? 토프가 내게 전화를 건네주면 그들이 묻는다. 그리고 항상 나는 무심해져야 한다. 원래 그래! 하하. 하지만 그의 목소리는 엉엉 울고 있는 것처럼, 내가 고함을 지르면서 문을 두드리는 가운데 욕실에 숨어 코를 훌쩍이고 호흡을 가다듬으면서 여보세요? 라고 말하는 것처럼 들린다. 더 나쁘게는 그가 밤이든 낮이든 열두 살의 건전함과 괴로움의 가장자리에서 이런 어조, 이런 느리고 물결치는 목소리로 여보세요?라고 전화를 받는다는 것이다. 그래서 나는 그에게 정상적인 목소리를 내라고 애원한다. 제발 목소리 좀 제대로 내, 토프, 너는 정상이야, 우리는 정상이니까 제발 정상적인 목소리를 내, 그렇게 못해? 내가 너를 때리기라도 하는 것처럼, 네가 나를 피해 욕실에 숨어 있는 것처럼 목소리를 내지 말란 말이야. 난 욕실에 있어본 적이 있거든. 부모님을 피해 숨었지. 부모님이 잡고 있어서 꼼짝도 하지 않을 욕실 문 안쪽에서 나는 숨을 곳을 찾다 가장 아래쪽 선반 밑, 장난감이 들어 있는 벽장에서 한 장소를 찾아냈어. 거기 숨어 있던 나는 벽장 문 아래로 비치던 한줄기 흰 빛이 흐릿해지는 가운데 그의 신발을 보았어. 그리고 문이 열리더니 사방에 흰빛이 가득했고 내 어깨는 움켜쥐어진 채…… 그리고 그는 내가 시키는 대로 한다. 특히 내가 내 앞에서 해보라고 할 때면. 나는 팔짱을 낀 채 지켜보면서 그를 코치하고 그에게 유쾌하게 웃어 보이고 눈썹을 추켜올리고…… 행복하게!

그리고 이제 우리는 다시 이 자리에 있다. 사진은 젠장! 그의 짐을 싸야 한다. 수양가족이 잘해줄까? 그는 그들을 위해서는 제대로 사진을 찍어줄까? 수양가족들. 수양가족들.

"토프, 이건 정말 별로야. 사람들이 어떻게 생각할지 너도 알잖아. 넌 알잖아. 난 이제 네 학교에 갈 수 없을 거야."

그는 밀크셰이크를 만들고 있다.

"저걸 꺼주면 안 돼?"

"거의 다 됐어."

"맙소사, 토프. 다음번 오픈하우스에는 갈 수 없어. 이제는 그 사람들을 볼 수 없어. 이제 그들은 원하던 증거를 얻었으니까. 네 선생님들 말이야! 그들은 내가 널 때린다고 생각할 거야. 그들이 내가 널 때린다고 의심하지 않아?"

"무슨 소리야?"

"이건 정말 별로야."

"왜?"

"넌 불행하지 않잖아."

"응, 그래서."

"그래서 넌 불행해 보여서는 안 되고 네 목소리는 불행하게 들려서는 안 돼."

"좋아."

"그게 사람들이 원하는 거니까."

"미안해."

"그런데 넌 내게 사진을 찍는 것도 이야기하지 않았어."

"학교에서 통신문을 보냈잖아."

"아냐."

"좋아."

도망가야 할지도 모른다. 우리는 짐을 싸서 떠나야 한다. 그들, 아동복지국 사람들이 이미 오고 있을지 모른다. 그들이 어떤 차를 타고 올까? 커다란 트럭 같은 것. 아니면 은밀하게! 우리는 이미 포위되었다. 우리는 세탁실 옆의 다른 문으로 나갈 수 있을 것이다. 우리는 변장을 하고 밖으로 나간다. 어떤 변장? 케이프! 우리에게는 케이프가 있다! 우리는 나가서 차로 간 다음 약간의 과일, 소금에 절인 고기, 그래, 식량을 준비하고 어디로 가지? 멕시코? 중미? 아냐, 아냐. 캐나다. 그리고 홈스쿨링을 하는 거지, 농사를 짓고 홈스쿨링을 하는 거야. 아, 하지만 캐나다라니. 그는 캐나다 식으로 말하게 될까? 우리 둘 다 그렇게 될 것이다. 그럴 수는 없다. 방심해서는 안 된다.

"네가 왜 웃지 않았는지 이해를 못하겠어."

"웃었다고 생각했어. 몇 장은 찍을 때 웃었어."

"그들이 이걸 골랐고?"

"그런 것 같아."

아마 이건 그들의 계획 중 일부일 것이다. 그들은 슬픈 사진을 골라 그를 데려가려는 것이다. 아니면 사진사가 어린이 노예상이 거나. 그는 아동복지국과 연계되어 그들을 통해 아이들을 구한 다음 백인 노예 시장에 팔아 넘긴다…… 어디에 백인 노예 시장이 있나? 그리고 그들은 어떤 차를 몰까?

"네가 날 도와주면 얼마나 좋았을까 하는 생각뿐이야, 토프."

"미안하다고 했잖아."

"이것 때문에 내가 얼마나 안 좋게 보일지, 우리가 얼마나 안 좋게 보일지 너도 알아야 해. 그들은 이제 더 많은 과일 바구니를 가져오겠지. 우리에게 번트 케이크도 구워줄 거고."

"번트 케이크가 뭐야?"

"커다란 도너츠 같은 거야."

"흠." 그는 밀크셰이크를 반쯤 마셨다. 그는 조금 살을 찌우기 위해 밀크셰이크를 마신다.

나는 다시 그 사진을 본다. 어찌 보면 너무 예쁘다. 노란 셔츠는 9월의 찬란한 햇빛과 해변에서 시간을 보낸 그의 금발과 잘 어울린다. 그리고 밝은 푸른색 배경은 그의 눈 색깔과 아주 잘 어울린다. **도와주세요!**라고 말하는 그의 눈. 그리고 격자 모양으로 한 장에 여섯 개가 박힌 한 장의 사진, 그보다 큰 네 장의 사진, 그리고 맙소사, 이 커다란 사진이 있다! 애원하는 토프, 열한 명의 토프가 말한다. 사진을 보고 있는 여러분, 내 슬픈 삶을 봐주세요! 친구들, 선생님들, 너무 많은 것을 보아버린 내 눈을 봐주세요! 내가 과거를 지우고 처음부터 새로 시작하게, 여러분처럼, 다른 모든 사람들처럼 정상적이고 행복해지게, 행복해지게 해주세요. 내가 학교에서 사진을 찍기 위해 웃는 걸 보세요! 나를 형에게서 구해주세요. 그는 매일 밤, 저녁을 먹기 전에 소파에서 정신없이 잠이 들고 일어날 수 없을 때는 내 셔츠를 잡아당기고 매달리고 내게 요리를 시켜요. 그는 일단 잠이 깨면 긴장한 채 컴퓨터를 들여다보며 뭔가를 써요. 하지만 내게는 보여주지 않죠. 그러고는 내 침대에서 잠이 들어 난 그를 밀어내야 해요. 그러면 그는 밤을 반쯤 새면서……

"저녁으로 뭐 먹고 싶어?"

"타코."

"일요일에 먹었잖아."

"그래서?"

"네가 타코를 만들 수 있으면 해봐."

"고기 있어?"

"아니. 사와야 돼."

"다른 것도 사도 돼?"

"어떤 거?"

"루트비어."

"좋아. 준비되면 깨워."

내 머리에서 이 사진이 지워질까? 세월이 가면 잊혀질까? 그 사진이 겉으로 보이는 만큼 그렇게 슬플까? 난 그게 아무 의미도 없다는 것을 알지만 어떻게 그렇게 빤하게 보일 수 있을까? 다른 아이들 중에도 이렇게 슬퍼 보이는 애가 있을까? 엄마 아빠가 이혼한 그 여자애, 그 애는 울고 있을까? 맙소사, 아니. 이 아이들, 그들은 세상을 안다. 그들은 부모를 보호할 줄 안다. 하지만 토프는 아니다. 내가 하는 모든 일—난 지난주에 그의 침대 시트를 갈아주었다!—그 모두에 대한 대가로 그는 이 모든 시련을 주었다.

엄마는 우리가 이야기도 하지 않고 엄마에게 옷을 검사받지도 않고 학교에서 사진을 찍으면 우리를 죽도록 야단치곤 했다. 물론 우리가 엄마에게 이야기하지 않았던 이유는 있다. 바로 타-탄-체-크-무-늬 때문이다. 1970년대 초에는 누구나 그렇게 타탄체크 무늬를 입었던가? 이상하지만 우리가 5학년이 되기 전에 찍은 사진에는 모두 어떤 식으로든 타탄체크가 등장한다. 대개는 바지에. 그리고 우리 세 명 모두 다 타탄체크가 잘 어울렸다.

"우리는 이 사진을 누구에게도 보내줄 수 없어. 빌이나 베스에게도 보여줄 수 없어."

"그럼 보여주지 마."

"안 보여줄 거야."

"그럼 보여주지 마."

마니가 전화한 것은 바로 그때였을 것이다. 그 전날, 아니면 그다음 날, 아니면 그다음 주. 나는 집에 있고 토프는 소파에 앉아 한숨을 쉬며 수학 숙제를 하고 있다. 스테레오가 켜져 있고, 나는 이웃들이 목요일 밤에 반드시 봐야 할 프로그램들에 맞서기 위해 한쪽 스피커를 벽에 붙여두었다. 전화가 울린다.

"샐리니한테 사고가 생겼어."

"뭐? 교통사고야?"

"아니. 아니. 퍼시픽하이츠에서 테라스가 무너지는 사고가 있었던 거 알지?"

"아. 아니."

"그녀는 혼수상태야. 4층에서 머리부터 떨어졌거든. 그녀가 깨어날지 모르겠대."

우리는 간다. 우리가 당장 간 걸로 생각한다. 어쩌면 우리는 아침까지 기다렸을 것이다. 아니, 우리가 간 것은 아마 그때였을 것이다, 바로 그때일 것이다. 마니가 전화한 건 밤이 아니다. 아마 낮이었을 것이고 난 토프를 혼자 남겨둔다. 아니면 내가 문을 잠그고……

그 이야기는 이렇다.

한밤중이다. 토프는 자고 있다. 칼라가 LA에서 전화한다. 그녀와 마크는 LA로 이사 갔다. 샐리니의 엄마가 칼라에게 전화했고 칼라가 내게 전화했다. 난 집을 나선다. 샐리니는 죽었을 수도 있다.

계단을 내려가면서 나는 누군가가 이 기회를 이용해 토프에게 무슨 짓을 할지도 모른다는 걸 깨닫는다. 난 집에 토프를 혼자 남겨둘 때마다 그런 생각을 한다. 이제 그는 열세 살이고 혼자 있을 수 있기 때문에 베이비시터 없이 토프만 남겨둘 때가 종종 있다. 아파트의 출입구가 잠겨 있고 건물의 출입구가 잠겨 있고 세탁실로 이어지는 뒷문이 잠겨 있는 한 그는 괜찮다. 비록 자물쇠가 약하고 있으나마나 해서 나쁜 사람이 들어온다면 거기로 들어오겠지만. 그는 물론 뒷문으로 들어올 것이다. 우리를 지켜보면서 내가 나가기를 기다리던 그는 내가 한동안 돌아오지 않을 것을 안다. 내 통화를 엿듣고 망원경이나 쌍안경으로 나를 지켜본 덕분에. 그리고 내가 나가면 그가 로프나 왁스를 들고 들어온 다음—그는 스코틀랜드 사람인 스티븐과 친구다, 당연히!—토프를 데려다가 무슨 짓인가를 할 것이다. 그는 내가 건물에서 떨어져 혼수상태인 샐리니를 보러 간 것을 알기 때문이다.

나는 중간에서 마니를 차에 태운다. 무디는 병원에서 우리를 맞는다.

샐리니의 가족이 모여 있다. 부모님, 자매, 열댓 명의 사촌, 삼촌들, 이모들—일부는 사리를 입었고 일부는 입지 않았다—그리고 다른 친구들. 반짝이는 복도는 바닥에 앉거나 대기실을 들락거리는 사람들로 가득하다. 대기실은 완전히 점령당했다. 그 파티에 참석했던 여자가 한 명 있다. 우리는 더 자세히 듣는다. 파티는 퍼시픽하이츠에서 있었다. 샐리니는 친구와 함께 갔다. 그들은 주위를 서성이다 뒤쪽 테라스로 나갔다. 지지대가 무너지고 사람들이 아래로 떨어지는 사고가 났을 때 그곳에는 20명쯤 있었다고 한다. 샐리니와 함께 갔던 친구는 죽었다. 십수 명이 병원으로 옮겨지거나 귀가했다. 샐리니는 그들 중 가장 심각하다. 누구의 이야기를 들어도 그녀가 살아 있는 것은 행운이었다. 그녀의 머리가 충격을 줄여주었다.

우리는 복도 바닥에 앉아 기다린다. 그러다가 일어서고 걸어 다니고 속삭인다. 그들은 수술을 하고 있다. 어쩌면 이미 수술을 했을 것이다. 그들은 아마 수술을 많이 해봤을 것이다. 스무 번, 서른 번, 백 번. 나중에—아마 다음 날—우리는 샐리니가 입원해 있는 폐쇄 병동에 들어가도 좋다는 이야기를 듣는다. 병동 입구에서 우리는 리시버를 든다. 간호사가 대답하더니 다른 간호사가 나와서 문을 열어준다. 우리는 다른 방들을 지나쳐 그녀가 있는 곳으로……

그녀의 얼굴은 엉망이고 눈은 감겨 있다. 빨갛게 부어올라 거대한 그녀의 얼굴은 빨갛고 자주색이고, 파랗고 빨갛고 자주색이고 노랗고 초록색이고 갈색이고, 그녀의 눈두덩은 검은색이다. 그녀는 산소호흡기를 달고 있다. 그들이 니트캡에 대해 설명해주었는데 정말 니트캡이 그녀의 머리를 덮고 있다. 뇌의 부기를 줄이기 위해 머리를 밀고 두개골을 일부 제거했기 때문이다. 그녀의 다리는 마치 부목을 댄 것처럼 곧게 뻗어 있고 잘 때 쓰는 마스크를 쓴 것처럼 액체를 채운 푸른색의 부드러운 레깅스에 감싸여 있다.

맙소사, 그녀의 몸에 묻은 피도 깨끗이 닦여 있지 않았다. 적어도 그녀 눈 위의 그 빌어먹을 피는, 내 말은 그……

그녀의 팔은 완벽하다. 그녀의 팔은 아무런 상처나 멍이나 흔적도 없이 부드럽고 갈색이다.

병실에 다른 사람은 없다. 마니와 무디와 나는 무엇을 해야 할지 모른다. 우리가 그녀를 만져도 되는지, 그녀를 만져야 할지 말아야 할지, 말을 할지 아니면 그냥 곁에 서 있을지, 아니면 그냥 인사만 하거나 기도만 하거나 옆을 스쳐 나가버리거나. 혼수상태인 사람에게는 말을 하지 않는 건가? 그들도 들을 텐데, 틀림없이? 태어나지 않은 아이가 듣는 것처럼 그들은 듣는다.

우리는 입에 손을 댄 채 병실 한쪽에 서서 눈도 깜박이지 않고 조심스럽게 속삭인다. 그때 사촌인지 친구인지 인도 여자가 들어오더니 우리에게 인사도 하지 않고 곧장 세면대로 가서 손을 씻어

말린 다음 곧장 섈리니에게로 걸어가 그녀의 손을 두 손으로 감싸고는 말을 건다.

"안녕, 섈리니, 안녕."

이미 꽃이 있다.

섈리니의 엄마가 들어온다. 그녀는 우리에게 손을 씻어야 한다고 말한다. 우리는 손을 씻고 침대로 걸어가서 섈리니의 깨끗한 팔을 만진다. 따뜻하다.

몇 분 뒤 우리는 밀려 나온다. 제프는 복도에 있다. 우리는 그에게 우리가 아는 것을 말해준다. 그는 휘둥그레진 눈으로 고개를 끄덕이며 이쪽 다리 저쪽 다리를 바꿔가며 펄쩍거린다.

우리는 기다린다.

며칠이 간다. 그녀는 나빠졌다가 좋아졌다가 불확실해졌다가 더 좋아지고 곧 의사들은 그녀가 여전히 혼수상태이기는 하지만 최소한 안정된 상태를 유지할 것이라고 확신한다. 그녀가 회복할지는 아무도 확신하지 못한다. 그녀는 너무 끔찍하게 떨어졌다. 그녀는 테라스에 서 있었고 그녀는…… 우리는 죽은 여자를 모르지만 우리 모두 그 집에, 그 테라스에 있었던 것 같은 느낌이 든다……더 많은 사람들이 찾아온다. 칼라와 마크가 LA에서 온다. 섈리니의 친척들 몇 십 명이 나타난다. 대기실은 항상 붐빈다. 우리는 섈리니의 친구들, 이모들, 삼촌들, 양복을 입은 남자들, 사리를 입은 머리가 희끗한 여자들을 만난다. 우리는 병원 구내식당에서 밥을 먹는다. 우리는 병원을 나온다. 해가 빛나는 밖은 항상 푸른색으로 환하다. 우리는 일터로 갔다가 다시 병원으로 돌아오고 다시 식사를 하고 잠을 잔다. 섈리니도 잠을 잔다. 우리는 때로 베이글을 가져간다. 때로는 친척들에게 환영받는다고 느끼고 때로는 환영받지 못한다고 느낀다. 샐리니 엄마의 눈에는 대개 물기가 어려 있다. 그렇지 않을 때 그녀는 등을 곧게 펴고 팔짱을 낀 채 왔다 갔다 하면서 의사들에게 뭔가를 요구한다. 그녀도 의사라서 샐리니를 돌봐줄 최고의 의료팀을 모았다. 우리는 샐리니의 대학 친구들, 고등학교 친구들, 사촌들을 만난다. 가게에 갈 건데 필요한 거 있으세요? 오늘은 들어갈 수 없어요. 의사들이 안에 있거든요. 내일 오세요. 아뇨, 우리는 있을 거예요. 왜 있으려고 하죠? 우리는 있어야 해요. 나는 기다리고 밤을 새우고 의사들과 협상하고 손을 맞잡아주고 면회시간을 알아낸다. 나는 병원의 규칙들을 안다. 우리는 있어야 한다. 그리고 부모님에게 질문해서는 안 된다. 뭔가를 알고 싶다면 사촌이나 친구에게 물어야 한다. 가족이 먼저 미소 짓거나 웃지 않으면 미소 지어도 안 되고 웃어도 안 된다. 옷은 깔끔하게 입어야 한다. 사람들의 기대에 맞춰 시간을 정확히 지켜야 한다. 면회시간을 놓쳐서는 안 되고 일단 병실에 들어가면 너무 오래 머물러서 대학 친구나 인도에서 온 삼촌을 기다리게 해서는 안 된다. 가장 중요한 것은 우리 역시 고통받아야 한다는 점이다. 환자 주위의 모든 사람들은 희생과 투쟁을 불사하고 영양부족이나 수면부족을 마다하지 않아야 한다. 역시 고통받기 위해, 고통받는 동안 가까이 있기 위해. 침대 곁을 떠나는 것, 병원을 떠나는 것은 치유력을 약화시키고 회복되려는 노력을 약화시킨다. 환자들이 아픈 동안 가능하다면 함께 있어주어야 한다. 난 이런 것들을 안다. 기괴한, 자기희생적인 제스처가 중요하다. 방문할 수 없는 날에도 찾아가야 한다. 어느 날 밤 당신이 집에 들어갔을 때 토프가 "그래서 오늘 밤에는 부모 노릇이라도 하려는 거야?"—둘이 몇 주째 패스트푸드를 먹고 매일 밤 당신이 저녁을 먹은 다음 소파에서 잠들기 때문에 농담으로 하는 소리다—라고 말하는 것을 들으면 숨을 들이쉰 다음 이것이 괜찮다는 것, 이런 것, 이런 투쟁과 희생이 필수적이라는 것, 그가 지금은 아니라도 언젠가는 이해하리라는 걸 깨달아야 한다. 심지어 샬리니를 찾아가 그녀의 상처가 치유되는 것을 살펴보고 그녀의 완벽하고 작고 뜨거운 손을 잡아본 후에도 복도에 남아서 이야기하고 싶은 누군가와 이야기해야만 한다. 샬리니의 엄마가 우리에게 이야기하고 싶은 건지, 아니면 우리에게 말을 걸어야 한다는 의무감을 느끼는 건지는 확실하지 않지만 우리는 전자일 것이라 생각하고 몇 시간씩 병원에 남는다. 어느 날 나는 샬리니를 위해 테디베어를 가져갔다. 어머니가 돌아가시고 몇 년간 내 차의 물건 보관함에 넣어두었던 작은 모헤어 인형이다. 난 이 곰 인형 안에 어머니의 뭔가가 담겨 있다고 생각하고 고이 보관했다. 나는 작은 관절이 붙은 팔다리와 닳고 듬성듬성한 털이 달린, 이 작고 오래된 오렌지색 곰 인형의 검고 작은 두 눈을 들여다본다. 거기에는 내 엄마의 뭔가가 담겨 있다. 이 곰 인형은 엄마를 너무나도 생각나게 하는 유일한 물건이다. 설명할 수 없지만 이 곰 인형의 작고 검은 핀 대가리 같은 눈을 들여다볼 수 없다. 눈을 들여다볼 때마다 엄마가 이 작은 곰 인형인 척, 웃기는 목소리를 내던 것이 생각나기 때문이다. 내가 네 살, 다섯 살, 여섯 살일 때의 일이다. 엄마는 곰 인형들을 위해 작은 집을 짓고는 작은 가구로 장식했다. 우리가 그 집에서 곰 인형들과 놀 때마다 엄마는 작은 곰 인형들 중 하나를 꺼내 입 앞에 대고는 높고 거슬리는 목소리로

"안녕"이라고 한 다음 "너희에게 비밀을 말해줄게"라고 말하곤
했다. 그러고는 곰을 내 귀에 가져다대고는 내가 어떤 비밀일지 한
껏 상상하게 하면—내 귀에 닿은 까칠한 털에 간지럼을 느끼고는
미친 듯이 낄낄거리곤 했다—난 놀라움, 환희로 미칠 지경이 되
곤 했다. 난 완전히 미칠 지경이 되곤 했다. 그래서 어느 날, 아마
도 3년 만에 처음으로 나는 이 곰 인형을 차에서 꺼내 병원으로 가
져간다. 내 손에 잡힌 인형의 따끔거리는 털이 마치 밤송이처럼 느
껴진다. 울 캡을 쓰고 잠들어 있는 샐리니를 보기 위해 나는 들어
갈 것이다. 벽에는 그녀가 엄마, 자매와 행복하게 찍은 사진들이
걸려 있다. 이제 그녀의 눈은 부기가 조금 가라앉았고 붕대를 풀었
으며 상처 주위의 망가졌던 피부도 재생되고 있다. 나는 병실에 혼
자 남아 그녀의 팔과 가슴 사이에 이 곰 인형을 끼워준 다음 뒤로
물러나서 그 자리에 앉은 곰 인형을 바라볼 것이다. 고작 4인치밖
에 안 되는 곰 인형이 작고 검은 핀 대가리 같은 눈으로 나를 쏘아
볼 것이고 나는 경건함과 자랑스러움을 느끼면서 이 일이 중요한
의미를 지닌다고 믿을 것이다. 곰 인형이 마법을 부릴 것이고 내가
이 상황을 해결해 샐리니를 되찾을 것이라고.

또 하루는 샐리니를 모르는 존이 전화를 걸어 인사를 전한다.

"신문에서 읽었어." 그가 말한다.

"그래."

"건물주는 구속될 거야. 백 건쯤 되는 다른 위반 사항도 있대."

"응."

"내가 할 일이 있을까?" 그가 묻는다.

"아니, 없을 거야."

정적.

"저기 내가 오늘 또 피를 토했거든······."

애덤 리치는 자신의 죽음이 자살이기를 원하지 않는다. 그의 페르소나와 어울리지 않기 때문이다. 그는 살해되기를 원한다.

우리는 그가 LA의 잘나가는 나이트클럽인 애스프 클럽 주차장에서 해고당한 극장식 식당의 무대 담당에게 죽임을 당하는 것으로 결정한다. 그는 그 폭력적인 죽음, 더 대단하게는 이 남자가 갑작스러운 피투성이의 죽음에 앞선 마지막 몇 시간조차도 파티를 즐겼음을 극명하게 드러내는 장소에서의 죽음을 마음에 들어한다. 그의 삶을 자세히 언급하면서 우리는 오래된 그의 약물중독 문제는 애매하게 긍정만 하고 회피해버릴 것이다. 우리는 그가 약물 대신 비타민 C에 중독되었던 것으로 한다. 그가 론 그린과 〈코드 레드〉의 주연을 맡았을 때 화재 안전의 중요성을 뼈저리게 느끼고 영양제가 자신의 피부를 내연제로 바꿔줄 것이라 믿었다고. 우리는 모터크로스와 그림에 대한 그의 관심을 다룰 것이고 〈아들과 딸들〉의 니콜라스가 한 명의 배우 이상의 존재임을, 그가 사실은 할리우드의 급성장하는 영화감독 중 한 명임을, 그가 죽을 당시 "멀티미디어와 쌍방향적인 요소들을 통합하고 장르를 변형한 블록버스터"—할리우드에 "불법 점거자 프로젝트"로 알려진, 상당한 기대감을 불러일으키던 신비한 프로젝트—를 제작하고 있었음을 세상에 드러낼 것이다. 그는 이 모두를, 불시에 닥쳐온 천재의 죽음이라는 아이디어를 마음에 들어한다.

그 이야기는 이렇게 시작한다.

태양과 너무 가까이에서 날면 결국 추락할 것이라고들 한다. 배우이자 아이돌이자 인습 타파자인 애덤 리치는 너무 빨리 너무 멀리 날았다. 3월 22일 그는 너무나 태양 가까이를 날았다. 그의 동료들, 사랑하는 사람들, 그리고 전 국민이 애도……

토프가 역사책 위로 몸을 숙인 채 소파에 앉아 있다. 나는 복도를 서성이면서 손가락을 튕기고 있다.

"제발 그만해." 그가 말한다.

"싫어."

나는 흥분했다. 대단한 밤이다. 여기 사리가 오다니. 토프가 유대 성년식에 가면 사리를 보는 거다. 좋아. 좋아. 좋아좋아.

우리는 저녁을 준비하고 그는 옷을 갈아입어야 한다.

"왜 갈아입어야 해?"

"종교적인 행사니까. 어디라고?"

"몰라."

"음, 초대장 같은 건 받았어?"

"응, 하지만."

"음, 어디지?"

"형한테 없어?"

"나? 내가 왜 그런 걸 갖고 있겠어?"

"난 못 봤어."

"이런, 맙소사."

그는 친구에게 전화를 걸어 자세히 묻는다. 물론 우리는 늦었고 그는 내가 걱정하던 대로 그 바지를 입고 방에서 나온다. 주머니에 잉크 얼룩이 있는 바지다.

"깨끗한 바지 없어?"

"누가 가끔이라도 세탁을 해줬다면 깨끗한 바지가 있었겠지."

"뭐? 뭐라고? 세탁물 속에는 바지가 없었어, 건방진 놈아. 먼저 세탁물을 내놔야지, 꼬마……"

"결코 입지 않을 거라면 왜 그래야 해?"

"젠장, 이런 때를 대비해서지, 쯧쯧."

나는 그를 유니언스퀘어, 뚱보 애버클이 일을 벌였던 그 호텔까지 데려다준다. 그가 차에서 내린다. 그가 차에서 내리는 모습을 봐서 행복하다, 꼬마 바보 녀석. 나는 무디와 폴과 제프가 애덤 리치의 마지막 인터뷰—우리가 독점적으로 따낸 척하는—를 하고 있는 사무실로 돌아간다.

Q: 누구를 가장 동경합니까?

애덤 리치: 스펜서 트레이시, 제임스 캐그니, 베이브 루스. 특히 베이브요. 베이브는 모두—선수들, 여자들, 알코올—가 억압하려 했지만 지치지 않고 펜스를 가리키던 남자였습니다. 매일 아침 나도 일어나서 펜스를 가리킵니다.

Q: 그래서 매일 야구를 합니까?

애덤: 아뇨.

Q: 흠. 음, 아주 좋은 태도군요. 할리우드에서 겪게 되는 전형적인 인생의 흥망성쇠를 받아들이고 있는 것 같군요.

애덤: 비전을 갖는 것과 관련된 거죠. 최근 배우로서 나는 좌

절을 겪었습니다. 내가 배운 가장 중요한 교훈은 과거가 미래의 걸림돌이 될 수 있다는 거죠.

Q: 확실히 기회가 있습니까?

애덤: 네. 하지만 돈을 벌기 위해 내 과거를 팔지는 않을 겁니다.

이번 호를 마무리 지을 시간은 일주일뿐이다. 게다가 다음 날까지 〈크로니클〉의 칼럼니스트들을 위해 광고도 만들어야 한다.

허브의 추천: 허브 케인을 읽으세요.

존 캐럴: 캐럴처럼 합시다.

평소처럼 우리는 쉽게 만든다. 나는 다시 그 호텔로 차를 몰고 간다. 토프를 집에 데려다준 후 사리가 묵고 있는 유니언스퀘어의 호텔로 갈 수 있을 것이다. 토프가 계단에서 나를 기다리기를 바라면서 난 뚱보 애버클의 호텔 앞에서 속도를 늦춘다. 그러나 그는 거기 없다.

나는 그 블록을 돈다. 다시 포크 가를 내려가서 호텔 앞에 차를 멈추지만 여전히 그는 없다. 내 뒤에는 멍청한 사람들로 가득한, 빌어먹을 케이블카—휘!—가 있어서 난 다시 차를 빼고 한 바퀴를 돈다. 내가 유니언스퀘어로 갔을 때 혼잡스러운 관광객들, 나는……

젠장, 난 지하에 주차할 것이다. 난 지하에 주차를 하고 호텔로 달려가 로비로 들어간다, 반바지를 입은 채. 사리를 만나기에도 아슬아슬한 시간이다. 그녀는 기다릴 것이다. 그녀는 오늘 밤 떠나야 한다. 그녀는 오늘 회의가 있었고 오늘 돌아간다. 내가 토프를 찾아 집에 내려줄 때쯤이면 그녀는 가고 없을 것이다.

젠장. 부모와 걸어 나오는 아이들이 있지만 그는 어디에도 없다. 다른 아이들은 로비에서 부모를 기다리고 있지만 그는 없다. 그는 보통 아이들이 갈 만한 계단에도 없고 출입구에도, 엘리베이터 옆에도, 프런트 데스크에도 없다. 내가 묻자 그와 같은 반인 여자애가 아니, 자신은 그 애를 한참 보지 못했다고, 하지만 몇몇 아이들은 아직 위층에 있으니까 그도 있을지 모르겠다고 말한다.

나는 거울이 달린 크롬 엘리베이터를 타고 올라간다. 번쩍이는 붉은 카펫이 덮쳐오더니 경관, 너무나 멋진 전 도시의 경관이 눈에 들어온다. 이 엘리베이터는 옥외 엘리베이터다. 위층의 파티장은 온통 유리로 덮여 있다. 슬프게도 풍선들이 바닥에 흩어져 있고 DJ는 자신의 장비를 싸고 있다. 옷을 잘 차려입은 두 아이가 남아 있다. 한 명은 멜빵을 했다. 토프는 그들 사이에 없다. 난 그들 중 한 명과 엘리베이터를 타고 내려오면서 물어보지만 그는 토프가 어디 있는지 모른다.

정문 밖, 계단, 유니언스퀘어, 또다른 바보 같은 케이블카, 사방에 관광객들, 그러나 토프는 없다.

사리는 가버렸을 것이다. 성 전문가와 잘될 수 있는 기회를 놓쳤다. 다른 사람 생각은 하지도 않는 이 꼬마……

난 공중전화로 가서 그가 전화를 했는지 확인한다. 그는 전화하지 않았다. 호텔로 돌아와 로비를 훑고 엘리베이터로 돌아가서 그 멋진 경관을 바라보고 다시 파티장을 살펴본다. 이제 거의 비어버린 룸에는 몇몇 부모만 남아 있다. 내가 그들을 절망적으로 바라보는 동안 그들은 나를 미심쩍게 바라본다. 하지만 난 그들이 아니고 무슨 말을 해야 할지도 모르기 때문에 그들에게 아무 말도 할 수 없다. 내가 설명하면 나에 대한 그들의 낮은 기대감만 확인시켜서 꼬마 토프에 대한 그들의 걱정과 동정만 커질 테니까. 나는 다시 내려온다. 엘리베이터 거울에 비친 나는 미친 사람 같다. 아마 그는 죽었을 것이다. 그는 납치당했다, 당연히. 폴리 클라스*처럼 납치당해 바로 지금 강간당하고 사지를 절단당했다. 아니면 우선 다른 주로 옮겨졌던지. 불가능해. 아니, 가능해. 거의 확실해, **틀림없어!**

사리는 기다리지 않을 것이다. 아, 젠장 한 번만 뭔가를 할 수 있게, 섹스 매뉴얼의 저자와 관계를 맺는 것 같은 간단하고 정상적인 뭔가를 할 수 있게, 단지 그 작은 한 가지 것을. 젠장 내가 이 한 가지를 이룰 수 있을까?

오, 잠깐. 그거야. 그는 친구네 차를 탔을 거야. 맞아. 작은 멍청이, 그가 내게 말도 하지 않고 다른 사람의 차를 얻어 탔다. 그를 집에서 찾아내면……

아냐, 아냐, 그는 아직 여기 있어. 난 확신한다. 난 호텔의 전화실, 레스토랑, 바를 들여다보고. 그런데 왜 바지? 왜 바냐고, 멍청아? 생각 좀 해, 생각 좀 하라고! 다시 엘리베이터를 타고 올라간다. 아 하하 정말 멋진 경치야. 느긋하게 올라가던 엘리베이터의

---

* 1993년 10월 집에서 친구들과 파자마파티를 열던 중, 침입한 괴한에게 납치당한 소녀. 납치된 지 두 달 후 사체로 발견되었다.

문이 열리고 난 파티장으로 들어간다. 하지만 아무도 없다. 다시 내려와서 다시 밖으로 나간다. 그러고는 길 건너 공원으로 들어간다. 그러고는 그 블록을 돈다. 그는 분명 사라졌고 그는 죽은 것과 다름없다. 그는 납치당했다, 물론. 폴리 클라스와 같은 나이잖아, 그지? 맙소사. 난 마크 클라스가 될 것이다. 난 법률안을 발의할 것이고—토프 법—재단을 세울 것이다.

다시 로비로 돌아오자 그가 문 옆에 서 있다. 셔츠 자락을 빼고 머리는 헝클어진 채 까치발을 들고 호텔의 두툼한 황금색 유리문 너머로 밖을 내다보고 있다.

난 그를 붙잡아 아무 말도 하지 않고 차로 데려가서는 차창을 올린다. 내가 다른 문, 그러니까 아까 그를 내려준 문이 아니라 다른 문으로 올 것으로 생각했다는 둥 그가 변명을 늘어놓은 후에, 내가 참을성 있게 흥미 있게…… 흥미 있게…… 욕을 하지 않고 소리를 지르지 않으려고 애쓰면서 그 변명을 들어준 후에…… 난 이런 짓은 하고 싶지 않다. 이런 짓은 우리와는 거리가 멀다. 소리를 지르는 것도 안 되고 욕을 하는 것도 안 된다. 당국에 의해 금지되어 있다. 화를 내서도 안 되고 감정을 터뜨려서도 안 되고 이걸 하겠다 저걸 하겠다 협박해서도 안 되고 여기저기 그를 때려서도 안 된다. 대신 나는 노인들에게 초서의 작품을 읽어주듯 조용히, 천천히, 부드럽게 사물을 보는 내 방식대로 이야기한다.

"젠장 토프! 젠장 이해가 안 돼! 다른 문? 왜 다른 문이야? 날 놀리는 거야? 젠장! 젠장! 젠장! 젠장 이런 일은 일어날 수도 없다고. 미안해 친구. 이런 일은 일어날 수도 없어. 제발, 토프, 제발, 이런 일은 바보 같다고 (그와 나 모두 놀랄 정도로 목소리가 높아진다) 젠장 바보 같아! 젠장 이런 일은 일어날 수 없어, 이런 일이 벌어질 여지가 없어. (자동차 핸들을 마구 두드리면서) 젠장! 젠장! 젠장! 경찰에 언제 전화해야 할지 고민하고, 경찰들이 강간당해 갈가리 찢긴 너를…… 젠장, 그런 너를 어떤 쓰레기통에서 찾아낼지 궁금해하면서 너를 찾아 차를 몰고 이 도시를 끝없이 돌아다닐 수는 없어. 젠장 빌어먹을, 토프, 난 거의 포기하고 그 호텔을 젠장, 열 번이나 살펴보고 산산이 부서진 너를 그려봤어. 폴리 클라스를 죽인 남자가 법정에서 내게 가운뎃손가락을 들어 보이는 모습도. 젠장! (핸들을 마구 두드린다) 문제가 생길 틈을 줘서는 안 돼, 형제. 문제가 생길 틈을 줘서는 안 된다고! (한 음절씩 내뱉을 때마다 핸들을 두드린다) 문제가! 발생할! 틈을! 줘서는! 안 돼! 들어봐, 넌 이걸 알고 우리는 이걸 알아. 우리는 항상 알고 있었어. 이걸 실천하는 유일한 방법은 일정한 수준의 효율성이야! 우리는 생각을 해야만 하고 긴장하고 있어야 해! 똑같이 이해하고 걱정하고 생각해야 해. 우리는 침착해야 한다구! 모든 것이 팽팽하게 당겨졌어, 토프, 팽팽하다고! 유연성이 없어! 유연성이! 모든 것이 너무 팽팽하다고, 형제. 모든 것이 바로 저기 있어, 저것처럼 (주먹을 움켜쥔다), 보여? 긴장되고 팽팽하게 (주먹을 펴고 로프의 매듭을 당기는 흉내를 낸다)! 모든 것이 팽팽하게 당겨졌어!"

"우리 동네 지났잖아."

난 토프를 베스의 집에 내려주고 그가 붉은 현관으로 들어가는 것을 본 다음 내게 손을 흔드는 베스에게 손을 흔든다. 나는 그가 그녀에게 모두 말할 거라는 사실을 깨달으며 문이 닫히고 그들이 계단을 올라가는 모습을 지켜본다.

이제는 초조해할 수 없다.

사리가 있는 동안은 안 된다.

난 사리가 원하는 것을 정확하게는 모른다. 아마 그녀는 복수를 하려는 것인지 모른다. 그녀의 책을 재미있어한 나를 비어 있는 호텔방에 불러들여 앙갚음하려는 것일 수도 있다. 아니면 내가 걸어 들어갔을 때 누군가가 내게 뭔가를 뒤집어씌울지도 모른다. 휘저은 크림. 타르. 대단한 계획이다. 그것은 함정이다. 나는 그래도 싸다. 나는 어떤 짓, 아니 모든 짓을 당할 만하다. 어떤 공격도 나를 놀라게 하지는 못할 것이다. 하지만 위험을 감수할 가치는 있다. 성 전문가와 있으려면! 그녀는 비결, 비법, 격정적인 것 등 모든 것을 알고 있고 내가 미처 모르고 있던 것을 내게서 끌어낼 것이다.

나는 로비에서 전화한다.

"떠나려던 참이었어요. 두 시간 후에 비행기를 타야 해요."

"밑에 와 있습니다."

"내려갈게요."

나는 성 전문가를 보기 위해 기다린다. 사리. 성 전문가. 사리. 성 전문가. 하지만 얼마나 나쁜 짓인가? 친구는 혼수상태이고 토프는 베스 집에서 아마 울고 있을 것이다. 적어도 몸을 떨고 있겠지. 내가 폭발한 건 처음이다. 폭발한 건가? 나는 폭발했다, 내 목소리는 그렇게 들렸다.

그리고 난 이 여자, 내가 3시간 동안 만났던 여자를 기다리고 있다. 엘리베이터가 열리더니 거기 그녀가 여행 가방을 들고 나타난다. 그녀는 큰 걸음으로 내게 오고 그녀가 다가오자 아주 좋은 냄새가 난다.

우리는 저녁은 건너뛰고 곧장 우리 집으로 가기로 한다. 그녀의 비행기가 출발하기까지 1시간쯤 시간이 있을 것이다. 우리는 차에 타고 비가 내린다. 텐더로인 지역은 환하고 밝다. 집에 오는 길에는 파란불이 제때제때 켜지고 드디어 우리는 내 방에 단 둘이……

나는 성 전문가와 함께다! 모든 것이 관능적이다. 우리 관계는 진전되고 있다. 우리가 옷을 입고는 있지만 진전되고 있다. 성 전문가와 침대에, 성 전문가와 침대에, 성 전문가와 침대에. 성 전문가와 여기 있다는 것이 무슨 의미일까? 최고다, 그지? 바로 이거다, 맞지? 난 결혼하지 않았고 난 죽을 것이다. 3년, 어쩌면 5년. 샐리니는 우리 모두가 특히 뉴욕에서 온 성 전문가와 100만분의 1의 기회—나도 알고 샐리니도 안다—를 즐기기를 바랄 것이다. 그래서 내가 세상에 박탈이 아닌 기쁨을 더하기를. 박탈은 누구에게도 도움이 되지 않는다. 나는 세상에 뭔가를, 이 경험을 더할 것이고 샐리니와 나는 뭔가를 함으로써 세상이라는 직물 속에 우리 스스로를 좀더 엮어 넣을 것이다. 누군가가 스스로를 직물 속에 엮어 넣는……

샐리니가 혼수상태인 동안 내가 성 전문가와 섹스를 해도 괜찮다. 어떻게 우리가 싫다고 말할 수 있을까? 우리가 함께라는 것은 뭔가 벌어지고 있다는 의미이고 뭔가 벌어지는 것은 도덕적인 선과 같다. 그것은 더이상 나뉠 수 없는 선과 같다. 그것=존재=도전=당기기=밀기=증거=신념=연결+손잡기=확신=헤엄쳐서 바위까지 갔다 오기+이쪽에서 저쪽까지 갔다 오는 동안 물속에서 계속 숨 참기=싸움, 작은 싸움이든 큰 싸움이든 어떤 싸움에든 뛰

494

어들기＝생각 밝히기, 항상＝홍망에 대한 부정＝쇠퇴에 대한 경멸＝힘-제재-절제-손톱 물어뜯기-말하지 않기＋주먹으로 벽 치기＋볼륨 높이기＋재빨리 차선 바꾸기＋자동차 지나치기＋얕보기＋소리 지르기＋요구하기, 고집부리기, 버티기, 얻기＝도전＝손자국, 발자국, 증거＝나무 흔들기, 울타리 자르기＋잡기＋움켜쥐기＋홈치기＋달리기＋게걸스레 먹기＝후회하지 않기＝불면증＝피＝피에 젖기. 그리고 샐리니에게 필요한 것은 연결, 피를 펌프질해주는 것, 격자를 사용하는 것이다! 그녀는 옆에 있어줄 친구뿐 아니라 최대한 가까이 있어줄 친구, 마찰을 일으키고 소음을 만들면서 그녀 자신뿐 아니라 서로서로에게 가까이 있어줄 친구가 필요하다. 가능하다면 그녀에게는 우리의 섹스가 필요하다. 서로와 섹스하고 그녀에게 그 에너지를, 그런 폭발과 사랑을 투사해주어야 한다. 그 모두는 연결된다, 아하! 샐리니는 우리가 섹스하기를 바랄 것이다! 그러고는 눈을 감은 채 사리와 함께 부드럽게 서로를 더듬는다. 그다음에는 마룻바닥에 신발이 떨어지는 소리, 눈을 감은 채 느끼고 손을 대고 문지르는 동안 머릿속에 떠오르는 모든 것들, 예를 들면 우주여행에 대한 생각. 〈2001: 스페이스 오디세이〉풍의 우주복을 입고 모든 것이 먼지투성이에 붉은 화성 위를 걷는 것. 그다음에는 청소년기 내내 가지고 있던 일러스트 가득한 책에서 얻은 이미지들—달 크기의 우주선, 아직 우주 지도에는 오르지 않은 행성 위에 몇 마일 높이로 솟은 탑들처럼 지금부터 3000년 후 우주여행이 어떤 모습일지를 보여주는. 그다음에는 감겨 있는 샐리니의 자주색 눈. 그다음에는 콘돔이 없다는 것과 사리에게 에이즈를 옮기는 것. 그리고 1년 후 에이즈 판정을 받았을 때 사리에게 말해주어야 한다는 것. 그리고 기다려야 한다는 것. 아니, 그 때쯤이면 그린란드나 프란츠요제프 제도에 가 있어서 사리를 대면할 수는 없을 테니 편지로 알려야 한다. 아니면 여전히 여기 있으면서 그녀에게 직접 이야기해주고 결혼해달라고 한 다음 함께 에이즈와 싸울 것이다. 왜냐하면—아냐, 그녀는 너 같은 멍청이랑은 아무것도 하고 싶지 않을 거야.

아파트 문이 열렸다 닫힌다. 그리고 우리 집 문이 열렸다 닫힌다. 그리고 침실 문이 열린다. 토프다.

"윽." 그가 말한다.

나는 밖으로 나간다. 그에게 걸린 것은 처음이다.

그는 자신의 벽장 속을 들여다본다. 그저 서서 본다.

"여기서 뭐 하는 거야?" 내가 묻는다.

"무슨 소리야?"

"넌 누나네 있어야 하잖아."

"먹을 게 없어서. 누나가 보낸 거야."

"잘 들어, 거기로 돌아가서 먹어. 그녀에게 그래야 한다고 말해. 뭔가를 시켜달라고 해. 한 시간 안에 데리러 갈게."

그는 나간다.

나는 사리에게 돌아간다. 그녀는 가기 위해 일어서 있다.

그러고는 공항으로 간다.

침묵. 무의미한 대화.

차 밖에서 우리는 포옹한다.

그녀는 공항의 유리문으로 빠져나가고 나는 바보같이 눈을 깜박이며 바라본다.

우리가 무엇을 했는지, 무슨 일이 벌어지기는 했는지, 우리가 성공하기는 했는지, 증거가 생기기는 했는지 분명하지 않다.

애덤 리치의 마지막 인터뷰에는 웃고 있는 그의 사진이 한 페이지에 나간다. 사진 설명은 이렇게 붙는다. "죽음의 신을 무서워하지 마라." 이 특집기사는 멋지다. 마지막 세부사항에 이르기까지 모든 것이 완벽해 보인다. 성장하기까지 그의 모습을 담은 사진들, 한 장은 그보다 홀쩍 큰 브룩 쉴즈와 찍은 것이고 아홉 살 때쯤 무디의 새 여자 친구인 미셸(그와 애덤은 같은 예술학교에 다녔다)과 이상하게 찍힌 사진도 있다. 모두 완벽하다, 모든 것이 꼭 들어맞는다, 믿을 수가 없다. 대단할 거야, 우리는 생각한다.

"대단할 거예요." 우리가 말한다.

"네, 대단할 거예요." 우리가 말한다.

마침내 상황이 순조롭게 풀려가는 것 같다. 우리의 임대차 문제도 괜찮아 보이고, 광고도 다소 개선되었고, 여섯, 열, 또는 스무 명의 인턴들과 이스트코스트 출신의 새로운 조력자—스카이 배싯이라는 22세의 여배우 겸 웨이트리스로 랜스가 꼬드겨서 뉴욕 여기저기를 돌아다니게 하고 미팅을 잡게 하고 다가올 파티도 계획하게 하고 심부름도 하게 한다—덕분에 스태프도 가장 많다.

"여배우요?" 우리가 말한다.

"네, 〈위험한 아이들〉 봤어요? 거기 학생으로 나왔어요. 큰 역할이었죠. 그녀는 TV에도 나와요."

"그래서…… 그녀가 우리랑 뭘 하고 싶어하는데요?"

관례적인 반응이다. 우리는 우리를 돕겠다는 사람은 의심하고 실제로 우리를 돕는 사람은 걱정한다. 제프처럼 아무 대가 없이 우리를 돕기 위해 이 나라 끝으로 이사 간 사람들, 음……

나는 곧장 그 영화를 빌렸고, 흑인과 라틴계 아이들 — 위기의 젊은이들 — 사이에 흐린 금발의 예쁜 백인 소녀가 눈에 띄었다. 그녀는 강인하고 화장을 너무 진하게 한다. 그녀는 대사를 읊어대고 우리를 위해 뉴욕을 돌아다닌다. 그녀는 일주일에 30시간씩 패션 카페에서 웨이트리스로 일하고 20시간 이상 연기를 하거나 오디션을 보고 짬짬이 우리의 보잘것없는 일을 해준다. 전화를 걸 때 그녀의 허스키한 목소리는 들떠 있고 익살맞다. 그녀는 우리 중 한 명이다. 그녀와 애덤 리치 건으로 우리는 어쩌면 정말 모퉁이를 돈 것처럼, 어쩌면 우리가 분발해서 사업 계획을 세우고 수백만 달러를 벌어들이고 마침내 주류가 되고 우리 이름을 딴 다리와 초등학교가 생겨나게 하고 우주여행을 준비해야 할 것처럼 보인다. 아마 샐리니도 돈을 조금 갖게 될 것이고 아마 다시 돌아와서 자신의 일을 할 것이다. 화창한 어느 평일 정오쯤 마니와 내가 병실 안으로 들어갔을 때 약 2주간 혼수상태이던 샐리니가 눈을 뜨고 있었다.

이런 세상에 맙소사.

우리는 얼어붙는다. 우리는 그녀가 눈을 떴다는 이야기를 듣지 못했다. 우리는 달려가서 그녀의 가족에게 말해주고 싶었다.

그녀는 눈을 떴지만 퀭하게 뜬 것은 아니다. 완전히 활짝 뜨고 있다. 그녀가 우리를 보고 있다! 나는 그녀의 눈이 나를 좇는지 보기 위해 조금 옆으로 움직인다. 그러자 두 눈이 천천히, 천천히 움직인다. 하지만…… 그녀는 분명히……

"안녕, 샐리니!" 마니가 말한다.

깨어났어!

우리는 손을 씻고 그녀의 침대 옆으로 간다. 아마 우리는 손 씻는 걸 잊었을 것이다. 그리고 평소대로 몸을 숙여 그녀의 손을 잡는다. 그동안 그녀의 눈은 우리를 좇는다, 적어도 한쪽 눈은 우리를 좇는다. 다른 눈은 움직이지 않지만 그녀는 그 커다란 눈들, 아니 눈으로 우리의 등장에 정말 놀란 것처럼 우리를 보고 있다. 어리벙벙하고 말을 못하는 신생아의 눈빛으로. 맙소사 그녀의 눈은 크다, 눈의 흰자가 너무 훤히 드러나서 예전보다 더 커 보인다, 예전보다 두 배는 큰 것 같다.

세상은 환하다. 그녀가 돌아왔고 우리는 그녀를 잃지 않았고 그녀는 분명 돌아왔고 우리 말을 듣고 있다. 곧 그녀는 이야기도 하고 아마 며칠 안에 회복되어 일터로 돌아와서 수다를 떨고 뭔가를 창조하고 우리 곁에서 등도 문질러줄 것이다.

그녀의 친구 중 한 명이 들어온다. 아무도 놀라지 않도록 우리는 그녀를 다급한, 다급하지만 무심한 시선으로 바라본다. 하지만 맙소사!

우리는 그녀에게 샐리니의 발가락을 움직여보라고 하고 그녀는 샐리니의 발가락을 앞뒤로 움직여본다.

극적이다.

예수님, 나사로, 크리스마스.

나중에 대기실에서 의사 중 한 명이 설명해준다. 아무리 눈을 뜨고 의식이 있는 것처럼 보여도 그녀는 여전히 의학적으로는 혼수상태라고. 혼수상태인 사람이 눈을 뜨고 기본적인 지시에 반응하는 것은 드문 일이 아니라고. 우리는 그 말이 무슨 뜻인지 결코 이해할 수 없다. 우리에게는 그녀가 깨어나서 돌아왔다는 사실, 그리고 이런 일을 이루어낸 것이 나와 마니일 것이라는 사실이 너무도 분명했다.

우리는 현기증을 느끼며 급하게 병원을 나온다. 주차장에는 차들이 반짝이고 하늘에는 비둘기와 춤추는 대형 강아지들이 가득하고 모두 비치보이스의 초창기 노래들을 부르고 있다. 난 마니의 몸에 팔을 두른 채 차로 걸어간다. 차 앞에 도착할 무렵 내게는 환상적인 생각이 떠오른다. 내 생각은 이렇다. 마니와 나는 섹스를 해야만 한다. 차 안에서.

내 생각은 새로운 행성, 식물과 동물과 날개 달린 사슴과 뱀들이 조화를 이룬, 방금 발견된 행성에 가 있다. 그리고 나는 너무 현기증이 나서 차에 탔을 때 그저 가만히 앉아 미소밖에 짓지 못한다. 마니에게. 우리 둘 다 살아 있고, 그 세월 동안 서로를 알았고, 이렇게 오랫동안, 너무 오랫동안 버텨왔다. 우리는 늙고 지쳤고 살해당하지 않았고 다리나 발코니나 흔들리는 테라스에서 떨어지지도 않았다. 그 모두를 축하하는 가장 좋은 방법은 마니와 내가 함께 벌거벗고 땀을 흘리는 것이라고 생각한다. 그녀의 아파트에서든 내 아파트에서든 차에서든 중요하지 않다. 해변이든 공원이든.

난 옷을 벗어야 한다. 운전을 할 수 없다. 우리는 병원 주차장에 세워둔 차 안에 있다. 나는 어떤 것도 할 수 없다. 난 일하러 갈 수 없다. 섹스는 옳은 일이다.

"샐리니가 우리를 쳐다보고 있었어." 내가 섹스에 대해 생각하며 말한다.

"믿을 수 없어." 마니가 섹스에 대해 생각하지 않고 말한다.

"그녀는 굉장해 보였어, 정확히 샐리니다웠어. 내 말은 그녀의 눈이 우리를 좇고 있었다구!" 내가 샐리니의 눈에 대해, 그다음에는 섹스에 대해, 그리고 나와 마니 중 누구의 아파트가 더 가까운지에 대해 생각하며 말한다.

"그래, 분명 그녀였지. 아주 민첩했고." 마니가 말한다.

나는 잠시 마니를 쳐다보며 내 생각, 섹스에 대한 내 생각들이 그녀의 뇌 속으로 스며들기를, 아니면 벌써 그녀의 뇌 속에 들어 있기를 바란다. 그녀는 내가 언제든 차를 출발시키기를 바라며 앞 유리를 본다. 그녀가 나를 바라봤을 때 난 여전히 미소를, 아니 이제는 수줍은 미소를 지으며 그녀를 보고 있다. 난 그 이야기를 어떻게 꺼내야 할지 모른다. 아마 수줍은 미소가 효과가 있겠지.

"이 말이 이상하게 들리리라는 건 알아." 내가 불쑥 말한다. "하지만 지금 너무 성적으로 흥분돼."

그녀가 내 혼란의 깊이를 진단하는 동안 잠깐 고요하다. 내 말이 농담이 아니라는 것. 잠깐 동안 그녀도 나와 같은 행성—워터 슬라이드도 있는—에 있을지 모른다고 생각했지만 결국 그녀는 그렇지 않다는 것이 밝혀지면서 나는 당황한다.

"사무실로 돌아가야 할 것 같은데." 마니가 말한다. 그녀가 맞다. 그녀가 옳다. 내가 이럴 때마다 그녀는 당황하지 않는다. 그건 아둔한 생각, 불쾌한 생각이었다. 모두 잘못됐어. 틀렸어!

나는 그녀에게 포옹해달라고 한다. 그녀가 포옹해준다. 포옹하고 있는 동안 나는 또다른, 아주, 아주 좋은 생각을 해낸다. 마니와 나는 섹스를 해야만 한다는 것이다. 안전벨트 위로 포옹을 한 나는 잠깐 동안 포옹을 풀지 않고 아마 그녀도 그 아이디어에 마음이 끌

릴 거라고, 아마 그녀가 자신의 마음을 바꿔서 우리가 이 사이클을
완성하게 될 것이라 생각한다……

그녀는 몸을 빼더니 사람들이 애완 파충류에게 하듯이 가볍게
세 번 내 등을 두드린다. 좋아. 나는 시동을 걸어 차를 후진시킨 다
음 주차장을 빠져나간다. 우리는 사무실로 향한다. 앞에는 온통 들
쭉날쭉하고 하얗고, 온통 빌딩으로 가득하고, 웃고 킥킥대는 엄청
나게 많은 행복한 사람들이 있는 샌프란시스코가 다가온다. 그 사
람들은 이해한다.

애덤 리치는 공항에 마중을 나오라고 졸라댄다. 내가 항공료를
지불했기 때문에 그는 잡지 발매 파티에 와서 몇 건의 라디오 인터
뷰를 할 수 있게 되었다. 나는 샌프란시스코 국제공항을 왔다 갔다
하는 셔틀이 멋지고 값도 싸며, 나도 항상 이용한다고 상냥하게 알
려주었다. 한참 동안 정적이 흐른 후 그가 예전에 그랬던 것처럼
나를 일깨워준다. 내가 고등학교 친구를 맞는 것이 아니라고. 나는
할리우드의 주요 인사, 오래전에 우표로까지 만들어졌던 사람을
맞는 것이라고, 성공한 사람을. 그는 애덤 리치였다! 어떤 공항버
스도 애덤 리치를 태울 수 없다! 어떤 허름한 모텔 방도 애덤 리치
를 쉽게 할 수 없다! 좀 진지해져보라!

애덤은 영화감독 건, "불법 점거자 프로젝트" 건을 진짜로 믿기
시작한 걸까?

나는 내 시빅을 몰고 그를 마중 나간다. 늦었다. 나는 카펫이 깔
린 통로를 뛰어다닌다. 나는 에스컬레이터를 뛰어올라 게이트로
갔다가 수하물 창구로 내려온다. 나는 방송으로 애덤 리치를 찾아

야 할 것이다. 그는 좋아하지 않겠지만.

"저기요?"

난 돌아본다.

"애덤."

"늦었군요."

거기 그가 있다. 애덤 리치.

나는 그가 조금 작다는 걸 이미 알고 있었던 것 같다. 나는 알았다. 난 놀란 척하지 않을 것이다. 그는 거의 황갈색으로 빈틈없이 선탠을 했고 머리카락에 젤을 발랐으며 염소수염을 길렀다. 그는 사진을 찍을 때 입었던 바로 그 옷을 입고 있다. 탱크탑, 서퍼들이 입는 반바지, 선글라스. 그는 정말 멋져 보인다.

우리는 차로 걸어간다.

샌프란시스코를 달리기 시작했을 때 그가 가장 처음 원한 것은 시가다. 그는 좋은 시가를 가지고 있을 것이다. 그는 시가가 일시적으로 유행하기 훨씬 전부터 시가를 즐겼다면서 자신이 알고 있는 마켓 스트리트의 어느 상점에 차를 세워 세븐일레븐에서는 구할 수 없는 이 브랜드 저 브랜드의 시가를 살 수 있게 해달라고 조른다.

나는 밴네스 가 근처의 호텔을 예약해두었다. 전화번호부에서 찾아낸 호텔로, 한 번도 가본 적은 없다.

"마음에 들 거예요." 나는 말한다. "가깝……"

그 호텔은 무엇과도 가깝지 않다. 하지만 내가 전화해본 그 어떤 호텔보다 쌌고 그 광고는 분명했으며 설명은 그 어떤 호텔보다 멋졌다.

우리는 주차장에 차를 주차시킨다. 번잡한 밴네스 외곽의 레드 루프 호텔로, 자동차 대리점과 붙어 있고 텐더로인과 세 블록 떨어져 있다. 에어컨도, 풀장도 없다.

그는 즐거워하지 않는다. 그는 격분한다. 전화 통화를 할 때 분명히 말한 것처럼 그는 바다 근처에 있고 싶어한다. 우리는 부두로 차를 몬다. 부두에 도착해서는 공중전화 앞에 차를 멈추고 전화번호부의 광고 페이지를 훑는다. 그는 선글라스를 쓴 채 차 안에서 기다린다. 10분 후 난 강치들이 모여 있는 그곳에서 다섯 블록 떨어진 곳에 에어컨과 풀장을 갖춘 베스트웨스턴을 찾아낸다. 나는 그를 내려주고 숙박료를 치른다. 다음 이틀 동안 나는 그가 원하는 것을 해줄 것이다. 이번 호, 이번 호 표지 덕분에 그에게 빚진 기분이기 때문이다.

그대여 안녕, 상냥한 친구여.
애덤 리치, 1968-1996
그의 마지막 나날들
마지막 인터뷰
그가 남긴 유산

이런 글자가 표지에 박혀 있다, 크게, 물론 상대적으로 말해서 그렇다는 것이다. 이번 호가 잡지 판매대에 전시되는 동안 우리는 우리의 브라더600 팩스로 정확히 하나의 언론 매체, 〈내셔널 인콰이어러〉에 보도 자료를 보낸다. 기사가 진실인 것처럼 그들을 속이기 위해서다. 우리에게 쏟아지는 질문을 회피하기 위해, 그리하여 이 장난이 오랫동안 들통 나지 않게 하기 위해 우리는 가공의 영국 작가 크리스토퍼 펠햄펜스에게 책임을 뒤집어씌우기로 했다. 모든 질문은 그에게로 돌릴 것이다. 아주 이상하게도 그는 업무차, 우리 생각에는, 루마니아에 있기 때문에 일주일 동안 연락이 되지 않을 테지만.

8분 후 〈하드카피〉의 제작자로부터 숨 가쁘게 전화가 온다. 우리는 〈하드카피〉에는 팩스를 보낸 적이 없다.

"우리가 왜 이 이야기를 듣지 못했을까요?" 그가 알고 싶어했다.

"음, 좋은 질문이군요." 우리가 말했다.

"다른 TV 방송국에도 말했나요?"

"아뇨, 당신이 처음입니다."

"좋습니다, 좋아요. 그의 가족과 연결해줄 수 있습니까? 친구라도?"

상황이 너무 빨리 복잡해진다. 누가 그의 엄마 역할을 하지? 그의 아빠는? 이웃 식료품점 주인은?

"음, 우선," 우리는 말했다. "아시겠지만 우리는 펠햄펜스 씨를 찾아야 합니다. 자세한 건 그가 알거든요."

우리는 준비도 되지 않은 상태에서 기습을 받았다. 우리는 그들이 우리 말을 그대로 받아들일 거라고 생각했다. (음, 샌프란시스코의 별 볼 일 없는 오류투성이의 잡지가 그렇다고 말하면 분명 사실일 것이다……) 우리는 〈하드카피〉 제작자들이 사실 같은 것에 집착할 거라고는 생각하지 않았다. 몇 분 후 그 프로듀서가 다시 전화했다.

"LA 경찰청에는 그 살인사건에 대한 기록이 없는데요."

"아. 음."

"있어야만 하는 것이 아니라……"

그들은 우리가 바라는 만큼 믿고 싶어한다.

"음." 우리는 말한다. "음……"

20분 후 그가 다시 전화했다.

"남부 캘리포니아 어디에도 기록이 없는데요. 어디서 벌어진 겁니까?"

"어. 음. 네. 우리가 생각하기에는."

"정보가 더 있습니까? 언제였죠?"

"음…… (그 기사를 찾기 위해 잡지를 급하게 넘기면서) 내가…… 정확하게 기억하고 있다면…… 그건…… 당신도 알겠지만, 당신은 펠햄펜스 씨와 이야기를 해봐야 합니다. 물론 그는 지금 부다페스트에 있지만…… 지금 거기는 새벽 세시고."

우리는 전화를 끊고 전략을 짰다. 우리는 폴이나 제프에게 펠햄펜스 역할을 맡기려 한다. 그들 둘 다 거부했다.

"안 돼."

"난 영국 악센트를 흉내 낼 수 없어."

프로듀서가 다시 전화했다.

"아무도 이 이야기를 듣지 못했대요. 그의 매니저에게도 전화해봤는데 그도 모른대요."

팩스를 보내고 1시간 만에 끝장이 나버렸다.

"자, 이것들 보세요, 무슨 일이죠?" 프로듀서가 알고 싶어한다.

우리는 그에게 이야기한다. 장난. 재미.

그는 재미있어하지 않았다. 그는 화를 냈다. 그는 전화를 끊었다.

끝났다.

아니, 아니다. 애덤에게는 끝나지 않았다. 작동하기 시작한 기계는 몇 주가 지나야 느려질 것이다. AP 기자가 미주리 주 시골에 살고 있는 〈아들과 딸들〉의 아빠 딕 밴 패턴을 찾아 드라마 속 아들의 예기치 못한 죽음에 대해 이야기해달라고 했다. 그는 이성을 잃었다. 그는 훌쩍였다고 한다. 그 소식은 인터넷에 퍼진다. 사람들은 채팅방에서 논쟁을 벌였다. 이것이 거짓임을 안 대부분의 사람들이 분노했다. 대부분의 사람들은 확신하지 못했다. 애덤의 친구들과 전 여자 친구들은 그가 죽었다고 믿으며 충격 속에서 며칠을 보냈다. 그가 죽었다고 생각한 한 여자 친구는 자동응답기에 녹음된 그의 목소리를 마지막으로 듣기 위해 그의 집에 전화를 걸었다. 애덤이 전화를 받자 그녀는 기절했다. 애덤은 허둥지둥 우리에게 전화했다.

"다들 들어봐요. 걷잡을 수 없게 됐어요. 내 친척들이 젠장 다들 화가 났어요."

우리는 또다른 언론 보도 자료를 보냈다. 이번에는 웃음을 노린 우리의 프로젝트에 대해 설명하면서 그런 거짓은 모두가 분명하게 알아차렸어야 하고(그렇지 않다는 것을 알면서도), 그런 유머는 너무나 자명한 것이었다고 (당연히) 단언한다. 우리의 재촉으로 애덤이 모두에게 쓴 "제발 좀 느긋해지자"는 짧은 문구로 이 보도 자료는 끝이 난다.

그리고 역반응이 일어났다. 그들은 애덤을 조각조각 찢어발긴다. AP의 수십 개의 기사, 〈뉴욕 포스트〉의 특집기사는 말할 것도 없고 〈인콰이어러〉의 기사 한 개, 채널 E! 〈아메리칸 저널〉의 몇 코너에 그가 소개된다. 변명과 동기가 알려졌기 때문에 대부분은 약물남용과 사소한 절도죄 등이 얼마간 지저분하게 뒤엉킨 그의 과거를 있는 그대로의 결과와 더불어 소개한다. 그리고 거의 마지막에는 이런 쇼, 이런 가짜 죽음—여론에 대한 이런 무지막지한 조작—을 언론에 자신의 이름을 올리기 위한 값싼 방법으로 이용했다고 비난한다.

다음 날 아침 나는 베스트웨스턴으로 그를 데리러 간다. 두 번의 라디오 인터뷰 중 첫번째 인터뷰를 위해서다.

"요즘에는 어떤 일을 하세요?" KFOG의 인정 많은 디스크자키인 피터 핀치가 묻는다.

"음, 시대물을 준비하고 있어요. 사극이요."

"대단하군요. 와. 그럼 당신은⋯⋯"

"제작과 감독이요."

애덤은 대단하다. 난 재난을 예상했다. 청취자들이 그를 공격하고 DJ들이 조롱할 것으로 예상했지만 모든 것이 공명정대하게 흘러간다. 애덤은 침착하고 자신만만하고 말도 잘한다. 여전히 연기자이고 여전히 자신에 차 있다.

나중에 그가 사무실로 돌아와서 잡지에 사인을 한다. 힘찬 선과 화려한 고리로 가득한 그의 사인은 자부심이 가득하다. 잠시 후 제프와 나는 사인된 잡지 중 한 권을 샐리니에게 갖다 준다.

샐리니는 토프와 내가 살고 있는 거리 아래쪽의 새로운 병원으로 옮겨져 노브힐이 내다보이는 밝은 병실에 있다. 그녀는 의식이 있고 열 번, 아니면 열두 번, 아니면 스무 번의 뇌수술을 받았으며 만오천 번의 수술을 더 받아야 할 것이다. 우리는 그녀에게 편지를 큰 소리로 읽어주고 사무실의 사건들에 대해 설명하면서 그녀와 그녀의 엄마를 즐겁게 해준다. 그녀의 단기기억은 정말 단기라서 그녀는 제프를 잘 기억하지 못하고 우리의 화제가 되는 사람들 중 상당수를 따로 설명해주어야 한다.

"오, 누가 온 줄 알아?" 우리가 말한다. "너도 좋아할 거야."

"누구?"

"애덤 리치!"

"오. 맙. 소. 사! 왜?"

"음. 이번 호에 기사가 나갔거든. 그가 죽은 척하고."

나는 멋진 이야기라고 생각하지만 대화 중간에 그녀의 엄마를 보니 별로 좋아하지 않는 것 같다. 이 이야기는 아마 적당하지 않은 것 같다. 물론 적당하지 않다. 아주 왜소한 그녀의 엄마는 몇 달째 샐리니 옆에서 무의식의 경계까지 오가는 상황을 수없이 보냈고, 밤새 걱정하며 그녀의 숨소리에 귀를 기울였고, 내가 아는 그 모두를 겪어냈다. 그런데 나는 여전히 병실에서 이런 이야기를 하고.

나는 바보다. 난 도움을 구하기 위해 제프를 바라보지만 그는 샐리니 엄마의 표정을 보지 못했다. 나는 화제를 바꾼다.

우리는 잠시 동안 머문다. 대부분의 짐이 이전 병실에서 이곳으로 옮겨졌다. 그녀의 가족과 친구의 사진들, 커다란 그녀의 흑백사진들, 동물 인형들, 꽃들, CD플레이어, 책들. 난 그것을 찾을 생각은 아니었지만 갑자기 생각이 떠오르면서 병실을 둘러볼 수밖에 없었다. 그것은 더이상 그녀의 팔과 몸통 사이에 끼워져 있지 않다. 그것은 사이드테이블에도, 창턱에도 없다. 나는 눈으로 살피면서 무심코 방 안을 돌아다닌다. 좋은 자리는 아니어도 아마 여기 있기는 할 거라고 생각하면서. 어디 유리 상자에 들어 있을 수도 있다.

하지만 유리 상자는 없다.

곰 인형은 사라졌다.

곰 인형이 사라진 것이 무슨 의미인지는 모른다. 곰 인형의 눈은 우리 엄마의 눈이었고 난 샐리니가 회복되도록 그녀의 침대에 곰 인형을 두었다. 그런데 이제 곰 인형은 사라졌고 모든 것이 여전히 불확실하다.

유일하게 확실한 것은 내게 어떤 것도 맡겨둘 수 없다는 것이다.

애덤을 위한 파티는 어색하다. 우리는 클럽 전체에 잡지를 뿌렸고 참석자들은 모두 잡지를 들고 다니면서 넘겨본다. 잡지 속 애덤의 얼굴은 인상적이고 눈은 게슴츠레해서 이미 유령 같다. 그래서 내가 애덤과 돌아다니면서 그를 소개하자 모두 혼란스러워한다. 그들은 잡지를 보고 애덤을 보고 다시 잡지를 본다. 그들은 그를 어떻게 생각해야 할지 모른다. 그는 70년대의 아이콘으로 그들의 어린 시절의 일부인 동시에 이미 죽었다고 소문이 난 사람이다. 두 가지 사실 때문에 그는 그들 사이를 걸어 다닐 수가 없고, 덕분에 파티에서 자그마한 여자들을 구해 베스트웨스턴으로 돌아가 풀장에서 수영하려던 계획도 틀어진다. "애덤 리치가 나한테 추근거리는 줄 알았어." 한 친구가 말한다. "정말 그야?" 사람들이 말한다. "여기서 뭐 하는 거야?" 그가 연설을 하려고 작은 무대에 올라갔을 때조차 사람들은 상황을 이해하지 못한다. 하지만 이 풍자적인 잡지에 그는 죽은 걸로 나오잖아. 어떻게. 이해한 사람들도 감동받지는 않는다. 2류 클럽에서 이름 없는 잡지가 주최한 이 파티에 그가 참석했다는 사실은 그 자신도 여기 있음으로써, 여기 연루됨으로써 사람들에게 감동을 주지는 못한다는 의미다. 납작해진 카펫과 둥글게 놓인 바들로 채워진, 이 작은 나이트클럽에서 그가 모두에게 자신이 한때 어떤 존재였는지, 그리고 다시 어떤 존재가 되었을지를 일깨우면서 돌아다니게 하는 것은, 그가 LA에서 찾아올 만큼, 이 사람들을 이용할 만큼, 샌프란시스코의 빈민가를 방문할 만큼 절박할 거라는 의미다. 이상하다. 아니, 슬프다. 그가 정말 관심을 얻기 위해 이 모든 일을 했을까? 그가 정말 오랫동안 무관심했던 대중에게 동정을 구걸하기 위해 자신의 과거를 이용했을까?

아니, 아니다. 그는 그 정도로 계산적이지도, 냉소적이지도 않다. 이 일에는 기괴하고 궁핍한 괴물이 필요했다. 정말로 어떤 사람이라야 이런 일을 해낼 수 있었을까?

10

물론 춥다. 추울 줄 알았다. 추울 걸 알았어야 했다. 12월 말인데 왜 춥지 않겠는가, 제길 물론 12월 말의 시카고는 춥다. 난 100년 동안 여기 살았고 추위에 대해서도 잘 알고 있었다. 나는 추위를 사랑했고, 추위를 받아들여 능숙해졌고, 얼음이 얼면 피트와 호수까지 경주했고, 거대한 고드름, 얼음벽, 중간이 얼어버린 물결을 살펴봤다. 거칠고 무자비한 아이들이 얼음을 깨뜨려 그 소리를 듣고 그 모습을 보려 할 때마다 나는 항의했다. 나는 워크맨을 내려놓고 모자 아래 헤드폰으로 에코 앤드 더 버니멘*의 교훈을 경건하게 들었다. 그러면서 얼어붙은 호수 건너편으로 돌을 던지고는 돌이 그 흐릿하고 탁한 유리 위를 통통 튀어가는 모습을 지켜보고 그 소리를 들었다. 얼음은 하늘과 구분되지 않을 정도로 끝없이 뻗

---

* 1978년 영국 리버풀에서 결성된 펑크락 그룹.

어 있었다. 지워지거나 흐릿해진 선처럼 지평선은 아득했다. 나는 눈을, 뭉치와 가루의 차이를, 가루에 약간의 수분을 더하면 뭉치가 된다는 것을, 눈덩이를 뭉친 다음 그 위에 호스로 물을 뿌리고 1분 동안 내버려두면 눈덩이가 아니라 얼음덩이가 된다는 것을, 정확하게만 던지면—모두 너무 정확했지만—형인 빌의 뺨에 커다란 상처를 낼 수 있는 얼음덩이가 된다는 것을 알았다. 난 단단하게 얼어붙은 북극의 동굴 벽 같은 코의 격벽에 대해, 나와는 희미하게 연결된 채 신발 속에서 자갈처럼 얼어가는 발가락에 대해, 얄팍한 청바지 안에서 내 다리를 훑고 지나가는 한줄기 바람에 대해 알았다. 난 이 모두를 알았다.

그런데 나는 왜 왜 왜 빌어먹을 코트를 가져오지 않았을까? 더 슬프게도 나는 코트를 가져올 생각조차 하지 못했다. 잊어버린 것이 아니다, 아니지, 아냐. 나는 결코 생각도 하지 않았다, 한 번도.

비행기에서 걸어 나오면서 난 추위를 느끼고, 비행기와 터미널 사이의 짧은 통로를 지나는 동안 추위는 더 심해진다. 무엇도 추위를 막아줄 수 없다. 나는 이미 춥다. 내게는 추위가 필요하지 않다. 썰매로 여행할 것도 아니니까. 심지어 눈도 오지 않는다. 추위는 억지스럽고 뻔한 메타포로서만, 전조로서만 유용하다. 하지만 난 비라도 내리기를 반쯤 바란다. 시카고는 춥고 회색이고 밤인데 난 셀로판으로 만든 것 같은 풀오버를 입고 있다.

토프는 빌과 LA에 있고 나는 시카고에 있다. 난 공항에서 차를 빌려 고향 마을로 돌아간 다음 세라 멀헌—엄마가 죽을 것이라는 소식을 듣고 몇 주가 지난 어느 밤 난 그녀의 침대에 들어갔다—을 찾아보고, 아버지의 친구들을 방문하고, 아버지가 (몰래) 다니던 바에 가보고, 어쩌면 아버지의 사무실에도 가보고, 장례식장에 가보고, 내 옛집에 가보고, 부모님의 주치의들을 만나고, 걱정하는 친구들을 보고, 호숫가로 가서 그곳의 겨울이 어땠는지를 추억하고, 부모님의 시신을 찾을 수 있는지 알아볼 것이다.

아니, 아니, 내가 그분들의 시신을 찾을 수 없으리라는 걸 안다. 물론 그들은 결국 화장되었을 것이다. 하지만 한심한 나는 이 이야기가 흥미로우리라는 생각을 하며 그들을 찾는 작업이 점차 진전을 보이리라고, 적어도 그들이 보내진 건물, 그 의대를 보게 되리라고 오랫동안 기대해왔다. 내가 정말 무엇을 보고 싶은지 알겠는가? 나는 의사나 의대생이나 간호사 등 내 부모를 해부용 시체로 사용한 사람의 얼굴을 보고 싶다. 나는 그들의 사진을 가지고 있다. 진짜 사진이 아니라 마음속의 이미지다. 바닥이 반짝이는, 무기고만 한 방에 스테인리스스틸 테이블이 흩어져 있고, 테이블마다 찍고 뚫고 뽑는 데 쓰는 작은 기계들과 길고 가는 선들이 달려 있다. 한 테이블에 다섯 명의 의대생이 서 있고 테이블들은 간격이 너무 벌어져서 아늑하기는커녕 너무 벙벙하고, 격자 같고, 무시무시할 정도로 엄격하다. 그들이 암 덩어리가 되어버린 두 구의 시체로 무엇을 하는지는 신만이 안다. 그들이 종양 사례 연구에 사용되거나, 마치 받침대 위의 녹슨 자동차처럼 옷이 벗겨진 채 상대적으로 온전한 다리, 팔, 손에 비해 무시당했던, 그들 몸속의 식민지를 검사받는다면. 오 맙소사, 아버지는 핼러윈에 손으로 장난을 치곤 했다. 우리 집에는 진짜 같아 보이는 고무손이 있었다. 10년 전부터 있었던 것 같다. 그 고무손은 항상 굴러다녔다. 핼러윈이 되면 아버지는 자신의 팔을 소매 속에 집어넣고는 고무손을 원래 손이 있던 자리에 끼워 넣었다. 이웃 아이들이 사탕을 얻으러 오면 그는 아이의 자루를 벌려서 사탕을 떨어뜨린 다음 그 고무손을 떨어뜨렸다. 엄청났다.

오, 맙소사! 그는 손이 없는 팔을 흔들면서 고함을 지르곤 했다. 오, 맙소사! 아이는 아무 말도 못하고 겁에 질린다. 그러면 아버지가 침착하게 자루로 팔을 뻗는다. 저걸 꺼내줘……

그래서 나는 어느 의대가 그들을 받았는지 알아내기로 한다. 그다음에는 그 의대로 가서 당시 해부용 시신을 담당했던 교수를 찾아내 그의 방문을 두드릴 것이다. 그럴 것이다. 나는 그런 일을 할 용기가 없지만 이번에는 극복할 것이다, 나의…… 그가, 그 의사가 문을 열었을 때, 누가 문을 두드렸는지 보기 위해 살짝 문을 열었을 때 내가 말하려는 것은 바로 이것이다.

난 내가 무슨 말을 할지 모르겠다. 무서운 어떤 것. 하지만 나는 화내지 않을 것이다. 난 그 남자를 한번 보고 싶을 뿐이다. 인사를 하고. 그가 나보다 키가 작고 30대 후반, 40대, 50대에 쇠약하고 대머리에 안경을 썼으면 좋겠다. 그는 내 인사에 놀라서 아무 말도 못할 것이고 자신을 덮는 내 그림자에 생명의 위협을 느낄 것이다. 그때 난 그에게로 다가가서 뭔가를 물을 것이다. 이런 것.

"말해주세요. 어떻게 생겼던가요?"

"뭐라구요?" 그가 물을 것이다.

"캐비아 같던가요? 번쩍이는 한 개의 커다란 눈이 달린 작은 도시 같던가요? 천 개의 작은 눈이 달렸나요? 말라비틀어진 조롱박처럼 비었던가요? 말라버린 조롱박처럼 가볍고 비어 있을지 모른다는 느낌이 들었어요. 엄마를 안아보면 정말 가벼웠거든요. 내가 생각했던 것보다 훨씬 가벼웠어요. 당신이 사람을 운반할 때, 내가 생각해봤는데, 당신이 사람을 운반할 때 목을 잡게 하면 더 쉽게 운반할 수 있잖아요. 왜 그런 거죠? 당신은 어떻게든 그 사람의 체중을 모두 떠받치잖아요, 맞죠? 하지만 목에 팔을 두르게 하면 갑자기 쉬워져요. 두 경우 모두 당신이 그 사람을 운반한다는 사실에는 변함이 없는데 말이죠, 그죠? 상대가 당신의 목을 잡는 것이 왜 그런 차이를 만들어낼까요? 요점은, 내가 엄마를 운반하기 전에, 그러니까 엄마가 소파에 누워 텔레비전을 볼 때 난 그녀의 뱃속에 들어 있는 것이 지독하게 무거울 거라고 생각했죠. 그러다가 엄마를 들어보니 이상하게도 너무 가벼운 거예요! 그것이 공허한 어떤 것, 꿈틀대는 벌레집이나 흔들리는 캐비아가 아니라 말라비틀어지고 비어 있는 무엇일 거라는 의미죠. 그런데 어땠죠? 말라버린 조롱박, 아니면 작고 반짝이는 알주머니가 부패한 것?"

"음."

"몇 년 동안이나 궁금했어요."

그가 내게 말해줄 것이다. 그리고 나는 알게 될 것이다.

아, 농담이다. 농담. 안식에 대한. 사실 이번 여행은 샌프란시스코가 너무 평온해서 이루어진 것이다. 나는 충분히 돈을 벌고 있고 토프는 학교에서 잘하고 있다. 그래서 정말 참을 수 없었다. 나는 고향으로 돌아가 추함과 혼돈을 찾을 것이다. 나는 총을 맞고 싶고 구멍에 빠지고 싶고 내 차에서 끌어내져 흠씬 두들겨 맞고 싶다. 또한, 내게는 가봐야 할 결혼식이 있다.

나는 초등학교 친구인 에릭, 그랜트와 함께 링컨파크에 있다. 내가 도착한 날 밤 우리는 모퉁이에 있는 이곳에 온다.

그랜트는 여전히 자기 아버지가 경영하는 할로겐전구 공장의 선적 부서에서 일하고 있다. 우리는 불필요할 정도로 그를 구속하는 그의 아버지가 언제쯤 그를 승진시켜줄지에 대해 이야기한다. 그는 확신하지 못한다. 고등학교 때 졸업생 대표였던 에릭은 경영 컨설턴트다. 그는 지난번에 맡았던 일로 켄터키 주의 돼지 농장에서 한 달을 보냈다.

"돼지 농장에 대해서 뭘 알아?" 내가 묻는다.

"아무것도 몰라." 그가 말한다.

그는 돈을 엄청나게 번다. 에릭과 그랜트가 함께 살고 있는 아파트도 그의 소유다. 그랜트는 흉측한 3층짜리 붉은 벽돌 건물에 방 한 개를 빌려 임대료를 낸다.

난 그 건물이 얼마나 보기 싫은지 말한다.

"그래." 에릭이 말한다. "하지만 이런 식으로 생각해봐. 만약 네가 이 거리에서 가장 추한 건물에서 산다면 그 건물을 보지 않아도 되잖아."

에릭은 이런 말을 잘한다. 그가 어디서 이런 말을 들었는지는 모른다. 하지만 이제 그와 그랜트는 이와 같이 신랄한 지혜로 가득한 평원 지대의 교훈들을 이야기한다. 오랫동안 부모님이 이혼한 친구는 그랜트뿐이었고 그는 우리들 사이에서 나이 든 사람, 현자 같았다. 그의 걸음은 느긋했다. 그는 말하기 전에 한숨을 쉬었다. 고등학교 근처의 아파트 단지에서 살던 그는 우리가 자신을 차에 태워줄 때마다 이렇게 말하곤 했다. "창문을 모두 올리고 문은 잠가.

우리는 게토로 들어갈 거니까." 이 말에 우리는 웃음을 터뜨렸다.

우리는 당구를 친다. 무디 등의 최근 소식을 나눈 후 일반적으로 이런 화제가 오르내린다.

1) 빈스 본. 우리 모두가 5학년 때부터 알게 된 사람으로 고향 사람들은 모두 그가 자기 자신인 것처럼 주의 깊게 지켜보고 그의 행운을 빌며 그의 차기작을 예측한다.

"어제 그가 〈잃어버린 세계〉에 나오는 거 봤어?"

"응, 괜찮더라."

"그에게는 큰 배역이 주어지지 않아."

"맞아."

"〈스윙어스〉 같은 영화가 좋은데."

"맞아. 좀 재미있는 거."

2) 그들의 머리. 그들 둘 다 머리와 관련해서 흥미로운 이야깃거리가 있다. 그랜트는 머리숱이 계속 줄고 있고, 에릭은 고등학교 때부터 쓰던 헤어스프레이—머리 스타일을 완전히 잡아주기는 했지만 마치 가발이라도 쓴 것 같았던—를 마침내 포기했다.

"멋져." 내가 머리를 바라보며 말한다.

"고마워." 그가 말한다.

"아니, 정말로 그렇게 헝클어지니까 아주 자연스럽고 가벼워 보여. 멋져."

그들은 다음 날 결혼식, 마니의 언니인 폴리의 결혼식에 참석할 것이다. 그녀는 우리가 모르는 사람과 결혼한다. 우리 모두 초대받았다. 우리가 15명쯤 되고 폴리의 여동생 친구들도 모인다. 그래서 우리는 결혼식을 일종의 동문회로 생각한다. 모두가 그 자리에 올 것이다. 대부분은 내일 올 것이다. 그랜트와 에릭은 내가 왜 5일 동안이나 여기 있는지 궁금해하고 난 그들이 이해할 만큼 충분히 설명해준다. 그러나 그들이 걱정할 정도로 과하게 설명하지는 않는다.

집에 도착했을 때 우리는 불을 끈다. 그들은 나를 위해 웨이트 벤치를 움직여 간이침대 놓을 자리를 마련한다.

"고마워." 내가 말한다.

그랜트가 나를 재워준다고 할까봐 겁이 난다.

"네가 와서 정말 좋아." 그가 이렇게 말하면서 내 머리를 두드린다.

어둠 속에서 나는 옆방에서 나는 그랜트의 목소리, 서랍이 열리는 소리, 위층 욕실에서 에릭이 내는 물소리를 듣는다.

나는 몇 년간 잠을 자지 못한 것처럼 잠이 든다.

∽∾∽

아침에 나는 출발한다. 그랜트에게 코트를 빌리고 녹음기와 노트와 내가 여기 있는 동안 하고 싶은 일의 목록도 가져간다. 약 50개의 항목이 올라 있는 그 리스트는 컴퓨터로 쳐서 레이저프린터로 인쇄한 다음 비행기 안에서 더 추가되었다. 그 리스트는 앞서 언급한 것들로 시작한다.

웬번(장례식장)

924(우리 옛집의 번지)

스튜어트(아버지의 친구)

헤이드(부모님 주치의인 헤이드 박사)

세라(여러 해 전에 난 그녀의 침대에서 깨어났다)

바(옆 동네에 있는 그 바. 그 바가 있는 자리는 알지만 그 바의 이름은 모른다. 우리 아버지가 자주 가던 곳이다)

모래사장(미시간 호수 옆에 붙어 있는 곳으로 사람들이 만나거나 일광욕을 하거나 겨울에 놀기 위해 여기 모인다)

리스트는 계속된다. 이 리스트는 감정적으로는 약물 파티와 맞먹는 것, 공통점이 없고 아마도 서로 모순될 자극들을 5일이라는 짧은 기간 안에 최대한 많이 뒤섞는 것이다. 함께 사회 가족적이고 고고학적인 탐닉을 통해 무엇이 거기서 유래하는지, 얼마나 많은 것이 발견되고 돌려지고 기억되고 이용되고 변명되고 동정받고 알려지고 영원해지는가를 알기 위해. 과중한 부담 때문에 나는 비행기에서도, 잠자리에서도 별로 관계가 없는 것이든 무작위적인 것이든—내가 5년, 10년 동안 보지도 못하고 이야기도 못해본 사람들과의 전화 통화와 불시의 방문—이 리스트를 계속 추가했다. 잠재적으로 도발적이고 야만적인 것을 그 혼란 속에 던져 넣고 싶어서. 예를 들어 여백에는 손으로 이렇게 쓰여 있다.

우든(내게는 설명할 수 없는 이유로 군사학교에 보내져 7년 동안 말도 나누어보지 못했지만 우리들의 그해 겨울에 아주 멋진 조문 편지를 보냈던 초등학교 친구. 난 내가 그의 집을 갑자기 방문하게 될 것이라고 생각한다. 난 그때 그에게 답장을 쓰지 않았지만 이제는 그가 어떻게 생겼는지, 어떻게 말하는지 보고 싶기 때문이다. 그리고 아마도 그의 어머니—그 집에 자러 갔다가 털이 달린 〈조스〉라고 할 수 있는 〈그리즐리〉를 보고 잠을 이루지 못하는 나를 위해 냄비에 우유를 데우고 부엌에서 친절하게 속삭여주었던—에게 인사를 할 것이다). 제인 이모(케이프코드에 살고 있다. 전화번호가?). 폭스(에이브럼슨&폭스의 짐 폭스. 핀스트라이프 셔츠를 입은 아버지의 오랜 상사이자 심술궂은 남자로 나와 베스가 몇 주 후 아버지의 책상을 정리하러 갔을 때 사무실로 와서 심심하면 자위를 하는 아이에 대해 말하듯이 불친절하게 이렇게 말했다. "음, 우리 모두는 그가 죽어가는 걸 알았지"). 기증한 곳(시신들을 가져가 의대에 나눠주는 기관). 의대(그 시신을 사용했을 가능성이 가장 높은 곳).

리스트는 계속된다. 다른 친구들, 내 아버지의 친구들, 두 번의 장례식에 모두 왔던 몇몇 대학 친구들. 초등학교와 고등학교 선생님들. 우리 동네 끝에 있는, 얼어붙은 작은 호수가 딸린 공원. 내가 잔디를 깎아주고 정원을 관리해주었던 이워트 부인(그녀가 아직 살아 있는지 궁금하다). 내 엄마의 친구들, 동료들 등등.

그리고, 그 종이에, 리스트가 있는 그 종이에 이 단어가 서툴게 갈겨써서 비뚤어지기는 했지만 큰 글씨로 적혀 있다. 컴퓨터로 프린트하고 손으로 추가한 부분 옆에 대문자로만 크게 적혀 있다. 난 이 단어를 오헤어 공항의 공중전화에서 LA에 있는 토프와 통화하면서 추가했다.

그 단어는,

취했나?

내가 시카고에서 이런 일들을 하는 동안 어떤 상태인지 나 자신에게 던지는 질문이다. 토프에게 빌과 LA에서 무엇을 하고 있는지 물으면서—그날 그들은 배팅케이지에서 타격 연습을 하고 영화를 봤다고 한다(빌이 재미있는 사람이 되었다)—내가 이곳에 있는 내내 술 취해 있어야 한다는 생각이 아주 명료하게 떠올랐다. 이런 취기는 이런 모든 노력에 안개 같은 미스터리를 더해줄 것이다. 그런 취기가 없었다면 내가 유동적인 낭만성에 의지하는 일도 없을 것이다. 여기저기서 비틀거리면서도 나는 필사적이어야 하고, 초라해 보여야 하고, 반쯤만 조리가 서야 한다. 계산적이고 멀쩡한 정신인 것보다 훨씬 더 어울릴 것이다. 또한 뭔가를 철저하게 까발리고, 한두 겹의 자의식적인 백색소음을 제거하고, 내가 어리석은 짓을 더 많이 할 수 있게 해줄 것이다.

반면 그것은 자료 조사에서는 해가 될 것이다. 내가 만취한 채 제대로 기록하고 녹음할 수 있을까?

렌터카를 몰고 레이크포리스트로 가는 동안에도 계속 술에 취해 있으면 어떨까 하는 생각이 떠나지 않는다. 잠들지 않고 3시간 이상 술 취한 상태로 있어본 적이 없고 일주일에 한 번 이상 술을 마시는 경우가 드물지만 우선은 내가 술에 취할 것이 뻔한 결혼식장에서 결정하기로 한다. 그때도 이런 기분이 옳게 느껴진다면 나는 술판을 계속 벌여 보온병에 항상 술을 담아 다닐 수 있다.

하지만 운전은. 운전은 힘들 것이다.

나는 북쪽의 레이크포리스트로 향한다. 12월 말의 41번 고속도로와 시카고 전역은 당연히 좀먹은 듯이 슬퍼 보인다. 눈은 없고 은색의 추위와 피로, 검은 진창뿐이다.

20분 만에 나는 옛집 밖에 도착하지만 아무 느낌도 없다. 나는 레이크포리스트의 우리 동네, 우리 집 건너편에 있다. 나는 차 안에서 대학의 록 방송국에 귀를 기울이고 있다. 무엇보다 나를 사로잡는 것은 이웃들의 정원이다. 뭔가 다르다. 나무들을 베어버린 건가? 마치 나무를 베어버린 것 같다.

자동차 안이 흐릿해진다. 하지만 나는 울고 있지 않다. 우리 동네에 도착했을 때 난 내가 옛집을 보고 감정적인 뭔가를 하리라 확신했다. 나는 마음 한편으로는 그 집이 거기 있지 않기를, 그 집이 토네이도에 휩쓸려 사라졌기를 잠깐 바랐다. 아니면 새로운 주인이 그 집을 부수고 완전히 새로 지었기를. 하지만 그때 길이 꺾이는 지점에서 그 집이 여전히 거기 서 있는 것이, 여전히 거기 서 있는 것이 보였다. 우리가 회색으로 내버려두었던 목재가 파랗게 칠해져 있는 것만 빼면 예전과 똑같아 보인다. 걸음마를 시작한 토프가 길로 나가지 못하도록 내가 심었던 관목이 여전히 자라지 않은 채 서 있다.

나는 노트를 한 장 찢어서 메모를 쓴다.

친애하는 웨이브랜드 924번지 거주자께
난 내 삶의 대부분을 이곳에서 보냈습니다. 집 안에 들어가서 둘러보고 싶지만 요란을 떨고 싶지는 않았습니다. 내가 집을 둘러보게 해줄 의사가 있으면 312_____로 전화주세요. 난 토요일까지 여기 머물 겁니다.

그리고 우체통에 넣는다. 나는 많은 것을 기대하지 않는다. 내가 그들의 입장이라도 나를 초대할지 확신할 수 없기 때문이다. 아마 나는 휴가 중인 척하거나 그 편지를 없애버릴 것이다.

나는 공중전화를 찾아 시내의 기차역으로 간다. 춥다. 난 세라를 찾고 있지만 그녀의 전화번호가 없다. 나는 그녀가 어디 사는지—내가 그녀를 마지막으로 보았을 때 그녀는 부모와 함께 살고 있었다—그녀가 여전히 이 지역에, 이 주에 사는지 모른다. 난 시카고에 사는 세라 멀헌에게 전화한다.

　"세라인가요?"

　"네?"

　"세라 멀헌이세요?"

　"네."

　"레이크포리스트 출신의 세라 멀헌인가요?"

　"으, 아뇨."

　"미안합니다." 난 전화를 끊고 두 손에 따뜻한 공기를 불어넣는다. 나는 멍청이다. 누군가 여기서 나를, 이곳을 떠난 후 처음으로 시내까지 나와서는 기차역의 공중전화를 붙잡고 있는 나를 볼 것이다. 아무도 이 전화는 사용하지 않는다. 그러나 한편으로 아무도 놀라지 않을 것이다. 그들은 내게서 이런 모습을 기대할 것이다. 무슨 일이 벌어졌는지를 알고 있는 그들은 내가 마침내 나락에 빠졌다고, 내가 노숙자가 되어 마약에 중독되었다고 생각할 것이다. 내가 이 도시에 소속되었던 적이 있나? 난 또다른 잘못된 전화번호를 누른다.

　"세라?"

　"네?"

　"세라 멀헌인가요?"

　"네?"

"레이크포리스트 출신의 세라 멀헌인가요?"

정적이 흐른 후 천천히 "네……"

4년이 흘렀다. 하지만 그녀는 따뜻하다. 금세 따뜻해진다. 우리는 마지막으로 만났던 때, 우리가 아침에 그녀의 집을 몰래 빠져나와야만 했던 때를 이야기한다. 그녀가 나를 집에까지 데려다주었던 이야기, 그리고 그녀의 아버지가 나를 죽여버렸을 거란 이야기도.

"너도 알겠지만 아버지는 작년에 돌아가셨어."

"아니, 몰랐어. 정말 유감이다."

맙소사. 무슨 말을 해야 할지 모르겠다. 하지만 나는 곧 그녀가 폴리의 결혼식에 오는지를 묻는다. 그들은 같은 반이었다. 그녀는 오지 않을 거라고 한다. 난 그녀에게 다음 이틀 동안 함께 점심을 먹거나 커피를 마실 시간이 있는지 묻는다.

그녀는 밤에는 언제든 좋다고 말한다.

결혼식은 놀라울 정도로 평범하다. 난 최대한 놀랍지 않고 엄격하고 전통적인 결혼식에 참석하기를 정말 원했다. 한때는 그런 결혼식을 생각하는 것만으로도 아주 두려웠지만 사실 인습을 없앤 결혼식이 좀더 부조리했다. 6개월 전 치러진 베스의 결혼식을 난 기억에서 털어낼 수가 없었다. 신랑은 제임스라는 이름의 멋진 젊은이로 동안에 금발이었다. 그 모든 일은 태평양 위로 높이 솟은, 산타크루즈 근처 별장촌의 한 테라스에서 벌어졌다.

오래전부터 베스는 일몰에 바람이 부는 해변의 모래사장에서 웨딩드레스를 입고 맨발로 결혼식을 올리고 싶어했다. 우리 모두는 고요해진 파도 앞에 서고. 하지만 허가를 받는 것이 불가능했기 때문에 그녀는 작은 집들, 해변, 그러나 멋진 장식은 없는 이곳을 받아들였다. 온통 매끈한 초록과 순백이 가득한. 비록 토프와 나는 거의 결혼식을 놓칠 뻔했지만.

토프가 바지를 가지러 가는 바람에 늦어버린 우리는 우리의 작고 빨간 차로 굽이치는 샌프란시스코의 도로를 지나 단장을 마친 집으로 향하고 있었다.

우리는 언덕 꼭대기에 있는 신호등 앞에서 멈췄다. 그때 쿵 소리와 함께 차가 앞으로 튕기고 유리가 와르르 무너져내렸다.

지프 그랜드 같은 것을 탄 40대 여자였다. 큰 차였다. 여자의 차 안에는 2명의 10대 딸과 남편이 있었다. 모두 키가 크고 옷을 잘 차려입고 정상적이다. 그들은 조금 걱정스러운 듯이 자신들의 차에서 내려다본다. 태양이 머리 위에 있었고 난 1분 정도 그 아래, 유리가 반짝이는 도로에 서 있었다. 토프와 나는 보도로 걸어갔고 나는 현기증을 느끼며 주저앉았다. 그가 내 앞에 섰다.

"괜찮아?" 그가 묻는다.

"저리로 가. 햇빛 때문에 널 볼 수가 없잖아."

"그게 낫겠네. 아니, 나는 괜찮아."

"어떡하지?"

"가야지. 이미 늦었어."

우리에게는 1시간밖에 없었다. 우리 차는 반쪽이 났다. 범퍼도 없고, 뒤 유리도 없고, 해치백도어는 뒤틀리고 산산조각 나서 붙어 있지도 않았다. 우리는 이름 등 개인 정보를 교환했고 그 여자는 견인차를 불러주겠다고 했지만 시간이 없었다. 그리고 내가 그 제안을 받아들이려 했을 때 그 차는 출발했고 우리도 그 자리를 떠났다. 집에 돌아가 옷을 갈아입은 우리는 다시 차를 타고는 언덕을 내려가 고속도로로 들어선 다음 남쪽의 새너제이로 달린다. 벌거 벗은 차체를 헤치고 들어오는 바람소리가 꼭 비명소리 같다. 새너제이 공항에서 우리는 빌—그는 바람이 쏟아져 들어오는 뒷좌석에 앉아 이 차의 상황이 아주 재미있다고 생각했다—을 태웠다. 그러나 나는 내내 두려웠다. 연료통이 손상되었을까봐, 연료가 새고 있을까봐, 연기가 스파크를 일으켜서 도중에 모두 폭발해버릴까봐, 너무 잘 들어맞아.

우리 차는 덜컹거리며 불쌍하게 결혼식장에 도착했다. 바닥은 안개로 하얘지고 초록은 회색이 되었고 바다는 보이지 않았다. 토프와 나는 적당한 예복이 없어서 쭈글쭈글한 흰 셔츠에 아버지의 해진 넥타이를 맸다. 모두들 우리가 누구인지를 알았다. 우리가 바로 '그들'이라는 것을.

우리는 제니퍼 러브조이라는 이름의 목사를 만났다. 레즈비언 불가지론자로 매끈한 예복에 머리는 흐트러졌다. 우리는 우리 가족의 대표들에게 인사했다. 우선 매사추세츠 시골에서 온 사촌 수지는 미리 해변의 작은 상가에서 쇼핑을 마치고 네 마리의 새가 앉아 있는 8인치 높이의 중고 밀짚모자를 쓰고 있었다. 그다음 신시사이저 작곡가인 코니 고모(그녀의 음악은 신성한 우주의 음악이라 불린다)는 놀랍게도 시간이 다 되자 마린에서 왔다. 대개 어깨에 얹고 다니던 말하는 앵무새나 유황앵무 없이. 오래지 않아 그녀는 나와 존—여기 오는 도중에 맥주를 마시고 조금 전에야 나타난—을 붙잡더니 정부가 외계인의 방문을 숨기고 있을 가능성에 대해 15분간 논쟁을 벌였다. 물론 그녀는 한동안 그녀의 컴퓨터를 통해 우주의 메시지를 받음으로써 정부의 은폐에 대해 직접적으로 알게 되었다고 한다. 나는 어떻게 그 메시지가 가령, AOL[*]이 아니라 우주에서 온 것인지를 알았느냐고 그녀에게 물었다. 그녀는 마치 "네가 꼭 물어야겠다면……"이라고 말하듯 동정하는 눈빛으로 나를 바라보았다.

빌과 나는 베스를 입장시켜서 신랑에게 보내줘야 했다. 그녀가 우리의 의사를 물었을 때 우리는 물론 해야지라고, 그건 멋질 거라고, 영광일 거라고 말했다. 하지만 빌과 내가 밖에서 기다리는 동안 그녀는 자신이 '보내지는' 것을 원하지 않는다고, 그 관습의 가부장적인 의미가 싫다고, 자신은 혼자서 걸어가겠다고 결심했다. 그래서 코니 고모가 예식 전에 흘러나오는 음악에 대해 불만을 터뜨리는 동안(그녀는 콧방귀를 뀌며 마이크 아이샴의 음악이라고 추측한다) 빌과 나는 앞줄에 앉아 기다렸다.

음악은 금방 바뀔 것이다. 베스와 제임스가 이전까지 맑았고 이제는 티 하나 없는 하늘 아래로 행진할 때 목제 테라스에 올려둔 두 개의 스피커를 통해 음악이 흘러나왔다. 그것은 결혼행진곡이 아니었다. 파헬벨도. 그것은…… 나는 경악하며 하객들의 반응을 살폈다. 왜냐하면 내가 거의 확신하건대 이 노래는, 아 이제는 틀림없다, 이 노래는.

이 노래는 키스의 〈Beth〉다.

연주 버전이 아니라 오리지널 리코딩이다.

---

[*] America Online. 미국 AOL 타임워너 사의 인터넷 사업 부문.

그리고 그녀는 맨발이다.

그녀는 이게 재미있다고 생각했을까? 분명 그녀는……

모두가 신랑 신부의 입장을 지켜보는 동안 내가 30야드 밖의 절벽 너머로 몸을 던지면 사람들이 알아차릴지, 아니면 그대로 조용히 묻혀버릴지 궁금했다.

베스의 결혼식 이후 첫번째인 폴리의 결혼식에서 나는 단순하고 전통적인 프로테스탄트의 단결을 보게 되리라는 희망에 매달린다. 결혼식은 레이크포리스트의 장로교 교회에서 열린다. 시작이 좋다. 그리고 우리는 턱시도를 입어달라는 부탁을 받았다. 그것도 좋다. 피로연은, 빌이 서빙을 하며 여름을 보냈던, 옆 동네에 있는 컨트리클럽 쇼어 에이커스에서 열린다. 멋진 곳이다. 남부끄럽지 않은.

피로연에서 모두가 이야기하고 싶어하는 것은 영어 선생님의 성전환 수술이다. 고등학교 선생님이자 내 (대담하고 용감한) 축구 2군 코치였던 분이 여름에 호르몬 치료와 수술 절차를 거친 후 가을에 여자가 되어 돌아올 것이라고 발표한다. 우리는 믿을 수가 없다. 미스터 T 이후 최고의 사건이다.

그 화제가 시들해지자 피할 수 없는 질문이 나온다.

"토프는 어때?" 메건이다.

"여전해."

"이제 몇 살이지?" 캐시다.

"잊어버렸어."

"어디 있어?" 에이미다.

"네가 묻다니 재미있네. 걔는 히치하이킹을 하면서……"

대화는 사라지고 우리는 서로를 응시한다. 그들은 내가 그들에게 속하지 않는다는 것을 안다. 나는 다른 존재다. 나는 기형이고 100살이나 되었다. 다음 날은 부모님의 유해를 찾으러 돌아다닐 것이다.

"잡지는 잘돼?" 바브가 묻는다.

"아마 오래가지 않을 거야."

"왜?"

나는 설명한다. 다른 직업을 갖는 것에 질린 우리는 너무 지쳤기 때문에 곧 자금을 모아 뉴욕으로 가거나 잡지를 접을 것이다. 내가 정말 하고 싶지 않았던 이야기이고 생각이다. 나는 내 실패에 대해서도, 그들의 실패에 대해서도 이야기하고 싶지 않다. 아마 우리 모두 발육이 멈췄을 것이다. 우리 중 누군가에게 무슨 일이라도 벌어지고 있을까? 그날 밤의 명사는 마니 대학 동창의 데이트 상대다. 그는 시카고에서 아동 프로그램의 진행자로 일하고 〈스페이스 잼〉에도 주연으로 출연했다 ― 대사는 한 줄이지만. 그는 오히려 잭인더박스*의 최근 광고에서 더 큰 역할을 맡았다. 그는 우리를 위해 연기를 한다. 이건 농담이고, 그는 다른 손님들을 흉내 낸다. 우리는 그를 떠받든다.

우리 중 반은 이사에 대해 이야기하고 있다. 플래그는 대학원에 가기 위해 이미 뉴욕으로 떠났고, 나 역시 막연하게 이사에 대해 생각하고 있다. 하지만 내가 정말 원하는 것은 이 친구들의 따뜻한 유아용 풀장에서 헤엄을 치고 낙엽 더미로 뛰어들어 내 몸에 낙엽

---

* 미국 패스트푸드 전문점.

을 문지르는 것이다. 아무 말도 하지 않고 아무것도 걸치지 않고.

하지만 우리는 대화를, 서로의 소식을 필요로 한 채 앉아 있다. 이곳에는 밴드가 있다. 그들은 50년대 유행곡을 연주하고 있다. 머리 모양이 불룩한 세 명의 여자 가수도 있다. 사람들이 나간다. 나이 든 커플들이 춤을 추기 시작한다. 난 두 젊은이의 결혼식을 휩쓸고 다니는 저 나이 든 커플들이 싫다. 그들은 금빛 라메를 입은 저 여자처럼 신경과민이라도 걸린 듯 너무 느리거나 너무너무 너무 빠르게 춤을 춘다. 밴드가 비치보이스를 연주하는 동안 그녀는 하이힐로 개미들을 밟아 뭉개려는 것처럼 라틴 댄스 같은 것을 춘다. 그녀는 그들 모두와 똑같은 표정을 짓고 있다. "오 예!"나 "좋아!"라고 말하는 듯한 표정.

나는 판유리를 뚫고 클럽의 뒷마당으로 뛰쳐나가 절벽으로 달려간 다음 미시간 호수로 뛰어내리고 싶다. 아니면 적어도 밖에 나가 걸어 다니고 싶다. 하지만 너무 춥다. 그리고 신발도 없다. 난 위층으로는 갈 수 있다. 난 누구든 붙잡아 이곳을 떠날 수 있다. 나는 우리가 벌거벗고 커다란 침대에 들어가기를 원한다. 어쩌면 벌거벗지 않고.

신랑 신부가 떠나고 나이 든 사람들이 떠난다. 화장실에서 나와 악수를 나누었고 이웃한 소변기 앞에 서 있는 동안에도 계속 악수를 하자던 남자가 여자 친구와 몸싸움 같은 것을 하다가 밖으로 끌려 나간다. 곧이어 모두가 가고 우리만 남는다. 땀이 마르는 가운데 우리 모두는 둘러앉아 어디로 갈지, 누구의 집으로 갈지, 바로 갈지 논쟁을 벌인다. 결국 메건의 집으로 간 우리는 전에도 수백 번 그랬던 것처럼 부엌에서 쿠키를 먹으면서 냉장고에 붙어 있는 사진들을 본다. 그녀의 부모님이 잠들었기 때문에 떠들지 않고 조용히.

우리는 텅 빈 여러 개의 침대에 자리를 잡았다. 그리고 난 메건의 남동생 방에서 깨어난다. 그는 대학에 있다. 카펫이 두껍게 깔리고 마호가니 가구와 아이스하키 트로피와 팀 사진들로 가득한 방은 어둡다. 데니스 사버드가 사인한 스틱도 있다.

나는 마니를 집에 실어다준다.

그다음 할 일을 처리하러 간다.

1시간쯤 지나서 나는 옛집의 마당을 걷고 있다. 새로운 우편함이 있다. 그들은 망가진 우편함을 고치고 현관문을 새로 칠했다.

이미 나는 이 사람들이 안됐다고 느끼고 있다. 이 불쌍한 사람들. 그들은 나를 이 집에 들이는 실수를 저질렀다. 이렇게 되었으니 어떤 일이 벌어질까? 그들은 나를 초대하지 말았어야 한다. 그들이 나를 초대하지 않았어도 나는 이해했을 것이다. 하지만 이 집의 아버지가 전화를 걸어 와도 좋다고 말했고 결국 여기 오게 된 것이다. 이건 좋지 않을 것이다. 뭔가 벌어질 것이다. 난 슬쩍 들어가서 그들이 듣고 싶어하지 않는 이야기를 해줄 것이다.

아니, 아니. 착하게 굴어야지. 괜찮을 거야.

문이 열리고 그들 모두 나타난다. 이 사람들은 항상 문을 함께 열어주나? 일곱 살이 안 되어 보이는 아이들이 3명 있다. 2명은 남자아이고 1명은 여자아이다. 그리고 스웨터를 입고 수염을 기른 아버지와 단발머리의 엄마가 있다. 아이들은 부모 뒤에 숨어서 그들의 다리 뒤에서 흘깃거린다. 나는 남자와 악수한다. 그들은 나를 집 안으로 들인다.

그들이 나를 집 안으로 들인 것이 이해되지 않는다. 그들이 나에 대해 아는 것이라고는 내가 한때 이곳에 살았다는 것뿐이다. 그들이 이곳에서 벌어진 일을 알고 싶은 것인지 궁금하다. 난 그럴 것이라고 생각한다. 적어도 부모들만은. 이 작고 완벽한 아이들은 아니지만. 난 말하지 않을 것이다.

우리는 곧장 부엌으로 가고 쏟아지는 빛! 그곳은 빛이 가득하다. 이 빛이 어디서 나오는 것인지 난 재빨리 둘러본다. 벽은 새로 페인트칠을 했다. 나무판은 사라졌다. 다른 벽들은 없어졌다. 그들은 벽을 없애버렸다! 캐비닛도 사라지거나 옮겨지고 대체되었다. 새로 커다란 창문이 생겼다. 나는 알아볼 수 없다. 무엇이 달라졌는지 알아볼 수 없다. 모든 것이 달라 보인다. 그리고 작다. 이 집은 소인들을 위한 집 같다. 하지만 이 사람들의 키는 정상이다.

우리는 둘러본다. 그들은 거실을 가족실이라고, 가족실을 거실이라고 부른다. 그들은 바닥 전체를 덮고 있던 하얀 카펫도 없애 완벽한 나무 바닥이 드러나게 했다. 그리고 사방에 새로 페이트 칠을 했고 천장을 수리해 채광창들을 냈다! 우리는 이야기를 나눈다. 나는 어떻게 이것을 하고 저것을 했는지 묻는다. 나는 기술적인 질문들도 한다.

"이건 새로운 몰딩인가요?"

"이건 건식벽체인가요?"

그리고 난 재빨리 이곳의 전 거주자도, 피학적인 변태도 아닌, 인테리어에 관심이 많은 친근한 이웃이 된다.

위층의 침실들은 아이들 방으로 핑크색, 하늘색이 칠해져 환하다. 내 방은 알아볼 수도 없다. 오렌지색 숲을 담은 벽지는 사라졌고 내 그림도 사라졌다. 카펫은 사라졌고 벽장의 거울도 사라졌다. 망가진 문은 교체되었다.

모든 것이 너무 깔끔하고 단정하다. 장난감은 산뜻하고 동글동글하다. 아이들 욕실에는 아이용 용품들이 있다. 파란색, 빨간색, 노란색의 작은 칫솔들. 부부 침실―채광창이 있는 곳이다. 우리는 채광창에 대해서는 생각도 하지 않았다. 이 방은 너무 밝아졌고 아버지의 정장으로 채워졌던 대형 벽장이 있던 자리, 가죽벨트와 담배에 절은 정장들, 구두약 등 아버지의 냄새가 너무나 많이 났던 그 자리에는 이제 자쿠지*가 놓여 있다.

나는 그들에게 묻는다. 어떻게, 어떻게 이 모두가……

"이 집에 시간을 많이 들였어요." 그 아버지가 말한다. 그는 부드럽게 휘파람소리를 내더니 얼마나 일을 많이 해야 했는지를 강조한다.

"네." 내가 말한다. "우리는 한동안 모든 게 쇠락하게 내버려두었죠."

우리는 아래층으로 돌아오고 아이들이 우리를 따라다닌다. 세탁실도 새로 페인트칠이 되었고 카펫은 교체되었다. 차고 옆의 욕실에는 더이상 문구들이 적힌 벽지가 붙어 있지 않다. 작고 기다란 욕실 창문으로 보이는 뒷마당은 이전과 거의 같아 보인다. 눈이 하얗게 덮인 가운데 플라스틱 장난감과 빨간 썰매가 흩어진 흙무더기가 눈에 들어온다.

---

* 물에서 기포가 일게 만든 욕조.

하늘이 하얗다. 난 호숫가에 있다. 난 전화를 걸려고 호숫가까지 왔다. 도심 한가운데에 있는 기차역에서 전화를 걸지 않으려고. 나는 에릭과 그랜트의 자동응답기에 부모님 주치의가 전화하지 않았는지 확인한다. 그는 전화하지 않았다. 호숫가는 비어 있다. 추위가 무지막지하다. 영하 12도 이하일 것 같다.

나는 벽돌을 깐 보도를 따라 주차장에서 걸어 나오면서 벤치들을 살펴본다. 누군가가 사서 기증한 것들이다. 난 이런 벤치를 하나 사서 엄마에게 바쳐야겠다고 결심한다. 어쩌면 아버지에게도 하나, 어쩌면 두 분에게 하나. 값이 얼마냐에 따라 달라질 것이다. 대부분의 벤치에는 단순히 이름만 적혀 있지만 공중전화 근처의 벤치에는 이런 것이 적혀 있다.

장미는 빨개요

제비꽃은 파래요

우리는 호숫가를 좋아해요

당신도 호숫가를 좋아하기를

맙소사. 난 저것보다 잘 쓸 수 있다.

나는 벤치를 하나 살 것이다. 나는 베스와 빌에게 돈을 좀 내게 할 것이다. 마침내 우리는 뭔가를 할 것이다. 우리는 이 일을 할 만한 여유가 있다. 우리는 이것을……

덕분에 기억이 떠오른다. 혼자 호숫가에 있던 나는 들릴 정도로 크게 숨을 헐떡인다. 토프의 고등학교 학비 지원 신청서를 내일까지 내야 한다. 우리는 대여섯 군데 사립 고등학교에 지원했고 이제 행정기관에 신청서를 내야 한다. 난 출발 전에 이 일을 처리하지 않았고 비행 중에도 내버려두었다가 이제 여기, 호수에까지 왔다. 페덱스로 보낼 시간이 3시간밖에 없다.

나는 차로 가서 배낭을 꺼내 다시 호숫가로 돌아온 다음 감시소 근처의 피크닉테이블에 신청서를 꺼내놓는다. 평소처럼 나는 금세 질문들에 대답하지 못한다. 난 모든 것을 모르거나 금방 잊어버린다. 사회보장번호, 은행계좌번호, 우리의 저축액. 베스는 알 것이다.

나는 간이매점의 차양 아래에 있는 공중전화를 쓴다. 공중전화는 고드름에서 녹아내린 물 때문에 젖어 있다. 나는 물을 닦아내고—물은 생각보다 따뜻하다—샌프란시스코의 베스에게 전화한다. 베스는 내가 시카고에 있는 걸 알지만 12월에 호수에 간 이유는 알지 못한다.

"몰라. 왔어. 여기 전화가 있어. 추워."

"내가 다시 전화해야겠다."

"베스, 너무 추워."

"난 통화 중이야. 거기 전화번호나 알려줘."

"여기는 영하 17도쯤 되는 것 같아."

"뭐라고?"

"여기는 정말 춥다고, 베스."

"십 분 안에 전화할게."

나는 그녀에게 전화번호를 알려주고 피크닉테이블에 눕는다. 나는 어떻게 해야 따뜻한지 실험한다. 가만히 앉아 있거나 움직이는 것보다 누워 있는 것이 따뜻할까? 나는 움직일 때 더 따뜻한 것으로 알고 있었던 것 같다. 하지만 난 잠깐 동안 내가 꼼짝 않고 누위 있을 수 있고 내 피를 돌게 할 수 있다는 생각을 음미한다. 눈을 감고 크게 숨을 쉬면서 나는 피를 빨리 돌게 한 뒤 지켜보는 내 모습을 상상한다. 컨베이어와 해비트레일*을 그려보면서…… 난 다른 행성의 삶을 생각하며 5분, 10분쯤 존다.

전화가 울린다. 베스는 귀찮아한다.

"저기, 이걸 지금 알아야 해?"

"응."

"왜?"

"오늘 페덱스로 보내야 하거든."

"왜?"

"내일이 마감이야."

"왜 미리 해두지 않은 거야?"

"지금은 그게 중요한 게 아니잖아."

"……"

"나, 아직 공중전화거든. 호숫가야. 겨울이고. 겨울은 추워. 우리가 이 일을 제때 처리할 수 있을까?"

"알았어."

우리는 숫자들을 적어 내려간다.

"고마워. 됐어. 끊을게."

습관적으로─난 베스와 통화하면 즉시 빌에게 전화하는 경향이 있다─나는 LA의 빌과 토프에게 전화하고 자동응답기가 돌아간다. 그들은 분명 해변, 따뜻한 진짜 해변에서 발리볼을 하는 여

---

* 식물이나 뱀, 거북, 햄스터 등을 키우는 데 쓰는 유리 용기.

자들을 보고 있을 것이다. 난 잠깐 동안 응답기에 대고 두서없이 떠들다가 전화를 끊는다. 두 남자가 시카고 베어스의 운동복을 입고 조깅을 하고 있다. 그들은 내 곁을 지나며 나를 바라본다. 내가 입에 펜을 물고 서류에 둘러싸인 채 피크닉테이블에 앉아 있기 때문이다. 나는 서류 작성을 마친 후 배낭에 챙겨 넣는다.

간이매점을 지나 주차장으로 돌아오는 길에 감시소 창문에 얼굴을 들이밀어본다. 책상 뒤에 수영복을 입고 포즈를 잡고 있는, 15명쯤 되는 구조요원의 사진이 있다. 모두 오렌지색 옷을 입고 있고 모두 웃고 있고 모두 새하얀 이에 금발이나 은발이다. 내가 알아볼 수 있는 것이 몇 가지 있다. 그 사진은 5, 6년 전에 찍은 것이다. 그리고 뒷줄에는 세라 멀헌이 있다. 그녀는 내가 기억했던 그대로다. 선탠을 했고 슬픈 푸른 눈이고 곱슬거리는 금발이다. 나는 그녀가 구조요원이라는 것을 알았지만 여기서 근무하는 것은 알지 못했다. 나는 이 호숫가에 수백 번은 왔지만 그녀도, 이 사진도 본 적이 없다. 그리고 이제……

너무 이상하다. 난 이 일을 적어둔다.

난 차 안에 배낭을 떨어뜨리고 다시 공중전화로 돌아가서 베스에게 전화한다.

"저기, 물어볼게 있어."

"그래."

"재에 대해 알아?"

"뭐?"

"들었잖아."

"아, 아냐. 누구의 재?"

"두 분 다."

"왜?"

"음, 두 분을 돌려받지 못했지, 맞지?"

"그래."

"두 분과 관련해서 전화도 받지 못했지?"

"음, 전화가 왔었어."

"무슨 소리야?"

"일 년 전쯤 전화가 왔어."

"전화가 왔다고? 누가 했어?"

"말했잖아."

"말한 적 없어."

"했어. 전화 왔었다고, 거기서 유해를 보관하고 있다고. 적어도 엄마의 유해는. 그 사람들이 우리를 계속 찾았나봐."

"어디를 찾았대?"

"시카고, 버클리, 샌프란시스코, 어디든."

"뭐라고 했어? 그들이 부모님을 보내줬어?"

"아니."

"아니라고? 그럼 두 분은 어디 있는 거야?"

"내가 우리한테는 유해가 필요 없다고 말해줬어."

"설마."

"맞아. 우리가 그 시시한 재로 뭘 하겠어?"

"하지만 나나 빌에게 물어보지도 않고? 누나는……"

나는 질문을 멈춰야만 한다. 내가 상냥한 어떤 것, 아니 약간 가벼운 분노를 기대하고 베스에게든 누구에게든 질문을 할 때마다 내가 상상했던 것보다 훨씬 더 이상하고 무시무시한 대답이 날아온다.

"내가 뭐?"

이제 그녀는 화가 났다.

"아무것도 아냐."

그녀는 전화를 끊는다.

이건 너무…… 난 전에는 이 문제를 애매하게 남겨두는 것을 좋아했다. 두 분은 어디 있지? 음, 좋은 질문이다. 두 분은 어디에 묻혔지? 또다른 흥미로운 질문이다. 그 안에는 내 아버지식의 아름다움이 있다. 우리는 그가 진단을 받았다는 건 알았지만 그가 얼마나 아픈지는 몰랐다. 우리는 그가 병원에 있는 것은 알았지만 그가 얼마나 위중한지는 몰랐다. 그런 상황이 이상하게도 항상 어울리는 것처럼 느껴졌다. 그의 죽음은 엄마의 죽음과 마찬가지로 유해가 결코 시카고에 있는 우리를 찾아오지 못했다는 사실, 우리가 회피하고 비틀대면서 이사 가고 다시 이사 가고 또다시 이사 갔다는 사실에 의해 완성되었다. 난 유해가 엉망이 되었을 거라고, 의대에서 책임을 회피했을 거라고, 누군가의 실수로 잊혀졌을 거라고 생각했다. 하지만 이제는 알게 되었다. 베스가 알고 있었다는 것, 그리고 그들이 정말로 죽었고 버려졌다는 것, 우리에게 기회가 있었다는 것을……

내가 그들을 찾을지도 모른다는 생각, 의대에서 두 분을 어딘가 재…… 재를 보관하는 곳이나 연고자가 없는 유해를 보관하는 대형 창고에 모셔두었을지 모른다는 생각을 사실 나는 즐겼다.

하지만 이제는 알게……

아 우리는 괴물이다.

　난 우리 동네와 옆 동네의 경계에 있는 세븐일레븐―이제는 문
을 닫은―의 공중전화에서 멈춘다. 나는 스튜어트에게 전화한다.
그의 부인이 받는다.

"아, 안녕하세요!"

"안녕하세요."

"어디예요? 샌프란시스코?"

"아뇨, 시카고예요. 하이우드에 있어요."

"아, 세상에. 그러면 남편이랑 가까운 곳에 있네요. 그는 병원에
있거든요."

"맙소사."

"아니, 아니, 그냥 감염이에요. 괜찮아요. 다리 때문에요. 이상
한 일이죠. 다리가 퉁퉁 부었거든요. 병원에 며칠은 있어야 해요."

"몇 분이라도 그, 아니면 당신과 그 모두와 통화하고 싶었는데.
다시 전화할게요."

"아니, 병원에 들러보세요. 하이랜드파크 병원이에요. 그가 기
뻐할 거예요."

　난 그녀에게 말한다. 안 된다고, 그럴 수 없다고, 이상하게도……

"바보처럼 굴지 말아요. 가봐요."

　10분 후 난 병원의 주차장에 차를 세운다. 여기서도 엄마의 옛
병실이 보인다. 나는 차 밖으로 나가 건물을 에둘러 응급실로 간
다. 문이 소리를 내며 열린다. 나는 응급실에 있고 싶고 사건을 일
으키고 싶다. 엄마가 코피를 흘리던 그날로 돌아가고 싶다. 그들은

우선 엄마를 여기로 옮겨 백혈구 수치를 높이고 코피가 흐르지 않게 했다.

대기실은 작아 보이고 플로리다의 아파트처럼 온통 복숭아색, 핑크색, 연자주색이다. 나는 푹신한 긴 의자에 앉는다.

아무 일도 일어나지 않는다. 아무것도 돌아오지 않는다.

텔레비전에 포티나이너스*의 경기가 중계된다.

접수원이 나를 쳐다보고 있다.

젠장.

나는 그 자리를 떠나 건물 주위를 돈다. 로비에서 스튜어트의 병실을 알아낸 다음 그에게 전화한다.

그는 내가 레이크포리스트에 있는지 묻고 나는 그렇다고 대답한다. 그는 말한다. 나더러 들르라고, 자신은 며칠 동안 병원에 있지만 퇴원 후에, 그러니까 내일 퇴원하면……

나는 그에게 내가 이미 여기 와 있다고 말한다.

"하이랜드파크에?"

"병원이에요. 로비요."

"아. 왜?"

난 거짓말을 한다. "다섯시 삼십분에 여기 주치의를 만나기로 했거든요. 그래서 나는……"

"음 다섯시 삼십분이 다 됐는데."

"아, 음, 정확히 지켜야 하는 건 아니에요. 나중에 만나도 돼요."

"그럼 올라오겠나?"

---

*NFL의 샌프란시스코 포티나이너스 팀.

"네."

"D-34호야."

"알아요."

그는 4층에 있다. 이 건물은 엄마가 여러 차례 입원했던 건물이자 아버지가 돌아가신 건물이기도 하다. 게다가 층수도 같다. 아마 같은 층이었을 것이다.

내가 마지막으로 아버지를 보았을 때 내 곁에는 엄마, 베스, 토프가 함께였다. 우리가 이 복도를 걸어가 그의 병실 문을 열었을 때 냄새가 급습했다. 연기도. 병원 측은 그가 담배 피우는 것을 허락했다. 부연 회색의 병실에서 그는 발목을 꼬고 머리 뒤로 깍지를 낀 채 침대에 앉아 있었다. 환한 미소를 지으며. 그는 가장 멋진 시간을 보내고 있었다.

조용하고 묵직한 문을 밀자 내가 아는 아버지의 유일한 친구 스튜어트가 있다.

병실 안으로 들어서는 순간 나는 바로 나오고 싶었다. 병실은 어둡고 그는 웃통을 벗고 있다. 그의 머리 위쪽에서 비치는 유일한 불빛이 그의 머리에 흐릿하고 둥근 호박색 후광을 드리운다.

아, 이건 이상하다. 그는 이야기로 들은 것보다 훨씬 더 아파 보인다. 왜 웃통을 벗고 있지? 아, 이건 이상하다. 아마 그 역시 죽어가고 있을 것이다. 그의 몸을 온통 회색 털이 덮고 있다.

우리는 악수를 한다. 그는 회색 수염을 깔끔하게 길렀다.

난 어둠 속에서 그의 침대 끝, 그러니까 그의 발치에 앉는다.

나는 한동안 웅얼거린다.

난 그에게 감염에 대해 물어본다. 그의 다리는 빨갛게 변해 있다.

그의 다리는 엄청나게 부어 있다.

그에게 물어보려던 질문, 내가 30분 전에 주차장에 주차시켜둔 차 안에서 라디오로 80년대의 록음악을 들으며 적었던 질문들을 더 이상 물어보고 싶지 않다. 나는 스튜어트를 방문하고 싶었던 이유를 더듬더듬 설명하며 억지로 말문을 열고 몇 가지를 묻는다……

스튜어트가 내뱉은 첫번째 말은,

"음, 내가 자네 아버지의 영혼에 대해 얼마나 많이 알려줄 수 있을지 모르겠군"이었다.

그의 목소리는 신중하다. 그는 상체에 팔을 올려놓았고 황톳빛이 그의 몸을 감싼다. 그 빛이 아니었다면 방은 갈색이었을 것이다.

이것이 죽어가는 것이겠지. 이렇게 빛이 비치는 가운데 밤에 죽어가는 것은 극적이고, 적절하다. 내 아버지가 죽어간 방식은 아주 잘못되었다. 그는 한낮에 혼자 죽었다.

아버지는 다시 쓰러졌다. 이번에는 샤워실에서.

아버지는 베스에게 소리를 질렀다. 베스가 달려가서 그를 침대로 끌고 왔다. 그리고 구급차가 왔다. 그는 일주일쯤 입원해 있으면서 기력을 회복해야 했다. 드물지 않은 일이었다. 그는 겨우 몇 달 전에 진단을 받았다. 그런데 그가 입원하고 일주일이 지나자 의사가 전화해서 상태가 좋지 않다고, 아버지가 언제든 돌아가실 수 있다고 말했다.

엄마는 비웃었다. 엄마와 베스가 안으로 들어갔다.

그들은 연기가 자욱한 병실에 한참 동안 앉아 있었다.

"나중에 와." 그가 말했다. "낮잠이나 자야겠어."

그들은 집으로 왔다.

"그는 내일은 죽지 않을 거야." 엄마가 걱정으로 흥분해서 말했다. "그는 오늘도, 내일도, 다음 주에도 죽지 않을 거야."

1시간 후에 그는 죽었다.

"그는 내가 만나본 최고의 운전자였어." 스튜어트가 말한다. "그가 스며드는 방법은—그는 스며든다고 표현했지—'내가 이 도로에 어떻게 스며드는지 잘 봐두라고……' 그는 그렇게 말하곤 했어. 믿을 수 없었지. 그는 차선을 바꾸고 갓길로 달리고……"

난 스튜어트에게 아버지가 그 차, 그가 소유했던 유일한 새 차인 닛산 280을 얻었을 때 그가 가장 처음 한 일이 자기 취향에 맞게 차를 변형하는 것이었음을 알려주었다. 사이드도어에 재떨이를 올리고 안전벨트의 어깨끈을 잘라버렸다. 우리 모두는 아버지가 안전벨트 법률을 좋아하지 않았고 그 법률을 헌법에 위배되는, 시민의 권리에 대한 침해로 생각한다는 것도 알고 있었다. 그러나 이상한 것은 운전석뿐 아니라 조수석의 어깨끈도 잘랐다는 것이다……

문이 열린다. 스튜어트의 부인이다.

"아, 왔군요."

나는 쳐다보고는 어깨를 으쓱인다.

"몇 분 동안 나갔다 올게요."

그녀가 나간다.

전화벨이 울린다. 스튜어트가 받는다.

"아 안녕하세요. 내가 나중에 해도 될까요?"

그의 식사가 들어온다. 그는 내게 치즈케이크를 권한다.

"아니에요."

"수프라도?"

"아닙니다."

난 스튜어트에게 우리 아버지가 죽을 때 혼자라고 느꼈을 것 같으냐고 묻는다.

전화가 울린다. 이번에는 더 오랫동안 전화를 받는다. 전화를 끊었을 때 그는 내 질문을 기억하지 못하고 나는 다시 묻지 않는다.

스튜어트 부인이 돌아오고 우리는 함께 몇 분 동안 이야기를 나눈다. 그러고 나서 나는 나온다. 주차장에서 나는 한동안 녹음기에 대고 말을 한다. 하지만 이미 스튜어트가 말해준 내용을 대부분 잊어버렸다.

아침에 그랜트, 에릭, 나는 사람들이 지나가는 것을 보며 간이식당에서 아침을 먹는다. 시카고의 겨울, 그들은 청바지와 가죽 재킷을 입고 있다.

"그래서 어제는 뭐 했어?" 그랜트가 묻는다.

"별건 아냐." 내가 말한다. "집에 가본 다음 차를 몰고 돌아다녔어."

그의 엄마를 보았던 것도 기억난다. 그랜트의 엄마는 매일 웨스턴 애비뉴를 몇 마일씩 걷는다. 나는 차를 몰고 그녀를 지나쳤다.

"인사는 했어?" 그가 묻는다.

"아니, 네 엄마인 줄 모르고 있다가 나중에야 알았어."

"아, 안됐네."

"그러게."

"그럼 오늘은 뭐 할 거야?"

"아마 과거를 거슬러 올라가보겠지."

"왜?"

"몰라. 별거 아냐. 고등학교에 가볼지도 몰라."

그랜트가 나를 잠깐 바라본다. 아마 그는 알 것이다.

"레이크포리스트 고등학교에 안부나 전해줘."

장례식장의 소유주인 이아카비노 씨는 자리에 없다. 장례식장을 지키고 있는 남자는 나보다 젊고 깜짝 놀란 듯한 밝은 색 눈에 안경을 쓰고 있다. 채드라고 한다. 나는 안으로 들어서면서 발에 붙은 눈을 털어낸다. 나는 그에게 서류를 구하고 싶다고, 뭔가를 모으고 있다고, 내 부모가 여기를 거쳐 갔다고, 여기 있을지도 모를 서류를 찾고 있다고 말한다.

"전화하고 올게요." 그가 말한다.

그는 관이 전시된 곳에 나를 남겨둔 채 집에 있는 이아카비노 씨에게 전화하러 갔다. 방에는 열한 개의 관이 있다. 각각에는 그 스타일과 질에 따라 이름이 붙여졌다. 마을은 때때로 그랬던 것과 같은 모습이고 관들은 사치스럽고 각각의 관은 다른 관보다 더 반짝이고 더 섬세하다. 하나에는 앰배서더라는 이름이 붙어 있다. 또 다른 관은 강철로 만든 것 같다. 나중에 잃어버리게 될 노트에 그 이름들 중 일부를 적는다. 나는 매장되지 않을 것이다, 나는 확신한다. 나는 사라질 것이다. 아니면 내가 죽을 때쯤이면 좀더 발달한 레이저기술과 광섬유를 이용하여 시체를 태우지 않고 즉시 증발시켜버리는 기계가 나타날 것이다. 그 기계를 작동시키는 사람들은 사람이 죽으면 즉시 들어가서 기계를 조립하고—운반이 아주 간편할 것이다—레버를 몇 번 당겨 시신을 즉시 없앨 것이다. 매장도 없고, 시체를 가지고 다니고, 검사하고, 약품 처리하고, 옷을 입히고, 그들을 위해 땅에 구멍을 사고, 이런 정교한 관을 만들 일도 없을 것이다. 두께를 두 배로 강화한 관들……

아니면 나는 우주로 보내질 것이다. 아니, 그때쯤이면 사람들, 죽은 사람들은 1마일 높이의 하얀 탑 위에 올려질 것이다. 6피트 깊이의 구멍이 아니라 1마일 높이의 하얀 탑이 어떤가? 분명히 기술자들과 건축가들의 반대도 있을 것이고 공간의 문제도 있을 것이다. 하지만 공간은 무시해버릴 수 있다. 예를 들면 그린란드처럼 광대하고 천국처럼 하얀 곳도 있으니까.

"마음에 드는 거라도 있으세요?" 채드가 묻는다. 그는 내 뒤에 있다.

나는 킥킥거린다. 아주 좋다.

그는 서류철을 들고 있다. 우리는 검고 반들반들한 테이블 앞에 앉는다. 장례식 계획을 세울 때 사용하는 테이블이다.

"이게 우리가 가지고 있는 거예요." 그가 말한다.

서류철에는 웬번 장례식장이 두 분의 시신을 받아 아버지의 장례식을 치르고 시신 기증을 감독했다는 내용을 기록한 부분이 있다.

아버지의 장례식과 관련된 서류와 기록에는 엄마의 사인이 남아 있다. 엄마의 서류와 기록에는 누나가 사인했다. 나는 이 서류들이 좋다. 이 서류들은 증거다, 우리가 가진 유일한 증거.

"이게 전부인가요?" 내가 묻는다.

"네." 채드가 말한다.

나는 이 서류들을 복사해줄 수 있는지 묻는다. 그는 안 될 이유가 없다고 말한다. 그는 아래층으로 내려갈 것이다. 잠깐이면 될 것이다.

계단은 현관 중간에 나 있다. 나는 그가 내려가는 것을 지켜본다.

내 뒤쪽 벽에 묘석 견본이 전시되어 있다. 크기, 재질, 그 안에 들어갈 정보의 활자체나 순서. 선택의 여지는 많다. 먼저 이름을 쓰거나 날짜를 쓰거나 아예 날짜를 쓰지 않을 수도 있다. 아니면 이름 앞에 문구를 붙일 수도 있다. '사랑하는' '영원한' 같은. 나는 아마 돌 비석으로 할 것이다. 돌이 좋을 것이다. 돌은 나를 구원하고 우리가 이미 저지른 모든 해악, 우리가 포기하거나 잃어버린 모든 것을 구원해줄 것이다.

채드가 계단을 올라온다. 그는 작은 갈색 상자를 들고 있다. 그는 작은 갈색 상자를 내 앞의 테이블에 내려놓는다.

"이상해요." 그가 말한다. "방금 저 아래 복사기가 있는 곳까지 내려갔다 왔거든요. 그리고 별 이유도 없이 선반을 올려다보니 이게 있는 거예요."

카드보드 상자에 붙어 있는 꼬리표에는 손으로 이렇게 쓰여 있다.

하이디 에거스

"그럼 이게……"

"네, 화장한 유골일 거예요. 언젠가 우리 쪽으로 보내졌나봐요. 왜 당신에게 보내지 않았는지는 모르지만……"

나는 상자를 만진다.

세상에.

채드가 일어선다. "아래층에 가서 이걸 복사해올게요."

그는 다시 나갔다.

젠장. 맙소사. 젠장.

상자는 가로 세로 높이 모두 1피트 정도이고 투명한 테이프로 붙여져 있다. 상자는 단순하고 갈색이고 사각형이다. 우편으로 보내진 그대로일 것이다. 꼬리표를 보면 시카고의 시신기증협회가 보낸 것으로 되어 있다. 이건 여기에 얼마나 있었을까? 소인을 읽을 수 없다.

베스에게 전화해야 한다. 난 빌에게는 전화하지 않을 것이다. 빌은 듣고 싶어하지 않을 것이다. 하지만 베스는……

난 베스에게도 전화하지 않을 것이다. 베스는 혼란에 빠질 것이다.

채드가 복사본을 들고 돌아온다.

나는 그에게 고맙다는 인사를 하고 서류를 모아 내 배낭의 서류철에 끼워 넣고는 자리에서 일어선다. 나는 그 상자를 들고……

그 상자의 무게가 얼마나 나갈지 생각도 하지 않았는데 꽤 무겁다. 10파운드 이상 나갈 것 같다.

나는 밖으로 어슬렁거리며 나온다.

깜짝 놀랄 정도로 춥다. 나는 상자를 지키기 위해 바람이 불어오는 쪽으로 등을 돌린다. 난 옆걸음으로 차까지 걸어가서는 조수석의 문을 열고 상자를 내려놓는다. 나는 얼음 위를 발끝으로 살짝 디디며 차를 빙 돌아가서 운전석의 문을 열고 탄다.

난 상자를 바라본다.

상자는 내 엄마다. 조금 더 작아졌을 뿐.

상자는 내 엄마가 아니다.

저 상자가 엄마인가?

아니다.

하지만 그때 나는 상자에서 엄마의 얼굴을 본다. 내 병든 머리가 상자에서 엄마의 얼굴을 보게 한다. 내 병든 머리는 상황을 더 악화시키고 싶어한다. 내 머리는 이 상황이 무섭고 견딜 수 없기를 바란다. 난 싸우려 하고 이 상황이 정상임을, 이 모두가 정상임을 깨달으려 한다. 하지만 난 내가 괴물이라는 것, 내가 여기 와서는 안 되었다는 것, 내가 나쁜 일들을 찾아다니고 있기 때문에 결국 이런 일들이 생겼다는 것, 우선적으로는 내가 이런 일을 자초해서는 안 되었다는 것, 내가 이런 일을 자초했기 때문에 상황이 점점 나빠지고 점점 더 야만적으로 바뀌리라는 것을 안다. 내 눈이 흐려진다. 몸이 떨린다. 난 이 상자를 어딘가 다른 곳에 두고 싶다. 트렁크 같은 곳에. 하지만 내가 이 상자를 트렁크에 둘 수 없다는 사실을 나는 안다. 내 엄마가 아닌 이 상자는 트렁크에 들어갈 수 없다. 내가 트렁크에 엄마를 두면 엄마가 화를 낼 테니까. 그녀는 나를 죽일 것이다.

그날 밤 늦게 난 그랜트와 에릭의 집으로 돌아간다. 그들은 알 파치노가 장님으로 나오는 영화를 보고 있다. 알 파치노는 화를 내며 독특한 악센트로 말한다. 그는 아마 캐나다 사람일 것이다. 우리는 여기저기에 흩어져 앉아 있다. 에릭은 편한 의자에, 그랜트도 편한 의자에, 나는 그 사이 소파에.

우리는 TV를 보면서 맥주를 병째 마시고 있다. 우리는 완전히 정상이다. 그랜트, 에릭과 함께 시카고 링컨파크에 있는 그들의 아파트에 있으니 우리는 정상이다, 나는 정상이다. 우리는 쉬고 있다. 나는 쉴 수 있다. 나는 쉬고 있다.

난 그 상자에 대해서는 생각하지 않으려 한다. 40피트 떨어진 곳에 세워둔 렌터카의 조수석에 그 상자가 있다는 사실에 대해. 나는 그 상자를 안으로 가져올 수 없었다. 난 에릭과 그랜트에게 그 상자에 대해 말하지 않았고 앞으로도 말하지 않을 것이다. 누군가, 아마도 그들 중 한 명이 차 옆을 지나다가 그 상자를 보고 그것이 무엇인지를 알아채 두려워하고 나를 괴물로 생각할까봐 나는 그 상자를 수건으로 덮어두었다.

화려한 군복을 입은 알 파치노는 교복을 입은 고등학생 또래 소년에게 소리를 지르고 있다. 나는 늦게 영화를 보기 시작했기 때문에 왜 그가 교복을 입은 소년에게 소리를 지르는지 알 수가 없다. 그들은 화려한 호텔방에 있다.

"왜 소리를 지르는 거야?" 내가 묻는다.

"쉬!" 그랜트가 말한다.

"그는 눈이 안 보여?"

"조용히 해. 거의 끝나가."

전화가 울린다. 에릭이 받더니 내 무릎에 던져준다.

"네 전화야."

"누구?"

"메러디스."

메러디스가 전전긍긍한다.

"존 때문에 그래?"

"그래." 그녀가 말한다.

"그가······"

"아니, 아니. 그는 괜찮아. 그런데 또 협박을 해. 술 취한 것 같아."

나는 전화를 들고 위층으로 올라간 다음 욕실로 들어간다.

"약을 먹은 거야? 무슨?"

"몰라. 안 물어봤어. 손목에 무슨 짓을 할 것 같아."

"그가 그렇게 말한 거야?"

"아니. 아마. 몰라. 기억이 안 나. 하지만 전화해봐. 그와 한 시간 동안 통화했는데 젠장 미치겠어. 그가 그러는데 너에게 전화했는데 네가 집에 없다는 거야."

"난 시카고에 있어."

"알아. 내가 전화했잖아, 멍청아."

난 존에게 전화한다.

"무슨 일이야?"

"아무 일도 없어."

"아무 일도 없다니 무슨 뜻이야? 그럼, 내가 왜 너에게 전화하고 있지?"

"몰라. 왜 나한테 전화하는데?"

"메러디스가 그러더라. 네가 나랑 통화하고 싶어한다고."

"너한테 전화하려고는 했어."

"알아. 난 시카고에 있어."

"왜?"

"결혼식 때문에."

"흥분되네."

"뭐라고?"

"아무것도 아냐. 차에 대해 이야기하고 있었어."

"네가 빌어먹을 차에 대해 이야기하고 있다고? 자, 난 시간이 없어."

"좋아. 귀찮게 해서 미안해."

"좋아. 그래. 무슨 일인데? 뭐야? 협박하는 거야?"

"이틀간 힘들었어."

"술 취한 것 같은데, 처음에는 술 취한 것 같지 않더니. 술을 마신 거야, 안 마신 거야? 힌트를 줘봐."

"아니, 그냥 약을 먹은 거야."

"잠깐. 무슨 약? 그게 무슨 소리야? 이미 뭘 먹은 거야? 그게 뭐야? 뭐냐고?"

"뭐가 뭐냐는 거야?"

"넌 이미."

"아냐. 젠장. 그냥 졸려서 그래. 맥주를 마셨거든."

"넌 술을 마시면 안 돼. 항우울제를 먹는데 술은 안 돼, 멍청아. 저번에 통화할 때는 술을 안 마셨잖아, 맞지? 넌 술을 마시면 안 돼. 술을 얼마나 마신 거야?"

"맥주 한 병이야. 뭐라고 그러지 마, 친구."

에릭과 그랜트가 계단을 올라와 침실로 가는 소리가 들린다. 문 아래로 불빛을 볼 수 있다.

나는 마음 한편으로 총소리에 대비하고 있다. 존은 줄곧 그런 계획을 세우면서도 나를 안심시켜서 상황이 괜찮다고 생각하게 했다. 내가 그 소리를 확실히 들을 수 있도록, 그것이 내 실수임을 내가 알 수 있도록 그는 아무 때라도 그 짓을 저지를 것이다. 난 죽은 친구를 갖게 될 것이다.

다른 한편으로 이것은 행운이다. 이런 타이밍, 내가 섬뜩한 것을 찾아낸 그 주일에, 하필이면 그 상자를 받은 날에 존이 자살하겠다고 협박하는 것은. 그게 뭐 어떻다고? 환상적이다.

욕실 문을 두드리는 소리가 난다.

"응?"

"괜찮아?" 그랜트다.

"응. 통화 중이야."

"알았어, 친구. 내일 보자."

"잘 자."

"누구야?"

"그랜트. 자⋯⋯"

"마약 소굴에 또 쳐들어갔어." 존이 말한다.

"무슨 마약 소굴?"

"샌파블로 외곽, 에머리빌 근처에 있는 마약 소굴. 이번에는 맨발로 갔어."

존은 전에도 그런 적이 있다. 그는 내게 마약 소굴에 간 이야기를 들려준다. 그는 내가 깊은 인상을 받기를 원한다. 의심스럽기는 하지만 만일 그의 말이 사실이라면 나는 깊은 인상을 받을 것이다. 그러나 이 사실을 그에게 들킬 수는 없다.

"그런데 왜?" 내가 묻는다. 나는 그 이유를 안다.

"이상한 느낌이 들었어. 그래서 무슨 일이 일어날지 보고 싶었어."

"그리고?"

"아무 일도 없었어. 사람들은 그저 나를 쳐다봤어. 누군가가 이렇게 말했지. '젠장, 이 자식이.' 그게 다야."

"흠. 이번에는 뭐가 문제인데?" 나는 우리가 이런 일을 반복하는 이유를 알고 싶다. 그가 내게 똑같은 잔소리를 듣고 싶은 것인지 알고 싶다. 나는 거부할 것이다.

"몰라. 난 나갔어. 그리고 난…… 몰라, 집에 왔을 때 그냥 암울하고 깜깜하게 느껴졌어. 몰라. 이해가 안 돼. 내 생각에는 그물 같은 것에 걸린 것 같았어. 내 말은 구멍들에 들어간 것 같았다고. 젠장, 몰라. 난 너무 지쳤어. 그건 너무…… 젠장, 넌 이해 못했을 거야."

"뭘 이해 못해?"

"난 그냥……"

"네가 이런 말을 하다니 믿을 수가 없어. 넌 날 알아. 내가 이해하지 못했을 거라고? 내가 오늘 무슨 일을 했는지 알아? 내가 오늘 밤 어디 있는지 알아? 내 차에 뭐가 실려 있는지 아냐고?"

난 장례식장과 그 상자에 대해 말해준다.

"맙소사." 그가 말한다.

그는 좋아한다. 그는 갑자기 멀쩡한 목소리로 활기차게 말한다.

이것이 그가 원하는 것임을 나는 알 수 있다. 이미 그의 목소리는 더 활기차고 멀쩡하다. 그는 그 이야기를 듣고 싶어한다. 그리고 자신이 아무리 자기 생각에 신물을 느끼고 두려워하고 부끄러워해도 자기 자신임을, 내가 자신보다 훨씬 더 좋지 않은 상황임을 확인하고 싶어한다. 평소처럼 나는 내 이야기를 들려준다. 장례식장에 다녀온 날 밤 나는 무슨 일이 터지기를 바라면서 얼어붙고 황

폐한 시카고 사우스사이드를 차를 몰고 돌아다녔다. 녹음기에 대고 떠들어대던 나는 커다란 재킷을 입은 아이들을 보면서 계속 밖으로 나가 그들에게 다가가고 싶었다. "안녕, 얘들아! 재미있는 거 있어?" 그들이 뭔가로 내 머리를 때리거나 내 뒤를 쫓기를 바라면서. 내가 정말 원하는 것은 그들이 내 뒤를 쫓는 것이었다. 하지만 너무 추웠다. 나는 신호등 앞에 멈출 때마다 옆 차선에 차가 한 대 멈추리라는 기대감을 품었고 쳐다보지 않고도 알았으리라고 그에게 말한다. 차창이 깨지고 난 풋풋했던 어린 시절로 깊이 휩쓸려 들어가리라는 것을. 그리고 내 피가 차창 가득 흩뿌려지는 것을 볼 것이다. 아니면 난 신호등 앞에 있고 누군가 차문을 딸 것이다. 아니, 누군가가 아니라 야전상의를 입은 흑인 남자다. 그 남자는 이런 식으로 죽는 것을 상상할 때마다 그려보던 남자다. 그는 항상 야전상의를 입고 있다. 그리고 그는 내 옆에 올라탄다. 난 그 상자를 옮겨야 한다. 그 상자를 어디 둘까? 뒷좌석. 그는 내게 수족관 옆에 있는 호수 밖으로 차를 몰게 한다. 그는 나를 내리게 하고는 호수를 마주하고 있는 주차장 끝으로 걸어가게 한다. 그는 내게 무릎을 꿇으라고 하고 나는 무릎을 꿇는다. 그리고 한마디 말도 없이 그는 내 뒤통수에 총을 두 번 쏠 것이다.

"이상하네." 존이 말한다. "나도 항상 그런 장면을 상상하는데. 나는 우리 집 의자에 묶여 있고 입에는 테이프가 붙여져 있어. 나를 향하고 있는 그의 총을 볼 때면 난 움직일 수도, 소리를 지를 수도 없어. 내가 할 수 있는 것이라고는 총알을 멈추는 거지. 눈으로. 난 항상 내가 눈으로 총알을 멈출 수 있을 것 같은 이상한 느낌이 들거든."

"재미있게도 내가 거기 사우스사이드에서 차를 몰고 녹음을 하면서도 가장 걱정되었던 게 뭔지 알아? 오직 차를 빼앗기 위해 나를 호수 근처에서 쏘았던 살인자가 어떻게든 그 테이프—그와 같은 사람이 나를 죽일 것이라는 상상을 늘어놓고 그 상자를 찾아낸 일에 대해 설명한—를 찾아 틀어볼지도 모른다는 것, 그리고 그 살인자가 나를 인종차별적인 별종이라고 생각할지도 모른다는 것."

"젠장."

"그게 내가 걱정하는 거야! 나를 죽인 남자가 나를 어떻게 생각할지 걱정스러워. 그다음에는 결국 게리나 먼시나 다른 어딘가에서 차를 찾아낸 경찰이 녹음기와 그 안에 든 테이프를 발견하고 단서 같은 것을 찾기 위해 테이프를 틀어보고는 역시 겁에 질리고, 아니, 겁에 질리는 동시에 웃음을 터뜨리고는 테이프를 복사해서 친구들에게 나눠줄까봐 걱정스러워."

"아냐." 이쯤 되면 나는 더이상 존의 막연한 협박을 두려워하지 않는다. 나는 더이상 총성을 예상하지 않는다. 이것은 전에도 효과가 있었고 항상 효과가 있다. 지금쯤이면 그는 자신보다 나를 더 걱정한다.

"그래서 내일은 뭐 할 거야?"

"내일은 세라를 만날 거야."

"세상에. 어떻게 됐는지 얘기해줘야 해."

"알았어."

난 그녀가 코트를 입고, 코트를 급히 챙겨 입고 문밖에서 나를 만나 안녕, 어떻게 지냈어라고 조심스럽게 인사할 줄 알았다. 하지만 그녀는 코트도 입지 않고 문으로 나와 나를 안으로 들인다.

세라 멀헌. 나는 그녀를 데리러 왔다. 우리는 저녁을 먹으러 갈 것이다. 나는 그녀의 집 안에 있고 그녀는 빛난다.

우리는 소파에 앉아 있다. 나는 쿠션을 움직인다.

"뭐 마실래?" 그녀가 일어서면서 묻는다.

"응."

"맥주?"

"응, 고마워."

그녀는 부엌으로 간다. 그녀의 아파트는 흠 하나 없다. 그녀는 조명의 밝기를 줄여놓았다.

그녀가 돌아오더니 우리와 같은 고등학교를 다녔던 남자의 앨범을 튼다. 그 남자는 우리 형과 같은 나이로 시내에 있는 호텔 '디어패스 인'에서 피아노를 연주했고 앨범에 디어패스라는 타이틀을 붙였다. 우리는 그 남자가 잠깐 동안이라도 이 마을을 떠나 균형감을 얻었어야 한다고 이야기한다. 우리는 그녀의 가르치는 일(시카고 서쪽 교외에서 7학년을 가르친다)에 대해, 빈스 본에 대해 이야기한다.

우리는 저녁을 먹고, 저녁을 먹으면서 술을 마시고, 내가 먹는 모습을 관찰하면서, 하하, 늦게까지 시간을 보낸다. 우리는 우리 둘 다 소속되어 있던 수영 팀에 대해 이야기하면서 내가 얼마나 형편없고 그녀가 얼마나 대단했는지, 칙칙거리는 확성기에서 울려 퍼지는 그녀의 이름이 우리에게는 얼마나 대단한 우아함과 힘의 상징이었는지, 그녀가 어떻게 경기에서 패하지 않았는지, 그녀를 향해 오랫동안 타오르던 내 마음이 그때마다 얼마나 뜨겁게 타올랐는지 이야기한다. 내가 누군가의 똥을 밟자마자 사물함에 숨어 있던 그녀의 동생이 나를 덮쳤던 이야기도 한다.

"그 이야기는 못 들었는데."

"그는 내 짓이라고 생각했어."

"그 똥."

"그래, 그때부터 나는 클럽에서 실수를 한 남자로 통했지. 해명할 방법이 없었어. 내가 똥을 밟은 줄도 모르고 돌아다녔다고 이야기하는 건……"

"힘들었을 거야, 아마도."

"맞아."

나는 즉시 호숫가에서 본 그녀의 사진에 대해 이야기할까 생각한다. 난 그러지 않기로 한다. 그건 너무 이상하니까.

우리는 바로 가고 거기서 아는 사람들과 마주친다. 그들 모두 우리가 함께 있는 것을 보고 어리둥절해한다. 우리는 결코 사람들 앞에 함께 나타난 적이 없었고, 나이 차도 두 살이나 났으며, 난 여러 해 동안 시카고에 나타나지도 않았다. 나는 유치원 시절부터 알았던 스티브 폭스를 본다. 어른이 된 그가 여덟 살 때 컵스카우트의 생일파티에서 지었던 미소를, 나는 사진들, 앨범들 속에 간직하고 있다. 우리는 1분 동안 이야기한다. 어디서 시작하지? 포옹을 해야 하나? 그는 살이 붙은 건가? 하지만 세라는 불편해한다. 링컨파크에는 우리가 아는 사람이 너무 많다. 부담스럽다. 우리는 그 바를 나와 작고 불쾌한 바로 들어가서는 우리 둘 다 생각하고 있는 것을 할 수 있겠다고 느껴질 때까지 술을 마신 다음 그녀의 아파트로 걸어간다.

소파에 앉아 있는데 그녀가 갑자기 나를 밀더니 팔을 뻗어 내 가슴에 손을 대고는 이글거리는 눈빛으로 나를 바라본다. 어둠 속에서 그녀의 눈은 너무 동그래 보이고 흰자위는 너무나 하얗다. 처음에는 그 눈빛을 내 뛰어난 키스 솜씨에 그녀가 압도되었다는 징표로 생각했다. 그녀는 잠깐 나를 바라본다.

"넌 더 나이 들어 보여." 그녀가 말한다.

즉시 나는 생각한다. 상징이다. 나는 더 나이 들어 보인다. 그건 또한 상징적이다. 우리가 어둠 속에서 소파에 앉아 있는 동안 커다란 창문으로 들어오는 불빛, 가로등의 흐릿한 노란 불빛은 그녀의 얼굴에서 그녀의 아버지를 떠올리게 한다. 나는 그를 몇 번 만났고 결코 지금 이 순간을 제외하고는 그녀와 그가 그렇게 닮은 줄을 몰랐었다. 이제 그녀의 눈은 더 짙어진다. 그녀의 흡연―우리가 마지막에 들렀던 바에서 그녀는 담배를 피웠다―역시 상징적이라는 생각이 든다. 그것은 뭔가를 의미한다. 그녀가 내가 더 나이 들어 보인다고 말한 것, 그녀가 자신의 죽은 아버지처럼 보이는 것, 그녀가 내 죽은 아버지처럼 담배를 피우는 것, 우리가 비슷한 삶을 살았고 주차장에서 레이크포리스트 클럽의 풀장까지 같은 길을 걸었다는 것, 동틀 녘마다 똑같은 거리를 수영했다는 것을 제외하면 우리는 서로를 거의 모름에도 불구하고 우리가 서로에게 입을 벌리고 있는 것, 이 모두는 뭔가를 의미한다. 이것이 무엇을 의미할까?

몇 초 뒤 우리는 다시 얼굴을 좌우로 돌리면서 서로의 입안에서 서로의 혀를 움직인다. 하지만 그녀는 왜 내게 이상한 눈빛을 보낼까? 내가 눈을 뜰 때마다 그녀는 눈을 뜨고 있다. 심란하다. 아마 그녀는 심란한 것 같다. 그녀는. 나는 이유를 안다.

그녀는 내 렌터카에 엄마의 상자가 있다는 것을 안다.

그거다. 그녀는 안다. 그녀는 마치 나와 함께 도로 여행을 하듯 내가 그 상자를 조수석, 때로는 바닥의 버거킹 봉투와 사과주스 병 옆에 실은 채 돌아다니는 것을 안다. 그리고 그녀는 지난밤 내가 어쩌면 자살할지도 모르는 친구와 통화했다는 것도, 내가 정말 그가 자살을 원하는지 궁금해했던 것도 안다. 그녀는 어제 내가 리키의 집 옆을 지나칠 때 잠깐 멈췄던 것도 안다. 그리고 그녀는 이것도 안다. 내가 한 시간도 지나지 않아 도심의 도서관에서 리키의 엄마―그녀가 거기서 일하는 것을 나는 잊고 있었다―와 마주쳐서 리키의 엄마가 나를 포옹해주고 리키와 데이트하는 릭에 대해 함께 이야기를 나누었다는 것을. 그러면서도 내가 무엇인가에 대해서는 아무 말도 하지 않았다는 것도. 너무 오랫동안 이야기를 나누면 리키의 엄마 역시 내가 세상 사람들에게 그녀의 남편에 대해 이야기하고 싶어했다는 것을 알아차릴 것이고, 호숫가에 있는 레이크포리스트의 공동묘지를 지나는 동안 내가 〈패트리지 패밀리〉에 출연했던 대니 보나두스의 라디오 쇼를 듣고 있었다는 것을 세라처럼 알아차릴 테니까. 그 라디오 쇼는 공동묘지를 지나면서 듣기에는 별로다. 하지만 그 순간 그 쇼에서 익숙한 목소리, 섹스에 대해 이야기하는 누군가의 목소리가 들려왔다. 저게 누구지?……그건 사리 로커였다. 사리 로커가 대니 보나두스 쇼에, 라디오에, 공동묘지에 등장해 입으로 콘돔을 끼는 법을 이야기하고 있었다. 너무 충격을 받은 나는 그 충격을 드러내기 위해, 나에게, 그리고 어쩌면 지켜보고 있을 누군가에게 그것이 얼마나 커다란 충격인지를 강조해주기 위해 차를 세웠다. 사실은 그렇게 충격을 받지 않아 차를 세울 필요도 없었지만. 그리고 사리는 보나두스에게 비열한 뭔가, 최근에 취소된 그의 TV쇼에 대해 뭔가를 말했고 그녀가 방송을 마친 후 그는 욕을 하면서 그녀를 때렸다. 그때쯤 나는 하이우드에 있는 그 바, 내 아버지가 매일 밤 귀가 길에 들르던 그 바에 가는 길이었다. 교통 상황이 어떻든 아버지가 항상 제시간에, 그러니까 7시 20분에 귀가하는 것은 바로 그 바 때문이었다. 밖이 얼어붙을 듯이 춥고 좀먹은 듯이 회색이던 그날 오후 나는 거기서 무엇을 하는지, 아버지가 다녔던 그 바에서 내가 무엇을 찾는지도 모른 채 거기 앉아 있다가 스프라이트를 주문하고 다시 자리에 앉았던 것을 세라는 안다. 아마 나는 어딘가에서 그의 사진을, 당구대 옆의 칠판에 여전히 적힌 그의 이름을 기대했을지도 모른다. 나는 몰랐다. 그의 너무나 멋진 필체. 나는 그 사이에 그가 끼어 있을 거라고 기대하고 볼링 팀의 사진을 봤다. 물론 그는 결코 볼링을 치지 않았다.

우리는 여전히 입을 서로의 입 위로 움직이고 있고 그녀는 아마 여전히 눈을 뜨고 있을 것이다.

그리고 거기 앉아 있는 동안 나는 탐정처럼 내 아버지의 사진을 여자 바텐더에게 건네주고 그녀에게 이런 대답을 들었으면 얼마나 좋을까 하고 잠깐 생각했다. "네, 확실히 그를 알아요. 매일 밤 여기 와서……" 하지만 난 그저 앉아만 있었다. 사방에 진기한 머그잔이 있다. 굉장히 큰 당구대. 〈What a Feeling〉이 주크박스에서 연주되고 있었다. 정말 딱 들어맞는 곡이었다.

나는 눈을 뜬다. 이번에도 세라는 눈을 뜨고 있다. 그녀는 숨을 참고 있는 것 같다. 하지만 누가 그녀를 탓할 수 있을까? 그녀는 안다, 그녀는 알아차릴 수 있다. 그녀는 안다. 그 바를 나온 내가 공중전화로 가서 시신기증협회에 전화를 걸어 시신이 어디로, 그러니까 일리노이 대학교 시카고 의대로 보내지는 것을 알아낸 후 그곳 시카고의 웨스트사이드로 차를 몰아 1시간 동안 황량한 곳, 쇠락한 블록들, 무너진 지역들 사이를 헤맸다는 것을. 그녀는 안다. 내가 마침내 그 학교, 그리고 해부학과가 있는 건물을 찾아 어떻게 차를 주차시키고 건설 현장의 울타리를 뛰어넘어 그 건물로 들어갔는지, 건물에 들어간 후 내가 발각될까봐 얼마나 두려워했는지, 그들이 내 눈을 보고 경비원을 부를까봐 얼마나 걱정했는지. 그래서 나는 엘리베이터를 피해 계단으로 가서 두꺼운 철문을 열고……

우리는 그녀의 침대로 가서 서투르게 옷을 벗는다.

계단통은 80도로 경사가 져 있었다. 아니 90도. 위압적이었다. 나는 내 부모를 데려가서 무슨 짓을 한 건지 따지기 위해 그 의사가 있는 7층까지 올라가야 했다. 왜 계단통이 이렇게 덥지? 4층에 이르자 땀에 흠뻑 젖었다. 내가 계단을 올라가는 동안 계단을 내려가는 의사들이 내 곁을 지나쳤다. 난 무심하게 정상적으로 행동해야만 한다. 난 학생이었고 학생처럼 보여야 한다. 열기는 바람처럼 아래에서 올라온다. 덕트 안에 있는 것 같다. 7층에 도착할 무렵 나는 현기증을 느끼며 문을 벌컥 열었고 시원한 공기가 내 폐에 대고 노래하는 것이 느껴졌다.

세라는 무엇인가에 싫다고 말한다. 나는 뭔가를 하려고 애쓰고 있다. 나는 진심으로 뭔가를 하려고 애쓰면서도 너무 피곤하다고, 머리가 너무 무겁다고 느끼면서 뭔가를 만지작거리고 있다.

나는 홈이 파인 검은 판에 하얀 글자로 박힌 명단에서 그 의사의 이름을 찾아낸 후 그의 방으로 걸어갔다. 나는 그와 싸울 것이고 최소한 그의 얼굴을 들여다보고 그 표정에 무슨 변화라도 나타나게, 내게 뭔가를 말하게 할 것이다.

나는 잠에 빠져들고 있다. 너무 피곤하다. 난 세라의 등을 내 앞으로 끌어당기고는 잠에 빠진다.

그때 그 의사의 방문이 열린다. 바로 거기 중년의 남자가 있다, 바로 거기, 책상 앞에, 내 얼굴에서 몇 인치밖에 떨어지지 않은 곳에. 그 순간이 온 것이다. 마침내 내가…… "이런, 죄송합니다!" 이렇게 말하고는 문을 닫았다. 그리고 난 엘리베이터를 타고 내려오는 내내 벽을 두드리고 문을 향해 몸을 숙이고 몸을 흔들다가 엘리베이터 밖으로 뛰어내린 다음 계단을 걸어 내려와 건물 밖으로 나와서는 재빨리 걷고 조금 뛰기도 하면서 건설 현장을 지난다. 그리고 차로 돌아와 차 안에서 라디오를 켜고는 고속도로로 올라 그랜트와 에릭의 집으로 돌아왔다. 그들은 케이블 방송을 보고 있고 난 그들에게 아무 말도 하지 않았다.

아침에 나는 9시, 10시, 10시 30분까지 자고…… 세라가 노골적으로 소음을 낼 때까지 깨지 않는다. 방은 온통 하얀 빛으로 가득하고 침대는 여전히 따뜻하다. 나는 있을 곳이 없다. 나는 결코 나오고 싶지 않다. 나는 계획이 없다. 나는 수다를 떨고 싶다. 나는 세라 학교의 졸업앨범을 본다. 세라와 학생들의 사진을 본다. 그들은 정말 그녀를 사랑하는 것 같고, 우리가 그 세월이 흐른 후 여기,

다른 장소지만 여기 함께 있다는 것이 정말 멋지다. 이제 우리는 다시 연결되었기 때문에 완벽하다. 이것은 혼잡했지만 다시 연결되고 다시 디자인된, 새롭고 소박하고 멋진 일종의 다리다. 멋지다, 우리는 계속 연락을 할 것이고, 내가 여기 올 때마다 만날 것이고 그녀가 샌프란시스코에 올 때는……

아마 우리는 아침을 먹어야……

그때 나는 문 앞에 있고 그 집을 나오고 있다. 내가 왜 나오는지는 모른다. 무슨 일인지 벌어졌다. 그녀는 뭔가를 하기 위해 학교에 가야 한다고 말한다. 아니, 점심을 먹기 위해 친구, 아니면 자매, 아니면 엄마를 만날 것이라고 말한다. 온통 부옇다. 나는 문간에서 신발을 신으며 문틈으로 들어오는 겨울 공기를 느끼고는 뭔가를, 아마 "새해 복 많이 받아" 같은 말을 하는 그녀를 바라본다. 이제 그녀가 문을 열어주고 나는 그녀와 재빨리 포옹한다. 보도로 나온 나는 그랜트와 에릭의 집을 향해 걷는다.

나는 그녀가 한 말을 기억하려 애쓰면서 추운 거리를 뻣뻣한 다리로 걷는다. 나는 머릿속으로 몇 번이나 그 마지막 말을 떠올려본다. "음, 넌 원하는 걸 얻었으니까……"였나? "그게 네가 원하던 거였어?"였나? 그와 같은 뭔가였는데. 그게 무슨 뜻일까? 그 말이 효과가 있게 하려고, 그 말이 익숙하게 들리게 하려고, 그 말이 이해가 되게 하려고 노력한다. 내가 원하는 걸 얻었다고? 그녀가 말한 것이 그것이었나? 분명 난, 난 생각했다. 우리가 다시 연결되었고 내내 무너졌던…… 젠장, 내가 원한 것이 무엇인지도 모르겠다.

모든 것이 다시 함께 묶였고 이제는…… 나는 이해하지 못한다. 우리는 묶여 있나 아니면 풀려 있나? 나는 그 고리를 끊고 그

고리는 다시 풀린다.

다음 날 밤 나는 레이크포리스트의 호숫가에 간다. 9시인지 10시쯤이라 어둡다. 나는 내일 시카고를 떠나야 한다. 어젯밤은 섣달 그믐이었지만 아무 사건 없이 조용했다. 우리는 몇 블록을 걸어 에릭의 사무실 사람이 개최한 파티에 가서 서서 이야기를 나누고 당근과 샐러리를 먹었다. 우리는 자정 전에 나왔고 몇 분 후 집으로 돌아와서 초코칩 미니쿠키를 먹고 〈너티 프로페서〉를 봤다. 난 호수를 마주 보고 차를 주차한다. 난 차에서 내려 그랜트의 코트를 입고 코트 주머니에 녹음기를 넣는다. 다른 주머니에는 노트와 펜이 들어 있다. 나는 차 문 쪽으로 몸을 숙이고는 바닥에서 그 상자를 꺼낸다. 그리고 문을 닫고 상자를 보닛에 올린다.

지금 할 것이다. 이건 당연한 일이다. 이건 옳은 일이다.

나는 안에 무엇이 들어 있는지 보고 싶지 않다. 나는 호수의 진입로로 내려오는 차가 없는지 확인한다. 물론 나는 안에 무엇이 들어 있는지 보고 싶다. 나는 차 열쇠로 상자 위의 투명 테이프를 자른다. 난 재를 담은 자루에 구멍이 날까봐 차 열쇠가 상자 깊숙이 들어가지 않게 조심한다. 그러면서도 나는 먼지처럼 가벼운 재가 뿜어 나올 것으로 반쯤 예상한다. 그래서 나는 먼지를 들이마시지 않으려고 눈을 가늘게 뜨고 머리를 돌린다. 나는 상자의 양옆을 피부처럼 펼치면서 상자를 연다. 안에서는 아무 재도 날리지 않는다.

안에는 금이 있다. 금빛의 깡통. 부엌의 카운터에 올려두고 쿠키나 설탕을 담아둘 만한 크기와 모양이다. 난 안도감에 압도당한다. 양철로만 만들어졌다 해도 이것이 카드보드 상자보다 더 낫고 더 적절하다. 그런데 금색의 상자에 뭔가가 있다. 그 영화처럼 뭔가 불길한 것, 그 영화에서 재가 들어 있던 계약의 궤*를 연상시키는 뭔가—그 궤를 어설프게 만지고 그 내용물을 휘저어놓은 남자에게 벌어진 그 모든 나쁜 일들…… 만약……

젠장, 난 빌어먹을 나치가 아니다!

하지만 내가 녹음기와 노트로 여기 호숫가에서 하고 있는 짓을 보라, 이 상자로. 타산적이고 교묘하고 차갑고 폭발적인.

젠장.

나는 통을 연다. 통이 천천히 열린다. 안에서 빨아들이는 것 같다. 나는 뚜껑을 연다. 안에 꼭대기가 묶여 있는 캣리터** 봉투가 있다.

젠장. 누군가가 재를 이 빌어먹을 캣리터로 바꿔놓았다. 이건 그게 아니다. 먼지처럼 생긴 재는 어디 있지? 이건 재가 아니다. 나는 더 자세히 보기 위해 자동차 후드에 상자를 내려놓는다. 이건 흰색과 검은색과 회색의 작은 돌, 조약돌, 그레이프넛이다. 그 봉투가 숨을 내쉬고 그 숨결이 냄새를 풍기면서 적은 양의 먼지가 잠깐 동안 피어오른다. 나는 그 냄새를 맡기가 두렵다. 죽음을 두려워하는 걸까? 희미하게 남은 엄마의 냄새를? 하지만 그저 먼지의 냄새, 단지 먼지 냄새만 난다.

그때 난 엄마가 바라보고 있는 것을 알아차린다. 자주 이런 것은 아니다. 그녀가 구름 위에 앉아 내려다보는 환영을 자주 보는

---

* 모세의 십계명을 새긴 두 개의 석판을 넣어둔 상자.

** 고양이의 배설용 상자에 까는 모래.

것(따르는 것?)은 아니다. 〈서커스 패밀리〉처럼 옷을 입고 행복에 넘치고 점선으로 그려진. 하지만 이 순간 나는 갑자기 나를 보고 있는 그녀를 본다. 구름 위에서가 아니라 바로 저기서, 아니, 내 바로 위의 검고 푸른 하늘에서. 엄마는 고개를 흔들고 있다, 실망한 듯이, 혐오스럽다는 듯이.

하지만 그것이 그녀의 잘못이 아닐까? 분명 그녀의 잘못이다. 그녀의 눈이 나를 이렇게 만들었나? 그녀가 바라보고 응시하고 인정하고 부정하는 방식이? 아, 그 눈들. 기다란 구멍, 레이저, 수치심과 죄책감과 심판의 바늘들. 가톨릭적인 것인가, 아니면 그저 그녀다운 것인가? 최소한 그것은 대학 때까지 자위를 하지 않은 나와 관계가 있다. 나는 그 사실을 조금 전에야 이해했다.

봉투를 여니 작은 돌의 색깔과 형태가 더 뚜렷해진다. 그 돌들은 예닐곱 가지의 색—검은색, 흰색, 밝은 회색, 어두운 회색, 회색이 섞인 노란색, 노란색이 섞인 회색, 크림색—을 띠고 있고, 작은 것, 더 큰 것, 대체로 둥글지만 일부는 직사각형, 일부는 엄니처럼 더 긴 것들로 이루어져 있다. 내가 기대하고 원한 밝은 회색의 곱고 균질한 재 같은 것은 없다. 아, 이것은 훨씬 섬뜩하다. 이 작은 돌들은 구분이 가능하다. 저 하얀 것은? 뼈. 검은 것은 암 덩어리인가, 아니면 더 철저하게 태워진 부분인가? 어쨌든 그들은 뭘 사용했을까? 오븐? 오븐, 맞나? 오븐의 어떤 부분이 다른 부분보다 뜨거운가? 하얀 것은 분명 뼈일 것이다. 이 모두가 뼈는 아닐까? 어떤 부분이 불에서 살아남았을까? 아무것도, 아무것도, 어떤 부분, 그러니까 이 기관 또는 저 기관은 바삭하게 탔다, 석탄처럼. 석탄은 유기물질이다. 검은 것은 암 덩어리일 것이다.

그러면 회색은 무엇일까?

나는 호수 쪽으로 걸어가서 모래사장을 가로지른다. 주로 사람이 만든 모래사장 위에는 사실 모래가 아니라—이제 그 연관성이 보인다—캣리터가 뿌려진 것 같다. 생각해보니 우리의 노쇠하고 침식하는 자연적인 모래사장을 대신하여 수백만 달러 가치의 산책로와 방파제와 방어 장벽이 세워졌을 때, 10대이던 우리는 그렇게 불렀다. 우리는 그곳의 모래를 캣리터라 불렀다. 그 위에서 걷거나 발리볼을 한 후면 발이 망가지고 모래에 살이 벗겨졌기 때문에 우리는 그곳을 싫어했다. 나는 그 캣리터를 신발을 신은 채 가로지른다. 자갈처럼 요란한 소리를 내는 모래를 지나 1피트 넓이의 녹슨 강철 방파제—거대한 하얀 화강암으로 낮게 만든 임시벽, 파도로부터 호숫가를 지키기 위해 거대한 화강암을 반원으로 쌓아올린 벽과 만날 때까지 호수로 약 40피트쯤 뻗어나간—로 간다. 난 마치 봉헌을 하듯 앞에 황금색의 통을 들고 있다. 내가 이 통을 왜 이렇게 들고 있는지는 모른다.

난 바위를 몇 개 뛰어올라 그 바위벽의 바깥 부분에 서서 호수 쪽을 바라본다. 회색과 푸른색의 호수다. 안개가 자욱한 가운데 하늘과 물은 30피트도 떨어지지 않은 곳에서 흐릿하게 합쳐지고 호수는 조용히 속삭인다. 그 깊이는 50피트쯤, 내가 겉으로는……

난 미끄러지고 쓰러져서 머리를 부딪치고는 정신을 잃고 고요한 호수로 떨어져 익사할 것이다. 여기에는 아무도 없으니 난 구조되지 못한 채 사라질 것이다. 그러면 사람들이 렌터카를 발견하고 내……

테이프는 노트와 함께 내 재킷 속에서 물에 젖어 망가질 것이다.

이건 어리석다, 미시간 호에 유해를 던지는 건. 미시간 호? 우습고, 시시하고, 초라하다. 왜 호수지? 분명 오대호 중 하나이기는 하지만. 대서양에 갔어야만 한다. 케이프코드에 갔어야만 한다. 그럼 대단했을 텐데. 나는 케이프코드로 차를 몰고 갈 수도 있었다. 차가 있으니까. 우리가 지난번 거기서 임대했던 집, 루스 이모가 죽기 전에 함께 있었던 집으로 차를 몰고 갈 수 있었다. 당시 나는 욕실 문틈으로 가발을 쓰지 않은, 타는 듯하던 빨간 머리가 모두 빠진 루스 이모를 보았다. 나는 임대차 회사로 전화를 걸어 그곳을 빌리겠다고 이야기한 후 거기 들를 것이다. 난 케이프코드로 차를 몰고 갔다가 샌프란시스코에는 비행기로 돌아와야 할 것이다. 운전을 하면 시간이 얼마나 걸릴까? 우리, 우리 세 아이와 엄마는 하루에 8시간을 운전해 시카고에서 케이프코드까지 수십 번은 왔다 갔다 했다. 젠장, 나라면 적어도 이틀은 걸렸을 것이다. 내일 LA에서 오는 토프를 공항에서 만나야 할 것이다. 우리는 시간에 맞춰 동시에 공항에 도착할 것이다. 젠장, 나는 케이프코드에 갈 수 없다. 아마 내가 전화하면 빌은…… 젠장, 난 그에게 이 이야기를 해야 하고 그는 마음이 심란해져서…… 젠장. 여기서 이러는 것이 이해가 된다, 이해가 된다, 지금은 이해가 된다. 좋다. 오늘은 올해의 첫날이고 결국.

젠장.

그녀의 빌어먹을 생일이다. 이런 일이 또다시 벌어지다니 믿을 수가 없다. 내가 왜 이런 것들을 연관짓지 않았을까? 왜 그녀의 생일이 다가오는 것을 모르고 생일 당일에도 그녀와 함께 방파제 앞에 설 때까지 기억하지 못했을까? 됐어, 이건 신호야, 젠장, 이곳이 좋다는 신호야, 틀림없이. 그녀는 이 호숫가를 좋아했다. 이곳은 그녀가 가장 좋아하는 장소였다. 그녀는 호수 근처에 자신의 의자를 펼쳐놓고 물에 발을 담근 채 눈을 감고 햇볕을 쬐는 것을 좋아했다. 그녀 뒤, 서늘한 그녀의 그림자 속에서 나는 내 담요와 병을 들고……

나는 그 봉투를 들고 재를 한 움큼 쥔다. 너무 가볍다! 내가 잡고 있기가 넌더리 날 정도로 뭔가를 잡고 있다고는 믿을 수 없는, 예상하지 못했던 이 가벼움 외에 무엇을 기대했는지는 모른다.

나는 던진다. 그것은 허공에 커다란 사선을 그리며 퍼지더니 피티티릿 하는 소리를 내며 신음하는 호수로 떨어진다. 나는 다시 던진다. 조금 흘린다. 흘려서는 안 된다. 바로 저기 내 왼쪽 발 옆에 뼛조각이 여덟 개쯤 떨어진다. 나는 밟는다! 물론 나는 밟는다. 물론 나는 밟는다, 얼마나 적절한가! 얼마나 기대했던 일인가, 멍청아! 나는 흘린 조각들을 주우려고 몸을 숙이지만 이미 다른 손에도 재를 가득 쥐고 있다. 내가 오른쪽에 떨어진 또다른 한줌의 재 위에 몸을 웅크렸을 때— 젠장! 이런 젠장 맙소사! 왜 난 이런 일을 제대로 하지 못하는 거지?

나는 재빨리 일어서서 던진다. 이번에는 약간의 재가 땀이 나기 시작한 내 손바닥에 남는다. 젠장! 나는 쏟아진 재를 갈라진 틈 사이로 차 넣어서 바위 아래 호수로 보내려 한다. 내게 필요한 것은 호스 같은……

하지만 엄마의 재를 차야만 하나? 나는 다시 재를 손으로 움켜쥐려 한다, 아주 여러 번, 아주 여러 번. 난 다시 몸을 웅크린다. 젠장, 아마 이건 불법일 것이다. 나는 이것이 합법이 아니라는 것, 이런 유해는 위생적이지 않다는 것, 그래서 허가를 받지 않으면 바다에서만 뿌릴 수 있다는 이야기를 들었다. 난 누가 없는지 주위를 둘러본다. 아니, 다른 차는 없다. 하지만 내일 누군가가 여기 와서 보고는 신고를 하고 나를 의심할 것이다. 장례식장에서 일하는 채드가 무선 라디오로 경찰의 무전을 들을 테니까.

나는 떨어진 유해를 손등으로 쓸어 바위틈으로 밀어 넣는다. 갑작스러운 폭풍을 뚫고 우리 모두 핀토를 몰고 어딘가, 쇼핑몰, 케이프코드, 플로리다로 가는 동안 엄마가 차창에 반지를 부딪치며 손등으로 급하고 격렬하게 부예진 앞창을 닦던 모습이 갑자기 떠오른다. 엄마의 반지가 이 봉투 속에 있을지 잠깐 궁금해진다. 아 젠장. 엄마의 반지는 반쯤 녹은 채 저기 있을 것이다. 마치 크래커잭*의 상자 속에 든 상품처럼. 아냐. 베스가 가지고 있나? 베스는 그 반지들을 가지고 있다. 물론.

이건 얼마나 어설픈가, 얼마나 시시하고 끔찍한가. 아니 어쩌면 아름다울 것이다. 나는 내가 하고 있는 일이 아름답고 고상하고 옳은지 아니면 시시하고 혐오스러운지 판단할 수 없다. 나는 아름다운 뭔가를 하고 싶지만 이 일이 너무 시시할까봐, 너무 시시할까봐, 이 제스처가, 이런 결말이 너무 시시할까봐 두렵다. 이건 하얀 쓰레기인가? 바로 그렇다! 우리의 불길한 문제들, 핀토와 말리부와 카마로 같은 추한 우리의 중고차들, 70년대의 벽지와 격자무늬 소파, 여드름, 주립학교 등으로 우리는 항상 이 도시에서 하얀 쓰

---

* 캐러멜을 입힌 팝콘과 땅콩으로 구성된 미국의 스낵으로 그림 카드나 장난감 등의 상품을 과자 상자에 함께 넣어 인기를 얻었다.

레기와 마찬가지였다. 너무나 기묘하게도. 그리고 이제는 황금빛 양철통에 든 유해를 호수에 던져버리기까지? 아, 너무 교양 없고 불명예스럽고 애처롭다.

아니, 아름답고 사랑이 넘치고 영광스럽다! 그래, 아름답고 사랑이 넘치고 영광스럽다.

하지만 그렇더라도, 이 일이 옳고 아름답더라도, 그리고 그녀가 갈가리 찢기는 자기 자신을 바라보더라도, 자랑스럽다고—내가 그녀를 안아서 운반했을 때, 코피를 흘리는 그녀를 내가 안아서 차로, 차에서 병원으로 운반했을 때 그녀가 내가 자랑스럽다고, 내가 자신을 안을 수 있을 줄은 몰랐다고, 내가 그녀를 들어 올려 차로, 차에서 병원으로 운반할 수 있을 줄은 몰랐다고 했던 말이 매일 내 머릿속을 스쳐간다. 내가 그 일을 해낼 수 없을 것이라고 그녀가 생각했음에도 내가 그 일을 해낸 그날 이후 그 말들이 매일 내 머릿속을 스쳐갔다. 난 내가 이 일을 하게 될 줄 알고, 이것을 알고, 내가 지금 하고 있는 일, 이 일이 아름다울지 모른다는 사실을 알게 됨으로써 그 아름다움을 파괴하고 있기에 내가 결국에는 아름답지만 섬뜩한 뭔가를 하고 있다는 사실을 알고, 내가 아름다운 뭔가를 하고 있다는 사실을 안다면 그것이 더이상 아름답지 않다는 사실을 안다. 관념적으로는 아름다운 일이라도 그 아름다움을 알면서, 더 나쁘게는 내가 곧 이 일을 자세히 기록하리라는 사실을 알면서 이 일을 하는 것, 오직 그 목적을 위해 주머니에 녹음기를 챙겨온 것, 이 모두는 잠재적으로 아름다운 이 행동을 다소 섬뜩하게 한다. 나는 괴물이다. 불쌍한 나의 엄마. 엄마는 생각하지 않고 생각하는 것에 대해 생각하지 않고 이 일을 했을 것이다.

아, 젠장. 나는 재를 더 던진다. 최대한 빨리. 나는 그 봉투에 손을 집어넣어 작은 돌덩이를 가득 움켜쥔다. 내가 그대로 주먹을 빼자 재가 내 주먹에서 흩뿌려진다. 내가 팔을 뒤로 빼자 작은 돌들이 내 손가락 사이로 빠져나가가더니 발아래 거대하고 하얀 바위들 사이로 떨어진다. 나는 던진다. 그 돌들은 흩어지더니 물속으로 퐁퐁 소리를 내며 떨어진다. 난 세부적인 일들을 고민한다. 재를 한곳에 던져야 하나, 아니면 매번 던지는 곳을 바꿔야 하나? 재를 약간 남겨서 다른 곳에 보관해야 할까? 그래, 그래. 그래야 할 것 같다. 조금, 아마 반쯤 간직했다가 어디 다른 곳에 뿌릴 수도 있다…… 케이프코드에! 밀턴에! 전국에 뿌릴 수도 있다! 대서양에, 태평양에! 그때그때 공항, 비행기에도. 난 비행기로 재를 운반해야 하고 공항의 안전요원들에게 그 상자에 대해 설명해야 할 것이다. 나는 그 상자를 공항의 컨베이어에 올려두고 그러면…… 가방을 통과시키면 그 레이더 기계에 재가 나타날까? 아마 안전요원들은 내게 그 상자를 열라고 한 뒤 컴퓨터로 검사하겠지. 화약처럼 보일까? 아마 그럴 것이다. 공항의 티켓카운터에서 유해를 검사받을 수 있을 것이다. 아니, 그건 좋지 않을 것 같다. 그게 더 좋지 않을 것 같다.

나는 다시 재를 움켜쥐고는 던진다. 이곳이 좋다. 충분히 좋다. 아니, 이곳은 멋지다, 최고다. 엄마는 마지막 몇 년을 바로 여기 호수 옆에서 보냈다. 나는 점점 더 빨리 던지기 시작한다. 거의 도리깨질을 하듯이 잡고 던지고, 사방에 먼지가 날린다. 내 코트에 먼지가 내려앉는다. 그녀가 깜짝 놀란다. 나는 감상에 젖는다. 나는 이 일을 해치웠다. 아니, 이 일이 그저 벌어졌을 뿐이다. 저 호수에 그녀의 유해를 날리는 것은. 아니, 그녀는 나를 보고 있지 않다. 그녀는 가버렸다. 그녀는 내세를 얻었지만 내세를 믿지 않는 나는 그러지 못할 것이다. 어쨌든 나는 그때쯤이면 지칠 것이다. 나는 지금도 지쳤고, 너무 피곤하다. 나는 호수에 뛰어들 것이다. 자살하기 위해서가 아니라 그저 뛰어들기 위해. 드라마처럼! 난 살아남지 못할 것이다. 옷을 벗는다면 살 것이다. 옷을 입고 있으면 가라앉을 것이다. 내 심장이 멈추면서 나는 가라앉을 것이다. 난 다른 어떤 것, 극적인 어떤 것을 할 수도 있다. 나는 차를 몰고 호수로 돌진할 것이다. 아마 나는 그 안에 있지 않을 것이다.

나는 회색 물로 재를 던지고 또 던진다. 나는 내가 호수에 미끄러져 죽으리라는 것을 안다. 이런 아이러니! 엄마나 남편의 재를 절벽에서 뿌리다가 절벽을 덮친 파도에 휩쓸려간 그 여자처럼. 엄마나 남편이 아니라 아마 자매였을 것이다. 여기에는 파도가 치지 않는다. 나는 그저 미끄러져 호수로 떨어질 것이다. 나는 이 봉투를 흔들어 마지막 남은 유해까지 털어내야 한다. 아니, 일부는 보관해야 한다. 기념물로 조금 보관할 수도 있다. 기념물! 이런 멍청이. 이런 빌어먹을 멍청이, 기념물, 기념물을 생각하다니. 나는 봉투를 흔든다. 봉투에서 금붕어를 털어내듯이 봉투를 흔들어야만 한다는 것이 마음에 들지 않는다. 이 재도 헤엄을 칠 수 있을까? 아니면 녹을까? 난 재를 모두 호수로 던지고는 바닥에 주저앉는다. 움직임을 멈추자 갑자기 추워지면서 급하고도 힘겨운 내 호흡이 눈에 들어온다. 수백 피트 깊이의 호수가 아주 느리게 출렁인다. 바로 저기 재를 먹는 백만 마리의 물고기가 있다. 하늘과 호수가 구분이 되지 않고 내 주위로 호수의 수위가 높아지는 것을 느낄 수 있다. 이미 나는 물 아래에 있고 호수는 더 거대한 뭔가의 안에 있다. 나는 발이 안전한지 바라본다. 나는 살아 있는 어떤 것 안에 있다.

나는 성당으로 차를 몬다. 호숫가와 몇 분 거리에 있는 곳으로 도심을 지나 도서관과 이발소를 지나쳐야 한다.

난 차를 주차하고 성당으로 걸어간다. 공기는 축축하고 차갑다.

문은 열려 있다. 11시쯤 되었다. 난 삐걱 소리가 나게 문을 열고는 안을 들여다보며 이것이 실수임에 틀림없다고, 이 성당이 이 시간에 열려 있을 수는 없다고 확신한다.

흐릿하기는 하지만 안에는 불이 모두 켜져 있다. 나는 천천히 안으로 걸어 들어간다. 성당은 비어 있다. 나는 늦게 온 사람들이나 울어대는 아기들을 위해 마련된, 뒤쪽의 유리를 두른 곳에 멈춘다.

성당은 붉게 빛난다. 성당의 신도석은 길고 하얗다. 중심에는 금박을 입힌, 거의 실물 크기의 예수상이 와이어에 매달려 있다. 난 와이어가 버티지 못할까봐, 예수상이 떨어져서 사제들과 복사들을 덮칠까봐 아주 여러 번 걱정했다. 성가나 기도문을 읽는 동안 사제들이 한쪽으로 비켜 있을 때면 나는 훨씬 더 안도감을 느꼈다. 누군가가 중앙에, 바로 그 아래 서서 축성을 하고 머리 위로 성배를 들어올릴 때면 난 예수상—두 개의 가느다란 철사로 너무 위험하게 달려 있었다—이 떨어질 거라고 확신했다.

이 성당은 정말 작다. 나는 신도석 너머로 둘러본다. 성당은 정말 작다. 신도석은 정말 낮고 몇 줄 되지 않는다. 전에는 이렇게 작지 않았다. 나는 예배당으로 걸어간다. 나는 붉은 카펫을 밟고 중

앙 통로를 걸어간다.

　난 첫번째 신도석으로 걸어간다. 내가 마지막으로 이곳에 왔을 때 앉았던 곳이다. 나는 거기서 들어오는 사람들을 보고 손을 흔들었다. 난 토프, 커스틴, 빌, 베스와 함께 앉아 있었다. 우리는 첫번째 신도석 끝에 되는 대로 함께 모여 앉았다. 전에는 이렇게 강단 가까이 앉은 적이 없었다. 우리를 중앙이나 뒤에 앉히는 엄마에게 우리는 항상 감사했다. 그 자리에 앉으면 사제가, 우리가 알아야 하는 말들을 정말로 아는지 알아차릴 수 없었기 때문이다.

　푸른색 블레이저를 입은 나는 그 자리에 앉아 커스틴의 손을 잡고, 토프의 손으로 장난을 치고, 현기증을 느끼면서 의식이 끝나기를 기다렸다. 난 그 의식이 어떨지 몇 달 전에 이미 상상해보았다. 빛이 비칠 것이다. 그리고 낮일 것이다. 저 위의 스테인드글라스로 빛이 들어올 것이다. 분사되어—아니, 빛은 곧장, 곧장, 환하고 넓게 들어올 것이다. 사람들은 끝없이 몰려오고 크리스마스나 부활절에 그런 것처럼 성당은 사람들로 가득할 것이고 양옆의 통로는 북적일 것이다. 아마도 이 마을 사람들 거의 모두가 거기 모일 것이다. 친척들, 동부에서 온 엄마의 형제자매들, 사촌들, 캘리포니아에서 온 아버지의 엄청나게 많은 친척들, 엄마의 제자들, 다른 선생님들, 내 친구들 모두, 빌의 친구들, 베스의 친구들, 고등학교, 초등학교, 대학교, 토프의 친구들, 그들의 부모들, 식료품점 주인들, 의사들, 간호사들, 낯선 사람들, 숭배자들, 모두 어두운 색 코트를 입은 채 조용하고 경건할 것이다. 뒷문은 미어터지고 사람들이 넘쳐날 것이다. 아, 하지만 사람들은 교회 밖에도 있을 것이다. 100명이 계단과 안마당에, 1000명쯤이 성당을 에워싸고 거리로까지 늘어서서 기다릴 것이다. 그들이 거기 있다는 것을 알고, 확인하고, 증명을 돕기 위해. 성당에서 의식이 시작되고 신부가 설교를 하지만 곧 감정을 이기지 못하고 다음 신부에게 자리를 넘기고는 빨간 벨벳을 씌운 자신의 의자로 돌아가 기다란 손가락에 얼굴을 묻은 채 몸을 떨며 훌쩍일 것이다. 100여 명 이상이 우리 앞에 서서 그녀에 대해, 그녀가 그들에게 주었던 선물에 대해 이야기하고, 우리, 아름답고 비극적인 에거스 가의 아이들은 피에 젖은 채 금욕적으로 거기, 첫번째 좌석에 앉아 있을 것이다. 그녀의 삶은 영광스럽게 자세히 언급될 것이다. 매순간 단결과 희생과……

그때 천장이 움직일 것이다. 반원통형의 둥근 천장이 솟으면서 지붕 전체가 조용히 떨어져 나가 위로 들린 다음 곧장 하늘로 솟구쳐 사라질 것이다. 성당의 거대한 나무 지지대가 위로 날아올라 선명한 푸른 하늘로 점점 사라져갈 것이다. 새처럼. 성당은 크기가 두 배, 세 배로 커지고 공간이 넓어지면서 갑자기 밖에서 기다리던 모든 사람을 맞아들인다. 성당은 계속 커져서 그녀가 알았던 모든 사람들, 수백만 명의 사람들이 그녀에게 바치기 위해 손에 심장을 들고 성당으로 들어올 것이다. 그리고 천사들이 올 것이다. 날카롭고 작은 눈에 몸이 호리호리하고 날개가 달리고 뼈가 가는 수천 명의 천사가 내려와 빙빙 돌면서 환희에 차 웃을 것이다. 왜 웃지 않겠는가, 이렇게 행복하고 행복한데. 내 엄마는 거기 있을 것이다. 관도 없고, 시체도 없지만, 그녀, 단명하고 유명했던 그녀의 머리는 성당의 신도석만큼 클 것이다. 그녀에 비해 상대적으로 작은 천사들이 그녀 주위를 날아다닐 것이다. 그녀의 머리카락은 빠지기 전처럼 수북이 자라 있을 것이다. 더 짙은 색으로 곱슬거리며. 그리고 그녀는 거기 모인 우리 모두를 보고 그녀가 감동시켰던 사람들 모두가 거기 있다는 것, 그들이 갚고 있다는 것, 이렇게 많이 갚고 있다는 것을 알고 눈가에 주름을 잡으며 눈을 가늘게 뜨고 미소 지을 것이다. 아, 그렇게 엄청난 찬양. 그리고 우리와 그녀는 약품 처리가 된, 고무 같고 섬뜩한 그녀의 모습 대신 이렇게 멋지게 반짝이는, 환한 그녀의 얼굴을 보게 되어 정말 기쁠 것이다. 그녀는 먼저 입을 다문 채 환한 미소를 지을 것이고, 그다음에는 작은 이를 드러내고 환하게 웃을 것이며, 그다음에는 소리 내어 웃을 것이다. 누군가는 재미있는 이야기를 할 것이고 그녀는 예전처럼 웃을 것이다. 예전에 누군가 정말 재미있는 이야기를 했을 때처럼 조용히, 미친 듯이, 숨이 넘어갈 정도로. 그런데 누가 재미있는 이야기를 했었지? 아마 내가, 아마 내가, 아마 내가 재미있는 이야기를 해서 그녀가 웃었을 것이다. 때로 우리가 그녀의 웃음보를 터뜨리면 그녀가 죽을 듯이 웃으면서 두 눈을 부릅뜨려고 애썼던 것처럼. 엄마는 웃을 때면 금방 눈물을 흘려서 집게손가락으로 닦아내야 했다. 아, 네가 정말 재미있는 이야기를 해서 그녀가 울음을 터뜨릴 듯이 눈을 닦을 때마다 너는 이보다 더 대단한 일, 더 대단하고 감동적인 일을 해낸 적은 없기에 무심하고 무표정한 척하면서도 너무 자랑스럽고 흥분되어 그녀가 먼저 그만! 그만!이라고 말해주기—당신이 정말 재미있기 때문에—를 기다렸다. 방과 후 식탁에 앉은 너는 그녀가 더 웃기를, 부엌 카운터에 반쯤 쓰러져서 정말로 쉬어야 할 정도로 웃기를, 그녀가 "아, 넌 대단해"라고 말할 정도로 웃기를 바라면서 이야기를 계속하곤 했다. 그만! 아, 하지만 너는 그녀의 웃음을 보기 위해 무슨 말인가를 할 것이고 그녀는 누군가—빌이나, 베스나, 너나, 그녀 자신이나—를 제물로 삼아 실컷 웃으면서 좋아했다. 모든 것이 씻겨 나갈 순간에, 너는 그녀가 두렵거나 그녀에게서 도망치고 싶거나 어떻게 그녀가 그와 살았는지, 어떻게 그를 보호했는지 궁금할 때마다 그녀가 친구와 전화로 수다를 떨 때처럼—그래! 그녀는 소리 지르곤 했다, 그래! 맞아!—웃기를 바랐다. 그렇게 웃은 다음 그녀는 무겁게 한숨을 쉬며 아, 재미있어라고 말하곤 했다. 성당 벽이 사라지고 성당의 신도석이 증발하고 천사가 그녀 주위를 타원형으로 더 빨리 날아다니는 동안에도 그녀는 그렇게 말할 것이다. 우리 모두는 거기서 전율을 느낄 것이다. 아니면 그들 모두는 우리 안에서, 또는 우리 피 속에서 타원형으로 움직이고 있었다. 음악도 흐를 것이다. 어쩌면 ELO의 음악이나, 어쩌면 〈Xanadu〉. 그녀가 그 음악을 좋아했던가, 아니면 우리를 위해 그냥 참아줬던가? 그녀는 노래를 조금 흥얼거리기도 하고 손가락을 조금 까닥이기도 할 것이다. 아, 우리는 그런 시간을 가질 것이다! 그리고 이제 그녀는 가야만 한다. 그녀는 떠나기 전에 작별 인사를 할 것이다. 또 봐요! 그녀는 가짜로 격식을 차려 끝부분을 높이면서 인사할 것이다. 그러고는 우리에게 등을 돌리고는 십자가에 매달린 황금빛 예수의 황금빛 뺨을 만질 것이다. 신도석도 사라졌지만 그 황금빛 예수상은 여전히 허공을 떠다닐 것이다. 그녀는 햇빛에 타고 반지를 낀 손등으로 부드럽게 예수의 뺨을 만지고는 가버릴 것이다. 그리고 우리 모두는 바로 거기, 지붕이 사라진 성당에 쓰러져서 몇 주 동안 잠을 자며 그녀의 꿈을 꿀 것이다. 아, 그것은 적절하고, 균형이 잡히고, 적당하고, 멋지고, 영속적일 것이다.

나는 일어서서 강단으로 올라간다. 그날은 이백 계단 같았지만 오늘은 두 계단이다. 그때 내게는 종이가 있었다. 나는 소파 아래에 두었던 종이를 가져왔다. 더 깨끗한 종이에 옮겨 적으려 했지만 시간이 없었다. 난 그 종이를 연단에 올려놓고 고개를 들어……

사람들은 어디 있었지? 군중은 아니었다. 여기 조금 저기 조금 흩어진 사람들. 모두 그녀를 사랑했다. 그들은 모두 어디 갔을까? 물론 모두 내 엄마를 알고 사랑했다, 모두. 하지만 그들은 어디 있었지? 이럴 수는 없다. 이래서는 안 된다. 1명이 죽었는데 이, 이 40명의 사람들. 그녀의 머리를 깎아준 여자—로라인가?—는 어디 있지? 저기 있었나? 여기 있나? 발리볼을 함께 하던 여자들은? 그들이 왔었나? 저기 1명 있다, 캔디, 하지만. 그녀의 가족은 어디 있지? 그녀의 자매는 어디 있지? 온 것은 댄 아저씨뿐이다. 그는 "가족을 대표해서 왔다"고 말한다. 그러면 사촌들은? 그녀의 친구들은? 여기 몇 명 있지만 맙소사, 훨씬 더 많이 있었는데! 이들은 내 아버지의 장례식에 왔던 사람들이다. 같은 사람들, 같은 수가 와야만 하는 것은 아니다! 그들은 같은 사람이 아니다, 그 둘의 삶은. 마을 사람들은 어디 있지? 그녀 제자의 부모들은? 내 친구들은? 그녀의 죽음을 빛내기 위해 전 세계에서 온 사람들은? 너무 섬뜩했나? 우리는 너무 천박한가? 무슨 일이 벌어지고 있나? 그녀가 뿌린 모든 것, 그녀가 당신들에게 준 모든 것, 그녀는 당신들에게 모든 것을 주었고 이것은…… 그녀는 오랫동안 당신들 모두를 위해 싸웠고 매일 싸웠고 모든 것을 위해 싸웠고 마지막 순간까지 그 갈색의 거실에서 공기를 빨아들여 숨쉬기 위해 싸웠다. 믿을 수 없지만 그렇다, 그녀는 공기를 붙잡으려 애썼고 우리를, 그리고 당신을 붙잡으려 애썼다. 그리고 당신은 어디에 있는가?
당신네, 빌어먹을 멍청이들은 어디에 있는가?

11

블랙샌드비치는 샌프란시스코에서 10분 거리다. 물론 어디서 출발하느냐에 따라 달라지지만 골든게이트브리지 근처라면 십 분, 아니 15분 거리다. 그곳이 얼마나 개발되지 않고 외떨어져 보이는지, 심지어 이국적으로 보이는지를 생각하면 이상한 일이다. 이쪽 절벽에서 저쪽 절벽까지 500야드나 펼쳐져 있는 블랙샌드비치의 모래는 검은색이다.

다리에서 토프는 행인들에게 소 울음소리를 내고 우리 둘은 눈물을 흘리며 웃는다. 그는 차창 밖으로 몸을 내밀고 있다.

"음매."

그는 창문을 활짝 열었다.

"음매애애."

여행객들은 듣지 않는다. 항상 그렇듯이 태평양에서 다리 쪽으로 불어오는 바람은 심술궂고 냉혹해서 티셔츠와 반바지만 입은 관광객들, 커플들, 가족들은 질풍에 휩쓸려 똑바로 서 있지도 못한다.

"음매애애애애애애."

토프는 소 울음소리를 흉내 내려고도 않는다. 그는 그냥 그 단어를 내뱉고 있을 뿐이다. 그저 음매라고 말하고 있을 뿐이다. 그는 화가 난 것처럼, 그러나 단조롭게 짖듯 몇 번 그 말을 반복한다.

"음매! 음매!"

왜 재미있는지는 설명하기 어렵다. 어쩌면 재미있지 않을지도 모르지만 우리는 웃겨서 죽을 지경이다. 나는 거의 눈이 보이지 않는다. 이러다가 우리 둘 다 죽을지도 모르겠다. 나는 눈을 닦아내고 차를 곧장 몰려고 애쓴다. 약간의 구름이 우리 위로 재빨리 지나간다. 아이들이 잡아 찢은 목화처럼. 마지막 여행객들을 향해 그는 음매 소리와 함께 약간 더듬대며 떠든다.

"나는 말한다, 나는 말한다, 나는 말한다." 그는 말한다. "나는 말한다, 나는 말한다, 나는 말한다." 그는 잠깐 멈췄다가 재빨리 "우"라고 말하고는 이렇게 덧붙인다.

"음매애애애애애애."

다리가 끝나고 찢어낸 목화 같은 구름도 금세 흩어지더니 하늘은 다시 청록색으로 맑아진다. 우리는 아주 잠깐 동안이지만 101번 도로에 있다. 곧 두 개의 출구가 나타나고 우리는 알렉산더에서 빠져나갔다가 다시 101번 도로 아래로 내려가 헤드랜즈 드라이브로 올라간다. 우리가 골든게이트 바로 위의 길을 따라 올라가는데 갑자기 구름이 아래쪽에 나타나더니 다리를 지나간다. 흰 구름이 다리의 현을 통과한다.

우리는 시험을 보러 가지 않았다. 1시간 전에 시작된 고등학교 입학시험을 우리는 건너뛰었다. 토프가 샌프란시스코의 자랑거리인 공립 고등학교 로웰에 들어가기 위해서는 반드시 치러야 하는 시험이었다. 일주일 전 우리는 그 시험에 응시하기 위해 그 학교의 교무실 건물 ─ 반네스 가에 있는 거대한 흰색 건물 ─ 을 찾아갔다.

"우리가 늦은 건 알지만 시험에 응시하고 싶습니다."

"당신은 누구죠?" 카운터 뒤의 여자가 말했다.

"저 애의 형입니다. 후견인이죠."

"후견인 증명서는 있습니까?"

"후견인 증명서요?"

"네, 당신이 그의 후견인이라는 걸 증명하는 거죠."

"아뇨. 증명서를 받은 적은 없는데요."

그들은 뭔가를 필요로 했다.

"어떤 거죠?"

"후견인 증명서 같은 거요."

"후견인 증명서 같은 건 없는데요."

나는 생각에 잠겼다.

그 여자는 한숨을 쉬었다.

"음, 당신이 후견인이라는 걸 우리가 어떻게 믿죠?"

나는 설명하려 하지만 어디서 시작할지 몰랐다.

"그냥 내가 후견인이에요. 그걸 어떻게 증명하죠?"

"유서라도 있나요?"

"뭐요?"

"유서요."

587

"유서요?"

"네, 유서."

"아, 맙소사. 믿을 수가 없군요."

나는 유서에 대해 생각한다. 베스가 유서를 가지고 있다.

"유서에는 아무 얘기도 없어요." 나는 다시 거짓말을 한다. 유언장에는 내가 후견인으로 올라 있지 않았다. 베스가 올라 있었다. 그것은 전문적인 사항으로 우리 모두가 그해 겨울에 결정한 것이었다. 베스와 빌이 유언 집행인으로 공식적으로 올랐고 나는 돈, 서류에 연루되지 않으려 했다. 후견인이나 증거와 얽힌 문제는 전에도 있었던 일이고—증거가 어디 있지?—항상 나는 발각될까봐 두려웠다. 항상, 사기꾼이었다!

"음, 후견인 증명서도 유언장도 없으면 우리도 어쩔 수 없어요."

나는 토프의 학교 기록들, 가정 통신문, 우리의 주거를 증명하는 편지—주소 위에 우리 둘의 이름이 모두 적혀 있다—등을 모두 가져갔다. 우리는 한 팀이다. 우리는 몇 년 동안 파트너였다. 그러나 이 여자는 별 감동을 받지 않았다.

"내가 왜 거짓말을 하겠어요?"

"들어보세요. 도시 밖에서 오는 많은 사람들이 자식을 로웰에 입학시키고 싶어해요."

"농담하세요? 내가 그를 이 빌어먹을 시험에 응시시키려고 여기까지 와서 부모가 죽은 척한다는 거예요?"

또다시 한숨소리.

"들어보세요." 그녀가 말했다. "그들이 죽었다는 걸 우리가 어떻게 알죠?"

"맙소사. 내가 여기 서서 그렇게 말하고 있잖아요."

"사망 증명서는 있나요?"

"역겹군요." 내가 말했다. "아뇨." 내가 또다시 거짓말을 했다.

"통지서나 사망 기사라도?"

"사망 기사를 원하세요?"

"네. 그거면 될 거예요. 내 생각에는요. 잠깐만요." 그녀는 돌아 서더니 책상 뒤의 남자와 의논했다. 그녀는 우리를 돌아봤다.

"네, 그거면 되겠네요. 사망 기사를 가져오세요."

"하지만 시간이……"

"두 분 것을 모두 가져오세요."

항상 증명해야 한다! 대화, 논쟁에서 몇 마디 하지 않고도 항상 튀어나오는 이 빌어먹을 이야기. 그래서 내가 거짓말을 하고 이야 기를 지어내고, 치과를 예약할 때도 그 애를 '내 아들'이라고 부르 는 것이다. 잔인하게.

나는 공중전화로 베스에게 전화했다. 교무실이 문을 닫을 때까 지 20분밖에 시간이 없었다. 2분을 남겨두고 베스가 사망 기사, 그 러니까 우리 부모님 각자의 기사가 조금 실려 있는 〈레이크포리스 트〉지와 유언장을 가져왔다. 그리고 우리는 그것들을 카운터에 놓인 토프의 출생 증명서 위에 내려놓았다.

그리고 일주일 뒤 시험 보는 날, 수백 명의 아이들이 의미 없는 타원에 연필로 색칠을 하는 동안 우리는 차를 타고 헤드랜즈를 지나 해변으로 가고 있다. 우리가 시험을 놓친 걸 조금 전에야 알 았다.

"맙소사." 내가 말했다.

"왜?" 그가 말했다.

"시험!"

내가 차를 돌리고는 항상 그렇듯 급하게 차를 몰면서 변명거리를 고민할 것이라 예상한 그는 손으로 입을 가렸다. 이제 그는 그런 일에 너무 익숙했다. 급하게 움직이고 길이 막힐 때는 핸들을 두드리고 창유리에다 욕을 하고 문이 잠겼을 때는 창문을 두드리고 봐달라고 애원하고.

"잊어버려." 내가 말했다. "지금은 중요하지 않아."

그렇다.

우리는 떠날 것이다.

이틀 전 우리는 샌프란시스코에 머물지 않기로 했기 때문에 로웰에는 지원하지 않을 것이다. 그 학교든 뭐든 이곳에 있는 것이라면 무엇이든 필요 없다. 우리는 8월에 이 도시를, 이 주를 떠날 것이다. 우리는 캘리포니아를 떠나 돌아갈…… 사실은 시카고를 지나 더 멀리 뉴욕으로 갈 것이다. 모두들 혀를 차고 고개를 흔드는 가운데 우리는 또다시 떠날 것이다. 빌과 베스를 더 자주 못 본다 해도 우리는 떠나야만 한다. 우리는 다시 이사……

"가만히 있지 말고 구경하면서 돌아다니는 게 좋을 것 같아." 토프가 말한다. 그가 그런 말을 해준 것이 기쁘다. 내게 그런 말이 필요하다는 걸 그는 알았고 내가 그 말이 진심인지를 그에게 물을 기회는 없었다.

샌프란시스코는 점점 작아지고 있고 모든 사람이 죽어가고 있다. 여름은 점점 추워지고 가을은 예전 같지 않다. 헤이트에는 점점 더 어린 아이들이 몰려나오고 전보다 많은 아이들이 한심하고 헐렁한 레게 모자를 쓴 채 갈 곳 없이 막대놀이, 해키색 게임을 하며 낮이든 밤이든 하루 종일 헤이트와 마소닉에 앉아 있다. 일터로 가는 길은 점점 더 견딜 수 없어지고 반복되는 일상은 너무 슬프다. 특히 밤에 토프를 침대에 눕히고 문을 잠근 후 사무실로 갈 때면—운전은 그저 끔찍하고 반복적이다—나는 가는 길을 바꿔 기어리 가를 따라가다 매춘부들을 지날 때는 속도를 늦췄다. 모든 차가 속도를 늦추다가 멈추어 서고 경찰들이 쫓아왔다. 일주일쯤은 즐거웠다. 하지만 심지어 그때조차 반복적인 일상이 느껴졌다. 그래서 우리는 떠나야만 한다. 이제 사람들은 낮에도 아무 데서나 아무 때나 거리에서 오줌을 싼다. 사람들은 거리에서 오줌을 싸고 정오에는 마켓에서 똥을 싼다. 나는 언덕에도 질렸다. 언제나 언덕이 나타난다. 주차를 위해 핸들을 돌리는 것, 거리 청소, 줄이나 전선처럼 늘어선 채 항상 고장이 나는 빌어먹을 버스들, 그 줄을 흐트러뜨리는 젠장 맞은 운전자들, 길을 막은 채 거기 그저 서 있기만 하는 멍청한 버스들, 거기 그저 서 있기만 하는 모든 것들, 꼼짝도 못한 채 길을 막고……

　모든 것이 점점 더 이상해지고, 극단적인 것들이 점점 더 강화되고, 차이가 점점 더 벌어진다.

　토프와 나는 계속 언덕을 올라간다. 블랙샌드에 가려면 올라가야 한다. 처음에는 언덕을 곧장 올라가다가 빙글빙글 길을 따라 돈 다음 골든게이트를 내려다보며 멈춰 서 있는 모든 관광객을 지나친다. 우리가 오던 길을 되돌아 그 다리를 향해 갈 때마다 대단한 경치가 펼쳐진다. 트레저아일랜드와 앨카트래즈, 그다음에는 리치먼드의 모든 것, 엘세리토, 버클리와 오클랜드, 그다음에는 베이 브리지, 그다음에는 하얗고 들쭉날쭉한 도심의 조개껍질들, 골든 게이트, 붉은 핏빛, 그리고 이 도시의 나머지 부분들, 프레시디오, 거리들……

하지만 우리는 계속 간다. 길이 구불구불 계속되고 차가 줄어드는 동안 언덕/산 정상에는 몇몇 관광객만 남아 있다. 그들은 정상에 있는, 2차 대전 때 만들어진 터널에서 다시 아래로 내려가기 위해 주위를 둘러보며 전진 후진 전진으로 차를 돌린다. 바로 저기, 언덕의 정상에서 길이 끝나는 것처럼 보이기 때문이다.

하지만 그때 길은 계속되고 게이트, 조잡한 금속재 게이트가 나타난다. 게이트는 열려 있다. 아마 항상 열려 있을 것이다. 우리는 속도를 늦추지 않고 계속 달린다. 토프와 내가 주차장을 지나고 게이트를 통과해서 내려오는데 짙은 색 양말을 신고 반바지를 입은 젊은 네덜란드인 여행객 둘이 우리를 멍하니 바라본다. 우리는 법이나 물리법칙에 구속되지 않는, 우주시대의 운송수단을 탄 대단한 슈퍼 영웅들이다.

이제 일방통행로가 된 길은 곧장 바다로 이어지고 20야드 정도는 마치 우리가 일직선으로 달리는 것 같다. 정말 몇 초 동안은 그렇다. 그리고 그렇게 곧장 바다로 가더라도 우리는 물론 준비가 되어 있을 것이다. 동시에 양쪽 문을 열고 동시에 완벽하게 다이빙을 할 준비가. 우리는 천천히 나아가고 길은 오른쪽으로 구부러지다가 다시 아래로 경사지다가 잠깐 사이에 바다와 나란히 펼쳐진다. 물론 바다보다 수백 피트 위쪽이지만. 한동안은 왼쪽으로 절벽만 보인다. 그러다가 갑자기 헤드랜즈가 통째로 나타난다. 초록색의 모헤어 같은 언덕들, 황토색의 벨루어, 잠자는 강치들, 저 멀리 왼쪽으로 등대. 우리가 도심에서 10분 거리에 있다는 것이 믿기지 않는다. 이 광대하고 울퉁불퉁한 땅은 아일랜드든 스코틀랜드든 포클랜드든 어디든 될 수 있었다. 우리는 꾸불꾸불 아래로 내려가고 길은 절벽 옆면을 따라 구불구불 이어진다. 토프는 항상 그랬듯 절벽 가장자리를 바라보지 않고—이해가 된다—내가 손을 놓고 무릎만으로 운전할 때는 한동안 고개를 돌리지도 않는다. 여기 봐, 하하, 이걸 봐!

"하지 마, 멍청아."

"뭘?"

"손을 써."

"날 그렇게 부르지 마."

"좋아. 맹추야."

그리고 그의 첫번째 욕은—적어도 내가 들은—괴로운 만큼이나 흥분되는 것이다. 너무 대단하다. 그의 분노를 귀로 듣는 것은 대단한 위안이 된다. 나는 그가 분노가 부족하다고 걱정했고 그와 내가 너무 조화로워서, 내가 그에게 충분한 갈등을 주지 못해서 걱정했다. 그에게는 갈등이 필요했고 나 혼자 애를 썼다. 정상적인 것을 좇으며 애지중지 다루던 몇 년이 지나고 이제는 이 소년에게 분노할 뭔가를 줄 때가 되었다. 그렇지 않으면 그가 어떻게 성공할 수 있겠는가? 나를 밟고 넘어가겠다는 욕망이 아니라면 어디서 그가 동기를 찾겠는가? 항상 상호 간의 헌신과 복종, 그의 친절한 눈과 젊고 순수한 지혜. 하지만 이제는 됐다! 나는 **멍청**이다. 엄청난 안도감을 느낀다. 돌파구, 마침내 분명하고 피할 수 없는 진실! 더 일찍 눈치 챘어야 하는데. 최근에 바닥에서 레슬링을 할 때, 테니스코트에 있을 때, 내가 그의 바지춤을 잡아 올려 바지가 엉덩이 사이에 끼게 했을 때 그가 예전보다 확실하게 반격하지 않았던가? 놀라운 끈기로 멋지고 효과적인 헤드록을 걸고는, 견딜 만하다고 느끼기에는 너무 오랫동안 버티지 않았던가? 그의 몸은 경직되고, 움켜쥔 힘은 더욱 세지고, 그의 눈은 포기를 담은 채 분노를 드러내지 않았던가? 그래, 그래! 이제 우리는 전지전능하다.

마침내!

"맹추라고도 부르지 마."

"알았어."

"그게 더 나쁘니까."

"알았어. 병신아."

"병신은 좋아."

〈마이트〉에서는 랜스가 찾아낸 여러 사람들, 약간이라도 우리를 돕겠다는 뜻을 밝힌 돈 있는 사람들과의 무의미한 점심이 이어졌다. 어떤 이유에서든 충분한 부를 물려받아 이를 나누는 30대 초반의 누군가가 항상 있었다. "좋아." 랜스가 두 손을 괄호 모양으로 만들고는 말했다. "이 여자는 양면 보호테이프로 돈을 번 사람의 상속녀고……" 아니면 "좋아, 이 남자는 마이크로소프트에서 돈을 벌었고 삼억 달러 정도를 진보적인 매체에 투자했대……" 우리는 인퓨전 555의 뒷마당이나 사우스파크의 피크닉테이블에서 그들을 만나 차를 마시거나 점심을 먹으면서 우리의 계획을 설명하고 애매하게 우리의 희망을 피력하고 우리가 성공을 위한 성공이 아닌, 진짜 성공을 원했다는 사실, 우리가 지루해지면 그만둔다는 전제하에 이 일을 계속 해나가기를 원했다는 사실, 아무도 모르게 세계를 정복하고 싶다는 사실을 알리기 위해 최선을 다했고, 우리 모두가 얼마나 지쳤는지, 우리가 정말 계속하고 싶은지를 얼마나 확신하지 못하는지를 들키지 않으려 애썼다.

미팅 도중에 장래의 후원자는, 그녀든 그든 빨대로 얼음을 밀어내면서 부모나 변호사나 조언자 등등과 의논해야 한다고 설명했다.

다행이었다. 우리는 그런 미팅이 싫었고 그 시간의 절반쯤은 서로가 싫었으며 매일 그래야 하는 것이 싫었고 왜 우리가 아직도 이 일을 하고 있는지 의아했다.

우리는 한 달 안에 사무실을 비워달라는 통보를 받았다. 우리는 이미 이곳에 머무는 기한을 연장했고 매달 한 번만 더 봐달라고 사정했으며 우리가 곧 자금을 모을 수 있을 것이라고, 우선 이사 나갈 곳을 알아보려면 돈이 필요하지만 우리를 돕겠다는 회사가 있으면 그곳이라도 들어갈 것이라고 단언했다. 랜스는 마지막 수단으로 뉴욕에 가서 우리를 돕기에는 너무 시시하거나 너무 대단한 사람들을 만났다. 그는 매일 전화를 걸어 아무 뉴스도 없다는 뉴스를 전했다. 우리 모두가 뉴욕에 가면 그랬던 것처럼 그는 스카이의 집에 신세를 지고 있었다. 우리는 거기서 큰 파티를 열었고 스카이는 공짜 음료수, DJ 등 모든 일을 처리해주었다. 그녀는 우리가 자신의 집에 묵을 수 있게, 우리 네 명이 그녀의 침실, 침낭, 작은 베개에 머물 수 있게 자신의 남자 친구 집에서 잤다. 경찰이 파티를 끝내려고 들이닥쳤을 때 파티를 계속하게 해달라고 사정한 것은 스카이와 그녀의 엄마였다. "그냥 애들이잖아요. 저 애들은 이 파티를 정말 열심히 준비했다구요." 그때 그녀의 엄마는 이런 식으로 말했고 스카이는 슬픈 눈으로 속눈썹을 팔락였다. 결국 경찰은 우리가 파티를 계속하게 했다.

랜스는 돌아오기로 한 날 스카이의 집에서 전화를 걸었다. 하루 더 묵겠다는 것이었다. 스카이는 열이 나고 아파서 병원에 있었다. 아마 식중독 같았다.

"바이러스성이야." 그가 말했다.

무디와 나는 몇 차례 조롱했던 〈와이어드〉의 설립자를 만나 그들의 보호를 받을 때, 그들과 합쳤을 때 우리가 얼마나 완벽해질지를 설득하려 했다. 우리는 그 만남이 무심하고 편안하기를, 세부적인 것은 부족하고 광범위한 것은 많기를 기대했다. 그리고 물론 우리는 틀렸다. 우리는 한심할 정도로 준비되어 있지 않았다. 우리가 원했던 것은 다음 호를 낼 충분한 돈과 사무실, 아마도 그들 사무실의 한쪽 귀퉁이였을 것이다. 우리가 사무실에서 쫓겨나기까지는 몇 주밖에 남지 않았고, 어디라도 괜찮았다, 정말.

그들은 수치와 계획을 원했다. 그들의 반짝이는 검은 테이블에 앉아서 우리는 피로를 숨긴 채 서로에게 손짓을 해가며 말을 더듬고 농담을 하면서 자신만만하고 여전히 야심만만한 목소리를 내려고 최선을 다했다.

아니 당신은 밀고 나가 끝내……

아니 당신이 말하기를……

그리고 우리는 말했다. 네, 물론 새로운 디자인 팀이 있을 거고 교정도 더 잘 볼 거예요, 그리고 네, 광고주들을 조롱하지도 않을 거예요, 그리고 네, 우리는 그 기간 동안 거기서 일할 거예요. 그리고 우리의 이런 영상, 우리의 저런 계획, TV쇼, 물론 웹사이트, 물론, 표지에 실릴 몇 가지 대안, 아마 몇몇 익숙한 얼굴들, 적당하기만 하다면, 제대로만 된다면 명사들도, 분명히, 옆모습들도. 우리는 항상 그랬듯 소수의 스태프와 함께 더 많은 청중에게 다가갈 수 있게 손질할 것이라고, 우리는 여기 머물면서 당신들과 지내거나 뉴욕으로 이사를 가겠지만 어느 쪽이든 너무 멋질 것이라고.

악수를 한 뒤 우리는 그 모든 모니터들, 그 모든 줄들, 그 모든 컴퓨터가 한 번에 작동되면서 내는 열, 엉켜 있는 전선들을 지나쳐서 작은 부엌과 형광오렌지색의 접견실을 지나, 딱 떨어지게 옷을 입은 여자를 지나 엘리베이터를 타고 서드 스트리트로 내려오면서 다시 모자를 쓰고……

잘된 것 같아?

그래, 그래, 그들은 우리를 마음에 들어해.

하지만 우리 둘 다 끝났다는 것을 알았다. 멋지고, 이상할 정도로 경이로운 일은 우리 둘 다 더이상 그 일에 신경을 쓰지 않는다는 것이었다. 아 우린 신경을 쓴다, 그럼, 하지만 우리는 준비가 되었다. 나는 끝나버리기를 원했고 무디는 나보다 더 끝나버리기를 원했다. 마니는 그 모든 것에 지친 것 이상이었고 폴 역시 마찬가지였다. 제프와 랜스는 여전히 힘을 잃지 않고 여전히 이유가 있다고 느꼈지만 그들—우리는 오랫동안 이런 상황을 준비했었다—역시 언제든 바닥이 무너질 수 있다는 것, 그리고 그 바닥은 무너지기 위해 만들어진 것임을 알고 있었다. 그러니 우리는 알고 있었다. 3, 4년, 그 수십만 시간이 끝나리라는 것을, 누구도 구하지 못하고 끝나리라는 것을.

무엇이 정복되었나?

누가 바뀌었나?

그 우주선에 아무 자리도 없이 이 모든 것이…… 그 모두는 무엇이었나? 해야 할 뭔가, 밝혀야 할 작은, 작은 핵심이 있었고 그 핵심은 밝혀졌다. 미미하지만 정말 멋지게. 티 없이 맑은 7월의 어느 날 무디와 내가 사우스파크, 새로운 사람들—그들 모두는 아름답고 눈부시고 젊다—로 가득한 공원을 지나갔다. 지친 우리는 그들을 지나 사무실로 갔다. 좋았다. 마침내 그 끝, 그 한도와 기한을 알았다는 이상한 위안. 우리에게는 그 사무실을 비우기 전까지 마지막 호를 끝낼 시간이 2주일 주어졌다. 그래서 우리는 우리가 이미 계획했던 내용에다—커버스토리 "흑인이 백인보다 더 멋진가?"—잡지의 마지막에 대한, 죽음에 대한, 패배에 대한 수많은 글을 덧붙였다.

다음은 첫 페이지에 실린 에세이다.

죽음, 수많은 위대한 영화들처럼 슬프다.

젊은 사람들은 자신들이 죽음에 면역되어 있다고 환상을 품는다. 그래서는 안 될 이유가 있을까? 때로 삶은 호탕한 웃음과 나비들, 열정과 기쁨, 그리고 맛 좋고 시원한 맥주로 가득한 채 끝나지 않을 것처럼 보일 수도 있다.

물론 나이가 들면 '영원'이 그저 단어에 불과하다는 경건한 깨달음을 얻는다. 계절은 바뀌고 사랑은 시들고 선한 사람들은 젊어서 죽는다. 힘겨운 진실들, 고통스러운 진실들이다. 피할 수 없고 불가피하다는 이야기를 우리는 듣는다. 겨울이 봄을 낳고 밤이 새벽을 불러들이고 상실이 부활의 씨앗을 뿌린다. 물론, 예를 들면 TV를 보는 것만큼이나 이렇게 말하기도 쉽다.

하지만 쉽든 어렵든 우리는 그런 감성에 의지한다. 그러지 않는 것은 희망 없이 검고 끝없는 심연에 뛰어드는 것, 모든 것을 에워싼 공허 속으로 영원히 추락하는 것이니까. 밤이 점점 어두워져만 간다고, 희망이 사악한 자들의 군화 아래에서 으스러지고 있다고 말하는 것이 무슨 소용이란 말인가? 삶에는 어떤 구원도 없다는, 우리의 가장 간절한 소망과 가장 격렬한 꿈에도 불구하고 아무리 우리의 행위와 미덕이 선하다고 해도, 우리가 아무리 불멸에 대한 우리의 다양한 이상을 향해 노력해도, 조만간 바다는 끓어오를 것이고 악이 세상을 짓밟을 것이고 이 행성은 바퀴벌레와 해충들에게 적합한, 폐허 속의 운동장이 될 것이라는, 더 단순화할 수 없는 인식에 도달했을 때 우리는 어떤 대답을 얻을 수 있을까?

성직자들과 나이 든 야구선수들이 좋아하는 말이 있다. 기우제. 하지만 뜨거운 비, 독이 든 피가 내리는 이때, 왜 기우제인가?

그리고 며칠 후 우리는 다시 이 에세이를 보면서 번지르르하게 들리지 않기를, 냉담하게 들리지 않기를 바랐다(이걸 쓴 제프는 여전히 젊다). 마침 스카이와 함께 돈을 구하러 떠났던 랜스가 뉴욕에서, 그 모든 유랑에서 돌아왔기 때문이다. 우리는 모든 일이 어떻게 되었는지 알고 싶었고—지금까지는 아무 성과가 없었지만 어쨌든 궁금했다, 아마 병적일 정도로. 거절당한 재미있는 이야기도, 무관심에 대한 이야기도 듣고 싶었다. 우리 모두가 한낮에 사무실에 모여 있었던 이유는 기억나지 않는다. 랜스는 사무실에 들어와서 배낭을 자신의 의자에 내려놓고 털썩 앉았다. 그러다가 그가 일어섰다. 그는 잠깐 동안 걸어 다녔다. 그는 마니의 책상 옆에 있는 서류 캐비닛 옆에 섰다. 그는 표정, 거의 미소 짓는 표정을 짓고 있었다. 입은 미소를 지었지만 떨리고 있었고 눈은 우리 사이의 바닥에 떨어진 뭔가 작은 것에 초점을 맞추고 있었다. 그는 자신의 입이 무엇을 하려는지를 숨기듯 손으로 입을 가렸다. 그가 미소 짓고 있었나? 그는 미소 짓고 있었다. 그는 머리를 갸우뚱하고 있었다. 뭔가 재미있었다.

"스카이가 죽었어."

"뭐라고?" 누군가 말했다.

"그녀가 죽었다고." 그가 말했다.

"무슨 소리야? 누가?" 우리 모두가 그에게 말했다.

"그녀가 죽었어."

"누가?"

"스카이."

"아냐."

"젠장, 멍청아. 그게 뭐가 재미있냐?"

"다들 화났잖아. 정말이야?"

"재미없어."

"아냐, 들어봐. 그녀는 죽었어. 그녀는 죽었어."

"아냐."

"무슨 소리야?"

"어떻게?"

"바이러스였어. 바이러스가 그녀의 심장을 공격한 거야. 그녀는 고작 며칠 동안 병원에 있었어. 의사들은……"

"아냐."

"젠장."

"맙소사."

"안 돼."

마니와 나는 마지막 호의 마지막 페이지에 실릴 사진을 찍기 위해 차를 몰고 막 골든게이트를 지났다. 조금만 더 가면 블랙샌드로 가기 위해 반드시 지나야 하는 지점이 나타난다. 우리는 모든 것을 분명히 설명해줄 뭔가를, 하나의 이미지를 원했고 헤드랜즈를 통과해서 소살리토로 이어지는 루트 1의 터널을 선택했다. 오래전에 페인트칠을 한 얇은 무지개 모양의 입구에 들어서면 반원에 캄캄하고 끝이 보이지 않는 단순한 터널이 나타난다. 우리는 주차를 하고 그 도로를 따라 걸었다. 마니가 차가 오는지 감시하는 동안 나는 고속도로 가운데 차선에 서서 사진을 찍었다. 결국 그렇게 잘 나오지는 않았다. 무지개는 희미하고 분명하지 않았고 터널은 충분히 어둡지 않았다.

하지만 그것이 마지막 이미지였다. 아니면 우리가 짐을 싸는 동안 폴이 열어본 에드 맥마흔의 편지든지. 편지에는 커다란 볼드체의 검은 글씨로 이렇게 쓰여 있었다.

〈마이트〉는

백만 달러에서
천백만 달러의 현금을
분명히 벌었다!

❧

　우리는 마지막 호를 그녀에게, 스카이에게 바쳤다, 당연히. 우리
의 슬프고도 작은 몸짓이었다. 우리는 말했다. 여러분도 스카이를
보았어야 했다. 사실 여러분은 여전히 그녀를 볼 수 있다. 〈위험한
아이들〉을 빌려보라. 그녀는 거기서 걸어 다니고 이야기를 한다.
그녀는 자신의 대사를 쓰지 않았고 아마 당시 열아홉, 스물밖에 되
지 않았을 것이다. 그러나 거기서 그녀는 영원히 걸어 다니고 이야
기를 하고 껌을 소리 내어 씹는다. 아 그녀는 대단한 사람이었다.

❧

　블랙샌드로 내려가는 도로는 길고 경사졌고 온통 야생화와 바
다가 가득한 경치는 경이롭다. 토프와 내가 쿵쿵거리며 내려가는
동안 남자들이 짝을 지어 땀을 흘리고 쉬기도 하면서 걸어 올라온
다. 올라오는 길은 내려가는 길의 1000배다. 함께 걸어 내려가는
동안 우리가 붙어 있다는 사실, 나와 토프가 붙어 있다는 사실을
인식하게 되고, 아무도 오해하지 않으리라는 확신에 매달린다. 이
제 나만큼 키가 큰 토프는 소년에다 장난감 같은 모습이라서 특히
이 해변에서는 쉽게 NAMBLA* 유의 관계로 여겨질 수 있었다. 엉

뚱한 사람이 우리를 본다면 분명 신고해서 아동복지국 사람들이 나올 테고 그는 수양가족에게 보내질 것이고 나는 그를 탈출시켜야 할 것이다. 우리는 탈주자가 되어 숨어 살아야 하고 음식은 끔찍할 것이다.

이 해변은 아주 외떨어진 곳 같다. 블랙샌드를 찾는 사람은 주로 벌거벗은 게이들, 벌거벗은 이성애자 남자들, 벌거벗은 이성애자 여자들, 그리고 때로 찾아오는 중국인 낚시꾼이다. 우리는 감히 여기까지 내려온 가족들 사이에 짐을 내려놓는다. 우리는 신발과 셔츠를 벗고 해변을 왼쪽 오른쪽으로 살펴본다. 토프에게는 좋은 생각이 있다.

"내가 무슨 생각을 하는지 알겠어?"

"그래. 아니."

"난 모든 사람이 단 한 번이라도 무생물에게 생명을 주고 자신의 친구로 삼을 수 있어야 한다고 생각해."

나는 생각에 잠긴다. 그에게 용기를 주어야 하나?

"어떤 것?" 내가 초조하게 묻는다.

"오렌지 같은 것."

그는 이런 생각을 할 때면 그렇듯 자신의 턱을 긁는다.

"아니면 해머."

존은 엉금거리며 기어 다니다가 괴로워하고 있었다. 재활원에

---

* 뉴욕과 샌프란시스코를 기반으로 한 비인가 단체로 성인 남자와 소년의 성적 관계의 적법화를 지지한다.

서 나온 그는 적어도 마흔다섯 살은 된 여자와 한동안 산타크루스에서 살았다. 그는 그녀를 익명의 약물중독자 모임에서 만났다. 한동안 연락을 끊었던 나는 그가 익명의 약물중독자 모임에 들었던 이유를 묻지 않았고 그에게 익명의 약물중독자 모임에 들어야 할 만큼 문제가 있었는지도 몰랐다. 그는 속도를 내서 최단기간에 저지를 수 있는 문제는 모두 일으키려 했다. 나는 그것이 계획, 그러니까 일종의 실험이나 퍼포먼스인지 궁금했다. 그랬다면 나는 그 것을 존중해주었을 것이고, 그것은 멋졌겠지만 실제로는 그런 식으로, 그렇게 계산된 것이 아니었다. 우리는 상담사를 찾아갔고, 잠시 후 난 그를 데려갔다. 그녀는 이야기 도중에 나를 '이네이블러 (enabler)'라고 불렀다. 그래서 우리는 그곳을 나왔고 그는 소파에서 잤으며 더 나아진 그는…… 그는 몇 주 동안 사라졌다가 다시 나타나서는 도서관에서, 오리건에서 전화하곤 했다. 그는 물려받은 모든 것을 예전에 날려버렸고 이제는 방값 200달러가 필요했다. 레드루프에 사는 사람들은 정신적으로나 육체적으로나 무너져 내리고 있어. 그리고 어느 날 밤 그는 커버드 왜건에서 아는 남자에게 머리를 얻어맞은 후 중독 치료를 받고 싶어했다.

그는 보험에도 가입되어 있지 않고 정부 시설에도 가려 하지 않았기 때문에 메러디스와 내가 사설 기관에 3주 치의 요금을 나누어 지불했다. 정부 시설에 가야 했다면 그는 무슨 짓을 했을지도 모른다. 그는 잘 적응하지 못했을 것이다. 그리고 시설로 들어가기 며칠 전 나는 오클랜드 언덕의 어딘가, 또다른 여자의 집에서 그를 차에 태웠다. 창문에는 두 아이가……

"친구, 돈을 대줘서 정말 고마워. 얼마나 고마운지 꼭 말해주고 싶었어. 그건 정말 대단한 일이거든. 정부 시설은 중독자들과 창녀들이 가득했어. 분명히 난 버티지 못했을 거고, 이겨내지 못했을 거야."

난 창문을 연다.

그에게 할 말이 없다.

"한편으로는," 내가 말한다. "너를 당장 저 빌어먹을 다리 위에 내려놓고 싶어."

1분쯤 침묵이 이어진다.

난 라디오를 켠다.

"그럼 내려놔."

"내려놓고 싶다고, 멍청아."

"그럼 내려놔."

"기록이라도 세우려는 거야? 지금은 마치 정상인 것처럼 손을 무릎에 올려놓고 앉아 있지만, 언제 그 괴상한 옷을 입지? 언제 그 일이 벌어지느냐고? 내 말은……"

그는 리듬감 있게 글러브 박스를 열었다 닫았다 한다.

"하지 마."

그는 멈춘다.

"내 말은, 넌 왜 빌어먹을……" 난 '가만히 있다'라는 말을 하고 싶다. 하지만 그건 오해를 살 것이다.

"가만히 있지 못하지? 젠장, 넌 왜 가만히 있지 못하느냐고?"

그는 다시 글러브 박스로 장난을 친다.

"그만해."

그는 멈춘다.

"내 말은, 이 모든 일이 빌어먹을 정도로 너무 지루하다는 거야."

"……"

"정말 빌어먹게 지겨워. 잠깐 동안 재미있었어. TV에 나올 만한 짓은 다 했지만 더이상은 아냐. 이제는 지루해."

"미안해, 친구. 지루하게 해서 미안해."

"그래. 이 모든 믿을 수 없는 징징거림, 불확실성, 뒹굴기."

"제발. 남 말하고 있네. 너도 이런 것에 대해, 네 가족에 대해 끊임없이 이야기하잖아. 너는……"

"내 이야기를 하는 게 아니잖아."

"아니, 맞아, 물론 맞지. 항상 그랬잖아. 이런 식이든 저런 식이든 항상 그랬어. 분명하지 않아?"

"들어봐, 젠장. 나는 여기로 나올 필요가 없었어."

"그럼 나오지 말았어야지."

"널 저 빌어먹을 창문 밖으로 던져버릴 거야."

"그럼 그래. 그래보라고."

"그래야 돼."

"경고해주는 이야기로서, 그러니까 다른 누군가, 네 아버지, 너를 실망시킨 사람들의 대리물로서가 아니라 그냥 내게 관심이 있기나 한 거야?"

"넌 정말 그랑 닮았어."

"젠장. 난 그가 아냐."

"맞아."

"내려줘."

"안 돼."

"난 아냐. 난 그렇게 될 수 없어."

"너 스스로 한 짓이야."

"난 그 이상이라고."

"네가 뭐?"

"난 네 아버지에게 복수하는 데 이용될 수 없어. 네 아버지는 반면교사가 될 수 없는 사람이야. 나는 반면교사가 될 수 없어. 넌 선생님도 아니고."

"네가 원했잖아. 네가 관심을 원했잖아."

"아무럼 어때. 네가 느끼기에 난 전체 메시지에 적합한 사람 중 한 명일 뿐이야. 사실 넌 잘 지내고 잘해내는 사람에게는 관심이 없어, 그지? 그 사람들은 그 이야기에는 어울리지 않으니까, 그지?"

우리 옆에 트럭이 있고 침대에는 세 아이가 있다. 저 트럭은 구를 것이다.

"네 이야기에 도움이 될 모든 것. 너랑 친한 친구가 아니었던 사람, 예를 들어 샬리니 같은 사람이 갑자기 주요 인물이 되었다는 게 이상하지 않아? 왜? 다른 친구들은 불운하지 않다는 불운을 지녔기 때문이지. 대사가 주어지는 사람들은 혼돈에 의해 그 삶이 집어삼켜진 사람들이지."

"허락받았어."

"아니."

"허락받았다고."

"아니. 그리고 불쌍한 토프. 이 모든 과정에서 그는 얼마나 발언권을 가졌을지 궁금해. 넌 그가 완전히 찬성했다고, 멋지게, 재미있게 생각했다고 주장하겠지. 아마 그는 그랬겠지. 하지만 그가 이 모든 일에 얼마나 행복해할 것 같아? 역겨워, 이 모든 것이."

"네가 이해하기에는 너무 거대해. 넌 우리에 대해 아무것도 몰라."

"맙소사."

"이건 깨우침이고 영감이야. 증명이라고."

"아냐. 이게 뭔지 알아? 오락이야. 네가 오래전으로 되돌아간다면 이 모두는 일종의 쇼가 될 거야. 넌 위험 없이 안락하게 자랐지만 이제는 위험을 찾아내고 만들어내야 하고 더 나쁘게는 친구들과 친지들의 불행을 이용해서 네 삶에 극적인 면을 부여하지. 하지만 넌 진짜 사람들을 이런 식으로 움직일 수 없고 그들의 팔다리를 비틀 수 없고 그들의 자리를 배치할 수 없고 옷을 입힐 수 없고 말하게 할 수 없고……"

"허락받았어."

"그렇지 않아."

"난 그럴 만해."

"그렇지 않아. 자…… 아냐. 넌 마치…… 인육을 먹는 사람 같아. 왜 그렇게 보이는지 몰라? 너는…… 램프 갓을 만들고 있지, 인간의 가죽……"

"맙소사."

"내려줘."

"여기서 내려줄 수는 없어."

"내려줘. 걸을 거야. 난 네 연료가, 네 먹이가 되고 싶지 않아."

"널 위해서였어."

"그래."

"난 네게 날 먹이려 했어."

"난 네가 내게 너 자신을 먹이는 걸 원하지 않아. 그리고 난 너를 먹어치우고 싶지 않아. 난 널 연료로 쓰고 싶지 않아. 난 네게서 아무것도 원하지 않아. 넌 네 자신이 빼앗긴 것이 있기 때문에 그저 빼앗고 또 빼앗을 수 있다고 생각하지, 모든 것을. 하지만 모두가 서로를 먹어치우고 싶어하는 건 아냐, 모두가 그런 것은 아……"

"우리 모두는 서로에게서 먹이를 얻지, 항상, 매일."

"네게는 온통 피와 복수뿐이지만 모두가 그렇게 분노하고 그렇게 필사적인 것은 아냐."

"넌 날 가질 수 있어."

"혐오스러워. 싫어."

"내가 널 더 강하게 만들 거야."

"너랑은 끝이야."

"아니. 넌 돌아올 거야. 넌 항상 필요할 거야. 넌 항상 계속 피를 흘려줄 누군가가 필요할 거야. 넌 불완전해, 존……"

"지금 출구를 지나쳤잖아."

샐리니의 파티는 성대했다. 사고가 있은 지 1년이 지났고, 퇴원한 그녀는 엄마, 언니와 함께 살기 위해 LA의 집으로 갔다. 그녀의 단기 기억은 여전히 엉망이지만 그녀는 매일 회복되고 있었고 다시 거의 모든 것을 할 수 있게 되었다. 1년 전부터 지금까지의 일은 모두 사라졌다. 그녀는 종종 하루 전, 1시간 전에 무슨 일이 있었는지도 기억하지 못했다. 그녀는 거의 매일 그 사고에 대해 들어야 했고 매 시간 그녀가 추락했던 이야기가 흘러나왔다. "와."

그녀는 마치 그 이야기가 자신의 이야기가 아닌 것처럼 말하곤 했다. 그녀의 기억은 플래시카드, 가정교사인 그녀의 일기장—그날의 사건들, 벌어졌던 일에 대한 지면상의 기록—에 도움을 받았다. 그녀는 죽음 직전까지 갔지만 예후는 좋았다. 그래서 그녀의 스물여섯번째 생일을 위해 그녀의 가족은 집에서 성대한 파티를 계획했다. 온갖 음식, DJ, 춤, 수영장 주위의 횃불들, 수백 명의 사람 등.

토프와 나는 차를 타고 있다. 나는 선물로 무엇을 가져가야 할지 몰라서 늘 하던 대로 했다. 나는 토프에게 그녀를 위해 뭔가를 만들라고 했다. 그는 구울 수 있는 색깔 찰흙으로 예수의 조각상을 시리즈로 만들고 있었다. 입을 벌린 채 턱시도를 입고 지팡이를 든 예수('쇼튠 예수'), 금발 가발을 쓰고 핑크색 여자 옷을 입은 예수('힐러리 예수'), 빨간 십자가가 걸린 흰색 침낭 속에 들어간 예수('밤을 새는 예수')에는 가려움 파우더가 든 작은 통이 곁들여져 있다. 그 조각상들은 정확한 재해석으로 받는 사람들에게 찬사를 받았지만 그는 더이상 내 친구들을 위해 뭔가를 만들 시간이 없다고 우겼다. 내 두번째 아이디어는 그가 수신자 부담 전화인 1-800번으로 주문한 『모르몬경』을 포기하지 못하겠다고 했을 때 망쳐버렸다. 음.

LA에 도착했을 때 나는 그를 빌과 함께 맨해튼비치에 내려주고는 샐리니의 집으로 차를 몰았다. 중간에 쇼핑몰에 들러서 고양이 달력, 메뉴도에 대한 책, 몇 개의 서진을 샀다. 몇 초간의 웃음을 위해 54달러를 썼다. 나는 언덕 위의 넓고 어두운 길가에서 그녀의 집을 찾았다. 길 양편으로 사방에 차가 있었다. 나는 몇 블록 떨어진 곳에 주차해야 했다. 500야드 밖까지 음악이 들렸고 뒷마당의 불빛이 보였다. 나는 겁이 났다. 난 몇 달 동안 샐리니를 보지 못해서 무슨 일이 펼쳐질지 알 수 없었다.

나는 거대한 문을 두드렸다. 내가 안으로 들어섰을 때 사방에 사람들이 있었고 테이블과 바닥에는 선물들, 크고 아름다운 선물들이 쌓여 있었다. 거실에도, 가족실에도 사람들이 있었고 저기 뒤쪽 식당에서도 사람들이 뭔가를 하고 있었다. 뒤쪽으로 파티오 위에도, 수영장 주위에도, 타는 듯한 불빛에 휩싸인 뒷마당에도 50명쯤이 있었다. 그녀의 엄마는 샐리니가 위층에서 쉬고 있다고 말했다. 카펫을 깐 계단을 올라간 나는 말소리가 들리는 곳을 향해 복도를 걸어갔다. 수영장이 내려다보이는 침실에 그녀가 있었다. 자신의 침대에 앉은 그녀는 환하게 반짝였고 완전히 예전과 똑같았다.

"안녕, 친구야!" 그녀가 말했다.

우리는 포옹했다. 그녀는 실크 블라우스와 미니스커트를 차려입고 있었다.

난 그녀에게 이야기했다. LA로 오는 길에 내 차가 어떻게 망가졌는지, 내가 어떻게 차를 빌려서 빌의 집에서 그녀의 집까지 왔는지, 파티가 얼마나 멋질지, 뒷마당의 횃불들, 그 모든 사람들, 수영장······

그녀는 창문 밖으로 하늘처럼 반짝이는 수영장과 거기 비친 사람들을 내려다본다.

"그래. 하지만 무슨 파티지?" 그녀가 물었다.

그녀는 다들 이곳에 모인 이유를 모른다. 그녀는 이유를 찾기 위해 자신의 기억을 뒤지지만 아무것도 발견하지 못했다.

"네 생일이잖아." 내가 말했다.

그녀의 언니인 아누자와 내가 생일파티에 대해 설명했다.

"왜 이렇게 유난이야? 내 말은 내가 정말 유명한 사람이라는 거지, 정말로!" 그녀는 조금 웃었다.

아누자와 나는 추락사고와 혼수상태, 그 후의 놀라운 회복에 대해 언급하면서 최대한 애매하게 설명했다. 그리고 항상 그렇듯 우리가 이야기를 마쳤을 때 샐리니는 정말 놀라워했다.

"믿을 수 없어." 그녀가 말했다.

"그래." 우리가 말했다. "넌 운이 좋았어." 아무도 그녀와 함께 파티에 참석했다가 죽은 친구에 대해서는 이야기하지 않았다.

"감사합니다, 하느님." 그녀는 눈동자를 굴리며 밸리풍으로 말했다.

마침내 아래층으로 내려간 그녀는 수영장 옆에 만들어놓은, 세공한 바닥에서 한동안 춤을 췄다. 사람들은 선물을 주고 만찬을 벌였다. 칼라와 마이크를 비롯해서 병원을 찾았던 사람들이 모두 있었다. 그 광경, 바다에서 불어오는 그 따뜻한 바람 덕분에 행복한 분위기가 넘쳤다. 사람들은 눈물을 그렁거리며 돌아다녔다. 특히 샐리니의 엄마가. 나는 그녀의 다른 모습은 보지 못했다. 분위기가 차분해지고 샐리니가 위층으로 쉬러 갔을 때 나는 그녀의 엄마와 문으로 걸어갔다.

"아시겠지만 난 건물 주인을 찾으러 다녔어요." 내가 말했다.

"무슨 소리죠?"

"건물 주인, 그 건물을 소유한 사람이요." 나는 그녀에게 내가 재판, 허술한 테라스를 설치한 건물 주인에 대한 재판을 신문에서 찾아보고, 그를 보기 위해, 방청석에 앉기 위해, 그 남자를 보기 위해 대여섯 번쯤 재판정을 찾아갔다는 이야기를 한다. 나는 잠깐이라도 기회가 주어지면 그에게 무슨 짓을 할지도 계획했다. 만일 어둡고 빈 공간에 그와 함께 있다면 나는 주먹으로 그의 머리를 밀쳐버릴 것이다.

"재판을 봤어요?" 그녀가 물었다.

"아뇨, 계속 재판정을 잘못 찾거나 재판 일정이 바뀌어서요. 항상 재판 일정이 바뀌더군요. 난 비어 있는 재판정에 앉아 기다리다가…… 가야겠어요. 샐리니에게 그렇게 전해주세요."

내가 그곳을 다시 찾지 않을지도 모른다는 사실을 깨달으며 난 그곳을 나왔다. 난 다시 오겠다고 말했다. 아마 다음 추수감사절에. 하지만 난 우리가 캘리포니아를 떠나리라는 사실을 알았다. 토프와 나, 우리는 지쳤고 쫓기는 느낌이었다.

다른 사람들은 떠나고 있거나 이미 떠나버렸다. 플래그는 대학원 때문에 뉴욕으로 이사 갔고 그다음에는 무디가 일 때문에 떠났고 그다음에는 제프, 그리고 커스틴이 새 남자 친구(그는 로스쿨에 다녔고 그녀는 MBA를 마쳤다. 멋진 커플이고 아무 문제 없는 커플이다. 난 내가 그녀 때문에 이렇게 행복할 수 있다는 것에 놀랐다)와 하버드에 갔다. 그리고 우리 역시 떠날 것이다. 매일 일하러 가면서 나는 갈가리 찢기는 느낌을 받았기 때문이다. 매일 해야 하는 한심한 운전, 똑같은 길과 언덕들. 그리고 나는 여전히 건강보험에 가입되어 있지 않았고, 우리는 그 작고 시끄러운 아파트,

그리고 이해하지 못하는, 우리와 같아야 하고 우리를 이해해야 하는데도 아직 전혀 이해하지 못하는 끔찍한 사람들 옆에 사는 것에 진저리가 났으며, 노인주택지구 건너편에 살면서 잠이 깨면 그들을 보고 그들의 포치에서 빈둥대고 커뮤니티센터에 옷을 차려입고 가서 그들이 쓰던 고무 모자를 쓰고 풀장에서 아주 느릿하게 수영하는 것에도 지쳤다.

여기는 한심한 반향이 너무나 많다, 사방에. 심지어 블랙샌드 같은 해변도 마지막 반년 동안 그녀가 차에서 어떻게 밖을 내다보았는지를 떠오르게 한다. 토프의 플래그 풋볼 경기가 있던 날 베스와 나는 사이드라인에 앉아 응원을 하면서 코치를 비난했다. 그동안 엄마는 경기장 위쪽의 주차장에 주차시켜둔 차에 앉아 있었다. 우리는 운전대 너머로 몸을 숙인 채 경기를 보기 위해 눈을 가늘게 뜨던 그녀의 모습을 볼 수 있었다.

우리는 손을 흔들었다. 엄마, 여기!

엄마도 손을 흔들었다.

그녀는 운동장으로 걸어 나올 수 없었다. 그리고 우리가 마지막으로 이곳을 찾았을 때 그녀는 해변으로 걸어 나올 수 없었다. 베스가 졸업하고 내가 집에 있던 그때, 장례식이 끝나고 그녀, 베스, 토프, 그리고 내가 몬터레이를 지나 바다에 왔던 그때, 우리가 카멜의 해변에 도착했던 그때 우리는 그녀에게 금방 오겠다며 모래 언덕을 달려 내려가 바다로 갔다. 그때 일곱 살이던 토프는 처음으로 캘리포니아의 바다를 보았다. 베스와 나는 그를 바다에 던지는 척했다. 우리는 갈색의 고무 같은 기다란 해초로 서로를 때렸다.

우리는 차를 올려다보며 손을 흔들었다.

엄마도 저 위쪽에서 내려다보며 손을 흔들었다. 그리고 우리는 좀더 돌아다니며 토프의 머리에 모래를 부었고 베스는 죽은 해파리에 입을 맞췄다. 우리는 엄마가 위에서 이 모두를 보며 우리를 부듯해했을 것이라고 생각했다. 하지만 모래언덕을 올라간 우리가 자동차에 다가갔을 때 그녀는 거의 잠이 든 것 같았다.

그녀는 잠이 들었다. 두 손을 무릎에 올려놓은 채.

그녀는 손을 흔든 것이 아니었다.

오늘 바람은 완벽하다. 바람은 거의 불지 않는다. 이 해변, 블랙샌드비치는 대개 바다에서 불어오는 바람이 말썽이었다. 그 바람이 프리스비를 저 얼어붙은 바다 멀리로 보내는 바람에 나는 반바지를 입고 번정다리로 물속에 들어가 프리스비를 찾아와야 했다. 하지만 오늘은 바람이 불지 않고 사람도 거의 없어서 해변은 거의 우리 차지, 아니 적어도 조금은 우리 차지다. 비록 1시간이지만 정말 신난다.

우리는 훨씬 나아졌다. 내 말은, 토프가 더 어릴 때, 그러니까 우리가 처음 여기 왔을 때—또래 아이들보다 실력이 몇 년은 앞서있던 토프는 여름 캠프에서 벌어지는 얼티밋 프리스비 경기를 휩쓸었기 때문에 그들, 그러니까 다른 아이들의 숭배를 받았다—도 프리스비는 잘 던졌다는 뜻이다. 당신도 더 어린 아이들이 그의 주위에 모여드는 것을 보았어야 하는데, 아, 그리고 한번은 그가 야구 모자를 벗으면서 긴 금발 머리가 앞으로 쏟아지자 한 소년이 그 모습에 감탄하며 이렇게 말했다. "모자를 쓰지 마." 그가 말했다. "머리가 멋져." 이 어린 소년, 나는 그 자리에 있었고 그날은 어버이 날이었다. 하지만 토프는 지금만큼 프리스비를 멀리 던지지 못 했고 지금과 같은 기술도 없었다. 물론 나는 지금과 같은 기술이 있었지만. 예를 들어 나는 가슴 높이로 날아오는 프리스비를 향해 달려가다가 프리스비가 가까이 왔을 때 프리스비로 뛰어들면서 공중에서 180도 회전한다. 생각해보면 사실은 360도 회전일지 모 른다. 왜냐하면 내가…… 음, 그래서 내가 날아오는 프리스비로 다가가면서 공중에서 회전하고 완벽하게…… 나는 회전 중인 프 리스비에 등을 돌리고 있다가 프리스비를 잡는다. 그래서 마치 공 중에서 등 뒤로 손을 뻗어 프리스비를 잡은 것같이 보인다. 나는 스핀을 하면서 토프를 마주보고 착지한다. 360도 회전. 제대로만 하면 아주 멋진 묘기지만 내게는 너무 자주 써먹은 묘기다. 정말 능숙하기는 하지만…… 요점은 이제 토프가 그 묘기를 나보다 더 잘한다는 점이다. 물론 묘기를 제대로 부리지 못할 때가 많고 프리 스비를 그냥 쳐내버려서 나를 움찔하게 할 때도 있지만. 덕분에 우 리는 두 달에 한 번은 프리스비를 깨뜨린다. 그리고 항상 그와 같 은 일, 그러니까 프리스비를 쳐내서 반으로 금이 가게 하는 일은 항상 우리가 해변에 갔을 때 벌어진다. 물론 프리스비는 두툼한 플 라스틱으로 만들어져 있다. 우리는 정말 두꺼운 프리스비만 사용 한다.

그는 그렇게 멋진 묘기를 부리지만 한심한 묘기들, 정말 한심하 고 빌어먹을 묘기들, 전혀 묘기도 아닌 묘기들을 부리고 오히려 그 묘기들을 좋아한다. 그 묘기들은 한심하다. 그는 항상 뭔가를 정상 적으로 해내고 점수를 따기보다는 한심한 바보짓에 더 흥미를 느 낀다. 그래서 그는 프리스비가 다가올 때 최대한 엎드려 있다가 마지막 순간에 일어나서…… 몇 걸음 걸어가 프리스비를 잡는다. 그렇다. 정말 한심한 묘기다, 그지? 내 말은, 그 묘기가 전혀 이해되지 않는 묘기일 뿐 아니라 세상에서 가장 별 볼 일 없는 묘기라는 뜻이다. 하지만 그는 웃음을 터뜨린다, 진심으로. 백치처럼.

모르핀은 엄마를 무의식 상태로 이끌었지만 엄마의 호흡은 여전히 힘찼다. 불규칙하기는 했지만. 당신도 그 호흡을 들어봤어야 하는데. 호흡은 힘차고 강력했다. 그 호흡으로 그녀는 공기를 빨아당겼다. 그녀의 팔다리는 더이상 움직이지 않았다. 이제 그녀는 머리를 젖힌 채 움직이지 않았고 불규칙하게 코를 골듯 숨만 쉬었다. 뭔가를 가는 듯한 소리, 턱 하고 숨이 막히는 소리, 점점 더 코를 고는 소리와 흡사해졌다. 우리는 밤낮으로 깨어 있었다. 우리는 의자를 가까이로 옮기고 그 속에서 자면서 엄마의 손을 잡았다. 곧 밀물이 밀려들어왔다. 코 고는 소리 속에 다른 소리가 들려오기 시작했다. 더 둥글고 더 청아한. 그러다가 거의 쿨럭이는 소리가 나기 시작한다. 그녀의 호흡은 공기와 거품들까지 끌어당기며 더 힘겨워진다. 저 소리는 뭐였지? 베스와 나는 거기 양옆에 있었고 호흡은 보트─모터는 회전하지만 뭔가에 붙잡힌, 붙잡힌, 부두에 단단히 묶인─처럼 뭔가를 깊이 빨아들이는 것 같다. 호흡은 점점 더 격렬해진다. 그리고 숨쉴 때마다 쿨럭이는 소리와 함께 거품이 더 많이 일더니 그녀는 한 통의 물, 또는 액체, 그다음에는 호수, 바다, 대양을 빨아들였다. 액체가 계속 흘러나오고 그녀 안의 밀물이 높아지고 또 높아지면서 그녀의 호흡은 점점 더 짧아졌다. 마치 수위가 높아지는데도 더이상 도망갈 곳 없이 갇힌 사람처럼. 하지만 그런 호흡에는 지성이, 그런 호흡에는 정열이, 거기에는 모든 것이 들어 있었다. 우리는 그런 호흡을 붙잡아서 그 손을 잡고는 그 무릎에 앉아서 TV를 본다. 호흡은 점점 더 빨라지고 짧아지고 빨라지고 짧아지고 그러다가 얕아지고 얕아진다. 그때 난 그녀를 다른 때만큼 사랑했고, 그녀를 내가 생각한 만큼이나 알게 되었다. 아, 그녀는 아마 모르핀에 취해 일주일간 의식도, 정신도 없었을 것이다. 그리고 그녀는 언제든 죽을 수 있었고, 그녀의 시스템은 떨어져 나가 소실되고 있었다. 아무도 어떻게 그녀를 계속 살아 있게 할지 몰랐지만 그녀는 공기를 빨아들이고 있었다. 그녀는 정말 불규칙하고 약하게 숨을 쉬었지만 그 호흡은 정말 필사적이었다. 모든 호흡이 그녀가 가진 전부를 바친 것이었다. 그녀 안의 작은 사람. 아름답게 태운 피부를 반짝이면서. 베스와 나는 그녀 위쪽에 몸을 숙였다, 언제 그녀가…… 그러나 그녀는 그저 숨을 쉬고, 또 숨을 쉬곤 했다, 갑작스럽고 초조하고 억척스럽게. 그리고 난 그것이 회한이 아니었기를, 거기, 그 호흡 속에 회한이 없기를 바란다. 비록 거기 회한이 있다는 사실을 알고, 거기 회한이 있다고 상상하면서도. 그 숨소리에서 분노를 들으면서도. 그녀는 이런 일이 벌어지고 있다는 사실을 믿지 못했다. 모르핀을 맞고 잠든 동안에도, 우리가 그저 기다리고 기대하고 있는 동안에도 그녀는 정신을 차리곤 했고, 갑자기 깨어나서 뭔가를 말하며 울곤 했다. 악몽처럼. 이런 헛소리, 이런 일이 실제로 일어나고 있다는 사실에, 그녀가 우리 모두, 토프를 떠나가고 있다는 사실에 분개했다. 그녀는 준비가 되지 않았고, 심지어 준비가 될 것 같지도 않았다. 그녀는 단호하지도 않았고, 체념하지도 않았고, 준비가 되지도 않았다.

프리스비를 던지는 동안 벌거벗은 남자가 걸어간다. 난 그가 바로 내 옆을 지날 때 처음 그를 보았다. 키가 나 정도인 그는 바짝 마르고 창백한 데다 엉덩이 뼈가 툭 튀어나왔다. 그는 나를 지나친 다음 해변을 따라 토프 쪽으로 걸어간다. 처음에는 토프가 이 남자를, 그의 엉덩이가 아니라 그의 정면의 움직임을, 부끄러움도 모르고 오히려 자랑스럽게 토프를 향해 걸어가는 이 남자를 본다는 것이 걱정스러웠다. 한동안, 적어도 50야드 정도 그가 다가가는 동안 나는 토프를 본다. 토프가 창백하고 아무런 꾸밈 없는, 애처롭고 우스꽝스럽고 어쩌면 자포자기한, 어쩌면 뭔가를, 그러니까 다른 사람들의 시선을 필요로 하는 인간의 나체를 쳐다보는지, 우스워하는지, 역겨워하는지를 지켜본다. 그리고 그 벌거벗은 남자가 토프에게 어떤 눈빛을 줄지, 벌거벗은 남자들이 항상 내뿜는 그런 유의 기이한 눈빛을 줄지는 신만이 안다. 하지만 내가 토프의 얼굴을 보는 동안 토프는 그 남자를 심지어 바라보지도 않는다. 토프는 프리스비를 던지는 데만 집중하며 진지한 모습으로 그 남자를 피하기 위해 최선을 다한다. 마치 프리스비를 던지는 것이 너무나 중요해서 벌거벗은 남자에게는 전혀 신경을 쓸 수 없는 것처럼. 그리고 그 남자는 토프를 지나쳐서 해변의 끝을 향해, 부서지는 파도로 돌출된 으스스한 절벽을 향해 걸어가버렸다. 이제 토프는 다시는 그 벌거벗은 남자를 보지 않아도 될 것이다.

그리고 우리는 준비가 될 것이다. 하루하루가 끝나갈 때면 준비가 될 것이다. 어떤 것에도 싫다고 말하지 않을 것이다. 모두가 자는 동안에도 깨어 있으려 애쓸 것이다. 자지 않을 것이다. 요정들과 신발을 만들면서. 항상 깊이 숨쉬려, 유리와 손톱과 피로 가득한 공기를 들이마시려 애쓸 것이다. 그것을 숨쉬고 그것을 마실 것이다, 그렇게 풍요롭게. 그래서 그 순간이 다가왔을 때 우리는 화내지 않을 것이다. 만족할 것이고 아주 지친 채 떠나갈 것이다. 기쁘게. 모두와 악수를 하고, 안녕, 안녕, 그다음에 짐을 싸고는 약간의 스낵을 챙겨서 화산으로 갈 것이다.

토프는 또다른 묘기를 부린다. 좋아. 먼저 내가 프리스비를 던지면 그가 정상적으로 잡는다. 그다음 거기 서서, 그는 그저, 그는 그저 천천히 그리고 체계적으로 입에 프리스비를 문다. 강아지처럼. 입에 프리스비를 물면 그는 조금 껑충거린다. 마치 입으로 프리스비를 잡기라도 한 것처럼. 프리스비를 잡고 입에 문 다음 조금 껑충거리는 것이다. 별로 재미있지도 않고 그저 안쓰럽고 너무 바보 같다. 그는 다른 사람들 앞에서도 그 묘기를 부린다. 비극적인 일이다. 그는 사람들이 웃을 것이라고 생각하고, 물론 그렇기는 하지만. 그는 웃는다, 물론, 그는 그 묘기를 좋아한다. 하지만 그는 여전히—나는 그가 시도를 하는지조차 모르겠다—내 주요 묘기는 부리지 못한다. 그 묘기는 옆으로 재주를 넘으면서 몸이 아래를 향하고 있을 때 한 손으로 프리스비를 잡는 것이다. 그것은 정말 대단한 묘기로 사람들도 좋아하지만 그는 그 묘기를 시도하지 않는다. 그 이유를 모르겠다. 하지만 그는 프리스비를 잘 던진다. 사실 옆으로 돌면서 프리스비를 받으려면 던지는 사람이 잘 던져주어야 한다. 프리스비를 지면에서 2, 3피트 높이로 낮게 던지되, 너무 빨리도, 너무 가볍게도 던져서는 안 된다. 산뜻하고 평평하게 던져야 한다. 그리고 프리스비는 내 오른쪽으로 날아와야 한다. 왼쪽으로 날아오면 그 묘기를 부릴 수 없다. 그래서 정작 그는 그 묘기를 부릴 수는 없지만 내가 그 묘기를 부리는 데 없어서는 안 되는 존재다. 그만이 프리스비를 한결같이 제대로 던져줄 수 있기 때문이다. 그것만으로도 지금은 괜찮다. 하지만 그는 곧 그 묘기를 부리게 될 것이다. 그는 그 모든 일을 예전의 나보다 더 빨리 해내고 있다. 그는 모든 스포츠에서 나를 능가한다. 농구를 할 때도 난 더이상 슛을 쏠 수가 없다. 공은 내 얼굴로 떨어지고 그는 신나게 승리의 함성을 지른다. 그는 이미 키도 거의 나와 같아서 내가 그의 나이일 때보다 6인치나 크다. 그는 올해 안에 나를 뛰어넘을 것이다.

이 해변에는 결코 바람이 거세게 불지 않고 잔잔하게 분다. 공기가 혼란스럽지만 부드럽게 살랑거린다. 항상 미친 듯이 바람이 불어서 그 무엇도 할 수 없는 오션비치에 사람들이 가는 이유를 모르겠다. 거기서는 헤엄을 칠 수 없다. 또한 나란히 서서 두 마리의 고양이처럼 왔다 갔다 드롭샷을 주고받지 않으면 바람 때문에 그 무엇도 제대로 던질 수 없다. 던지면서 재미를 느끼려면 바람이 잔잔해야 한다. 그래야 프리스비가 날기 때문이다. 그리고 물론 사람들은 멈춰서 우리를 바라본다. 우리는 정말 빌어먹게도 잘한다. 젊은 사람, 늙은 사람, 모든 가족이 우, 아 하며 수천 명씩 모여든다. 그들은 도시락, 망원경을 가져왔다.

우리는 프리스비광 같지는 않다. 우리는 빌어먹을 헤드밴드 같은 것도 하지 않았다. 우리는 그저 잘한다, 아주 잘한다. 우리는 프리스비를 높이 멀리 던진다. 우리는 우리가 갈 수 있다고 생각하는 것만큼 멀리 간다. 그래서 우리는 꽃을 보냈고 스카이와 가장 친했던 랜스는 장례식에 참석하고 싶어했지만 금방 뉴욕에서 돌아왔기 때문에…… 그래서 우리는 우리 모두의 이름으로 화환을 보냈고 방부 처리가 된 차가운 그녀를 보지 않아도 되었다. 단지 생각할 수 있도록. 스물넷, 스물다섯에는 가능해 보였던 모든 것이 이제는 그저 농담, 우스꽝스러운 허구가 되었고 모든 생일은 참극이 되었다. 그리고 우리는 이제 부엌 카운터에 황금빛 깡통을 올려두고 그 안에 아버지의 명함, 테디베어에게 입히려고 엄마가 손수 짠 작은 스웨터, 약간의 동전, 약간의 펜, 무언가의 뚜껑, 카메라렌즈를 담아둔다. 우리가 그 본체를 찾아줄 수 없었던.

아 젠장, 말하려고 했는데. 그래서 토프는 프리스비를 정상적으로 잡는 또다른 묘기를 배웠다. 나는 프리스비를 그에게로 곧장, 완전히 규칙적으로 던질 것이고 프리스비를 잡은 그는 몇 걸음 앞으로 걸어 나오면서 머리에 프리스비를 얹은 채 살짝 앞구르기, 그러니까 재주를 넘는다. 마치 재주를 넘으면서 프리스비를 잡은 것처럼. 이제 당신은 그를 보아야 한다. 그는 갑자기 키가 많이 컸다. 그는 거인이 될 것이다. 7피트, 8피트, 9피트. 분명 그는 우리 가족 중 가장 클 것이다. 지금까지, 그리고 항상.

우리가 가장 잘하는 것은 길게 높이 던지는 것이다. 우리는 네다섯 걸음을 걸은 후 급히 던진다. 거의 투포환을 던지듯이. 한 걸음 위에 또 한 걸음, 재빨리 네다섯 걸음을 옆으로 움직여서. 그러고는 프리스비를 베어내듯 던진다. 그 하얀 프리스비를 던지는 동작은 너무 격렬하다. 먼저 가슴에 프리스비를 품었다가 최대한 세게 던지는 동시에 프리스비가 평평하고 곧장 날아가게 한다. 아니면 그 위에 실어 보낼 수 있는 모든 것을 실어서 칼날이라도 달린 것처럼 프리스비를 던진다. 스크린 같은 푸른 하늘을 베어내어 피가 흐르면서 그 너머의 검은 우주가 드러나기를 바라면서. 아,

내가 너를 고치려 한 건 아냐, 존, 아니 아무도 고치려 한 건 아니지. 나는 너를 백만 번이나 고쳐보려 했지만 내가 너를 구원하려는 것은 잘못된 생각이었지. 난 그저 너를 먹어치워 더 강인해지고 싶었던 것뿐이니까, 난 그저 당신들 모두를 걸신들린 듯 먹어치우고 싶었던 것뿐이니까. 난 암세포였으니까. 아, 하지만 난 당신을 위해 이러는 것이다. 당신을 위해 이러는 것이 보이지 않는가? 난 당신을 위해 이러고 있다. 아닌 척하지만 사실은 그렇다. 난 당신을 구원하기 위해 먹어치운다. 난 당신을 새로워지게 하려고 마셔버린다. 난 당신들 모두를 잔뜩 먹고는 주먹을 쥐고 어깨를 펴며 일어선다. 나는 한심해 보일 것이고, 나는 피와 똥에 흠뻑 젖어 기어다닐 것이고, 나는…… 아, 저 새들, 뻣뻣하고 작은 다리로 선 새들을 보라. 내가 멈출 곳, 그리고 당신이 시작할 곳은 없다. 난 지쳤다. 난 당신들 수백만 명, 4700만 명, 5400만 명, 3200만 명, 얼마가 되었든 난 당신들 앞에 서 있다. 내 말을 알 것이다, 당신들…… 그리고 내 격자는 어디 있지? 당신이 내 격자인지는 모르겠다. 때로 당신은 거기 있지만 때로는 거기 없다. 때로 나는 샤워실 안에서 손으로 머릿속을 헤집으며 당신들 모두를, 당신들 모두의 수백만 개의 머리와 다리를 생각한다. 건물들 아래에 서고 그 주위를 돌아다니고 건물들을 옮기고 분해하고 새 건물을 짓고. 그리고 내가 당신과 거기 있을 때, 당신이 그 빌어먹을 건물 아래에 있을 때, 지네처럼 당신들 개새끼들…… 그리고 토프가 잡았을 때 그는 근육을 팽팽하게 당기고 입은 벌리고 위아래 이는 앙다문 채 격렬하게 몸을 푼다. 그리고 내가 잡았을 때 나 역시 그렇게 몸을 풀고 소리를 지르고 흔든다. 당신은 볼 수 있는가? 젠장, 저 빌어먹을 프리스비를 던지는 모습을 보라. 토프가 저 빌어먹을 프리스비를 던지는 모습을, 저 빌어먹을 프리스비의 궤도를 보았는가? 나를 한참 지나쳐 가지만 난 따라잡을 수 있다. 나는 맨발로 인디언처럼 달려가며 뒤를 돌아본다. 프리스비는 여전히 날아오고 있고 그 뒤로는 토프의 모습이 보인다. 금발에 완벽한…… 프리스비는 저 위로 솟구치고, 이런 젠장, 프리스비는 점점 작아지다 일순간 멈춘다. 위로 솟구치던 프리스비는 속도가 느려지다 잠깐 동안 태양을 완전히 가리면서 정점에서 멈춘다. 그러고는 그 심장이 부서지더니 추락한다. 프리스비가 아래로 내려오면서 하늘은 햇빛으로 온통 하얘지고 프리스비 역시 하얘지지만 나는 볼 수 있다. 나는 저 빌어먹을 프리스비를 볼 수 있고 그 아래로 달려갈 수 있다. 나는 저 빌어먹을 프리스비가 어디로 오는지 안다. 나는 저 아래로 달려갈 것이고 저것보다 빨리 저 아래로 달려가서 프리스비가 공중에 뜬 채 천천히 떨어지는 것을, 회전하며 아래로 떨어지는 것을 볼 것이다. 나는 당신을 물리치고 프리스비가 아래로 그리고 내 손으로 날아오는 동안 엄지손가락을 날개처럼 펼치고 손을 뻗은 채 거기 서 있다. 프리스비가 멈추기 전에 잠깐 회전하는 동안 나는 프리스비를 부드럽게 받을 준비를 한 채 거기 서 있다. 나는 거기 있다. 나는 거기 있었다. 내가 당신과 연결된 것을 모르는가? 내가 당신에게 피를 펌프질해 보내려는 것을, 이것이 당신들을 위한 것임을, 내가 당신들을 싫어한다는 것을 모르는가? 당신들 중 많은 수의 개새끼들. 당신들이 잠잘 때 결코 깨지 않기를 바란다. 난 당신들이 그저 빌어먹을 잠이나 자면서 흘려보내기를 바란다. 난 당신들이 인디언처럼 나와 함께 이 모래 위에서 달리기를 바라기 때문이다. 당신들이 하루 종일, 젠장, 잠을 잘 거라면, 아, 당신들이 그렇게 자는 동안 나는 무너질 듯한, 한심한 비계 위에 올라가서 당신의 한심하고 빌어먹을 관심을 얻으려 할 것이다. 나는 당신에게 보여주려 애쓰고 있다. 단지 당신에게 보여주려 애쓰고 있다. 젠장 당신들 개새끼들에게 보여주려면 무엇이 필요할까, 젠장 무엇이 필요할까, 당신은 무엇을 원할까, 당신은 얼마나 원할까? 왜냐하면 열정적인 나는 당신 앞에 서서는 팔을 들어 올려 내 가슴, 목구멍, 허리를 내어주고 기다릴 것이기 때문이다. 난 그렇게 오랫동안 그렇게나 많이 나이를 먹어왔다, 당신을 위해, 당신을 위해. 난 그것이 재빠르게 나를 통과해버리길 원한다. 아, 하라, 하라, 당신들 개새끼들, 하라, 하라 당신들 멍청이들, 마침내, 마침내, 마침내.

옮긴이 **윤정숙**
고려대학교 영어영문학과를 졸업하고 잡지사와 출판사에서 일했으며 지금은 번역가로 활동
하고 있다. 옮긴 책으로 『이클립스』 『브레이킹던』 『어플루엔자』 『마음을 사로잡는 경청의
힘』 『냉장고에도 쇼핑몰에도 없는 것』 『아이윌』 『엄마는 날 몰라』 『네 연애는 왜 그 모양이
니?』 『호모파베르의 불행한 진화』 『지구를 지키는 101가지 방법』 등이 있다.

문학동네 세계문학

비틀거리는 천재의 가슴 아픈 이야기

초판 인쇄 2010년 3월 25일 | 초판 발행 2010년 3월 31일

지은이 데이브 에거스 | 옮긴이 윤정숙 | 펴낸이 강병선
책임편집 이현자 오영나 | 독자 모니터 전혜진 | 디자인 이경란 이원경
저작권 김미정 한문숙 | 마케팅 정민호 이지현 김도윤 | 온라인 마케팅 이상혁 한민아
제작 안정숙 서동관 김애진 | 제작처 한일프린테크(인쇄) 시아북바인딩(제본)

펴낸곳 (주)문학동네
출판등록 1993년 10월 22일 제406-2003-000045호
주소 413-756 경기도 파주시 교하읍 문발리 파주출판도시 513-8
전자우편 editor@munhak.com | 대표전화 031) 955-8888 | 팩스 031) 955-8855
문의전화 031) 955-3576(마케팅) 031) 955-8859(편집)
문학동네카페 http://cafe.naver.com/mhdn

ISBN 978-89-546-1085-8 03840

www.munhak.com